제13기 민주산악회 간부 연수

'92. 10. 29 ~ 30

'92 10 29

민주산악회 3대 회장 최형우, 필자, 이일규 등과 함께

필자와 민주산악회 초대 회장 이민우 전총재

1990년 2월 1일, 2대 회장 김명윤, 부회장 이우태(남부군 저자), 필자

필자와 김덕룡 전의원, 김영삼 전대통령

필자와 김덕룡 전의원

민주산악회 오천기념 94. 12. 7

손명순 여사와 아내 맹경옥

딸 가족과 함께

스위스 호번 선상에서 필자와 아내 맹경옥

미국에 있는 막내 아들

큰 아들 가족

민주산악회 관악산등산 1990. 2. 1

만세를 위하여
새벽을 열다

노병구 회고록

만세를 위하여

새벽을 열다

자유로운상상

축간사

　나는 산을 좋아합니다.

　어릴 때부터 산을 좋아해 즐겨 찾았던 것은 아닙니다. 전두환 군사독재정권 시절, 민주산악회를 만들어 이 나라의 민주주의를 위해 투쟁하면서 산을 좋아하게 되었습니다. 당시는 군사정권의 허가 없이는 단 몇 사람도 모일 수 없었던 숨막히던 때였습니다. 그래서 우리는 산으로 갔던 것입니다.

　누가 뭐래도 민주산악회는 우리나라 민주화의 선봉장이었습니다. 만약 민주산악회가 없었다면 우리 국민은 지금도 군사정권 아래에서 고통받고 있을 것입니다. 민주산악회가 없었더라면 박정희, 전두환, 노태우로 이어져온 32년간의 군정을 종식하지도 못했고, 이 땅에 자랑스런 문민정부를 세울 수도 없었을 것입니다. 민주산악회는 한국의 민주화 역사에 길이 빛날 것입니다.

　노병구 회장을 비롯하여 수많은 민주동지들이 이 땅의 민주주의를 위해 헌신했습니다. 수많은 동지들이 숨져갔고, 수많은 동지들이 모진 고문의 후유증으로 지금까지도 고통받고 있습니다. 그 가족들이 겪은 험한 세월은 차마 글로 다 할 수 없습니다. 무엇을 바라고 한 것이 아닙니다. 오로지 이 나라의 민주주의를 위해 목숨마저도 기꺼이 버리겠다는 비장한 각오로 싸우고 또 싸웠던 것입니다.

나는 지금까지 조국의 민주화를 향한 우리 동지들의 순수한 열정을 잊어본 적이 없습니다. 언제나 그 고귀한 희생에 대한 고마움과 미안함을 가지고 살아왔습니다. 앞으로도 영원히 그럴 것입니다. 이 기회를 통해 우리 민주동지 여러분에게 다시한 번 진심으로 큰 감사와 경의를 표합니다.

노병구 회장이 민주산악회의 역사를 비롯하여 자신이 걸어온 길을 책으로 엮어내니 나는 참으로 기쁩니다. 누군가는 역사에 남겨야 할 일을 맡아주었기에 고마운 마음도 앞섭니다. 누구보다 진실하고 누구보다 바르게 살아왔기에 이 책 또한 많은 이들에게 큰 감동을 주리라 믿습니다.

노병구 회장의 회고록 발간을 민주동지 여러분과 더불어 진심으로 축하하며, 조국을 사랑하는 이들에게 일독을 권합니다.

2007년 1월

金 泳 三

차례

하늘에 먼저 간 아내와의 약속 11

나의 출생과 가계(家系) 43 | 상경(上京)의 혁명(革命) 46 | 어렸을 때 나는 친일파였다 55 | 일본의 패전과 해방 60 | 우리 집의 종교혁명 63 | 피난생활과 참전 71 | 제대와 진학 96 | 서울고등공민학교의 설립 112 | 5대 민의원선거와 김석원(金錫源) 의원 128 | 존경하던 이원옥(李原玉) 선생의 낙선 135 | 맹경옥과의 결혼 138 | 우리들의 신혼생활 156 | 김성추 목사님과 이름만 아는 미국인 Reprogel 160 | 나를 너무나 아끼며 도와준 김생수(金生水) 전도사님 165 | 5·16 군사쿠데타와 서울고등공민학교의 마지막 170

홍대실 권사님의 도움으로 백운약국을 열다 173 | 어머니의 떡장사 폐업 180 | 약국을 차린 그해 말에 홍 권사님에게 원금만 갚다 184 | 지상에서 부르는 오직 하나뿐인 나의 누나 장오룡(張五龍) 186 | 서광섬유의 부도처리 191 | 약국의 이전과 백운독서실, 그리고 우리 집 198 | 가보시면 압니다 202 | 초가집 터에 처음으로 집을 짓다 204 | 1963년 제6대 국회의원 총선거 한통숙 전 상공부장관 찬조연설 205 | 유원종 그리고 안영국과 김인상 208 | 별것도 아닌 감투싸움으로 장길효 선생에게 본의 아니게 죄를 짓다 210 | 이재형(李載灐) 선생과 김두한(金斗漢) 씨와의 만남 213

영원한 나의 스승 유진산(柳珍山) 선생과의 만남 216 | 예상을 깬 유진산의 승리 222 | 신민당 중앙 상무위원이 되며 진산계 일원이 되다 227 | 중구 태평로로 이전해 '명성약국' 개업 230 | 신민당 선전국 문화부장으로 232 | 맞으면서 갈비를 먹느니 웃으면서 죽을 먹겠다던 김광주(金光洲) 선생 235 | 장준하(張俊河) 의원과 "박정희야! 박정희야! 박정희야!" 238 | 유진산 선생의 신민당총재

취임과 김영삼 의원의 40대 기수론 **240** | 제7대 대통령후보 지명 신민당 전당
대회 **245** | 제8대 국회의원 선거와 5·6 파동 **249** | 너도 내가 돈을 먹었다고 생
각하느냐? **254**

셋째 광우의 탄생 **256** | 구로동의 집 마련과 광우의 발병 **258** | 광우의 치료를
위해 창천동에 전셋집을 마련하다 **261** | 제8대 국회의원 총선과 고흥문(高興
門) 후보의 찬조연설 **263** | 유신정치의 시작 **265** | 제9대 유신선거법과 나의 신
민당 공천 **267** | 제9대 국회의원 출마 **274** | 500만원짜리 떡 **281** | 대림동에 집
을 짓다 **284** | 유진산 총재의 서거 **290** | 고흥문 씨와의 새로운 출발 **293** | 집을
팔고 다시 집을 짓다 **296** | 내 돈 없이 땅을 사고 15만원으로 집을 지어 150만
원을 벌다 **299**

전당대회와 고흥문 의원의 변신 **303** | 아무도 예상치 못한 고흥문 최고위원의
깜짝 인사 **311** | 고흥문계의 군산지역 출신 김현기 의원의 위로 **314** | 야당성회
복투쟁위원회와 당기위원으로서 나의 역할 **316** | 고흥문 최고위원의 후회와 탄
식 **319** | 신민당 5·30 전당대회의 역전 드라마 **323** | 김영삼 총재의 직무정지
가처분 **325** | 김영삼 총재의 국회의원직 박탈 **327** | 박정희 대통령의 죽음
330 | 10·26으로 박정희 대통령은 정보부장 김재규에 의해서 죽었다 **332** |
10·26 없이 그냥 물러날 수도 없었거니와 만약 그냥 물러났다면? **335** | 신길교
회의 구국기도회 **337** | 정치와 경제는 따로 떼어놓을 수 없다 **340** | 전두환의
제2의 쿠데타(12·12 사태) **343**

제11대 국회의원 선거에 영등포 을구에서 출마 **345** | 민권당으로 영등포 을구에
서 출마 **351** | 정 할 일이 없거든 복권이라도 사라 **359** | 유치송 총재와 신상우 사
무총장 **362** | 선거보다 더 어려웠던 가등기 문제의 해결 **364** | 부민농장(富民農

場)을 열다 **367** | 김정두(金正斗) 씨와 민권당 간부들 **374** | 김영삼 총재 댁 방문과 새로운 인연의 시작 **376** | 장영자·이철희 부부의 어음사기사건 **380** | 김영삼·이민우·김의택 세 분의 회동을 주선하다 **382** | 전두환의 하야를 요구한 김의택 총재의 기자회견 **385** | 또 다른 민주화투쟁의 시작—대구경북 민주산악회의 결성 **395** | 작년 6월 9일 도봉산에 올라가서 무엇을 했느냐? **399**

민권당의 쇄신과 황명수(黃明秀) 의원 영입작업 **401** | 이민우 회장의 고민 "여름산행을 쉴 것인가, 말 것인가?" **405** | 경찰의 연금과 양도소득세의 감면 **408** | 김영삼 총재의 목숨을 건 23일간의 단식 **411** | 김영삼 총재 스스로 이뤄낸 연금해제 **421** | 단식중단 **423** | 명우, 성인, 광우의 교육문제 **427** | 민주산악회 조직위원회 위원장이 되다 **431** | 전국 140여 개의 시군구 지부장을 선정, 인준하다 **434** | 민주산악회 본부 산행시 조별 명단 **438** | 민주화추진협의회의 상임운영위원이 되다 **443** | 하늘의 뜻 국민의 뜻 신한민주당(신민당) 창당 **452** | 민주산악회의 지부결성과 조직활성화 **456** | 강원도 춘천시 지부의 발족 연혁 **457**

김영삼 고문의 부민농장 방문으로 이천, 여주 경찰이 떠들썩 **462** | 민주산악회의 전국조직과 광명시 지부 결성 **464** | 민주쟁취의 개척자 김영삼을 추대한다—민주산악회 광명시 지부 창립결의대회 **467** | 통일민주당 창당과 전당대회 부의장 피선 **475** | 전두환의 4·13 호헌조치와 6·10 국민대회 **478** | 아내 맹경옥의 단독데모와 광명시 여야사 10명의 지식인 시국선언 **481** | 6·10 국민대회와 전두환, 노태우의 6·29 항복 **486** | 국민의 여망을 저버린 정치지도자의 변명 **492** | 김대중 씨의 4자출마론(四者出馬論)과 평민당 창당 **496** | 통일민주당 대통령후보 지명 전당대회 **499**

제13대 국회의원 총선거에 광명시에서 출마 **507** | 총선결과는 역시 금권의 승리 **523** | 광명시의 모든 행사는 민정당 윤항열에게 맞춰졌다 **528** | 빚으로 집 명의를 이전해주고 월세로 전환하다 **533** | 구국적 결단의 3당 통합과 통일민주당 지구당의 소멸 **534** | 큰아들 명우의 결혼 **538** | 민주산악회의 조직확대와 문경새재의 기적 **541** | 민주자유당의 대통령후보 지명 전당대회와 김영삼 후보의 지명 **543** | 민주산악회의 조직개편과 연수원장 피임 **545** | 1992년 민주산악회 중앙간부 연수 **549** | 민주산악회 회직자 명단 **572** | 제14대 국회의원 선거, 윤항열 씨의 당선과 죽음 **586** | 광명시 국회의원 선거 유감(有感) **588**

제14대 대통령선거와 김영삼 후보의 당선 **590** | 청천벽력 같은 민주산악회의 해체 **594** | 광명시의 국회의원 보궐선거와 손학규 씨의 공천 **596** | 한국마사회 업무이사 취임 **601** | 나와 아내에게 행복과 평화를 안겨준 한국마사회의 5년 1개월 **617** | 나의 급여통장 관리와 심신의 여유 **620** | 마사회 직원들에 대한 감사 **623** | 모처럼의 해외여행으로 아내 경옥을 즐겁게 하다 **624** | 중국 대련경마장 건설과 중국인 수양딸 왕원과 사위 서연원 **635** | 간판을 내린 뒤의 광명 민주산악회 **640** | 딸 성인의 결혼 **644** | 김영삼 문민정부의 공과 **645** | 김영삼 대통령은 유일한 민주화의 초석 **650** | 민주동지회의 시작과 역할 **652** | 민주화를 위한 김영삼 대통령의 업적 **656** | 김일성과의 남북정상회담 유감 **666** | 대통령으로서 할 일을 다하고 당당히 걸어간 김영삼 대통령 **677** | 2006년도 신년회 **679** | 재혼 **685** | 아버님의 소천(召天) **690**

글을 끝내면서 **693**
민주산악회의 역사 **697**

제주에서 아내 맹경옥과 함께

하늘에 먼저 간 아내와의 약속

2000년 12월 20일, 인천문화원에서 열리는 음악회에 성인(誠仁)이가 출연한다고 하면서 당신은 내게 오후 5시 20분까지 이영숙 씨의 꽃가게에 가서 축하 꽃다발을 하나 사고, 음악회에 함께 가려고 최은순 씨가 이영숙 씨의 가게에서 기다리기로 했으니 모시고 오후 6시까지 백제당 약국으로 오라고 했소. 그 이야기를 하면서 당신은 얼마나 즐거워했소?

그날 밤 음악감상도 잘하고, 또 출연한 성인이에게 꽃다발도 주고, 밤늦게 저녁식사로 아구찜을 먹은 뒤 최은순 씨를 집 근처까지 태워다 주고 오지 않았소?

그때까지만 해도 당신은 환자가 아니었어요. 물론 설사를 몇 번 해서 약을 먹었더니 다 나았다고 하지 않았소? 또 감자국을 먹으면 좋다고 하면서 감자국도 끓여 먹었지? 내가 병원에 가서 진찰을 받아보자고 하면 당신은 으레 다 아는 병인데 병원은 무슨 병원이냐고 핀잔을 주기도 했지요.

그리고 며칠 후 당신은 백제당 약국에서 퇴근하는 길에 내게 이끌려 동네 개인병원인 주영만 내과로 갔어요. 그때 주영만 선생은 당신의 증상을 '과민성대장증후군'이라고 진단하고 처방전을 내주어, 그 처방전으로 약국에서 약을 지어 먹었더니 설사가 깨끗이 멎었지요.

"그것 보세요. 내가 별게 아니니 걱정 말라고 했잖아요?" 하면서 당신은 기뻐했어요. 하지만 그 기쁨은 며칠 가지 않아 다시 설사를 시작했고, 그후 주영만 내과에서 두 번인가 더 약을 지어 복용했지만 먼젓번과 같은 증상의 반복이었어요.

2001년 1월 3일, 백제당 약국에서 퇴근하면서 주영만 내과에 들러 "선생님, 일시적으로 설사가 멎었다가 얼마 후 다시 설사를 반복하니 왜 그럴까요?" 했더니, 그러면 정밀검사를 해보자고 해서 여러 단계의 검사를 받게 되었지요. 초음파 검사를 받을 때 나를 들어오라고 해 당신과 함께 있는 자리에서 모니터에 나오는 이곳저곳을 가리키면서 "큰 병원에 가서 조직검사를 받아야지 나는 이 병에 대해 병명과 처방을 할 수 없습니다."라고 주영만 선생이 말할 때, 아무래도 암에 걸린 것 같다는 생각이 들면서 내 어깨에는 천근의 무게가 실렸고, 두 다리에서 힘이 쭉 빠지면서 후들후들 떨려 곧바로 주저앉을 것만 같았어요.

그때 당신이 "암이란 말이야?" 하고 독백을 하는데, 당신의 얼굴에는 절망이 스쳐가고 백지장처럼 창백해지는 모습에 나는 명치에 창을 꽂는 아픔을 느끼면서도 당신에게는 병원에 가서 진찰을 정확히 받아야 아는 것이니 겁먹지 말라고 위로했지요. 당신을 부축하고 병원을 나올 때 당신이 힘없는 어조로 "이렇게 되면 백제당 약국 출근은 끝나는 거지?" 하면서 내 얼굴을 쳐다볼 때, 나는 오장육부가 갈기갈기 찢어지는 것 같은 아픔을 참기 어려웠어요.

당신은 미국에 유학 중인 광우의 집세라도 벌어야 한다고, 약사면 허증 덕에 모든 직장에서 정년에 도달한 65세의 자신을 받아주고 월급을 준다니 얼마나 다행스럽고 즐거운 일이냐고 하면서, "이팔청춘이 아니니 건강을 생각해서 제발 그만두라"고 내가 말리는데도 "아무 소리 말고 소형 자동차나 한 대 사 가지고 출퇴근만 시켜주면 좋겠다" 면서 행복한 직장인으로서의 강한 집념을 보였어요.

작년 9월 하순경 대우 97년형 라노스 승용차를 사서 아침저녁으로 출퇴근할 때 당신이 내게 "당신까지 운전수로 취직한 게 아니냐?"고 하면서 우리는 얼마나 즐거웠소?

2001년 1월 4일, 주영만 내과의 소견서와 엑스레이 사진 등을 가지고 세브란스병원에서 내과 의사로 있는 조카사위 서정훈 군을 찾아가 그간의 과정과 병세에 대해 설명한 뒤 진찰을 부탁하고 진찰 수속을 했더니, 1월 6일 9시 30분에 세브란스병원 소화기내과의 권위인 박승우 교수에게 진찰을 받으라는 연락을 받지 않았소?

당신의 병이 암일지도 모른다고 생각하니 이틀 뒤 6일 아침이면 진찰을 받는 것인데도 그날까지의 기다림이 어찌 그리도 길고 초조하며 한없이 답답하고 가슴에다 모닥불을 지핀 것처럼 뜨겁고 화끈거리는지, 당신과 나는 안절부절못하고 불안한 이틀을 보냈지요.

확실한 진단을 받기 위해 세브란스병원에 가는 2001년 1월 6일 아침, 지난밤에 어찌 그리 눈이 많이 왔는지 도저히 차를 몰고 갈 자신이 없어 내가 안절부절못할 때 당신은 지하철을 타고 갈 수밖에 없지 않느냐며 서둘러 나가자고 처절한 절규를 하였소.

버스도 택시도 별로 다니지 않아 참으로 미칠 지경인데, 마침 택시가 와서 택시를 타고 세브란스병원까지 가는데, 그 택시기사가 운전도 침착하게 잘할 뿐 아니라 아주 친절해서 환자가 다칠세라 조심조심 진찰시간에 맞춰 가느라고 그 빙판길을 참으로 침착하게 잘도 몰아 예약된 시간 안에 병원에 도착해서 얼마나 다행이었는지 모르오.

그런 기사에게는 특별히 감사의 표시도 하고 격려를 해주어야 했는데, 우리 사정이 너무 급박해서 정해진 요금에 얼마를 더 얹어주고 허둥지둥 진찰실로 달려가지 않았소?

9시 30분이 조금 지나 간호사의 호명을 듣고 박승우 교수 앞에 당신을 데리고 들어갈 때, 당신과 나는 법정에 들어서는 죄인처럼 제발 암만은 아니기를 간절히 하나님께 기도하면서 무겁고 힘없는 발걸음으로 박승우 교수 앞에 섰어요.

주영만 내과에서 보낸 소견서와 엑스레이 그리고 초음파검사의 결과 등을 기초로 당신을 진찰한 박 교수는 당신을 내보내면서 내 옷을 당겨 잠시 남으라고 했소.

그때 당신은 의아하고 불안한 눈초리로 밖으로 나갔지요. 당신의 뒷모습은 눈뜨고 볼 수 없을 만큼 불쌍하고 가련하고 암담해 보였소.

박 교수는 나에게 조용히 말했어요.

"너무 늦었습니다. 입원을 해서 좀더 정밀한 검사를 해봐야 하겠지만, 지금의 소견으로는 장암 말기일 뿐 아니라 간에까지 전이가 되어서 수술도 어려울 것 같습니다. 하여간 입원을 하시지요."

그래서 나는 이렇게 말했지요.

"교수님, 어떻든 저 사람을 살려만 주십시오. 저 사람을 살릴 수만 있다면 어떤 일이든 하겠으니 최선을 다해주시기 바랍니다."

박 교수는 아무래도 항암제를 쓸 수밖에 없고, 그렇게 되면 머리가 빠지고 백혈구 수치가 떨어져 식사도 못하고 이미 먹은 것도 토하고, 그 고통이 이만저만이 아니라고 하면서 말했어요.

"그러나 사모님의 현재 체력이 그 정도는 능히 감내할 것 같아 불행 중 다행입니다. 최선을 다 하겠습니다."

박 교수의 말을 듣고 나오자 당신은 "의사가 뭐라고 그래요? 절망이라고 그래요?" 하고 다급하게 물었어요. 나는 박 교수의 말을 사실대로 전할 수가 없어서 "당신의 체력은 좋은데 약을 쓰면 혹시 백혈구 수치가 떨어져 몸이 약해질까 걱정이라고 해요." 하고 말했지요.

백혈구라는 말에 당신은 "그러면 암이 확실하구먼." 하면서 고개를 힘없이 떨구었어요.

"나나 내 가족이 암에 걸리리라고는 꿈에도 상상을 못했는데 내가 죽을병에 걸리다니……."

하늘을 보고 땅을 보며 나를 보는 당신의 눈에는 눈물이 고였고, 그런 당신을 보는 내 가슴은 피가 들끓어 터지는 아픔을 견디기 어려웠소. 그때 나는 무슨 짓을 해서라도 당신을 살릴 수만 있다면 당신이 나을 때까지 내 모든 것을 바치겠노라고 수없이 다짐했어요. 그리고 기도했어요.

"주여, 사랑하는 아내 경옥이를 살려만 주십시오! 살려만 주시면 무슨 일이든 하겠습니다."

그렇게 다짐에 다짐을 하면서 입원신청을 하고 집으로 돌아왔지요.

그런데 빈 병상이 없어서 입원결정이 나지 않아 얼마나 애를 태웠는지 몰라요. 날마다 조카사위와 병원 원무과에 전화를 걸어 독촉을 해보았지만, 빈 병상이 없는 것은 물론 입원신청을 해놓고 기다리는 환자가 줄을 잇고 있어 언제 입원이 된다는 확답을 드리지 못해 죄송하다는 말과 좀더 기다려달라는 대답만을 들어야 했어요.

그동안 당신의 병세는 더욱 악화되어 매 십 분마다 화장실에 가야 했고, 가 보았자 대변은 염소똥처럼 한두 개 떨어뜨리고 약간의 소변을 볼 뿐인데 간간이 배가 아프다고 신음하는 당신의 목소리에 나는 얼마나 당황했는지 몰라요.

2001년 1월 10일, 병원에서 입원결정이 났다고 통보받던 날 마치 병이 다 낫기라도 한 듯 웃으면서 입원을 했어요. 6일부터 10일까지 5일 동안의 기다림이란 참으로 초조하고 어찌할 바를 모르는 안타까운 나날이었소. '오늘은 입원 통지가 오지 않을까' 하고 독촉하고 사정하고 안절부절못하던 중에 받은 입원통지는 마치 완쾌통지나 받은 것처럼 그믐 밤중에 샛별이라도 만난 듯했지요. 그래서 꼭 당신의 건강을 되찾아올 것이라는 새 희망을 안고 웃으면서 입원을 한 것이 아니었소?

입원한 날부터 각종 검사가 사흘 동안 진행되었고, 그동안 당신과 나는 새벽으로 밤중으로 둘이 하나되어 정성을 다해 쾌유를 하나님께 빌었지요.

입원한 지 4일 만인 1월 13일 첫 진찰을 받던 날, 박승우 교수의 진단은 처음 예견했던 대로였소.

"장암 말기이고 간에까지 전이되어 수술은 불가능하고, 이틀 뒤인 15일부터 5일 동안 매일 항암제 주사를 맞아야 합니다. 그런데 항암제 주사를 맞으면 구토가 심하며 음식을 들기가 어렵습니다. 그러나 항암제 자체가 고통과 체력 소모를 유발하는 약이니 먹기가 거북스럽더라도 음식물을 될수록 많이 먹어 체력소모를 막아야 합니다. 그러지 않으면 백혈구 수치가 떨어져 주사조차 못 맞게 됩니다 그렇게 되면

치료가 불가능합니다. 토하면서라도 잡수셔야 합니다."

박 교수의 비장한 경고성 권유에 당신은 무엇이든 선생님이 시키는 대로 하겠다고 굳은 결의를 보였어요.

그때 나는 결심했소. 지금 이 시간부터 당신이 완쾌되어 퇴원할 때까지 나는 당신 곁을 떠나지 않고 당신과 함께하며 병수발을 들겠다고.

그리고 새벽잠에서 깨어나거나 저녁 잠들기 전에 우리 둘은 부여안고 간절한 마음으로 울면서 기도했소.

"사랑하는 경옥이를 살려만 주십시오. 남은 여생을 참으로 하나님께 영광 돌리고 늘 감사하며 즐거운 마음으로 하나님의 자녀로서 부끄럽지 않은 생활을 하겠습니다. 주님의 십자가 보혈로 경옥의 병마를 물리쳐 주시고 큰 은혜 베푸사 살려 주십시오."

염치없는 요구이기는 하지만 참으로 급하고 안타까운 심정을 어디에도 호소할 길 없어 철없는 아이처럼 무조건 하나님께 매달리고 보자고 우리는 열심히 기도하지 않았소?

당신은 병고의 아픔도 잘 참고 기도시간만은 정성을 다해 기도했어요. 옆 침대의 다른 환자들이 들을세라 그들의 안정을 방해하지 않기 위해 우리 둘만이 들을 수 있게 조용조용 찬송가는 또 얼마나 많이 불렀소?

우리 둘이 평소에 가장 많이 불렀던 503장 '고요한 바다로'를 비롯 432장 '너 근심 걱정 말아라', 221장 '나 가난 복지 귀한 성에', 545장 '하늘 가는 밝은 길이' 등 수많은 찬송가를 참으로 많이 부르지 않았소?

드디어 1월 15일 오후 2시, 항암주사 1차 첫 번째 주사를 맞고 나니 이상하게도 10분 간격으로 화장실을 드나들며 염소똥 같은 대변을 보던 것이 일시에 멎어버리고 화장실에 자주 가지 않으니 살 것 같다고 당신은 병이 다 나은 것처럼 기뻐했지요.

항암주사 1차 둘째 날, 셋째 날만 해도 당신은 병세가 좋았고 별로 지치지도 않았어요. 1차 넷째 날부터 구토도 하고 통증도 호소했지만, 1차 항암주사 마지막 날인 19일까지도 잘 견뎌서 박승우 교수와 강은석 담당의사는 그날로 일단 퇴원해서 집에서 요양하다가 1개월 뒤 다시 입원해서 2차 항암제 주사를 맞도록 하라고 했지요. 하지만 혹시 모르니 오늘 하루 더 지나 보고 20일에 퇴원하도록 해달라고 해서 다음 날인 20일(토요일)에 퇴원하지 않았소?

집에 와서 당신의 병세는 더욱 심각해졌고, 퇴원한 다음 날은 주일이어서 병원문은 모두 닫혔는데, 통증도 심하고 식사도 못하고 구토는 그때부터 시작되고 화장실 출입은 그때부터 잦아지는데, 참으로 21일 하루를 어떻게 지냈는지 모르게 보냈소. 22일은 주영만 내과에서 링거 주사와 응급처치를 받을 수 있었지만, 24일이 설날이어서 23일부터 설연휴가 시작되는데 병세는 더욱 악화되고 심한 구토로 식사는 전혀 못하고 화장실은 더 자주 출입하고, 당신은 죽는다고 통증을 호소하는데 병원문은 다 닫혔고…… 참으로 환장할 지경이었지.

그 상태로 병원 갈 일도 난감했지만 병원에 전화를 걸어도 의사가 없으니 어떻게 할까 발만 동동 구를 수밖에 없었소. 그러다가 광명 성애병원에 전화를 걸었더니 일단 응급실로 와보라고 해서 할 수 없이 광명 성애병원 응급실로 갔지만, 역시 담당의사가 없어서 의사의 지시 없이는 영양주사도 놓을 수 없다고 해 식염수를 맞는 데 만족해야만 했고, 설날인 24일까지 이틀을 성애병원 응급실에서 보내고 25일은 집에서 하루를 천 년처럼 진땀으로 지새지 않았소?

다음 날 26일은 주영만 내과에서 링거를 맞고, 27일은 세브란스병원 검진 예정일이어서 일찍 세브란스병원으로 가서 이 상태로는 도저히 집에 있을 수 없으니 다음 달 2차 항암주사를 맞을 때까지 입원해서 담당의사의 진찰을 계속 받아야겠다고 떼를 썼지만, 입원실이 없으니 어떻게 하느냐고 해서 어떤 방이든 좋으니 입원을 시켜달라고 원무과에 애원했어요. 1인실이나 2인실밖에 없다고 해서 우선 2인실에 입원하고 다른 병실에 자리가 나면 옮기기로 하고 77병동 2인실로 입원을 했지요.

다시 입원한 27일, 온종일 심한 구토와 심한 통증으로 전혀 식사를 못하는 것은 물론 물도 마시지 못하면서 화장실에 계속 다녀야 했소. 참으로 당신도 나도 어찌할 바를 모르는 지루한 하루가 아니었소?

나는 비로소 당신을 살릴 수 없을지도 모른다는 생각을 하게 되었소. 당신 없는 세상을 그리면서 당신이 너무 불쌍하고 나와 40년 동안 살면서 너무 희생적으로 남편과 가족을 위해 헌신한 것을 생각하며, 그리고 당신 없는 내 여생을 생각하며 어두운 밤 병원 밖에 나가 한없이 울었다오!

나는 혼자서 울다가 도저히 견딜 수 없어서 계훈 엄마 아빠에게 전화를 걸었고, 곧장 달려온 그들과 울고 또 울었어요. 계훈 엄마 아빠는 고통을 못 이겨 신음하는 당신과는 대화도 못 나눈 채 얼굴만 잠시 보고 그냥 되돌아갈 수밖에 없었고, 돌아가면서 이제는 정성을 다해 하나님께 매달리는 것 외에는 다른 방도가 없으니 열심히 기도하자고 서로 격려하고 다짐하며 헤어졌어요.

28일도 고통의 연속이었고, 그날부터 병원에서 나오는 식사도 끊기고 음료수조차 마실 수 없게 되어 모든 식음을 주사로 해결하는데, 한꺼번에 맞는 주사가 알부민을 비롯해 대여섯 가지씩 주렁주렁 매달려 있었고, 백혈구 수치가 너무 떨어졌지요.

새벽에 들른 강은석 선생은 거의 절망적인 말을 했어요.

"이대로 가면 며칠을 넘기기 어려울 것 같습니다. 참으로 안타까운 일입니다. 백혈구 수치가 떨어지면 모든 병균에 바로 노출된 거나 마찬가지니 절대로 사람들과 만나면 안 됩니다. 절대로 면회는 사절해 주십시오."

당신은 내 부축을 받으며 빈번하게 화장실 출입을 했고, 당신을 위한 나의 기도는 끝없이 이어졌어요.

"사랑하는 경옥이를 살려 주십시오. 경옥이는 아직도 할 일이 너무 많습니다. 경옥이 없는 세상은 저도 살 수 없습니다. 주여! 십자가의 보혈로 사랑하는 경옥이의 병마를 물리쳐주십시오."

담당의사도 자신을 잃은 것처럼 보이고 당신은 점점 힘이 떨어지는데 내가 의지할 곳이라고는 염치없는 일이지만 정말 하나님뿐이었어요.

1월 29일과 30일, 31일까지도 당신의 병세는 같은 상태였고, 그동안 처제와 동서 그리고 성우 아빠 엄마와 지영이 아빠 엄마, 사촌 처남 내외분과 사촌 처제 내외분, 재원이 외할아버지와 그 가족 그리고 지훈이 외할아버지 내외분 등 일가 친척들이 병문안을 왔지만 거의 면회를 못하고 그냥 돌아가야만 했어요.

당신의 친구 중 고정자 씨를 비롯한 중학교 동창들, 이정숙·윤순자·강정원 씨 등 숙명여고 동창들, 우정희·이영아 씨 등 중대 약대 친구들과 민주산악회 심상구·김상열·이정일·유명환·황선빈·이영하·박봉석·이원재·최승봉·김석창·정윤용·이영숙·김순연·송금순·최은순·이영화·김명희·김정자·홍영자·배군자·김춘섭·이양숙·윤용덕 등 여러분이 병문안을 왔지만, 당신의 얼굴만 보고 나와 이야기를 나누고 그냥 돌아갔지요.

그리고 심의석·정진일·최동화·김석용 등 위원장들과 28동지회 이형호·최영수·유용근·장승훈과 김섭곤 등 참으로 많은 분들이 어떻게 알고 면회를 왔지만 당신을 만나지도 못하고 그냥 돌아갔어요. 그분들에게는 참으로 미안하지만 어쩔 수 없는 상황이었지요.

2월 1일 조카사위 서정훈 박사의 주선으로 71병동의 6인실로 옮겼으나 당신의 고통과 금식은 전과 마찬가지였어요. 화장실이 병실 안에 있던 2인실과는 달리 화장실도 멀고 또 한 병실에 환자가 여섯 명씩이나 되다 보니 너무 복잡하고 왕래가 불편해 화장실 출입이 어려워서 그날부터 침대에서 대소변을 받아 내기로 했지요.

당신은 그 고통 중에도 병상 옆의 좁은 보호자용 침상에서 쪼그리고 잠을 자며 밤새 몇 번이고 일어나 대소변을 받아 내는 나의 건강을 걱정하며, 늘 아주 미안한 표정으로 "당신 집에 가서 푹 자고 와야 할 텐데 어떻게 해요. 며칠에 한 번이라도 간병인을 구해 놓고 집에 가서 쉬고 오세요" 하고 내 건강을 걱정했어요.

하지만 당신의 마음 깊숙한 곳에 숨어 있는, 24시간 내내 내가 곁에 있어주기를 바라고 그것을 고마워하는 진심을 내가 어찌 일순간이라도 잊을 수 있었겠소? 나 또한 내몸이 부서져 쓰러지는 한이 있더라도 당신 곁을 떠날 수가 없었어요.

당신은 나와 함께한 40년 동안 나와 우리 집안을 위해 헌신했고, 거의 밑바닥에서 나와 우리 가족을 위해 봉사했으며, 우리 자식들 명우와 성인이, 광우를 위해서 모든 것을 바쳐 희생했어요.

당신 생전에 그런 표현을 하지는 않았지만 내가 어떻게 당신의 그 헌신적인 희생과 봉사를 한시인들 잊었겠소? 그런 당신이 병마에 걸려 신음하고 있는데 일순간이라도 편히 쉬겠다고 어찌 당신 곁을 떠나 편히 잠을 잘 수 있었겠소?

　2월 2일, 그날도 당신과 나는 하나님을 향해서 간절히 당신의 쾌유를 빌고 조용히 찬송가를 불렀소. 그리고 난 뒤 당신은 입을 열었어요.

　"여보, 당신은 나 때문에 통곡을 한다면서요? 통곡을 말이에요! 나는 요새 와서 새삼스럽게 이 사람이 정말 내 남편이로구나 그렇게 생각해요. 여보, 나는 아무래도 오래 살지 못할 것 같아요. 또 이렇게 계속 아프면 차라리 죽는 게 낫지 이런 상태로 오래 살면 나도 고생스럽지만 당신과 아이들, 그리고 다른 가족들한테 너무 짐이 돼요. 이제는 내가 떠날 준비를 해야겠어요."

　그렇게 담담하게 죽음을 맞을 각오를 말하는 당신에게 나는 대답했어요.

　"살고 죽는 것은 사람의 마음대로 되는 것도 아니고, 또 지금 당신이 병상에 누워 있다고 해서 당신이 나보다 먼저 죽는다고 단정할 수는 없어요. 지금은 내가 당신의 병수발을 들고 있지만 죽는 것은 내가 먼저일지도 몰라요. 아무튼 우리 두 사람이 한날 한시에 갈 수는 없을 것이고, 누가 먼저 가느냐 하는 것은 하나님께 맡기고 우리 사후의 일을 이야기하고 서로 약속을 합시다. 남은 사람이 그 약속을 꼭 지키기로 합시다."

| 우리 사후의 문제는 어떻게 할까? |

우선 사후의 장례문제는 어떻게 할까를 생각해보았어요. 장례절차를 생각하면서 우리는 여러 형편상 교회출석은 잘 못했지만 두 사람 모두 신길동교회에서 신앙생활을 시작했고, 세례도 받았으며, 우리의 젊은 날의 신앙생활의 고향이 신길교회이니 영원한 신길교회의 식구라고 확인했지요. 그래서 장례집전은 신길교회 목사님에게 부탁하기로 하고, 남은 사람은 곧바로 신길교회에 출석해 먼저 간 사람의 명복을 빌고 여생을 하나님께 의지하며 살자고 우리는 굳게 약속했어요.

그리고 평소 당신과 나는 매주 3, 4일은 우리의 뒷산 구름산에 오르는 것이 중요한 일과 중 하나였지요. 먼저 당신의 컨디션에 따라서 집에서 출발해 산 초입에 있는 숲속을 지나 첫 번째 등성이에서 좌측으로 내려와 소하공원에 이르러 공원 마당을 대여섯 바퀴(약 한 시간 소요)도는 코스가 있었지요. 또 출발해서 산 초입에 있는 숲속을 지나 등성이에서 우측으로 팔각정이 있는 구름산 정상에 올라 곧바로 첫 번째 산불 감시초소를 내려와 명상의 숲을 지나고 첫 번째 만나는 바위산(우리가 '만물상'이라 이름을 붙였지요)을 지나 두 번째 만나는 바위산(우리가 '비로봉'이라 이름을 붙였지요)을 웃고 떠들며 노래하며 곧바로 가면 두 번째 산불초소가 나오지요. 그곳에서 똑바로 내려가면 가리대로 가는 길인데, 우측으로 꺾어 '바위고개 언덕을' 등 노래를 부르면서 한참 걷다 보면 어느덧 배드민턴장과 약수터가 있는 곳에 이르게 되지요.

시원한 약수를 한 사발씩 마시고 세수도 하고 거기서 팔다리운동과 목운동을 하고 설월이를 거쳐 집으로 오면서 우리는 얼마나 많은 이야기를 나누었소?

이 코스는 나 혼자서는 1시간 30분이 걸리지만 당신과 함께 갈 때는 여러 번 쉬기 때문에 2시간이 걸렸지요.

우리는 앞의 것을 반바퀴, 나중 것을 한 바퀴라고 하지 않았소?

어느 날 당신이 걸으면서 말했어요.

"사람은 누구나 죽는 것인데, 우리도 벌써 죽음에 대한 문제를 생각할 때가 되었네요. 당신 어떻게 생각해요? 나는 이 세상에 와서 열심히 노력하면서 산다고 산 것 같은데, 곰곰이 생각하면 크게 한 일이 없는 것 같아요. 그러니 한 번 가는 죽음만이라도 값있게 뜻을 남기고 싶어요."

지금 생각하면 당신은 예감이라도 한 듯 사후의 시신처리 문제와 장례절차 그리고 무덤의 설치 등에 대해 많은 말을 했어요. 당신이 나에게 미리 사후문제들에 대해 다짐을 받으려고 한 것 같아서 요즈음 참으로 가슴이 미어진다오.

당신과 나는 등산을 하면서 우리의 사후에 대한 유언을 서로 확인하고 또 합의해 두었지?

부모님의 고향인 충청북도 보은군 내북면 이원리에 있는 우리 산에 정남향바지로 부모님과 함께 쓸 수 있는 우리의 묘자리가 마련되어 있기는 하지만, 우리는 어차피 육신은 땅속에 들어가도 썩어 없어질 것이고, 공연히 묘를 써 두면 아이들한테 죽은 후에까지 부담만 주어 명절 때마다 복잡한 교통지옥을 오가는 것도 문제고, 또 그 심적 고통이 얼마며, 죽은 뒤까지 아이들의 발목을 잡는 부모는 되지 말아야겠다고 결심했소. 결국 우리는 후손들이 살 땅도 모자라는데 굳이 묘지를 쓸 필요가 없다고 결론을 짓지 않았소? 우리는 화장을 하자고 말하면서 웃었지.

그리고 다 써버린 시신이지만 마지막까지 유용하게 쓸 수는 없을까 생각해보았지요. 안구와 신장 등 우리 몸의 일부라도 다른 사람에게 도움이 된다면 그것도 기증하는 것이 좋겠다면서.

무엇보다 중요한 것은 의과대학에서 학생들이 사람의 시신을 직접 해부해봐야 참된 의학공부를 하는 것인데 시신을 기증하는 사람들이 많지 않아서 의학공부에 막대한 지장이 있다는 기사를 읽고, 우리 두 사람만이라도 의과대학에 시신을 기증하자고 등산길에서 즐거운 마음으로 결정했소.

지금은 각 대학교에 이런저런 장학금이 많지만, 우리가 대학에 다닐 때만 해도 중앙대학교에서는 전교생 가운데 등록금 전액을 장학금으로 받는 학생은 한 명뿐이었소. 그런 시절에 당신은 중앙대학교 약학대학생으로서 입학할 때부터 졸업할 때까지 전교 1등의 성적으로 하나뿐인 장학금을 독차지했지!

당신은 말했어요.

"여보, 그때 우리 집 형편으로는 도저히 공부를 계속할 수 없었는데, 중앙대학교에서 주는 그 장학금으로 공부를 하고도 지금까지 아무 보답을 하지 못했어요. 내 시신만이라도 후배들에게 주어 도움이 된다면 그것으로라도 조금이나마 보답하고 싶어요. 당신도 중앙대학교를 나오지 않았어요? 그러니 우리 둘만이라도 중앙대학교 의과대학에 시신을 기증합시다."

나도 흔쾌히 찬성했고, 또 우리의 유골은 우리가 늘 즐겁게 걷던 구름산에 뿌리고 남은 사람은 서로를 생각하며 자주 등산하기로 약속했지요.

또 당신은 내게 말했어요.

"여보 ! 내가 좀더 살아서 꼭 보고 싶은 것이 세 가지가 있어요. 첫째는 막내 아들 광우의 결혼이고, 둘째는 광우가 미국에서 박사학위를 받는 거예요. 셋째는, 큰아들 큰며느리와 광우는 미국 유학을 보냈는데 유독 하나뿐인 딸 성인이만 유학을 못 보내서 늘 가슴이 아팠어요. 그래서 성인이를 국내 대학원에라도 보내서 석사학위를 받게 하자고 우리가 이야기해 놓고도 실천을 못했잖아요? 그것을 꼭 실천해서 성인이가 석사학위를 받는 것까지만 보았으면 얼마나 좋겠어요? 우리가 모아 놓은 재산은 별로 없지만 하고 싶어하는 공부만이라도 열심히 시켰으니, 아이들에게 물려줄 재산은 없고 그저 광우가 유학을 마친 뒤 결혼시키고, 성인이가 석사학위 과정을 끝내도록 뒷받침을 해주세요. 그러고도 남는 것이 있으면, 여보! 당신이 자식들은 물론 다른 누구한테도 신세를 지거나 손을 벌리지 말고 편안히 살다가 세상을 떠날 때 우리 귀여운 손자들의 유학비로 보태 쓰게 남겨 놓고 천국으로 오세요."

그렇게 말하는 당신에게 나는 이렇게 말했지요.

"나는 당신과의 약속을 꼭 지키고 당신 곁으로 갈 것이니 혹시 당신이 먼저 가게 되거든 편안한 마음으로 나를 기다려줘요. 이 땅에서는 당신이 나를 위해 희생과 봉사만 했지만 천국에 가서는 우리의 역할을 바꾸기로 해요. 거기 가서는 당신이 오늘의 내가 되고 내가 오늘의 당신이 되어 이 땅에서 당신이 나를 위해 희생하고 봉사한 것처럼 천국에서는 내가 당신을 위해 희생하고 봉사할 것이니 그렇게 믿고 나를 기다리고 있어요."

그러자 당신은 고통 중에도 빙그레 웃으면서 말했어요.

"그래요, 꼭 그렇게 해요. 내가 먼저 가서 기다리고 있을 테니 오늘 우리의 약속을 꼭 지키시고 오세요. 그리고 혼자 외롭고 쓸쓸하게 고생하며 살지 말고 큰아들 집으로 들어가세요."

그때 나는 당신에게 다짐했어요.

"내가 어떤 일이 있어도 오늘 당신과 한 약속을 틀림없이 이행하고 당신 있는 곳으로 가서 당신을 찾고 또 찾을 것이니 꼭 기다리고 있어요."

우리는 꼭 부여안고 우리의 약속을 다지고 또 다졌지요.

"내 죽음을 광우에게 알리지 마세요. 장례를 마치고 당신이 곧바로 미국에 가서 광우가 충격을 받지 않게 위로하고 엄마의 죽음과 당부를 직접 알리세요."

그러고는 한없이 미안해하는 나에게 이렇게 덧붙였지요.

"나 때문에 너무 슬퍼하고 절망하지 마세요. 우리가 하려고 노력했던 당신의 국회의원 당선은 이루지 못했지만, 당신과 나는 고생 중에도 희망을 잃지 않고 즐겁게 옳은 일을 하면서 깨끗이 살았다고 생각해요. 여보, 우리 재미있게 살았잖아요? 아이들도 잘 자라주었지요. 엊그제 재원 어멈(며느리)이 와서 내 옷을 벗기고 정성을 다해 목욕을 시켜주었어요. 그만하면 며느리도 잘 본 것 아니에요? 나는 재원 어멈에게 감사해요.

여보, 내가 기분 좋게 떠나는 이유가 또 하나 있어요. 당신이 나가고 없을 때 막내삼촌(막내 시동생 병열)이 다녀갔어요. 내 병상 옆에 아무 말 없이 앉아 있던 삼촌이 그러더군요.

'형수님! 감사합니다. 제가 결혼하고 얼마 동안 부모님을 모셔봤습니다. 오래 모시지는 못했지만 참으로 어렵고 힘들었습니다. 그런데 형수님은 중학생인 작은형, 초등학교 학생인 저와 부모님까지 대가족인 찢어지게 가난한 우리 집에 오셔서 참으로 오랫동안(12년간) 어떻게 견디셨습니까? 형수님, 참으로 감사합니다.'

나는 이제 가도 여한이 없어요. 나는 모처럼 시집 식구에게서 감사하다는 말을 들었고 또 인정을 받았어요. 나는 이제 즐거운 마음으로 당신과 가족 곁을 떠날 수 있어요. 내가 죽거든 장례를 마치고 당신이 막내삼촌을 따로 불러서 삼촌 때문에 즐겁고 홀가분한 마음으로 천국에 간다고, 나를 이해해주어서 참으로 감사하다고 말했다고 전해주세요. 그리고 면회를 와주신 친척들과 친지 여러분들에게도 병원측 지시로 면회를 사절하게 되어 직접 감사의 말씀을 못 드리고 떠나는 것을 죄송하게 생각하고 감사하는 마음으로 떠났다고 전해주세요."

그날 당신은 참으로 담담하게 마치 외국 여행이라도 떠나는 사람처럼 하고 싶은 말을 다했어요.

2월 3일, 식사를 전혀 못하고 영양주사로 꼬박 하루를 보냈고 심한 고통에 시달리는 것은 전날과 다름이 없었지요.

2월 4일, 새벽기도로 하루를 시작했지만 식사는 못하고 고통의 호소는 전날보다 덜한 것 같고 음료수도 조금씩 찾고 사과, 배 등을 들기 시작하며 소변의 양도 전날보다 증가한 하루였지요.

2월 5일, 이날도 여전히 식사는 금지된 상태였고 영양주사도 전날과 같았으나 소변 양이 점점 불어났고, 과일과 음료수의 섭취량도 늘어가며 기력도 조금씩 나아져서 하나님께 감사하고 찬송가도 더 많이 부르게 되었어요.

2월 6일, 이날도 여전히 금식이었으나 딸 성인이가 가져온 수정과, 식혜, 요플레, 사과주스, 배주스, 감자튀김 등을 먹고 싶다고 해 제법 많은 양을 섭취해서 당신의 상태는 훨씬 좋아졌고 기분도 좋아 보였어요.

2월 7일, 이날도 병원에서는 식사를 주지 않았지만 당신은 이상하리만큼 쉴 새 없이 먹을 것을 찾았어요. 바나나주스, 카스텔라, 약식, 크림빵, 떡, 슈크림, 사과, 배 등을 찾았고 대소변도 점점 증가했소. 나는 당신이 먹고 싶다면 기운이 뻗쳤고 즉시 병원 밖으로 나가 당신이 원하는 것을 빠짐없이 구해 갖다 바쳤지요. 당신도 나도 기뻐하고 신바람이 났어요. 다만 하안동 명동칼국수의 칼국수가 먹고 싶다고 했는데 너무 멀어서 사다주지 못했어요.

2월 8일, 병원 식사는 여전히 금지되었고 과일을 비롯한 주스류의 섭취는 전날과 같았고 상태도 더욱 좋아졌어요.

2월 9일, 거의 2주일 만에 죽을 먹으라는 주치의의 지시에 따라 죽이 나왔는데 당신은 죽 한 그릇을 남김없이 비웠어요. 당신도 나도 얼마나 신기하고 기뻤는지 몰라요. 우리는 참으로 간절한 마음으로 하나님께 감사의 기도를 드렸지요.

오랜만에 당신과 나는 병원복도에 나가 가벼운 운동도 하고 또 병원기도실에 들어가 조용히 기도하고 찬송가도 불렀지요! 곧 나을 것 같은 예감으로 우리는 큰 소망을 가지고 웃으면서 많은 이야기도 나누지 않았소?

2월 10일, 병원에서 주는 죽을 다 비웠고 상태도 여전히 좋았지요. 기도와 찬송은 계속되고…….

2월 11~13일, 병원에서 주는 죽을 다 비웠고 기운도 점점 회복되어 박승우 교수와 의료진들은 날로 회복되는 당신의 상태에 박수를 보냈고, 항암주사를 5일에 한 대씩 놓을까 했는데 의외로 식사도 잘하고 원기도 빠르게 회복되어 이 정도면 매일 맞아도 괜찮겠다고 했지요.

그 의견에 대해 내가 먼젓번 항암주사에 너무 시달리는 걸 보고 겁이 나서 우선 5일에 한 대씩 맞는 것이 좋지 않겠느냐고 했을 때, 당신은 이 정도면 괜찮으니 매일 맞는 것이 좋겠다고 말했지요. 꼭 병을 이기고 살아야겠다는 당신의 간절한 소망을 가로막는 것처럼 보일까 봐 나는 더 이상 이의를 달지 못하고 당신의 뜻대로 매일 맞는 데 동의했어요.

2월 14일, 당신은 여전히 아침식사와 점심식사를 잘 들었고, 마침내 오후 2시에 2차 첫날 항암주사를 맞았어요. 전날과 다름없이 당신은 과일과 주스 등을 잘 들었고 대소변도 잘 보고 기분도 꽤나 좋았어요.

우리는 이번 항암제는 효과가 있나 보다 하며 안도했어요. 여전히 하나님께 간절히 기도하고 찬송가도 열심히 불렀지요.

2월 15일, 식사도 잘 마쳤고 원기도 좋았지요. 오후 2시 2차 항암주사를 맞았고 음료수를 비롯한 주스 등을 약 1000cc 정도 들고 기운도 여전히 좋았어요. 영양주사 등을 매달고 이동주사대를 밀고 당신 혼자서 화장실을 출입할 정도로 좋아졌지요.

2월 16일, 상태는 여전히 좋았고 오후 2시 세 번째 항암주사를 맞았지요. 당신의 상태는 전날보다는 못했지만 그다지 나쁜것은 아니었어요.

2월 17일, 당신은 아침부터 구토를 하기 시작했고 식사는 물론 음료수조차 받지 않아서 다시 고통을 호소하기 시작했어요. 그런데도 오후 2시에 2차 네 번째 항암주사를 맞았지요.

그날부터 대소변의 양이 다시 줄어들고 화장실 출입도 할 수 없게 되어 그대로 침상에서 받아내기 시작하고, 소변은 나오지 않고 배가 불러왔고 대변은 관장을 하지만 시원하게 볼 수 없어서 신음과 고통으로 참으로 안타까웠는데, 밤부터는 소변 받는 기구를 착용해 겨우 해결했지요. 그날 밤은 당신의 고통으로 인해 거의 밤잠을 설쳤지요.

2월 18일, 2차 다섯 번째 항암주사를 맞는 날인데, 아침 일찍 병실에 들른 박승우 교수는 악화된 당신의 상태를 보고 그날 맞을 항암제는 보류하는 것이 좋겠다고 해서 항암주사를 쉬었지요.

그러고 보니 어느덧 머리카락이 거의 다 빠지고 대머리가 되어 있는 당신의 모습을 보면서 나는 한없이 울었어요. 찢어지게 가난했던 우리의 젊은 시절, 집안을 일으키고 그래도 나라를 위해 일해야 한다고 제대로 휴식 한번 취하지 못하고 동분서주하기를 40년. 그런 당신이 죽음을 앞에 두고 신음하는 것을 볼 때 당신을 위해 아무런 대책도 세우지 못하고 통곡이나 해야 하는 내가 얼마나 초라하고 가련하게 느껴졌는지 몰라요.

밤이 되었어요. 그날따라 당신의 아랫배가 계속 불러오고 한 시간쯤 지날 때마다 관장을 시켜달라고 호소했어요. "아파 죽겠네", "나 죽네 나 죽어" 하면서 밤새도록 침대에서 이리저리 뒹굴며 통증을 호소했고. 나는 밤새도록 더 효과 있는 진통제를 놓아달라고 간호실을 들락거렸고, 나와 간호사들은 관장하느라고 수없이 병실을 드나들었지요. 진통제를 몇 대나 맞았는지 셀 수 없을 정도였어요.

당신은 침대를 이리저리 굴러다녔고, 나는 관장으로 배설한 대소변을 치우고 청소하면서 쉴 새 없이 간호사를 부르러 갔어요. 간호사들은 관장과 진통제 주사 때문에 밤새도록 병실을 드나들었지요. 같은 병실의 환자와 보호자들도 밤을 꼬박 새웠다오.

18일 저녁부터 19일 아침까지의 길이는 10년은 되는 듯 어찌도 그리 길었는지 정말 필설로 형언할 수 없는 고통의 시간이었어요. 주사 한 대를 맞는 순간적인 아픔도 싫어하는데 밤새 세브란스병원에서 가장 잘 든다는 진통제 주사를 다 써보았지만 아무런 효과도 없어 그 아픔을 당신은 밤새도록 호소했고, 옆에서 보는 나는 오장육부가 오므라들고 머리와 가슴이 깨지고 찢어지는 아픔을 견디기 어려웠어요.

그날 밤은 기도도 할 수 없다고 "당신 혼자 기도해주세요" 하고 말했지만 당신의 수발이 급해서 나 역시 기도도 찬송도 할 수 없었어요. 그렇게 뇌성벽력 치는 긴 밤을 지내고 새벽이 되었는데, 밤새도록 맞은 진통제 효과가 그제야 나타났는지 밤새도록 침대를 굴러다녀 지쳤는지 당신은 힘없이 누워서 여전히 대변이 나오지 않는다고 호소했어요. 새벽 일찍 들른 박승우 교수가 피마자유를 처방해서 그것을 한 병마시고 당신은 힘없이 누워만 있었어요.

2월 19일, 머리카락이 다 빠져서 당신은 대머리가 되다시피 했고, 침대 밑에는 온통 머리카락이 어지럽게 널려 있었지요. 당신이 나를 보고 접착테이프를 사다가 그 머리카락을 걷어내 달라고 해서 테이프를 사다가 그 머리카락을 치우고 있는데, 정림 아빠 엄마가 병문안을 왔어요. 그런데 당신은 그냥 누운 채로 손을 내저으면서 일어날 기운도 말할 기운도 없으니 그냥 돌아가라고 해서 정림 아빠 엄마는 슬픈 기색으로 말없이 그냥 돌아갔어요. 그것이 정림 아빠 엄마와의 마지막이 되었지요.

그날은 식사를 못하는 것은 물론 화장실 출입도 여전히 못한 채 간간이 음료수나 조금씩 들면서 태풍 후의 고요처럼 당신은 조용히 누워서 오히려 내 건강을 걱정했어요.

"너무 여러 날 마누라 병수발 드느라고 숙식을 제대로 못하고 있으니 당신의 건강이 걱정돼요. 오늘은 통증도 심하지 않고 견딜 만하니 간병인을 구해 놓고 당신은 집에 가서 목욕도 하고 하룻밤 푹 쉬고 오세요."

당신은 여러 번 재촉을 했지요.

나는 아직 견딜 만하니 내 걱정은 말고 안정을 취하라고 하면서 그 자리를 뜰 수 없었어요.

오후가 되어 병원비 중간계산서가 나온 것을 보고 당신은 성화를 했어요.

"빨리 가서 병원비를 계산하고 집에 가서 주무시고 오세요."

내가 오후 4시쯤 병원비를 계산하고 올라오니, 당신은 빨리 간병인을 구해 놓고 집에 가라고 더 성화였지요.

내가 남에게 맡기고 갈 수 없다고 해서 서로 가라, 못 가겠다 하며 옥신각신하다가 5시쯤 되었을 때, 당신은 구토가 나올 것 같으니 바가지를 입에 대달라고 해서 일어나 앉은 채로 토하기 시작했지요.

5시 반이 될 무렵 당신은 침대에 앉은 채로 아침에 먹은 피마자유를 모두 토해냈어요. 내가 당신에게 "아침에 박승우 교수가 처방했던 피마자유를 다 토했네" 하자, 당신은 힘없이 "그러게 말이야!" 하고는 의식을 잃었어요.

그것이 40년 세월을 모진 풍파를 다 겪으면서도 행복하게 살았던 당신과 나의 생애 마지막의 대화였구려!

그때까지도 당신이 그렇게 끝나리라고는 생각도 못하고 당신을 안은 채 "여보! 여보!" 하고 부르짖고 있는데, 마침 담당의사인 강은석 선생이 들어와 당신의 상태를 보고 다급한 목소리로 물었어요.

"언제부터 이렇게 됐습니까?"

미처 대답할 사이도 없이 간호사와 다른 의사들을 소집해서 인공호흡과 응급주사 등 한참 소란스럽게 응급처치를 취했어요. 그들의 움직임으로 보아 마지막이 온 것을 직감하고, 나는 병원벽을 주먹으로 치고 머리를 조아리며 당신의 회생을 울부짖고 있었지요. 그때 박승우 교수가 달려와서 당신의 상태를 보고 말했어요.

"최선의 조치는 다하겠지만 상태는 이미 기운 것 같습니다. 자손들과 가족들에게 연락을 취하셔야 할 것 같습니다."

그 말을 듣고 명우와 성인이 그리고 형제들에게 울면서 비보를 전했어요.

당신을 독방으로 옮기고 여러 의사와 간호사들이 당신을 둘러싸고 인공호흡 등 각종 복잡한 시술들을 정성을 다해 하기에 혹시나 하고 당신의 회생을 기다렸지요.

참으로 긴 시간이 흘렀어요. 아이들이 와서 내가 너무 지쳐 보였는지, "여기는 우리에게 맡기고 집에 가서 쉬세요" 하고 강권해서, 당신이 깨어나지 못하고 이대로 가면 지금 입고 있는 환자복만으로는 안 되겠다 싶어 집에 가서 갈아입힐 옷이라도 가져오기로 했지요. 그래서 지훈이 아빠(사위)의 차를 타고 집에 왔지만, 잠도 안 오고 머리는 터질 것 같고 당신의 마지막을 생각하니 울음밖에 나오지 않아 한참을 혼자 울고 있는데 명우에게서 연락이 왔어요.

"20일 새벽 2시 10분에 어머니의 맥박이 멈췄습니다."

그 비보를 받고 당신의 옷가지를 챙겨 지훈 아빠가 몰고 온 차로 다시 병원으로 달려갔어요.

65개 성상을 고생하며 살아온 당신은 너무도 편안한 얼굴이었어요. 나는 자는 듯 누워 있는 당신의 얼굴을 손으로 어루만지고 가져온 옷으로 갈아입혔어요. 그리고 당신과 약속한 대로 중앙대학교 부속병원에 곧 전화를 걸었고, 거기서 온 앰뷸런스로 중대 부속병원으로 갔어요.

김영삼 전 대통령과 이회창 총재, 김덕룡 의원 등 여러분이 화환을 보내주셨고 2박 3일 동안 조문객들이 당신의 마지막길을 애도했어요. 신길교회 이신웅 목사님을 비롯한 장로님, 집사님들, 성가대원들이 쉴 새 없이 찾아와서 찬송과 예배를 드리면서 당신의 명복을 빌었다오.

2월 22일 오전 10시, 당신이 사랑하는 아들, 며느리, 딸, 사위, 손자, 손녀 그리고 일가 친척, 당신의 동창생들, 우리와 어려운 시절을 함께했던 민주산악회 여러분과 나의 친구들, 신길교회 교우들이 운집한 가운데 당신의 시신마저 내 곁을 떠나 보내는 영결예배를 마쳤소. 그러고 나서 당신이 가장 사랑했던 손자 재원이가 정성스럽게 앞가슴에 모신 영정을 앞세우고 중앙대학교 의과대학에서 보내온 앰뷸런스에 실려 당신은 말없이 내 곁을 떠났어요.

아! 내 사랑 맹경옥!

나는 허공을 치며 얼마나 울었는지 몰라요.

당신과 나의 40년 동안의 희로애락이 이렇게 끝나는구려!

당신을 보내면서 당신도 잘 아는 이무부 씨가 이렇게 말했어요.

"노병구, 이제 혼자 살아봐! 부부의 한쪽이 떠나면 50%가 떠나는 것으로 생각하지? 아니야, 천만의 말씀이야, 이 사람아! 자네의 인생 중에 60%가 지금 떠난 거야! 자네는 지금부터 40%만 남아서 사는 거야! 그런 줄 알고 정신 차려, 이 사람아!"

농반 진반의 충고와 위로를 진심으로 하는 이무부 씨의 말을 뒤로 하고, 나는 아이들과 가족들을 데리고 당신이 병상에서 먹고 싶어했던 여러 가지 먹을거리 중 내가 갖다주지 못했던 하안동 명동칼국수 집으로 갔어요.

"너희 엄마가 병상에서 먹고 싶어했던 것 중에서 내가 가져다주지 못한 이 칼국수를 엄마와 함께 먹는 것으로 생각하고 먹자."

우리는 먼저 간 당신을 생각하며 눈물 반 칼국수 반의 식사를 하고 집으로 돌아왔어요.

늘 웃음으로 맞아주던 당신이 없는 집으로 돌아와 당신의 영정을 세워 놓고 얼마나 쓸쓸하고 허전한지, 이제 나는 어떻게 살아야 할지 참으로 막막함을 달랠 수 없구려!

이제부터 내가 할 일이 무엇일까? 당신과 내가 40년 동안 살면서 참으로 많은 분들의 도움과 은혜를 입고 살아온 것을 회상하며, 하나님께는 무한한 감사와 찬양을, 그리고 그 많은 분들에게는 감사와 보은을, 나에 대한 당신의 봉사와 희생을 어떻게 감사하고 보답해야 될까?

눈을 감고 살아온 날들을 생각하니 보답은 물론 감사조차 못하고 받기만 하며 살아왔네요. 떠난 당신에게는 보답할 길이 전혀 없고, 오직 이다음 천국에서 만나기로 했으니 그때 갚기로 하고, 하나님과 다른 많은 분들에 대해서는 눈에 보이는 감사와 보답은 어려운 것이 현실인 것을……

이제 내 뇌세포가 더 죽기 전에 지난날을 돌아보며 더듬더듬 다는 아니겠지만 부분적으로라도 감사의 인사를 글로 남기고자 하오! 그리고 우리의 생애를 그리는 것이 우리 아이들이 살아가는 데 혹시 참고가 될지도 모른다는 생각에 이제부터 천천히 진실되게 쓰려고 해요.

하나님께는 감사와 찬양을! 많은 분들에게는 감사를!

그리고 아이들에게는 당신과 나의 진정 어린 글이 되었으면 해요.

지금도 당신의 마지막을 회상해요.

내가 아침에 먹은 피마자유를 다 토했다고 말했을 때 침대에 비스듬이 앉은 채 "그러게 말이야!" 하고 가냘픈 소리로 조용히 말하면서 자는 듯 눈을 감는 당신을 보고 나는 그냥 피곤해서 그러는 줄 알았어요. 담당의사인 강은석 선생이 들르지 않았다면 한참 동안 당신이 내게 기대어 잠든 줄 알았을 거예요.

당신의 마지막을 본 나는 이 세상과 천당이 별개의 것이 아니라 연장선상에 있는 것인데 다만 다시 돌아올 수 없는 문을 먼저 통과하고 나중에 통과하는 차이가 있을 뿐이라고 굳게 믿게 되었어요. 문 하나를 경계로 당신과 나는 지금도 함께 살고 있다고 굳게 믿어요.

영과 육이 분리되어 당신의 형상과 목소리는 보고들을 수 없지만 당신의 영혼과의 대화는 영원히 가능하다고 굳게 믿고, 남은 여생을 계속해서 당신과 대화하면서, 글을 써본 적도 없고 소질도 없지만 나는 이 글을 쓰려고 해요.

대전에서 문병 온 점순(나의 외사촌 동생)이에게 당신이 "내가 병이 나서 입원하고 있으면서 요새 오빠한테서 여왕 대접을 받아요" 하고 말했다지요? 아주 만족한 모습으로 말이에요!

장례식이 끝난 후 외사촌 누이동생에게서 그 말을 전해 듣고 40년 동안 별로 해준 것도 없고 고생만 시켜 참으로 미안하고 송구했는데, 당신은 나를 용서하고 이해하고 그리고 나에 대한 믿음과 사랑만을 가슴에 품고 하늘나라에 갔다고 생각하니 얼마나 위안이 되고 감사한지 몰라요.

여보 감사해요! 그리고 사랑해요!

10년만 더 살아서 광우가 박사학위를 받고 교수가 되는 것과 결혼해서 행복한 가정을 꾸미는 것을 보고 싶은데 그것이 어려울 것 같다고 당신은 담담하게 말했다지요.

점순이가 그 이야기를 하면서 말했어요.

"내가 어렸을 때 초등학교를 졸업하고 오빠네 집에 와서 약국 심부름을 하면서 언니가 야간 중학교에 보내주어서 그 덕에 많은 것을 배웠고, 그때는 언니가 너무 엄격하고 빡빡하게 생활을 해서 무섭고 어렵게만 생각했는데 저는 언니에게서 참으로 많은 것을 배웠습니다. 저는 언니에게서 산 생활을 배웠습니다. 그 배움으로 저는 지금 가정을 일으키고 아이들을 가르치고 사업을 하고 있습니다. 언니가 좀더 사셔서 더 많은 것을 배우려고 했는데 이렇게 일찍 가셔서 참으로 안타깝습니다."

그러면서 점순이는 슬프게 울었어요.

여보, 당신과 나는 찢어지게 가난한 가정환경을 디디고 오직 사랑과 믿음만으로 시작했고, 사랑과 믿음만으로 살다가 마지막까지 사랑과 믿음을 확인하고 이다음 세상에서도 사랑으로 꼭 다시 만나기로 약속하고 당신은 천국으로 갔어요. 그러니 우리 두 사람의 간절한 소망은 반드시 이루어질 것이라 믿으며, 나는 새로운 소망을 가지고 힘차게 살아야 한다고 다짐해요.

우리 꼭 다시 만나요!

사랑과 믿음으로 말이에요!

2002년 6월 28일, 중앙대학교 의과대학 학장에게서 전화가 왔어요.

"선생님, 감사합니다. 맹경옥 여사님의 유해는 의과 대학생 6명이 해부에 참가하여 참으로 귀중한 공부를 했습니다. 마지막 장례를 모시도록 하십시오."

그 연락을 받고 2002년 7월 6일 오후 2시 40분, 벽제 화장장에서 아이들과 친인척이 모두 모인 가운데 마지막 당신의 유해와도 이별했어요.

남은 유골은 곧바로 구름산에 뿌리자고 당신과 약속을 했는데, 구름산이 남의 땅이기도 하고, 또 나도 이왕이면 내가 이 땅을 영원히 떠나는 날 내 유골과 함께 섞어서 충청도 고향에 갖다 뿌리라고 아이들에게 말했어요.

당신도 양해할 줄 알고 지금은 중앙대학교 의과대학 납골당에 안치해 놓았어요.

그때 우리 함께 손잡고 바람에 날려 영원한 우주여행을 떠나기로 해요. 내가 갈 때까지 잘 있어요.

| 우리나라의 장례문화를 바꿔야 |

언젠가 아내와 나는 남산을 산책하며 서울 시내를 내려다보다가 저렇게 떼지어 다니는 많은 사람들이 모두 죽은 뒤 묘지를 가진다면 우리나라는 온통 공동묘지가 되겠다고 걱정하면서, 우리는 죽은 후에 가장 합리적인 방법을 찾아보자고 의논을 했다.

우리 부부는 오스트리아에 갔을 때 세계적인 악성 베토벤의 무덤이 고작 두 평 정도밖에 안 되는 것을 보았다. 비석이 없었으면 다른 많은 묘와 구별이 안 되는 동네 가운데에 있는 베토벤의 무덤을 보고 우리는 무척 놀랐다.

세계적인 화가 고흐의 무덤도 마을 밖 보리밭 사이에 초라하리만큼 빈약한 비석이 없으면 이렇다 할 특징이 없었고, 20세기 최고의 소프라노 마리아 칼라스도 죽은 뒤 화장을 해서 그녀의 조국 그리스의 해군 선박으로 에게 해에 뿌렸다고 한다.

프랑스의 국권을 되찾기 위해 몸 바쳐 싸웠고 2차 세계대전 후 프랑스 대통령을 지낸 최고권력자 드골의 무덤도 시골 구석에 있는데, 이 또한 2평 정도라고 한다.

중국의 등소평과 주은래도, 그의 부인들도 모두 죽은 뒤 유골을 조국강산에 뿌려달라는 유언에 따라 화장을 하고 유해는 비행기로 공중에서 뿌려졌다고 한다.

우리나라는 어떤가? 대통령을 하겠다는 사람들이 조상의 묘지를 잘 쓰면 대통령도 되고 그 묘자리로 인하여 그와 후손들이 융성한다는 헛된 미신을 신봉해 벌써 오래전에 썩어 버렸을 묘지를 파내서 이리저리 옮겨 이장을 한다. 국민의 정서나 장묘규정 따위는 아랑곳없이 무슨 왕들의 능처럼 넓은 땅을 훼손하는 작태를 나와 아내는 한심하게 생각하면서 우리의 장례문제를 결정했다.

| 성인이의 석사학위 논문 |

여보! 성인이가 2005년 2월에 석사학위를 받았어요. 학위논문을 쓰는 데 무척 힘이 들었나 봐요. 성인이의 석사학위 논문집 맨 뒤에 실린 '감사의 말씀'을 여기에 실어요. 박수로 축하해 주고 웃으세요.

苦盡甘來

지금 저에게 가장 적절한 표현일 것입니다.

늦게 시작한 공부라서 주위의 많은 분들의 도움으로 여기까지 올 수 있었습니다.

저에게 새로운 도전을 적극적으로 권유해주시고 힘이 되어주신 친정 부모님과 끝까지 후원을 아끼지 않으셨던 남편과 시부모님께 더욱 감사드립니다.

논문지도를 위해 바쁘신 중에도 끝까지 지도해주신 이요훈 교수님께 깊이 감사드립니다.

저에게 무척 의미 있는 논문이기에 이 논문을 지금은 고인이 되신 친정어머님 '孟京玉 女史'의 靈前에 바칩니다.

2004년 12월

노 성 인

아들 가족과 함께

나의 출생과 가계(家系)

나는 1931년 11월 12일(음력 10월 3일) 아침 10시경 이 세상에 태어났다고 어머니에게서 들었다. 충청북도 보은군 내북면 이원리 53번지, 깊은 산골마을에서 말이다.

영등포역에서 완행열차를 타고 조치원역에서 내려 충주로 가는 완행열차로 갈아타고, 청주역까지 가서 윙윙 소리를 내면서 아주 천천히 힘겹게 걸어가듯 달리는 보은행 목탄 버스를 타고 미원을 지나 창리(현 면사무소)에 다다르면, 별로 높지 않은 고개인데도 버스에 탄 승객들이 모두 내려 고개 마루턱까지 밀고 걸어올라가 다시 그 버스를 타고 몇 구비를 돌아가노라면 몇 채의 초가집 사이에서 기와지붕에 제법 현대식 건물인 내북면사무소 앞에 내린다. 그때는 아마도 영등포역에서 거기까지 12시간은 족히 걸려야 당도할 수 있었을 것이다.

이곳을 공골이라고 했다. 여기서 몸을 한 바퀴 돌리면 보이는 것은 면사무소 앞을 흐르는 작은 냇물과 그 건너의 조금 넓은 논바닥과 제법 높은 산뿐이다. 면사무소를 정면으로 보고 왼쪽으로 그리 넓지 않은 실개천이 흐르고, 그 개천 둑을 이루는 넓이 3m쯤 되는 길을 따라 산을 끼고 오솔길을 꼬불꼬불 돌아 올라가면 앞과 양쪽이 산만 보이는 길이 20분쯤 걸리는 골짜기로 들어가게 된다.

이곳은 360도 산으로 둘러싸였고 평지라고는 없으며, 초가집 열두어 채가 무질서하게 산 언덕배기에 걸쳐 있다. 각박한 토질의 밭뙈기들이 산 언덕배기에 널려 있는 것이 고작이고, 이곳까지 올라오는 오솔길 옆을 따라 얼마 안 되는 논들이 조각조각 무질서하게 계단식으로 널려 있다.

꼭 떡시루 같은 곳이라고나 할까? 한눈에 보기에도 가난과 헐벗음이 드러나는 곳이다. 농사골인 이곳의 농산물이라고 해야 약간의 담배, 목화, 뽕나무, 고구마, 감자, 보리, 밀 등이 고작이고 대추나무, 감나무가 거의 집집마다 몇 그루씩 보인다. 쌀이라고는 그곳에서 생산된 쌀을 모두 합쳐도 그곳에 사는 사람들의 양도(糧道)나 될지? 참으로 한심한 곳에서 나는 태어났다.

우리 집안이 언제부터 그곳에 자리를 잡았는지 나는 알 길이 없다. 노(盧) 석(錫)자 윤(允)자 되시는 할아버지와 이씨라고 호적에 올라 있는 할머니 사이의 2남 4녀 중 장남이신 노(盧) 창(昌)자 수(洙)자이신 아버지와 이(李) 순(順)자 남(男)자이신 어머니의 3남 중 장남으로 나는 태어났다.

내 바로 밑의 동생인 병란(秉蘭)은 몇 년 전까지만 해도 법무부 소속 공무원(교도관) 생활을 하다가 퇴임했는데, 공무원으로 있을 때 신학공부를 해서 지금은 영등포에 있는 빌립보교회에서 목사로 시무하고 있다. 셋째 동생 병열(秉烈)은 하나증권사에서 지점장으로 있다가 지금은 명퇴해서 자유업에 종사하고 있다. 그리고 왜정 시절과 6 · 25 전쟁 때

두세 명의 동생이 질병 등으로 어려서 세상을 떠난 것으로 알고 있다.

나는 6·25 전쟁 초기 9·28 수복 후 1950년 12월 4일 육군에 징집되어 휴전 다음 해인 1954년 11월 4일까지 복무하고 돌아와왔다. 그 뒤 1960년 11월 18일 맹경옥(孟京玉)과 결혼해 장남 명우(明愚), 딸 성인(娍仁), 막내아들 광우(光愚) 이렇게 2남 1녀를 두었다.

장남 명우는 박혜리(朴惠利)와 결혼해 재원(載元), 재승(載勝) 두 아들을 두었고, 딸 성인은 박상범(朴相範)과 결혼해 아들 지훈과 딸 지수를 두었다. 막내아들 광우는 아직 미혼으로 미국 뉴욕에 있는 뉴욕대학교(New York University)에서 영화영상을 전공해 석사학위를 받았고, 지금은 미국 일리노이 주에 있는 서던일리노이대학교(Southern Illinois University)에서 영화영상을 전공하며 박사학위를 취득하기 위해 장학금을 받으며 유학 생활을 계속하고 있다.

상경(上京)의 혁명(革命)

이미 40여 년 전에 돌아가신 할머니와 어머니의 말씀에 따르면, 내가 태어난 그 동네에서는 할아버지께서 그런대로 능력 있는 분이었고 농토도 가장 많았다고 한다. 그 동네를 배운동(白雲洞)이라 불렀고, 배운동에서는 할아버지가 유지로서 존경을 받았다고 한다.

그런 할아버지께서 다른 친구들이 손자, 손녀들을 보는 것을 무척 부러워하며 기다리던 차에 장손인 내가 태어났다. 내가 태어나던 날, 할아버지께서는 일찍이 밭에 나가 일하고 계셨는데, 장손이 태어났다는 소식을 들으시고는 들고 있던 호미와 농기구를 팽개치고 "나도 손자를 보았다!"고 소리지르며 덩실덩실 춤을 추면서 집으로 오셨다.

첫돌 무렵 나에게 태열이 있어 상당히 오랫동안 병치레를 할 때, 온 가족이 걱정 근심에 싸여 별의별 약을 구해 써보았지만 차도가 없었다. 할아버지께서는 크게 걱정하시며 아픈 손자를 옆에 놓고 "병구야, 빨리빨리 나아서 할아버지하고 보은장에 가자." 하고 간절한 소망을 말씀하셨다.

그렇게 해서 어지간히 낫고 내가 세 살이 되던 무렵, 할아버지께서는 걸어다니는 손자를 앞세우고 보은장에 가시려던 꿈을 이루지 못하시고 영원한 길을 떠나셨다.

그때 아버지가 24세였는데, 할아버지께서는 할머니와 어머니 그리고 삼촌과 세 분의 고모(큰고모는 이미 출가), 나까지 모두 여덟 식구를 남기고 돌아가셨다. 그때까지 농사일을 비롯한 집안의 모든 일을 할아버지께서 처리하셨고, 아버지는 독선생을 모시고 한문공부를 하면서 집안일을 조금씩 도왔을 뿐이어서 졸지에 집안의 모든 일을 책임지게 된 아버지와 어머니는 황당하기 이를 데 없었다.

생전에 할어버지께서는 인정도 많으시고 선하셔서 크고 작은 남의 빚보증을 많이 서셨다. 그래서 돌아가신 뒤 여기저기서 빚보증 문서를 들고 와 빚을 갚으라고 독촉하는 사람들 때문에 농토를 한 자락 두 자락 팔아 그 빚을 갚고 나니 남은 농토로는 그 많은 식구들의 끼니조차 어렵게 되어 남은 것을 정리해서 배운동을 떠나게 되었다.

어렸을 때 기억으로는 가장 먼저 이사한 곳이 조치원으로 생각되는데, 조치원 장바닥에서 찐빵 장사를 했던 것 같다. 그 옆에서 찐빵을 먹었던 것이 지금도 어렴풋이 떠오른다.

네댓 살 때 우리는 청주로 이사를 와서 세내개울(현 석교동 근방)에 기역자로 방과 방 사이가 꺾어지고 그 사이에 부엌이 있는 아주 조그만 초가집에 살았던 기억이 난다.

아버지께서 무슨 일을 했는지는 기억에 없고, 어머니께서 중학교(지금의 고등학교) 학생들의 하숙을 치는 집에서 부엌일을 도왔는데, 어머니를 따라 그 집에 가서 나는 그때까지 먹어보기 힘들었던 흰쌀밥에 김을 얹어 맛있게 먹었다.

둘째 고모님이 시집을 갔는데, 주 채자 봉자를 쓰시는 고모부님은 엿장사를 했다. 검은 엿을 적당히 녹여 길게 늘였다가 다시 접어 또 늘이는 작업을 반복하면 흰 엿가락이 되는 작업과정을 재미있게 바라보는 재미와 가끔 부스러기 엿을 얻어먹는 행운도 있어 나는 그 엿도가에 자주 갔고, 고모와 고모부는 내가 가면 참으로 귀여워해주었다.

비가 많이 오는 날이면 바로 문앞의 개천물이 넘쳐 집으로 들어올까 봐 온 식구가 조바심하던 생각이 나고, 나뭇가지와 마른풀을 연료로 쓰던 때라 가끔 부엌에 쌓아 둔 나무풀 사이에 뱀이 들어와 있는 것을 보고 무서워 떨던 기억도 아련히 남아 있다.

또래 친구가 있었는지는 기억에 없고, 나보다 한 살 위의 순자 례자 이신 막내 고모와 자주 싸우면서 놀았던 것이 생각난다. 그 고모는 지금 미국으로 이민가서 뉴욕에 살고 있다.

셋째 고모는 청주에 살 때 결혼을 해 딸 하나를 두었는데, 고모가 일찍 돌아가신 뒤 고모부는 해방 후까지 가끔 우리 집에 들렀다. 그 딸과 함께 어떻게 되었는지 지금은 알 길이 없다.

청주에서의 생활은 시래기죽, 쑥개떡도 없어 끼니를 거르는 일이 많았고 너무나 살기가 어려웠다. 그런데 어느 날 어머니가 가출을 해버리자 온 집안이 난리가 났다. 어머니가 남의 집 일과 삯바느질 등 별의별 일을 해가면서 그나마 어렵사리 끼니를 이어왔는데, 어머니가 안 계신 우리 집은 참으로 하루하루가 막막했다.

아버지는 물론 온 집안 식구가 어머니의 소재를 알아보는 데 총력을 기울였던 것 같다. 그러다가 어머니가 인천 어디에 계시다는 것을 알고, 나는 어려서 잘 모르지만 어떻게 어떻게 해서 아버지와 연락이 닿아 청주 생활을 정리하고 그때 경성부 영등포구 신길정 48번지로 이사를 온 것 같다.

지금은 영등포구 신길동 48번지인 당시의 우리 집은 그 동네에서 가장 저지대에 있었고, 또 방 하나에 부엌 하나뿐인 집이라서 온 식구가 한방에서 살아야 했다. 여름에 장마가 지면 방까지 물이 차서 한여름이면 대여섯 번씩 이불보따리와 얼마 안 되는 살림살이를 이고지고 높은 지대로 피신을 했다가, 물이 빠지면 온 식구가 벽에 떨어진 흙을 바르고 집을 수리해서 다시 들어가곤 했다. 왜정 시절에는 이 동네를 방아꼬지라고도 불렀다.

바로 집 앞 20m쯤 되는 곳에 그다지 깊지 않은 우물이 있었고, 벽돌공장을 운영하는 엄 사장이 사는 아주 큰 대궐 같은 기와집이 이 동네의 궁전처럼 한가운데에 있었다. 그 집을 중심으로 헌 바가지를 엎어놓은 것처럼 시골 농가나 다름없는 초가집 30~40호가 이 우물과 또 다른 두 개의 우물에서 물을 길어다 먹고 살았다. 동네에서 가장 높은 곳에는 양옥으로 된 일본인들의 집이 20여 호 있었는데, 집앞 길은 자동차가 드나드는 직선도로였다.

막상 서울에 올라왔으나 먹고살 대책이 있을 리 없었다. 아버지는 헌 자전거를 한 대 구해서 아이스케키 장사를 시작했다. 얼음이 녹지 않도록 두꺼운 판자를 겹겹이 붙여서 만든 아이스케키통을 자전거에 싣고 돌아다니면서 "아이스케키~" 하고 소리를 지르며 파는 것인데, 아버지의 벌이는 아무래도 시원치 않았던 것 같다.

어머니는 봄가을에는 떡장사를, 한여름에는 시원한 냉콩국수장사를, 또 한겨울에는 뜨끈뜨끈한 팥죽장사를 했다. 떡, 콩국, 팥죽을 계절에 따라 머리에 이고 손에는 양동이에 얼음, 물, 그릇 등을 들고 힘에 부치는 장사를 했는데 그래도 그것으로 끼니는 해결이 되었던 것 같다.

그때는 초등학교도 영등포에는 우신초등학교와 일본인 중심의 영등포초등학교뿐이었는데, 이미 학생모집이 끝나서 학교에 들어갈 기회를 놓치고 어쩔 수 없이 교실 한 칸에 1, 2, 3학년이 함께 공부하는 동네 간이학교에 막내 고모와 함께 입학할 수밖에 없었다.

아들인 나를 간이학교에 보내서는 안 되겠다고 생각한 부모님은 부천군 오류리(현 구로구 오류동)에 있는 오류초등학교에 나를 입학시켰다. 고모는 여자이기도 하지만 둘씩 학교에 보낼 형편이 안 되어서 그냥 간이학교인 지흥학교에 다녔다. 그뒤 나는 6년 동안 영등포에서 오류동까지 기차로 통학을 했다. 초등학교 때 나는 제법 공부를 잘하는 편이어서 내내 우등상장을 빼놓지 않고 탔다.

어머니의 장사로 가족들의 끼니는 그런대로 해결이 되었으나 아버지의 아이스케키 장사는 신통치 않아 함석으로 양동이, 대야 등을 만들어 팔거나 구멍난 그릇을 때워주는 일을 하셨지만 생활은 여전히 힘들고 어려웠다.

대개 아침식사는 꽁보리밥에 시래기국을 먹었고, 점심은 아침에 먹던 밥이 조금이라도 남은 날에는 물을 말아서라도 먹을 수 있었지만 남은 밥이 없는 날은 그냥 굶을 수밖에 없었다. 또 저녁식사는 대개 시래기죽으로 해결했다.

그런 어려운 생활을 이어가던 중에 2차 세계대전이 시작되었다. 그때부터 식량은 배급제로 바뀌었고, 쌀은 가끔 나왔지만 거의 보리, 납작보리, 밀, 옥수수, 대용쌀(국수를 잘게 썰어 쌀처럼 만든 것) 등 잡곡을 줄 때가 많았고 감자와 고구마도 배급을 받아야 먹을 수 있었다.

그렇게 되니 어머니가 먹을거리 장사를 더 계속할 수 없는 처지가 되어 우리 집의 생활은 말이 아니었다. 그때부터 어머니는 완행열차와 목탄버스를 타고 고향인 충청북도 보은 등 시골로 다니면서 쌀, 보리 등 곡식을 구해 몰래 가지고 와서 암(그때는 야미라고 했다)시장에 갖다 파는 장사를 하셨다. 이 장사로 꽤 많은 이익을 남겨 우리 집의 식생활은 오히려 전쟁 전보다 나아져서, 나는 학교에 갈 때 쌀과 보리와 대용쌀이 섞인 벤또(도시락)에 김치 깍두기를 반찬으로 싸 가지고 다닐 수 있었다.

진주만을 공격하고 싱가포르, 필리핀 등 남양군도를 파죽지세로 점령해 나갈 때 일본은 승리감에 젖어 여유를 부렸는데, 전쟁 중반을 넘어서면서 초조해지기 시작해 기차나 버스 안에서도 거의 모든 물자에 대해 혹심한 단속이 이루어졌다.

그 당시 어머니는 속에 입는 윗저고리와 바지를 두 겹으로 누벼 그 사이에 곡식을 넣고 누비옷처럼 입은 뒤 그 위에 겉옷을 걸치고 일본 헌병과 경찰의 눈을 속여 가며 힘겹게 장사를 해야만 가족들이 먹고 살 수 있었다. 2차 세계대전 말기에는 그런 방법조차 일본 관헌에게 발각되기에 이르렀을 뿐 아니라 공출단속이 너무 심해 시골에서도 곡식을 구하기가 힘들었다.

8·15 광복을 몇 달 남겨 놓고는 이도저도 할 수 없는 상태가 되었고 배급도 썩은 콩깻묵이나 상한 감자를 주어 1일 2홉 정도의 배급식량으로는 도저히 끼니를 이어갈 수 없게 되었다.

쑥에 약간의 쌀가루나 강냉이가루, 밀기울 등을 약간씩 섞은 버무리나 개떡 또는 술지게미, 시래기죽으로 연명해 갔는데, 그나마도 돈을 벌지 못하니 배급을 타는 데도 어려움을 겪었다.

가족들의 생활이 너무 힘들고 어머니의 일만으로는 벅차다 보니 어머니는 가끔 아버지에게 싸움을 걸었다.

"당신은 가장이 돼 가지고 어째 그렇게 무능하고 아무 생각도 없고 그렇게도 가정에 대한 대책이 없어?"

그렇게 한참을 아버지가 공박을 당하고 나면,

"이제 그만 해. 이렇게 싸운다고 누가 돈을 갖다 줘 쌀을 갖다 줘? 내가 왜 생각이 없어? 나도 다 생각이 있지만 뭐가 있어야지."

이렇게 싸움은 언제나 아버지의 패배로 끝났다. 그 시절 나의 어린 머릿속에는 "뭐가 있어야지"와 "그 뭐는 누가 갖다 주는 것인가?" 하는 두 문장이 뚜렷하게 각인되었다.

우리 집의 생활은 더욱 어렵게 흘러갔고, 일본은 패전의 수순을 밟아가고 있었다. 나중에는 쇠붙이나 놋그릇, 놋수저까지 닥치는 대로 빼앗아가니 아버지가 하시던 함석일도 할 수 없게 되었다. 그래서 아버지는 길에 나가서 떨어졌거나 구멍이 난 구두, 운동화, 고무신을 꿰매는 일본말로 구쓰나오시(지금 신길이)를 하셨는데, 너나없이 힘들어서 신발을 돈 주고 꿰매어 신느니 차라리 맨발로 다니는 사람이 많을 정도였으므로 수입이 마음먹은 대로 될 리 없었다.

그러다 보니 어머니는 무슨 일이든지 해야만 했다. 하루는 학교에서 돌아와 어머니를 기다리는데 저녁때가 되어도 어머니가 집에 들어오시지 않았다. 다음 날도 또 다음 날도 어머니는 들어오시지 않았다.

집에서는 야단이 났다. 며칠이 지나도 어머니 소식은 알 수 없었고 집안 식구도 동네 사람도 본 사람이 없어 소식을 전해주지 못했다.

달포쯤 지났을 무렵 어머니가 시장 어귀에서 북어 몇 마리를 들고 팔다가 발각되어 칼 찬 일본 순사에게 잡혀가는 것을 보았다는 사람이 나타났다. 모든 식료품이 금수품이어서 북어를 파는 것도 철저한 단속대상이었기 때문에 어머니는 경찰에 검거된 것이다.

그때 우리 집에는 다섯 살쯤 되는 남동생(용부)이 있었는데, 나는 어머니가 없는 집에 들어가기가 싫어서 학교 갔다가 집에 오면 그 동생을 데리고 그 당시에는 시골과 다름없는 논, 밭, 들판을 한없이 쏘다니다가 밤늦게 들어오곤 해서 할머니에게 걱정을 많이 끼쳤다.

그 동생은 8 · 15를 전후해서 병으로 세상을 떠났는데, 아마도 그 시절에 제대로 먹지 못하고 굶주려서 영양실조로 죽은 것이 아닌가 싶다. 그래서 지금도 생각하면 불쌍하고 가슴이 아프다.

경찰의 서슬이 얼마나 퍼랬던지 어머니에 대해서 알아볼 생각도 못했던 것 같다. 어머니가 팔던 그 북어는 우리 집 바로 앞에 사는 최중길 씨가 어머니에게 주어 팔게 한 것이었다. 어머니가 장사하던 분이고 또 바로 앞집에 살며 친하게 지내던 터여서 자기 돈도 벌 겸 어머니에게도 장사를 시켰던 것이다.

최중길씨는 본집이 설월이(현 광명시 소하도 2동 동사무소가 있는 동네)인데, 농사도 짓고 무슨 사업을 해서 부자로 알려져 있었다. 그분이 어디에서 북어를 갔다가 몰래 장사하는 사람들에게 나눠주고 팔게 했는데, 어머니가 그것 때문에 경찰에 끌려간 것을 알면서도 자기가 한 짓이 탄로날까 봐 우리 집과 온 동네에서 어머니의 생사문제를 걱정하고 있을 때도 모른 체하고 있었다는 것을 해방이 되어서야 이야기하고 사죄한 것으로 알고 있다.

그 시절에는 누구라도 그렇게 할 수밖에 없었을 것이고, 또 그분은 어려운 우리 집을 도우려고 한 것이기에 아마도 서로 미안해하고 고마워하고 그렇게 그분과의 관계가 마무리되었을 것이다.

아무튼 어머니는 광복된 지 며칠이 지나 초췌한 모습으로 집에 돌아오셨다. 어머니는 영등포에서 북어를 팔다가 일본 순사에게 끌려 경찰서로 갔고, 바로 검찰로 넘겨져 징역형을 선고받았다. 그뒤 서대문형무소 여자감방에 갇혀 있다가 일본의 패망으로 광복된 지 며칠이 지나서야 집으로 돌아올 수 있었던 것이다.

어렸을 때 나는 친일파였다

나는 영등포에서 오류동까지 6년 동안 기차로 통학했다. 같은 동네
에 사는 엄기용, 노량진에서 다니던 최경환 그리고 서울공업고등학교
(당시는 경성공업중학교)까지 함께 다녔던 나덕용 등과 함께 기차로 통학
했는데, 나까지 네 친구가 사이가 무척 좋아서 참 재미있게 학교에 다
닐 수 있었다.

3, 4학년 때부터 습자시간이 있었는데, 늘 한자로 '미영격멸(米英擊
滅)'을 쓰게 했다. 우리들이 쓴 글씨 중에 여러 장을 골라서 교실 뒤에
붙이곤 했는데 내 글씨도 그중에 끼어 교실 뒤에 붙었다.

그날도 친구 엄기용과 함께 오류역으로 기차를 타러 가는데 오류역
경성행 열차홈에 들어섰을 때 종이에 싼 뭉치를 발견했다. 그것을 주
워 무엇인가 뜯어본 순간, 그것이 돈지갑인 것을 알고 곧바로 역장실
로 가지고 갔다. 역장은 나이가 많은 일본인이었는데, 내 머리를 쓰다
듬으며 착한 학생이라고 입에 침이 마르도록 칭찬을 했다. 그 할아버
지 역장은 어느 학교 몇 학년, 누구냐고 물어 일일이 적고는 잘 가라고

문앞까지 나와서 전송해주었다.

다음 날, 학교에서 아침조회를 하는데 국민의례가 끝나자마자 일본인 교감선생님이 앞에 나오더니 '젠꼬쇼죠오 우께루모노(선행상장을 받는 자) 마쓰바라 헤이꾸(松原秉九)' 하고 부르면서 빨리 단상에 올라가 상장을 받으라고 했다. 일본인 교장선생님은 즐거운 표정으로 전날 오류역에서 있었던 일을 상장에 적어 표창했고, 그날 조회시간의 교장 훈화는 나에 대한 칭찬으로 끝이 났다.

얼마 뒤 담임선생님이 봉투를 하나 주면서 "네가 주워서 찾아준 돈의 주인이 네게 고맙다고 전해온 것이니 고맙게 받아서 써라" 하고 말했다. 봉투를 열어보니 봉투 속에는 그때 돈으로 2원 50전이 들어 있었다. 그 시절 영등포역에서 오류역까지 1년을 통학하는 기차 패스 요금이 1원이었으므로 이 돈이면 2년 6개월 동안 기차통학을 할 수 있었다.

나는 즉시 교무실로 담임선생님을 찾아가 그 봉투를 드리면서 "이 돈은 국방헌금을 할 테니 나라를 위해 써주십시오" 하고 말씀드렸다. 그래서 또 선생님들에게서 큰 칭찬을 들었다.

그리고 다음 날 학교에 갔는데 한국인 담임선생님이 〈아사히쇼넹(朝日少年)〉이라는 소년 신문을 주면서 내가 그 신문에 났다고 얼마나 좋아하며 칭찬했는지 모른다.

며칠 뒤 담임선생님이 들어오셔서 봉투를 하나를 내게 주셨다. 그 봉투 속에는 금빛으로 찬란하게 만들어진 감사장이 들어 있었다. 그런데 그 감사장을 보낸 사람이 바로 일본 최고의 실력자인 '대일본제국 내각 총리대신 육군대장 도조 히데끼'여서 나는 학교에서나 동네에서 한동안 대단한 화젯거리였다.

요즘 과거사의 친일파 또는 친일 행각에 대해 늦게나마 단죄 또는 정리를 해야 한다는 목소리가 크게 들려오고 있다. 또 한쪽에서는 경제가 어려운데 이미 국초에 했어야 할 일을 이제 와서 왜 거론하느냐, 친일에 가담했거나 의심이 가는 분들은 거의 죽었거나 있더라도 다 늙었는데 어떻게 들추어낸단 말이냐, 왜정시대에 국내에 살면서 친일하지 않고 어떻게 살았단 말이냐, 일본말을 쓰고 산 사람이나 창씨개명을 한 사람, 또 살기 위해서 어떤 일을 했든 모두 일본을 위해 한 것이니 친일파가 아닌 사람이 누구란 말이냐 하면서 어려운 경제문제에나 힘을 쓰라고 말하고 있다.

이 문제는 이승만 정부가 꼭 해결하고 갔어야 하는 문제라고 평상시에 늘 생각해왔다. 정권을 잡기 위해 모자란 지지기반을 보충하려고 움츠러들었던 친일파들을 행정경험이 어쩌구 하면서 대거기용해 민족정기를, 민족의 얼을 불분명하게 만들었다고 지금도 나는 생각하고 있다.

그들은 거의 세상을 떠나고 없다. 살아 있다고 하더라도 광복이 된지 60년이 지나 모두 늙어 버렸다. 부정부패가 만연해서 부정부패를 척결한다는 구호를 내걸고 지난 부정부패를 척결한다던 사람들이 더 큰 부정부패를 저지르는 악순환이 되풀이되는 오늘날 우리의 현실은 바로 이런 근본문제를 해결하지 않고 지나친 데서 오는 것은 아닌지 반성해야 한다고 생각한다.

"부끄러움으로 영광을 삼는다"는 성경말씀처럼 무슨 짓을 해서라도 나만 잘살면 그것이 능력이요 자랑이며, 또 많은 사람들이 그것을 부러워하고 기회만 오면 그보다 더한 짓을 해서라도 저런 사람을 능가하도록 살아보겠다는 잘못된 무한경쟁시대로 가고 있지나 않은지 참으로 걱정된다.

민족정기, 민족의 얼이 확립되어야 투명한 민주사회도 정의로운 사회도 모든 국민이 공유하는 보편적 가치로 자리잡을 것이 아닌가?

'신상필벌(信賞必罰)'이 확립되지 않으면 국가도 사회도 국민은 믿지 않을 것이다. 밝고 투명한 사회정의의 실현을 위하여 처벌은 못한다 해도 한 번쯤 거르고 나가는 것이 좋다고 생각한다.

초등학교 3, 4학년 어린 시절의 일이지만 가난했던 우리 집 형편으로는 2원 50전이 결코 적은 돈이 아니었다. 또 그 돈은 선행에 대한 격려금으로 받은 떳떳한 돈이었다. 그 돈을 집에 가져갔더라면 분명히 부모님도 좋아하며 크게 칭찬했을 것이다. 그 돈을 바치는 것이 몇억분의 1초 동안일지는 모르지만 전쟁의 고통을 겪는 우리 민족과 전 인류에게 엄청난 반역을 저지르는 것이라는 죄의식 없이 나는 혼자만의 생각으로 헌금했다. 나는 일본을 우리나라라고 생각했기 때문에 전쟁에서 일본이 이겨야 한다는 믿음으로 2원 50전을 바친 것이다.

물론 나는 어렸고 우리나라의 역사와 문화를 모르는 철없는 아이였다. 인류의 공적 도조 히데끼가 준 감사장을 큰 영광으로 알고 받았으니 이 얼마나 부끄럽고 죄스러운 일인가? 나는 반성하고 회개하고 민족 앞에 용서를 빈다.

창씨개명을 했다든지, 노력동원에 나갔다든지, 일본말을 썼다든지 등등 생존을 위해 어쩔 수 없이 일제에 협력한 사람도 결과적으로 이적행위를 했으니 이제 와서 누구를 친일파로 가려내겠느냐고 말하는 사람도 많다. 생존을 위해 피동적으로 협력한 것 말고, 자기 혼자만의 부귀영화를 누리려 적극적이고 능동적으로 협력한 사람, 그중에서도 독립운동하는 애국자들을 괴롭히고 핍박한 사람에 대해서는 당사자가 이미 죽었다고 해도 지난 행각이 가려질 수만 있다면 그 유형이라도 밝혀 후손에게 기록이라도 남겨 두는 것이 좋다고 생각한다.

성(聖)자 수(洙)자이신 작은아버지는 미장일을 하시는 집안 아저씨를 따라서 미장기술을 배우러 다니다가 일본군에 강제 징집되어 만주까지 끌려갔다가 해방 후 온갖 고생을 하면서 집에 돌아와 결혼도 하셨다. 그리고 막내고모까지 결혼함으로써 어려운 중에도 우리 집의 서울생활은 자리를 잡아갔다.

일본의 패전과 해방

우리를 그렇게 괴롭히던 일본이 패전하고 일본인들은 살던 집과 땅들을 그냥 놔둔 채 일본으로 쫓겨갔다. 그때까지 일본인들의 땅을 빌려 채소를 길러 그런대로 유복하게 살던 친척 할아버지가 그 땅의 소유주였던 일본인이 살던 빈집으로 이사를 하고, 우리는 그 할아버지가 살던 방이 셋, 부엌 하나가 딸린 밭 가운데의 일자집으로 이사를 했다.

자세히는 모르지만 그 동네에서 가장 저지대에 있어 여름에 비만 오면 물이 들던 집을 처분해서 그것으로 집값을 대강 치르고 이사한 것으로 알고 있다. 새로 이사한 집은 그 동네에서 가장 높은 데 있어 물이 들어올 염려가 없는 것이 무엇보다 좋았다.

일본인들이 살던 집은 현대식 양옥집이었고 집이 크고 정원도 넓었다. 많은 사람들이 자기가 살던 초가집을 팔고 비어 있는 일본인들의 집으로 이사를 갔다. 그 동네에 일본인들이 살던 빈집이 많았지만 우리 부모님은 그런 집으로 들어갈 생각을 하지 않고 굳이 친척 할아버지가 살던 토담집으로 이사를 한 것이다. 나는 어렸지만 불평 없이 그 집으로 들어갔다. 무엇보다 장마 때 물이 들지 않는다는 것이 신나고 좋았다.

해방이 되니 식량이나 물자가 부족한 것은 사실이지만 배급제가 없어지고 시장에서 돈만 있으면 웬만한 물품은 자유로이 사다 쓸 수 있었다. 오랜 전쟁으로 물자는 동이 났고 돌아가는 공장도 별로 없어 거의 모든 사람들이 취직을 해서 돈을 번다는 것은 생각도 하지 못할 때라 자유업이 아니면 돈을 만들 수가 없었다.

나중에 미군들이 들어오면서 약삭빠른 사람들은 미군부대에 군속으로 취직을 했다. 미군 군속은 수입도 좋은 데다가 가끔 미군부대 PX에서 미군들의 군수물자를 빼내와 높은 값을 받아 풍족한 생활을 하는 사람들도 많았다.

어떤 사람들은 일본군이 전쟁물자를 비축해 두었던 창고에서 나오는 옷감, 그중에서도 광목과 군복을 만드는 옷감 같은 것을 대량으로 넘겨줄 수 있으니 전주에게 소개를 붙이라고 분주하게 다니기도 했지만 구체적으로 성사시키는 사람은 별로 없었던 것 같다.

아버지는 별 수 없이 밑천이 별로 안 드는 신발 꿰매는 일을 다시 시작했던 것 같다. 어머니는 옛 영등포 시장이 지금의 영등포 경방정문 앞길과 방림방적이 있는 곳이었을 때 시장의 거의 끄트머리쯤 되는 곳에 널빤지로 서너 평쯤 되는 가게를 짓고 친척 아저씨와 국밥장사를 시작했다.

내가 물도 길어다 주곤 했는데, 너무 변두리여서 그랬는지 밥 먹으러 오는 손님은 많지 않았다. 그러던 중에 지금의 영등포 시장으로 시장을 옮기게 되어 우리 가게는 철거되고 처음으로 시작한 밥장사도 끝이 났다. 어머니는 다시 떡장사, 콩국장사, 팥죽장사를 계절이 바뀔 때마다 품목을 바꿔가며 힘들게 했다. 어머니는 할머니와 함께 떡을 만들거나 콩국, 팥죽 만드는 일을 매일 반복해서 하셨고, 나는 거기에 드는 물을 거의 100m나 되는 할아버지집 우물에서 두레박으로 길어 올려 양철통으로 만든 물통을 좌우에 놓고 물지게로 길어 왔다.

처음에는 기우뚱거리고 물도 많이 흘렸지만, 그 일을 반복하다 보니 물을 지는 것에도 익숙해져서 물통에 물을 가득 채우고도 흘리지 않게 되었다. 그래서 학교에서 돌아오면 큰 항아리에 물을 가득 채우는 일을 나의 일과로 알고 열심히 했다.

우리 가족은 그런대로 먹고사는 문제를 해결할 수 있었다. 지금은 목사가 된 동생 병란(秉蘭)이 태어난 지 얼마 안 되어 어렸지만, 어머니는 가족을 위해 열심히 장사를 했다.

우리 집의 종교혁명

8·15 광복이 되고 그해 봄에 졸업한 오류초등학교 선배들이 졸업식을 할 때는 내가 재학생을 대표해 송사를 읽었다. 그만큼 학교에서는 공부도 잘했고 선생님들에게 인기도 있었는데, 앞서 말한 것처럼 일제 말기에 어머니가 옥고를 치르는 등 어려움을 겪는 바람에 공부를 게을리한 탓인지 유독 6학년 때는 우등상장을 타지 못하고 졸업을 했다.

다음 해에 나는 경성공업중학교(현 서울공업고등학교) 화학과에 입학했다. 1학년 때 같은 반 친구 중 지금은 다른 교회에서 장로가 된 김동규(金東奎)가 있었는데, 신길동에서 대방동에 있는 학교까지 함께 다니게 된 것이 계기가 되어 그 친구의 권고로 신길동 성결교회에 나가게 되었다.

그때 신길동교회는 개척하는 교회였고, 초대 한명우(韓明愚) 목사님 내외분과 조희연(趙熙淵) 장로님 가족, 김동규의 가족 등 신도가 몇 가족뿐이어서 재정적으로 무척 어려웠다. 그래서 사방으로 붉은 벽돌만 쌓아놓고 교회당의 지붕공사조차 하지 못한 채 어려움을 겪고 있었다.

신길동교회 자리는 왜정 시절 일본의 아마데라스 오미가미를 받드는 신사(神寺)가 있었던 곳이다. 내가 어렸을 때 일본인들의 오마쓰리 때면 아이들에게 씨름도 시키고 즐겁게 놀게 해주며 분홍색·파란색·하얀색 모찌를 나누어주었는데, 그 모찌를 얻어먹는 재미로 가끔 놀러갔던 자리였다.

목사님 내외분과 조희연 장로님 등 그때 교회에 나오시던 분들이 나를 얼마나 환영하고 귀여워했는지 모른다. 나는 이웃에 사는 엄기용, 차상호 등을 전도하는 등 얼마나 지나지 않아 꽤 여러 명의 학생들을 전도했다. 한명우 목사님께서 학생들을 조직화한다고 우선 소년회를 만들자고 하셨는데, 그때까지 교회 경험이 가장 많고 또 온가족이 교회에 출석하고 모친인 김진(金眞) 집사님의 역할이 클 때여서 김동규를 회장으로 뽑았다.

2학년이 되고 학교에서 반편성을 새로 했는데, 동규와 나는 다른 반으로 편성되어 나뉘게 되었다. 그때부터 동규는 교회 출석을 하지 않고 다른 친구들과 어울려 다녔지만, 나와 함께 나오던 친구들이 열심히 전도해서 수십 명의 학생을 모을 수 있었다.

한명우 목사님과 조희연 장로님이 신길동교회 학생회를 창립하자고 하셔서 남녀 학생 사오십 명 정도로 창립총회를 열고 내가 초대 학생회장에 선출되었다. 1947년의 일이라 그 당시 학생들의 이름을 다 기억할 수는 없지만, 남학생 중에는 엄기용, 차상효, 김명걸, 한능국, 이준근 등이 기억난다. 또 여학생으로는 교회 오르간을 치던 김태희, 조희연 장로님의 딸로 국가대표급 탁구선수였던 조은숙, 여전도사님의 딸이면서 역시 국가대표급 탁구선수였던 김경애, 김화자 등이 생각난다.

차상호는 성남중학교에 다녔는데, 6·25 전쟁 때 군대까지 다녀와서 복교해 학교 친구들과 함께 한강에 수영하러 갔다가 불행히도 익사를 했다. 교회가 나서서 장례식을 치렀는데 내가 울면서 조사를 읽었던 기억이 지금도 생생하다.

엄기용도 결혼까지 하고 잘 살았는데 타계했다는 이야기를 들었다. 다른 남학생들의 그후의 소식은 모른다. 여학생 중 김태희는 미국으로 유학을 갔는데 그후는 모르겠고, 김화자는 결혼해서 잘 살고 있다는 이야기를 들었지만 만나지는 못했다. 그 외의 친구들의 소식은 알 길이 없다.

그때 대학생으로는 서울대학교 공과대학 섬유공학과에 다니던 김점식 선생과 중앙대학교에 다니면서 연극을 아주 잘했던 미남 변영관 선생이 있었고, 주일학교에서 열심히 봉사했던 임현덕(현재 미국에 거주) 선생 등이 있었다. 변영관 선생은 6·25 전쟁 중에 어떻게 됐는지 알 수 없고, 김점식 선생이 우리 학생회 지도선생으로 있었는데 나와 학생회원들을 친동생처럼 가르치고 보살펴주었다.

그때는 전기 사정이 나빠서 예배 도중 전기가 나갈 때가 종종 있었는데, 오르간 반주자였던 김태희가 어둠속에서 오르간을 못 치게 되면 조희연 장로님이 나가셔서 그 캄캄한 중에도 모든 찬송가의 오르간 반주를 아주 잘하셨고, 트럼펫도 잘 불어서 트럼펫을 불면서 학생회원들과 함께 노방 전도를 열심히 했다.

나는 시간만 나면 교회에 나가서 기도하고 찬송을 부르고 성경도 보고 학생회 운영문제를 토의했다. 또 운동장도 고르고 기와를 얹을 때 흙을 개서 나르고 흙을 덩어리로 만들어 지붕에 던지는 일과 교회 내부에 마루판을 깔 때 자재나르기를 하는 등 학생회원들은 참으로 열심히 일했다.

가난한 교회였던 까닭에 목사님 사모님은 엄지손가락만 한 새끼고구마를 구해다 땀흘리며 일하는 학생들에게 나누어주시면서 얼마나 미안해하셨는지……. 우리 학생회원들은 사모님을 무척 존경하며 어머니처럼 따랐다. 휴전으로 전쟁이 끝나고 나니 학생회 지도를 맡았던 김점식 선생은 국방부에 있다가 한양대학교 교수로 갔는데 지금은 소식을 알 길이 없다.

그때는 김점식 선생의 지도로 학생회 활동이 재미있었고 활력이 넘쳤다. 우리는 어린이 주일학교 반사와 성가대에도 열심히 참가했고, 학생회 단독으로 서울신학대학 학생이었던 이성호 전도사님(휴전 후 신길동교회 담임목사 역임)을 모셔다가 학생부흥회를 열었다. 부흥강사님의 세끼 식사도 학생들의 집에서 해결했는데, 끼니때마다 강사님을 이집 저집으로 모시고 구걸하다시피 하면서도 무한히 즐거웠고 충만한 은혜를 받은 일은 참으로 잊을 수 없다.

그때는 영등포에서 신길동 성결교회, 영등포 장로교회, 도림동 장로교회의 학생회가 활발한 기독학생운동을 벌이고 있었다. 그 세 교회의 학생회가 연합으로 배구·탁구 종목의 체육대회를 매년 열었는데, 우리 교회와 영등포교회가 늘 막상막하의 실력으로 부딪치곤 했다.

특히 탁구는 신길동교회에는 여자 국가대표급 선수로 조은숙과 김경애가 있어서 남자 선수들만 있는 영등포교회와 멋진 적수가 되었다. 조은숙과 같은 동덕여자중학교 선수로 우리나라 여자탁구 챔피언이었던 이샤벨라(천주교 이름) 선수 등 많은 여자 탁구선수들이 몰려와서 신길동교회를 응원하는 바람에 전국대회를 하는 것처럼 성대하고 재미있는 체육대회가 되었다. 강원용 목사님이 전도사로 계실 때, 세

교회가 연합해 부흥강사로 모셔다가 도림동교회에서 연합부흥회를 개최해 참으로 충만한 은혜를 받기도 했다.

당시 도림교회 학생회장의 소식은 전혀 모르겠고, 영등포교회 학생회장이었던 유성만 씨는 영등포교회 장로로서 교회를 잘 받들고 있는 것으로 알고 있다.

학교에서는 방과후에 상급생들과 함께 대방교회에 모여 경성공업중학교 기독학생회를 조직하고 예배도 드리고 열심히 기독학생운동을 했다. 같은 반 친구 중에 교회에는 나가지 않았지만 내 종교활동을 이해하고 가장 친하게 어울렸던 박선재와 심용기 두 친구가 있었다. 그들은 늘 우등상장을 놓치지 않은 수재들이었다.

지금 박선재는 서울대학교 의과대학을 나와 의학박사가 되어 상도동에서 '성신의원'을 운영하고 있다. 언제부터인지 교회에 나가 장로 직분을 맡고 지금은 훌륭한 장로로서 신앙생활을 하고 있다. 심용기는 서울대학교 공과대학을 나와 훌륭한 기업가가 되어 회사를 운영하고 있는데, 그 친구도 언제부터인가 장로가 되어 교회를 잘 받들고 있다.

먼저 된 자가 나중 되고 나중 된 자가 먼저 된다고 하였던가? 박선재와 심용기는 내가 하지 못한 장로도 되었고, 또 신앙생활도 나보다 훨씬 열심히 하고 있으니 그 오묘한 하나님의 섭리는 사람의 머리로는 측량할 수 없는 크기와 깊이가 있다고 생각하며 감사를 드린다.

나는 집에서는 어려운 살림을 꾸려가기 위해 음식장사를 하시는 어머니를 돕기 위해 물 긷는 일에서부터 잡다한 심부름까지 하고, 여름방학 때는 미장기술자였던 작은아버지의 건축현장에 나가 가벼운 심부름을 해 약간의 학비를 벌었다. 그리고 남는 시간에 교회에서 학생회와 주일학교 성가대 일까지 열심히 하다 보니 학교공부는 소홀해질 수밖에 없었고, 그렇기 때문에 반에서 중상 정도의 성적을 낼 수밖에 없었다.

경제적으로 찢어지게 가난한 집안이었지만 일년에 대여섯 번씩 조상님들의 제사를 지내던 우리 집안에서 장손인 내가 교회에 다니는 것을 알게 되자 벌집을 쑤신 것처럼 난리가 났다. 집안 할아버지 내외분과 작은집, 고모집에서 일제히 "천작쟁이가 웬말이냐?"는 엄청난 비난이 쏟아졌다.

할머니와 아버지, 어머니도 장손이 교회에 다니는 것은 결코 안 된다고 생각하셨지만, 무엇보다 "천작쟁이가 있어서는 안 된다"는 집안 할아버지 할머니의 철저한 압박은 견딜 수 없는 모욕에 가까웠다.

독선생을 모시고 한문공부만 하셨던 아버지는 공자, 맹자의 교훈과 삼강오륜을 철저하게 신봉하셨다. 아버지는 온 집안의 모욕적인 비난과 압박을 받고는 한 움큼의 회초리를 가져와 내 바지를 걷게 하고 종아리에서 피가 나도록 매질을 하면서 교회에 안 나가겠다고 항복하라고 강압을 했다.

그 당시 나는 죽기를 각오하고 끝까지 버텼다.

"아버님! 저는 아무리 아버님께서 종아리를 치셔도 항복할 수가 없습니다. 제가 잘되고 우리 집안이 살고 발전하는 길은 교회에 다니는 길밖에 없다고 생각합니다. 어떤 어려움이 닥치더라도 항복할 수 없습니다. 아버님 생각대로 하십시오."

그렇게 되니 맞는 나도 아프지만 때리는 아버지도 지쳐서 매질을 중단하곤 하셨다. 그러다가도 집안 할아버지나 할머니, 또 다른 집안 식구들이 내게 '천작쟁이놈, 천작쟁이놈' 하고 욕을 하면 아버님은 또 회초리를 들고 내 종아리를 때렸다. 하지만 나는 끝내 항복하지 않았다.

자주 회초리를 맞고 집안의 핍박을 받는 아들을 보던 어머니가 "아무리 해도 항복하지 않는 것을 핍박만 하고 때리기만 해서 되겠느냐?"고 내 편을 들기 시작했다. 할머니 또한 마찬가지로 그냥 놔둘 수밖에 없지 않느냐고 내 편을 들기 시작했다.

할머니까지 내 편을 들자 아버지와 작은집, 고모 쪽에서는 속으

필자의 할머니 이씨

로는 못마땅하면서도 겉으로는 조용해졌다. 그럴수록 집안 할아버지와 할머니는 더욱 심하게 나를 핍박했다. 그 할아버지는 내 할아버지의 친척 동생이어서 할머니에게 형수님이라고 불렀고 그 할머니는 형님이라고 불렀는데, 이분들의 핍박이 더 심해지자 평소에 말수가 적으셨던 할머니가 어느 날 갑자기 나를 불러 "주일에 나하고 같이 교회에 나가자"고 말씀하셨다. 나는 깜짝 놀랐다. 그때까지 아무 말 없이 보고만 계시던 할머니였으니까.

손자에 대한 할머니의 무한한 사랑을 통해서 하나님의 사랑의 섭리는 우리 집안의 구원의 역사로 나타나게 되었다. 오늘도 나는 하나님의 그 크신 사랑에 머리 숙여 감사의 기도를 드린다.

할머니와 어머니가 교회에 나가면서 우리 집안에서는 친척 할아버지 내외분 외에는 나를 핍박하는 사람이 없어졌다. 이렇게 해서 우리 집안의 종교혁명은 성공적으로 터를 잡아가게 되었다.

교회 건립을 하면서 청부업자에게 줄 돈을 제때에 조달하지 못해서

이루 말로 할 수 없는 봉변도 당하고, 또 경찰에 고발당해 경찰서에 불려 다니면서도 늘 굳건한 믿음 위에서 구령사업(救靈事業)에 힘쓰시던 한명우 목사님과 조희연 장로님 그리고 학생회 김점식 지도선생님의 사랑과 헌신적인 지도로 나도 학생회도 영적으로 크게 성장해 갔다.

1950년 6월 25일은 주일이었다. 아침 일찍이 교회에 나와서 어린이 주일학교 반사로서 어린이들을 지도하고, 주일 대예배 성가대도 하고, 마침 그날은 학생회 정기월례회 날이라 학생회원이 모두 모여서 재미있게 월례회를 하고 있었다. 그런데 교회 지붕 위에서 요란한 비행기 소리가 나더니 얼마 있다가 천지를 흔드는 요란한 폭음이 들려 무슨 일인가 하고 나갔는데, 당시 비행장이었던 여의도에 날개에 빨간 별판을 붙인 인민군 야크기 서너 대가 폭탄을 투하하고 있는 것이 아닌가.

마침 주일이어서 그 당시 많은 군인들이 깨끗한 외출복 차림으로 거리를 활보하고 있었는데, 헌병차에 확성기를 달고 "휴가 나온 장병들에게 알립니다. 여러분은 속히 휴가를 중지하고 본대로 귀대하십시오. 비상 사태입니다!" 하고 장병들의 귀대를 독려하고 있었다. 날씨도 화창하고 참으로 평화로운 주일에 북한이 남침을 감행한 것이다.

지금도 그날의 광경이 사진을 찍어 놓은 것처럼 생생하다. 그런 명명백백한 사실을 가지고 남침이다, 북침이다 하고 재론하는 것을 보면 참으로 한심하기 짝이 없다. 그날을 끝으로 우리 교회 식구들과 다정했던 학생회원들은 3, 4일 후부터 뿔뿔이 흩어져 피난길을 떠나게 되었다. 대부분의 회원들의 소식이 지금껏 캄캄하여 참으로 안타까울 따름이다.

피난생활과 참전

이승만 정부는 뉴스시간마다 "남침하는 북한 괴뢰군을 용감한 우리 국군이 남김없이 물리쳐 곳에 따라 북진도 하고 있으니 국민 여러분은 정부와 용감한 우리 국군을 믿고 동요하지 말고 침착하게 평상시와 다름없이 생업에 임해 주십시오." 하고 보도했다.

또한 모든 신문들도 방송뉴스와 마찬가지로 승전소식만 보도하고 있는 가운데 북쪽에서는 피난보따리를 이고지고 수많은 사람들이 남쪽으로 남쪽으로 밀려 내려왔고 전쟁이 난 지 나흘 만인 6월 28일 새벽에 벼락 치는 소리와 함께 하나밖에 없는 한강 다리가 끊기고 말았다. 참으로 어처구니없는 일이었다.

한강 다리가 끊어진 다음 날, 우리 가족도 이불보따리와 남아 있는 약간의 곡식과 간단한 취사도구를 챙겨 무작정 걸어서 남쪽으로 남쪽으로 피난길에 올라야 했다. 낮에는 걷고 밤에는 남의 집 처마 밑이라도 만나는 날이면 운이 좋은 날이었고, 더운 계절이어서 비만 안 오면 들판에 이불을 깔고 자는 것도 견딜 만했다.

먹는 것은 아무 데나 돌덩어리 세 개만 놓으면 그 위에 양은솥을 걸고 개울물로 쌀을 씻어 앉히고 땔나무를 주워다가 밥을 지어 가져온 된장, 간장을 반찬 삼아 끼니를 해결하곤 했다.

하도 많은 피난민들과 섞여서 온 가족이 함께 질서 없이 걷다 보니 처음 떠났을 때는 하루에 40~50리도 거뜬히 걸을 수 있었지만 날이 갈수록 발이 부르트고 과로에 지쳐 속도가 느려졌다. 거기에 가져온 곡식도 바닥이 나기 시작했고, 이슬을 맞고 잠을 자니 가족들의 건강에 문제가 생기기 시작했다.

피난 가면서 길옆의 파출소나 면사무소에 들러 피난민증을 받고 나눠주는 구호식량(주로 납작보리쌀)을 얻어 밥을 지어먹으면서 몇 날 며칠을 걸어서 청주에 도착해 청주에 사는 고모님을 만났다. 하지만 그곳에도 인민군이 밀려온다고 무척 소란스러워서 머무르지도 못하고 보은 외갓집으로 향했다.

천신만고 끝에 외가에 도착해서 하루인가 이틀을 묵고 다시 떠났는데, 거기서부터는 가족이 함께 다녀서는 안 되겠다고 해서 어머니가 그때 젖먹이였던 여동생 정숙이를 업고 장남인 아들은 살려야 한다고 셋이만 떠나자고 했다. 그래서 어머니는 정숙이를 업은 채 작은 양은솥과 양재기 몇 개, 숟가락 등을 머리에 이고 나는 이불보따리와 비상식량을 지고 무작정 남쪽으로 길을 재촉했다.

어머니와 내가 대전에 도착해 찾아간 곳은 대전 성결교회였다. 거기서 뜻밖에도 조희연 장로님 가족을 만났다. 신길동교회 학생회 임원이고 조 장로님의 딸인 조은숙도 함께 피난을 가게 되자 사춘기 때인지라 나는 무척 반갑고 즐거운 생각도 들었다.

하루 이틀을 대전 성결교회에서 지내고 조 장로님 댁에서 손수레를 구해 짐을 모두 수레에 싣고 서로 교대로 끌고 밀면서 김천에 있는 조희연 장로님의 형님 댁으로 같이 가자고 해서 며칠을 걸려 김천에 당도했다. 조 장로님의 형님은 김천에서 신발공장을 운영하는 분으로 무척 여유있고 후덕한 분으로 보였다. 그 가족들 또한 수준 높은 집안으로 우리들을 대하는 데 소홀함이 없어 너무나 고마웠다.

하지만 그 댁에도 오래 있을 수 없었다. 그 두 집도 함께 피난을 떠나야 하는 처지가 되어 너무 많은 사람이 몰려다니는 것은 좋지 않을 것 같아 섭섭하지만 헤어지기로 했던 것이다. 장로님도 나도 그 가족도 "우리 꼭 살아서 전쟁이 끝나고 만나자"고 기도하며 다짐하고는 헤어졌다.

어머니와 나는 지금은 기억조차 나지 않는 곳을 지나 남쪽으로 남쪽으로 길을 재촉했는데, 낮에는 한여름의 찌는 듯한 더위에 지치고 밤에는 피난민이 너무 몰려 집 안에서 잠자는 것은 생각지도 못하고 노숙을 하다 보니 어머니도 나도 정숙이도 녹초가 되었다.

더 이상 길을 걸을 수가 없어 길바닥에 앉아 있는데, 마침 헌병들이 몰려와서 지나가는 젊은이들을 불러서 군대에 지원하라고 모병하는 것이 보였다. 나는 어머니에게 "우리가 더 이상 걸을 수 없으니 여기서 새로운 길을 찾자"고 말했다. 나는 여기서 학도병으로 지원을 하고, 어머니는 정숙이하고 가시면 어느 집에든지 들어가서 잠시라도 방에서 잘 수 있을 것이니 그렇게 하자고 했다.

어머니는 처음에는 반대하셨다.

"내가 여기서 너하고 떨어지면 우리가 어떻게 될지 알고 그런 말을 하느냐? 죽어도 살아도 같이 있자."

하지만 어머니도 너무 고통스러워 결국 내 말대로 하기로 했다.

나는 헌병들에게 가서 학도병에 지원할 테니 받아 달라고 말했다. 나이가 많아 보이는 소령 계급장을 단 헌병이 아기를 업고 있는 어머니와 나를 번갈아 아래위로 훑어보더니 "야! 너는 안 돼! 어머니 모시고 빨리 가." 하고 퇴자를 놓았다. 그때는 전투가 치열하고 많은 청년 학생들이 희생을 당하던 때인지라 나이 많은 헌병장교가 어머니와 나를 생각해 내 지원을 거절한 것 같다. 그 이름 모를 장교의 배려에 지금도 감사하고 있다.

우리는 어렵게어렵게 경상북도 청도군 매전면까지 갔다. 어느 초가집에서 방 하나에 여러 명씩 섞여 잠을 자고, 피난민에게 나눠주는 납작보리쌀을 타다가 밥을 지어먹었다. 폭격을 맞아 불에 탄 나무를 자르고 주워다 밥도 짓고 군불도 때기 위해 아침만 먹으면 여러 사람이 어울려 산에 올라가는 것이 일이었다.

반찬이 없어서 누렇게 뜬 콩잎을 따다가 소금을 넣고 국을 끓여 먹기도 했다. 피난민 중에는 밤중에 원주민들의 장독에서 몰래 된장, 고추장을 훔치다가 주인에게 들켜 봉변을 당하는 사람도 종종 있었지만, 피난민들끼리는 아무도 그들을 비난하지 않았다. 너무 어려워 모두 같은 심정이었기 때문이다.

인천상륙작전의 성공으로 서울이 수복되어 10월 하순경에 완행열차를 타고 서울에 올라왔다. 서울에 와서 보니 피난 도중에 헤어졌던 가족이 모두 집에 와 있었다. 가족 모두의 건강도 문제였지만 폐허가 된 서울에서 살길이 막막했다. 어머니는 또 먹는 장사를 시작했고, 다른 가족도 한푼이라도 벌어야 했기에 모두가 바삐 움직였다.

그러나 구호식량과 구제품으로 연명할 수밖에 없는 어려운 때에 나에게 징집 영장이 나왔다. 1950년 12월 4일, 전쟁이 난 그해에 나는 완행열차를 타고 수많은 장정들과 함께 이틀 만에 부산진 초등학교에 차려진 제2 훈련소에 입소했다. 객차도 아닌 화물열차에 가축을 나를 때처럼 바닥에는 짚을 두툼하게 깔아서 바닥이 차지는 않았지만, 너무 많은 사람을 태워서 눕지도 못하고 겨우 앉아서 가야 했다. 움직일 때마다 짚부스러기 먼지가 나는 것도 고통이었지만 제때에 먹을 것과 마실 것을 주지 않으니 참으로 난감했다.

가다 서다를 반복하며 이틀을 꼬박 갔는데, 서울에서 부산까지 가는 동안 역마다 어느 때는 수십분씩 기다렸다. 그럴 때면 고구마, 감자, 떡, 김밥 등을 파는 아줌마들이 결사적으로 창가에 와서 자기 것을 팔아 달라고 소리를 치는데, 돈이 있는 사람들은 아무 거나 사서 요기를 하지만, 돈이 없는 사람들은 몇 끼를 굶어서 배는 고프고 돈은 없으니 자기가 입고 있던 점퍼나 셔츠 등을 벗어주면서 그것만큼만 달라고 해서 간신히 허기진 배를 채웠다.

부산진초등학교에 도착해 모포 한 장과 군복, 군화, 배낭 그리고 양은밥그릇 한 개와 숟가락 한 개씩을 보급받고 2주간의 훈련이 시작되었다. 제식훈련과 M1소총 분해결합과 각개전투, 분대전투, 소대전투, M1소총 사격훈련 등 꽉 짜여진 2주간의 고된 훈련을 마치고 충주에 있는 2사단 17연대 3대대에 배속되었다. 나는 행정요원으로 차출되면서 3대대 작전과에 배치되어 대대 작전참모를 돕는 일로 군생활을 시작했다.

작전과에는 내 바로 위의 고참인 정 일병이 있었는데, 나이도 나보다 예닐곱 살쯤 많아서 작전참모인 윤 중위(육사 9기)조차 계급을 부르지 않고 정 영감이라고 불렀다. 그리고 작전과 선임하사인 이등상사 한 명에 나까지 네 명이 있었다.

그중 내가 가장 졸병이어서 과내에 힘들고 험한 일은 내 차지일 수밖에 없었고 작전참모인 윤 중위의 당번일까지 내가 했다. 그의 식사와 빨래, 개인 심부름까지 하면서 고유업무까지 책임을 다해야 하는 힘든 나날이었다.

작전과에는 늘 대대 내 4개 중대 연락병이 대대 작전명령을 수령하기 위해 대기하고 있었는데, 갑자기 작전명령이 하달되면 중대 연락병들은 그 명령사항을 일일이 기록해 각자 자기의 중대로 가서 중대장에게 전달해야만 한다. 작전명령은 군 최고의 기밀사항이기 때문에 통신 등 기타 다른 수단으로는 연락할 수 없었고, 따라서 연락병은 전투경험이 많은 병장, 하사(당시에는 일등중사) 등 계급이 높은 사람들이 맡고 있었다.

그러나 그들은 행정요원도 아니고 그들 중에는 학력이 있는 사람이 별로 없었기 때문에 긴급을 요하는 작전명령이 내려지면 그것을 기록해서 가지고 가는 데 많은 애로를 느끼며 당황해했다. 신병인 내가 작전과에서 계급도 낮고 나이도 어려서 그들은 명령사항이 있을 때는 정 영감과 나만 있는 방에 와서 계급도 이용하고 아양도 부리면서 명령사항을 대신 써줄 것을 간청했다. 나는 계급으로도 눌리고 또 그들이 측은하기도 해서 시간이 있을 때는 그들의 요구를 들어주었다.

어느 날, 그때도 연락병들의 요구로 그날의 작전명령을 베끼고 있는데 마침 작전참모인 윤 중위가 들어오다가 그것을 보고 내게 불호령이 떨어졌다. 밖에 나가 엎드려뻗쳐를 시켜 놓고 침대 막대기로 사정없이 두드려패는 것이 아닌가.

실컷 두드려패고 난 뒤 윤 중위가 말했다.

"내가 너를 미워서 때리는 줄 아느냐? 여기는 언제 어디서 적이 출

몰할지 모르는 최전방 작전지역이다. 자기가 맡은 일에만 신경을 써도 부족한 곳이다. 너는 막중한 작전과 요원이다. 작전임무에 차질이 생기면 우리 3대대원 전체가 죽고 대대는 망한다. 전투에서 승리하기 위해서 우리 작전과 요원들은 잠시도 고유업무를 등한시해서는 안 된다. 우리에게는 남는 시간이 없다. 그리고 연락병들도 자기 책임은 자기가 져야 한다. 너는 그들의 고유업무를 도와준 것이 아니라 침해한 것이다. 알겠나!"

나는 얻어맞은 궁둥이가 퉁퉁 붓고 아파서 며칠을 고생하며 많은 생각을 했다. 그때 윤 중위의 말은 구구절절 옳은 말이라고 철저하게 반성하며 세상을 살아가는 동안 오늘까지 큰 교훈으로 간직하고 윤 중위에게 감사하고 있다.

그후 중대 연락병들은 윤 중위에게 직접적인 기합은 받지 않았지만 나에게 늘 미안해했다. 그들은 나보다 상급자였지만, 나에게 친절하게 대했고 많은 도움을 주었다.

우리 부대는 얼마 동안 충주에 있다가 공비토벌작전에 들어갔다. 경상도 봉화에서 공비들이 면사무소와 경찰지서를 습격해 면장과 지서주임을 무참히 살해한 사건이 터졌다. 그래서 우리 부대가 봉화로 이동해 봉화면 소재지에 주둔하며 공비소탕작전을 펼쳤는데, 그 포로들 중에는 남한 출신이 많았다. 서울 출신 여대생들도 몇 명 잡혀 왔는데, 남자 포로보다 여자 포로가 더 지독해서 결코 항복하지 않는다고 하는 취조관들의 말을 들었다.

그들도 이제는 늙었을 텐데 아직 세상에 있기는 한 건지, 있다면 그때의 생각이 어떻게 변했는지, 만날 수만 있다면 만나보고 싶고 또 한없이 이야기하고 싶다. 그리고 그들과의 이야기를 기록해서 사랑하는 후손들에게 남기고 싶다.

봉화에서의 공비토벌작전은 오래 걸리지 않았다. 봉화에서 북으로 도망치는 공비들을 따라 계속 북진을 하는데, 그들은 눈에 띄지 않는 산속으로만 도망을 치고 우리는 큰길을 따라 자동차와 중장비들을 몰고 쫓으니 모든 면에서 상대가 되지 않았다. 사상도 사상이지만 목숨이 아깝다 보니 그들은 전의를 잃고 식량과 장비를 싣고 다니던 소도 끌고 갈 수 없자 그냥 내버리고 갔다. 그래서 우리 부대에서 여러 마리를 끌어다가 부식사정이 좋지 않던 차에 몇 날 며칠을 그 귀한 소고기만을 끓여주어서 냄새가 나게 먹은 적도 있다.

공비토벌을 위해 파죽지세로 승전고를 올리며 북진하다 보니 공비는 어디서부터인가 없어지고 패퇴하는 중공군을 만나게 되었다. 무더운 여름인데 옷을 서너 벌씩 끼어입고, 그때로는 좋은 만년필과 팔목시계를 차고, 아카보 소총이나 헌 일제총을 든 중공군들이 우리가 지나가는 길목에서 총을 두 손으로 받쳐 들고 살려달라고 항복해 왔다. 수색을 나갔던 몇몇 대원들도, 아무 무기도 없이 산에 있는 장병들의 주먹밥을 나르는 노무자들도 무장한 중공군을 여러 명씩 데리고 내려와서 무용담을 재미있게 늘어놓기도 했다.

1·4 후퇴 후 충주에 잠깐 있다가 우리가 남쪽에서 공비토벌을 하는 사이에 UN군의 반격으로 도망치지 못한 중공군은 전의를 잃고 항복했다. 그들은 마오쩌둥은 나쁘고 장 총통이 최고라고 엄지손가락을 펴보이곤 해서 재미있어하던 것이 옛이야기처럼 아득하다.

그뒤 우리는 중부전선에 투입되었다. 그때 2사단에서 낙하산부대를 신설한다고 각 연대에서 병력을 차출했는데, 3대대 작전과에서 가장 졸병인 내가 차출되어 사단 직할인 낙하산부대로 전출을 갔다. 사단

직할부대인 낙하산부대는 사단 사령부 근방에 자리를 잡게 되어 나는 먼저 있던 부대보다 훨씬 후방으로 오게 되었다.

나는 낙하산부대 작전과에 보직명령을 받았는데, 작전참모는 이름이 지금 기억나지 않지만 대위였고, 선임하사의 이름도 잊어버렸지만 경상도 사투리를 심하게 쓰는 이등상사와 그동안 일등병인가 상등병인가로 진급된 나와 이등병인 신병 한 사람을 보충받아서 모두 네 사람이었다. 나는 오랜만에 최하위 졸병 신세를 면하게 되었다.

영하 24~25도를 오르내리는 강추위가 살을 에는 산간에 천막을 치고 포탄상자로 쓰던 판자를 주워다가 접는 책상과 의자를 만들어 작전과 사무실을 꾸몄다. 그리고 전쟁통에 쓰러진 집의 대문짝을 주워다가 침대로 사용하며 가을에 보급받은, 두툼하게 솜을 넣어 누빈 방한복과 방한화를 착용하고 어느 정도 추위가 풀릴 때까지 그냥 입은 채로 잠을 자며 근무했다.

난로는 있었지만 마른 땔나무가 없으니 톱과 도끼를 들고 산에 있는 언 나무를 베어다가 디젤유를 묻혀 불을 붙이는데, 연기가 나서 무척 고통스러웠지만 워낙 춥다 보니 불이 활활 탈 때까지는 고생을 많이 했고, 한번 불을 붙이면 꺼지지 않도록 교대로 당번을 서가며 불을 지키는 것이 큰 일과 중 하나였다. 목욕도 못하고 오랫동안 옷도 갈아입을 수 없으니 이가 생기면 의무대에서 DDT를 가져다가 옷 속에 뿌려주곤 했다.

그런데 작전참모도 나를 좋아했지만, 특히 나이가 많은 낙하산 부대장님이 중령이었는데 나를 보면 무척 좋아하고 또 가끔 불러서 뭔가를 물어도 보고 지시도 해서 근무하기가 비교적 편했다. 다만 선임하사는 은근히 좋지 않은 표정을 지을 때가 있었다.

새로 창설하는 부대라서 부대편성을 마치는 데 시간과 노력이 많이 드는 것은 어쩔 수 없었다. 부대편성을 하면서 교육훈련계획을 짜야 하고 사단사령부에서 내려오는 작전사항에 대한 실시와 보고 등으로 눈코 뜰 새 없이 바빴다. 그 와중에도 날씨가 풀리면서 때때로 사단사령부에서 산하부대 대항 9인제 배구대회 또는 축구대회가 열렸는데, 나는 늘 배구·축구 어느 대회든 우리 부대 선수로 선발되어 출전을 했다. 비록 우승은 못했지만 중간 정도는 했고, 우리 선수 중에서도 중간 정도의 실력을 인정받아 그 점에서도 부대장님의 사랑을 받았다.

여름이 시작될 무렵 2사단은 철의 삼각지대라고 하는 금화(金化)지역 어느 곳에 배치되어 실제전투에 참가하게 되었다. 나는 지금도 김일성 고지라고 하는 734고지 전투를 잊을 수가 없다.

부대 배치가 끝나고 한여름이 되었을 때 사단전방 지휘소인 사단 OP에서 작전을 도왔는데, 전투의 귀신이라고 소문이 자자했던 사단장 함병선 소장이 허리에 권총을 차고 양쪽 가슴에 수류탄 한 개씩을 달고 철모에 별 두 개를 붙인 늠름한 모습으로 전투를 지휘하는 곳에 가 사단작전처에서 나온 사람들과 함께 작전일을 돕게 되었다.

734고지가 빤히 올려다보이는 남쪽산 꼭대기에서 사단장이 무전기를 가지고 연대장과 대대장들에게 구체적인 작전명령을 내렸다. 먼저 대포를 무진장 쏴대고 난 다음, 그 당시에는 호주기라고 부르던 제트기 편대(4대)가 날아와 기총 소사, 로켓포 발사 그리고 산 정상을 불바다로 만드는 네이팜탄 투하까지 마쳤다. 그러고나서 우리 보병부대에 돌격명령을 내려서 국군은 큰 희생 없이 작전상 요지라고 하는 734고지를 점령했다.

오후 늦게 고지를 점령한 국군은 온종일 식사도 못하고 더위에 지치고 겨우 고지에는 올라갔는데 주먹밥과 물을 받아먹고 나니 날이 어두워지기 시작했다. 다시 적을 막을 진지를 구축해야 하는데 캄캄해져서 대강 하고 경계에 들어갔는데, 자정 무렵 중공군 진지에서 호적을 불고 꽹과리와 징을 요란하게 치면서 인해전술로 몰려 올라오니 우리 국군은 어둠속을 기다시피 해서 탈출할 수밖에 없었다.

많은 장병들이 실종되고 전사하고 부상당해서 다음 날 새벽부터 하루종일 그 참혹한 부대의 모습은 참으로 목불인견이었다. 많은 보충병들이 오고 또 왔다. 전투는 매일 계속되었지만 734고지에는 저녁 무렵이면 태극기가 꽂히고 밤만 되면 중공군에게 빼앗기고 하는 같은 모양의 전황이 여러 날 동안 지루하게 이어졌다.

하루는 우리 포병부대나 미군이 적의 최전방 적정을 살필 때 잘 쓰는 미군 L. 19경 비행기 한 대가 날아와 적정을 살피다가 적의 포화에 맞았는데, 재빨리 조종사가 탈출해 낙하산으로 적군과 아군 사이로 내려오는 것이 보였다. 우리가 깜짝 놀라 당황하는 사이에 어디에서 왔는지 미군 쌕쌕이 한 개 편대가 소리없이 나타나 그 주변을 정신없이 도는데, 중공군 측에서는 총 한방 못 쏘고 엎드려 있고 우리 국군은 모두 일어서서 구경을 했다. 그렇게 한참을 맴돌다가 헬리콥터 한 대가 유유히 다가가서 땅에 떨어진 조종사를 구출해 가는 것이 아닌가?

자기 나라 군인 한 사람을 구출하기 위해서 나로서는 상상할 수 없는 위험을 무릅쓴 희생적 모험을 감행하며 구출작전을 펼치는 그 광경을 보고 얼마나 감탄하고 부러워했는지 모른다.

매일 수많은 보충병들이 왔지만, 다음 날이 되면 전날 전투에서 실종되고 전사하고 부상을 당해 야전병원으로 후송했다. 그러고 나면 전투병이 또 모자라 인사과에서는 더 많은 보충병을 보내달라고 보충대에 애걸하는 지루한 사태가 계속되고 있었다. 그날도 한참 동안 대포를 퍼붓고 나서 함병선 사단장은 예하 일선 대대장에게 돌격하라는 명령을 내렸다. 그 당시의 무전기는 가까이 있는 사람에게 소리가 다 들렸는데, 명령을 받은 대대장이 사단장을 향해서 소리쳤다.

"네가 와서 공격해라. 나는 죽어도 내 부하들에게 공격명령을 못 내리겠다. 나를 죽여라. 그동안 내 부하가 얼마나 죽었는지 아느냐? 공군을 불러서 적을 철저하게 섬멸하지 않고는 나는 더 이상 공격할 수 없다. 네 마음대로 해라."

소령이었던 대대장이 소장인 사단장에게 극언을 하며 항명했으니 전시에는 당연히 군법회의에 회부할 것도 없이 총살감이었으며, 또 당장 눈앞에 벌어지고 있는 전투는 어떻게 될 것인가?

참으로 난감한 일이 벌어졌다. 그 어마어마한 상황 앞에 대포소리도 바람소리도 멈춘 듯했다. OP에 있던 모든 참모들과 병사들이 숨을 죽이고 사단장을 주시하고 있는데, 함병선 사단장은 입을 꽉 다물고 어처구니없다는 듯 전방을 응시하다가 갑자기 권총을 빼드는 것이 아닌가.

우리는 모두 깜짝 놀랐다. 권총을 빼들고 주위를 살피던 사단장은 옆에 있던 미군 고문관(미군 대령)에게 권총을 들이대고 살기등등하게 간청이 아닌 명령을 했다.

"야, 이 새끼야! 빨리 너희 공군에 연락해. 지금 곧 공군전투기를 보내라고 연락해. 그러지 않으면 너는 죽어! 빨리 연락해, 이 새끼야!"

미군 고문관은 새파랗게 질려서 어디론가 무전기로 연락을 했고, 잠시 뒤 미군 비행기가 몰려와서 전보다 더 강력하게 적진 깊숙이까지 철저하게 공격하고 네이팜탄도 더 많이 투하했다. 그 이후 우리 군은 공격을 해서 수월하게 승리할 수 있었고, 여러 날 전에 중공군에 밀려 실종되었던 몇 명의 장병도 바위틈에 숨어 지내다가 구출되었다.

그날의 전투로 험난했던 734고지는 우리 수중에 들어와서 나도 최전방 꼭대기까지 가보았는데, 비록 적이지만 네이팜탄의 불길에 새까맣게 타죽은 그들의 모습은 참으로 불쌍하게 느껴졌다. 그들의 부모, 처자 등 가족들의 슬픔은 오죽할 것인가? 천하보다 귀한 그들의 생명을 가치없는 죽음으로 내몰아 새까만 숯덩이가 되게 한 사람은 누구인가? 남의 나라의 분쟁에 끼어들어 이런 험한 산속에서 뜻도 없이 죽게 만든 사람들이 참으로 미웠다.

사단 OP에서 734고지까지 오가는 동안 나는 숲속 여기저기에서 수많은 시신이 악취를 뿜으며 심한 경우 구더기가 우글우글 끓고 있는 처참한 모습을 목격했다. 동방예의지국, 배달민족 하면서 이런 비참한 전쟁을 일으킨 놈들도 말로는 피를 나눈 형제라고 하니 어처구니가 없었다. 그날부터 며칠 동안 나는 주먹밥을 먹을 수가 없었다. 주먹밥에 반찬으로 소금에 절인 고등어자반이나 절인 꽁치가 나오는데, 그 냄새가 꼭 시신냄새 같아서 도저히 먹을 수 없었던 것이다. 그때 짠 오이지와 무를 절인 장아찌로 밥을 먹었던 기억이 난다.

명령에 불복종한 그 대대장은 어떤 처벌을 받았을까? 몇 날 며칠을 가도 똑같은 전세의 반복이니 수많은 부하를 낯도 익히기 전에 전사하게 한 대대장은 부하들을 또 죽음으로 몰아넣을 돌격명령을 받고 차라리 자신이 죽겠다고 결심하고 사단장에게 강력하게 항명을 하고 말았다. 부하들을 살리기 위해 살신성인의 태도를 보였던 대대장의 거취가 궁금했는데, 얼마 후 아무 일 없었다는 듯 활보하고 다니는 것을 보고 역시 함병선 사단장은 존경받을 만한 훌륭한 장군이라고 생각했다.

그 전투에서 너무 큰 손실을 입은 2사단은 얼마 후 예비사단으로 나와 부대의 재편성과 보충병 교육훈련에 전력하게 되었는데, 또다시 영하 24~25도를 가리키는 겨울을 맞게 되었다.

1951년인가 52년의 겨울, 군대에 처음으로 군종감실이 생기고 사단에는 군목과가 생겨 소령 계급장을 단 목사님 두 분과 신부님 한 분이 부임해 오셨다. 군용 대형천막을 쳐서 예배당을 만들고 신·구교가 교대로 주일 낮과 밤 그리고 수요 예배를 드리게 되었다. 나는 뛸 듯이 기뻤다.

작전과 일을 보면서 우리 부대는 사단 직할 부대이기 때문에 사령부와 멀지 않은 거리에 있는 교회에 예배시간마다 빠짐없이 출석했고 새벽기도도 거의 나가게 되니 하나님의 은혜에 감사하며 참으로 즐거운 군대생활을 할 수 있었다.

그날도 새벽 일찍 일어나 새벽기도를 다녀왔는데, 갑자기 화가 난 선임하사가 "너희 두 놈은 밖에 나와 일렬로 서서 엎드려뻗쳐!" 하고는 침대 막대기를 가지고 나와 사정없이 두드려패면서 "여기가 너희 집인지 알아? 새끼들이 군기가 빠져도 한참 빠졌지 일요일이나 수요일에 나가는 것은 모르지만 뭐 새벽마다 교회에 나가?" 하고 소리쳤다.

그러고는 영하 20도가 넘는 혹한에도 얼지 않는 비탈진 개울로 가서 양말 벗고 바지 걷고 물 속에 들어서라고 했다. 그냥 서 있어도 추운 마당에 발과 다리에서 금방이라도 얼어 터질 것 같은 고통이 밀려왔다. 나는 새벽기도나 다녀와서 당하는 벌이지만 내 밑에 있는 동료 사병은 무엇 때문에 이런 벌을 받아야 하는가? 참으로 미안해서 "나 혼자 있을 테니 너는 물 밖으로 나가라"고 간청하다시피 했는데도 그는 걱정하지 말고 같이 견디자며 한참 동안 제자리뛰기를 했다.

예비사단이라고는 하지만 쿵쿵 대포소리가 들리는 전방이고, 교육 훈련을 밤낮으로 쉬지 않고 받아야 하는 부대의 작전과 교육을 전담 하는 작전교육과의 고유업무에 대한 책임감에서도 그랬겠지만, 앞서 말했듯이 아버지처럼 연세 많은 부대장님이 나를 눈에 띄게 사랑하는 데 대한 시기심도 작용했을 것이라고 생각하며 나는 잘 참고 그 심한 기합을 받았다.

그 사건은 며칠 안 가서 본부중대 내에서는 다 아는 사실이 되었다. 몇 주일이 지난 어느 주일 낮 대예배가 끝난 뒤 장관현 목사님께서 지 금 내가 성함을 기억할 수는 없지만 함께 군목으로 온 젊은 목사님과 함께한 자리에서 "우리 둘이서 군목과 요원으로 노병구를 데려오자고 결정했는데 어떻게 생각하나?" 하고 물은 뒤, 본인이 좋다고만 하면 사단장님께 말씀드려 바로 발령이 나도록 하겠다고 제의해 왔다.

그 제의를 받고 나는 한없이 기쁘고 감사한 마음을 감출 수 없었지 만 나를 그토록 사랑하고 아껴주신 부대장님의 얼굴이 떠올라 "목사 님, 감사합니다. 하지만 우리 부대장님께서 허락을 하실는지 그것이 걱정입니다. 저는 발령만 난다면 열심히 일하겠습니다. 목사님, 감사 합니다." 하고 말했다.

얼마 뒤 사단장님의 허락이 떨어졌고, 우리 부대장도 사단장의 명 령에는 어쩔 수 없이 승복했다. 그래서 나는 배구, 축구 등을 하면서 정들었던 동료들과 나 때문에 심한 벌을 받았던 작전과 동료, 심한 기 합을 주던 선임하사와도 아쉬운 작별을 하고 2사단 군목과 요원으로 전속되었다.

군목과에는 기독교에 장관현 목사님과 젊은 목사님 한 분, 그리고 천주교에는 김덕명(金德明) 신부님이 있었다. 사병으로는 군목과 선임하사 이문호 이등중사와 하사인 내가 있어 모두 다섯 명이 큰 천막 두 개 가운데 하나는 교회로 쓰고 하나는 칸을 막아 숙소로 쓰는 근무가 시작되었다.

군목과 목사님들은 물론 내가 교회 출석도 잘했지만 무엇보다 혹심한 추위에 물 속에서 심한 기합을 받았다는 이야기를 듣고 크리스찬이라면 어떤 배경을 써서라도 오고 싶어할 그 자리를 두 분이 합의해서 나에게 간청했다. 하나님의 뜻이 아니고는 도저히 불가능한 일이었다. 참으로 감사한 일이다.

군목과의 창설은 쉬운 일이 아니었다. 처음에는 쌀가마니를 깔고 예배를 드리는데 주보도 없고 오르간이나 피아노가 있을 리 없으니 찬송가도 그냥 부르고, 목사님 두 분이 교대로 예배를 인도했다. 낮에는 두 목사님들이 임시로 만든 찬송가와 복음서별로 만든 성경을 들고 일선 소대에까지 나가서 기도하고 전도하고 그들의 애로사항도 듣고 위로와 용기를 주는 일을 했다.

그런데 군종감제도가 처음이라서 그런지 장관현 목사님과 다른 목사님이 한꺼번에 다른 곳으로 가고 오병수(吳丙洙) 목사님이 부임해 오셨다. 앞서 두 목사님은 오래 같이 근무를 못하고 그야말로 정도 들기 전에 떠나셔서 아쉽고 섭섭하기는 하지만, 두 목사님에 대해서는 별로 할 말이 없다. 다만 인간적으로 볼 때 참으로 위험하고 고달픈 전시 군대생활에서 나에게 결정적 변화를 가져다준 두 분을 나는 지금까지 잊을 수 없는 감사한 분들로 기억하고 있다.

오병수 목사님은 참으로 신앙심이 강하고 사명감이 투철하고 모든 업무처리에 있어서 냉혹할 정도로 철두철미하며 일선 장병들을 위하

박성규 일병과 필자

(앞) 윤신부, 김덕명 신부, 오병수 목사
(뒤) 서중사, 필자, 박성규, 이문호 상사

여는 어떤 위험도 주저함이 없이 달려가시는 희생적인 목자였다.

오병수 목사님은 전후방을 부지런히 오가면서 오르간도 구해 오고 후방교회와 연락해서 장병들에게 필요한 위문품 수집도 많이 해와서 고생하는 일선장병들에게 나누어주었다. 그리고 위문편지는 물론 큰 고아원 아이들로 구성한 위문단과 영락교회와 새문안교회 같은 큰 교회의 성가대로 구성된 위문단들을 불러다가 위문공연과 예배를 자주 드렸다. 워낙 부지런히 일했기 때문에 사단장을 비롯한 사단참모들과 예하 연대장 및 각 대대장들도 계급을 떠나서 오 목사님을 어려워하고 존경했다.

이런 목사님을 모시는 나도 일을 하기가 훨씬 수월하고 부드러웠다. 일등병을 겨우 넘어 당시 하사(병장보다 한 계급 아래)였던 내가 매주 예배안내 전화를 사단장과 참모장 그리고 각 참모들에게 직접 걸어도 다정하게 전화를 받아주었다. 목사님이 일을 만들어서 하다 보니 업무량이 폭주해 나 혼자서는 감당하기가 어렵자 목사님께서 사단장에게 말씀드려 두 사람의 티오(TO)를 더 늘려 받게 되었다.

오병수(吳丙洙) 목사님

천주교에서는 나와 계급이 같지만 나이가 나보다 대여섯 살이나 위이고 마음씨 착한 서 하사가, 기독교에서는 경상남도 밀양 사람으로 기억하는 신앙 좋고 활발한 박성규(제대 후 신학을 하고 목사가 되었다고 들었는데 만나지는 못했다) 일등병이 나와 같이 오 목사님을 도왔다.

오병수 목사님이 오셨을 때 사단장은 미국 육군대학에서 일등을 했다고 우리 군에서 아주 촉망되는 장군이라며 떠들썩했던 강모 소장이었다. 사단장이 부임하면서 영관식당을 잘 꾸미게 하고 이틀이 멀다 하고 여자들을 데려다가 군악대 연주에 맞추어 밤늦게까지 댄스 파티를 열었다.

오병수 목사님은 처음부터 초청대상에서 제외되었기 때문에 한동안 그런 사실을 모르고 지냈다. 그런데 얼마 뒤 사단사령부 사병들 사이에서 미국 육군대학의 등수는 댄스로 매기는 거냐고 불평이 나왔고, 예배 후 부대 내의 교인들에게서 그 말을 들은 오병수 목사님은 참으로 침통해했다.

며칠 후, 오 목사님은 새벽기도회를 끝내고 잠깐 나갔다 오겠다고 나가셨다가 한참 만에 돌아오셨다. 그날 밤부터 사단사령부 내의 댄스파티는 열리지 않았다. 그런데 참모들 중에 군목과를 대하는 태도가 평소와 달리 조금 이상한 것이 종종 느껴졌다. 거의 매일 밤 있었던 댄스파티가 갑자기 없어지자 잘된 일이라고 수군대면서도 이상하게 생각했다.

내가 예감하는 바가 있어서 "오 목사님과 관계가 있는 것이 아닙니까?" 하고 직접 말씀드렸더니 목사님께서 이야기를 해주셨다.

그때 사단장 숙소는 지금 시내버스의 반쯤 되는 크기의 트레일러였는데, 이동할 때는 자동차에 달고 끌어다가 적당한 곳에 세워 놓고 문 앞에는 헌병이 24시간 보초를 서고 있어서 아무나 접근할 수가 없었다. 그날 오 목사님은 어두운 새벽에 사단장 숙소를 찾았는데, 헌병인 보초가 누구냐고 하자 "사단군목인데 사단장님을 급히 만나야 할 일이 있어서 왔으니 말씀을 드려주시오" 했더니, 헌병이 고개를 저었다.

"안 됩니다. 숙소에 돌아오신 지 얼마 안 돼서 지금 바로 잠이 들었을 텐데 급한 일이 아니면 밝은 다음에 오십시오."

하지만 오 목사님도 물러서지 않았다.

"급한 일입니다. 잠이 드셨더라도 문을 두드려 깨워주시오."

그렇게 목사님과 헌병 사이에 옥신각신 실랑이가 벌어지자 사단장의 목소리가 들려왔다.

"밖이 왜 이렇게 소란스러우냐?"

"네, 사단군목 오병수 목사입니다. 꼭 드릴 말씀이 있어서 왔습니다. 문 좀 열어주십시오."

"아직 어두운 새벽인데 무슨 일로 그러시는지 모르지만 밝은 낮에 오십시오."

"사단장님, 급한 일입니다. 지금 꼭 뵈어야겠습니다. 문 좀 열어주십시오."

"무슨 일인데 그러십니까? 그럼 밖에서 말씀하십시오."

"직접 뵙고 말씀드릴 일입니다. 죄송합니다. 문을 열어주십시오."

사단장과 오 목사님 사이에 문을 열어달라거니 낮에 오라거니 하고 말이 오간 끝에 사단장이 화를 내면서 "돌아가세요. 나 자야 하겠습니다." 하고는 헌병에게 목사님을 돌려보내라고 명령했다.

"좋습니다. 그럼 제가 지금 바로 서울에 가는데 그렇게 아십시오. 허가해주신 것으로 알고 잘 다녀오겠습니다."

"서울엔 무슨 용무로 가십니까?"

"함태영 부통령각하를 만나러 갑니다."

"함태영 부통령각하를 왜 만나러 가십니까?"

"그 말을 하려고 하는데 문을 안 열어주시니 어떻게 합니까?"

그러자 사단장은 잠시 후 문을 열어주었는데, 지난 밤 파티에서 함께 춤을 추던 한 여자가 급히 옷을 걸치고 한구석에 쪼그리고 앉아 오들오들 떨고 있었다. 그런 모습을 하고 있던 사단장이 어찌할 바를 모르고 당황해하는 꼴도 가엾어 보였지만, 그 광경을 본 오 목사님은 또 얼마나 놀랐겠는가.

"함태영 부통령각하를 왜 만나러 가십니까?"

"바로 이 광경을 함태영 부통령각하께 말씀드리려고 갑니다. 이 부대의 작전지휘권은 사단장각하의 몫입니다. 신앙과 정신무장에 관하여는 군목인 내게도 지휘권이 있습니다. 우리 부대가 예비사단이라고는 하지만 이 부대 장병들은 다음 전투를 위해 교육훈련에 눈코 뜰 새 없이 열중하고 있고, 지금도 포성이 들리는 저 전방에서는 얼마나 많은 장병들이 한 치의 땅이라도 지켜내려고 적의 총탄에 피흘리며 쓰러지고 있는지 몰라 이런 짓을 하는 겁니까? 지금은 전시입니다. 매일 밤 댄스파티가 가당키나 합니까? 군악대는 군의 행사와 군의 사기진작을 위해 쓰라고 있는 것이지, 여자들 데려다가 춤추는 데 장단이나 맞추라고 있는 겁니까? 나는 지금 서울로 가서 함태영 부통령각하께 이 모든 사실을 말씀드리고 이래도 되는 것인지 물어보고 오겠습니다."

그 말을 들은 사단장은 바로 무릎을 꿇고 앉아 말했다.

"목사님! 잘못했습니다. 오늘부터 당장 중단하겠습니다. 고정하십시오."

"사단장각하께서 꼭 약속을 하신다면 지금 당장 부관 참모에게 행사를 중단하라는 명령을 내리시고 여자를 데려오는 정훈참모에게 예정을 취소하라고 명령하십시오."

사단장은 그 자리에서 파티 중단명령을 내렸고 그날 밤부터 댄스파티는 없어졌다.

그후 얼마 있다가 사단장은 김병수(金柄洙) 준장으로 바뀌었는데, 그 강모 소장은 다른 부대에 가서도 또 예편 후에도 오병수 목사님께 연하장을 꼭 보내왔다고 한다.

새로 온 김병수 사단장은 키가 작고 몸집도 자그마한 분으로 군인답지 않게 지성미가 넘치는 학자 같은 군인이었다. 참모장도 바뀌고 다른 몇몇 참모도 바뀌었는데, 역시 사단장과 비슷한 풍의 사람들이 많아서 부대 분위기가 가족 같은 모습으로 바뀌었다. 내가 목사님의 명을 받아서 예배참석 여부를 직접 물어보면 사단장님도 참모장님도 아주 친절하게 응대해주었고 예배에도 잘 참석했다.

사단본부 중대장 박기남(朴奇男) 대위님은 사단장보다 더 나이가 많은 분이었는데, 예배에도 거의 빠지지 않았지만 군목과 일이라면 발 벗고 나서는 분이었다. 일과가 끝나면 누룽지 등 먹을 것을 들고 와서 주전자에 넣고 끓여서 이것이 군대의 보신탕이라며 함께 먹던 일을 생각하면, 지금 생존해 계실지는 모르지만 만나고 싶고 늘 감사한 마음을 간직하고 있다.

1953년 어느 봄날 군목과 주최로 토론회가 열렸다. "북진일완(北進一完)에는 정신무장이냐? 화기무장이냐?" 하는 제목 아래 세 명씩 편을 갈라 토론을 했는데, 나는 화기무장 쪽에서 토론에 참여했고 정신무장 쪽이 승리를 해서 상을 받았다. 그날은 김병수 사단장을 비롯해서 참모장과 여러 참모들이 참석해서 심사를 보았으며 시상은 사단장과 목사님이 했다. 시상 후에는 전시지만 푸짐한 다과도 차려 놓고 참으로 흐뭇한 한때를 보냈다.

이때 2사단 산하에는 17연대, 31연대, 32연대 등 3개 연대가 있었는데, 연대마다 군목과가 생기고 각각 목사님들이 배치되었다. 오 목사님은 연대 목사님들과 함께 성가대 초청 위문공연과 위문품 수집 · 분배, 일선장병 심방기도 등을 하며 쉴 새 없이 신바람나게 일했다. 역시 훌륭한 사단장 및 참모들과 뜻이 잘 맞아서 많은 일을 할 수 있었다고 생각한다. 딱딱한 군대도 지도자 한 사람의 인품에 따라서 부대 전체의 면모가 바뀌는 것을 보면서 가정이나 단체나 국가에도 인재양성이 얼마나 중요한가를 생각했다.

얼마 후 김병수 사단장도 가고 새로운 사단장이 와서 이취임식 석상에서 신구 사단장이 손을 잡고 각각 이취임사를 하는데, 새로 부임한 사단장인 강영훈 소장이 "우리 두 사람은 처남매부 간입니다. 김병수 사단장의 누이동생이 내 아내입니다." 하고 소개할 때 우리들은 열렬한 박수로 가는 분 오는 분의 무운을 빌었다.

강영훈 사단장도 김병수 사단장 못지않게 지용을 갖춘 사령관으로 보였다. 부임 후 얼마 되지 않아 사단장이 예하 각 연대 순시를 나가고

군목실 토론회에서 김병수 사단장의 축사

없는 상황에서 사령부 내의 사단장 숙소에서 불이 나 숙소 내에 있던
모든 것이 불타 없어졌다. 사단참모들은 난리가 났다.

　모든 장병에게 지급된 총검은 생명과 같은 것이어서 훼손하거나 망
실하면 무거운 처벌을 받아야 한다. 그런데 사단장의 권총과 당번병
두 사람의 총검이 모두 불타 버렸으니 당번병 두 사람에 대한 엄한 처
벌은 면할 수 없다고 생각한 헌병부장은 사단장이 돌아오기 전 당번
병 두 사람을 구속하고 헌병대 영창에 넣어 버렸다.

　긴급연락을 받고 돌아온 사단장 앞에서 모든 참모들이 쥐 죽은 듯
사단장의 추궁을 주시하고 있는데, 뜻밖에도 강영훈 사단장은 태연하
고 침착한 모습으로 "당번병들은 어디 가고 없느냐?"고 물었다. "이
아이들이 얼마나 놀랐겠느냐?"는 사단장의 질책 아닌 물음에 헌병부

장이 나서서 "조금 전에 헌병대 영창에 가두었습니다." 하고 말했다.

그 말을 들은 사단장은 "무슨 소리요? 그 아이들인들 얼마나 놀랐 겠소? 어서 그 아이들을 데려오시오. 이 일은 사단장에 부임한 내게 하나님이 어떤 계시를 주는 것이니 앞으로 나는 더욱 경각심을 가지 고 부대지휘에 임할 것이며, 책임을 져도 내가 질 것이니 아무 걱정 말 고 아이들을 즉시 석방하시오." 하고 말했다.

그래서 헌병부장은 곧장 석방지시를 했고, 참모들은 별다른 추궁을 받지 않고 모두 흩어져 자기 자리로 가더라고, 그것을 보고 오신 오병 수 목사님은 만족해했다. 오 목사님은 "이번 사단장도 아주 훌륭한 분 이 오셔서 참 다행이다. 하나님께 감사하자."고 말씀하셨다.

강영훈 사단장은 그 뒤 몇 달이 안 되어 물러났는데, 그 당시 사단에 퍼진 이야기로는 군단으로부터 화재사건에 대한 책임을 추궁받고 모 든 책임을 자기가 지고 물러났다고 한다. 사람들은 부하를 아끼는 그 의 인격을 흠모하며 아쉬워했다. 강영훈 사단장은 독실한 천주교신자 라고 했다.

강영훈 사단장의 후임으로는 무슨 문제가 있었는지 중장이었던 정 일권 씨가 왔는데, 치열했던 저격능선 전투에서 크게 패하고 얼마 안 되어 또 사단장이 바뀌었던 것 같다.

군목과에도 1953년 가을 어느 날 오병수 목사님이 온양에 있던 63 육군병원으로 전보발령을 받고 떠나신 뒤, 곽의명(郭義明) 목사님이 오 셨다가 몇 달 만에 교체되어 1953년 말이나 1954년 초쯤 조용하고 온 화하신 정인화(鄭仁和) 목사님이 부임해 오셨다.

1954년에는 판문점에서 휴전회담이 시작되어 최전방에서도 휴전협 정 체결 전에 한 치의 땅이라도 더 차지하려고 서로 간에 양보 없는 치열한 일진일퇴의 전투가 계속되었다. 정인화 목사님과 우리는 일선 장병들을 찾아 기도하고 위문하는 일을 열심히 했다.

마침내 휴전협정이 체결되어 1954년 7월 27일 자정부터 모든 전투를 중단한다는 발표가 있었는데, 그날까지 전방에 있는 모든 포탄과 실탄을 남김없이 쓰려는 듯 엄청난 양의 탄환이 발사되어 전보다 몇 배의 포성이 들렸다. 27일 자정만 지나면 전쟁이 끝나고 평화가 온다고, 그때까지만 견디고 살아만 있으면 집으로 돌아가 가족과 만나 행복한 생활을 할 수 있다고 우리는 모두 감격하며 흥분에 젖어 있었다.

27일까지 살아 있던 많은 장병들이 그날 밤 12시 직전에 마지막 발사된 적탄에 맞아 애석하게도 유명을 달리해 우리를 더욱 슬프게 했다. 참으로 생사화복은 사람의 생각으로는 어쩔 수 없는 것임을 절감했다.

정인화 목사님은 미국으로 건너가서 미국 LA에서 목회를 하다가 은퇴하고 교인들을 위하여 〈부스러기〉라는 신앙교양잡지를 발간하고 있다고, 내가 한국마사회 부회장으로 있을 때 찾아오셔서 오랜만에 식사를 함께하며 정담도 나누었다. 그때 〈부스러기〉를 선물로 주고 가셨는데 그후로는 소식을 모른다.

제대와 진학

전쟁은 끝나고 부대는 재편성과 교육훈련에만 전념하게 되었고, 군목과의 일도 늘 같은 형식으로 이어져갔다. 나는 마음이 급해졌다. 이제는 사회에 나가 공부를 계속해야겠다고 결심하고 전역에 대한 국방부의 발표를 기다렸지만 아무 말이 없었다.

휴전 후 나는 15일간의 휴가를 얻어 오랜만에 집에 올 수 있었다. 그동안 우리 집은 폭격에 맞아 모두 불타서 살 곳조차 막막했는데 어머니와 가족들이 힘을 합쳐 흙벽돌을 만들어 방 두 칸, 부엌 두 칸을 일자로 지었다. 지붕은 헌 나무를 구해 섯가래로 걸치고 그 위에 군용천막을 덮은 뒤 천막 위에 돌이나 깨진 기왓장 또는 나무토막을 얹어 지붕을 만들어 겨우 비바람이나 피할 정도의 움막 같은 집을 지어 살고 있었다.

그동안 내가 몇 차례 휴가를 나올 때마다 부대에서 주는 휴가미와 이틀에 한 갑씩 주는 화랑담배를 모아 집에 가지고 왔는데, 어머니는 그것을 팔아 나무와 천막을 사서 지붕을 올렸다고 하셨다. 친척 할아버지가 농사짓는 밭 가운데 있던 집이 불타 없어지고 나자 할아버지는 밭 변두리에 먼저 집터의 반도 안 되는 좁은 땅을 주며 거기 아니면 집을 지을 수 없다고 고집을 부렸다고 한다. 어머니는 할 수 없이 이런 집이라도 마련하게 된 것이 다행이라고 하셨다.

그 밭도 집도 원래는 일본인들의 소유였고, 우리는 친척 할아버지에게 정당한 집값을 주고 샀기 때문에 원래 집이 있던 자리에 집을 지어야 했지만, 부모님은 할아버지의 억지 위세에 눌려 많은 것을 빼앗기고 말았다. 내가 집에 왔을 때는 이미 새로 지은 집에 살고 있었기 때문에 달리 방법이 없었다.

나는 온양에 있는 63육군병원으로 오병수 목사님을 찾아갔다. 이제는 전쟁도 끝났고 군복무도 3년 반이 지났으니 제대해서 학교에 갈 수 있게 도와달라고 간청을 했다. 오 목사님은 나를 63육군병원 이비인후과 과장인 신규식(申奎植) 대위에게 데려가서 사실대로 말하고 도와줄 수 없겠느냐고 부탁을 했다.

한동안 가만히 있던 신규식 과장님은 말없이 진단서 한 장을 끊어주면서 이 진단서를 사단 의무과에 갖다 주면 군의관이 야전병원으로 후송시킬 것이고, 거기서 63육군병원으로 보내달라고 하면 아마 보내줄 것이라고 했다. 그리고 이곳에 오면 제대를 시켜주겠다는 말을 듣고 나는 가벼운 발걸음으로 휴가를 마치고 귀대했다.

귀대와 동시에 정인화 목사님에게도 사실대로 말씀드리고 진단서를 사단군의관에게 제시했는데, 하루이틀 지나 육군야전병원으로 후송되었다. 야전병원에서 63육군병원으로 보내달라고 부탁을 했는데 내 뜻과는 달리 서울에 있는 수도육군병원으로 후송되고 말았다. 아는 사람 하나 없는 수도육군병원에 도착하니 실로 난감했다.

수도육군병원 이비인후과 과장은 성격이 깐깐하고 실력 있기로 소문난 소령 계급장의 김홍기(金弘基) 박사였고, 그 밑에 군의관 민 대위와 거의 어머니 정도의 나이가 들어 보이는 중위 계급장의 최일순(崔日順) 간호장교와 의무병 한 명이 있었다.

내가 도착하자 김 과장님이 일차 진찰을 하며 코에 비후성 비염이 있다고 코수술을 하라고 민 대위에게 지시했다. 입원한 지 며칠 만에 나는 민 대위의 집도로 내 손가락만 한 살점을 양쪽 코에서 떼어내는 수술을 받았다. 이제 63육군병원으로 가기는 틀렸으니 다른 방법을 강구할 수밖에 없었는데, 마침 최일순 간호장교가 내게 무척 호감을 가지고 수술받은 코와 건강을 잘 챙겨주었다.

며칠이 지나는 동안 최일순 중위님과 나는 조카와 이모 사이처럼 가까워졌다. 나는 치료시간 외에도 간호장교실을 자주 출입하면서 친해져 가정일까지 의논할 정도까지 되었다.

최 중위님은 서울 신당동에 친언니가 살고 있었는데, 그 언니는 고등학교와 중학교에 다니는 딸 둘과 막내로 아들을 두고 있었다. 그 형부는 트럼펫인가 색소폰인가를 잘 부는 분으로 어느 악단에 있다고 했다. 기독교신자였던 최 중위님은 매우 자상한 분으로 공휴일이 되면 나를 언니 집에도 곧잘 데려갔는데, 조카들에게 나를 오빠라고 부르라고 해서 최 중위님과 나는 자연스럽게 이모 조카 사이가 되었다.

수도육군병원 군목과에는 석호인 목사님과 여자 전도사 두 분이 계셨는데, 나는 그분들의 사랑도 넘치도록 받았다. 나는 이 세상은 어디를 가나 자기 하기에 따라서 분위기를 만들어갈 수 있는 것이라고 생각하고 주어진 일에 성심을 다해야 한다는 값진 교훈을 얻었다.

최 중위님은 조카가 된 나의 소원을 이루게 하려고 열심히 도와주었다. 김홍기 과장님의 눈에 들게 하려고 과장님 방에 조그마한 장식같은 것을 생각해내서 그것을 내게 만들도록 하고, 과장님에게 "이걸 노병구 중사(지금 계급으로는 병장이지만 그때는 이등중사였다)가 만들었다"고 전했다. 최 중위님이 "노병구는 대학에 진학하려고 공부를 열심히 한다"는 말까지 하며 칭찬을 했다는데, 김 과장님은 내게 아무런 반응도 보이지 않았다.

다시 원대복귀를 시키지 않을까? 제대심사는 언제쯤 있을까? 하루하루를 바늘방석에 앉은 것처럼 답답해하고 있는데, 어느 날 최 중위님이 과장님께 편지를 간곡하게 써서 과장님이 읽고 있는 책갈피에 끼워 놓으라고 조언했다. 그 말을 듣고 내 딴에는 심혈을 기울여 여러 장의 편지를 써서 과장님이 나가고 없을 때 책갈피에 끼워 놓았다.

며칠 뒤 복도에서 만나 인사를 해도 과장님은 종전과 다름없이 꾸벅 인사만 받고 앞만 보고 빠른 걸음으로 가니 말 한마디 붙여볼 수 없었다. 이제는 틀렸다고 낙담하고 있는데 최 중위님이 내 침대 옆으로 오더니, "노 중사, 지금 과장님이 부르시니 얼른 가봐!" 하고 말했다.

나는 이 부름이 원대복귀냐, 제대냐의 마지막 통고를 위한 부름이라는 생각에 간절히 기도하는 마음으로 과장님 방에 들어갔다. 늘 냉냉하고 엄숙하기만 한 김홍기 과장님이 입을 열었다.

"노 중사는 나가서 공부를 해야 해. 노중사의 병(비후성 비염 수술은 잘되었다) 상태로는 원대복귀를 해야 하지만, 이제 전쟁도 끝났고 군복무기간도 그만하면 할 만큼 했다고 생각해서 내가 노중사의 의병

제대 상신을 하기로 결정했어. 노 중사의 병상일지에는 귀를 잘 못 듣는 걸로 썼으니 그렇게 알고 제대심사관이 무슨 말을 묻거든 처음 에는 못 알아들은 척하고 조금 더 큰 소리로 물어오면 대답을 하게."

그리고 과장님은 이렇게 덧붙였다.

"내가 군의관 생활을 하면서 이런 일은 처음이자 마지막으로 하는 거야. 이런 일은 결코 자랑거리가 아니고 오히려 부끄러운 일이야. 노 중사와 나만의 비밀로 하고 무덤까지 가지고 가세. 알았나?"

내가 과장실에 불려간 뒤 나보다 더 초초하게 결과를 기다리던 최 중위님은 제대신청을 올린다는 말을 듣고 뛸 듯이 기뻐하며, 원칙주의자이고 깐깐하기로 이름난 김 과장님이 노 중사의 소원을 들어준 것은 참으로 기적이라고 놀라워했다.

김홍기 과장님은 수도육군병원에서 의사로서의 실력은 물론 인격적으로도 존경받는 분이었다. 내가 의병제대로 전역한 뒤 과장님

최일순 간호장교

도 전역해서 서울대학교 의과대학 교수로서 또 서울대학병원 이비인후과 과장으로 부임해 나중에 서울대학병원 원장까지 역임했다.

최일순 중위님도 전역해서 이화여자대학교 부속병원 간호과장이 되어 나는 제대 후에도 가끔 들러 식사대접도 받고 많은 사랑을 받았다.

내가 9대 국회의원선거에 영등포 갑구에서 신민당 공천으로 입후보했을 때, 최일순 이모는 병원에서 은퇴했는데 역시 목회를 하다가 정년으로 은퇴해 혼자 살고 계신 목사님과 재혼해서 흑석동에 살면서 선거운동을 열심히 했다. 내가 낙선의 고배를 마시고 주위에 신경을 쓰지 못하는 동안 연락이 끊기고 그뒤 어떻게 되었는지 소식을 몰라 안타깝다.

내가 수도육군병원에 입원해 있을 때 집에서는 할머니가 무릎에 골수염이 생겨 한쪽 다리가 퉁퉁 붓고 고름이 줄줄 흘러내리는데도 변변한 병원도 없고 해서 여러 사람들이 말하는 민간요법도 모두 써보았지만 아무 차도가 없어 온 가족이 애를 태우고 있었다.

제대신청을 하고 난 뒤 김홍기 과장님은 나를 불러 가족관계와 집안사정 등을 자세히 묻고는 대학진학 문제에 대해 많은 이야기를 해주고, 신중하게 생각해서 지원하라는 진심어린 충고도 잊지 않았다.

"노 중사가 의과대학에 지원할 생각이라면 나는 말리겠어. 의사는 시간이 가도 나이를 먹어도 그저 의사일 뿐이야. 인생의 맛을 모르고 사는 게 의사야."

나는 할머니의 병세에 대해서도 말씀을 드렸다. 과장님은 어려운 중에도 염증에 좋다는 오일 페니실린, 크리스털 페니실린, 크로르마이신 캡슐 등의 많은 약을 구해주고 주사 놓는 방법도 가르쳐주었다. 지금 같으면 별것 아니지만 우리나라에 크로르마이신이 처음 나올 때였고 오일 페니실린도 민간인들은 만져보지 못할 때였으니 대단한 도움을 받은 것이다.

김홍기 박사님과 최일순 중위님은 할머니에게도 참 좋은 일을 했다. 제대하고 집에 와서 수도육군병원에서 얻어온 양약을 드시게 하고 또 거기서 배운 치료방법을 써서 할머니에게 주사도 놓아드릴 수 있었던 것이다. 할머니에게 맏손자로서 조금이라도 도움이 될 수 있었다고 생각하며 두 분에게 진심으로 감사를 드린다.

63육군병원으로 가지 못하고 전혀 예상치 못했던 수도육군병원으로 가게 된 것은 오직 하나님의 뜻이며 오히려 전화위복이 되었다. 제대 후에도 그 두 분과의 인간적인 인연이 지속되어 나는 참으로 많은 것을 배웠다. 그리고 이 인간 세상에서는 갚으려야 갚을 수 없는 깊고 큰 은혜를 입었다. 오직 하나님께 감사하고 나를 대신해서 하나님께서 만 배나 갚아주시길 두 손 모아 그분들을 위해 기도를 드린다.

무덤까지 가져가기로 약속했던 제대에 관한 비밀을 여기서 밝히는 것은, 그것이 이미 50년이 지난 일이고, 내가 살아온 긴 여정 중에서 나와 맺은 아름다운 인간관계로 머릿속에서 지울 수 없는 감동적인 일이기 때문이다. 더불어 김홍기 박사님께 큰 고마움을 표하기 위해서다.

1954년 11월 4일, 만 3년 11개월 만에 나는 예비역 신분으로 집에 돌아왔다. 할머니는 골수염으로 출입을 하지 못한 채 아랫목에 누워 계시고, 어머니는 생활을 위해서 떡장사를 하고, 아버지는 신발 꿰매는 일을 하고 있었다. 그 수입으로 남동생 병란과 병열까지 다섯 식구가 어렵게 살고 있었는데, 나까지 제대를 했으니 모두 여섯 식구가 더 어려운 생활을 하게 되었다.

그러나 집에서는 나의 제대를 환영했고 신길동교회와 동네에서도 환영일색이었다. 아무리 어려워도 나는 공부를 계속하기로 하고 경성공업중학교에서 이름이 바뀐 서울공업고등학교로 찾아가 대학진학을 상의했다. 그런데 남은 졸업반 학기를 마쳐야 입학원서를 써줄 수 있다고 해서 할 수 없이 머리를 깎고 5년 후배들과 함께 고등학교 3학년 과정의 남은 공부를 4개월 동안 했다.

나는 군목과에서 오병수 목사님과 함께하면서 제대하면 신학대학에 지원해 목회자가 되어 구령사업에 몸바치기로 마음먹고 기도해왔기 때문에 평소에 생각했던 대로 신학대학 중 유일하게 1차인 한국신학대학에 진학하려고 입학원서를 받아다 놓았다.

제출서류로 자기가 다니는 교회 목사의 추천서를 꼭 첨부해야 하기 때문에 신길동교회 김성추 목사님께 추천서를 부탁했는데, 1차 대학 원서접수 기한을 하루 남겨 놓고 한국신학대학은 자유주의신학의 이단이니 총회신학교나 성결교신학교로 가라고 하면서 끝까지 한국신학대학을 고집하면 추천서를 써줄 수 없다고 완강하게 버티셨다. 나는 사정도 하고 따지기도 했지만 소용이 없었다.

그 당시에는 한국신학대학 외에 다른 신학교는 모두 2차에 속해 있어서 나는 처음부터 1차인 한국신학대학이 아니면 가고 싶은 마음이 없었다. 며칠 후 오병수 목사님이 휴가를 받아 서울에 오셨다가 나의 신학교 지원 전말을 듣고 자기 지프차에 나를 태우고 한국신학대학에 가서 이제라도 입학원서를 받아달라고 간청했지만 규정을 어길 수 없다는 답을 들었다.

추천서 때문에 다른 1차 대학 응시기회도 놓치고, 할 수 없이 2차 대학 중에 중앙대학교 법정대학 법학과에 입학원서를 냈다. 중앙대학교도 입학경쟁률이 6~7대 1 정도로 높았던 것으로 기억한다. 군대생활로 공부가 모자랐던 나는 은근히 걱정이 되었지만 모든 것은 하나님께 맡기고 시험을 치렀는데, 제대군인에게 주는 가산점이 있어서 무난히 합격했다.

　영등포구 신길동 48번지 일대를 방아꼬지라고 하는데, 그 동네에서는 내가 처음으로 대학에 합격하고 보니 온 동네가 합격을 축하해주었지만 정작 우리 집에서는 기뻐하기에 앞서 입학금을 댈 일이 더 걱정이었다. 우리 집 바로 앞에는 7~8평 정도나 될까말까 한 작은 판잣집에 한 평 남짓하게 조그마한 구멍가게를 하며 홀로 사는 아주머니(이름은 모르고 이웃에 그분의 여자 조카가 있어서 동네에서는 그 조카의 이름을 붙여 숙준이 고모라고 불렀다)가 있었는데, 어렵게 돈을 모아서 만들어 끼고 다니던 금반지를 들고 와서 그것을 팔아 입학금을 내라고 해서 염치불구하고 금반지를 팔아 입학을 했다.

　전쟁 중에 모두 어려운 시절인데 나는 참으로 기적 같은 도움을 받았다. 얼마나 감사한 일인가! 그런데 나는 그 아주머니의 큰 은혜에 전혀 보답을 못했다. 살아 계시다면 그분의 연세가 백 살은 될 것인데, 어떻게 됐는지 알 길이 없어 그저 기도로 아주머니와 하나님께 감사를 드린다.

　나는 군복무 중 뒤처진 공부를 벌충하려고 강의에 빠짐없이 출석했고 강의도 열심히 들었다. 그러다 보니 나이든 제대학생들을 중심으로 친구가 형성되었는데, 특히 군대에서 처음 배치받았던 17연대 3대대 작전과에 있을 때 3대대 정보과에 있던 이세원(李世遠)이 법과에 입학해서 대학생활을 즐겁게 할 수 있었다.

　입학하고 얼마 뒤에 제대학생인 나와 이세원, 이정균, 김준기, 이성호 그리고 제대학생은 아니지만 우리와 나이가 비슷한 신용균, 서정호와 몇 년 후배인 조재형, 유재준, 최종구, 현병철 그리고 여학생 중 황명순, 송복덕 등으로 '한벗'이라는 서클을 만들어 방과

후 빈 강의실에 모여 공부도 하고 토론도 하고 형제와 같은 친교를 나누었다.

　그러면서 나는 교수가 되어 학자의 길을 가겠다고 결심하고 공부를 열심히 했지만, 1학년 첫 학기가 지나면서 다음 학기 등록금을 마련하는 것이 큰 문제였다. 여름방학이 되면서 나는 동네 친구와 함께 1만 환(지금의 1천 원)의 빚을 내어 자하문 밖으로 자두·능금장사를 하러 떠났다.

　찢어진 군용천막 조각을 얻어다가 헌 나무를 얼기설기 걸치고 지붕 삼아 임시 잠자리를 만들어 짚을 깔고 자면서 새벽 5시에 자두밭, 능금밭으로 가서 하루 팔 물건을 사다가 팔았다. 그런데 우리는 물건을 사는 것도 파는 것도 서툴러 아무리 물건을 잘 골라 산다고 사와도 진열하고 보면 내가 봐도 옆에 있는 다른 사람의 물건만 못한 것은 어쩔 수 없었다. 그러다 보니 내 물건이 항상 늦게 팔렸고 값도 다른 사람보다 적게 받게 되니 돈을 벌 수 없었다.

　한 달이 지나 돈을 세어보니 한 달 동안 밥해 먹고 꼭 필요한 돈만 썼는데도 처음 시작할 때 가져온 돈에서 조금 늘었을 뿐 등록금으로는 어림이 없는 액수였다. 결국 능금·자두장사를 한 달 만에 집어치우고 보따리를 싸서 집으로 왔다.

　나는 미장일을 하는 작은아버지를 찾아갔다. 전쟁으로 부서진 집

자두장사 시절 필자와 어머니(앞 우)

을 짓는 방법은, 나무로 기둥을 세우고 기둥과 기둥 사이에 중방을 붙인 뒤 그 사이를 얇은 각목이나 수수깡으로 엮어 놓고 짚을 썰어 흙과 이겨 바른 뒤 그 위에 백회를 입히거나 아래 중방에 양회 모르타르를 바르고 기와나 함석을 올리면 되었다.

나는 이런 집을 짓는 공사장에 미장 보조를 시켜달라고 간청해서 작은아버지의 배려로 곧장 건축현장으로 나가 아침 일찍부터 저녁 해질 때까지 물을 길어오고 흙을 파다가 흙과 짚을 섞어 개고 그것을 날라다 주는 일과, 백회에 일명 솜처럼 생긴 것을 잘 섞어서 미역처럼 생긴 것을 미역국 끓이듯 끓인 뒤 그 뜨거운 국물로 고루 잘 짓이겨 이것을 날라다 일일이 떠주는 힘든 일을 하루도 빠짐없이 했다. 그러다 보니 어느 날은 코피를 줄줄 흘리면서도 일을 할 수 있다는 것만 고마워서 내 딴에는 열심히 했지만 다른 보조가 일하는 양에 비하면 부족했을 텐데, 노동판에서는 나를 대학생이라고 많이 봐주어서 잘 마칠 수 있었다. 고마운 분들은 어디에나 있었다.

한 달 반쯤 노동일을 한 대가와 집에서 이리저리 보태서 1학년 2학기 등록금을 마련해 나는 겨우 등록을 마쳤다. 그러나 여름방학 두 달 이상을 공부는 전혀 못했으니 이것 또한 낭패였다. 2학기 들어 '내가 하려는 학자의 길을 갈 수 있는 길이 열릴까? 이렇게 해서 학사, 석사, 박사까지 학업을 이어갈 수 있을까?' 생각해보니 아무래도 자신이 없었다.

우리 집안 형편으로는 더 이상의 공부는 절망이었다. 우선 집안 살림부터 안정을 시켜 놓고 새 목표를 정해야겠다는 결론에 도달한 나는 튼튼한 직장을 먼저 생각하기로 했다. 그때는 대학 1년 과정을 마치면 고등고시에 응시할 수 있는 자격을 주었기 때문에 1년을 마친 많은 학생들이 행정·사법 고등고시 준비에 몰두했다. 나도 1학년 과정을 마치고 고등고시 사법과에 응시하기로 목표를 정했다.

어차피 2학기 종강을 하고 방학을 해도 겨울에는 장사는 물론 할 일도 없어서 새 학년 등록금 마련을 위한 대책은 세울 수 없었다. 동기생들은 2학년 등록을 하고 강의를 듣는데 나는 휴학을 하고 고등고시 준비에 들어갔다. 한껏 친구들이 함께 강의를 듣자고 강권하다시피 하여 나는 전공과목을 빼놓지 않고 도둑강의를 들으면서 자리가 넉넉지 않은 도서관 한 자리를 꿰어차고 앉아 밤늦도록 육법전서와 피나는 씨름을 했다.

내 동기생들이 2학년이 되면서 신입생들이 들어왔는데, 그중에는 약학대학 장학생으로 입학한 맹경옥(孟京玉)이 있었다. 당시 나는 신길동교회에서 주일날이면 중등부 교사로 중학생들을 지도하고 있었는데, 그 중학생 중 중등부 일에 아주 열심인 맹명자(孟明子)의 언니가 바로 맹경옥이었다.

맹경옥은 숙명여자고등학교에서 3년 내내 우등생으로 졸업을 한 수재였는데, 그해 중앙대학교 신입생 중에 입학등록금 전액을 면제받는 단 한 사람의 장학생으로 전 교직원과 학생 모두의 부러움과 박수 속에 입학을 했고, 나도 내 일처럼 축하하며 기뻐했다.

맹경옥도 매일 도서관에서 공부를 했는데, 도서관 자리가 부족해서 나와 경옥은 서로 먼저 오면 빈 자리에 가방을 올려놓고 자리를 잡아주곤 했다. 숙명에서 경옥과 함께 약대에 입학한 이문우(李文雨)도 늘 도서관에 같이 와서 내가 먼저 간 날은 두 자리를 잡아 놓고 기다렸다. 그들은 나를 선생님이라고 불렀지만, 나는 두 사람을 여동생처럼 귀여워하고 그들은 나를 오빠처럼 따랐다.

공부하다 쉬는 시간이면 도서관 밖에 나와 교양과목인 철학개론을 내가 보충해주기도 했다. 그때 맹경옥은 철학개론 시험에서 100점을 받았다고 자랑도 했다. 나중에 경옥은 나와 결혼해서 만 40년을 함께 살았고, 이문우 씨는 중앙대학교 약학대학을 중퇴하고 한국신학대학으로 옮겨 신학공부를 마친 뒤 YWCA 등 기독교 계통의 여성운동과 사회사업을 열심히 했다. 지금은 만나지 못하지만 아직도 내 가슴속에는 훌륭한 여동생으로 자리잡고 있다.

나는 주일날 교회에 나가 중등부 학생들을 지도하고 예배를 보는 일 외에는 모든 시간을 오직 공부에만 전념했다. 도시락도 못 가져가고 화폐개혁 전에 100환(지금의 10원) 하는 우동을 친구들 덕에 가끔 얻어먹거나 거의 물로 배를 채워가며 공부를 하고 밤늦게 흑석동 고개를 넘어 전차를 타고 귀가하곤 했다.

어느 날 나는 세상이 빙빙 돌고 머릿속이 텅 빈 것처럼 온몸의 기운이 쑥 빠지는 것을 느끼며 쓰러졌는데, 옆에 친구가 찬물을 가져다가 내 머리에 끼얹고 부축해서 한참을 안정하고 일어났다. 그런데 그때부터 종종 어지럽고 오른쪽 귀가 잘 들리지 않았다. 돈이 없으니 병원도 못 가고 동네 한의원에 갔는데, 침을 맞고 한약을 쓰면 낫는다고 했지만 침만 몇 대 맞았는데 아무 효과가 없었다.

나는 염치불구하고 다시 서울대학병원 이비인후과로 김홍기 박사님을 찾아갔다. 진찰을 마친 김 박사님은 "고막도 말짱하고 귀 자체에는 아무런 문제가 없다. 영양실조로 청신경이 마비되어 이제부터 공부를 중지하고 충분한 영양을 섭취하고 안정을 취할 수밖에 없다"는 진단을 하면서 회복될 때까지 공부는 그만하라고 간곡하게 충고해주셨다.

누워도 앉아도 서도 골치는 아프고 세상이 빙빙 돌며, 오른쪽 귀는 절벽이 되어 잘 들리지도 않고 아무것도 할 수 없으니 미칠 지경이었다. 책도 볼 수 없으니 집에 우두커니 있기도 어렵고 어지러우니 마음대로 밖에 나가 돌아다닐 수도 없어서 앞날이 한심하고 모든 것이 절망이었다.

잠을 충분히 자고 아침 늦게 일어나 어머니 장사 나가는 일을 간간이 도와드리고, 병석에 누워 계신 할머니 수발을 들고, 답답한 시간을 교회에 나가 기도하고 찬송가 부르고, 그러면서 주일날은 중등부 학생들과 예배 보고 토론하며 얼마를 지내고 나니 심하게 아프던 머리와 어지러움도 차츰 차도가 있었다.

중등부 담당교사로 고등학교 미술교사였던 이규호 집사님(몇 년 후 신길동교회를 떠나 고려대학교 박물관장을 역임하셨다)과 함께 참으로 재미있게 학생들을 지도했는데, 그 당시의 학생으로 김교성 · 김인환 · 임희순 · 안영국 · 유원종 · 김경근 김천근(형제) · 김인상 · 길원필 등과 여학생으로는 맹명자의 이름이 기억난다. 그 외에 많은 학생들의 이름을 기억할 수 없어 안타깝다.

하루는 유원종(劉元鐘) 군이 보자기에 뭔가를 싸 가지고 집으로 나를 찾아왔다.

"선생님, 이것을 받으십시오. 제가 부모님께 간청해서 선생님 치료비에 보태 쓰시라고 가지고 왔습니다. 제 부모님이 정성들여 돼지를 키웠는데, 마침 팔 때가 되어 그 돼지를 판 돈입니다. 제가 선생님의 병세에 대하여 말씀드리고 도와드리자고 간청해 부모님께서 쾌히 응낙하시고 내주신 돈입니다. 아무 걱정 마시고 빨리 치료하셔서 건강을 회복하시고 건강한 모습으로 저희를 가르쳐주십시오."

그 당시 큰 돼지 한 마리는 그 집의 재산 목록 중 하나였다. 유원 종군도 고맙지만 그 댁도 아주 넉넉한 편도 아니고 보통 수준의 생활을 하고 있었는데 그 아버님 유재덕(劉在德) 선생님과 어머님이 그런 결정을 내리셨으니, 나로서는 그 은혜에 어떻게 감사를 해야 할지 몰랐다.

유재덕 선생님은 내가 제9대, 제11대 국회의원선거에 입후보했을 때도 자기 일처럼 나서서 운동도 하고 후원해주셨지만, 나의 부덕의 소치로 계속 낙선만 하여 그 노고에 보답을 못해서 영원히 갚지 못할 빚을 안고 살게 되었다.

나는 그 도움을 고맙게 받았고, 그 돈으로 신길동에서 가장 이름이 알려진 한의원을 찾아 진찰도 받고 침도 맞고 뜸도 뜨고 최고의 보약 겸 치료약이라고 지어준 한약을 몇 재 지어 달여 먹었다. 그 약효가 있었는지 어지럼증도 조금씩 줄어들고 두통도 차도가 있고 기동하기도 점차 나아졌다. 하지만 오른쪽 귀는 바람소리 같은 소리가 계속 나고 소리는 전혀 들리지 않아 지금까지 50년 동안 한쪽 귀머거리로 상대방에게는 표시를 내지 않으려고 노력하며 내 딴에는 늘 고통 중에 살아왔다.

나는 하나님을 믿고 예수님의 생활을 본받으며 살아야겠다고 교회에서 세례도 받고 크리스찬의 반열에 서 있는 사람인데, 하루라도 빨리 사회에 나가 학업을 계속하겠다는 핑계로 수도육군병원에서 멀쩡한 귀에 이상이 있다고 속여 그것을 기화로 의병제대를 했다. 나는 그 한 번의 거짓말에 대한 혹독한 벌을 50년 동안 받는 것이라고 하나님께 고백하고 회개하며 살아가고 있다.

나는 다음 해에 치러진 9회 고등고시 사법과에 그동안 공부한 실력만으로 응시를 했다. 일년에 10여 명 정도를 합격시키는 시험에 수천 명씩 지원을 했으니 결과는 뻔한 것이었고, 그것을 마지막으로 나는 더 이상 공부를 할 수 없었다. 나의 세 번째 꿈도 이렇게 조각이 났다.

서울고등공민학교의 설립

나는 공부도 할 수 없고 우선 건강을 회복해야 공부든 무슨 일이든 할 수 있는데 우두커니 집에 있을 수도 없어 교회에 나가 기도하고, 찬송가 부르고, 조용히 사색하는 시간을 많이 가졌다.

전쟁으로 경제사정이 어렵고 각급 학교도 자리가 잡히지 않아 초등학교를 졸업한 뒤 중학교에도 못 가고 길에서 부랑하는 아이들이 너무 많았다. 나는 이 아이들에게 새로운 희망을 줄 수 있는 길은 없을까 궁리하다가 김성추 목사님을 찾아갔다. 교회 마당 한편을 이용해서 천막이라도 쳐서 아이들을 모아 야간에 중학교 과정 공부를 시킬 수 있게 해달라고 간청하자, 김성추 목사님은 좋은 생각이라며 "천막은 미군부대에서 구하면 되겠지만 교회 재정이 워낙 어려워 그 외 달리 도움을 줄 수 없는데 어떻게 하느냐?"고 함께 걱정해주셨다.

나는 교회의 대학생들과 상의를 했다. 남자는 김길수 · 김택준 · 박선용, 여자는 맹경옥 · 김경옥 · 김순영 등이 저녁에 시간을 내서 학생들을 가르치기로 했다. 칠판에 쓸 백묵은 각자 자기가 다니는 학교에서 강의를 마치고 난 뒤 교수가 떨어뜨리고 간 것을 걷어와 그것으로 충당하기로 했다.

처음에는 가마니를 깔고앉아 수업을 받게 하기로 하고 준비에 들어갔는데 목사님께서 바로 천막을 구해주셔서 준비과정이 그리 오래 걸리지는 않았다. 1957년 늦은 봄 '서울고등공민학교'라는 이름하에 남포 불 두서너 개를 준비해 야간수업을 시작했다. 여기에 공부를 하려고 오는 아이들은 자식들을 정규학교에 보낼 수 없는 가난한 집 아이들이었으므로 처음부터 아이들에게서는 어떤 명목의 대가도 받지 않기로 결의한 뒤, 젊은 용기와 믿음만으로 봉사하기로 했으니 오직 하나님만 믿고 가는 데까지 가보자고 다짐했다.

그런데 생각했던 것보다 아이들이 많이 찾아왔다. 모든 대학생 선생님들은 학교에서 곧장 야간학교로 와서 자기가 담당한 수업을 끝내고 집으로 가기를 하루 이틀도 아니고 거의 매일 계속했다. 몸은 피곤했지만 희미한 남폿불 아래 한 자라도 놓칠세라 반짝이는 눈으로 칠판을 응시하며 공부에 열중하는 아이들에게 새로운 희망을 안겨주는 보람있는 일에 몸바쳐 봉사하게 된 것만도 하나님께 감사한 일이라고 열심히 가르쳤다.

이 광경을 바라보는 김성추 목사님과 교회 직원들도 무척 대견해하며 도와주지 못하는 것을 안타까워했다. 당시 무교동에 있었던 중앙성결교회 권사님이자 신광동에 있던 서광양조(진로소주)주식회사의 부사장이었던 장학섭 선생님의 부인 홍대실 권사님은 간혹 우리 교회에 나와 저녁예배나 새벽기도를 드렸다. 홍 권사님은 열악한 천막 안에 가마니를 깔고 쪼그리고 앉아 공부하는 모습을 보고 교장인 내게 서광양조회사 길 건너에 있는 소주 궤짝을 만드는 제재소로 급히 오라는 연락을 해왔다.

홍 권사님은 "노 교장이 참 좋은 일을 하는데 맨땅에 가마니를 깔고 어떻게 공부가 되겠나? 내가 혹시 도울 일이 없을까 하고 궁리해보았는데, 비록 적은 것이지만 이 제재소에서 책상과 의자를 만들 목재를 제공할까 하니 책상을 만드는 수고는 학부형과 선생님들이 자원봉사로 해보시오." 하면서 많은 양의 목재를 주셨다.

지금 같으면 별것이 아니지만, 그때는 교회에서도 의자 없이 바닥에 앉아 예배를 보던 시절로 전후에 하루하루 먹고살기도 어려웠으니 그만한 목재의 희사만으로도 대단한 것이었다.

생활형편이 어려운 학부형 중 설사 목수가 있더라도 단 하루라도 나와서 봉사할 만한 여유가 있는 사람은 없었다. 선생님들이 망치와 톱을 가져와서 길이가 여섯 자씩 되어 있는 판자를 자르지 않고 책상과 의자를 붙박이로 만들어 책상 하나에 비좁지만 네 명씩 앉아 쓸 수 있게 만들었다. 여러 날에 걸쳐 책상과 의자를 만들어놓고는 선생님들과 아이들이 함께 뛸 듯이 기뻐하며 하나님과 홍 권사님께 감사를 드렸다.

우리 집의 생활도 어려웠지만 저녁마다 선생님들과 아이들이 함께 어우러져 가르치고 배우는 아름다운 모습을 되풀이하는 과정은 참으로 즐겁고 행복한 것이어서 나도 선생님들도 아이들도 피곤한 줄 모르고 열심히 했다.

봄, 여름, 가을이 가고 겨울이 다가왔다. 추운 날씨를 견디며 천막에서 공부를 계속하기는 무리였다. 날씨가 더울 때는 천막의 갓을 말아 올리면 견딜 만하고 또 빛도 들어왔지만, 날씨가 추워서 천막갓을 다 내리고 바람막이까지 하면 어둡고 답답했다. 또 조금 더 추우면 난로 없이는 도저히 공부를 계속할 수 없었다.

교회 안의 난방도 어려운데 야간학교의 월동문제는 더욱 생각할 수가 없었다. 그렇다고 초겨울부터 늦은 봄날이 오기까지 방학을 하면 아이들 공부의 진도도 문제지만 그 기간 동안 아이들의 생활이 걱정되어 이 문제를 해결하기 위해 나는 용기를 내어 신길동 동회장님인 우범식(禹範植) 선생님을 찾아갔다. 서울고등공민학교의 상황을 말씀드리고 방법이 없겠느냐고 도움을 청하자 우범식 동회장님은 자기 일처럼 걱정하면서 "우리 함께 걱정해보자. 하늘이 무너져도 솟아날 구멍이 있다고 했으니 용기를 잃지 말고 열심히 해보게." 하고 격려를 해주셨다. 우범식 동회장님은 우리 집 가까이에 살면서 아버지하고도 친하고 또 대학에 다니는 나를 무척 아껴주시던 분이었다.

며칠 후 동회장님의 연락을 받고 가보니 그동안 우리 학생들이 사는 주소지의 각 동회장들과 의논을 해서 "서울고등공민학교를 힘닿는 데까지 돕기로 의견의 일치를 보았다"고 알려주셨다. 마침 가막골에 있는 동회 사무실을 신길동 전차종점으로 옮기게 되어 구 동회사무실을 비우게 되었으니 우선 그곳으로 옮기도록 하라는 통고를 받고 서울고등공학교의 간판을 옮겨 달게 되었다. 그때의 동회장 다섯분은 신길동 동회장 우범식, 대방동 동회장 박중호, 대림동 동회장 조승준, 신풍동 동회장 최재석, 신광동 동회장 서도요 씨였다.

신길동교회에서 시작한 서울고등공민학교는, 정부 건물이기는 하지만 일반 살림집을 개조해 사무실로 쓰던 집이어서 비록 학교 모양을 갖추지는 못했지만 제대로 된 건물에서 아이들을 가르칠 수 있게 된 것을 하나님께 감사하고 모두 활기차게 재출발을 했다.

대방동 동회장 박중호 씨의 형 박인호 선생님이 신광동에서 병원을 개설하고 있었는데, 그분과 신광동에 새로 세워진 신길시장의 이병택

조합장 같은 분들도 남다른 관심으로 도와주려고 노력했다. 당시는 자유당정권 시절로 지방자치제가 실시되고 있어서 각 동회장들도 지방민의 직접선거로 당선된 사람이 맡고 있었다.

신길동 동회장에 재출마한 우범식 동회장이 나를 불러 자기 선거운동의 연설을 도와달라고 간곡하게 요청했다. 나는 정치할 생각도 없었고 또 어느 누구의 선거운동도 해본 적이 없었다. 그쪽은 전혀 경험이 없는 분야인 데다가 중요한 선거연설을 요청받고 보니 겁이 나고 엄두가 나지 않았다.

저녁때 선생님들과 나의 난처한 입장에 대해 의논을 했는데, 모두 "우범식 동장님의 신세도 많이 지고 있는데 보답하는 뜻에서도 그렇고, 또 당선되면 우리 학교를 더 적극적으로 도와주지 않겠느냐"고 했다. 선생님들은 "교장선생은 선거연설을 하고 우리도 나서서 힘닿는 데까지 득표활동을 하자"며 우 동장님의 요청을 수락하기로 뜻을 함께했다.

정치는 생각해본 바도 없고 더구나 선거운동 근처에도 가보지 않아서 선거연설을 어떻게 해야 하는 건지도 모르던 나는 대중 앞에서 내가 지원하는 입후보자를 부각시키고 상대방 후보를 공격해 최대한의 득표효과를 낼 만한 연설내용을 구성하는 일에 자신이 별로 없었다. 나는 하루에도 몇 번씩 수락과 거절을 거듭하는 내적 고민을 거듭했고, 또 원고지를 앞에 놓고 썼다 지우기를 반복하며 여러 날에 걸쳐 약 30분 정도의 연설원고를 작성했다.

이 원고를 가지고 선생들과 학생들 앞에서 읽어보고, 수정하고, 그렇게 해서 일단 우 동장님의 요청을 수락하고 첫 번째 선거연설을 밤동산(지금 철도를 중심으로 신길교회 반대쪽)에서 했다. 왕왕거리는 마이크 앞에 서는 것도 처음이어서 서툴렀지만, 수많은 사람들의 반짝이는 눈동자에 압도되어 서두에 "유권자 여러분!" 하고 시작은 했는데 원고순서도 까맣게 생각이 나지 않고, 또 원고지도 눈에 들어오지 않아서 보고 읽는 것도 어려워 참으로 암담했다.

처음에 잠깐 망설이고 있는데, 청중들이 웅성거리는 기색이 보여 어떻게 됐든 중도에 그만둘 수는 없다고 생각하고 잘하고 못하는 것은 나중이고 일단 끝을 내기로 했다. 그때부터 원고지는 무시하고 생각나는 대로 약 30분간 연설을 끝냈다. 나는 자신이 없어 이번 한 번으로 선거연설은 그만둔다고 생각하고 했는데, "유권자 여러분 감사합니다. 간단하나마 제 연설은 이것으로 마치겠습니다." 하고 끝내자 놀랍게도 우 동장님을 비롯한 청중들이 우레와 같은 박수와 환호를 보내면서 연설이 훌륭했다고 칭찬과 격려를 했다. 우 동장님은 이 선거가 끝날 때까지 아무리 바빠도 연설만은 꼭 해줘야 되겠다고 강청했다. 나는 많은 사람들의 신뢰도 얻었고 조금 더 공부하고 경험을 쌓으면 할 수 있겠다는 자신감도 생겼다.

두 번째 연설부터는 먼저 준비한 연설문을 기초로 원고 없이 마이크 앞에 서서 그때그때 생각해 가며 말을 해도 약 30분 정도는 연설을 할 수 있었다. 상대 입후보자는 성석영 씨였는데, 신길동 재향군인회를 비롯해서 대부분의 청년단체가 나이 많은 우범식 씨보다는 젊은 성석영 씨가 동회장이 되는 것이 좋다고 했다. 한때는 내게 우범식 씨 선거운동에서 손을 떼라는 압력 비슷한 권고까지 하는 사람도 있었지만, 서울고등공민학교 선생들과 나는 끝까지 우범식 동장님을 밀어 마침내 당선시켰다.

그때가 내 나이 스물일곱 때였는데, 동회장 선거 후 나는 단번에 이름 있는 청년이 되었고 정치하는 사람들이 은근히 관심을 가지는 사람으로 변해갔다. 그 시절에는 대중연설이 일반화되어 있지 않아서 선거운동을 할 때 마이크를 잡고 연설을 할 수 있는 사람을 구하기가 어려웠기 때문에 연설을 조금 한다 하면 여기저기서 데려가려고 노력할 때였다.

내가 생각해도 엄청난 일을 한 것인데, 어떻게 해서 내가 그런 일을 해낼 수 있었을까? 나는 중학생 시절에 여러 해 동안 신길동교회 학생회장을 했고, 또 서울고등공민학교 교장으로 있으면서 늘 학생들 앞에서 회의를 주재하고 수업을 했다. 그러는 가운데 나도 모르는 사이에 선거연설도 할 수 있는 소양이 조금은 쌓인 것 같아 이 또한 하나님께 감사했다.

사명감으로 가득한 대학생 선생님들의 열성으로 어렵게어렵게 학교의 운영이 이루어졌고, 웅변을 하던 박선용 선생이 아이들에게 웅변을 가르쳐서 동네 가운데에 있던 우리 학교에 동네분들과 학부형들을 모셔다가 서울고등공민학교 웅변대회를 열었다. 그러면서 아이들의 자긍심도 길러주고 민주화되어가는 우리나라에 잘 적응해 나가도록 지도했다.

우리 학교에 대한 소문은 널리 빠르게 알려져서 먼저 말한 5개동 동회장님들과 당시 서울시의회 의원이었던 이원옥(李源玉) 선생, 대방동에 있는 성남중고등학교 김석원(金錫源) 이사장께서도 많은 도움을 주게 되었다. 어느 날, 김 이사장님이 사람을 보내서 성남학원 이사장실에 다녀가라는 연락을 해왔다. 나는 그때 김석원 이사장님을 처음으로 찾아뵈었는데, 평생을 군인으로 살아오신 분답게 말이 없고 근엄하여 감히 말씀을 드리기도 어려워 보였다.

"제가 이사장님께서 부르신 노병구입니다. 처음 인사드립니다."

"그래, 반갑네. 자네가 고등공민학교를 설립하고 애를 많이 쓴다는 말을 들었네! 자네를 도울 수 있는 것이 없을까 생각하다가 교실에서 쓸 수 있는 물건을 주는 것이 좋겠다 싶어서 지금 저 밖에 있는 학교 트럭에 여러 가지를 실어놨네. 그러니 그 차를 타고 가서 요긴하게 쓰고, 앞으로 도울 수 있는 것이 있으면 도와줄 것이니 자주 와 주기 바라네. 용기를 잃지 말고 열심히 하게."

김 이사장님의 격려를 받고 나와보니 트럭에는 칠판, 학생용 책상, 걸상, 백묵 등 여러 가지 학용품이 가득 실려 있었다. 선생님들과 학생들은 김석원 이사장님의 후의에 감사하면서 홍대실 권사님이 마련해 준 책상들을 내놓고 제대로 된 책걸상을 놓고 공부하게 되었다.

그후에도 김 이사장님의 도움으로 웅변대회를 자주 열었는데, 그때마다 성남중고등학교에서 쓰는 앰프시설과 발전기를 빌려주어서 그것을 동네 가운데에 차려놓고 유지들에게 초청장도 내고 제법 대대적인 문화행사를 치렀다. 그날은 동네잔치가 되곤 했다.

봄가을에 소풍갈 때는 유지들의 도움으로 교직원과 학생들 그리고 함께 모시고 가는 유지들의 도시락을 모두 장만했다. 여자선생님들이 나와서 직접 김밥도 싸고 반찬도 만들어 가지고 갔는데, 특히 수도여자사범대학 가사과에 재학 중이던 김경옥(金敬玉) 선생은 밤늦게까지 그 많은 식사를 꼼꼼히 준비해서 점심을 먹은 사람들이 음식맛을 매우 칭찬했다.

지금 김경옥 선생님은 김택준 선생과 결혼해 충북 제천에 살고 있는데, 김택준 선생은 양회회사 임원으로 있다가 은퇴한 뒤에도 여전히 분주하고 김경옥 선생은 일생을 초등학교 교사로 봉직하다가 정년

서울고등공민학교
야유회

지역 유지들과 선생님들

우리 흙담집에서
친구들과 함께
(이석구, 이광호, 필자)

퇴직해서 이제는 부부가 아주 재미있게 살고 있다.

웅변대회를 주관하며 열성적으로 아이들을 가르쳤던 박선용(朴善用) 선생은 중년이 조금 지나면서 갑자기 세상을 떠났는데, 서로 분주하게 살다 보니 그의 타계소식도 한참 후에야 들었다. 영어도 잘하고 봉사에 열의가 대단했던 선생인데 그의 마지막 길도 모르고 지났으니 참으로 죄송한 마음 금할 길 없고 늦게나마 명복을 빈다.

살림집을 개조해서 동회사무실로 쓰고 있던 건물에 이사를 와서 천막에서 공부할 때보다는 훨씬 좋았지만 언제 비워달라고 할지 모르는 정부의 재산이다 보니 늘 불안한 마음으로 학교를 운영했다. 그러던 중 신광동 동회사무소가 청사를 새로 짓고 이사하면서 그전까지 쓰던 사무실을 매각하게 되었다. 그러자 4개 동회장들이 힘을 합쳐 신광동 서도요 동장에게 기왕 팔려면 서울고등공민학교에 팔라고 권고해서 그것이 받아들여졌지만, 우리 학교는 말할 것도 없고 우리 집에서는 50만 환을 마련할 길이 없었다.

고민 끝에 우리 흙담집이라도 팔자고 부모님께 말씀드려 내놓았는데, 42만 환까지 주겠다는 사람이 있어서 계약을 체결하고 집안 할아버지께 땅을 넘겨줄 서류를 해달라고 했다. 그런데 뜻밖에도 할아버지는 매매대금 중 15만 환을 가져와야 서류를 해주겠다고 완강하게 버티는 것이었다.

참으로 억울한 일이었다. 그 밭 가운데 있을 때는 지금의 배나 넓은 땅이었고, 또 그것도 왜정 말기에 정당한 집값을 치르고 할아버지에게서 샀다. 만약 아버지가 조금만 관심이 있었어도 귀속재산을 처리할 때 당당하게 그 두 배나 되는 땅을 차지할 수 있었을 텐데, 할아버지라고 믿고 그대로 둔 것이 화근이 되어 결국 안면몰수하고 15만 환을 내놓으라니 이런 경우가 어디 있느냐고 사정도 하고 항의도 해보았지만 아무 소용이 없었다.

참으로 분하고 원통한 일이었지만 시간에 쫓겨 어쩔 수 없이 15만 환을 주고, 부족분은 그 사무실에 방을 들여 세를 놓아 채우려고 했다. 그런데 동사무소를 짓고 그 돈을 받아서 공사비를 주기로 했던 서도요 동회장은 우리가 시간을 너무 끌자 할 수 없이 다른 사람에게 팔았다고 연락을 해왔다. 참으로 황당한 일이었다. 다른 4개 동회장들과 당시 서울시의회 의원이셨던 이원옥 선생도 안타까워하며 서도요 동회장에게 그 건물을 다시 서울고등공민학교에서 쓸 수 있도록 노병구에게 넘기라고 요청했다.

그런데 처음에 이야기할 때는 50만 환이면 된다고 했는데, 이것을 산 사람이 영등포시장에서 대형세탁소를 하면서 이 건물을 세탁공장으로 써야 한다면서 이만한 건물을 장만하려면 80만 환은 있어야 한다고 주장하고 나섰다. 80만 환에서 1환이 빠져도 안 판다고 우기는 바람에 할 수 없이 방 두 개를 들여 전세 50만 환을 마련하고 집값에서 남은 돈과 이럭저럭 어렵게 마련한 80만 환을 주고 샀다.

영등포구 신광동 188번지 일대는 일본인들이 일본군 장교들을 위해 지은 육군관사로서 그중 내가 산 집은 사무실인지 창고인지 하여튼 살림집보다는 훨씬 크고 넓어서 동회사무소로 쓰기에도 충분한 건물이었다. 그래서 두 집이 살게 방 두 간과 그에 딸린 부엌 두 간을 들이고도 마침 부엌 한 칸 딸린 방도 두 개가 더 있어서 우리 가족이 살면서도 정규학교의 교실 하나 정도는 더 넓었다. 그래서 세 놓은 방 마룻바닥에서 뜯어낸 판자와 목재로 세 칸의 벽을 막아서 그곳을 1, 2, 3학년 교실로 썼는데 교실바닥도 마루가 깔려 있어서 안성맞춤이었다.

또 방 하나를 선생님들 사무실 겸 나의 생활공간으로 썼다. 어쨌든 내 집에서 아이들을 가르치게 되어 우리들은 한없이 기뻤고 또 '서울고등공민학교'라는 간판도 번듯이 붙이게 되었다.

학생들에게는 여전히 한 푼도 받지 않고 수업을 계속할 수 있었고, 성남고등학교 김석원 이사장님과 앞서 말한 5개동 동회장님들, 이원옥 시의원님과 유지 여러분들, 그리고 홍대실 권사님의 도움으로 수업은 차질없이 이루어졌다.

완전 무보수봉사로 학생들을 가르친 선생님들의 열정도 대단해 인근에서 칭찬이 자자했지만, 특히 〈한국일보〉, 〈시사신문〉 등 언론들이 앞다투어 서울고등공민학교의 실상을 크게 보도해주어 선생님들과 학생들에게 큰 용기와 자부심을 안겨주었다.

서울고등공민학교가 문을 연 1957년경은 자유당정권 말기에 접어

1961. 3. 22. 〈시사신문〉

【日刊】 西紀1961年6月28日 （水曜日） （二）

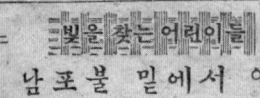

빛을 찾는 어린이들
남포불 밑에서 열심히
서울 고등 공민 학교

낮에는 구두닦이나 신문팔이로 그렇지않으면 장사나 엄마나 아빠를 대신해서 어린 동생들을 돌보며 집을 지켜야하는 어린이들 이 밤이면 매일같이 한자리에 모여 희미한 남포불밑에서나마 열심히 배움의 길을 걷고 있는 사랑의 학교가 있다.

집안 형편이 넉넉하지 않아 남들처럼 상급학교에 진학을 못하고 배움에 목말라하던 어린이들 50여명이 하루의 피로도 잊은듯 저녁마다 찾아드는 이 사랑의 학교 〔서울고등공민학교〕 (서울시내 영등포구 신창동188번지) 는 학생들과 선생님들 그리고 그마다 찾는 분들의 눈물어린 정성으로 이루어진 곳이다.

이 학교의 창설자인 노병구교 장선생은 지난주일 찾아간 기자에게 다음과 같은 말을 들려주었다.

『우리학교는 무척 가난하기 합니다만 마을받음 그렇지가 않습니다. 그리고 학생들에게 수업료를 받지 않기 때문에 수고하시는 선생님들의 고 통비점도 드러지 못합니다. 오히려 선생님들이 용돈을 털

어서 시험지니 분필을 사가지고 오는 형편입니다. 선생님들은 조금도 그런 것을 염두에 두지 않고 있으니다만 저로서는 여간 미안스럽지가 않습니다.

이 학교는 4290년 4월 신창동 성결교의 전담 누에서 교회의 대학생들이 주동이되어 수업을 시작했으나, 이것이 차츰 뜻있는 분들의 관심을 모아 조금씩 자라났다. 결부한 학생들은 너도 나도 이 학교의 문을 두드리게 되었다.

결국 현학교실들은 도저히 수업을 계속할 수가없게 되었다. 노교장은 자기네 조그만집을 팔고 빚을 내어 또 몸에 어른들의 힘을 빌어 이 교회자리를 2천년에 마련하였다.

노교장의 늙으신 어머님은 떡장사를 매가며 때로는 분필 살돈을 대어 주곤하였다. 그러나 지

금껏 30여만환의 빚을 청산 못하였고 심지어는 전기조도 제대로 끌지 못해 희미한 남포불을 아래서 공부를 시키는 선생님들의 마음은 괴롭기만 하였다.

『우리들이 할수있는 일을 수 있으면 좋겠어요. 시험지 살 돈이나마 장만하게요.』

학생들은 한결같이 이렇게 바라고 있다.

그들에게도 선생님들이 딱하게 여겨갠다면도 싶다.

이들은 비록 시작했지만 고는 중학교과정이므로 문과복습공부만다.

〈사진=하루의 피로도 잊은듯 저녁회를 하고있다

졸업생 수는 아직 6명. 이 졸업생들이 가끔 찾아와 후배들에게 보내어 쓰게 해달라고 돈을

1961. 5. 29. 〈한국일보〉
1961. 6. 28. 〈한국일보〉

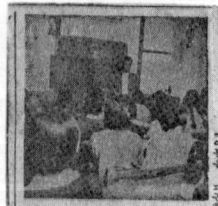

西紀1961年5月29日 （月曜日） （二）

들어 정권에 협력하지 않는 사람이 하는 일에 대해서는 경찰서 사찰계에서 공공연히 내사와 간섭을 했다. 아무리 좋은 사업이라도 여러 가지 트집을 잡아 정치적으로 굴종을 강요하기 시작한 시절이었다.

교사진이 모두 대학교 재학생들이었으니 더욱 주목의 대상이어서 심심찮게 사찰계 형사가 나를 만나 은근히 회유와 협박을 하곤 했다. 학교를 계속해서 운영하려면 인허가를 받아야 한다면서 인허가요건을 갖추도록 은근히 협박을 했지만, 교회에 다니던 대학생들끼리 신앙적인 양심에 입각해 시대적 사명감에서 희생적으로 헌신하는 것인데 당시의 인허가요건을 갖추는 것은 처음부터 무리였다.

몹시 가난해서 정규학교에 갈 형편이 못 되는 집안의 아이들이라서 수업료는 고사하고 그나마 거리에 부랑하지 않고 꼬박꼬박 등교하는 것만도 기특하고 감사할 따름이었다. 선생님과 학생 누구도 백묵 하나 살 돈을 마련할 수 없어 선생님들이 각자 자기 학교에서 강의가 끝난 뒤 교수가 남기고 간 백묵을 모아다가 수업을 했고, 또한 근동 유지분들이 가끔 보내주는 약간의 후원금으로 시험지와 남폿불에 쓸 석유와 전기요금 등을 충당하는 처지인 것을 뻔히 알면서도 그들은 집요하게 협박을 했다.

그들의 속내는 자유당정권에 무조건 협력할 것을 요구하고 있었다. 나는 정치는 알지도 못했고 또 정치를 하겠다는 생각은 추호도 해본 적이 없었다. 선생님들 중에도 정치에 관심을 가진 사람은 아무도 없었다. 오직 가난하고 못 배운 아이들에게 어떻게 하면 더 많은 것을 더 효과적으로 가르칠 수 있을까, 어떻게 하면 우리들의 노력으로 더 나은 교육환경을 만들어 아이들의 꿈과 희망을 채워줄 수 있을까 하는 것만이 양보할 수 없는 관심사였다.

운영상의 어려움과 자유당정권의 회유와 협박으로 이중고를 겪으면서 근근이 이끌어가는 사이에 드디어 4·19 혁명을 맞이하게 되었다. 우리 학교 선생님들도 각자 자기 학교에서 학생데모 행렬에 동참하기도 했다.

그런데 나와 우리 학교에 후원을 해주셨던 이원옥 선생이 거의 자유당말기에 회유와 압력으로 무소속에서 자유당으로 당적을 옮기고 말았다. 우리의 실망은 이만저만이 아니었지만, "무소속으로 있어도 그분을 따라갈 사람이 없을 정도로 덕망 있는 분으로 우리 모두가 존경을 했는데……"하며, 평상시 그분의 인품으로는 참으로 이해할 수 없는 처사를 한 데 대해 참으로 안타까워했다.

"기성정치 물러가고 기성세대 각성하라!"

학생들과 국민들의 열화 같은 외침은 기어이 이승만 대통령을 하야시키면서 독재와 부정선거로 정권연장에만 급급했던 부패한 자유당정권을 몰아내는 데 성공했다. 따라서 경찰서 사찰계도 맥을 못 추게 되어 고등공민학교에 대한 압력이나 정치권에 협력하라는 부당한 요구도 없어졌다. 우리 학교는 매우 자유로운 가운데 웅변대회, 문학의 밤 등 문화행사를 크게 열며 약진할 수 있었다.

성남중고등학교 김석원 이사장도 책상, 의자는 물론 행사 때마다 확성기 앰프와 발전기 등 필요한 것을 적극적으로 도와주어서 우리 학교의 행사는 동네 행사가 되었다. 또한 여러 유지들도 우리 학교의 행사에 적극적으로 참석해 축하해주어서 4·19 이후 민주화 과정의 국민계몽에도 크게 이바지할 수 있었다.

서울고등공민학교 제1회 졸업기념(단기 4293. 3. 5.)

서울고등공민학교 제2회 졸업기념(단기 4294. 9. 29.)

5대 민의원선거와
김석원(金錫源) 의원

자유당정권의 몰락으로 새로운 헌정이 시작되는 1960년 7월 29일의 총선거가 예고되었다. 김석원 이사장에게서 만나자는 연락이 왔다.

"이번 제5대 민의원의원 선거에 무소속으로 영등포 갑구에서 출마를 하는데, 노 교장이 정견 발표회장에서 찬조연설도 해주고 또 청년 학생들을 동원해서 내 선거운동을 맡아서 적극적으로 해주어야겠네."

김석원 이사장의 간곡한 요청을 받고 나는 당황했다. 우범식 동장님을 위해 찬조연설을 한 것이 내 경험의 전부인데, 동회장선거와는 차원이 다른 민의원선거에서 연설을 한다는 것은 참으로 부담스럽고 겁나는 일이어서 정치연설은 자신이 없다고 말씀드렸다.

그러나 김석원 이사장은 다시 부탁했다.

"내가 무소속으로 출마를 하기 때문에 나를 위해 찬조연설을 해줄 마땅한 사람이 별로 없네. 다만 학도의용군 용사회 부모 중에 윤남하(尹南夏) 목사님이 계신데, 연설을 아주 잘하셔서 그분에게도 부탁을 했으니 노 교장은 너무 큰 부담 갖지 말고 윤 목사님과 함께 내 요청을 거절하지 말아주게."

나는 학교로 돌아와서 선생님들과 상의를 했다. 선생님들은 이쪽에서 요청하는 것도 아니고 우리를 잘 도와주시는 분의 간곡한 요청인데 우리가 다 같이 김석원 이사장님이 꼭 당선되도록 연설도 하고 적극적으로 운동을 해드리자고 나를 부추겼다. 나는 자신이 없고 어렵기는 했지만 그동안의 은혜에 보답하기 위해 다 함께 지혜를 짜서 힘껏 해보자고 결론을 내렸다.

6월 27일, 선거일이 공고되고 영등포 갑구에는 무소속의 김석원 이사장과 민주당 소속 전의원인 유홍 선생을 비롯한 다섯 명의 후보가 등록을 마치고 한 달간의 선거운동이 시작되었다.

자유당 독재에 시달렸던 유권자들은 연중 가장 무더운 7월 한 달의 선거운동 기간 내내 정견발표회장마다 수만 명씩 인산인해를 이루어 김석원 후보의 정견과 윤남하 목사님의 찬조연설과 풋내기인 나의 찬조연설을 경청하고 박수와 격려를 보내주었다. 연설하는 태도도 연설 내용도 풋내기였던 나는 용기와 자신감을 얻을 수 있었다. 김석원 후보도 나에게 용기를 주었지만, 특히 윤남하 목사님의 지도와 격려는 이후 내가 대중 앞에서 연설하는 데 큰 보탬과 교훈이 되었다.

그때도 남에게서 돈을 받는 것은 지금과 마찬가지로 큰 문제가 되었는데, 전의원인 민주당의 유홍 의원이 봉투에 '촌지(寸志)'라고 쓰여진 돈봉투를 받은 것이 발각되어 선거가 끝날 때까지 찬조연설의 고정메뉴로 등장했다.

"유홍 의원은 촌지 30만 원에 자신을 팔아먹은 사람인데, 이런 사람이 4·19 혁명으로 수많은 학생과 국민의 피로 얼룩진 새 시대에 우리의 대변자로 다시 뽑힌다고 하면, 이 나라에는 4·19가 열 번이 와도 학생과 국민 수만 수십만이 또 피를 흘리고 쓰러져도 또다시 4 · 19를 부르는 악순환이 계속될 것인데 몇 푼의 돈과 인정에 휩쓸려 하나밖에 없는 내 목숨 같은 주권을 팔아먹어서야 되겠습니까? 아무리 민주당 공천 후보라고 하더라도 이런 사람은 여러분의 깨끗한 한 표로 냉엄한 심판을 내려 이 나라에 다시는 부정부패가 발을 붙이지 못하도록 이번 선거에 아주 싹부터 잘라내야만 하겠습니다. 독재자 이승만정권 아래서 군대 내의 잘못을 지적하고 옳은 건의를 하다가 미움을 사서 군에서 쫓겨나고도 당당하게 교육사업에 이바지하며 깨끗하게 살아오신 김석원 장군에게 여러분의 귀중한 표를 모아 압도적으로 당선시켜 확실하게 힘쓸 수 있게 여러분에게 머리 숙여 호소합니다."

그때 나는 신길동교회 성가대와 고등부를 맡고 있었는데, 유홍 후보의 딸 중 이화여자대학교에 다니는 유○○ 선생이 같은 성가대 대원이었고, 고등학교에 다니는 딸 유민화가 내가 맡은 고등부 학생이었다. 내가 정면으로 그들의 아버지를 공격해 낙선시키는 역할을 함으로써 그들에게 마음의 상처를 준 것은 참으로 미안한 일이지만, 나라를 위해서도 그리고 나와 우리 학교와 김석원 후보와의 관계를 생각할 때도 어쩔 수 없는 선택이었다.

그리고 나중에 처제가 된 맹명자에게 간단하게 원고를 써주고 그것을 외우도록 해 유일한 여자 연사로서 연설을 하게 함으로써 많은 박수와 칭찬도 받았다. 맹명자는 유민화와 또래 친구로 내가 맡은 고등부 출신이었는데 반대편에서 유세를 했으니, 이러한 일을 통해 정치권의 냉엄한 현실을 나는 일찍이 체험했다.

선거결과 당시 서울에 국회의원 선거구가 16개였는데 15개 선거구에서 민주당 공천 후보가 당선되었고, 유일하게 영등포 갑구만 무소속인 김석원 후보가 무려 1만여 표 차로 압승을 거두고 당선되었다.

4·19 혁명 직후 치러진 총선거는 전국에서 막대기만 갖다 놓고도 민주당 공천장만 붙으면 당선되었다고 할 정도로 민주당이 압승을 했는데, 이곳에서는 민주당 소속 전의원인 유홍 선생이 낙선을 했으니 본인과 가족들의 낙담과 좌절은 오죽했을까 하는 딱한 생각도 들었다. 나는 입후보자의 선거운동원으로 정견발표회에서 찬조연사로 활동한 것뿐인데, 수많은 사람들에게서 마치 내가 국회의원에 당선이라도 된 양 축하한다는 말을 들었고 또 격려도 받고 보니 참으로 어깨가 으쓱할 정도로 힘이 나고 그 기쁨은 형언할 수 없는 것이었다.

김석원 의원은 늘 과묵한 데다가 평생을 군인으로 살아온 탓인지 너무도 엄격해서 성남고등학교 교직원들은 물론 일반 주변사람들도 그 앞에서 제대로 말을 못하는 분위기였는데, 나한테는 늘 다정한 할아버지로서 대해주었다.

여전히 찢어지게 가난했던 우리 집은 어머니가 머리에 이고 다니는 먹을거리 장사를 계속하고 아버지는 신발 꿰매는 일을 하셨다. 아버지는 성남고등학교에서 학교 교사의 한 모퉁이를 내주어서 한쪽에 좌판을 놓고 온종일 쪼그리고 앉아서 학교 교직원과 학생들의 신발을 꿰매주고 얼마간의 돈을 버는 처지였다.

내가 김석원 이사장님을 만나러 가면 먼발치서 신발을 꿰매는 아버지의 모습을 볼 수 있었는데, 나는 그때마다 아버지가 측은하게도 보였고 또 무한한 감사도 드렸으며, 다른 한편으로는 창피하다는 생각이 드는 것도 숨길 수 없는 감정이었다.

많은 선생님들은 우리 부자관계를 알면서도 자기들이 존경하고 두려워하기도 하는 김석원 이사장님과 매우 가깝게 지내는 나를 만나면 무척 반가워하면서 어떨 때는 자기들의 일을 대변해달라고 은근히 말을 비치기도 했다. 김석원 이사장님도 우리 부자관계를 잘 알고 계셨는데, 내게도 아버지에게도 한번도 그런 내색을 하지 않고 순수하게 대해주셨다.

내가 성남고등학교로 김석원 의원을 찾아가면 넓은 이사장실로 직행했고, 김석원 의원은 '할아버지'라고 부르는 나를 반갑게 맞으면서 민심 돌아가는 내용을 자세히 묻고는 정치현안에 대한 의견을 말해보라며 손자 같은 나의 의견을 경청해주었다.

김석원 의원은 국방전문가로서 언론에 자주 나왔는데, 한번은 "기름 한 방울 나지 않는 우리나라에서 군에서 쓰는 모든 운반수단을 자동차에만 의존하는 것은 우리나라 재정상 문제가 있으니 군마(軍馬)를 키우는 것도 좋은 방법이 아니겠느냐?"고 말했다는 보도가 나왔다. 그 보도를 접하고 많은 사람들이 "지금 세상이 어떤 세상인데 말을 키운단 말이냐?"고 빈정댔다. 그런데 그런 현실을 깨우쳐드려야 한다고 하면서도 직접 김석원 의원 앞에 가서 말을 하는 사람은 없었다.

아울러 민주당정부의 국방장관으로 김석원 의원이 적임자인데 국방장관 자리를 고사하고 있다는 보도도 함께 나왔는데, 나는 그때 대방동에 살던 그분의 집으로 찾아갔다.

말[馬]에 대한 여론을 내게서 듣고 김석원 의원이 입을 열었다.

"내가 왜 국민의 그런 여론을 모르겠나? 지금 우리나라 재정이 말이 아니야. 기름은 그 귀한 달러를 주고 사와야 하는데 달러는 어디 있고, 국방은 하루도 소홀히 할 수 없는 중요한 나라의 업무인데 자동차를 못 굴린다고 손놓고 있을 수는 없지 않은가? 우선 우리나라 재정 형편이 좋아질 때까지는 말이라도 키워서 국방수요에 대체하자는 말이지. 자유당정권이 쌀을 바닥까지 긁어먹어서 쌀독에서 먼지만 나는 형편이야. 배가 고파도 밥을 지을 쌀이 없다는 말이야. 김칫독을 뒤져서 남은 김치를 물로 씻어 시래기죽이라도 쑤어 먹어야 연명이라도 할 게 아니냐 그 말이지. 국방장관? 요새 장관하려고 모두 혈안이 되어 있는데 나까지 끼어들어? 오죽한 놈이 장관을 하겠나? 나는 국회의원으로서의 임무에만 충실하기로 했으니 그렇게 알고 여러분들에게 전해주게."

나는 김석원 의원이 애국심으로 가득 차서 욕심 없이 깨끗하게 의원생활을 하고 있다고 생각하며 인사를 하고 나왔다. '뜨거운 염천 한 달 동안 우리 모두 힘을 합쳐 비지땀을 흘리며 선거운동을 한 것이 결코 헛되지 않았다'는 뿌듯함을 안고 나는 가벼운 걸음으로 집을 향했다.

얼마 뒤 김석원 의원의 보좌관에게서 만나자는 연락이 와서 만났더니 맹명자의 이력서를 한 통 보내달라고 했다. 이력서를 보내고 얼마 후에 맹명자를 국방부 건설본부에 취직시켰으니 가보라는 연락이 왔고, 맹명자는 그때부터 국방부 건설본부 직원으로 일하게 되었다.

그 당시 맹명자는 숙명여자고등학교를 졸업하고 가정형편상 대학에 진학하지 못해 집에 있었다. 아무 부탁도 한 적이 없는데 김석원 의원이 고마운 배려를 해준 것이다. 제대로 된 직장 얻기가 하늘의 별 따기였던 시절인데 크게 배려해준 김석원 할아버지에게 나는 충심으로 감사했다.

김석원 의원은 애국심뿐 아니라 의리도 남다른 분이었다. 그분이 타계한 지금, 왜정시절의 군인 경력을 들어 친일파라고 하기도 하지만 해방 후 그의 행적은 훌륭했다고 생각하며, 단지 9개월의 민의원 생활이었지만 사심 없는 모범을 보였던 것으로 회상하고 있다. 그리고 무뚝뚝하게 미소짓던 할아버지를 지금도 나는 그리워한다.

나와 김석원 의원과의 인연 덕분에 성남고등학교를 나온 사람들 중에는 지금도 나를 성남고등학교를 졸업한 동문으로 알고 있는 사람들이 종종 있다. 나는 성남고등학교 이웃의 서울공업고등학교를 졸업했고, 단지 서울고등공민학교를 도와주고 도움을 받는 관계로 좋은 인연을 맺었으며, 지금껏 나는 그분을 잊지 못한다.

김석원 의원이 의원이 된 지 9개월쯤 지난 1961년 5월 16일 군사쿠데타가 일어나서 헌정은 중단되고 의회는 해산되었다. 그후 민정이양 조치로 6대 국회의원선거가 1963년 11월 26일 실시되었는데, 당연히 김석원 의원이 출마를 한다면 아무도 그를 당할 수 없을 만큼 유권자들의 신망이 두터웠다.

어느 날 재출마를 권고하려고 찾아간 나에게 김석원 의원이 말했다.

"나보고 또 출마를 하라고? 국회의원이 되고 보니까 국회의원은 아무나 하는 게 아니라는 것을 알게 되었지. 국회의원은 도둑놈 배짱이 없으면 못하는 거야. 국회의원은 한번 해봤으면 됐지 두 번은 할 게 못 되네. 나는 안 해요. 이제 우리 귀여운 아이들만을 위해 남은 여생을 교육에만 전념하기로 했네. 노 교장, 섭섭하게 생각지 말아줘."

많은 사람들이 수단방법을 가리지 않고 국회의원이 되려고 하는 마당에 당시의 형편으로는 김석원이라는 이름만 걸어도 당선이 확실했지만, 김석원 의원은 깨끗이 재출마를 거절했던 것이다.

사심 없는 할아버지의 뜻을 나는 감격하여 받아들이고 '이런 분이 있기에 이 나라는 아직도 장래가 밝을 것이다' 하는 뿌듯함을 안고 돌아왔다.

존경하던 이원옥(李原玉) 선생의
낙선

　총선거가 끝나고 얼마 지나 지방선거가 시작되었다. 서울시장에 김
상돈 씨가 당선되고 서울시의원 선거일이 공고되었는데, 서울고등공
민학교에 많은 관심을 기울이며 도와주셨던 이원옥 선생이 다시 무소
속으로 입후보 등록을 마치고 만나자는 연락을 해왔다.

　인격적으로 참으로 덕망 있는 분으로서 자유당정권 말기에 자유당
에 입당한 것이 결정적인 흠이긴 했지만 정치권력을 이용해 이권을
챙기거나 부당한 권력을 행사해 남을 해친 일이 없어 유권자들의 거
부반응이 비교적 적었다. 나는 자유당에 입당한 지 얼마 안 되어 또 탈
당하고 무소속으로 출마하는 것이 떳떳한 일은 아니라는 생각을 하면
서도 이원옥 선생의 정견발표회에서 찬조연설을 해달라는 부탁을 거
절할 수는 없었다.

　상대방은 민주당 공천을 받은 장길효(張吉孝) 선생이었는데, 장길
효 선생의 찬조연사로는 나와 평상시에 가깝게 지냈던 강석기 씨가
나섰다.

"이원옥은 썩고 썩은 자유당정권에 빌붙은 사람이요 또 무소속에서 자유당으로, 자유당이 몰락하니까 탈당해서 무소속으로 소신 없이 이 당 저 당 왔다갔다하는 철새인데, 이제 무슨 염치로 유권자에게 표를 달라고 하는지 참으로 파렴치하고 지조 없는 사람입니다. 이런 사람에게는 단 한 표도 주어서는 안 됩니다."

아침부터 밤늦게까지 참으로 대꾸하기 힘든 공격을 받는 입장에서 이를 방어하는 연설을 하기란 참으로 진땀나는 일이었지만, 나는 열심히 변명하며 연설하고 다녔다.

"정치란 평소에 사심 없이 국가를 위하고 누구나 가족처럼 대할 줄 아는 인격을 갖춘 분이 해야만 합니다. 한 번 실수는 병가지상사라고 합니다. 단지 자유당에 입당한 것 말고 다른 잘못이 있으면 말씀들을 해보세요. 지난 몇 년 동안 이곳 시의원으로서 얼마나 부지런히 여러분을 위해 일했는지는 여러분이 더 잘 아시지 않습니까? 훌륭한 인품을 갖추시고 많은 일을 한 능력 있는 이원옥 선생을 다시 한 번 우리의 대변자로 선출해 주십시오. 이번에 작은 잘못을 용서하시고 큰 안목으로 다시 한 번 선출해주신다면 유권자 여러분의 큰 뜻에 보답하고 지난날의 잘못도 뉘우치고 더 열심히 일할 것을 굳게 맹세합니다. 유권자 여러분, 부탁합니다!"

투표결과 불과 몇백 표 차이로 낙선의 쓴잔을 마실 수밖에 없었는데, 만약 이원옥 선생이 자유당 말기에 자유당에 입당하지 않고 그냥 무소속으로 입후보를 했더라면 결과는 달랐을 것이다. 민주당 천하에서 민주당을 물리치고 무소속의 김석원 의원이 국회의원이 된 것처럼 지방선거에서도 압도적인 승리를 거둘 수 있었는데 너무도 아쉬운 패배였다. 이원옥 선생은 그날을 끝으로 그때까지 쌓아온 덕망과 사심 없는 업무능력을 본인이나 시민 모두가 아쉬워하며 마감했다.

동회장선거와 국회의원선거에서 찬조연설을 해 내리 두 번이나 이기고 난 뒤 처음으로 지고 나니 마치 내가 잘못해서 그렇게 된 것처럼 이원옥 선생과 그 가족들, 열심히 선거운동을 한 운동원들을 보기가 참으로 민망스러웠고, 패배의 쓰라림이 어떤 것인가를 처음으로 뼈저리게 경험했다.

며칠 후에 강석기 씨를 만나게 되어 나는 축하의 말을 전했다.

"고맙습니다. 나는 오래전부터 민주당 당원인데, 내가 노형처럼 앞에 나서지는 않았지만 먼저 동장선거와 국회의원선거 두 번을 내리 지고 이번에는 나도 노형처럼 앞에 나서서 마이크를 잡고 연설을 했는데 이기고 나니 기분이 좋습니다. 역시 선거는 큰 선거든 작은 선거든 이기고 졌을 때 느끼는 기쁨과 슬픔은 차이가 없네요. 지난번에 두 번 진 것을 한 번에 설욕한 것처럼 기쁩니다. 노형은 먼저 두 번이나 내가 오늘 느끼는 것과 같은 기쁨을 맛보지 않았습니까? 너무 실망하지 마십시오."

강석기 씨는 이렇게 자랑 겸 위로 겸 인사를 하고는 활기차게 걸어갔다.

맹경옥과의 결혼

앞에서도 이야기한 것처럼 우리 집은 너무 가난해서 나는 대학과정 1년을 겨우 이수해 응시자격만을 얻어 놓고 고등고시 사법과에 응시해서 법관이 되어 먼저 가정을 경제적으로 안정시켜야겠다는 생각을 하고 열심히 공부를 했다. 하지만 병을 얻어 아무것도 못하다가 서울 고등공민학교를 창설하고 학교의 운영과 신길동성결교회 중등부와 성가대 일에만 열중하다 보니 집안에는 아무 도움도 안 되고 소모적인 일만 하고 있었다.

교회와 동네의 친구들은 하나 둘 결혼을 해서 가정을 이루는데 나에게는 찢어지게 가난한 부모님과 나와 나이차이가 15년이나 나는 동생, 20년이나 아래인 어린 동생까지 딸려 있었다. 이런 집안의 장남이니 누가 자기 딸을 맡기려고 할 것이며, 누가 남의 귀여운 딸을 나에게 주자고 중매를 서겠는가.

교회에서도 제직들이 나를 만나면 믿음도 좋고 교회봉사도 열심이니 아마도 하나님의 축복이 클 것이라고 나를 치켜세웠지만 중매를 들거나 나의 결혼에 대해 이야기하는 사람은 전혀 없었다.

내가 대학교에 입학하던 해에 대학생이 된 한 여대생이 신길동 아리랑고개 근처에 살던 이모댁에 기식하면서 우리 교회에 나와 성가대에 들어왔다. 성가연습을 하거나 주일예배를 보며 성가대찬양을 하고 나면 종종 성가대원들이 자장면이나 국수로 점심을 들며 담소도 하고 때로는 성남고등학교 뒷산을 비롯한 근처 야산에 가서 산책을 할 때가 많았다. 서로 떠들고 노래하며 지내면서 누가 먼저라 할 것 없이 나와 그 여학생은 우연히 둘만 될 때가 자주 생겼다.

그 여학생의 집은 김포였는데, 그때만 해도 김포는 시외버스가 하루에 손꼽을 정도로 드문드문 다녔고 속도도 느려 오가기가 쉽지 않았다. 그해 여름방학이 시작되자 한번 집에 가면 다음 학기가 시작되어야 서울에 오겠다며, 그동안 서로 편지도 하고 대화를 계속하자고 약속했다. 그러면서 자기 집 주소를 나에게 적어주고 김포 집으로 갔다. 그 여학생은 서울대학교 사범대학 국문과에 다니던 한규덕으로 쪽지에는 '경기도 김포군 대곶면 대벽리'라고 주소가 적혀 있었다.

방학 때마다 나도 규덕도 편지를 받으면 바로 답장을 썼는데, 나는 내가 아는 모든 것을 동원해 정성껏 편지를 썼다. 문장이 잘 안 나오면 하루 이틀씩 걸려 편지를 쓰기도 했다. 규덕은 국문과생으로서 문장력이 뛰어나고 글씨 또한 예쁘게 잘 썼다. 자기의 생활과 생각을 아주 섬세하게 그려 재미있게 편지를 잘도 써서 보냈다.

나는 글재주는 없었지만 전공인 법학 외에 철학에도 관심이 많았기 때문에 그런대로 철학적인 용어를 구사해가며 편지를 썼는데, 규덕은 무척 흥미있어했다. 우리는 새 학기에 만나면 그동안 나눈 편지의 내용을 중심으로 시간 가는 줄 모르고 이야기꽃을 피우곤 했다. 우리는 돈이 없어서 돈이 드는 장소는 엄두도 못 내고 대개 밖에서 만났는데, 하루는 규덕이 예고도 없이 집으로 나를 찾아왔다.

그때 우리 집은 전쟁통에 먼저 살던 집이 불타고 어머니가 흙으로 벽돌을 만들어 기술자도 대지 않고 직접 적당히 벽을 쌓고 지붕은 각목을 이어 적당히 걸치고 지붕에는 찢어진 군용천막을 대충 기워서 올리고 바람에 날리지 않게 나무토막과 돌을 얹어 비를 피할 정도로 차마 집이라고 할 수 없을 정도였다. 그래서 친구들도 집에 부르지 않았는데 식구들이 다 나가고 나 혼자 있을 때 느닷없이 규덕이 찾아왔던 것이다.

나는 우리 집 형편을 보여주고 싶은 생각이 없었는데 규덕이 갑자기 찾아오자 적이 당황했다. 규덕은 놀라는 기색도 이상한 모습도 찾을 수 없는 담담한 기색으로 "방에 들어갈래요" 하고는 방에 들어와 앉아서 신앙생활에서부터 자기 가족들에 대한 이야기까지 많은 이야기를 했다. 그리고 노래도 불렀는데 그중에 지금까지도 여운이 남아 있는 '쇼팽의 이별곡'을 아주 잘 불렀다.

나는 그때까지 그 노래를 부를 줄 몰랐는데, 규덕이 "노 선생님도 이 노래를 배우세요" 하면서 여러 번 반복해 함께 불러서 그날부터 혼자서도 그 노래를 부를 수 있게 되었다. 그때 부른 노래의 가사는 이러했다.

나의 기쁜 맘 그대에게
바치려 하는 나의 노래를 들으소서
그대를 위한 노래
아아 정답게 나의 가슴 불타올라

나의 순정을 받아주소서
그리운 님 떠나가면
나만 홀로 외로움을 어이하리
언제 다시 만나려나
아아 그리운 님 나의 순정을 잊지 마소서
나의 순정 받아주소서 그리운 님

나는 규덕과 그렇게 가깝게 지내면서도 남녀 간의 이야기는 할 자신도 없었고 또 할 생각도 없었다. 나는 그때까지 결혼할 생각도 없었으며, 더욱이 대학교까지 졸업한 여자는 우리 집에 가당치 않다고 결론 아닌 결론을 내리고 있었기 때문이다.

그후에도 나와 규덕의 만남은 조금도 다름없이 이어졌다. 그러던 중 나에게도 중매가 들어왔다. 신길동교회 고등부를 함께 지도하고 있던 이봉석 선생이 중요한 이야기가 있으니 어디 같이 가자고 하여 만났다.

"내가 이북에서 1·4 후퇴 때 나오면서 결혼해 살던 아내를 두고 혼자 넘어왔는데, 서울에 와서 뜻밖에도 처갓집 식구들을 만났네. 처남은 목사인데 서울 모 교회의 담임을 맡아 교회사택에 살고 있지. 바로 밑에 처제가 있는데, 내가 노 선생과 맺어졌으면 좋을 것 같아서 중매를 서려 하니 한번 만나보게."

나는 세상에 나와서 처음으로 결혼을 전제로 한 중매를 이봉석 선생에게서 받고 당황도 하고 좋기도 해서 하여간 만나보기로 했다.

그후 이봉석의 주선으로 나는 생전 처음 결혼을 전제로 인상도 참한 J.S.라는 여성을 만났다. 절친한 친구의 소개로 만났으니 매우 조심스러우면서도 J.S.는 이북에서 고등학교만 나와 본인이 좋다고 하면 우리 집 형편에도 괜찮을 것 같다는 생각에 몇 번 만났다. J.S.는 자기 교회에서 운영하는 야간학교 교사로 바쁘게 살고 있었기 때문에 나는 가끔 편지도 써서 보내기로 했다.

마침 방학 때가 되어 규덕과 J.S. 양쪽에서 편지가 왔는데, 가끔 내가 집에 들어가면 편지 두 통이 나를 기다리고 있었다. 그럴 때면 나는 늘 한규덕의 편지를 반갑게 먼저 뜯어본 후에야 J.S.의 편지를 보게 되었고, 답장도 규덕에게 먼저 썼으며, 늘 기다려지는 것은 규덕의 편지였다.

나는 심한 갈등을 느꼈다. 이봉석 선생의 얼굴도 떠오르고 신앙적인 양심에도 심한 가책을 느끼게 되었다. 오랫동안 고민을 하다가 나는 J.S.에게 솔직하게 편지를 썼다.

J.S. 양!

오랫동안 망설임 끝에 용기를 내어 이 글을 씁니다.

나는 J.S. 양을 알기 전부터 친하게 지내는 여학생이 있는데, 그 학생과는 훨씬 오래전부터 편지를 주고받는 처지입니다. 요새는 내가 가끔 두 통의 편지를 받고는 죄송스럽게도 그 여학생의 편지를 먼저 뜯어보게 되고, 그 편지가 더 기다려지고, 같은 날 답장을 쓸 때도 그 여학생에게 먼저 쓰게 되어 너무 고민스러워 이 편지를 씁니다.

그 여학생과는 아무런 전제도 없고 또 어떤 책임도 느끼지 않는 순수한 교제입니다. 그런데 우리는 친구의 소개로 결혼을 전제로 만난 사이입니다. J.S. 양이 나로 인하여 상처를 입어서는 안 됩니다.

나의 신앙 양심에도 어긋난다고 생각하여 꼭 나하고 결혼을 해야겠다고 결심을 했다면 나는 그 책임을 지겠습니다. 이것이 어떤 징조인지 몰라 제 진실을 밝힙니다. 확실한 답장을 주셨으면 합니다.

이런 편지를 보낸 지 얼마 후에 답장이 왔다.

　　노 선생님 편지 잘 받았습니다.
　　결혼이란 어느 한쪽만이 하고 싶다고 되는 것은 아니지 않습니까? …… 하나님께서 맺어주어야지 사람의 뜻으로 되는 것은 아니라고 생각합니다.
　　진실을 말해주어서 감사합니다. 부디 행복하십시오.

이렇게 내 생애 단 한 번의 결혼 중매는 성과 없이 끝났다. 이런 일이 있었다는 것을 한규덕은 전혀 눈치채지 못했고, 그 당시 내 주변에서도 이봉석을 빼고는 아는 이가 없었다.

규덕과의 만남은 변함없이 이어져갔다. 어느 해인가 여름방학 때 규덕이 심한 감기인지 몸살인지에 걸려 어머니에게 걱정을 끼쳐드리고 있다는 글을 써서 보냈다. 김포까지 갔다 오려면 여비도 그렇고 규덕의 집에 처음 가면서 빈손으로 갈 수도 없어 며칠을 고민하다가 공민학교 선생님들의 용돈을 빌려서 처음으로 규덕의 집을 찾아갔다.

규덕의 집은 꽤 오래된 전통 한옥이었는데, 아주 크지는 않았지만 그 동네에서는 한눈에 번쩍 뜨일 정도의 전통 한국식 기와집이었다. 규덕의 아버지는 인천 어느 고등학교 서무주임을 맡고 있었는데, 규덕의 어머니가 딸만 둘을 낳고 보니 대를 이을 아들을 보기 위해서 인천에서 작은 부인과 따로 살고 있어 어머니만 딸 둘과 함께 그 집에서 살고 있는 것 같았다.

겉으로 보기에도 그 당시로서는 여유 있는 생활을 하는 것으로 보였다. 예고 없이 찾아간 나를 병석에 있던 규덕도 반가워했지만 규덕의 어머니는 정말 사위라도 온 것처럼 반기며 얼마나 시장하겠느냐고, 늦은 점심을 해야 한다고 자리를 비켜주셨다.

규덕은 병석에서 일어나 옷을 입고 자기 방으로 나를 안내했다. 그냥 누워 있으라는 나의 권유를 마다하고 괜찮다고 하면서 금방 병이 다 나은 것처럼 많은 이야기를 했다.

얼마 후 어머니는 정성을 다해 차린 점심상을 들고 들어오셔서 규덕과 내가 겸상으로 식사하는 모습을 흐뭇한 눈으로 보시면서 이것저것 먹어보라고 권하셔서 참으로 맛있게 점심을 먹었다. 어머니는 나와 우리 집 형편을 이것저것 궁금해하면서 물어보셨는데, 내가 자신 있게 답하기 어려운 우리 집 형편 같은 질문에는 규덕이 끼어들어 별걸 다 물어본다고 제지시키곤 했다.

나를 만난 규덕은 한결 상쾌하게 몇 시간을 보냈다. 김포에서 서울까지는 시간도 많이 걸리지만 통행금지가 실시되던 때이고, 또 누구에게도 김포에 간다는 말을 하지 않고 왔기 때문에 나는 서울로 가야 한다고 일어섰다. 규덕은 "맞아요, 길도 멀고 통행금지 시간 안에 가시려면 가셔야 해요. 오늘 내가 병이 다 나은 것 같아요." 하면서 아쉬운 표정을 지었다.

어머니는 "한 번 오기도 어렵고 또 규덕이도 기분이 좋아졌는데, 우리 집에 빈방이 여러 개 있으니 둘이서 더 얘기하다가 자고 내일 가게." 하고 권하셨다. 나는 꼭 가야 한다고 고사하고 떨어지지 않는 발걸음을 돌렸다.

규덕과 나는 내가 공부하는 중앙대학교에도 들렀고, 끊어진 한강다리 밑에 임시로 설치한 부교를 걸어서 건너 성남극장까지 영화도 보러 다녔다. 내게 돈이 없으니 돈이 극히 적게 드는 만남을 이어가며 우리는 끝없는 대화를 나누었다.

중앙대학교에서는 나보다 1년 늦게 중앙대학교에 입학한 맹경옥과 맹경옥의 숙명 동창으로 약학대학에 함께 들어온 이문우와 비좁은 대학도서관 자리를 서로 맡아주며 거의 매일 만나다시피 했다. 맹경옥은 또 서울고등공민학교 교사로 열심히 나를 도와 함께 일했는데, 나는 공부도 잘하고 교회 주일학교 반사로서 열심히 신앙생활도 하는 맹경옥을 친동생처럼 귀여워하고 사랑했다.

맹경옥은 내 옆에서 공부할 때나 고등공민학교 아이들을 가르치러 나오면 늘 코를 훌쩍이며 두통으로 괴로워했다. 축농증 말기쯤 되는 것 같은데 돈이 없어 병원에도 가지 못하고 괴로워하는 것을 보고 어떻게 도움을 줄 수 없을까 고민하다가, 서울대학병원 이비인후과 과장을 맡고 계신 김홍기 박사님에게 염치불구하고 맹경옥의 현황을 편지로 써서 보냈다.

그러던 중 한규덕은 서울사범대학을 졸업하고 수원여자고등학교 국어교사로 발령을 받아 수원으로 거주를 옮기게 되었다. 나는 축하한다는 말 한마디로 석별의 정을 나눌 수밖에 없었다. 수원은 거리가 멀고 또 학교업무 때문에 주일날 성가대에 못 나오게 되자 우리의 만남은 어려워졌고 편지로만 연락을 하게 되었다. 그런데 편지 또한 전처럼 자주 주고받기가 어려워졌다.

수원에는 나의 군대생활 동기이고 중앙대학교 법학과 동기인 이세원(李世遠)이 살고 있었다. 세원의 여동생이 수원여자고등학교에 다녔는데 마침 한규덕 선생이 담임을 맡은 반 학생이었다.

나와 규덕의 만남을 알고 있던 세원은 나를 재촉했다.

"너는 한규덕 선생과 그렇게 친하면서 무엇 때문에 말도 못해보고 끊으려고 해? 너의 집 형편이 아무리 어렵다고 하더라도 일단 진심은 말을 해야 하지 않아? 잔소리 말고 나하고 수원에 가서 한규덕 선생을 만나 담판을 지어, 인마!"

그래서 세원에게 이끌려 수원여자고등학교를 찾아갔다. 수원여자고등학교 근처에 하숙을 정하고 있던 규덕은 바로 자신의 하숙집으로 나를 안내했고, 우리는 함께 점심을 먹었다. 오후 하교시간을 기다려 당시 솔밭이라고 하는 한적한 곳으로 옮겼을 때 나는 청혼을 했고, 규덕이 이에 대답했다.

"우리가 만나 교제한 것이 몇 년인데 이제야 그런 말씀을 하십니까? 내가 먼저 그런 말씀을 드릴 수는 없지 않습니까? 나도 나이가 차서 부모님의 기대와 독촉도 있고 또 전부터 존경하는 분이 있어서 얼마 전에 그분과 결혼하기로 약속했습니다. 결코 이 자리를 피하기 위해서 하는 말이 아닙니다. 그분은 나보다 나이가 18년이나 위고, 내 고향에서 교회 전도사로 있습니다. 이미 약속을 했으니 이제 와서 어떻게 하라고 나보고 이런 말씀을 하십니까? 그동안 편지는 얼마나 많이 하고 그 많은 대화 중에도 노 선생님은 우리 문제는 한마디도 안하시다가 이제 와서 이러시면 어떻게 합니까? 우리들의 운명이고 하나님의 뜻이라고 생각하고 결정을 한 것입니다."

나는 할 말이 없었다. 우리 집의 가난과 어려움을 생각해 말을 꺼내지 못한 나의 소심함이 이런 엄청난 결과를 가져온 데 대해 참으로 죽고 싶도록 나 자신을 저주하며 멍청하게 앉아 있었다. 그런 나에게 규덕은 조용히 김소월의 「못 잊어」를 읊조리고는 이렇게 말했다.

"노 선생님! 제가 보기에 노 선생님은 정치를 할 것이라고 보았고, 또 정치를 하면 잘할 것이라고 생각했습니다. 한규덕을 잊어버리고 정치를 하세요. 오늘 이후 한규덕이 어디에 가 있든지 노 선생님을 지지할 것이고 박수를 칠 것입니다."

규덕은 죄스러워하며 위로를 잊지 않았고, 김소월의 「초혼」도 낭송했다.

산산이 부서진 이름이여!
허공 중에 헤어진 이름이여!
불러도 주인 없는 이름이여!
부르다가 내가 죽을 이름이여!

나는 오히려 한규덕에게 나의 소심함을 사죄했다.

"나는 규덕이를 이상적으로 높이 보았고, 나와 일생을 함께하기에는 분에 넘치는 사람이라고 생각해서 말을 못한 것이야! 오늘도 사실은 친구 이세원이 용기를 주어서 왔어요."

나는 내 속에 있는 말을 속시원히 했고 또 규덕도 어지간히 나를 생각한 것을 확인한 데 만족하며 앞날을 축복하고 돌아올 수밖에 없었다. 그날 밤 이세원과 함께 밤을 보냈는데, 한숨도 잠을 이루지 못했다. 서울로 온 나는 그날부터 한규덕을 잊기 위해 아이들을 가르치는 일과 여러 가지 일을 만들어 바쁜 나날을 보냈다.

수원에 다녀온 지 3~4개월이 지난 어느 날, 너무 오래되어 단념하고 있었는데 서울대학병원 김홍기 박사님에게서 엽서 한 통을 받았다. 오래전에 맹경옥의 딱한 사정을 적어보냈던 나의 편지에 대한 답신이었다. 입원할 준비를 해서 지정해준 날에 맹경옥을 데리고 서울대학병원 이비인후과로 오라는 반가운 내용이었다. 나는 참으로 오랜만에 기쁜 마음으로 맹경옥에게 이 사실을 알렸다. 그동안 어떤 결과가 나올지 몰라 아무 말도 하지 않았는데, 그 말을 들은 맹경옥은 깜짝 놀라면서 그런 일이 있었느냐고 매우 기뻐했다.

나는 맹경옥과 함께 서울대학병원 이비인후과로 김홍기 박사님을 찾아갔다. 맹경옥을 진찰한 박사님은 병원에도 안 가고 지금까지 용케도 참았다고 하면서 나보고 "노병구가 그렇게도 미련하냐"고 핀잔을 주었다.

김홍기 박사님의 배려는 너무 크고 고마웠다. 박사님은 경옥의 한 쪽 코 수술에 걸리는 날짜는 1주일이고, 모두 합쳐 2주일 입원하는 동안 병실을 독방으로 정해주시면서 병원비도 대학병원에서 부담해서 전액 무료로 하게 되었다는 고마운 말씀을 해주셨다.

경옥의 고등학교 친구들과 중앙대학교 약학대학 친구들이 몰려와서 입원실은 북새통을 이루었다. 찾아온 친구들이 모두 내게 고맙다는 인사를 해서 무척 어색하고 쑥스러워했던 그날을 지금도 생생하게 기억한다. 김홍기 박사님이 들어야 할 인사를 내가 가로채는 것 같았던 것이다.

수술시간이 다가오자 경옥은 친구들에게 이제 그만 돌아가라고 재촉하면서 나만 남아 있으라고 했다. 친구들이 돌아가자 경옥은 나를 자기 침대 가까이 오라고 했다.

"노 선생님, 감사합니다. 내가 오늘 노 선생님께 중요한 말을 하려고 합니다. 내 말을 꼭 들어주셔야 합니다. 나는 노 선생님과 결혼하기로 결심했습니다. 다만 한 가지 약속은 해주셔야 합니다. 오늘 이후 한 규덕 선생은 절대 만나지 않겠다고 꼭 약속해 주세요."

맹경옥은 진지한 자세로 내 의견도 묻지 않고 일방적으로 청혼을 하면서 한규덕과 만나지 않겠다고 약속하라고 재촉했다.

한규덕은 나와 맹경옥과 함께 신길동교회 성가대에서 함께 찬양을 한 신도로서 늘 만나 서로 잘 아는 처지였다. 그동안 한규덕과 내가 다른 사람들에게 표가 나지 않게 조용하게 사귀었는데도, 맹경옥은 나이도 학년도 1년 선배인 한규덕과 내가 친하게 지내는 것을 다는 아니지만 대강 알고 다시는 만나지 않겠다고 꼭 약속을 하라는 것이었다.

나는 당황스러웠다. 그날까지 나는 도서관에서 늘 옆자리에 앉아 공부를 하는 맹경옥과 이문우를 사랑스러운 동생으로 귀여워했는데, 집안이 너무 가난해서 대학교 1년을 겨우 이수하고 지병으로 공부를 못하는 내 사정을 속속들이 아는 경옥이 어쩌자고 나와의 결혼을 이토록 강렬하게 희망하는 것인가!

이해가 안 되기도 했지만 한규덕과의 관계를 심한 고통 중에 겨우 정리한 내게는 그것이 새로운 용기를 주는 복음처럼 들리기도 했다. 한규덕과 만나지 않겠다는 약속 하나만을 내세우고 내 일신상에 걸려 있는 모든 악조건을 자기 운명으로 받아들이겠다고 떼를 쓰는 경옥의 요구를 나는 물리칠 자격도 능력도 없었다. 나는 다른 할 말을 못하고 경옥이 하자는 대로 '그 약속'을 굳게 했고, 우리는 그날부터 결혼할 연인으로 변했다.

고전적인 소설에나 있을 법한, 자기 희생을 각오한 경옥의 사랑은 거의 일방적이었다. 나는 나에 대한 경옥의 사랑을, 표현이 지나치다고 말할 사람이 있을지 모르지만 플라토닉 러브라고 말하고 싶다.

수술경과도 좋았고, 김홍기 박사님께서 너무도 신경을 써주시고 뒤처리까지 잘해주셔서 그후 일생 동안 축농증의 재발 없이 지낸 것을 감사드린다. 김홍기 박사님의 배려가 우리 두 사람의 운명을 새롭게 하는 계기가 된 것을 감사하며 그 고마움을 평생 동안 가슴에 담고 살게 되었다.

경옥이 퇴원하던 날, 경옥을 데리고 경옥의 집으로 갔는데 가족들은 학교로 일터로 나가고 아무도 없었다. 경옥이 시키는 대로 대강 자리를 보고 우리는 생전 처음으로 키스라는 것을 하자고 말해 놓고는 서로 쑥스럽게 쳐다보다가 아직 수술자국도 아물지 않은 경옥의 입술에 내 입을 대고 한참을 있었다. 그리고 식구들이 오기 전에 가야 한다고 나서면서 어떤 일이 있어도 매일 만나기로 하고 집을 나왔다.

우리는 매일 만났다. 경옥은 고등공민학교 수업이 있는 날은 물론 수업이 없는 날도 빠짐없이 학교에 나와서 나와 함께 통행금지 시간이 임박할 때까지 함께 있었다. 그리고 나서 내가 경옥을 집앞까지 데려다주었는데, 그 시간이 얼마나 즐겁고 아쉬운지 말로 형언할 수가 없었다. 또 주일날은 예배가 끝나면 어떤 핑계를 대서라도 친구들과 떨어져 둘만의 시간을 가졌다.

공휴일에는 무작정 시내버스를 타고 종점까지 가면 어디나 산이 있고 들이 있고 농촌의 전원풍경이 펼쳐진 평화가 있었다. 어디서 구했는지 경옥은 삶은 계란을 다섯 개씩 가지고 와서 자기는 두 개 먹고 나에게 세 개를 먹으라고 껍데기를 까서 소금까지 찍어 내 입에 넣어주었다.

경옥은 우리의 관계를 집에 숨기고 있었는데, 결국은 부모님과 형제들이 알게 되었다. 지금은 각 대학교에서 학생들에게 주는 장학금이

종류도 액수도 많지만, 그때는 중앙대학교 전체에서 등록금 전액을 장학금으로 받는 학생은 통틀어 한 사람뿐이었다. 그런 시절에 약학대학 학생인 맹경옥은 4년 연속으로 장학금을 받아 학내외에서 대단히 촉망받는 학생이었다. 그래서 얼마든지 신랑감을 골라서 결혼할 수 있었고, 또 실제로 내가 알기로도 중앙대학교뿐 아니라 다른 대학교에 다니는 학생 중에서도 경옥을 사귀려고 따라다니는 사람이 있었다.

그런 경옥이 가난한 데다가 대학 1년 중퇴에 신병까지 있는 노병구를 선택했으니 실망이 이만저만이 아니어서 집안 전체의 반대가 극에 달했다. 아버지는 딸을 항복시키려고 이해득실을 가려 단념할 것을 명령했지만 경옥의 결심을 꺾지 못하자 심한 매질까지 했다. 하지만 죽어도 단념할 수 없다고 버티는 딸을 이기지는 못했다.

온 집안의 반대가 감당하기 어려울 만큼 심했던지 하루는 만나기로 약속한 장소에 경옥이 아무 연락 없이 나오지 않았다. 나는 불안하기도 하고 화도 났다. 그래도 몇 시간을 초조하게 기다리고 있는데 어두운 밤 저 멀리서 경옥이 고등공민학교 선생이자 약대에 함께 다니는 최영희 선생과 걸어오는 것이 보였다.

온 집안의 반대가 심해서 경옥의 생각이 흔들리는 것으로 보이자 불안과 초조, 절망 등 온갖 잡생각이 내 머리와 가슴을 눌러 이성을 잃고 말았다. 나는 경옥과는 오늘이 마지막이라고 거의 단정하고 어둠 속에서 그냥 지나치려는 경옥을 불러 세웠다.

"그렇게 버티지 못할 것을 왜 지금까지 나를 끌고 왔어? 나는 이 밤을 마지막으로 알고 너에게 경고한다."

그러면서 보기 좋게 힘껏 경옥의 양볼을 후려쳤다. 못할 짓이었다. 하지만 절망에 빠져 나도 모르게 주저 없이 이성을 잃은 폭거를 한 것이다.

이상한 일이다. 경옥은 분한 기색도 없고 당황하지도 않은 채 옆에서 이 광경을 벌벌 떨면서 보고 있는 친구 최영희 선생을 보고 웃으면서 걱정하지 말고 먼저 가라고 보냈다. 그러더니 내 가슴에 와락 안겼다.

"내가 왜 마음이 변합니까? 아버지에게 심한 매도 맞고 내 편을 들어주는 가족은 아무도 없어서 외로운 나머지 조금 산란했던 것뿐이에요. 노 선생님, 미안해요. 이상한 일이에요. 아까 불이 번쩍 나도록 맞았는데 왜 그렇게 통쾌한지 몰라요. 누구도 우리를 갈라놓지 못해요."

나는 정중히 사과했고, 우리의 사랑은 더욱 깊어만 갔다. 그러던 중에 수원에 있는 한규덕 선생에게서 실로 7~8개월 만에 편지가 왔다. 결실의 계절에 우리의 편지교환도 너무 오래되었고 해서 만나고 싶어 편지를 띄운다며 "수원 서호의 달밤이 참으로 아름답습니다. 거닐어보고 싶습니다" 하고 초청하는 내용이었다.

보고 싶고 만나서 많은 이야기를 하면 재미있을 사람인데, 내가 수원에 가면 그 사람이나 나나 각기 다른 모습으로 변해 버린 지금까지의 모든 것이 물거품이 될 것 같아 정중히 서로의 행복을 빌면서 살자고 사절하는 마지막 편지를 보냈다. 필연인지 우연인지 몇 년 후 나와 경옥이 결혼하던 날 한 친구가 한규덕도 오늘 서울에서 결혼을 한다고 말해주었다.

경옥과 그런 일을 겪은 후 나는 경옥이 혼자 해결하게 두어서는 안 되겠다고 결심하고 직접 경옥의 집을 찾았다. 아버지를 비롯한 가족이 놀라서 "여기는 무엇 하러 왔느냐"고 따지고 들었다. 나는 단도 직입적으로 말했다.

"아버님, 경옥이를 제게 주십시오. 제가 지금 어렵습니다. 하지만 경옥이하고 잘 협력해서 아버님 기대에 어긋나지 않게 잘 살겠습니다. 경옥이를 아무리 야단치시고 반대를 해도 우리의 결혼은 막지 못하십니다. 승낙해주십시오. 부모님과 가족들의 축복을 받으며 결혼하고 싶습니다. 지금처럼 반대만 하시면 경옥이가 어떻게 될지 몰라서 매를 맞아도 제가 맞으려고 무례한 줄 알면서도 이렇게 왔습니다. 제 잘못을 용서하시고 크게 봐주십시오. 걱정이 되시겠지만 저도 이제 신병이 어지간히 나아가고 있습니다. 아버님의 기대에 어긋나지 않게 열심히 살겠습니다."

눈을 감은 채 아무 말 없이 듣고 계시던 아버님은 모든 것을 포기하고 운명에 맡길 수밖에 없다는 판단을 내린 듯 한참을 계시다가 조용히 말씀하셨다.

"결혼이란 인륜지대사이고 따라서 예의와 범절이 있는 것인데 이렇게 무작정 찾아와서 떼를 써서야 되겠는가? 알았으니 오늘은 그만 돌아가게."

내가 확실한 대답을 달라고 떼를 쓰자, 아버님은 어처구니없다는 듯 말씀하셨다.

"오늘 바로 어떻게 답을 달라는 말인가? 집에 가서 기다리고 있으면 내가 따로 연락을 할 테니 그렇게 알고 집에 가 있게."

나는 벌떡 일어나 큰절을 했다.

"네, 알겠습니다. 승낙하시는 것으로 알고 부르실 때까지 기다리겠습니다."

나는 가벼운 발걸음으로 돌아와서 기다렸다. 며칠 뒤 경옥을 통해서 오라는 연락이 왔다. 다시 찾아간 나에게 아버님이 말씀하셨다.

"자네, 경옥이를 행복하게 해줄 자신이 있는가?"

그러시면서 주머니에서 봉투를 꺼내 그 속에서 정성스럽게 붓으로 쓴 편지 같은 것을 꺼내 들고 말씀하셨다.

"꼭 맞는다고 할 수는 없지만, 내가 아주 잘 본다는 사람을 찾아가 자네와 경옥이의 사주를 보았는데, 이것이 그 사주 내용일세. 그런데 아주 나빠서 이런 사주라면 이 결혼을 결코 해서는 안 되지만, 자네와 경옥이가 죽어도 한다니까 할 수 없이 승낙하기로 했네."

거기에는 이런 내용이 적혀 있었다.

① 재물이 없고
② 자식도 없고
③ 중간에 이혼

이렇게 나쁜 것을 일부러 골라서 나열한 것 같은 점괘를 보고 좋아할 사람이 어디 있겠는가?

나는 너무 고마워서 다짐했다.

"아버님, 아무 걱정 하지 마십시오. 저와 경옥이는 하나님을 믿는 사람으로 이 점괘가 맞을 수 있다고 하더라도 하나님께서 다 물리쳐 주실 것이라고 믿습니다. 그리고 절차에 대해서는 곧 누구에게 부탁을 해서 따로 아버님을 찾아뵙게 하겠습니다."

비록 형식적인 것이지만 우리의 결혼을 정성껏 최선을 다해 하고 싶어서 아버님을 만난 다음 날 이원옥 선생님을 찾아뵙고 우리들의 결혼 중매자로서 역할을 해달라고 부탁드렸다. 다음 날, 이원옥 선생님과 아버님이 만나 일사천리로 우리들의 결혼절차가 결정되었다.

드디어 1961년 11월 18일 오후 2시, 영등포 중앙예식장에서 오병수

(吳丙洙) 목사님의 주례로 결혼식을 올리게 되었다. 결혼식도 겨우 치르는 마당에 신혼여행은 우리에게 분에 넘치는 사치였다. 경옥과 나는 결혼식만 치르고 고궁이나 버스로 무작정 종점까지 가는 산책으로 신혼여행을 대신하기로 이미 합의해두었기 때문에 여행준비 같은 것은 생각도 없이 식장에 나갔다.

그날은 아침 일찍부터 천둥 번개도 간간이 치고 먹구름이 끼고 비가 와서 11월 날씨치고는 꽤 추웠다. 고등공민학교 선생님들이 내 청첩장을 돌렸는데, 결혼 전날 〈한국일보〉에서 광고기사를 실어주어서 궂은 날씨에도 국회의원을 마다하고 학교일만 하시던 김석원 이사장님을 비롯한 여러 동회장님들과 여러 유지들 그리고 신길동교회 식구들이 대거 참석해주셔서 분에 넘치게 많은 하객들의 축복을 받으며 결혼식을 마쳤다.

결혼식을 마치고 집에 돌아와 찾아오는 손님들의 국수잔치를 치르고 하룻밤을 잤는데, 부모님이 새벽 일찍 잠을 깨우며 "어제 생각보다 손님도 많이 오셨고, 또 많은 도움을 주셔서 결혼경비를 다 제하고도 신혼여행을 갈 만한 여유가 있으니 어디든 다녀오라"는 것이었다.

그때는 주로 신혼여행을 경주로 갔는데, 우리는 경비도 아낄 겸 내가 태어난 충북 보은 속리산으로 완행열차와 버스편으로 가기로 결정하고 여행을 떠났다. 저녁 늦게 속리산에 도착해 하룻밤을 여관에서 묵고, 다음 날부터는 시골 이모님과 고모님 댁에 들러 집안 사람들에게 인사하는 것으로 대부분의 여행일정을 마쳤다. 그렇게 4박 5일간의 신혼여행을 힘들지만 꿈속의 여행처럼 잘 마치고 돌아왔다.

맹경옥과 나의 결혼은 이렇게 우여곡절을 겪으면서도 하나님의 축복 속에 이루어졌고, 달콤한 신혼생활이 시작되었다.

우리들의 신혼생활

결혼으로 한 가정을 이끌어야 하는 책임이 무거워졌지만 나는 여전히 한 푼의 수입도 없는 고등공민학교 일에만 매달려 있었다. 그리고 부모님도 신발 꿰매는 일과 떡장사를 하며 여전히 어려운 살림을 하고 있었다.

경옥은 결혼 전에 다니던 백광약품(白光藥品) 주식회사에 다시 출근을 해서 한 달이 지나 월급을 탔는데, 월급봉투를 시어머니에게 내놓았다. 시집오기 전에는 그 돈이 경옥의 친정에서도 생활의 큰 몫을 차지했을 것인데, 결혼으로 신분이 바뀌었다고 해서 자기 월급을 몽땅 시어머니 앞에 내놓는 경옥의 심정은 어떨 것이며, 또 매달 경옥의 월급봉투를 받아서 생활하시던 장인 장모님은 얼마나 억울한 생각이 들까를 생각하며 나는 자신의 무능을 질책하고 분발해야겠다고 주먹을 불끈 쥐었다.

양심의 가책을 느낀 나는 진로회사 안에 살고 있던 홍대실 권사님을 찾아가 사정했다.

"무슨 일이든지 좋으니 저에게 일을 시켜주십시오. 제가 일하는 만큼만 주시면 무슨 일이든지 하겠습니다."

홍대실 권사님은 딱한 눈으로 나를 보시며 말했다.

"노 교장은 사무 보는 일을 해야 하는데, 보다시피 우리 회사에는 집안 조카 한두 명이 사무일을 볼 뿐 사무직원은 쓸 자리가 없으니 어떻게 하나?"

"사무직이 지금 어디 있겠습니까? 아무 일이라도 괜찮으니 일자리만 주십시오."

내가 계속 떼를 쓰자 홍대실 권사님이 말했다.

"나야 노 교장을 누구보다 잘 아는데, 당장 일자리를 주고 싶지만 내 마음대로 할 수 있는 것은 아니지 않나? 오늘은 기냥 가라우. 내가 영감 보고 졸라볼 것이니 가서 기다려 보라우."

며칠 뒤, 홍대실 권사님에게서 오라는 연락을 받고 들어갔다.

"노 교장을 보내고 며칠을 영감을 졸랐는데, 영감 말이 지금 우리 회사 안에 서광섬유에 천을 짜서 표백하고 염색하는 일이 있는데, 노 교장 같은 사람은 이런 일을 도저히 힘들어서 못할 거라는 기야."

홍대실 권사님의 남편으로 진로회사 부사장이자 서광섬유 사장인 장학섭(張學燮) 사장님도 과묵하신 분이지만 늘 내가 하는 일에 관심을 가지고 도와주고 계셔서 나를 좋아하셨다. 그래서 안타까워하면서 그 일을 할 수 있다면 어떻게든 한 자리를 만들 수 있는데, 노 교장은 몸에 배지 않아 그 일을 하지 못할 거라고 했다는 것이다.

홍 권사님은 참으로 안타까워하면서 완곡하게 만류하셨다.

"기러니 어떡하니? 노 교장의 딱한 사정으로야 내 어떡해든지 받아주고 싶다만, 기런 일을 어떡해 하라고 하간? 기러니 다른 방도를 찾아보라우."

나는 이런 기회라도 놓칠 수가 없었다.

"권사님, 다른 사람들이 다 하는 일인데 제가 왜 못하겠습니까? 일만 시켜 주신다면 힘껏 열심히 하겠습니다. 사장님께 하겠다고 말씀해주십시오."

홍대실 권사님과 그 가족

그래서 다음 날부터 나는 서광섬유 공장에 출근해 한쪽에서 짜놓은 길이가 수십 미터씩 되는 천을 탈색해서 표백하고 염색하는 일을 했다. 그 천을 하루종일 기계에 넣었다 뺐다 하는 일을 반복하는데, 출근해서 퇴근할 때까지 온종일 물을 쓰는 일이라서 참으로 힘이 들었다. 같이 일하는 사람들은 내가 사장님과 사모님이 추천했고 또 가까운 사이라는 것을 잘 알았기 때문에 되도록 잘 봐주려고 하고 배려도 해주었지만, 나도 돈을 벌어 살림에 보탠다는 즐거움으로 열심히 일했다.

저녁이면 퇴근해서 아이들을 가르치며 학교운영에 신경을 써야 했는데, 그렇게 10여 일을 출근하니 내 체력은 한계에 달해 코피를 줄줄 쏟았다. 이것을 본 경옥은 맹렬하게 반대를 했다.

"노 선생님 보고 돈 벌어오라고 조르는 사람이 있어요? 힘에 부치는 일을 해서 큰병이라도 나면 어쩌려고 그래요? 오늘부터 당장 그만두세요."

게다가 부모님도 강력하게 말리고 나서자 홍 권사님에게는 면목이 없어서 그런 사정을 말씀드리지 못하고 무단결근을 하고 말았다. 이것이 내가 63세에 한국마사회에 입사할 때까지 처음이자 마지막 취직이었다.

얼마 뒤 홍 권사님께서 우리 집을 찾아오셨다.

"누를 끼쳐 죄송합니다. 감당도 하지 못하면서 염치없는 부탁을 드렸고, 또 어렵게 채용해주셨는데 책임을 다하지 못해 뭐라 드릴 말씀이 없어서 따로 말씀도 못 드리고 회사에 나가지 못했습니다. 권사님, 용서하십시오."

나는 고개 숙여 용서를 빌었다.

"기러게 내레 노 교장은 힘들어 못할 거라고 하디 않던? 노 교장에게는 무리한 일이었어. 미안해할 거 없어. 오히려 내레 미안하디. 영감도 처음부터 맞디 않는 일을 하라고 해서 오히려 미안하게 됐다고 말씀하믄서 열흘 동안 일한 수고비라고 이것을 노 교장에게 갖다주라고 해서 왔어. 얼마 안 되디만 받으라우."

홍 권사님이 내놓은 봉투에는 내가 일한 날자에 비해 두 배나 많은 돈이 들어 있었다.

"제가 무슨 염치로 이것을 받습니까?"

"나는 몰라. 영감의 심부름을 온 것뿐이야."

내가 극구 사양했지만 홍 권사님은 굳이 봉투를 놓고 가셨다. 얼마나 고마운 분들인가.

그후에도 홍 권사님은 나와 서울고등공민학교에 변함없는 애정과 성원을 보내주셨다.

김성추 목사님과
이름만 아는 미국인 Reprogel

결혼하기 훨씬 전 어느 날, 신길동교회 김성추 목사님에게서 뜻밖의 고마운 통보를 받았다. 미국의 민간원조기관에서 한국의 교회를 통해서 극빈가정의 아동들을 선정해 얼마간의 학자금을 도와주고 있는데, 병열(둘째 동생)을 선정해서 통보해주었다는 내용이었다.

그뒤 병열이 초등학교를 졸업할 때까지 1년에 봄과 가을 두 번에 걸쳐 각각 100달러의 현금과 그 당시 우리나라에서는 구경도 못한 자동차 장난감 등의 선물을 보내주었다. 그리고 그때마다 격려의 편지도 함께 보내왔는데, 그것을 우리나라 복지기관에서 번역해서 원본과 번역문을 동봉해 보내주었다.

보낸 이의 주소와 전화번호 같은 것은 없고 다만 이름만 쓰고 사인한 원본에 이름이 'Reprogel'이라고 씌어 있었는데, 너무나 고마워 지금도 나는 그 이름을 잊지 않고 있다. 그분이 어디 사는 누구인지는 전혀 모른다.

신학대학 추천서를 써주지 않아 결과적으로 나의 1차 소망을 간접적으로 방해했다는 생각을 가지고 있던 김 목사님은 이렇게라도 조금이나마 보상을 해서 위로도 하고 또 스스로 위안을 받으려고 했던 것 같다. 어쨌든 그 당시의 환율이 얼마인지는 잘 모르지만 우리 집 형편상 참으로 큰 도움이 되었다.

내가 결혼을 해서 나중에 신길동 옛 전차종점이기도 하고 신길동교회의 입구이기도 한 장소에 백운약국을 차리고 교회에서는 집사직분에 성가대원과 고등부까지 맡고 있을 때, 김성추 목사님은 나에게 장로직을 받으라고 권고한 적도 있었다. 그런데 그때 나는 야당인 민주당에 입당한 상태여서 이를 받아들일 수 없었다.

"목사님, 저는 야당에 관여하고 있고, 또 종종 정견발표회가 있을 때 마이크를 잡으면 상대방을 혹독하게 비판하고 경우에 따라서는 심한 욕설도 할 때가 있을 겁니다. 장로직은 성직인데, 제 신앙으로는 도저히 용납이 안 됩니다. 성직을 받아 하나님께 누를 끼칠 수는 없습니다. 제가 정치를 하는 한 장로 직분은 사양하겠습니다. 용서하십시오."

그렇게 장로직분을 사양한 것이 내가 나이 70이 넘어 명예집사라는 마지막 교회직을 가지게 된 결과였다.

신길동교회는 김성추 목사님과 제직들 사이에 빈약한 재정문제와 교회운영에 관한 의견이 맞지 않아서 어쩔 수 없이 김 목사님이 더 이상 버티기 어렵게 되어 인천성결교회 김순모 목사님과 서로 바꾸기로 했다. 나는 하나님이 기름 부은 종을 서운하게 하는 일은 결코 바람직하지 않다는 생각을 하고 있었기 때문에 제직들 편을 들지 않고 소극적으로 목사님과 고생하시는 사모님을 위로하는 입장을 취했는데, 아마도 김성추 목사님은 그런 나에게 무척 고마움을 가졌던 것 같다.

　김 목사님이 인천으로 가시고 몇 년 후에 나는 경옥과 함께 목사님을 찾아갔다. 목사님 내외분은 우리 두 사람을 반갑게 맞아주셨다.

　"노 집사, 이렇게 찾아주어서 참으로 고마워요. 내 언젠가는 노 집사를 만나서 옛날에 노 집사가 한국신학대학에 가겠다고 추천서를 써달라는 것을 그곳은 이단이니 총회신학교나 서울신학교에 가라고 끝내 추천서를 써주지 않은 것을 깊이 사과하려고 마음먹고 있었어요. 그런데 오늘 이렇게 찾아와 만난 김에 내가 정중하게 사과를 해요. 그러니 내 사과를 받아주시오. 내가 많은 것을 깨달았어요. 내가 인천에 와서 강단에 올라가 설교를 하고 내려올 때는 과연 내가 하나님 앞에, 교회 식구들 앞에 지금 한 설교대로 생각하고 행동하면서 살고 있다고 진정 떳떳할 수 있는지, 성경 몇 구절 가려내서 미사여구를 늘어놓는 말재주나 부리고 내려오는 것은 아닌지 많은 생각을 하고 깊이 반성도 해요."

　당시는 미국에서 달에 사람을 보내 달을 탐사할 계획을 세우며 사람이 직접 달에 가게 된다고 떠들썩할 때였는데, 김 목사님은 그 이야기를 꺼냈다.

　"노 집사, 목사로서 공연한 걱정을 한다고 할지는 모르지만, 내가 공부한 성경에는 지구 외에 다른 곳에 영혼이 있는 생물체가 존재한다는 구절이 없었어요. 만약 영혼이 있는 생물체가 있다면……. 그러면 또 뭐라고 설명을 해야 할까, 그런 쓸데없는 걱정 아닌 걱정도 할 때가 있어요."

　평소에 말씀이 적은 분이었는데, 그날따라 맥아더 동상이 있는 공원을 거닐면서 목사님이 아닌 순수한 한 인간으로 돌아가 무슨 말이든 털어놓을 수 있는 친구를 만난 듯 솔직하고 진지했다. 경옥과 나는 10여 년 이상 목사님과 가깝게 지내왔지만 그날처럼 친근하고 존경스러운 목사님의 모습을 본 적이 없었다.

"목사님, 감사합니다! 추천서 문제는 저도 잊은 지 오래입니다. 저도 그때는 나이도 어리고 철이 들지 못해서 오히려 목사님께 공연한 누를 끼쳐드렸습니다. 요즘은 저도 그때 목사님 말씀대로 총회신학교나 서울신학교에 가면 될 것을 젊은 혈기와 알량한 자존심을 내세워 한국신학대학만 고집한 것이 속 좁고 성숙하지 못한 처사였다고 경옥이와 늘 이야기하고 있습니다. 목사님! 용서는 제가 빌어야겠습니다. 용서하십시오."

이렇게 김 목사님과 나 사이에 있었던 옛일은 참으로 좋은 만남으로 새롭게 승화되었다.

"노 집사, 이것도 하나님의 뜻이야! 나는 이곳에 와서 노 집사는 정치를 하면 훌륭한 정치가가 될 것이라고 생각하고, 노 집사가 돈이 없으니까 출마만 하면 내가 벽보에 쓸 신문이라도 잔뜩 모아 가지고 가야겠다고 늘 생각하고 있어요. 과거는 다 잊어버리고 정치를 해서 세상을 바로잡는 일에 열중해줘요. 나도 노 집사를 위해서 열심히 기도할게요. 그것도 하나님의 일이에요."

그것은 참으로 감사하고 즐거운 만남이었다. 지금도 나는 그때의 만남을 생생하게 되살리며 하나님께 감사한다.

목사님은 내가 첫 번째 국회의원 후보로 출마하기 전에, 그리고 미국이 인공위성을 발사해 최초로 사람이 달에 착륙하기 전에 이미 하나님의 부르심을 받았다.

사람이 달에 착륙하고, 달에서 영혼이 있는 생물체뿐 아니라 다른 생명체도 발견하지 못했다는 보도를 보면서 경옥과 나는 달을 향해서 소리쳤다.

"김성추 목사님! 달에는 생명체가 없답니다. 더구나 영혼이 있는 생명체는 없음을 보고합니다. 걱정하지 마십시오!"

그렇게 소리치고 우리는 생전의 김성추 목사님을 회고하며 크게 웃었다.

나를 너무나 아끼며 도와준
김생수(金生水) 전도사님

내가 군에서 제대해 집에 왔을 때 교회에는 서울신학교를 졸업한 지 얼마 안 된 처녀인 김생수 전도사님이 부임해서 활기차게 일하고 있었다. 함경도 태생으로 나이는 나보다 세 살이 위였고, 체격이 보통 여성보다 크고 성격도 남자처럼 활발하고 늘 명랑했다.

신길동교회의 형편이 넉넉지 못해서 목사님 사택은 겨우 교회 뒤쪽에 마련되었지만 전도사님과 교회사찰님은 교회 옆에 마련된 천막 안에서 살고 있었다. 미군부대에서 쓰던 군용천막을 치고, 그 안에 헌 판자로 얼기설기 방과 부엌을 막고 바닥은 연탄을 때는 구들이었으며, 방 내부는 양회 푸대로 바람구멍을 막은 허술한 천막이었다.

김생수 전도사님은 성격이 활달하고 매사에 적극적이어서 주일과 삼일예배 후 또는 성가연습이 끝난 후 청년들이 전도사님 방에 모이면 국수 같은 것을 잘 대접했다. 내가 병을 얻어 공부를 못하고 방황할 때 우리 집에 심방을 즐겨 왔고, 혹시라도 내가 좌절할까 봐 끊임없이 위로와 격려를 해주었다. 할머니가 돌아가셨을 때는 밤을 새워 얇은

종이로 장미꽃을 접어 할머니의 관을 장미꽃으로 싸서 훌륭한 꽃상여를 꾸며줌으로써 우리 가족을 위로했다.

김 전도사님은 토론하는 것을 좋아해서 내가 고등부 학생들을 위한 설교를 할 때는 학생예배에 참석해서 나와 다른 견해를 놓고 열띤 토론을 벌이곤 했다. 그러다 보니 저절로 가까워질 수밖에 없었다. 또한 단국대학 야간부에 입학해서 사회과학 공부에 열정을 쏟기도 했다. 처녀 전도사였기 때문에 제직들 사이에서 관심과 주목을 많이 받기도 했던 것 같다.

한여름의 무더위 속에 내가 한 달간의 예비군 동원훈련에 소집되어 포천 어디엔가에 있는 예비사단에 입소해서 고된 훈련을 받았던 적이 있다. 그때 훈련조교가 내게 말했다.

"노 병구 병장님, 어떤 여자분이 면회를 오셨습니다. 어서 면회소로 가보시지요."

'여자는 물론이고 우리 집에서조차 면회를 올 사람이 없는데 누구일까' 궁금해하며 면회소로 달려간 나를 반갑게 기다리고 있던 사람은 뜻밖에도 김생수 전도사님이었다. 너나 할 것 없이 어려운 시절인데 정성을 다해 도시락 등 먹을 것을 푸짐하게 장만해 가지고 와서 누나가 동생에게 혹은 애인에게 하는 것처럼 반기는 것이 아닌가?

멀기도 하려니와 그 시절의 교통사정은 서울에서 그곳까지 다녀가려면 아침 일찍 서둘러도 꼬박 하루가 걸려야 하기 때문에 보통 일로는 못 오는 곳이었다. 더욱이 교회의 제직들이 알면 참으로 전도사님도 나도 입장이 곤란할 것 같은 생각이 들었다.

"전도사님! 웬일이십니까? 여기는 어떻게 알고 찾아오셨습니까?"

따지듯이 묻자 전도사님이 말했다.

"여기를 왜 못 찾아요? 한여름 너무 고생하는 것 같아서 큰마음 먹고 애써 찾아왔는데, 반갑다는 말은 안 하고 웬일이냐고 인사를 하는 게 어디 있어요?"

그러면서 준비해온 도시락과 먹을 것들을 꺼내놓으며 힘들고 배고플 텐데 많이 먹으라고 하면서, 훈련기간 동안 노 집사의 건강과 모든 훈련병들의 안녕을 위해 기도를 했다.

이 면회는 누나가 동생을 위문하러 온 것 같기도 하고, 또 연인이 불원천리하고 훈련소를 찾아온 것 같기도 한 착각을 많은 동료훈련병들에게 심어주었다. 가져온 음식을 함께 먹고 난 뒤 전도사님은 서울로 향했다.

그후에도 김 전도사님은 나와 우리 집 일에 대해 남달리 관심과 배려를 해주어서 나를 어리둥절하게 만들 때가 종종 있었다. 한번은 서울신학교 배구코트에서 서울 시내 교회 대항 배구대회가 열렸는데, 그날은 아침부터 비가 내려 출전한 선수 모두가 비를 맞고 경기를 해서 온몸이 비에 흠뻑 젖었다. 경기가 후반에 접어들 무렵에는 바람까지 불어 몹시 추위를 느껴 참가한 선수들은 모두 오들오들 떨었다.

나도 무척 추워서 떨고 있었는데, 김 전도사님이 나를 불러 뒤로 데려가면서 "이것을 가지고 화장실에 가서 얼른 갈아입고 오라"면서 신문지에 싼 것을 내주었다. 가면서 펴보니 긴소매 러닝셔츠였다. 새것이 아닌 걸로 보아 입고 있던 러닝셔츠를 벗어 떨고 있는 나를 위해 준 것이었다.

나를 생각해주는 마음이 고맙기는 하지만 불과 세 살 위의 처녀 전도사님이 입고 있던 러닝셔츠를 벗어서 갈아입으라니, 그 마음이 한없이 고마우면서도 이것을 입어야 되나 말아야 되나 한참을 망설였다. 그렇다고 도로 가져다주기는 더욱 어려울 것 같고 날씨가 너무 추워 나는 할 수 없이 그냥 입기로 했다. 그 러닝셔츠는 끝내 돌려드리지 못했다.

그후에도 이 구실 저 구실로 자주 만나게 되었는데, 한번은 전도사님이 이런 말을 하며 분해했다.

"참 이상해요. 제직들 중에 나하고 노 집사하고를 이상한 관계로 의심하며 수군댄다고 그래요. 우리가 뭘 어쨌기에 그런 소리들을 하는지 모르겠어요. 이런 모략이 어디 있어요."

얼마 후 김생수 전도사님은 서울신학교 여학생들의 '기독교사' 강의를 맡아 신길동교회를 사임하고 서울신학교로 갔다. 나는 서울신학교로 가서 김 전도사님이 강의하는 모습도 보았고 또 그날 함께 식사도 하고 돌아왔는데, 그후 그분이 결혼했다는 말도 못 들었고 언젠가 미국 캘리포니아 어딘가로 이주했다는 소식을 인편에 들은 뒤로 지금까지 정확한 소식은 모른다.

몇몇 제직들의 말처럼 김생수 전도사님이 나를 전도사와 신도 사이가 아닌 이성으로 생각했는지 그것은 모른다. 내가 느끼기에도 정도를 넘는 친절이 아닌가 하고 느낄 때가 많았던 것이 사실이다. 그러나 나이도 세 살이나 위인 데다가 위고 교회 전도사와 집사 사이라는 특수한 신분 때문에 설사 어떤 감정이 있었다 해도 솔직하게 말하고 행동할 처지는 아니었다. 나 또한 '신길동교회 전도사 김생수' 이상으로 다른 생각을 하지 않았기 때문에 설사 무슨 말을 하고 싶어도 하지 못했을 것이다.

내가 학교에 다니다가 병을 얻어 한참 방황하고 있을 때 전도사님이 누가 보더라도 누나처럼, 또 어찌 보면 연인처럼 내 주변을 맴돌면서 염려하고 도와주려고 애썼던 것을 부인할 수 없다. 나를 위해서 그렇게 정성스럽고 희생적으로 도움과 배려를 주며 일방적인 봉사로 일관한 전도사님을 회상하며, 그에게 아무런 보답도 못하고 인생의 마지막을 살고 있는 나는 나에 대한 전도사님의 생각이 어떤 것이었든 머리 숙여 감사하며 하나님께 그의 안녕을 빈다.

5·16 군사쿠데타와
서울고등공민학교의 마지막

　4·19가 나고 5대 민의원선거가 있은 지 10개월 만인 1961년에 5·16 군사쿠데타가 일어나 민주당정권이 물러나고 박정희 군사통치가 시작되었다. 유치원과 초등학교 아이들까지 거리의 데모에 동원되었을 정도로 데모만능의 무질서한 정정(政情)으로 사회가 극도로 혼란해지자, 이제 데모는 지긋지긋하니 그만 하고 얼마 동안만이라도 시간을 주고 정권담당자들이 일을 할 수 있게 도와주어야 하지 않느냐는 자제의 목소리가 언론 사이에서 목소리를 내기 시작했다. 그 무렵 성급한 군인들이 민주당정권의 부정부패와 무능을 규탄한다면서 그들을 몰아내고 헌정을 중단시켜 정치적 억압이 시작되었다.

　군당국의 사전허가 없이는 세 사람 이상이 모여도 안 되었고, 더구나 군사정부에 대해 반기를 들거나 불편한 소리를 하면 당장 탄압의 대상이 되었으며, 어떤 목적의 모임도 군사정부를 지지하지 않으면 존립하기 힘든 세상이 된 것이다.

　서울고등공민학교도 예외일 수 없었다. 더욱이 선생님들이 대학교

재학생들이었기 때문에 경찰서 사찰계에서 수시로 교장인 나를 만나자고 했다. 그들은 "시설이 규정에 어긋나고, 인가를 받지 않아서 우리가 위에서 많이 시달림을 받으면서도 노 교장을 생각해서 봐주고 있으니 빨리 규정에 맞게 시설을 보강해서 인가를 받으라"고 병 주고 약 주는 달갑지 않은 친절을 베풀었다.

선생님들 중에도 그런 사람이 있었지만, 나도 멀쩡한 헌정을 중단하고 왜정말기에나 있음직한 억압정치를 하고 있는 현상을 환영하고 받아들일 수는 없었다. 적극적인 반대운동을 하지는 않았지만, 그렇다고 사찰계 형사들의 말처럼 적극적으로 군사정부를 앞장 서서 환영하고 찬양할 수는 없었다. 그래서 "나는 정치를 하는 사람도 아니고, 다만 성공할지 실패할지는 모르지만 내가 할 수 있는 데까지 저 가난한 집 아이들을 교육하는 것 외에는 모르니 제발 지금 하고 있는 이 사업을 도와주는 뜻에서 우리를 도와주시오." 하고 간청했다.

한편 선생님들도 나도 전혀 수입이 없는 순수한 봉사를 계속하기는 쉽지 않았다. 선생님들이 하나 둘씩 다니던 학교를 졸업하고 새로운 일터를 찾아 떠나자 희생적으로 봉사하려는 선생님들을 보충하는 일은 점점 어려워지고, 군사정부의 보이지 않는 압력은 점점 도를 넘어섰으며, 관심을 가지고 도와주던 유지들도 몸을 사리는지 학교와 서서히 멀어져갔다.

인가기준에 맞춰 시설을 하고 법에 따라 학교를 운영하기는 어렵게 되어 나는 고심 끝에 영등포에 있던 '명신전수학교'를 찾아가 교장선생님에게 그간의 사정을 말하고, "우리 학교에서 현재 쓰고 있는 책걸상과 기타 학용품 일체를 무상으로 넘겨줄 것이니 지금 우리 학교에 다니고 있는 아이들을 졸업할 때까지 학비 전액을 면제해주는 조건으로 받아달라"고 요청했다. 그뒤 그때 남아 있던 30여 명의 학생을 명신전수학교로 보내고 서울고등공민학교는 눈물겨운 폐교를 단행했다. 1957년에 시작하여 1963년까지 만 7년 동안 적지 않은 아이들에게 가냘프나마 새로운 희망과 용기를 준 것을 보람으로 간직할 수 있을 뿐이었다.

그동안 희생과 봉사로 빛나는 역대 선생님들의 고귀한 이름을 여기에 따로 적는다.

남자 : 김길수(金吉洙) 김택준(金澤俊) 윤백수(尹伯洙) 이경재(李敬宰)
　　　 김동원(金東源) 박선용(朴善用) 맹하일(孟河一) 지영택(池永澤)
　　　 신필영(申弼永) 이인상(李仁相) 이창재 朴○○(국민대생)

여자 : 맹경옥(孟京玉) 김경옥(金敬玉) 김순영(金順暎) 최영희(崔英姬)
　　　 이정열 朴○○(이화여대생)

이외에도 남녀 선생님 몇 분이 더 있었는데, 40년이 훨씬 넘은 탓에 이름이 잘 생각나지 않아서 여기 올리지 못하는 것을 죄송스럽게 생각한다.

홍대실 권사님의 도움으로
백운약국을 열다

몇 년 동안 심혈을 기울여 열중했던 서울고등공민학교를 폐교하고 나서 나는 집안살림을 도와야겠다는 생각이 굴뚝같았다. 하지만 종종 공개모집 공고가 지상에 나서 응시를 하려고 보면 나이도 지났고, 또 대학졸업자 또는 졸업예정자라야 한다는 자격규정에 막혀 원서제출조차 못하고 아무 일도 할 수 없었다.

경옥은 백광약품 회사에 출근하며 어려운 집안살림을 크게 돕고 있었다. 어쨌든 중학교와 고등학교에 다니는 병란과 병열이 학교에 내는 등록금도 경옥의 월급으로 충당하게 되니 나는 결혼만 했지 남편 구실도 못해 여섯 식구 중 나만 할 일 없는 무직자였다.

7년 동안 학교사업을 한다고 책도 안 보고 주로 몸으로 하는 일을 해서 그런지 오른쪽 귀에서 바람소리 같은 소리가 계속되는 것 외에는 어지럼병도 다 나은 것 같았다. 그 바람소리는 지금까지도 24시간 내내 계속되지만······.

고작 내가 하는 일이라고는 주중에 신길동교회에 나가 성가연습을 하고, 주일날 고등부 학생예배를 인도하고, 예배시간에 성가대찬양을 하고, 집사로서 가끔 교회일 때문에 나가는 것이 전부였다. 경옥은 퇴근을 해서 돌아오면 "천천히 할 일을 찾아도 되니 너무 걱정하거나 초조하게 생각지 말라"고 하며 오히려 내가 잘못될까 봐 걱정하면서 위로와 용기를 주려고 애썼다.

폐교한 지 얼마 후에 그동안 서울고등공민학교를 도와주었던 분들에게 그간의 경과도 설명하고 감사인사를 드리기 위해 김석원 이사장님을 비롯한 여러분들을 찾아나섰다.

홍대실 권사님 댁을 찾아가자, 권사님은 나를 앉혀 놓고 학교가 문을 닫은 것을 안타까워하고 자기 일처럼 내 걱정을 했다.

"노 집사, 기럼 요즘 어떻게 사네? 사람은 무언가 할 일이 있어야 돼. 노 집사 색시래 약사라믄서? 기럼 약국을 내면 될 거 아니네? 기러니 빨리 약국 차릴 궁리를 하라우."

"약국을 내면 좋은 거야 저도 알지만 어디 돈이 한두 푼 들어야 말이지요."

그랬더니 홍 권사님은 지나가는 말처럼 물었다.

"약국 하나 차리는데 얼마 가지면 되네?"

나는 별생각 없이 대답했다.

"글쎄요, 저도 잘은 모르지만 보통 백만 환은 드나 봅니다."

그후 몇 달인가 지난 어느 날, 홍 권사님께서 국산 자동차인 새나라 차를 타고 우리 집에 오셨다.

"권사님, 웬일이십니까?"

인사를 하는 나에게 홍 권사님은 느닷없이 말씀하셨다.

"약국 차려야디. 빨리 차 타라우."

그러면서 약국 자리를 보러 가자는 것이었다.

저녁때 경옥이 퇴근하면서 신길동교회 입구이자 전차 종점인 영등포구 신길동 95번지의 2층 건물 아래층 가게를 전세 30만 환에 계약했다. 계약금, 중도금 할 것도 없이 홍 권사님은 한꺼번에 30만 환을 집주인에게 주고 노병구 이름으로 계약을 체결한 뒤, "내일부터 약장을 짜라"고 10만 환을 내게 주고 가셨다. 참으로 아닌 밤중에 홍두깨였다. 꿈인가 생시인가 분간이 안 갈 정도로 갑작스러운 일이 되어서 경옥과 나는 홍 권사님에게 제대로 인사도 못하고 꿈에도 생각지 못한 약국을 내게 됐다.

45년 전(화폐개혁 전)에 100만 환이면 지금 1억 원 정도의 가치는 될 것인데, 그 큰돈을 빌려서 약국을 차리는 일은 우리 집 형편으로는 상상도 할 수 없어 감히 엄두도 내지 못했다. 그런데 지나가는 말처럼 물어본 홍 권사님은 느닷없이 가게자리까지 보아 놓고 이유도, 조건도, 담보도, 보증도 없이 내 이름으로 그것도 일시불로 전세금을 지불해 계약을 체결하고 가셨다. 더욱이 약장과 시설이 다 되면 나머지 60만 환을 줄 것이니 약국을 차려 꼭 성공하라고 격려까지 하고 가셨다.

그날 밤, 경옥과 나는 잠을 이룰 수 없었다. 박정희 정부도 쿠데타를 일으켜 놓고는 재정이 없으니 재건국민운동을 벌인다고 코르덴양복을 입고 요란을 떨었지만, 멀쩡한 헌정만 중단하고 무엇 하나 제대로 돌아가는 것이 없을 때여서 국민 모두가 허덕이고 있었다. 그런 시기에 우리 같은 서민은 담보가 있어도 빚을 내기가 어려웠는데, 하물며 자본이 없어 약국을 차릴 엄두도 못 내는 우리에게 이런 행운이 온 것은 하나님의 특별한 은혜가 아니고서는 달리 설명할 방법이 없는 기적이었다.

갑자기 찾아온 이 엄청난 행운에 우리는 먼저 하나님께 감사하는 기도를 드렸다. 다음 날, 경옥은 그동안 다니던 백광약품 주식회사 조성호(趙成鎬) 사장님에게 사표를 내고 약국개설 준비에 들어갔다. 그동안 경옥은 백광약품에 다니면서 첫아들 명우를 잉태하고도 하루도 쉴 새 없이 고달프게 출근을 했는데, 너무 힘이 들어 임신 중에 하혈을 해서 마침 신길동에 여의사가 하는 산부인과에 검진을 받으러 갔는데, "조금 어렵지만 아주 수술을 하는 것이 산모에게 좋을 것"이라는 권고를 들었다.

임신을 하고도 쉴 수 없는 우리 집 형편을 아무 말 없이 감내하고 묵묵히 출근하며 집안살림의 원동력이 되어온 경옥에게 그런 일이 생기자, 나는 내 무능을 한탄하며 그 당시 을지로 4가의 강주심산부인과에 계시던 최일순 이모에게 전후 사정을 전화로 말씀드렸다.

"어떤 의사가 첫아이를 확실한 진단도 없이 수술부터 하라고 해? 첫아이가 잘못되면 산모에게 어떤 일이 일어날지도 모르는데…… 빨리 강주심산부인과로 데려와."

최일순 이모의 말에 나는 곧바로 을지로 4가로 갔는데, 검진을 한 강주심 선생이 과로로 그런 것일 뿐 괜찮으니 며칠만 안정을 하고 쉬라고 해서 백광약품에 사정을 말하고 약 일주일간 쉬었다.

약국을 시작할 무렵은 경옥이 병원에서 준 약을 먹고 무사히 낳은 첫아들 명우가 막 기어다니고 앉고 할 즈음이었다. 집에서 약국까지의 거리도 멀뿐더러 명우만 데리고 약국에 붙은 작은 방에서 살림을 하는 것도 쉬운 일이 아니었다. 하지만 부모님이 큰아들과 따로 사는 것을 극력 반대하고 나서서 약국 근처로 살림집을 옮기기로 하고 살던 집을 내놨는데, 이상하게도 바로 집을 사겠다는 사람이 나타나서 모든 일이 쉽게 풀렸다.

그때 200만 환 가까이 받았는데 방 두 개 전세금을 반환한 뒤 여러 가지 경비를 제하고 120~130만환으로 약국 근처에 전세방을 얻어 온 가족이 함께 살기로 했다. 홍대실 권사님이 나중에 주기로 한 60만환을 사양하고도 약국과 살림집을 마련할 수 있어서 너무도 다행이었다.

그때는 큰길가에서 살림방을 전세 내는 것이나 조금 들어가서 적으나마 집을 사는 것이나 큰 차이가 없었다. 때마침 마땅한 집도 있어서 경옥과 나는 그 집을 샀으면 했는데, 부모님이 "살림나서 따로 살고 싶어서 그러느냐?"고 하는 바람에 아무 소리 못하고 부모님의 의견을 따랐다. 그런데 그 얼마 후부터 부동산가격이 자고 나면 뛰어서 궁극적으로 엄청난 손해를 보기도 했다.

드디어 백운약국이 문을 열었다. 홍대실 권사님은 약국을 개업하자 마치 자기 아들 며느리가 개업한 것처럼 기뻐하며 작은 비상 약장을 만들어 '백운약국'이라고 써서 진로회사의 사무실에 비치해 놓게 하고, 진로회사 직원들에게 될 수 있으면 가족들의 약은 백운약국에서 갖다 쓰라고 권고하면서 현찰이 없으면 외상으로 쓰고 월급날 월급에서 공제하도록 하라고 했다. 그래서 직원들에게도 도움이 되었지만, 무엇보다 약국 운영 경험이 없었던 우리에게 큰 힘이 되어주셨다.

월급날이면 외상장부를 가져오라고 하여 일본에서 살다가 귀국한 큰딸 장오룡 씨를 시켜 외상값을 받아오게 했기 때문에 마치 우리도 월급을 타는 것처럼 매달 큰돈을 받아오곤 했다.

경옥과 나는 신바람이 났다. 나도 문을 여닫는 일부터 청소, 약 진열과 간단한 기성약품을 파는 일 등을 하며 조수로서 경옥의 훌륭한 손발이 되었다. 지금 같으면 어림도 없는 일이지만 그때만 해도 어수룩

한 시절이 되어서 약사인 경옥은 외출하느라 약국을 비울 때면 감기 몸살, 소화불량, 설사 등 일반적으로 자주 걸리는 병에 대한 약의 조제는 조제실 벽에 처방지를 자세하게 써서 붙여놓고 그것대로 잘 보고 약을 조제해주라고 이르고 나가곤 했다.

하루는 광우리를 머리에 이고 장사하는 아주머니가 약국에 들어와서 감기몸살약을 지어달라고 했다. 나는 써붙여 놓은 처방지를 보고 천천히 약을 지어 보내고 약의 함량을 자세히 적어 놓았다.

나중에 돌아온 경옥은 내가 조제한 내용을 보고 얼굴이 핼쑥해지더니, 빨리 그 아주머니를 찾아오라고 소리를 질렀다. "왜 그러느냐?"고 물으며 멀건히 서 있는 나에게 경옥이 말했다.

"당신이 조제한 약 중에 극약이 있는데 정량의 10배가 들어갔으니 그 약을 먹고 사고가 나면 어떻게 해요? 그러니 동네 골목을 다 뒤져서라도 그 아주머니를 찾아 지어준 약을 도로 가져와야 해요."

더구나 약사도 아닌 내가 약을 지었으니 사고가 나면 야국의 존폐가 걸린 긴박한 사태임을 직감하고, 나는 진땀을 흘리며 온 동네 골목을 이 잡듯이 찾아다녔다. 하지만 그 아주머니의 행방은 찾지 못했다.

그 약을 먹었으면 그날 밤중에 무슨 일이 벌어질 것으로 여기고 안달을 하며 뜬눈으로 밤을 꼬박 새웠지만, 날이 밝을 때까지 찾아오는 사람도 없고 다른 어떤 소리도 들리지 않았다.

며칠이 지난 어느 날, 내가 그 근처를 가고 있는데 저만큼 앞에 그때 그 아주머니가 광우리를 이고 걸어오는 것이 보였다. 나는 그 아주머니를 반기면서 물었다.

"아주머니, 나 백운약국에 있는 사람인데, 그때 지어가신 약을 잡수시고 효과가 있었습니까?"

"아이고, 선생님이시네요. 그럼요. 선생님이 약을 잘 지어주셔서 그날 집에 가서 약 한 봉지를 먹었는데, 다음 날 거뜬히 일어나서 이렇게 장사를 잘하고 있습니다. 그러잖아도 감사하다는 인사라도 하려고 했는데 이렇게 뵙게 됐네요. 감사합니다!"

그런 인사를 받으면서 나는 천연덕스럽게 말했다.

"별말씀을 다 하십니다. 병이 나으셨다니 다행입니다. 그런데 그 남은 약은 두었다가 또 드시거나 다른 사람이 먹으면 안 됩니다. 먹다 남은 약은 바로 버리십시오."

"네, 알겠습니다. 다음부터는 꼭 선생님께 약을 지으러 가겠으니 잘 부탁합니다."

그 순진한 아주머니는 깍듯이 인사를 하고는 광우리를 이고 힘차게 걸어갔다.

나는 바로 약국으로 돌아와 경옥에게 그 과정을 말하며 안심시켰는데, 경옥은 "휴~" 하고 긴 한숨을 내쉬며 말했다.

"당신도 참 능청맞긴……."

그래서 우리는 오랜만에 웃었다.

그 아주머니는 가끔 약을 지으러 오면 약사인 경옥에게 "선생님한테 약을 지어야 하는데 선생님은 어디 가셨느냐?"며 꼭 나를 찾았다. 약사인 경옥으로서는 어처구니없는 일이었지만 그 아주머니의 떼에는 두 손을 다 들었다. 선무당이 사람을 살린 것이다.

그 아주머니에게는 정당한 약사도 의사도 소용이 없었다. 오직 병을 낫게 하는 사람이 의사요 약사였던 것이다. 비록 우연이지만…….

어머니의 떡장사 폐업

첫아들 명우도 기고 걷는 데다가 남의 집에 세들어 떡 만드는 일을 할 수도 없었고, 또 홍대실 권사님의 큰 도움으로 약국이 자리를 잡아가고 있어서 비록 넉넉지는 않지만 약국 수입으로도 집안살림을 꾸리는 데 문제가 없어서 어머니는 수십년간 고생하며 해온 떡장사를 그만두게 되었다. 하지만 아버지는 여전히 성남중고등학교에 나가셔서 신발 꿰매는 일을 계속하셨다.

경옥의 약국으로 경제사정이 호전되면서 내 건강도 좋아져 오른쪽 귀가 안 들리는 것을 제외하고는 활동하는 데 지장이 없었다. 경옥은 두 학기를 마치고 휴학한 상태였던 내게 대학공부를 계속할 것을 강권했다. 나는 약국일도 더 도와야 했고, 또 동생 병란은 중학교를 거쳐 고등학교에, 병열은 초등학교를 거쳐 중학교에 다니고 있어서 나까지 복학하면 너무 벅찰 것 같아 망설였다.

하지만 경옥은 공부는 때가 있고 나이가 한 살이라도 적을 때 해야 한다며, 이제 약국도 서서히 자리가 잡혀 점점 나아질 것이니 망설이

지 말고 복학하라고 등을 떠밀었다.

한 가정을 이끌며 세 사람의 등록금을 대기란 쉬운 일이 아니었다. 어머니가 떡장사로 어려운 가정을 이끌어왔다면 경옥은 그 바통을 이어받아 약국을 운영하며 뒷바라지를 했다. 비록 약국이 어머니의 떡장사보다 좋은 조건이라고는 하나 중고등학생과 대학생을 뒷바라지하기란 쉬운 일이 아니었다.

경옥은 공부라면 어떻게든 하려 했고, 공부하는 사람을 돕는 일은 어려움을 호소하면서도 포기하지 않았다. 경옥은 젊은 여성들의 속성이라 할 화장을 한다든지 외모를 가꾸는 일에는 전혀 신경을 쓰지 않은 채 시동생 둘의 공부와 남편의 복학을 위해 여성으로서의 모든 것을 버리고 나섰다.

지금은 말할 것도 없지만, 그 시절에도 우리 집 같은 환경에서 자신을 희생하면서 집안을 일으키고 시집 식구들의 학업까지 책임지는 며느리는 흔치 않았다. 우리 집 형편이 바닥에서 출발했기 때문에 부모님에게도 동생들에게도 그들이 생각하는 것만큼 만족하게 해줄 수 없는 것은 당연했다. 경옥은 비록 시집식구들을 만족하게 해줄 수는 없었지만, 이만큼 하는 것도 자신의 모든 것을 희생하고 하는 것인데 '수고한다', '고맙다'는 말 한마디에 인색한 것에 대해 늘 서운함을 가지고 있었던 것 같다. 나도 오늘까지 살아오면서 그런 말을 해주었으면 좋겠다고 기대는 했지만 내가 그런 말을 하라고 유도할 수는 없었다.

그런데 경옥이 세상을 떠나기 전 병열이 병상을 찾아와서 "형수님, 감사합니다. 내가 부모님을 1년여 동안 모셔봤는데 얼마나 어려웠는지 모릅니다. 그런데 형수님은 12년 동안이나 시동생이 둘이나 딸린 시집에서 시부모님을 모시느라고 얼마나 고생하셨습니까? 형수님, 수고하셨습니다." 하는 말을 하고 갔다고 한다.

"그렇게 말하고 갔어요. 시집살이하면서 내 고충을 알아주고 인정하는 시집식구의 말을 처음 들었어요. 내가 오늘 죽어도 그 한마디로 기분 좋게 간다고, 고맙다고 내가 죽고 장례를 치른 뒤 막내 시동생을 불러서 당신이 전해주세요."

경옥이 이런 유언을 남기고 세상을 떠난 것을 보면, 생시에 말은 안 했지만 시집식구들이 남의 수고와 희생은 모르고 자기 불만만을 나타내며 산 것에 대해 맺힌 게 있었던 모양이다. 나는 오늘도 모든 가족들을 대신해서 경옥의 영전에 용서를 빈다.

선진국에 가보면 대개 18세가 되면 자식들도 부모의 신세를 지지 않고 독립해서 사는 것으로 스스로 알고, 부모들도 자식이 독립해 각자의 길을 가게 한다. 18세가 넘어도 자식을 돌보는 것은 특이한 경우로 아주 드물게 볼 수 있다.

아버지가 20대에 할아버지가 돌아가셨는데 남긴 재산도 별로 없었고, 손아래 동생들(남동생 하나에 여동생 넷)이 많아서 우리 부모님은 아예 공부 같은 것은 생각지도 못하고 하루하루 끼니를 이어가는 것만도 힘들게 사셨다. 나이 차서 모두 결혼을 시킨 것만도 생각하면 기적이었다.

나와 경옥은 아무것도 가진 것 없이 최악의 상태에서 순전히 남의 도움만으로 어렵게 시작을 했다. 오직 장남이며 큰며느리라는 이유만으로 애쓰고 희생하면서도 다른 가족들이 만족스럽게 해주지 않는다고 불평하며 때로 비난하는 소리를 할 때면 아들이요 형인 나도 속상할 때가 많았다. 하물며 좋은 배필을 만나 결혼해서 애쓰고 희생하는 것도 자기 행복을 찾자고 하는 일인데, 경옥이 얼마나 억울하고 한이 되었으면 죽음을 앞에 두고 막내 시동생의 진실 고백에 그렇게 만족하고 감동을 받았을까. 사후에 따로 고맙다는 말을 전해달라며 웃으면서 하늘나라로 간 경옥을 생각하면 그나마 얼마나 다행스러운지 모른다.

내가 복학을 한 뒤 남은 여섯 학기 등록금을 대는 일도 어려웠고, 병란과 병열이 고등학교를 졸업할 때까지 세 사람의 뒷바라지를 하며 집안살림까지 혼자 감당하느라고 경옥은 자기 치장 같은 것은 할 줄 모르고 살았다. 세상을 떠날 때까지 검소함이 몸에 배어 여자로서의 멋 한번 부려보지 않고 깨끗이 살다가 간 것이다.

병란은 중앙대학교를 지원했다가 불합격으로 바로 군에 입대했고, 병열은 스스로 대학에 갈 것을 포기해서 못 갔는데, 만약 정상적으로 진학을 했다면 워낙 공부하는 것을 좋아한 경옥이 어떻게 해서라도 시동생들을 모두 대학에 보냈을 것이다.

아들 명우가 어리기도 했지만 약국일도 일손이 달려, 마침 충북 보은에서 초등학교를 졸업한 뒤 중학교에 못 가고 있던 내 외사촌 여동생 점순을 데려왔다. 점순을 영등포 명신전수학교에 입학시켜 저녁시간에 중학교 과정 공부를 3년 동안 하게 했으니, 우리 집에서는 점순까지 네 사람이 한꺼번에 학교에 다닌 셈이다.

이렇게 어머니의 떡장사로 집안살림을 꾸려가던 우리 집은 큰며느리인 경옥이 약국을 차리면서 어머니의 대를 잘 이어갔다.

약국을 차린 그해 말에
홍 권사님에게 원금만 갚다

약국을 차린 지 8~9개월이 되었을때 고맙게도 약국을 차려주신 홍 대실 권사님이 내주신 40만 환을 갚을 만큼 돈이 되어 해가 가기 전에 갖다드리자고 해서 돈을 가지고 권사님 댁으로 갔다.

"권사님, 감사합니다. 약국도 차려주시고 또 회사 직원들에게 우리 백운약국의 약을 쓰도록 권장해주셔서 약을 많이 팔고 있습니다. 그 래서 돈을 좀 모았습니다. 권사님께서 주신 40만 환을 이해가 가기 전 에 돌려드리려고 왔습니다."

권사님은 깜짝 놀라셨다.

"내레 원제 돈을 달라고 했어? 난 기 돈 받을 생각으로 노 집사에게 준 거 아니야. 어떡해든지 약국 잘해서 노 집사가 성공하는 거이 보고 싶은 기야. 기딴 소리 말라우."

그러면서 돈을 받지 않으려고 하셨다.

"권사님, 이 돈을 꼭 받으셔야 합니다. 그 대신 이자는 안 드리고 원 금 40만 환만 드립니다. 그래야 우리도 권사님 앞에서 떳떳하게 살 것 같습니다. 그동안 애써주신 모든 것에 대해서는 저희가 열심히 사는 것으로 보답하겠습니다. 거듭 감사합니다."

그러면서 돈을 내놓으니 권사님은 아주 흐뭇한 표정을 지으셨다.

"나는 다시 말하지만 기 돈을 받을 생각으로 준 거이 아니야. 노 집사가 좋은 일을 많이 하믄서 너무 고생을 해서 내가 노 집사래 꼭 잘할 것으로 알고 준 거이야. 기런데 이렇게 빨리 돈을 갚으러 오니끼니 내레 좋긴 하다. 기럼 돈을 받을게."

그후에도 홍 권사님은 아는 사람마다 백운약국 이야기를 하고 우리를 칭찬하며 흐뭇해하셨다.

지상에서 부르는 오직 하나뿐인
나의 누나 장오룡(張五龍)

일본에서 귀국한 지 얼마 되지 않았던 장오룡 씨는 진로회사 직원들의 외상값을 받아주라는 어머니의 심부름으로 우리와 알게 되었다. 홍 권사님은 중앙교회 권사이지만, 새벽기도나 저녁예배를 우리 교회에서 보고 간혹 부흥회를 할 때도 우리 교회에 나오셨으므로 신길동교회의 교세가 약해 재정적으로 어려운 것을 아시고는 큰딸인 장오룡 씨에게 신길동교회에 적을 두고 교회를 돕게 권하셨다. 그래서 장오룡 씨는 신길동교회 집사로 임명되어 나와 같이 제직회에도 참석하게 되었다.

신길동교회에서는 마루가 깔린 맨바닥에서 예배를 드렸는데, 장오룡 집사 단독으로 좋은 의자를 만들어 헌납하고 재정적으로도 교회를 크게 도왔다. 헌 오르간에서 피아노로 바뀌었고, 여러 가지 교회 내부가 눈에 띄게 발전했다.

제직들 사이에 상의할 일이 있으면 예배 후에 교회 바로 앞에 있는 백운약국으로 몰려와서 크게는 교회일에서부터 자질구레한 개인의

서복임 권사와 장오룡 누나

일까지 많은 이야기를 나누곤 했다. 경옥도 장오룡 집사에게 신세를 너무 많이 지고 있어서 늘 만나기만 하면 한 식구처럼 서로 반기는 사이가 되어 스스럼없이 지냈다.

　장오룡 집사에게는 남동생 장익룡(張翼龍) 씨와 여동생 셋이 있었는데, 장익룡 씨는 독일에 유학 중이었고 세 여동생은 학교에 다니고 있었다. 장 집사는 남편 전기하(全基廈) 씨와 큰딸 전경실, 그 밑으로 큰아들은 독일에 유학 중이고 둘째는 학생이었는데, 그중 큰딸 경실은 교회에서 내가 맡은 중고등부의 제자였다.

　하루는 장오룡 집사에게서 전화가 왔다.

　"네, 노병구입니다. 누구십니까?"

　"노 집사야? 나 누나야."

　반기는 장오룡 집사의 명랑한 음성이 들려왔다.

　나는 우리 집안의 장남으로 태어난 데다가 친척 중에도 동생들은 많아도 형이나 누나라고 부를 사람이 없어서 그런지, 또 충청도 태생이라서 그런지 지금까지 혈연이 없는 어느 누구에게도 형님이나 누나라고 부른 사람이 없었다. 그런 나에게 다른 사람이 아닌 장오룡 집사가 쑥스러워서 그랬는지 사전에 아무 말도 없이 느닷없이 전화로 "나 누나야" 하고 부르는 데는 당황할 수밖에 없었다. 그래서 잠시 망설였으나 바로 응답을 안 하면 먼저 말한 장 집사가 어떻게 될 것인가를 생각하며 "네, 누나! 그래요. 그럼 내가 이제부터 누나라고 부를게요. 허허허." 하자, 장 집사도 민망한 듯 "그러자! 하하하." 하고 웃었다.

이렇게 웃으면서 화답을 하고 나는 세상에 나와 처음이자 마지막으로 참누나와 동생으로 인연을 맺게 되었다. 우리는 혈연으로 따지면 남이었지만 모든 생활에서 친남매 이상으로 가깝게 지냈고, 서로 돕고 용기를 북돋우며 많은 어려움을 극복하고 살아왔다.

누님은 경옥이 하늘나라에 가기 서너 달 전에 먼저 하나님의 부르심을 받았는데, 그 두어 달 전에 전화를 걸어 그동안 살아온 얘기며 지금 사는 이야기를 한참 했다.

"누님! 나도 이 세상에서 누님이라고 부르는 사람은 오직 누님밖에 없어요. 내가 젊었을 때 누님이 얼마나 내게 도움이 되고 용기가 되었는지 몰라요. 누님, 고맙습니다. 건강하게 오래 사셔야 해요. 내가 자주 찾아뵙지 못해 죄송합니다. 가까운 시일 안에 찾아뵐게요."

이것이 내가 누님과 이 세상에서 나눈 마지막 대화였다.

누님은 나보다 7년이 위로 조금 더 살았으면 하는 욕심이지만 하나님의 부르심을 거역할 수는 없으니 나는 오늘도 나의 누님의 명복을 빈다.

박정희정권 때는 중앙정보부를 만들어 자기들을 지지하지 않고 반대하는 사람이나 야당에 속한 사람들을 심하게 감시하며, 그 야당 사람과 가깝게 지내는 사람에게는 은근히 압력을 넣어 기업을 하는 사람들은 야당 사람들과 거리를 두려고 했고 친구 사이에도 만나지 않으려고 했다. 그런 상황에서도 누님은 나를 불렀다.

"내가 프로판가스를 설치해서 불이 좋아. 그래서 음식을 만들어 동생 친구들을 대접하고 싶은데, 우리 집에서는 곤란하고 동생 집에서 하든지 어디 친구들을 불러와 봐."

변변한 음식점이 있을 턱이 없는 때였는데, 정성을 다해 음식을 만들어주어서 신민당 중앙당에 있는 친구들을 불러다가 융성한 대접을 했다. 그 친구들은 누님의 음식솜씨를 칭찬하고 그런 누나를 가진 나를 무척 부러워하며 돌아갔다. 그들은 아마도 친누나인 줄 알았을 것이다.

약국을 개업하고도 전화가 없어서 도매상이나 제약회사에 약을 주문할 때도 공중전화를 이용할 수밖에 없어 무척 불편했지만, 그냥 팔고 사는 전화는 50~60만 원씩이나 해서 도저히 사놓을 수가 없었다. 그러던 어느 날 갑자기 전화청약 신청을 받는데 다음 날이 마감이라고 청약대금 1만 5천 원을 먼저 내야 한다고 했다. 나한테는 당장 돈이 없었는데 누님이 3만 원을 주면서 우리 두 집 명의로 청약신청을 하라는 것이었다.

추첨하는 날, 은행알에 청약접수 번호를 적어 넣고 청약신청을 한 사람 중에서 아무나 나가서 은행알을 하나씩 꺼내 당첨자를 발표하는데, 운좋게도 내 번호가 적힌 은행알이 나와서 나는 당첨이 되었지만 누님 것은 나오지 않았다. 누님이 시켜서 누님 돈으로 청약신청을 했는데 누님 것은 나오지 않고 내 것만 나왔으니 나는 호박이 넝쿨째 굴렀지만 누님을 볼 면목이 없게 되었다.

하지만 누님은 기뻐하며 말했다.

"동생, 미안해할 것 없어. 전화는 나보다 백운약국에 더 필요한 것을 하나님께서 아시고 그 은행알을 나오게 하신 거야. 얼마나 감사한 일이야? 동생, 축하해."

나는 지금도 우리 집에서 첫 번째로 받은 전화번호를 잊지 않고 있다. 6국에 4258이다.

장오룡 누님은 이런 자질구레한 일에서부터 닥치는 여러 가지 일들을 누나가 동생을 걱정하듯 자기 일처럼 도왔다.

서광섬유의 부도처리

진로회사 한쪽에 진로회사의 부사장이자 장오룡 누님의 아버지이고 홍대실 권사님의 남편이신 장학섭 선생님이 서광섬유를 창설해 사장에 취임해서 부사장에 장오룡 누님의 남편인 전기하 씨를 앉히고, 직조봉제 등을 활발하게 했다. 어느 정도 기반이 잡힐 무렵 그 업체를 노량진으로 옮겨 전기하 부사장이 사장으로 취임해서 활발하게 영업을 했는데, 거기에서 생산된 속내의 중에 엑스란(X-Lan)은 품질이 너무 좋아서 남대문시장에서 외제로 둔갑해 불티나게 팔릴 정도였다. 나도 엑스란 내의 한 벌로 겨울을 났는데 아주 따스하고 좋았다.

그런데 사업이 성공적으로 운영이 되다 보니 욕심이 생겨서 분에 넘치게 시설을 확장하게 되었고, 운영자금이 달리게 되자 닥치는 대로 돈을 긁어들였다. 내게도 여윳돈이 있으면 빌려달라고 부탁도 하고, 또 친구들의 돈이라도 빌려주면 이자를 잘 쳐서 주겠다고 해서 몇몇 사람을 소개해주었다. 돈을 빌려주는 사람도 진로회사 사장의 큰딸이라고 하면 모두 믿고 잘도 빌려주었다.

어느 날, 오후 늦게 전화가 왔다. 빨리 노량진에 있는 서광섬유에 가보라는 것이었다. 무슨 일이냐고 했더니 "아무래도 큰 변고가 난 것 같으니 빨리 가보라"는 것이었다. 부리나케 가보니 집에 있어야 할 가족은 아무도 없고 낯모를 사람들이 몰려들어 사장 부부 어디 있느냐고 소리소리 지르는 게 아닌가.

부도가 난 것을 직감하고 남아 있는 직원들에게 전말을 물어보았으나 그들도 답답하기는 나와 마찬가지였다. 이 집도 큰일이지만 나도 큰일이 난 것이다. 우리가 어렵게 모아서 갖다준 돈도 걱정이지만 내가 친구들에게서 걷어다준 돈이 더욱 걱정이 되었다.

다음 날부터 내가 돈심부름을 한 전주들이 몰려와 책임을 지라고 윽박지르고 어떤 사람은 네가 가져갔으니 네가 책임지라고 추궁하는데, 참으로 진땀이 났다. 매일 그 집에 출근하다시피 했는데, 주인도 없는 집에 빚쟁이만 우글거리고, 점심때는 자기 집 살림처럼 쌀을 퍼다 밥도 하고 장독까지 뒤져 아예 끼니를 그 자리에서 해결하는 사람도 많아서 완전히 난장판이었다.

빚쟁이끼리도 서로 의심하면서, 전 사장 부부와 연락을 비밀리에 하며 그들이 의도적으로 빼돌린 돈을 감추는 데 도움을 주는 사람도 이중에는 있을 것이라는 등 별의별 루머가 다 퍼지고 있었다.

누나 동생 하는 나도 전혀 그들의 행방을 모르기는 마찬가지였지만, 어떤 이는 "당신은 어디 있는지 알 것 아니냐? 알면 어서 나와서 수습을 해야지 이대로 언제까지 가겠느냐?"고 나오게 하라면서 동정하는 것처럼 말하며 내 눈치를 살피는 사람도 더러 있었다.

어느 날, 자정이 지난 늦은 시간에 지치고 힘없는 목소리로 누나가 전화를 걸어왔다.

"동생, 미안해. 회사의 운영은 생각지 않고 과도하게 시설을 늘리다 보니 이렇게 됐는데, 지금 당장 나갈 수가 없어서 염치불구하고 전화를 걸었어. 지금 채권자들의 동태도 모르고, 또 우리가 나가서 활동을 해야 일이 해결되든지 말든지 할 것인데, 부도난 수표를 거둬들이지 않으면 나가더라도 바로 검찰에 구속되어서 해결은 더욱 어려워질 것 같아. 그래서 어떻게 하면 좋을까 하고 동생한테 전화를 걸었어."

나는 그동안 내가 다리를 놓아 갖다 맡긴 돈 때문에 채권자들에게서 당하고 있는 고통을 대충 이야기하고, 직접 자기 돈을 갖다준 사람들이나 나처럼 중간에 다리를 놓아 어려움을 당하고 있는 사람들의 정황을 이야기했다.

"지금 내가 당장 어떻게 하면 좋겠다는 방안을 말할 수 없으니, 누님도 최대한 성의를 보일 수 있는 대책을 강구해봐요. 나는 내일부터 채권자들이 가장 많이 모이는 시간에 누님 댁으로 가서 동태도 살피고 해결방법을 연구해볼게요. 그러니 매일 밤 이 시간에 나한테 전화를 주세요."

그렇게 이야기하고 나는 전화를 끊었다.

누님은 그동안 사회에서나 교회에서나 남을 돕는 좋은 일도 많이 했는데, 막상 자기가 어려움에 처하자 믿고 구원을 요청할 사람이 없어서 며칠을 고민하다가 내게 전화를 했다. 그러면서도 자기가 숨어 있는 곳이 어디라는 것과 그곳의 전화번호를 가르쳐주지 않고 꼭 자기가 전화를 걸기로 약속을 했던 것이다.

나는 다음 날부터 채권자들이 모여 있는 곳을 기웃거리며 그들이 돈을 갖다준 동기와 인적 관계 등을 면밀히 살피며 해결방도를 깊이 생각했다. 수표 발행액이 대충 7천여 만 원에다 채권자는 1백 수십 명이나 되었고, 그들 중 많은 사람들이 고향사람이거나 이모저모로 누님이나 진로회사에 신세를 지고 도움을 받은 사람들이었다.

그럭저럭 여러 날이 흘렀다. 그동안 매일 출근하다시피 한 채권자들도 지치고 또 이대로 끌다가는 피차 손해라는 생각을 하게 되면서 이대로는 안 된다, 누군가가 우리를 대표해서 전 사장과 연락도 하고 의견을 모을 길을 찾아야겠다는 요구가 여기저기서 자연스럽게 흘러나왔다.

나와 진로회사 간부들이 친하다는 소문이 나면서 채권자들 중 많은 사람들이 "아무래도 노 집사가 이 일을 맡을 적임자인 것 같다"는 말을 했다. 그러나 1967~8년경의 7천만 원이면 지금의 100억도 넘는 큰돈인데 얼마를 가지고 발행한 수표를 회수할 수 있을지 눈앞이 캄캄해 나는 선뜻 그 일을 맡겠다고 나설 수가 없었다.

밤마다 12시가 넘으면 어김없이 흐느끼는 누님의 전화를 받았다. 결국 내가 갖다 맡긴 돈을 회수하겠다는 생각보다 내가 희생해서라도 이 문제가 해결된다면 한 기업과 많은 사람을 살릴 수 있겠다는 생각으로 굳어져갔다. 나는 채권자들에게 개별적으로 행동하지 말고 채권단을 구성해서 대표자를 뽑고, 그로 하여금 채무자인 전 사장을 맞나 정식으로 위임장을 받아오게 하여 실마리를 풀어가자고 제안했다.

여러 채권자들의 동의를 얻어 채권단 전체회의를 소집했다. 전체회의에서 임시의장으로 선출된 나는 정식으로 채권단회의를 구성하기로 의결하고 바로 채권단 단장으로 뽑혔다. 다음 날, 비로소 채권단 단장의 자격으로 누님과 전 사장을 오랜만에 만나 그간의 이야기를 나누고 위임장을 받았다.

채권단이 구성되었다고 해서 가지고 있는 수표를 내놓으라고 할 수도 없지만, 또 그냥 가지고 올 사람도 없다. 나는 홍대실 권사님을 찾아가서 채권단 구성을 알리고 돈이 조금이라도 있어야 수표를 회수할수 있겠다는 말씀을 드린 뒤, 죄송하지만 진로회사에서 도와주어야겠다고 사정을 했다.

딸이 당하고 있는 현실을 너무도 잘 아는 권사님은 지금의 삼성 본관건물이 있는 뒤쪽에 있던 진로의 사장이자 장오룡 누님의 큰아버지 댁으로 나를 데리고 가서 딸을 대신해서 시숙에게 도와달라고 사정을 했다. 나도 그간의 일을 설명하고 얼마라도 도와주셔야 수표를 회수하고 자유롭게 나와서 다시 기업을 살릴 수 있지 않겠느냐고 사정을 했다.

제수인 홍 권사님과 내가 사정을 해도 그분의 대답은 한마디로 노(NO)였다.

"진로가 얼마를 도와주면 살 것 같은가? 진로가 그것을 도와주면 진로도 함께 망하는 거야. 지금 상태로 그 범위 안에서 해결을 하든지 정리를 하고 다시 운영할 능력이 되면 살리고, 그 능력이 없으면 깨끗이 정리를 하세요. 깨끗이 정리를 하고 살 길이 없게 되면, 조카도 자식인데 그 가족의 생활은 내가 책임을 질 것이니 그렇게 하세요."

그러고는 더 이상 말을 하지 않았다.

권사님은 울면서 너무하신다고 원망을 했지만, 장학엽 사장님은 요지부동이었다. 나도 '돈 많은 사람들은 돈에 대해서 너무 짜고 인색해. 그래야만 부자가 되나 보다.' 하고 언짢게 생각하며 발길을 돌릴 수밖에 없었다.

홍 권사님은 딸을 살리려고 동분서주해서 며칠 만에 400만 원을 만들었다면서 잘해달라고 신신당부를 하셨다.

"노 집사, 이거 개지고 어떻게 해보라. 내 힘으로는 더 이상 해볼 재간이 없어."

나는 김 과장이라고 하는 사람과 함께 꼬박 3개월을 수표회수에만 매달렸다. 어떤 채권자는 대리인을 내세워 다방에서 유리컵을 이빨로 깨물어 유리를 질겅질겅 씹으면서 입 안에 피를 물고 겁을 주며 한 푼이라도 더 받고 수표를 내주려고 기를 쓰기도 했다. 나는 가진 돈이 없기도 했지만 그런 협박에 넘어가 약하게 일을 처리하면 다른 사람에게 미치는 파급효과도 커서, 그런 사람에게는 더욱 차분하고 여유롭게 대하며 며칠이든 시간을 끌었다.

돈을 받으려 하는 채권자는 약했다. 며칠 동안 표정 없이 끌면 얼마라도 좋으니 조금만 더 달라고 협상이 들어와서 결국 해결이 되었다.

돈 400만 원으로 3개월이 조금 지나 발행한 수표를 모두 회수했고, 못 갚고 남은 빚은 다시 공장을 돌려 갚아 나가기로 했다. 그렇게 채권단장 역할을 무난히 마쳐서 내가 홍 권사님과 누님에게 받은 은혜를 조금이나마 보답을 할 수 있었다.

그 공장은 몇 년을 더 버티기는 했지만 자금운영이 제한적이었고, 돈이 좀 돌아도 워낙 많은 채권자들의 다양한 사정을 물리칠 수 없어 사업은 지지부진했다. 결국 애당초 청산해서 채권액의 몇 분의 일이라도 한꺼번에 처리한 것만 못하게 끝이 난 것 같다. 인정사정 없이 냉정하게 거절한 장학엽 진로회사 사장님의 판단이 옳았던 것이다.

그후 나는 집안이나 가까운 사이에 돈거래는 하지 말아야 하고, 여유가 있으면 그냥 도와줄지언정 결코 재정보증 같은 것은 서지 않기로 했다. 내가 다리를 놓아 맡겼던 돈은 서광섬유의 자회사에서 만든 매직(Magic)이라는 화장실 소독약을 직접 약국 등으로 가지고 다니며 팔아서, 그 돈으로 조금씩 갚아 꽤 여러 달 만에 원금 정도만 갚는 것으로 마무리를 했다. 약국을 하고 있었고 또 남보다 가까운 것이 그나마 큰 이득이었다.

약국의 이전과 백운독서실,
그리고 우리 집

    큰길가여서 해마다 집세가 오르는 것이 부담스럽기도 하고, 또 신길동 보건소 입구이고 큰길에서 한 블록 들어가 사거리 코너이며 큰길에서 동네 가운데로 들어가면서 첫 번째 이층집 아래층에 있는 두 개의 가게 중 코너 쪽 가게가 약국으로 안성맞춤이라고 옮기자고 해서 4~5년 만에 약국을 옮겼다. 동네도 컸고 보건소 입구라서 사람의 발길이 끊이지 않아 약국도 제법 성업이었다.

    마침 약국 2층이 세를 들어오는 사람이 없어 주인집에서 애를 먹고 있는 것을 알고, 나는 경옥에게 2층을 얻어 독서실을 하면 좋겠다고 제안했다. 나는 그때 막 생기기 시작한 독서실들의 운영실태를 대충 알아본 뒤 2층 전체를 세 얻어 '백운독서실'이라고 이름을 지었다. 그리고 목수를 대서 52석의 독서실용 책상을 만들고 독서실을 개관했다.

    1일 좌석권도 있었지만 1주일 좌석권, 1개월 좌석권으로 나누어 좌석권을 판매했는데, 대개 1개월 좌석권으로 끊는 학생이 많았다. 거의 빈 자리가 없을 정도로 학생들이 몰려와서 수입이 만만치 않았다. 사업이 하나 더 늘어 일손이 달렸는데, 낮에는 그런대로 위아래층을 살필 수 있었지만 밤에는 약국 손님도 밀리고 학생들도 많이 몰렸다. 이때 병열이 와서 독서실에서 공부도 하고 관리를 맡아 큰 몫을 담당해 주었다.

가끔 말썽을 부리는 학생도 있었지만, 대개의 학생들은 열심히 공부를 해서 평소 교회에서나 고등공민학교에서 학생들과 많은 시간을 보낸 경옥과 나는 독서실 학생들을 학교 제자들을 대하듯 했다. 비록 직접 공부를 가르치지는 않았지만 사제지간처럼 다정하고 밀접하게 지내서, 그들이 학교를 마치고 독서실을 떠날 때는 마치 졸업생과의 이별처럼 아쉬움을 남겼으며, 간혹 길에서 만나면 학생들도 우리도 그렇게 반가울 수 없었다.

그동안은 나와 병란, 병열, 그리고 외사촌 누이동생 점순까지 네 사람이 한꺼번에 학교에 다니느라 돈을 모을 수가 없었다. 하지만 이제는 공부도 다 끝나고 병란은 군에 입대한 데다가 백운독서실의 수입까지 늘고 보니 약간의 돈이 모여 비로소 쓰러져가는 초가집이 있는 영등포구 신남동의 대지 27평 땅을 처음으로 샀다. 둘째인 딸 성인은 최일순 이모가 와서 해산관을 해 내 집에서 처음 출생한 아이가 되었다.

늘 저녁때가 되면 약 손님과 독서실 학생들로 북적여 대개 밤 10시 정도가 지나야 한숨을 돌렸고, 하루종일 약국일을 본 경옥은 피로가 겹쳐 파김치가 되었다. 나는 그 시간부터 경옥을 약국에 붙은 방에 들어가 자게 하고 대개 12시까지 약국과 독서실을 오르내리며 근무를 했다. 그런데 11시쯤 되면 어김없이 술 몇 잔을 마셔 거나하게 취한 경복고등학교 선생님이 숙취에 좋은 약을 달라고 하며 들러갔다. 그럴 때면 그 50대 단골 선생님의 넋두리를 듣곤 했다.

"나는 경복고등학교 교사인데, 학교수업이 끝나면 바로 학생들 집에 가서 과외수업을 하고 이제야 집으로 갑니다. 피곤해서 나오는 길에 포장마차에서 간단하게 한잔하고 오다 보니 또 내일을 위해 약을 먹어야 해요. 다람쥐 쳇바퀴 돌듯 학교 갔다 과외하고, 술 한잔하고, 이 약국에서 약 먹고, 이제 집에 가서 잠을 자고 그래야 쥐꼬리만 한 월급 타고 과외비 얼마를 받지요. 그래야 나 때문에 다 늙은 여우 같은 마누라와 토끼 같은 새끼들을 먹이고 학교에 보낼 수 있으니 이런 내 생활이 좋든 싫든 아무 표정 없이 기계처럼 반복하고 있는 겁니다.

나도 젊었을 때는 꿈이 컸습니다. 그런데 내가 사범학교를 겨우 마쳤을 때 부모님 두 분이 얼마 차이를 두지 않고 저 세상으로 가셨습니다. 동생 넷을 남겨놓고 말입니다. 부모님이 남긴 유산도 별로 없어서, 나는 그때부터 학교수업이 끝나면 학생들 과외를 맡아 하루도 쉴 새 없이 뛰고 또 뛰었습니다. 그래서 큰 동생은 육군사관학교를 나와 육군 대령이 되어 지금 월남에 가 있는데 아주 잘살고, 그 아래 동생들도 모두 대학에 보내서 다 제 몫을 하고 있지요. 그런데 이제 내 자식들을 가르칠 차례가 됐는데, 정작 나와 마누라는 동생 넷의 뒤치다꺼리를 하느라 늙고 힘이 빠지고 지쳐서 참으로 피곤합니다.

다 소용 없습니다. 집안에 일이 있어 형제들이 모이면, '저희들을 키우고 어려운 중에도 학교에 보내느라 형님 형수님이 얼마나 고생하셨습니까? 감사합니다' 하는 인사는 없고, 오히려 형과 형수의 흉을 봅니다. 형은 학교선생이나 하고 과외수업밖에 할 줄 모르는 꽁생원이고 주변머리가 없으며, 형수는 마음이 넓지 못하다고 흉을 보며 수군대지요. 조카들 등록금 걱정을 하거나 형, 형수의 건강을 생각해 이제 과외만이라도 그만 하고 쉬라고 하는 놈이 없습니다. 보아 하니 약국 사장도 장남인 것 같은데, 더 살아보세요. 얼마 안 가서 취중에 넋두리를 하는 내 심정을 이해하게 될 겁니다. 그럼, 또 내일을 위하여 나는 갑니다. 장사 잘하세요."

그러면서 그는 어두운 밤길을 무거운 걸음으로 천천히 걸어갔다.

가보시면 압니다

민정이양을 한다고 모든 국민의 정치활동을 철저하게 금지시켜 놓고, 박정희가 군복을 벗고 대통령에 출마하기 위하여 불법으로 공화당 사전조직을 시작했다.

여러 번의 선거에서 찬조연설을 한 나도 저들의 포섭 대상으로 지목되어 하루는 신길동 약국 앞에 검은 지프를 세워놓고 네 명의 신사가 약국에 들이닥쳐 잠깐 가자고 했다.

"당신들은 누구고, 무슨 일로 어디를 가자고 하는 겁니까?"

"가 보시면 압니다."

당시에는 지프를 대놓고 "가보시면 압니다" 하면 안 갈 수 없는 살벌한 때였다.

노량진 어느 골목길 안 큰 대문 앞에 내려 방에 들어가보니, 음식상을 잔뜩 차려놓고 그들 외에도 여러 명이 기다리고 있다가 나를 반겨주었다.

"반갑습니다. 혁명 완수에 노 선생의 협력이 필요해서 노 선생을 여기 모신 겁니다. 정당을 만드는 데 노 선생의 도움이 필요합니다."

그러면서 입회원서를 내놓고 입회하고 서명해달라고 했다. 일체의 정치활동을 금지시켜 놓고 공화당의 사전조직을 하는 것이었다.

나는 몹시 불쾌했지만 "나는 가까운 분들의 찬조연설은 했지만 정치 할 생각을 해본 적이 없습니다. 정치를 하지 않을 사람이 무슨 입회를 합니까?" 하면서 꽤 오랜 시간을 끌었다. 분위기는 험악해져가고 통행금지 시간이 다가오는데, "이 일은 극비로 하고 있는데, 비밀유지를 위해 노 선생이 여기 온 이상 입회를 하지 않으면 집에 보낼 수가 없습니다." 하면서 협박을 했다.

하도 험한 세상이라 집에서도 뜬눈으로 걱정하고 있을 경옥을 생각하며 "오늘 입회를 하면 바로 정당의 입당원서가 되는 겁니까?" 하고 물었다.

"아니요, 정당이 창당되면 또 입당원서를 내야지요."

나는 그 말을 듣고 입회원서에 서명을 한 뒤, 그들의 지프로 통행금지 시간이 다 되어서야 집에 돌아왔다.

'부정부패 없애고 깨끗하고 투명한 정치를 하겠다고 헌정을 유린하고 쿠데타를 한 사람들이 남의 인권을 짓밟고 이토록 비열한 짓을 한단 말인가?'

나는 그때부터 박정희의 쿠데타를 적극적으로 반대하기 시작했다.

그때 못 이기는 척 따라갔더라면 제법 출세도 하고 풍요한 생활을 했을지도 모른다. 사람의 팔자도 순간의 선택이 좌우하는 것인가? 그러나 후회는 없다.

초가집 터에
처음으로 집을 짓다

초가집이 있는 땅을 처음 샀지만, 그 위에 기와집을 짓는 것은 부모님 생전에도 처음 있는 일이었다. 어머니가 신세타령을 할 때마다 기와집에 한번 살아봤으면 원이 없겠다고 하셨는데, 그것이 현실이 된 것이다.

비록 실평수 17평의 작은 집이었지만 그때는 대단한 역사였다. 가게 두 개, 방 세 개, 부엌 하나가 달린 집인데, 목수였던 고모부님께 맡겨서 완공하고 보니 방도 가게도 모두 좁았다. 하지만 처음 가지는 집이어서 우리 가족은 뛸 듯이 기뻐했다.

이것이 내가 국회의원 출마 후 많은 집을 짓게 된 동기가 되었다.

1963년 제6대 국회의원 총선거
한통숙 전 상공부장관 찬조연설

정치적 비협조로 서울고등공민학교가 폐쇄되어 군사정부에 반감이 있었을 뿐 아니라 다른 모든 정치인을 정정법으로 묶어놓고 스스로 위법행위를 하는 공화당의 사전조직에 가담할 것을 강요당했던 나는 철저한 반(反)쿠데타 정신으로 돌아가게 되었다. 애당초 정치를 할 생각이 없던 내게 그들은 집요하게 재건국민운동 등 그들의 방계조직에까지 협조를 요청하며 접근해왔지만, 나는 오직 젊은 정의감만으로 모두 거절했다.

1963년 11월 26일 제6대 국회의원 총선거일이 공고되었는데, 민주당 공천을 받고 출마한 전 상공부장관 한통숙 선생이 나를 찾아와서 선거운동을 부탁했다. 전구역 정견발표회에 찬조연설을 해줄 것을 간곡하게 부탁했을 때 나는 서슴없이 군사정부를 공격하는 일에 동참하겠다고 대답하고, 한통숙 선생이 속한 민주당을 지지하여 한 달 동안 여등포 갑구를 누비며 연설을 했다.

신길동 동회장 우범식 선생, 서울시의회 의원 이원옥 선생, 제5대

민의원의원 선거 때 김석원 장군의 찬조연설로 그 선거구역 내의 많은 유권자들이 내 이름도 잘 알고 있었다. 또 그동안의 활동을 익히 알아서 대부분의 유권자들이 나를 무척 반기며 사랑해주었다.

이원옥 선생과 김석원 장군의 찬조연설 때는 경옥이 늘 내 자리에서 가장 잘 보이는 뒤쪽 중앙에 자리를 잡고 서 있었다. 경옥은 내가 연설을 할 때 복장이 잘못되었거나 넥타이가 비뚤어지면 손으로 넥타이 만지는 시늉을 하며 바로잡아주었고, 말이 빠르면 천천히 느리면 조금 빨리 하라는 신호를 손짓과 몸짓으로 보내며 나의 거울이 되고 교정자가 되었다.

그 덕분인지 연설하는 태도나 자세가 스스로 생각하기에도 제법 자리잡혀 조금은 자신감을 가지고 찬조연설을 하게 되었다. 대충 줄거리만 간단하게 메모해서 원고 없이 청중과 이야기해가며 그 반응에 따라 내용과 순서를 조합해 때로는 1시간에서 1시간 반까지 연설을 계속했다.

마침 오랜 휴학 후 복학을 해서 중앙대학교에 다니고 있을 때여서 나는 학교 강의시간에는 학교에 가서 강의를 듣고 정해진 연설시간에 맞춰 연설장소까지 가야 했다. 그래서 한통숙 위원장은 내 앞으로 지프 한 대를 배정해서 내가 강의를 듣는 날은 늘 검은 지프가 중앙대학교 정문 앞에서 대기하고 있다가 강의를 듣고 나오는 나를 태우고 연설장소로 갔다. 같이 강의를 듣는 학생들은 군대생활까지 합치면 10년 후배들이고, 중앙대학교 입학 연도로도 나보다 6년이나 후배들이어서 내 신분을 이상하게 보곤 했다.

야당에서는 단일야당 창건에 실패해 윤보선 선생이 하는 민정당의 공천은 김유근 동지가 받고, 민주당 그리고 국민당이 서로 싸워 선거

결과는 민정당 쪽으로 바람이 불었다. 하지만 영등포 갑구에서는 한통숙 선생의 압도적 승리로 끝났다. 서울에서는 공화당의 참패였다.

선거가 끝나고 난 뒤 나는 약국과 독서실 운영에만 신경을 쓰고 있었는데, 영등포 갑구 지구당 간부들과 주변에서 정치를 해야 한다고 집에 찾아오고 만나자고 연락이 오고 그러다 보니 자연스럽게 그들과 어울리게 되었다. 이듬해 지구당 개편대회가 열리자 한통숙 위원장이 나를 지구당 상무위원회 의장으로 추천해서 상무위원회의에서 만장일치로 의장에 당선되었다.

이렇게 나는 본의와는 달리 정당에 한발 한발 다가가고 있었다. 아내 경옥도 적극적으로 정당활동에 참가하도록 권하고 밀어주었고, 한통숙 의원도 나를 깍듯이 대해주었다.

유원종 그리고 안영국과 김인상

아침 9시경 전화벨이 울렸다.

"나 한통숙입니다. 지금 서울시에서 시공무원 모집공고를 냈는데, 오늘이 마감일입니다. 내 앞으로 세 사람을 추천하라는 연락을 받았습니다. 지원만 하면 합격됩니다. 오늘 오후 6시까지 지원서와 서류를 내야 하니 그 세 사람을 노 의장께서 추천해주세요. 원서를 내고 내일 접수번호를 알려주십시오."

취직이 하늘의 별 따기였던 시대에 더욱이 신분이 보장되는 공무원으로 취직한다는 것은 엄청난 특혜였다. 한통숙 의원이 추천권을 내게 준 것은 선거운동을 해준 데 대한 감사의 표시로, 자기에게 배정된 세 사람의 추천을 모두 내게 의뢰한 것은 참으로 분에 넘치는 파격적인 보답이었다.

나는 가까이에 살고 있는 안영국 군을 불러서 원서를 준비하게 하고 그날 중으로 유원종 군을 꼭 찾아서 함께 원서를 제출하라고 일렀다. 그러고 나서 나머지 한 사람을 교회의 고등부 출신 중에서 선정하는데, 경옥도 안영국 군도 김인상 군으로 하는 게 좋겠다고 해서 김인상 군을 찾아서 세 사람이 꼭 그날 중으로 지원서를 내라고 신신당부했다. 그런데 두 사람과 함께 유원종 군을 찾아보았으나 그날따라 어디 갔는지 끝내 찾지 못해 결국 안영국 군과 김인상 군 두 사람만이 원서를 냈다.

내가 질병으로 어려울 때 집에서 기르던 큰 돼지를 팔아서 치료비로 쓰라고 가져왔던 유원종 군과 그 부모님에게 조금이라도 보답을 할 수 있게 되었다고 기뻐했는데, 온종일 찾아도 못 찾고 그 보답의 기회를 놓친 것은 내가 지금까지 살면서 몇 안 되는 아쉬움으로 간직하고 있다. 말이 시험이지 미리 합격자를 정해 놓고 이름만 공모라고 붙인 시험인데, 원서만 내면 땅 짚고 헤엄치기로 합격이 보장된 것을……. 지금 생각해도 운이 없었다고 생각한다.

그런데 합격한 안영국 군과 김인상 군에게는 너무도 다행스러운 일이었지만, 부끄러움으로 영광을 삼는다는 성경 말씀처럼 지금 세상 같으면 어림도 없는 그런 부정과 특권이 능력으로, 부러움으로 통용되던 시절에 나도 잠깐이나마 그 중심에 있었음을 하나님 앞에 부끄럽게 생각한다.

별것도 아닌 감투싸움으로
장길효 선생에게 본의 아니게 죄를 짓다

지구당 상무위원회 의장이 된 지 1년이 지나 연례 지구당개편대회가 열리게 되었다. 지구당에는 위원장 한 분과 부위원장 다섯 분이 있었는데, 지구당 대의원 대부분이 나를 부위원장 후보로 추천해서 기존의 부위원장 다섯 분이 경합해서 한 분이 탈락하게 되었다. 그때의 분위기로 보아 나이는 내가 가장 어려 30대인데도 투표를 하면 거의 1, 2위를 다투게 생겨서 한통숙 위원장이 가급적 투표를 피하고 사전 조정으로 하자고 회의를 정회시켜 놓고 조정을 했다.

나는 그때까지 정치를 하고 싶은 마음도 준비도 없어서 사퇴를 하려 했지만, 많은 대의원들이 막무가내로 위원장에게 빨리 회의를 속개해서 무기명 비밀투표로 부위원장을 선출하자고 조금도 양보할 기색이 없고 다른 부위원장들도 스스로 물러나려는 사람이 없어 한통숙 위원장이 난처하게 되어 버렸다. 정회상태로 시간이 자꾸 흘러가면서 위원장이나 대의원들의 시선이 60세가 훨씬 넘어 가장 연장자이신 장길효(張吉孝) 선생에게 쏠리기 시작했다.

장길효 선생은 자유당 시절부터 민주당을 지켜온 분이고, 내가 시의원선거 때 찬조연설을 했던 이원옥 선생과 시의원선거에서 경쟁을 해서 한 번은 지고, 4·19 후 민주당정권 시절에 근소한 표차로 시의원에 당선되었다가 군사 쿠데타로 몇 달 만에 물러났다. 그런데 공교롭게도 장길효 선생의 정적인 이원옥 선생의 찬조연설을 했던 내가 부위원장후보로 나와서 대회가 지연되고 곤란하게 된 가운데 한통숙 위원장과 많은 대의원들이 자신을 주목했으니 얼마나 분하고 원통했을까.

하지만 내가 직접 장길효 선생을 지목하고 밀어내기 위해서 부위원장에 입후보했던 것은 결코 아니었다. 결국 노장이신 장길효 선생이 견디지 못하고 용퇴해서 나는 비로소 부위원장이 되었고 대회는 잘 마무리되었다.

나는 장 선생에게 적의를 가진 적이 없지만 그래도 미안한 마음에 그후 댁으로 인사도 가고, 추석 때도 가고 또 설날엔 꼭 세배를 갔다. 내가 절을 하려고 하면 노골적으로 내 절을 받지 않고 돌아앉았지만, 나는 여러 해 동안 꾸준히 인사를 다니면서 그분의 분을 삭여드리는 데 공을 들였다. 그 결과 나중에 제11대 국회의원선거에 내가 민권당 공천으로 영등포 을구에 출마했을 때는 그분의 평상시 참모였고 오랫동안 지구당 조직부장을 역임한 김충선(金忠宣) 선생과 함께 나의 당선을 위하여 앞장서 많은 노력을 해주셨다.

사실 본의도 아니고 지구당 부위원장이라는 자리가 내게 그다지 중요한 것도 아니었다. 그런데 내 젊은 날의 객기로 평생을 야당에서 고생하시며 곧게 살아오신 아버지 연배의 장길효 선생의 가슴에 못을 박아 그 응어리를 푸는 데 근 10여 년이 걸렸다.

나는 그후 정당생활을 하면서도 그 일을 후회하며 되도록 남의 가슴을 아프게 하는 무모한 싸움은 피하면서 살아왔다. 그 당시 동지들의 이름을 거의 다 잊었지만 중요한 몇 분을 적어본다.

이범수, 제재옥, 최종식 부위원장, 김창영, 상덕식 부위원장, 권오륜, 김충선, 서정량, 방두영, 오중환, 윤복현, 김동우, 주종례 여성부장

이재형(李載瀅) 선생과
김두한(金斗漢) 씨와의 만남

지구당 부위원장이 되고도 정치를 하겠다는 생각은 없었지만 동지 중에 이범수 씨가 시흥에 살면서 이재형 선생과 깊은 인연을 맺고 있어서 종종 사직동 이재형 선생 댁을 찾아갔다. 이범수 씨가 "이제 부위원장도 되었으니 이재형 선생에게 인사를 해두는 것이 어떻겠느냐"고 함께 가자고 해서 인사를 갔던 것이다.

사직동에 살던 이재형 선생은 나를 무척 반기면서 자주 들러달라고 말하고 기왕에 정치에 발을 들여놨으니 함께 나랏일을 하자고 격려의 말을 잊지 않았다. 이범수 씨가 기왕에 왔으니 안채에 가서 사모님께도 인사를 드리자고 해서 안채에 들어가 사모님께도 인사를 했는데, 외모부터 부잣집 마나님 스타일로 중후해 보이고 미소지으며 하시는 말씀도 다정다감해서 이재형 선생의 오늘에 사모님의 역할이 컸으리라는 생각을 하며 돌아왔다.

그후 이재형 선생이 이끄는 한국정치연구회에도 가끔 나가 정치강의를 듣고 또 그 모임에도 종종 참석했는데, 이재형 선생은 거기에 참석하는 젊은이들 가운데서도 눈에 띄게 나에게 관심을 가지고 친근하게 대해주셨다. 그때부터 난생 처음으로 정당에서 계보라고 하는 조직의 멤버로서, 중앙에서 정치하는 사람들이 노병구는 이재형계라고 부르기 시작했다.

나는 그때까지 정치가 무엇인지 탐구하지도 않았고 또 여러 계보가 있었는데 어떤 계보가 좋은 것인지도 몰랐다. 다만 이범수 씨를 따라서 이재형 선생 댁을 드나드는 것만으로 이재형계가 되어 버렸다. 어떻든 이승만 정부에서 약관 30대에 상공부장관을 역임하고 4·19라는 엄청난 정변을 겪고도 다선 국회의원이 되어 한 계보를 이끄는 거물급 정치인에게 30대 초반인 내가 인정을 받는다는 것이 싫지 않았고 경옥도 무척이나 좋아했다.

어느 날 이재형 선생의 사모님이 지프를 타고 약국으로 찾아오셨다. 약국으로 들어선 사모님은 인사를 하자마자 빨리 정장을 하고 나오라고 했다. "지금 시흥군 군자와 그 근처 몇 군데서 박재환 선생의 국회의원 후보 정견발표회가 열리는데, 영감이 노병구 씨를 모시고 가서 찬조연설을 하라고 해서 왔으니 가서 수고 좀 해야겠다"는 것이었다.

얼른 차려 입고 지프로 가서 차안을 들여다보니 몸집이 크고 우락부락한 중년 한 분이 미리 차에 타고 있었다.

"김두한 씨예요. 인사하세요."

사모님이 소개를 하고 웃으며 돌아보셨다.

김두한 씨는 솥뚜껑만 한 손을 내밀면서 말했다.

"나 김두한이요, 반갑습니다."

나는 소문으로만 듣던 김두한 씨와 지프 뒷자리에 나란히 앉아 그 큰 손을 잡고 처음으로 인사를 나누었다. 김두한 씨는 그 걸걸한 목소리로 "노 선생, 잘해봅시다!" 하고 말했다.

군자에 가보니 김두한 씨가 온다는 말을 듣고 꽤 많은 청중이 모여 있었다. 입후보한 박제환 선생은 없고 사회자와 나 그리고 김두한 씨만 참가하는 연설회였다. 내가 먼저 대충 공화당의 독재성과 부정부패를 공격하며 연설을 끝내고, 두 번째로 김두한 씨가 등단했다. 김두한 씨는 단상에 올라서자마자 특유의 육두문자와 음담패설로 연설을 시작하고는, 얼굴이 붉어지며 고개를 들지 못하는 여성유권자들을 향해 "여기 여자, 아주머니들은 없지요?" 해서 한바탕 청중을 웃겨 놓았다. 그러고 나서 느닷없이 소리쳤다.

"야, 공화당 이 새끼들아! 너희들은 죽으나 사나 잘 먹고 잘사는 여당만 쫓아다니냐? 이 새끼들아, 자유당 땐 자유당 하고 공화당 땐 공화당 하고 4·19로 학생들이 얼마가 죽든 어떤 독재를 하든 너희들만 잘 먹고 잘살면 되냐? 이 새끼들아! 너희들도 애국심 좀 가져봐, 이 새끼들아!"

김두한 씨가 아무리 대담한 욕설을 퍼부어도 청중은 조용했다.

그날 김두한 씨의 연설은 재미있는 만담 정도로 크게 간직할 말은 없었고 연설의 마지막은 욕설을 퍼붓는 것으로 끝났다. 하지만 나는 지금도 김두한 씨의 사내다운 모습과 함께 직설적이고 진정이 담겨 있고 애국을 생각하게 하는 명연설로 내 가슴속에 간직하고 있다.

영원한 나의 스승
유진산(柳珍山) 선생과의 만남

1967년 5월 3일 실시된 제6대 대통령선거에서 야당인 민정당과 민주당이 통합해 통합야당 신민당의 후보로 윤보선 전 대통령을 내세워 공화당의 박정희 후보와 맞붙었으나 공화당 박정희 대통령의 승리로 야당은 또다시 정권획득에 실패했다.

제6대 대통령선거에서 서울의 국회의원 선거구 중 동대문 을구와 여등포 갑구만 공화당이 이기고 그 외의 선거구는 압도적인 표 차이로 신민당이 승리했다. 당시 영등포 갑구의 공화당위원장은 중앙대학교 정치학과 교수였던 윤주영 씨가 맡고 있었는데, 치밀한 조직관리와 남다른 열정으로 야도여촌의 전통을 무너뜨리고 많은 표 차이로 승리해 박정희 대통령의 두터운 신임을 받게 되었다.

1967년 6월 8일로 제7대 국회의원 선거일자가 정해지고, 공화당에서는 당연히 윤주영 위원장이 공천을 받아 윤 위원장의 당선이 무난할 것이라고 많은 사람들이 공공연히 말하기도 하고 정치 철새들은 윤주영 씨에게 줄을 대려고 기웃거렸다.

따라서 신민당에서는 여등포 갑구 공천에 비상이 걸렸다. 국회의원이고 위원장인 한통숙 위원장은 대통령선거 결과에 책임을 물어 공천에서 탈락되었고, 정치적으로 영등포구와는 아무 연관도 없는 유진산 선생이 신민당의 공천을 받았다. 지구당의 많은 사람들은 윤보선 씨와 유진산 씨는 정치적 견해가 달라 서로 사이가 좋지 않은데 공화당 세가 강한 여등포 갑구에 정적인 유진산 씨를 공천해 낙선시킴으로써 잡음 없이 자연스럽게 정적을 제거하려는 윤보선 씨의 고도의 정략이 숨은 공천이라고 수군대고 있었다. 내가 아는 이재형 선생은 윤보선 씨와 가까운 사이로 은근히 유진산 씨를 경원하는 것 같았다.

그 무렵 세간에서는 유진산 씨를 가리켜 낮에는 야당, 밤에는 여당 하는 사쿠라라고 했다. 그래서 복덕방 등 고스톱판에서는 화투장에 사쿠라가 나오면 "유진산 나왔다" 하고 웃으며 떠드는 판이었으니 공화당의 윤주영 씨는 거의 당선된 거나 마찬가지라고 자신만만하게 사람들을 유혹했다.

내게도 당연히 연락이 왔다. 나도 중앙대학교 출신이고 젊은 사람 중에서는 제법 주목받는 축에 들어 윤주영 씨가 직접 나를 찾아와서 만났다.

"자네는 중앙대학 출신이고 또 유진산 씨하고는 아무런 연고도 없지 않나? 그리고 요새 떠도는 얘기도(사쿠라) 있는데, 자네 같은 사람이 유진산을 밀어서야 되겠나? 나 딱 한 번만 국회의원 하고 다음번에 자네에게 물려줄 테니 이번에 내 찬조연설을 해줘요."

윤주영 씨는 집요하게 나를 설득했다.

나는 유진산 씨의 떠도는 얘기도 마음에 걸렸지만 무엇보다 정치를 하고 싶은 생각도 자신도 없었고, 박정희 군사정부는 더욱 싫었다.

"윤 교수님, 저는 정치를 하고 싶은 생각이 없으니 선거구를 제게 물려줄 생각 같은 것은 아예 하지 마시고, 만약 당선되거든 오랫동안 큰일을 하세요. 그리고 저는 유진산 씨는 아직 만나지도 않았으니 그렇게 아십시오. 죄송하지만, 저는 공화당을 위해 선거운동을 할 생각은 없습니다."

나는 확실하게 거절하고 돌아왔다.

아마 그때 윤주영 씨와 함께 공화당을 하며 요령있게 잘만 했더라면 30년에 가까운 군사정부 시절 나와 우리 가족은 물질적인 풍요만은 만끽하고 살았을지도 모른다. 또 실제로 일가친척이나 가까운 사람 중에는 "공화당을 하지 왜 그 어려운 야당을 하며 고생을 하려고 하느냐"고 말하는 사람도 많았다. 나는 정치를 하려는 생각도 없었으며, 공화당은 더욱 싫고, 유진산 씨의 떠도는 소문도 달갑지 않아서 약국과 독서실 일에만 매달렸다.

공천발표가 나고도 여러 날이 흘렀다. 원래 영등포 갑구에는 제6대 국회의원 선거 때 윤보선 씨가 이끌던 민정당의 공천으로 입후보했던 서울대학교 정치외교학과 출신의 유진산 계보로 소문난 김유근 동지가 있어 그 동지를 중심으로 지구당 조직이 짜여져가고 있다고 거기서 소외된 동지들이 찾아와서 불평을 했다. 그중에는 나를 부추겨 그 속에 끼어보려는 동지들도 있었다.

어느 날 아침 6시경, 약국 덧문을 두드리는 소리에 잠이 깨어 위급환자인가 하고 나가보니 중앙대학교 동문인 임하수 동지가 함께 온 유진산 씨의 셋째아들 유동열 씨를 소개했다. 그러고는 지금 당장 옷을 입고 상도동 유진산 씨를 만나러 가자고 했다.

나는 아직 세수도 안 했는데 갑자기 와서 무슨 소리냐고 나중에 보자고 했더니 임하수 동지가 재촉을 했다.

"아버지 같은 유진산 선생이 노병구를 만나기 위해 벌써 일어나셔서 기다리고 있는데 다음에 보자니 말이 되나? 우리가 여기서 기다리고 있을 것이니 빨리 준비하고 가세."

나는 등을 떠밀려 세수를 하고 그들이 몰고 온 지프를 타고 상도동 유진산 선생 댁으로 갔다. 임하수 동지와 유동열 씨의 말대로 들어가자마자 유진산 선생이 거처하는 방으로 직행했는데 정말 혼자 앉아 나를 기다리고 있었다.

나는 세상이 떠들썩하도록 떠돌아다니는 좋지 않은 소문만을 들어 별로 인상이 좋지 않았으므로 임하수 동지의 강권에 못 이겨 오기는 왔지만 어정쩡한 태도로 반갑게 맞이하는 유진산 선생의 손을 잡고 악수를 했다. 모시 바지저고리를 단정하게 입고 교자상을 사이에 두고 미소를 지으며 앉아 있는 유진산 선생의 첫인상은 참으로 온화하고 정이 넘쳤다.

"노 동지, 내가 여기 온 지 꽤 오래됐는데 이제야 만나게 돼서 미안해요. 내가 이곳에는 처음인데, 이 지역 사정을 어떻게 아나? 그래서 처음 나오자마자 우선 아는 사람을 대강 만나고 다른 준비를 하다 보니 우리의 만남이 이렇게 늦어졌어요. 노 동지에 대한 이야기는 많이 들어서 잘 알고 있어요. 노 동지, 날 도와줘요. 나하고 같이 이 선거구를 돌아다니며 시국에 관한 이야기를 멋지게 하면서 우리 한번 애국 시민과 함께 진정으로 나랏일을 걱정해 보자고 내가 오늘 노 동지를 만나자고 한 거요."

유진산 선생은 늦게 만나게 된 것을 미안해하며 진지하고 소탈하게 말씀하셨다.

"선생님의 명성은 익히 들었습니다. 정치의 천재요 선거의 귀재라고 말들을 하기에 선생님은 이미 승기를 완전하게 잡고 계셔서 노병구 정도의 햇병아리의 도움은 이미 제쳐 두고 계신 줄 알았는데, 다시 계산을 해보니 이제 필요하게 되셨습니까?"

나는 하면 하고 말면 말고 하는 장난기 넘치는 생각으로 버릇없이 말씀을 드렸다. 그러자 유진산 선생은 호탕하게 껄껄 웃으셨다.

"노 동지, 고마워요. 나는 이 지역 사정을 잘 몰라요. 많은 것을 가르쳐주고 도와줘요. 나는 노 동지를 믿겠어요."

그동안 선거법상 정해진 지구당 창당대회를 형식적으로나마 마친 상태여서 내가 지구당 간부가 된다는 생각은 하지도 않았다. 그런데 유진산 선생은 이런 지시를 내렸다.

"오늘 이후 지구당 정견발표회를 하는 팀을 후보반과 정당반으로 나누어서 하는데, 노 동지는 후보반 연사로 나와 같이 다니고, 지구당 창당대회에서 전형위원에게 위임한 부위원장을 제외한 모든 간부인선에 노 동지도 김유근 부위원장과 함께 참가하시오."

그래서 나는 그동안 소외되었던 나와 가까운 동지들을 분과위원장과 부차장에 천거할 수 있었다. 나와 유진산 선생과의 인연은 이렇게 시작되었다.

사실은 유진산 선생은 영등포에 와서 급히 지구당 창당대회를 마친 뒤, 그때까지도 영등포에서는 덕망 있는 지도자였던 김석원 장군을 가장 먼저 찾아가 도움을 청했다.

"형님! 내가 형님 선거구에 공천을 받고 입후보했습니다. 형님께서 나를 적극 도와주셔야겠습니다. 아무리 바쁘셔도 내 연설회장에 형님께서 나오셔서 찬조연설을 해주시든가, 그게 아니면 단상에 앉아서라도 나를 지지해주셔야겠습니다. 형님, 나 좀 살려주십시오."

그런데 김석원 장군은 원래 무뚝뚝하고 말이 적은 분이라 웃으며 잘해보라는 말만 하고 도와주겠다는 말을 하지 않았다. 그래서 유진산 선생이 거듭 도움을 청하자, 옆에 있던 김석원 장군의 부인 서달순 (徐達順) 여사가 말했다.

"유 의원님, 영감님은 그런 데 안 나가세요. 그렇지만 노병구를 내 세우세요. 그러면 우리 영감을 지지하는 사람들은 우리 영감이 유 의 원님을 지지하는 것으로 알고 다 따라올 거예요."

유진산 선생이 그 말을 듣고 돌아갔다는 말은 서달순 여사에게서 나중에 들었다.

예상을 깬 유진산의 승리

선거운동이 시작되었다. 유진산 후보를 비롯한 공화당의 윤주영 씨, 백기완 씨 외 다른 후보 셋 등 모두 여섯 명이 등록을 마치고 선거운동이 시작되었다. 나는 유진산 선생의 지프 뒷자리에 후보자의 경호를 맡은 이형호(李亨鎬) 씨와 함께 타고 다니며 하루에 7~8회씩 정견발표회를 했는데, 며칠을 다녀도 연설회장에는 유권자는 없고 아이들만 모여들었다.

'유진산은 사쿠라'라는 말을 다른 후보 진영에서 더 퍼뜨려 놓은데다가 경찰을 비롯한 공무원들의 선거개입과 압력이 노골화되어 정견발표회장에서 유진산 후보의 연설회장으로 나오도록 목청껏 외쳐도 어른은 한 명도 없고 어린아이들만 옹기종기 모여들었다.

약속한 연설시간이 되어 아이들 몇을 상대로 허공에 대고 연설을 하려면 맥이 빠지는데도 유진산 선생은 아이들과 허공에 대고 성의껏 한 시간 정도씩 꼬박꼬박 열변을 토했다.

"어린이 여러분! 내 이름이 유진산인데, 오늘 집에 가거든 아버지

어머니께 유진산 할아버지가 아빠 엄마를 만나러 왔다가 못 뵙고 간다고 안부를 전해달라고 했다고 꼭 말씀드려요. 집에 계신 유권자 여러분은 여러분을 감시하는 눈초리가 많으니 여기저기 숨어서 나오지 마시고, 창문을 열어 놓고 제 연설을 들으시기 바랍니다."

참으로 맥빠지는 연설회였지만 후보자 자신이 열성을 다하는 모습에서 함께 다니던 우리들도 감동을 받기 시작했다.

우신초등학교에서 첫 번째 합동 정견발표회가 열렸다. 등단하는 후보자마다 유진산 후보를 공격했는데, 특히 백기완 후보가 아버지 같은 유진산 후보를 가장 혹독하게 공격했다.

"유권자 여러분! 나는 백기완입니다. 내가 여기서 입후보한 이유는 바로 저 늙은 멧돼지를 잡으러 왔습니다. 저 늙은 멧돼지는 낮에는 야당, 밤에는 여당으로 둔갑하는 배신자입니다. 저 사람이 우리나라의 정치를 망치는 사람입니다. 저 늙은 멧돼지를 이번에 여러분의 표로 때려잡아야 합니다."

그렇게 입에 담지 못할 험한 말로 욕을 해도 유진산 후보는 아무 표정 없이 자기 차례가 되면 "막중한 나랏일을 하겠다는 사람이 나라살림을 어떻게 하겠다는 정견도 없이 남의 험담만 늘어놓아서야 되겠느냐"고 한마디하고는 시종 국회의원으로서 해야 할 일과 현 국정을 날카롭게 비판하고 신민당의 정책을 설명하고 연설을 끝냈다.

그날 이후 개인 정견발표회의 사정은 완전히 바뀌었다.

"역시 유진산이 정치가다!"

"다른 후보들은 유진산에 비하면 족탈불급(足脫不及)이다."

그러면서 유권자들이 정견발표장에 구름처럼 모여들기 시작했다.

합동 정견발표회가 있던 날 저녁, 상도동에서 유진산 후보의 개인

정견발표회가 있었다. 그날따라 그 지역 출신 K씨가 찬조연사로 등록되어 있었는데, 그분은 습관인지 또는 선거운동 시작 후 처음으로 수많은 청중이 모여들어 흥분이 되었는지 연설 시작 전에 소주를 큰 컵으로 한 컵 마시고 연단에 올라섰다.

그런데 날이 덥기도 하고 술에 취하고 청중의 열기에 취해 연설내용이 오락가락하며 시간을 끌어 지루하게 되자 일부 청중이 빠져나가기 시작했다. 빨리 끝내라는 쪽지를 여러 번 적어 연사에게 건넸지만, 그때마다 쪽지를 보고는 이제 끝내는가 하면 또 물을 들이켜며 "뭔가 하면……" 하고는 연설을 계속했다.

청중이 모이지 않아서 계속 실망하다가 모처럼 유권자에게 제대로 된 정견발표를 하게 된 호기를 놓치는 후보자의 가슴은 타는데 술 취한 연설은 계속되고 청중은 계속 빠져나가니 천하의 유진산 후보도 안절부절못하고 독촉을 했다.

"이 사람아, 웬 물은 그렇게 먹어! 뭐가 뭔가 하면이야. 이제 그만 끝내, 이 사람아!"

후보자는 답답했겠지만 그것을 보는 우리들은 답답하면서도 웃음을 참을 수가 없었다.

늦게 연설이 끝나고 상도동 집에 오자마자 유진산 선생은 연설회를 관장하는 J씨를 불러 다음 날 연설회 계획서를 가지고 오라고 했는데, 거기에도 K씨가 연사로 들어 있는 것을 보고 계획서를 내던지면서 J씨에게 "야, 네가 후보를 해라!" 하고 소리를 질렀다. 그후 K씨는 선거가 끝날 때까지 연단에 서지 못했다.

다음 날부터 유진산 후보의 연설회장에는 유권자들이 구름처럼 몰려들었고, 이제는 확실한 승리가 오는 것 같아 유진산 선생도 나도 마이크를 잡으면 저절로 힘이 났다. 나 스스로도 평상시에 생각지 못한 좋은 말들이 튀어나와 청중에게 갈채를 받기도 했다.

나는 매일 아침 7시에 후보자와 마주앉아 전날의 유세결과를 반성하고 새로운 연설내용을 검토하는 것으로 그날의 연설회를 시작했다.

아침마다 유진산 선생은 나를 보고 전날 내가 한 연설내용을 지적해주셨다.

"자네는 목소리도 좋고 제스처도 나무랄 데 없고 연설내용도 참 훌륭했어. 그런데 혹시 자네가 말한 어제의 연설내용 중에 이 대목은 이런 말로 대체하면 어떨까 하고 내가 생각해봤어. 한번 생각해봐요."

그때마다 나는 마음속으로 무릎을 쳤다. 그러면서 내 연설도 서서히 다듬어져갔고, 성숙한 연설이 어떤 것인가를 보고 배우면서 스스로 부족한 부분을 채우며 한 달의 선거운동 기간에 사람의 도리에서부터 인생철학까지 참으로 많은 것을 배웠다. 유진산 선생은 아들 같은 내게도 결코 억압을 하거나 핀잔을 주지 않고 스스로의 판단으로 잘못을 인정하게 하는 참으로 민주적인 교육을 실천하셨다.

윤주영 후보도 그렇지만 특히 백기완 후보는 자기 아버지 연배의 유진산 후보를 인정사정 없이 까고 다녔다. 하지만 유진산 선생은 이에 대응하지 않았고, 특히 개인 정견발표회에서는 한마디 대꾸도 없이 국가경영에 대해서만 한 시간 이상씩 참으로 진지하게 호소했다.

하루는 재일교포 대표 김재화(金載華) 씨의 전국구 공천을 문제삼아 유진산 후보를 연행하려고 기관요원 몇 명이 연설회장까지 지프를 몰고 와서 자기들을 따라가자고 했다. 유진산 선생은 "지금 보다시피 유권자들이 연설을 듣기 위해 이렇게 많이 나와 있는데, 인사도 없이 그냥 가는 것은 예의가 아니지 않나? 단 10분간만 인사를 하고 가세."

하고 타협을 해서 내게 약 7분이 되거든 신호를 하라고 지시하고 연설을 시작했다.

평상시와 전혀 다름없이 침착하게 연설을 하는데, 늘 한 시간 이상 하던 연설을 단 10분으로 줄였는데도 평상시의 연설내용을 하나도 빠뜨리지 않고 끝내는 데는 나도, 듣는 다른 사람들도 모두 혀를 내두르며 그 실력에 감탄했다.

제7대 국회의원 선거는 자유당 말기에 저지른 부정선거에 버금가는 금권타락은 물론 영등포 갑구에서도 시흥동 같은 곳에는 야당 사람들이 선거운동을 위해 접근조차 할 수 없게 깡패를 동원해 폭력을 휘둘러 선혈이 낭자한 공포분위기를 조성한 무시무시한 선거였다. 그럼에도 불구하고 유진산 선생은 공화당 윤주영 후보의 당선이 확실하다는 선거 초반의 예상을 완전히 실력으로 깨고 만여 표 차이로 당당하게 압승했다.

야당의원들은 제7대 국회의원 선거를 6·8 부정선거라고 하여 약 6개월이나 국회등원을 거부해 박정희 대통령으로 하여금 부분적으로나마 선거에 부정이 있었다는 자인을 하게 했다. 그리고 여야 합의로 '합의의정서'를 만들어 앞으로는 부정선거를 하지 못하게 입법을 해서 보장하겠다는 약속을 받고 등원했다.

신민당 중앙 상무위원이 되며
진산계 일원이 되다

선거가 끝나고 지구당 조직을 마무리하면서 노병구도 부위원장직을 맡으라는 유진산 위원장의 지명으로 나는 김유근, 최종식, 상덕식 등 5명의 부위원장 대열에 끼게 되었다. 위원장이 워낙 거물이다 보니 위원장 댁에 드나드는 사람이 많기도 했지만, 전국에서 야당 대열에 서 있는 국회의원과 지구당위원장 그리고 우리나라의 거물급 정치인들은 거의 유진산 선생 댁으로 밀려들었다. 가끔 지구당 일로 위원장 댁을 찾아 영등포 갑구당 부위원장이라고 하면 저절로 그 집에 드나는 분들과 인사도 나누게 되고 또 친절하게 대해주어 그들에게서 정치권의 모든 것을 들으며 참으로 많은 것을 배우게 되었다.

그러면서도 기왕에 다니던 이재형 선생 댁을 이범수 씨와 함께 종종 드나들었다. 1968년 5월 20일, 신민당 전당대회가 열려 유진오 박사가 총재가 되고 유진산 씨가 수석부총재, 이재형 씨와 정일형 씨가 부총재가 되었다.

당의 최고의결기관인 전당대회의 권한을 위임받은 중앙 상무위원회 위원은 국회의원과 지구당위원장 그리고 전당대회 의장단을 비롯한 주요당직자를 포함해 전국에서 300명뿐이었는데, 정치를 하는 사람이면 누구나 상무위원이 되고 싶어하고 또 운동도 하는 것 같았다.

그날은 아침 일찍 사직동 이재형 선생 댁을 방문했는데, 이종린 비서와 장 비서가 이야기를 전해주었다.

"노형은 대단한 실력자더군요. 어제 밤늦게 운경(이재형 씨의 호) 선생이 유진오 총재 댁에서 총재단회의를 하고 오셨는데, 대문을 들어서면서 하늘을 보고 한참을 서 있더니 '진산이 노병구를 중앙상무위원에 추천해서 오늘 노병구가 중앙상무위원이 됐어. 부총재 한 사람이 고작 15명씩을 추천하는데, 진산의 추천자 명단에 그것도 중간쯤 들어 있었어' 하면서 심히 놀라워하셨습니다."

나는 그 이야기를 농담으로 들었다. 나는 중앙당 부장이나 차장도 한 적이 없는데 중앙상무위원이라니 상식적으로는 말도 안 되는 소리였기 때문이다. 그들은 정색을 하며 "오늘 아침 신문에 벌써 났을 텐데 신문도 안 보고 다니느냐"고 핀잔을 주었다.

나는 그 자리에 있을 수가 없었다. 그래서 바로 나와 신문을 사보았는데, 발표된 중앙상무위원 명단에 분명히 노병구라는 이름이 찍혀 있었다. 곧바로 상도동 유진산 위원장 댁으로 달려가니 거기에 와 있던 많은 선배들이 내 손을 잡으며 축하인사를 해주었다.

"뜻밖의 중책을 맡겨주셔서 감사합니다."

내가 유진산 위원장 앞에 나가 인사를 하자 위원장님은 담담히 말씀하셨다.

"무엇이 되는 것이 중요한 게 아니라 어떻게 맡겨진 책임을 잘하느냐 하는 것이 더 문제인 거야. 이제부터야. 잘해봐."

나는 많은 사람을 상대해봤지만, 누구에게 예정된 은혜를 베풀 때나 베풀고 난 뒤에는 미리 알려주거나 자랑삼아 자기의 공을 나타내기 마련이다. 그런데 유진산 선생은 전혀 사전예고나 사후통고 없이 신문을 보고 찾아간 나에게 너무도 담담하게 말씀하셔서 그분의 인품에 다시 한번 감탄했다.

　그런데 지구당 간부들 사이에서 문제가 생겼다. 당시 부위원장 중에는 내가 30대로 가장 나이도 어리고 또 정당경력도 일천해서 위원장이 노병구만 사랑하고 특별히 봐준다는 불평이 많이 나왔다. 이재형 선생은 나를 중앙당 부장이나 차장 정도로 추천할 생각을 하고 있었던 것 같은데, 유진산 부총재가 먼저 중앙상무위원으로 추천했으니 나는 그날부터 유진산 계열에서 일할 수밖에 없었다. 그날부터 나는 자연스럽게 진산계가 됐고 이재형 선생과는 거리를 두게 되었다.

　약국에 전화를 걸어 내가 중앙상무위원이 된 것을 이야기하며 집에 있는 신문을 찾아보라고 했더니 경옥도 몹시 기뻐하며 축하한다고 했다. 내가 무엇이 되고자 한 것도 아니고 또 그 자리를 얻기 위해 노력한 것도 아닌데 찾아온 이 결과를 나와 경옥은 하나님의 뜻으로 받아들였다. 그리고 본격적으로 정치를 하자고 뜻을 모은 뒤 험난한 정당생활을 시작했다.

중구 태평로로 이전해
'명성약국' 개업

그동안 약간의 저축으로 여유가 생기자 '돈을 벌려면 돈이 많이 끓는 곳으로 가야 한다'는 생각으로 서울 시내 번화가로 가기로 하고 장소를 물색했다. 그러던 중 조선일보사 옆길의, 그 당시에는 국회의사당과 국회의원회관(현 코리아나호텔)이 있는 중구 태평로에 마침 가게가 나서 그곳으로 약국을 이전하고 아들딸의 이름 첫자를 따서 명성약국(明誠藥局)이라 이름 짓고 약국을 개업했다.

신길동 백운약국은 동네 가운데에 있어 새벽에 문을 열고 밤 12시경에 문을 닫는 고된 근무였지만, 명성약국은 그 근처 모든 직장의 출근시간이 대개 아침 9시이고 오후 6시에 퇴근하기 때문에 약국문을 오전 8시에 열었고 오후 8시경에는 한가해서 근무시간이 짧아진 것이 좋았다. 또 아침 8시경부터 손님이 밀려들면 경옥과 나 그리고 점순 세 사람이 점심 먹을 사이도 없을 때가 많아서 그 재미에 피곤한 줄 모르고 근무를 했다. 그리고 토요일 오후와 주일날은 대개의 사무실이 쉬기 때문에 약국문을 여는 날은 한 사람 정도만 나와서 근무를 해도 되었다.

또한 오후 은행마감 시간에는 바로 앞에 있는 조흥은행 태평로 지점에 그날 들어온 돈을 거의 매일 입금하는 재미에 피곤한 줄 모르고 근무했다. 그때 조흥은행 태평로지점에는 중앙대학교 동문인 김복한(金福漢) 씨가 차장으로 있어서 가끔 차도 얻어 마시며 친하게 지냈는데, 그 후 김복한 씨가 지점장, 본점 영업부장을 거쳐 정년으로 은행에서 물러날 때까지 수십 년 동안 많은 신세를 졌다.

또 약국 바로 길 건너에는 우리나라 문인들의 단골다방인 '아리스 다방'과 '청화다방'이 있어서 그 다방에 드나드는 문인들 중에도 명성약국의 단골고객이 많았다. 동요 〈반달〉의 작가 윤극영(尹克榮) 선생과 소설가 김광주(金光洲) 선생이 거의 매일 들르다시피 해서 참으로 한가족처럼 지냈다. 특히 김광주 선생은 사모님도 가끔 들러 안팎으로 친하게 지냈다.

국회의사당과 의원회관이 이웃에 있어 국회의원과 보좌관 그리고 국회직원과 국회에 출입하는 방송국·신문사 기자와 약국을 찾아가는 초입에 있는 조선일보사 전 직원이 명성약국 단골고객이어서 명성약국은 정치인·언론인·문인들이 자연스럽게 만나는 장소가 되었다. 유진산 의원과 이재형 의원도 명성약국에 직접 들러 개업을 축하하고 격려해주셨다.

신민당 선전국 문화부장으로

1969년 전당대회 후 나는 진산계의 추천을 받아 중앙당 선전국 문화부장으로 발령을 받았다. 신민당 대변인 겸 선전국장은 송원영(宋元暎)이 맡았고 부국장에 조희철 씨가, 공보부장에 문순구 동지가, 문화부 차장에는 나와 거의 평생을 형제처럼 각별하게 지내는 장승훈 동지가 임명되었다.

그 당시는 당의 역할상 총무국이나 조직국이 중요하지만 정견발표회와 각종 장외집회가 대규모로 열릴 때가 많은 시절이어서 대국민 홍보와 유세를 담당하는 선전국은 당의 중요한 부서였다. 그중에서도 유세를 관장하는 문화부 주무부장으로서 나는 실로 엄청난 일을 맡게 되었다.

문화부는 각종 집회의 장소를 선정하고 연설회의 연사를 선정, 파견하며 연설회를 알리는 홍보요원 양성 · 선정 · 파견과 정식연설회가 시작되기 직전까지의 사전연설(아지프로)을 담당했기 때문에 당에 드나드는 많은 정치지망생들이 누구나 그 일을 맡고 싶어하고 탐내며 부러워했다. 많은 정치지망생들이 자기의 숨은 실력을 나타내기 위해 정치집회가 열릴 때마다 마이크를 잡아보려고 선전국 언저리를 돌며 기회를 보아 선전구호나 단 몇 분의 아지프로라도 하게 해달라고 직접 송원영 국장이나 조희철 부국장을 통해서 접근하기도 했으며, 주무부장인 나와 장승훈 차장에게 여러 가지 방법으로 접근해올 정도로 비교적 화려한 자리였다.

그즈음 박정희 대통령은 국회 제3별관에서 신민당 의원들을 배제한 채 공화당의원들만으로 3선개헌안을 밤중에 날치기로 통과시킨 뒤 국민투표를 공고했다. 신민당은 당체제를 3선개헌 반대 투쟁체제로 전환해 전국의 읍·면 단위 이상 도시에서 당력을 총집결해 3선개헌 반대 강연회를 열게 되었다.

당의 총재를 비롯한 전 국회의원과 전직 의원, 원외위원장 전원이 한 조에 3명씩 조를 짜서 유세반을 편성해 전국 각지로 파견하게 되었는데, 서로 자기 연고지로 가고 싶어하기도 했지만 어느 조는 누구 때문에 싫고 어느 조에 누구와 한 조가 되게 편성해달라는 부탁을 많이 받게 되었다. 한다하는 국회의원들도 주무부서인 문화부 부장과 차장에게 필요 이상의 친절까지 베풀면서 부탁을 했다.

많은 정치지망생들이 개헌반대 강연회장 언저리를 맴돌며 마이크를 잡고 싶어했다. 그중에는 여자들도 많았는데, 김윤덕 의원과 정선식 여사가 연설을 아주 잘한다고 송원영 선전국장을 비롯한 여러 사람에게서 칭송을 들었다. 그후 김윤덕 의원은 비례 국회의원을 거쳐 지역구 국회의원까지 역임했다.

어느 날에는 전화가 와서 받아보니 이재형 부총재였다.

"노 부장, 내 유세반에 박병배 의원이 들어 있다는데, 그 사람을 다른 사람으로 바꿔줘요. 부탁해요."

그래서 박 의원을 다른 조로 보내려고 조장들과 상의를 하면 아무도 박 의원을 받으려고 하지 않았다. 박 의원은 전 경찰국장으로 대전 출신의 국회의원이었는데, 개성이 강하고 고집이 세서 누구하고도 융합이 잘 안 되어 조직의 화합과 통솔이 어렵다고 모두 손을 내저었다.

그래서 이재형 부총재에게 그렇게 말했다.

"다른 조에서도 박 의원을 다 싫다고 하니 어쩔 수 없이 이 부총재님 조에 그냥 둘 수밖에 없습니다."

그러나 이재형 부총재는 이를 받아들이지 않았다.

"노 부장, 그러지 말고 박 의원을 유진산 수석부총재 조에 넣도록 해요."

그래서 할 수 없이 박병배 의원을 유진산 부총재에게 물어보지도 않고 그 조에 편입시키고 발표를 했다. 다음 날, 박병배 의원이 전화를 걸어 몹시 기분 나쁜 어조로 항의를 했다.

"노 부장, 왜 하필이면 유진산 부총재 조에 나를 배정했어? 다른 조로 바꿔줘야 되겠어."

나는 이렇게 대답했다.

"박 의원님, 죄송합니다. 전국 유세반 편성이 끝나서 벌써 결제가 다 났는데 어떻게 바꿉니까? 그대로 할 수밖에 없습니다. 용서하십시오."

유진산 부총재는 결제를 하면서도 다른 말씀이 없었고, 또 박병배 의원도 아무 소리 못하고 조장인 진산 선생의 지시에 따라 순순히 복종하며 3선개헌 반대운동에 열심이었다고 수행한 사람들이 전했다. 사람들은 웃으며 불평 한마디 못하고 따라다닌 박병배 의원 이야기를 하면서 "역시 유진산 부총재의 지도력이 대단하다"고 놀라워했다.

맞으면서 갈비를 먹느니
웃으면서 죽을 먹겠다던 김광주(金光洲) 선생

　　대전 시민운동장에서 열린 3선개헌 반대 강연회에 10여 만의 청중이 모여들었다. 그날은 내가 마이크를 잡고 개헌반대 구호와 아지프로를 했다.

　　다음 날 아침, 글을 쓰시는 김광주 선생께서 약국에 들어오셨다.

　　"노 선생, 정치를 하시오? 어제 대전에서 마이크를 잡고 연설하고 있는 청년이 꼭 노 선생 같았는데…… 어젯밤 텔레비전 뉴스 시간에 틀림없이 노 선생을 봤어요. 내가 잘못 봤나요?"

　　"네, 갔습니다. 제가 신민당 선전국 문화부장입니다. 그래서 잠시 구호와 아지프로를 했습니다."

　　"노 선생, 나는 해방되고 지금까지 한 번도 정치연설을 하는 데 가보지 않았고, 투표도 한 번도 한 적이 없어요."

　　그래서 내가 정색을 하며 물었다.

　　"왜 선생님답지 않은 말씀을 하십니까? 민주주의란 본래 최선을 선택하는 것은 아니지 않습니까? 좀 부족하더라도 조금 더 나은 사람을 뽑아서 점차 발전해가는 게 민주정치 아니겠습니까? 정치연설도 들으시고 투표도 하셔야죠."

그랬더니 김광주 선생은 한술 더 떴다.

"해방은 괜히 돼 가지고…… 차라리 해방이 안 됐더라면 더 좋았을 거라는 생각을 해요. 노 선생이 왜정 때 성씨개명을 무어라고 했는지는 모르지만, 아마 해방이 안 됐으면 지금 가네야마, 나카무라, 마쓰모도 그래 가지고 나이셍 있다이(內鮮 一體)의 혜택을 받아 거의 완전한 일본사람이 됐을 텐데 무엇 때문에 해방이 돼 가지고 이 고생을 하는지 참 답답해요. 요새 경제제일주의라면서요? 지금 일본의 GNP가 얼마지요? 해방이 안 됐으면 가만히만 있었어도 지금 일본의 GNP가 우리의 GNP가 아닙니까?

해방이 좋다고 만세 부르고, 후진국 GNP로 떨어뜨려 놓고, 그거 끌어올린다고 경제제일주의라고 표방하며, 한국놈은 맞아야 된다고 두드려패면서 한국적 민주주의를 비롯해서 요상한 주의주장을 만들어서 하는 정치를 하자고 해방했나요? 일본놈들이 조선놈들을 차별을 한다고 해도 지금 일본 GNP의 반만 되어도 우리나라 GNP의 몇 배가 되는데, 그러면 지금 우리나라보다 훨씬 앞서가는 선진국 아닌가요? 갈비만 먹으면 선진국입니까? 한국놈은 맞아야 하니까 두드려패면서요? 나는 맞고 먹는 갈비보다 우리 능력에 맞게 안 맞고 웃으면서 먹을 수 있는 죽을 먹고 싶습니다. 두드려패는 사람이 일본놈에서 한국사람으로 바뀐 것이 해방이라면 순수한 우리 국민에게는 진정한 의미의 해방은 아니지 않나요? 경제제일주의가 국가설립의 목표일 수는 없습니다. 경제제일주의를 내걸고 국민을 탄압하는 해방과 정치는 나는 찬성할 수 없고 투표도 안 합니다."

그러고 나서 김광주 선생은 손을 번쩍 들면서 아리스 다방으로 들어가셨다.

　다음 날 김광주 선생의 사모님이 약국에 들르셨다.

　"사모님, 어제 김 선생님께서 약국에 들르셔서 정치연설도 안 들으시고 투표도 안 하신다고 말씀을 하고 가셨습니다."

　"맞아요. 김 선생은 해방 후 정부가 들어서고 지금까지 한 번도 정치연설을 듣거나 투표를 한 적이 없어요. 하지만 일년 중 3월 1일과 8월 15일 이틀은 아무 일도 하지 않고 효창동 김구 선생 묘소에 가서 아침부터 저녁까지 참배도 하고 잡초도 뽑고 옵니다. 김광주 선생은 왜정 때 중국 상해로 건너가 김구 선생과 함께 있다가 해방이 되자 김구 선생을 모시고 같이 귀국을 했답니다. 김구 선생이 돌아가시고 지금까지 그리고 완전한 통일정부가 들어설 때까지는 아마도 지금 같은 자세로 살아갈 거예요. 저분은 누구의 말도 듣지 않지요."

　나는 지금도 참 지성인이며 애국자인 김광주 선생과 그 사모님을 잊을 수가 없다.

장준하(張俊河) 의원과
"박정희야! 박정희야! 박정희야!"

박정희 대통령이 두 번째 대통령이 되어 중앙청 뜰에서 대통령 취임식을 하던 날, 안국동 신민당사 옥상에서는 부정선거 규탄대회가 열리고 있었다. 신민당 원내총무 김영삼 의원과 송원영 대변인 등 여러 사람이 나서서 부정선거를 규탄하는 연설을 했는데, 장준하 의원도 무거운 걸음으로 등단해 마이크 앞에 섰다. 장 의원은 참으로 침통하고 긴장된 얼굴로 외쳤다.

"박정희야! 박정희야! 박정희야!"

장 의원은 금방 피라도 토할 것 같은 목소리로 "박정희야!"만을 한참 동안 외쳤다.

왜정시절 일본군에 징집되어 만주벌판에까지 갔다가 죽음을 각오하고 탈영해서 악전고투하며 임시정부 주석 김구 선생을 찾아가 광복군 창설을 돕고 독립운동을 한 장준하 선생!

일본군 육군사관학교를 나와 일본군 장교로서 주로 독립운동을 하는 우리나라 애국지사들을 소탕하는 일본관동군에서 장교생활을 한 박정희!

왜정시절 직접은 아닐지 모르지만 우리 민족을 압박하는 일본군 장교였던 한 사람과 빼앗긴 나라를 찾고 압박받는 민족을 해방시키기 위해 독립운동에 가담해 온갖 고생을 마다하지 않던 또 한 사람이 서로 총뿌리를 겨누던 원수요 적이었는데……

그토록 갈망하던 해방이 되고 비록 반쪽만이라도 독립을 했지만, 독립운동을 탄압하고 민족의 해방을 가로막던 사람이 도리어 애국애족을 부르짖으며 대통령에 취임하다니, 왜정시절의 일을 너무도 생생하게 알고 있는 장준하 선생의 외침은 '이 어처구니없는 꼴을 보느니 차라리 피를 토하고 죽고 싶다'는 절규로 들려 내 가슴을 후벼팠다.

그날 여러 사람이 부정선거 규탄 연설을 했지만 "박정희야!"만을 목청 터지도록 외친 장준하 선생의 그 절규만이 내 가슴에 깊이 박힌 웅변으로, 또 어느 연설보다도 명연설로 오늘까지 내 가슴을 울리고 있다.

박정희는 부하의 총에 쓰러지고, 장준하 선생은 무척 어려운 생활을 하다가 등산길에 세상을 떠났는데 아직도 죽음의 진상이 밝혀지지 않고 있다. 안타까운 일이다. 어쨌든 명복을 빈다.

유진산 선생의 신민당총재 취임과
김영삼 의원의 40대 기수론

1970년 2월 신민당 전당대회가 열려 유진산, 이재형, 정일형 세 분이 당수경쟁에 나서 2차 투표에서 유진산 327표, 이재형 276로 유진산 선생이 총재로 선출되었다. 따라서 모든 당직이 개편될 때 나는 송원영 선전국장 밑의 문화부장에서 선임서열인 공보부장으로 바뀌어 임명되었다.

당시 공보부장은 문순구 동지가 맡고 있었는데, 나도 문순구 동지도 전혀 알지 못하는 사이에 서열이 바뀌어 발표되었다. 그러자 문 동지는 나를 만나 씩씩거리면서 화를 냈다.

"어떤 놈이 같은 선전국에 있으면서 사전에 아무 말도 없이 이 따위 짓을 한단 말이고?"

하지만 나도 모르는 일이어서 그를 위로했다.

"문 부장, 나를 그런 눈으로 쳐다보지 마. 나도 모르는 일이야. 무슨 큰 자리라고 내가 치사하게 운동을 하거나 작용을 했겠나? 전혀 그런 일 없으니 오해 없기를 바라네."

나는 당권을 잡은 진산계였고 문 부장은 정일형계였는데, 아마도 계보에 따라 넣고 빼고 하다 보니 그렇게 된 것 같아 본의 아니게 상처를 입은 문 부장을 위로하느라 애를 먹었다. 그것이 바로 주류와 비주류의 차이인지도 모른다.

1969년 말경, 1971년에 치러질 제7대 대통령선거에 나설 신민당 대통령후보 지명 전당대회에 경선후보로 나서겠다며 40대 초반의 김영삼 의원이 40대 기수론을 선언했다. 김영삼 의원에 이어서 김대중, 이철승 의원도 후보경선에 나서겠다고 선언했다.

당수가 된 유진산 선생은 40대 기수론에 대해 의견을 묻는 기자들에게 '구상유취(口尙乳臭)'라고 불쾌감을 표시했다. 풀이하면 입에서 젖비린내가 난다는 뜻이다. 당내의 많은 노장층은 거의 유 총재와 생각이 같았지만, 젊은 층이나 일반인들은 한편 신선감을 느끼는 것 같기도 했다.

나는 40대 기수론이 신선감은 있지만 남북이 갈려 있고 삼천만이 넘는 국민의 생존이 걸린 대통령은 철학과 경륜을 겸비한 노련함을 갖춰야 한다고 생각했다. 지역구에서는 유진산 선생을 위원장으로 모시는 부위원장으로서, 중앙당에서는 선전국에서 중요한 핵심 부장자리를 지키면서 유진산 선생의 일거수일투족을 가까이에서 지켜보며 세상에서 떠들어대는 진산 선생에 대한 소문이 그분의 인격과는 너무도 상반된 어처구니없는 악선전임을 알게 되었기 때문이다.

한번은 전남 광주에서 서울까지 삼선개헌 반대 천리 행군에 참가한 정성태 의원과 그 일행이 안양을 거쳐 시흥으로 들어오고 있다고 해서 당시 진산 선생의 비서실장이었던 신동준(申東準) 씨와 함께 박카스 몇 상자를 가지고 정성태 의원 일행을 환영하기 위해 택시를 타고 막

한강 다리를 건널 때였다. 라디오에서 "정성태 의원 일행이 시흥을 지날 무렵 무장경찰에게 행군을 저지당하고 일행은 그길로 경찰에 연행되었다"는 뉴스가 나와 할 수 없이 방향을 바꾸어 몸살이 나서 며칠째 요양 중인 진산 선생을 문병하기 위해 상도동 자택을 찾았다.

한여름날, 진산 선생은 거처하는 방 창 앞에 있는 큰 정자나무 그늘 밑의 눕기도 하고 앉을 수도 있는 의자에 비스듬히 누워 계시다가 우리를 반갑게 맞으셨다. 진산 선생을 만나 모신 지 몇 년이 되었지만 처음으로 조용하고 한가한 시간을 보내고 계셨다.

우리는 찾아온 경위를 말씀드리고 병문안을 했다. 그때 시국에 대한 이야기를 하면서 선생님에 대한 언론과 세론이 왜곡된 것을 말씀드리며 언짢아하는 나를 보고 진산 선생은 빙그레 웃으며 말씀하셨다.

"병구야, 정치인은 투철한 자기철학에 입각해서 생각하고 행동하고 그 책임도 당당하게 져야 하는 거야. 대중에 대한 인기전술이나 사술로써 정치를 하면 당장에는 박수도 받고 인기를 누릴 수는 있어도 결코 국가와 국민을 위한 정치를 했다고 할 수는 없어. 국민은 오늘 속는 것 같지만 역사는 결코 속지를 않는 거야. 오늘 나는 투철한 나의 정치관에 입각해 심사숙고해서 일하는 것이고, 그 책임은 10년, 20년, 아니 멀게는 100년 후 역사가의 평가에 맡기고, 그 역사적 책임을 지고 어떤 비난도 칭찬도 냉혹하게 받아들일 각오를 하고 당당하게 걸어가는 거야.

오늘 내가 한 정치행위에 대한 곡해나 오해를 예상하고 소나기 사이로 비를 피해 빠져나가듯 약게 처신하려고 하면 아무 일도 못할 뿐 아니라 설사 어떤 일을 했다고 해도 일관성도 없고 더구나 역사발전에는 해를 가져오거나 아무런 발전도 기대할 수 없게 되는 거지. 내가 오늘 한 일에 대해서는 먼 훗날 역사가의 평가에 맡기고, 나는 지금 이렇게 할 수밖에 없다는 확신을 가지고 떳떳하고 당당하게 하는 거야. 신문과 방송이 내가 한 일에 대해서 어떤 논평을, 또 어떤 비평을 해도 나는 그것을 변명하거나 자랑하거나 불평할 생각이 없어. '변명하지 말라, 자랑하지 말라, 불평하지 말라!' 이것을 명심해야 해."

나는 지난날 『삼국지(三國志)』나 일본의 근대화를 이룩한 도쿠가와 이에야스(德川家康)의 전기 『대망(大望)』을 읽었다. 『삼국지』에서는 구체적으로 그런 말은 없고 등장하는 거인들의 언행에서 그런 뜻을 읽을 수 있었으며, 특히 『대망』에서는 이에야스를 가르치는 승려 스승 '즈이후'의 가르침 속에서 감명을 받았다. 즈이후는 이에야스에게 "너는 지도자로서 ① 자랑하지 말라, ② 변명하지 말라, ③ 불평하지 말라, 이 세 가지를 명심해서 살아가라"고 말하고 있었다.

그날 나는 그 세 가지 교훈을 묵묵히 실천해가는 거인을 처음으로 현실에서 만났던 것이다. 변명과 자랑과 불평을 입에 달고 다니며 거물인 양 거드름을 피우는 정치인이 판을 치는 세상에서, 나는 처음으로 그 세 가지 교훈을 묵묵히 실천하는 거목을 보았고, 그날 그 거목 아래서 운좋게도 엄청난 교훈을 얻었다.

나는 크리스찬이다. 『성경』을 보면 「누가복음」 23장 34절에서 예수께서는 빌라도의 법정에서 목숨을 부지하기 위해 한마디의 변명과 자랑과 불평도 하지 않았고, 고통스러운 십자가에 못박혀 인간으로서 최후를 맞이할 때 하늘을 우러러 "아버지여, 저희를 사하여 주옵소서. 저들이 자기가 하는 일을 알지 못하나이다" 하고 간절히 기도했다. 인간 세상에 살면서 변명과 자랑과 불평을 하지 않고 산 사람은 오직 완전한 인격을 갖춘 예수님뿐이라고 나는 믿는다.

나는 진산 선생이 그 세 가지를 모두 지키고 산 완전한 인격자라고
는 생각지 않는다. 하지만 범인은 할 수 없을 정도로 자기관리에 철저
했고, 책임감이 투철했으며, 국가와 국민을 위해서라면 어떠한 수모
도 고통도 능히 감당하며 산 분이었다고 확신한다. 이런 분이 대통령
을 한번 해봤으면 좋겠다는 생각도 나는 했다.

이런 지도자를 올바로 보지 못하고 그의 진실을 투명하게 말하고
보도하지 못한 정치권과 언론문화가 국민의 눈을 가리고, 그 흐려진
눈으로 보고 듣고 판단해 선택한 국운을 나는 안타깝게 생각한다.

제7대 대통령후보 지명
신민당 전당대회

1970년 9월 28일, 제7대 대통령후보 지명 신민당 전당대회 일자가 공고되었다. 먼저 40대 기수론을 제창한 김영삼 의원과 뒤따라 선언한 김대중, 이철승 세 분이 후보경선 출마를 선언했다.

제1야당 당수가 대통령후보로 나오는 것은 거의 상식적인 것인데, 김영삼 의원의 40대 기수론 제창 때만 해도 한마디로 구상유취라고 평가했던 유진산 총재는 후보경선 포기를 선언했다.

유진산 총재의 포기의 변은 그분의 책 『해뜨는 지평선』 389쪽에 기술되어 있다.

"나는 당시 黨首의 위치에서 그대로 指名競爭에 나서면 指名이 될 公算도 컸다. 그러나 黨人으로서 나 나름대로 民主祖國의 발전을 위하여 獻身할 立場이라는 점과 이 第一野黨의 당수 된 者가 黨內 政治道義가 파괴적으로 동요되는 狀況 속에서 大統領候補를 경쟁한다는 것은 나의 憲政觀, 나의 良識이 허락지 않았기 때문이다.

党首인 내가 大統領候補로 나설 것이라는 건 党 內外의 豫見이었고, 직접 많은 사람들이 候補경쟁에 나서는 게 당연하다고 권유를 해 왔다. 그러나 나는 우리 野党의 存立, 野党의 時代的 使命을 두고 생각해볼 때 大統領候補 문제만을 가지고 지나친 我執과 獨善意識으로써 경쟁을 벌였다고 할 때 豫想되는 党內의 狀況, 또는 老少相鬪하는 新民党의 인상을 국민 앞에 보여주어야 한다는 것과 우리의 궁극적 목적이 政權交替에 있다는 사실 등을 그야말로 냉철히 고려할 때 당수인 나는 政治理性을 견지해야 마땅하다고 판단했다."

나는 '진짜 엄마의 참된 고민과 양보'를 직접 유진산 총재에게서 보고 들었다. 원래 야당의 대통령후보로 영입한 유진오 박사는 건강이 좋지 않아서 자동으로 제외되었고, 김영삼·김대중·이철승 세 분 간에 너무 치열한 경쟁이 벌어져서 유진산 총재가 후보경선에 나서지 않는 대신 후보추천권을 위임해달라고 세 후보에게 요청했으나, 김영삼·이철승 두 분은 각서를 쓰고 서명하고 김대중 씨는 거부했다.

전당대회 전날인 9월 27일 중앙 상무위원회 회의석상에서 유진산 총재가 추천선언을 했다.

"젊고 발랄하면서 투지가 왕성하여 박정희 후보와 능히 대결할 수 있는 김영삼 의원을 추천합니다."

이철승 씨는 후보에서 탈락하고, 김영삼·김대중 두 분이 후보경선에 임하게 되었다

9월 28일 전당대회 1차 투표에서 김영삼 후보가 가장 많은 표를 받았으나 과반수에 약간 미달해서 2차 투표를 했다. 그런데 이철승 쪽에서 원래 김영삼 후보를 밀기로 약속했으나, 김대중 씨가 자신의 명함

에 "소석 형님! 다음 전당대회 때 당수를……"이라고 쓴 밀약 메모를 이철승 씨가 받은 뒤 이철승 후보를 밀던 대의원들이 김대중 후보에게 표를 던짐으로써 근소한 차이로 김대중 후보가 과반수 득표에 성공해 신민당 대통령후보의 영광을 차지했다.

나는 그때 김영삼 후보를 지지해서 1, 2차 투표 모두 김영삼 후보를 찍고 뜻대로 되지 않아서 무척 속상하고 당황했다. 그런데 김영삼 후보가 가장 먼저 신상발언을 하고 나섰다.

"김대중의 승리는 나의 승리입니다. 당원 동지 여러분은 모두 힘을 합쳐 김대중 후보를 앞세우고 기필코 정권교체를 이룩합시다. 이 김영삼이도 김대중 대통령후보의 당선을 위해 김대중 후보를 앞세우고 서울에서 전국 방방곡곡 무주구천동까지 국민에게 호소하며 선거운동을 하겠습니다."

김영삼 후보의 신상발언이 끝났을 때, 찬반을 초월해 떠나갈 듯한 환호와 박수갈채로 대회장이 떠나갈 듯했다.

다음으로 신상발언에 나선 유진산 총재는 이렇게 말했다.

"당원동지 여러분, 이상할 게 없습니다. 나는 40대 기수 중 한 사람을 여러 대의원들 앞에 추천했으나 나보다도 여러분들이 더 밝은 눈을 가지고 적합한 판정을 내려준 데 대해 감사를 드립니다. 당수의 권위가 훼손되었다 하더라도 당이 있고 당수가 있는 것으로 보아 나는 투표결과에 전적으로 승복합니다. 오늘 여러분들이 뽑아준 김대중 후보를 내세워 최선을 다해 일치단결해서 비록 김대중 후보에게 투표를 하지 않은 분들일지라도 김대중 후보를 적극 밀어 기필코 승리해서 평화적 정권교체를 이룩합시다."

평생을 이 나라의 건국과 민주정치 발전을 위하여 바쳤고, 야당생활에 지쳐 경제적으로 곤궁하다 못해 자녀들의 등록금을 못 내서 찾아온 동지를 위해 당신의 주머니를 털어주다가 돈이 떨어지면 사모님을 찾아가 "여보, 오늘 중소기업은행의 형편은 어떻소?"(이것은 집에서 밥하는 아주머니나 사모님 시중을 드는 여자들이 가지고 있는 약간의 돈을 말함) 하고 유머러스하게 물어 없는 돈을 빌려서라도 어려운 동지들을 보살폈으며, 갖은 음해와 악선전에도 끄떡하지 않던 분이었다. 그런 분이 판정을 순수하게 승복하겠다고 선언하자, 나를 비롯한 수많은 대의원들이 울면서 박수갈채를 보냈고, 주류 비주류 할 것 없이 모두가 하나 되는 기쁨을 나누었다.

그 다음에 김대중 대통령후보의 수락연설이 있었는데, 다음 날 조간신문부터 모든 언론의 사설이 신민당 대통령후보 지명 전당대회는 당선된 김대중 후보와 유진산 당수, 김영삼 후보가 넓은 아량과 포용력으로 모두가 승리한 전당대회였다고 극찬을 아끼지 않았으며, 민주주의의 서광이 비치고 있다는 명랑한 기사로 채워져 있었다.

김대중 후보와는 대통령후보와 당수 자리를 주고받기로 밀약을 하고, 유진산·김영삼 두 분과는 사전에 직접 서명까지 하며 약속한 맹세를 손바닥 뒤집듯 뒤집고 김대중 후보를 밀어 상식 밖의 이변을 낳게 한 이철승 씨는 대선 후 오히려 김대중 씨에게서 영구히 냉대를 당했다. 그리고 그때 명함에 뚜렷하게 써서 받은 김대중 씨의 각서는 휴지조각이 되었다.

이철승 씨가 유진산·김영삼 두 분과 함께 맹세한 약속을 사내답게 지켰더라면 본인도 40대 기수의 대열에서 밀려나지 않았을 것이고, 이철승 씨와 나라의 운명도 달라졌을 것이다.

제8대 국회의원 선거와
5 · 6 파동

　1971년 4월 27일 제7대 대통령선거가 공화당의 박정희 대통령의 승리로 끝이 났다. 공화당은 대통령선거에 승리한 여세를 몰아 야당에 패배의 후유증을 추스를 시간도 주지 않고 대통령선거 개표와 결과 발표를 하면서 1971년 5월 1일자로 1971년 5월 25일에 제8대 국회의원 선거를 실시한다고 공고했다.

　유진산 총재는 제1야당의 당수로서 전국 각 선거구에 공천자 내랴, 공천자들에게 지원할 정치자금 만들랴, 각 지역에 지원유세 나가랴 정신없이 바빴다. 유 총재가 노구를 이끌고 체력도 보강하며 시간도 돈도 만들어야 하는 절박한 상황에서 영등포 갑 지역에 지역구후보로 나갈 것인가 하는 것이 문제가 되었다. 마침 공화당에서는 박정희 대통령의 조카사위인 장덕진 씨가 영등포 갑구 조직책으로 나와 있어 유진산 당수는 지역구를 포기할 것이라는 둥 유진산 당수와 모종의 묵계가 있어서 나왔을 것이라는 둥 별별 이상한 모략적인 소문이 퍼지고 있었다.

마침 선거구역에 변경이 생겨 내가 사는 신길동은 영등포 을구로 바뀌어서 나는 자연히 영등포 갑구 조직에서 떨어져 중앙당 일만 하고 있었지만, 영등포 갑구에 속한 당원들과 간부들과는 예나 다름없이 만나며 친하게 지내고 있어 그들의 움직임을 잘 알고 있었다. 그들 중에는 유진산 총재가 지역구를 포기하고 전국구로 갈 경우 나서겠다는 생각을 가진 사람들이 있었고, 뜻을 밝히지는 않았지만 나도 그 경쟁에 뛰어들어 장덕진 씨와 싸워보겠다는 생각을 하며 추이를 지켜보고 있었다.

공천권을 가지고 있는 총재지만 막상 자신의 공천문제는 쉽게 결정하기가 어려웠던 것 같다. 당의 원로들 중에도 당수는 당연히 전국구로 나가야 한다고 권하는 쪽과 당수가 지역구로 나가 지금까지 퍼지고 있는 헛소문을 잠재워야 한다는 쪽의 의견이 팽팽하게 맞서 있었다. 그러던 중 중앙선거관리위원회 등록 마감시간에 쫓긴 전국구 문제를 김대중, 양일동 씨에게 위임했다. 그 두 분이 마감시간이 거의 다 가오도록 순위결정조차 하지 못하고 끌다가 등록마감일에 가져온 상황을 유진산 총재는 『해뜨는 지평선』 410쪽에 이렇게 기록하고 있다.

"그날도 아침 일찍부터 來客은 쉴 새 없이 찾아오고 있었다. 세 차례의 재촉에 10시경이 되어서야 梁·金 양씨가 찾아왔다. 全國區 1번 金大中, 2번 柳珍山으로 된 명단을 보니 모두 54명이 막연한 순서로 적혀 있었고 黨 元老인 朴順天 女史는 35번째 기록되어 있었다."

후보등록 마감일에 유진산 총재는 전국구 1번으로 등록을 하고 영등포 갑구는 고대 학생회장이었고 6·3 세대인 박정훈 씨를 공천해

등록을 마쳤다.

그날 저녁 상도동 유진산 총재 댁은 난리가 났다. 그 지역을 노리던 모측 사람을 중심으로 상도동 총재 댁에 몰려와 화분을 내던지고 유리창을 깨는 등 참으로 어수선한 폭력사태로 얼룩졌던 것이다. 이것을 5·6 파동이라고 한다.

원래 양일동 씨가 총재는 당연히 전국구로 나가 당수로서 해야 할 산적한 일을 해야 한다고 권하는 쪽이었고, 김대중 씨도 대통령선거 종반에 기자회견을 통해 "당수는 전국구로 나가야 한다"고 말한 바 있다.

『해뜨는 지평선』405쪽을 보면 이에 관한 내용이 있다.

"내가 地域區에서 나 혼자 열심히 뛰어 國會議員에 당선되는 것도 個人的으로는 중요하지만, 당수 된 사람의 立場에서 投票日이 얼마 남지 않은 狀況에서 全國의 各 地域區 候補者를 도와서 多數黨이 되어야 하겠다는 나의 執念이 더욱 큰 比重을 가지게 되었다. 거기에다 全國區 문제, 選擧資金 문제 등을 비롯하여 조석으로 찾아드는 同志들의 각양 각색의 걱정들을 함께해야 하고 또한 黨務는 黨務대로 신경을 써야 했으니 내 몸이 열 개라도 감당할 수 없을 정도였다."

이러한 뜻에서 "고대 학생회장을 지낸 6·3 세대의 대표로서 박정훈 군을 영등포 갑구에 나가게 하고 나는 전국구로 나설 것을 결심하였다"고 유진산 당수는 밝혔다.

나는 나를 공천하지 않은 것은 섭섭했지만 야당 당수가 지역구에 매이는 것보다 전국구를 택한 것은 적절하다고 생각했다. 이 5·6 파

동으로 유진산 당수는 당수직을 사임하게 되고 당은 한바탕 소용돌이
를 치면서 선거는 끝이 났다.

선거가 끝나고 당에서는 5 · 6 파동에 대한 조사위원회가 구성되어
중앙상무위원회를 2~3일간 계속하면서 경위를 따졌다.

제7대 대통령선거운동을 할 때의 일이다.

"유권자 여러분, 우리 김대중 선생에게 표를 몰아주어 기필코 당선
시켜 국민적 소망인 평화적 정권교체를 꼭 이룩하도록 도와주십시
오."

아버지 같은 유진산 총재가 아들 같은 김대중 후보를 앞세우고 이
렇게 외치며 돌아다닐 때 모여든 국민은 더 많은 박수와 갈채로 환호
했다. 이에 대한 화답으로 김대중 후보가 이렇게 인사할 때 청중은 또
박수갈채와 환성으로 화답했다.

"아버지 같은 고령의 우리 당수님을 모시고 젊은 내가 대통령후보
의 자격으로 국민 여러분 앞에 나서게 된 것을 무상의 영광으로 여기
는 반면 송구한 마음 금할 수 없습니다."

이렇듯 아름다운 선거운동을 하고 비록 패배는 했지만 전래의 동방
예의지국의 예법으로도 그렇고 조직상으로도 당수가 당연히 전국구 1
번이 되어야 한다고 나는 생각하는데, 김대중 씨가 위임받은 전국구
서열에서 자기를 1번으로 쓰고 당수를 2번에 넣었다는 것은 납득이
되지 않았다.

김대중 씨가 유진산 총재의 전국구출마를 앞장서서 권하고 다른 사
람을 설득하고 또 적극적으로 총재를 전국구 1번으로 추천했더라면
야당에도 우리나라 정치에도 민주발전에도 크게 공헌했을 것이라고
한다면 내 생각이 너무 고루하고 평범한 것일까?

전국구 2번 문제에 관하여 당의 조사위원회와 중앙상무위원회에서 김대중 씨는 그 2번은 당수를 전국구로 공천하자는 뜻이 아니고 당수가 추천할 사람이라는 뜻이라고 해명해서 듣는 사람들이 실소를 한 일이 있었다. 그나마 2번 추천도 당수 자신의 전국구 추천이 아니고 당수는 지역구로 나가고 다른 사람을 당수가 추천하도록 배려했다는 뜻이니 참으로 어처구니없고 야박한 대답이었다.

너도 내가 돈을 먹었다고
생각하느냐?

5·6 파동 후에 지구당 개편대회가 열렸다. 지구당의 모든 당직을 개편하는데 지난 선거에 출마했다가 낙선한 박정훈 씨의 당직 문제가 말썽이 되었다. 유진산 당수는 박정훈 씨를 부위원장으로 임명할 생각을 하고 있었는데, 갑 지구당 부위원장들과 다른 간부들의 반대가 심해서 고민을 하고 있었다.

그 말을 들은 내가 아침 일찍 총재 댁을 찾았다. 반갑게 맞이하는 총재님께 내가 물었다.

"지구당 당직인선에 문제가 있습니까?"

"병구, 너는 어떻게 생각하느냐?"

"보류하시는 게 좋겠습니다."

내 대답에 총재님은 정색을 했다.

"그러면 너도 세상에서 떠드는 것처럼 내가 돈을 먹었다고 생각하느냐?"

"아닙니다. 하지만 총재님께서 돈을 먹었다고 떠드는 그 사람들도 이해가 갑니다. 그 사람들을 무턱대고 나쁘다고 말할 수는 없습니다."

"그게 무슨 소리야? 그 사람들을 이해한다면 너도 그 사람들과 똑같이 본다 그런 소리 아니야?"

"총재님, 그렇지 않습니다. 저는 총재님께서 억울한 소리를 듣고 있다는 것을 잘 압니다. 하지만 이 지구당에도 대학을 나오고 정치에 꿈을 가진 사람이 꽤 있습니다. 6·3 대표를 이야기하시지만, 이 지구당 사람들도 자기 나름대로 민주화운동에 헌신하고 있는 사람들입니다. 갑자기 공천을 받고 나오긴 했지만, 한 사람씩 일대일로 비교한다면 박정훈 씨가 특별히 우월하다고는 볼 수 없습니다. 문제는 상식입니다. 모든 사람들이 상식적으로 불합리한 공천이었다고 보는 데 문제가 있습니다. 상식에 어긋나는 일이 투명하게 이루어지지 못하면 사람들은 일단 뒤에 뭔가가 있다고 의혹을 가지게 되고, 가장 말하기 좋고 얼른 먹혀 들어가는 것이 '돈 먹었다'라는 말입니다. 박정훈 씨가 일반에게 인정받고 상식화될 때까지, 애석하지만 부위원장 임명을 해서는 안 된다고 생각합니다."

눈을 지긋이 감고 내 이야기를 듣고 계시던 총재님이 한참 후에 입을 열었다.

"알았다. 내가 네 말대로 하마. 그러나 어쨌든 결과적으로 내가 멀쩡한 젊은 놈에게 좌절을 안겨준 것 같아서 미안하고 잠이 안 와. 만약 5·6 파동이 없었다면 박정훈이는 능히 장덕진이를 이기고 당선이 됐을 것이라고 보고 이를 안타깝게 생각해서, 보상은 안 되겠지만 위로도 하고 용기를 주려고 부위원장을 시키려고 했던 거야! 내가 네 말을 듣고 없었던 것으로 할 테니 동지들에게 잘 말해다오."

역시 진산 선생은 정감 넘치는 거인이었다.

셋째 광우의 탄생

태평로 명성약국에서 약국도 잘 되고 예금통장에 돈도 조금씩 느는 재미에 나는 신바람나게 약국 근무를 했다. 두 평 반 정도밖에 안 되는 작은 방 한쪽에 사다리를 걸치고 올라가도록 다락방까지 들여 점순이 자도록 꾸몄다. 명우를 덕수초등학교에 다니게 하고 성인까지 데리고 사는 것이 6·25 때 피난살이하는 것보다 더 옹색했는데, 경옥이 세 번째 아이까지 잉태해서 참으로 사는 것이 말이 아니었다.

1969년 6월 19일 자정이 지나 산통이 시작됐는데 통행금지 해제까지는 4시간 가까이 남아 있었고, 약국이라 약은 많지만 산모에게 아무 약이나 쓸 수도 없고 해서 참으로 길고 진땀나는 밤을 지냈다. 마침내 새벽 4시 통행금지 해제와 동시에 택시를 불러 경옥의 친구가 있는 신설동 마리아산부인과 병원으로 달려갔는데, 택시가 병원 앞에 당도했을 때 아이는 벌써 세상 밖에 나와 있었다. 택시 안에서 아기를 낳은 것이다.

병원 앞에 택시를 세워 놓고 병원문을 두드려 문을 열게 한 뒤 아기와 산모를 병원으로 데리고 들어갔는데, 새벽 첫차에 아기를 받은 택시기사는 자기 아이를 얻은 것처럼 즐거워하며 택시 안을 청소했고, 산모와 아기의 안전을 걱정하면서 신바람나게 병원을 들락거리며 도와주었다. 그 기사에게 다시 한번 감사한다.

새 생명의 탄생은 참으로 신기하고 아름다웠다. 세 번째로 나온 아들 이름을 광우(光愚)라고 지었다.

이로써 내 직계가족은 나와 처, 세 아이를 합쳐 다섯 명이 되었다. 그리고 아버지 어머니와 남동생 둘, 약국에서 일을 도우며 함께 산 점순을 합치면 모두 열 명의 대가족이 되었다. 나는 광우를 주신 하나님께 감사하고 산모와 아이와 온 가족을 위해 하나님께 기도를 드렸다.

구로동의 집 마련과
광우의 발병

자라는 어린아이들을 데리고 약국의 좁은 방에서 살 수 없을 뿐 아니라 열 명이나 되는 가족을 위해 셋집으로 다닐 수도 없게 되었다. 우리 집이 필요했다. 마침 처제(맹명자)의 시아버님의 소유로 남에게 세를 주고 있는 집을 적당한 가격으로 인수해서 살면 어떻겠느냐는 경옥의 제안을 받아들여 처제와 상의해서 사돈어른의 허락을 받아 구로동에 38평 대지에 방 셋, 마루, 부엌 두 개가 딸린 건평 20여 평의 붉은 벽돌 기와집을 사서 이사했다.

밤에는 거의 내가 약국에 혼자 남아 지키고 가끔 동생들이 교대로 와서 숙직을 했다. 우리 집을 사서 온 가족이 함께 살게 되어 좋기는 했지만 경옥과 점순은 구로동에서 약국까지 먼 거리에 교통도 불편하고 출퇴근 문제가 쉽지 않았다. 명우는 덕수초등학교에서 구로초등학교로 전학을 했고, 성인과 광우는 할머니에게 맡기고 출근을 하니 온 가족이 너무 힘들었다.

어머니는 하루종일 약국에서 일하다가 피곤에 지쳐 밤늦게 퇴근한

며느리에게 자랑과 불평을 곁들여 손주들을 키우는 힘든 사정을 하소연했다. 남편과 떨어져 혼자 출퇴근하는 것도 속상한 일인데, 더구나 온 가족의 생활을 책임지고 노심초사하는 며느리에게 수고한다는 위로는 못할망정 힘들다고 불평하는 시어머니가 야속하다고 경옥은 나에게 원망을 하곤 했다.

나는 가끔 어머니에게 말씀을 드렸다.

"어머니께서 힘드시는 줄은 알지만, 어멈이 집에서 애들만 키우고 있을 수는 없지 않습니까? 어멈은 더 힘이 듭니다. 힘이 드시더라도 온 가족을 위해 애쓰는 어멈에게 칭찬을 많이 해주세요. 우리 집이 어멈이 약국을 안 하면 살 수가 없지 않습니까? 어멈이 애써서 이만큼이라도 사는 걸 고맙게 생각해야지요."

내가 이야기를 하면 시인을 하면서도 어머니가 그렇게 하지를 못해서 나는 중간에서 고부 간을 조종하는 데 애를 먹어야 했다.

동생들도 형수에 대한 고마움보다 자기들이 하고 싶은 것을 마음껏 하지 못하는 데 대한 불평이 많았고, 은근히 어머니 편을 드는 눈치였다. 큰며느리라고 해서 자기 직계가족 외에 시집 식구의 생계까지 책임지고 자기를 희생하며 애쓰고 있는데 시집 식구들이 한통속으로 불평만 한다면 어느 누군들 좋겠는가? 그래서 우리 집을 마련했지만 가족 간의 화목은 바라는 대로 되지 않았다.

어느 날, 광우가 열이 나고 감기몸살을 심하게 앓았다. 나도 점순도 집에 없고, 약사인 경옥은 출근을 해야 하고 병원도 흔치 않을 때라 경옥은 본인의 처방으로 약을 지어 먹이라고 어머니에게 말씀드렸다. 그리고 빨리 치료한다고 주사기를 소독해 광우에게 해열주사를 직접 놓아주고 급히 출근했다.

다음 날, 열은 내렸지만 광우가 주사 맞은 다리를 펴지 못하고 오그린 채 일어서지 않았다. 큰일이 난 것이다.

그래서 곧바로 세브란스병원으로 데리고 갔는데, 주사가 잘못되어 다리 신경을 건드린 바람에 장기간 물리치료를 받아야 한다는 진단이 내려졌다. 자기 손으로 주사를 놓았으니 누구를 원망도 못하고, 저 혼자 기고 앉고 재롱 부리던 아이가 한쪽 다리를 오그리고 기지도 앉지도 못하는 걸 보는 경옥의 가슴은 찢어질 듯했다. 주사기를 찌른 자기 손을 자르고 싶은 어미의 죄책감에 경옥은 울고 또 울었다.

광우의 병세도 문제지만 경옥이 고민하는 모습을 차마 볼 수가 없어 나는 오히려 경옥을 위로하려고 애썼다.

"여보, 당신은 엄마로서 최선을 다한 거야. 너무 고민하지 말고 광우의 치료를 위해 하나님께 기도하며 있는 힘을 다해 노력하자."

나는 열심히 위로하며 용기를 갖자고 설득했다.

광우의 치료를 위해
창천동에 전셋집을 마련하다

　세브란스병원 정형외과에서는 광우가 약물치료와 장기간의 물리치료를 요하니 일요일만 빼고 매일 오전에 물리치료를 받으러 오라고 했다. 그런데 구로동에서 병원, 병원에서 약국까지 출퇴근을 한다는 것은 무리였다. 그래서 할 수 없이 창천동 산꼭대기에 있던 12평짜리 창천아파트 한 채를 전세내어 명우를 창천초등학교로 옮기고 또 이사를 했다.

　거리가 가까워 약국 출퇴근은 쉬웠지만 아침마다 광우를 데리고 병원을 오가는 것은 힘들었다. 경옥은 자기 행위에 대한 죄책감과 희생적인 엄마의 사랑으로 1년 이상을 하루도 빠짐없이 병원 치료와 약국 출근을 병행했다.

　광우에게는 병원에서 치료용 특수신발까지 맞춰 신기고 열심히 치료를 해 나갔는데, 주사맞은 다리에 살이 좀 덜 붙는 것 외에 겉으로 보기에는 별 지장 없이 성장해갔다.

　그 당시 아이들 사이에서는 황금박쥐가 붐을 이루고 있어서 아이들이 모이기만 하면 황금박쥐 흉내를 내는 장난을 하고 놀았다. 어느 날 명우에게서 약국으로 전화가 걸려왔다. 광우가 다쳐서 병원에서 전화를 건다는 말에 나와 경옥은 사색이 되었다.

우리는 약국을 점순에게 맡기고 병원으로 달려갔다. 초등학교 3학년인 명우가 말했다.

"광우가 아이들과 함께 어느 담장 위에 올라가 한쪽 다리를 들고 남은 한쪽 다리로 황금박쥐 흉내를 내다가 담장 밑으로 굴러떨어져 피를 흘리고 울고 있었어. 그래서 먼저 광우를 업고 병원에 와서 응급치료를 받게 하고 약국으로 엄마 아빠한테 전화를 했어."

"약간의 찰과상으로 피를 흘렸을 뿐 다행히 큰 부상은 아니니 걱정 말라"는 의사의 말에 안심하며 우리는 아이들을 데리고 집으로 왔다. 초등학교 3학년인 명우가 응급상황에 어른처럼 잘 대처한 것이 한없이 대견했고, 또한 서로 사랑하는 형제의 우애를 보고 불행 중 다행으로 여기며 우리 둘은 모처럼 크게 웃었다.

그즈음 성인도 창천초등학교에 입학했다.

제8대 국회의원 총선과
고흥문(高興門) 후보의 찬조연설

1971년, 제8대 국회의원 선거일이 공고되었다. 나는 당시 선전국 공보부장이었는데, 사무총장인 고흥문 의원이 사무총장실로 나를 불러 간곡히 부탁했다.

"노 부장은 꼼짝 말고 내가 출마하는 도봉구에 와서 내 정견발표회의 찬조연설을 해줘야겠어. 다른 데 갈 생각 말고 내 선거를 도와줘."

지역사정으로 보아서는 내 성장구역인 영등포 갑구에서 선거운동을 해야 하는데, 박정훈 후보는 잘 알지도 못하지만 5 · 6 파동 문제도 있고 해서 사무총장인 고흥문 의원의 선거운동을 돕기 위해 도봉구 전역을 누비며 약 한 달 동안 하루에 7~8회의 선거연설을 했다.

고흥문 의원의 정견발표회장에는 유권자들이 구름처럼 모여들었고 청중의 열기 또한 뜨거워서 오전부터 밤늦게까지 장소를 옮겨가며 연설을 해도 피곤한 줄 몰랐다.

고흥문 의원은 원래 전국구의원 출신이어서 대중연설의 경험이 적었기 때문에 연설을 많이 하면 목이 쉬어 고통스러워했지만, 나는 시작하는 날부터 선거가 끝날 때까지 목이 쉬지 않아 피곤한 줄 모르고 잘 마쳤다.

고흥문 의원은 다행스럽게도 전국에서 최고득표로 당선되어 본인도 영광이었지만 찬조연설을 한 나도 무척이나 기쁘고 자랑스러웠다. 제8대 국회의원 선거로 나는 고흥문 의원과 특별한 인연을 맺어 매우 가깝게 지내는 사이가 되었다.

유신정치의 시작

삼선개헌으로 세 번째 대통령이 된 지 2년밖에 안 된 박정희 대통령이 느닷없이 일본인들이 명치 때 써먹었던 유신이라는 말을 빌려 1972년 10월 17일 비상조치를 발동해 헌정을 중단했다. 그리고 2년도 채 안 된 멀쩡한 국회를 해산하고 선거구를 중선거구제로 바꾸어 한 선거구에서 두 명의 국회의원을 뽑고, 국회의원 정수의 3분의 1을 대통령이 임명하여 유정회라는 이름을 붙여 국회를 구성한다고 발표했다.

겁없이 역사를 반전시킨 유신정치는 참으로 어처구니없는 역사적 비극의 시작이었다. 막강한 군사력으로 반대할 만한 사람은 미리 모조리 잡아다가 두드려패고 심하게 고문을 해서 항복을 받아냈다. 박정희 대통령은 야당 정치인 중 누구 하면 알 만한 사람들도 "유신만이 살 길"이라는 구호가 적힌 어깨띠를 두르고 다녀야 할 정도로 공포분위기를 조성하며 유신을 밀고 나갔다.

당시는 야당의 거물 정치인들이 외국에 많이 나가 있을 때였다. 유진산, 김영삼, 김대중 등 여러분이 외국에 있었는데, 유진산 총재는 나라에 위급이 닥쳤는데 나랏일을 한다는 사람이 자신의 안위를 걱정해 외국에서 피하는 것은 말이 안 된다며 주변의 만류를 뿌리치고 급거 귀국해 김포공항에서 기관원들에게 연행되었다.

김영삼 의원도 미국 하버드대학에서 라이샤워 교수가 한국의 정변 소식을 듣고 "하버드대학에서 아파트와 생활비까지 담당하도록 조치를 취하겠으니 귀국하지 말라"고 간곡하게 권했지만 이에 응하지 않았다.

"대단히 고맙지만 나는 명색이 대통령을 하겠다고 나선 사람입니다 나 혼자의 안전을 위해서 이곳에 남는다는 것은 내 조국과 국민을 팽개치는 것과 다름없습니다."
하고 곧바로 귀국길에 올라 김포공항에서 헌병들에게 둘러싸여 돌아왔다.

– 김영삼 회고록 2권 23쪽

김대중 의원도 일본 도쿄에 있었는데, 그는 돌아오지 않았다.

제9대 유신선거법과
나의 신민당 공천

　박정희 대통령의 영구집권 획책으로 짜여진 유신정국은 갖은 우여
곡절 끝에 제9대 국회의원 총선거의 실시를 예정하고 있었다. 신민당
도 엄청난 재난 후에 흩어져 남은 잔해를 모아서라도 이 나라의 운명
을 파렴치한 독재자에게 맡길 수 없다는 참담한 심정으로 전당대회를
열어 유진산 총재를 새 총재로 선출하고 제9대 국회의원 선거에 참가
해 총력을 다해서 독재를 막고 민주주의를 위해 싸우기로 했다.

　나는 제8대 국회의원선거 때부터 영등포 갑구에서 출마하겠다는 생
각을 하고 있었는데, 5·6 파동으로 박정훈 씨가 나가 낙선한 후 유진
산 총재가 법정 위원장직을 맡고 있었다. 그런데 제9대 국회의원 선
거 때는 유진산 총재가 고향인 충남 금산에 가서 "내가 나고 자란 고
향에 가서 내게 마지막이 될지도 모르는 국회의원 선거에 고향분들의
심판을 받겠다"고 금산으로 선거구를 옮겼다.

　나는 생애 처음으로 국회의원에 출마하겠다는 뜻을 경옥에게 말하
고 도움을 청했다.

"출마를 하면 돈도 많이 들고, 더구나 야당으로 나가면 눈에 보이게 또는 보이지 않게 엄청난 탄압도 각오해야 하오. 아내인 당신의 지지와 성원이 절대적인 요건이니 당신이 나를 도와주시오."

경옥은 내 뜻을 받아주었다.

"당신이 언젠가는 국회의원 출마를 꼭 할 거라고 나는 벌써부터 각오하고 있었어요. 인생이 한 번 났다 가는 것인데, 기회가 왔는데 하지 않는 것은 얼마나 억울하고 바보스러워요? 무소속은 안 돼요. 신민당 공천을 받으세요."

나는 다른 가족들하고는 아무 말도 하지 않았다. 찢어지게 가난한 생활을 하다가 이제 겨우 집을 마련한 정도인데 국회의원 출마라니, 우리 집이나 처갓집이나 흔쾌히 찬성할 리 없다고 생각했기 때문이다. 그래서 공천이 결정될 때까지 우리 둘만 알고 공천경쟁에만 열중하기로 했다.

경옥의 지지와 성원은 나에게 천군만마를 얻은 것과 같아서 엄청난 힘과 용기, 자신감이 생겼다. 나는 경옥을 내 아내로 인도해주신 하나님께 머리 숙여 감사의 기도를 드렸다.

당시 전국구출신 국회의원이자 신민당의 명대변인으로 이름을 날리던 김수한 의원을 비롯하여 야도여촌에 맞들린 전 현직의원들이 모두 서울로만 모여들어 영등포 갑구에서도 신민당의 공천경쟁이 만만치 않았다. 공천신청을 낸 사람들이 심사위원들의 집을 두루 도는 것은 물론이고, 특히 상도동 총재 댁은 조석으로 문전성시를 이루어 아침 일찍 온 사람 중에도 총재님을 만나기는커녕 총재님이 출입하실 때 눈도장이라도 찍으려고 서로 앞다투어 눈치를 살피기도 했다.

나는 이 지역에서 부위원장도 지냈고, 비교적 중앙당에서도 핵심부장을 역임하고 있었으며, 총재님 사모님까지도 나와 경옥을 귀여워했다. 그래서 신동준 실장을 비롯한 비서들과도 잘 지내고 있었으며, 그 중에도 총재님의 연설문 등 각종 문서를 작성, 대필까지 하는 총재님의 조카 유창열(柳昌烈) 씨가 내 공천에 관해서 많은 관심을 가지고 있어서 총재님을 독대하는 데 어려움은 없었다.

나는 여러 번 총재님을 만날 수 있었고, 간청을 드렸다.

"총재님, 제게 기회를 주십시오. 기대에 어긋나지 않도록 열심히 하겠습니다."

그동안 소선거구제하에서는 서울에서 한 사람의 공화당 의원도 당선시키지 못했던 박정권은 유신선거법으로 한 선거구에서 두 사람씩 뽑는 중선거구제로 바꾸어 모든 선거구에서 둘 중 하나는 여당 후보가 당선되도록 원천적으로 민의를 합법적으로 조작하는 내용을 담아 제9대 국회의원 선거를 치렀다.

예년 선거에서 나타난 결과를 가지고 보면 언제나 신민당후보가 공화당후보보다 2배 이상의 득표로 승리했기 때문에 거물급 현역의원과 거물급 전직의원들이 대거 서울 선거구를 희망하고 모여들어 신민당은 공천에 어려움을 겪고 있었다. 그런 상황에서 나처럼 원외 지망생들의 서울 공천은 기적이 일어나지 않는 한 하늘의 별 따기였다.

그러다 보니 당에서는 공천희망자는 모여들고, 어차피 서울에서 한 사람은 당선된 것이나 마찬가지니 두 사람을 복수로 공천하면 잘만하면 둘씩 당선시킬 수도 있지 않겠느냐는 생각으로 서울만 복수공천자를 내기로 방침을 세웠다. 그런 방침에도 물러서는 사람은 없었다.

아내 경옥이 애가 달아 말했다.

"여보, 우리 둘이 함께 총재님을 뵙고 간청해봅시다."

그래서 아내와 함께 총재님을 만났다. 나란히 들어서는 우리를 반갑게 맞이한 총재님 앞에 앉아 경옥이 간청을 드렸다. 총재님은 빙그레 웃으면서 말했다.

"너희 집은 참 이상하다."

그래서 내가 뭐가 이상하냐고 물었더니 총재님이 대답했다.

"다른 집은 사내가 공천 달라고 여기 오면 마누라는 목매달러 가는데, 너희는 두 사람이 함께 와서 공천을 달라고 하니 이상하지 않느냐? 그래, 알았으니 가봐."

군사정부의 갖은 박해와 금권타락 부정선거로 가산을 탕진하고 낙선해서 가정이 무너지고 패가한 사람 중 자살을 한 사람도 종종 있었기 때문에 나온 말이었다.

중앙당 근처에 가면 누구는 되고 누구는 안 되고, 더구나 원외 당원은 아예 심사대상도 안 되니 꿈도 꾸지 말아야 한다고 말들이 많았다. 서울 시내 각 지구당 부위원장 중 동대문에 최승군, 서대문 쪽에 윤병익 등 여러 사람이 공천신청을 해놓고 몸이 달아 있었다.

나는 견딜 수가 없어 밤 11시가 다 되어갈 무렵 총재댁을 찾았다. 문을 열어준 뒤 들어가서 총재님을 뵈어야겠다고 떼를 쓰는 나를 보고, 유창열 씨는 총재님이 조금 전에 들어오셔서 막 자리에 드셨으니 밝은 날 다시 오는 게 좋겠다고 했다.

나는 막무가내로 총재님 방 앞에 가서 문을 두드렸고, 잠옷을 입은 채 기침하시는 총재님 앞에 엎드려 말했다.

"이상한 소문이 있어서 왔습니다. 원외 당원의 신청서는 보지도 않고 심사에서 제외한다는 말을 듣고 견딜 수가 없어서 왔습니다."

"뭐야? 이놈아, 전쟁에 나가 전쟁하는 놈이 옆 사람이 이상한 얘기를 한다고 그 말을 듣고 전쟁터를 버리고 후방으로 쫓아온단 말이냐? 알았으니 가봐!"

"알았습니다. 저에게 기회를 주신다는 말씀으로 알고 그만 가보겠습니다."

그렇게 대답하고 나는 넙죽 절을 했다.

"늦었으니 딴 데 가지 말고 잘 가."

총재님의 말씀을 뒤로 하고 나오면서 유창열 씨에게 "저, 총재님 말씀이 된다는 말입니까, 안 된다는 말입니까?" 하고 물었더니 유창열 씨는 "내가 어떻게 알아!" 했다.

드디어 공천자발표를 하는 날 일찍 중앙당에 들렀는데, 같이 공천 신청을 했던 전직 지구당 위원장 출신 K씨가 차나 한잔 하자고 해서 당사 근처의 제과점으로 갔다.

"노 부장, 미안해요. 영등포 갑구는 공천자 결정이 났는데, 복수로 김수한 의원과 내가 됐다고 어제 유진산 당수에게서 직접 이야기를 들었어요. 노 부장은 다음에 기회를 보고 이번 선거에는 나를 위해 수고를 해주시오."

듣기에 기분 좋은 말은 아니었지만 겉으로 표현할 수도 없어서 나는 이렇게 대답했다.

"알았어요. 그런데 나도 총재님에게서 너는 안 된다는 말을 들은 적이 없으니 발표될 때까지 희망을 버릴 수는 없지 않소? 혹시 누가 압니까? 내가 될지도 모르니 당신이 되면 내가 당신을 밀고, 내가 되면 당신이 나를 밀어주기로 합시다."

"그렇게 합시다!"

K씨는 자신만만하게 대답했다.

종로구 견지동 유진산 총재 개인사무실의 지하다방에 조그마한 트랜지스터 라디오를 가운데 놓고 수십 명이 모여 정오 뉴스에 귀를 기울였다.

"신민당의 공천자를 발표하겠습니다……."

종로에서부터 시작해 여등포 갑구 김수한, 노병구라고 이름이 나왔을 때 나는 뛸 듯이 기뻤고 옆에 있던 K씨는 얼굴이 하얗게 되었다.

집으로 가서 뉴스를 듣고 기뻐하는 경옥과 얼싸안고 자축을 했다.

다음 날 일찍 상도동 총재님에게 인사를 드리러 갔는데, 총재님은 축하의 말을 건넨 뒤 말씀하셨다.

"너는 죽으나 사나 서울만을 고집해서 할 수 없이 이번에 공천을 주기는 했지만 당선이 어려워. 박정희가 서울에서 둘 중 하나를 공화당이 차지하게 하려고 선거법을 저희 입맛에 맞게 만들어 놓고 어떻게든 당선시키려고 기를 쓸 거야. 김수한은 현직의원인 데다가 대변인이고, 자금도 명성도 너는 아직 김수한을 따라갈 수 없으니 네가 당선되기는 어렵다는 거야. 그러니 다음 선거에 대비한다는 생각으로 젊은 다리로 열심히 다녀 몇만 명이건 악수를 하도록 해. 돈도 네 돈은 쓰지 말고 비축해 둬. 얼마 안 되지만 네가 쓸 돈을 좀 만들었으니 이 돈 범위 내에서 선거운동을 하도록 해. 사무실도 따로 돈을 들여 얻을 게 아니라 본동에 있는 내 지구당 사무실을 쓰고."

그러면서 보자기에 싼 돈뭉치를 건네주셨다.

"총재님의 기대에 어긋나지 않게 열심히 하겠습니다. 당선이 어렵다고 말씀하시지만 당선이 되도록 해보겠습니다."

인사를 마치고 집에 돌아온 뒤, 나는 경옥을 끌어안고 하나님께 감사했다. 그리고 자식을 앞에 놓고 걱정하시는 참아버지의 모습을 보여주신 유진산 총재님의 아무리 노력해도 갚을 수 없는 은혜를 잊지 말자고 다짐하고 또 다짐했다.

신민당 서울 시내 각 선거구의 공천자는 모두 현역의원들로 채워졌고, 한두 사람의 거물급 전직의원이 들어 있었다. 부위원장이나 원외 당원으로는 내가 유일하게 그 안에 들어 있었으니 당락을 떠나 공천만으로도 최대의 영광을 차지했다고 나는 서울시내 부위원장들의 부러움을 샀다.

제9대 국회의원 출마

1973년 2월 9일자로 1973년 2월 27일에 제9대 국회의원 선거를 실시한다는 공고가 붙었다. 공천장을 받아 선거관리위원회에 입후보 등록을 마치고, 선거사무장에는 흑석동에 살면서 평생을 민주화운동에 몸바쳐 고집스럽게 어려운 야당생활만을 하고 있던 영등포 갑 지구당 부위원장 상덕식(尙德植) 씨를 위촉했다. 그리고 사무실 간사로는 민주당 시절부터 지구당 간사일을 맡고 있던 김동우(金東禹) 씨를, 여성부장에는 주종례(朱宗禮) 씨를 위촉하고 선거운동에 들어갔다.

선거운동을 시작하자 중앙당에서 원외 출신 후보에게만 주는 10만 원을 지원받고, 원근의 일가친척 친지들에게서 성금과 물품이 적잖이 답지했다. 장오룡 누님은 유진산 총재님이 나에게 쓰라고 주신 만큼의 많은 돈을 선뜻 내놓으면서 더 많은 돈을 주지 못하는 것을 대단히 미안해했다. 누님은 자신이 기업을 하는 사람이라서 여당 쪽에 알려지면 곤란하니 우리 둘만 알기로 하고 선거운동 전면에 나서지 못하는 것을 미안해하고 안타까워했다.

왜정 시절 중국 상해에서 주먹 하나로 이름을 날리고 해방후 귀국해 김두한, 이정재 두 사람이 형님으로 모셨던 시라소니 선생도 내 선거사무실을 찾아와 나를 격려하고 내 선거운동을 자처하고 나섰다. 시라소니 선생은 유진산 총재의 비서 겸 경호를 맡았던 이형호(李亨鎬) 씨가 형님으로 모시던 분으로 나와 이형호 씨가 친하다는 말을 듣고 나를 돕기 위해서 찾아왔는데, 그때는 착실한 크리스찬이 되어 교회에서 집사직을 맡고 있다고 들었다.

그때 나를 도왔던 분들의 이름을 거의 다 잊어버렸는데 아는 분 몇 분의 성함을 여기 적는다.

제재옥(諸在玉), 권오륜(權五倫), 박건용(朴健龍), 오중환(吳仲煥), 장수익.

정견발표회도 없어지고 그 넓은 지역에 합동연설회만 네 번인가밖에 없어 주로 악수로 선거운동을 했는데, 나와 함께 다니면서 운동기간 중 내 빈자리를 잘 메워준 장승훈(張勝勳) 부장이 시종 열심히 해주었다.

유신선거법은 선거운동원증을 가지고 있는 제한된 몇 사람만 선거운동을 할 수 있게 규정하고 있지만, 운동원증을 가지고 있더라도 운동의 제한규정이 너무 혹독했고, 거기에다가 경찰과 공무원, 기관원 등이 따라붙어 선거사무장조차 옴짝달싹할 수 없었다. 그래서 나는 선거사무장에게도 오는 사람 접대나 하며 사무실이나 지키는 것이 좋겠다고 말했다. 반면 공화당후보의 선거운동을 하는 사람들은 국가권력의 무한한 보호 아래 무슨 짓이든 무법천지에서 하고 싶은 대로 하는 선거가 유신선거였다.

그러니 실질적인 선거운동은 나와 처 경옥이 할 수밖에 없었다. 새

노량진초등학교에서 합동유세 중인 필자

벽에 사무실에 들러 그날의 일정을 살피고 장승훈 동지와 함께 거리
로 나가 지나가는 사람 아무에게나 악수를 청하며 "제가 신민당 공천
을 받고 국회의원에 출마한 노병구입니다. 잘 부탁합니다. 열심히 하
겠습니다!" 하면서 하루종일 쉴 새 없이 걸어다녔다. 경옥도 신길동교
회에 다니는 홍복동 권사님과 최일순 이모와 함께 거리로 나가 아무
나 붙잡고 "이번에 국회의원에 출마한 노병구의 아내입니다. 잘 부탁
합니다!" 하면서 운동을 하고 다녔다.

어느 날, 하루종일 거리를 헤매다가 밤늦게 사무실로 돌아와 놀라
운 보고를 들었다.

"방금 들어온 소식인데, 사모님께서 봉천시장에서 노량진경찰서 수
사과장에게 연행되었다고 합니다. 이유는 무엇인지 모르겠습니다."

나는 보고를 받고 즉시 노량진경찰서 서장실로 직행했다.

"여보시오, 서장. 내 아내가 수사과장에게 연행되어 왔다는데 무슨 일로 연행을 했습니까?"

서장은 처음 듣는 이야기라며 알아보겠다고 하고 수사과에 전화를 건 뒤 말했다.

"사모님께서 선거운동원증이 없이 선거운동을 해서 모셔다가 조사 중인데, 곧 모시고 가도록 하겠습니다."

"서장님, 어떻게 운동을 했는데 선거법 몇 조에 위반되었단 말입니까?"

"사모님께서 운동원증 없이 봉천시장을 돌며 불특정 다수인에게 '노병구의 아내입니다. 잘 부탁합니다' 이렇게 말하고 다녔다고 합니다."

정말 어처구니없는 일이었다.

"여보 서장, 당신 같으면 당신이 출마를 했는데 부인이 그 정도의 말도 안 하고 다닌다면 그걸 마누라라고 데리고 사시겠소? 극히 인간적이고 윤리적인 행위를 억지로 법에 걸어 탄압하지 마시오. 수사과장 좀 오라고 하시오 내가 따져봐야겠소. 이것은 명백한 경찰의 선거탄압이오."

"후보님, 지금 수사과장은 자리에 없습니다. 제가 잘 말하겠습니다. 지금 사모님을 모시고 가십시오."

그래서 아무 일도 안 되는 것으로 알고 경옥과 함께 다른 두 분을 모시고 돌아왔다.

그런데 선거가 끝나고 3~4개월 후에 검찰청 영등포지원에서 소환장이 날아왔다. 나는 박한상(朴漢相) 의원에게 사건을 맡겼는데, 소환장에 적힌 사건내용을 보고 "이게 무슨 사건이라고 소환장을 보내고 재판을 한단 말인가? 재판을 하면 그래도 법원은 아직 양심이 좀 남아 있어서 틀림없이 무죄가 될 테니 걱정 말고 나한테 맡기게." 했다.

검찰 심문이나 법원의 재판정 심문에서도 사건내용은 "노병구의 아내입니다. 잘 부탁합니다!" 하는 똑같은 내용인데, 판사는 운동원증 없이 한 선거운동이라고 판정해서 경옥에게 6개월 징역에 1년 집행유예를 선고했고, 홍복동 권사에게도 운동원증 없이 불법선거운동을 하는 사람을 수행한 것이 죄가 된다고 똑같이 6개월 징역에 1년 집행유예를 선고했다.

판결 후 박한상 변호사와 나는 말도 안 되는 판결이라고 고등법원에 상고를 했다. 그러나 고등법원에도 양심은 없고 유신정권에 의해서 저질러지는 무법권력만이 난무할 뿐이었다.

2심에서도 1심과 똑같은 판결을 받은 나는 대법원까지 상고를 하자고 했는데, 박한상 변호사는 정치관계에 관한 한 대법원도 양심은 없고 모든 법관이 정보부의 꼭두각시라는 것이 이 사건으로 드러났으니 더 이상 힘 낭비를 하지 말자고 해서 그만두었다.

많은 사람들이 음으로 양으로 나의 당선을 위해 수고했지만, 그중에서도 봉천동에서 홀로 아이들을 키우며 반듯하게 사시던 여성부장 주종례 여사는 보따리에 생필품을 이고 이집 저집을 샅샅이 다니면서 물건도 팔고 내 선거운동을 했다. 개표할 때 보니 그 투표구에서 다른 투표구에 비해 월등히 많은 표가 쏟아져나와서 한 사람의 열성적 운동원의 힘이 얼마나 큰가를 알 수 있었다. 나는 주 여사에게 늘 감사하며 살고 있다.

18일간의 선거운동이 끝나고 개표를 시작했는데, 우리 쪽 개표감시자로는 도봉구에서 한나라당 공천으로 국회의원에 출마했고 그 지역 위원장으로 있는 백영기(白榮基) 씨가 들어갔다. 투표함을 개함할 때마다 사전에 공화당후보에게 투표를 한 2~3백 장씩의 묶음표가 책다발처럼 뭉치로 쏟아져나왔다. 투표함이 개함될 때마다 "또 나왔다!" 하는 백영기의 절규가 개표장을 압도했다.

개표는 중단되었다. 거기에도 양심은 없었다. 현직판사가 선거관리위원장인데, 민주주의를 도둑맞는 그 현장에서 도둑을 잡을 생각은 애당초 없고 "그 뭉치만 따로 두고 나머지 표만 계산하면 되지 않겠느냐?"는 것이었다.

나와 백영기는 싸웠다. 몇 시간이나 개표를 중단시키고 문제를 삼았지만, 다른 후보 측과 개표종사원 또 그 안에 있는 모든 사람들이 유신정권의 위압에 눌려서 아무 소리 못하고 선거관리위원회의 말대로 빨리 개표를 끝냈으면 하는 태도였다.

언론도 잠을 잤다. 그 개표장에는 언론 기자들도 있었을 텐데 모두 꿀 먹은 벙어리였다. 김수한 의원도 아무 소리 하지 않았다. 선거를 주관하는 선거관리위원회와 언론이 양심의 소리를 못 내고 유신권력에 눌려 그들이 하는 대로 앞다투어 충성하려고 얼굴에 철판을 깔고 대드는 데는 어안이 벙벙할 뿐이었다.

시간은 흐르고, 아무도 편 드는 사람은 없었다. 유진산 총재가 사전에 말씀하신 대로 어차피 당선이 어려운 선거였는데 끝까지 물고늘어진다고 해서 유신정권이 달라질 수도 없으니 "이쯤 해서 묶음표가 나온 투표구 선거관리위원회를 문책하라는 내용을 선거관리기록부에 남기고 개표를 진행하게 하는 것이 어떻겠느냐"는 선배 몇 분의 권고를 받아들여 개표를 진행했다. 그후에도 여러 투표함에서 묶음표가 쏟아져나왔다.

9대 유신 총선거는 이름만 자유선거였을 뿐 유신정권의 각본에 따른 형식적인 선거였다. 법이 살아 있다면 당연히 선거무효 선고를 받고 재선거를 해야 마땅한 선거였다.

최소한의 돈으로 치른 선거였지만 넉넉지 못한 내 경제력으로는 기둥뿌리가 빠지는 선거였다. 결과는 김수한 의원이 1위를 하고, 전 보건사회부 장관 출신인 정희섭 씨가 2위로 당선되었다. 투사로 이름이 쟁쟁했던 김선태(金善太) 전장관이 3위, 그리고 내가 김선태 씨와 별차이 없이 4위를 해서 2만여 표를 얻었고, 그 밖에도 두 사람이 더 있었다.

500만원짜리 떡

　선거운동 기간 동안 가족과 일가친척 친지들에게 많은 신세를 졌지만, 나는 그들의 기대에 부응하지 못하고 처음으로 비참한 패배의 쓰라림을 맛보게 되었다. 시작할 때는 제법 호기롭게 출발했지만 패배의 쓰라림은 상상을 초월하는 아픔이었다.

　선거결과가 나오던 날, 경옥과 나는 어떤 결과가 나오더라도 당원들 앞에서는 의연하게 받아들이고 수고한 동지들을 위로하자고 다짐을 하고 나갔는데, 혹시나 하고 기대했던 당원동지들이 패배의 쓰라림을 못 참고 우리 두 사람을 붙잡고 울음을 터뜨렸다. 간신히 그들을 돌려보내고 집에 돌아와서 우리 둘은 서로를 위로하며 재기를 다짐했다.

　서울지역 공천을 달라고 수시로 찾아가 떼를 쓰다시피 해 어렵게 공천을 주었는데, 비록 예견은 했지만 패배를 하고 보니 유잔산 총재님을 뵐 면목이 없었다. 총재님이 금산에서 당선되어 지역구 수습을 마치고 상경하는 날을 기다려 나는 총재님께 인사를 드리러 갔다.

총재 댁은 당락 간에 인사를 드리러 온 선배동지들로 붐볐다. 내 차례가 되어 총재께서 쓰시는 방 미닫이를 열고 들어가는 순간, 총재님은 느닷없이 나를 향해 버럭 소리를 지르셨다.

"야, 이놈아! 어깨가 축 처져 가지고 그게 뭐야!"

'아이쿠, 올 것이 왔구나' 하고 엉거주춤하게 서 있는 나를 보고 총재님은 "앉아, 이놈아!" 하고 또 소리를 지르시고는 송구스럽게 앉은 나를 보시며 웃음 띤 온화한 낯으로 말씀하셨다.

"너 기대 이상으로 잘 싸웠어. 네가 이번 선거에 네 돈 한 500만원 썼는지 모르지만 그거 떡 사먹은 셈치는 거야. 그리고 처음부터 어려울 거라고 내가 말하지 않았냐? 요다음 선거 때는 서울은 반드시 분구가 되게 돼 있어. 너 이번에 미리 기반을 닦으라고 공천을 준 거야. 요다음 선거는 서울도 복수공천이 아니라 단수공천을 하게 돼. 내가 앞으로 20년은 더 산다. 너는 요다음에 꼭 국회의원이 돼. 젊은 놈이 선거에 한 번 떨어졌다고 어깨가 축 처져 가지고 기가 빠져서 다니면 되겠냐? 기운을 내라. 너는 요다음에 돼. 그리고 부인한테도 힘내라고 그래."

나는 총재님의 질책 아닌 질책을 듣고 나오면서 그동안 쌓인 피로가 한꺼번에 풀리고 평안한 마음으로 돌아와 있음을 느끼며 사모님 방으로 들어갔다. 사모님이 반갑게 맞으시며 말씀하셨다.

"수고했어요. 잘 싸웠어요. 그리고 총재님께서 개표하던 날 영등포 갑구 개표상황을 보시면서 노병구도 잘 싸운다, 노병구도 잘 싸운다 그러시면서 대단히 기뻐하시고 칭찬했어요."

"사모님, 지금 제가 총재님한테 된통 야단맞고 나오는 길입니다. 죄송합니다."

"더 열심히 잘하라고 하시는 말씀이지. 노병구 씨에게 많은 기대를 가지고 계신걸."

나는 총재님 내외의 격려를 듣고 나오면서 경옥에게 전화를 걸었다.

"당신, 총재님한테 야단맞았어요?"

"아니야. 저 양반이 '너 이번 선거에 네 돈 한 500만원 썼는지 모르지만 그거 떡 사먹은 셈치는 거야' 하시면서 젊은 놈이 선거 한 번 떨어졌다고 어깨가 축 처져 가지고 그게 뭐냐고, 어깨를 펴고 힘을 내라고 말씀하셨어. 그리고 당신한테도 수고했다고 전하라고 하셨어요."

그러자 경옥도 모처럼 명랑하게 웃었다.

"그 영감님 떡도 큰 것을 사 잡수시네."

역시 진산 선생은 멋있고 폭넓은 지도자였다. 나는 그런 지도자를 모시게 된 것을 하나님께 감사드렸다.

대림동에 집을 짓다

　선거는 끝났지만 선거기간 동안 정신없이 얻어 쓴 빚 정리와 여기 저기서 터져나오는 외상값 독촉에 시달리느라 한동안은 선거 때보다 더 어렵고 힘든 나날을 보내야 했다. 총재님 말씀대로 아예 안 돼도 좋다는 생각으로 주신 돈과 들어온 돈만으로 선거를 치렀더라면 부담이 적었을 텐데 막상 출마를 하고 보니 욕심도 생겼고, 또 주위에서 이것은 꼭 해야 한다고 들고 오는 일들을 하지 말라고 거절하고 제지시키는 일은 더 힘들었다. 적게 쓴다고 아꼈는데도 갚을 돈이 너무 많아서 구로동 집도 날아가고, 약국만 남겨 놓고 다 정리를 해도 모자랄 판이었다.

　그때 영등포에서 우리 식구가 살 만한 집 한 채 값이 약 250만원 정도였다. 가진 것을 다 정리해서 급하지 않은 빚을 미루고 약 120만원 정도의 돈으로 온채 전셋집을 구하려고 대림동 쪽으로 가고 있는데, 길에서 대림동 유지시고 전에 정부 부처에서 국장까지 지내다가 은퇴한 뒤 사업을 하다가 실패했다는 선배님을 만났다.

"이게 누구야? 얼마나 고생을 했나? 빚은 많이 안 지고? 너무 실망하지 말고 다음을 기약해. 그저 건강이 제일이야. 그래, 어딜 이렇게 바삐 가시나?"

"격려해주셔서 감사합니다. 식구들이 살 집을 구하려고 나왔습니다. 집을 사지는 못하고 전셋집을 보려고 나왔는데 어렵네요."

"돈이 얼마나 되는데? 어느 정도의 집을 구하는 거야?"

"지금 120만원 정도를 가지고 있는데, 방이 서너 개 정도는 돼야 하겠습니다."

"집을 한번 지어보면 어떻겠나?"

"이 돈 가지고 무슨 집을 짓습니까? 또 경험도 없고요."

"아, 국회의원 출마까지 한 사람이 그까짓 집을 왜 못 짓는단 말인가? 내가 사업을 하다가 친구에게 내 땅을 가등기해주고 80만원을 썼는데, 친구에게 너무 미안해서 아주 그 땅을 넘겨받으라고 해도 친구 간에 말이 되느냐고 언제고 벌어서 갚으라고 하네. 그런데 그 친구 부인의 눈치가 곱지 않아서 골치가 아파. 그 땅이 83평인데, 네모반듯한 것이 아주 잘생겼어요. 거기에다 집을 지으면 노 선생 집으로 손색이 없을 거야. 내가 노 선생을 잘 아는 처지니, 나한테 80만원만 먼저 주게. 그러면 내가 사용승낙서를 써줄 테니 노 선생 이름으로 건축허가를 받아 집을 지어서 은행에서 융자를 받든지 해서 나머지 땅값을 갚으면 될 게 아닌가? 땅값은 요새 평당 2만원이 넘는 땅인데, 내가 1만 9천원씩 쳐줄게 잘 생각해 보게."

그분의 진지하고 진정어린 권고에 '맞다! 내가 그 어려운 국회의원 출마도 했는데 집 하나 짓는 것을 못한대서야 말이 되나.' 하고 새로운 용기가 생겨났다. 나는 주저 없이 말했다.

"좋습니다. 생각하고 어쩌고 할 것 없이 지금 당장 복덕방에 가서 건축절차를 알아보고 별문제가 없으면 계약서를 쓰시지요."

그래서 잘 아는 복덕방에 가서 계약서를 쓴 뒤 그 자리에서 80만원을 지불하고 사용승낙서를 받아 가지고 돌아왔다.

경옥에게 사정을 설명하고 집을 짓겠다고 말하자, 경옥은 달갑지 않은 대답을 했다.

"선거 뒤처리도 다 안 됐는데 무슨 알지도 못하는 집을 짓는다고 그래요? 전셋집이나 하나 얻고 말 일이지, 집 짓는 게 그렇게 쉬운 줄 아세요?"

그러나 이미 땅값의 일부도 주었고 계약을 체결했으니 무를 수도 없는 형편이 되었다고 하자, 그럼 땅을 반으로 나누어 반을 팔든지 집을 두 채 지어서 한 채는 팔자고 했다. 나는 알았다고 대답하고 다음 날부터 본격적으로 집 짓는 일에 매달렸다.

건축설계사무소를 찾아가 설계를 의뢰했는데, 설계사무소에서 땅도 잘생기고 위치도 괜찮으니 한 채를 짓고 정원을 잘 꾸미는 게 좋겠다고 해서 그대로 하라고 맡겼다. 그 말을 들은 경옥은 그 돈을 다 어디서 조달하고 또 어떻게 메꿀 것이냐고 화를 내며 대들어서 참으로 오랜만에 부부싸움을 크게 했다.

부모님은 애당초 약국도 잘되고 살 만한데 돈을 처박는 국회의원 출마로 집도 날리고 어렵게 됐는데, 게다가 빚으로 집을 짓는다니 몹시 못마땅해했다. 또 선거가 끝나면서 동생 병란이 결혼을 한다고 해서 결혼을 시켰는데, 병란은 직장생활로 모은 돈으로 전셋집을 얻어 살림을 차렸다. 부모님은 큰아들이 하는 짓도 마땅치 않지만 큰며느리도 몹시 못마땅해서 은근히 새 살림을 차리는 병란에게 기대는 눈치였다.

　나는 아내 몰래 부모님에게 말했다.

　"정말 어려운 때 우리 집에 시집 와서 나도 시동생들도 다 공부시키고, 이제 병란이를 취직까지 시켜 장가도 들이고 이만큼이라도 살게 되었으니 조금 못마땅하셔도 큰며느리를 싸고 도셔야 합니다. 어렵더라도 조금만 참아주십시오. 그러지 않으면 나중에 아버지 어머니가 계실 곳이 없어집니다. 앞으로 겪어보시면 아시겠지만 명우엄마만 한 사람 없습니다. 고맙게 생각하셔야 합니다."

　내가 그렇게 간곡하게 말씀을 드렸는데도 큰아들 큰며느리하고는 안 사시겠다고 시흥 어딘가로 짐을 싸가지고 나가셨다.

　새 살림을 차린 병란의 집에 어머니만 며칠을 가 계셨는지 잘 모른다. 큰며느리가 시집 와서 12년 동안을 어렵게나마 한 집에 살았는데 그때부터 따로 살게 되었고, 한동안 두 분이 고생스럽게 사셨다.

　몇 년 후 셋째 병열을 결혼시켜 병열의 집에서 셋째 며느리와 근 일 년인가를 살았는데, 결국 함께 살지 못한 채 그래도 큰며느리가 애써서 마련해드린 아파트에서 100세가 가깝도록 지금껏 두 분이 고생스럽게 살고 계신다. 큰며느리는 부모님을 앞서 먼저 하늘나라에 갔고, 나도 어언 80을 바라보면서 부모님을 생각하면 죄스럽고 안타까울 뿐이다.

　경옥도 마땅치 않게 생각하고 부모님은 화가 나서 따로 나가신 상황에서 그야말로 지지고 볶으면서 나는 어렵게어렵게 집을 완성했다. 83평 대지에 전용면적이 근 30평 가까운 벽돌 슬래브 1층의, 그때로서는 아담하고 번듯한 큰 건물이 들어섰다.

　아내의 불평과 부모님의 질타 속에 나는 울화를 참고 참으면서 이리 뛰고 저리 뛰고 부족한 돈을 메우고 일꾼들을 달래가며 겨우겨우 처음으로 집 같은 집을 전적으로 내 노력으로 완성했다. 은행돈 얻기 가 무척 힘들었던 그 당시 조흥은행 태평로지점 차장으로 있던 김복한 씨의 특별한 배려로 집을 완성한 뒤, 그 집을 담보로 대출을 받아 남은 땅값도 주고 자재대금과 인건비도 모두 해결되었다.

집을 완성한 그해 겨울, 유권자들에게 연하장을 발송하는데 경비도 문제지만 당원과 유권자의 주소 성명을 알아오는 일과 봉투 쓰는 일도 문제였다. 돈이 없어 사람을 쓰지 못하고 내가 전적으로 쓰고 경옥이 퇴근해 도와주었는데, 그 일을 하는 데도 여러 날이 걸렸다.

경옥이 시동생들을 불러서 시키자고 했을 때, 나는 힘들더라도 내가 천천히 하겠다고 말했다. 그러자 경옥은 형제 간에 그 정도의 도움도 못 받느냐며 국회의원이고 무엇이고 다 때려치우라면서 그동안 써놓은 봉투를 마당으로 내동댕이쳤다. 나도 경옥도 선거에 지치고, 부모형제에게서 따돌림을 받고, 경제적으로 쪼들리고, 게다가 나는 집 짓느라 심신이 피곤한 상태여서 우리 두 사람은 잠시 이성을 잃었다. 나도 모르게 경옥에게 손이 올라갔다. 폭력을 행사한 것이다.

결혼 후 한 번도 그 정도의 폭력은 없었다. 경옥은 그날로 집을 나가버렸다. 처가에도, 내가 아는 어디에도 경옥은 없었다. 근 10여 일간 소식을 모르고 백방으로 찾아헤매면서 나의 야만적이고 돌발적인 행위를 반성하며 내 손을 자르고 싶을 만큼 후회했다. 그때부터 나는 아무리 화가 나도 손찌검을 하거나 어떤 폭력도 쓰지 않았다.

경옥도 10여 일 동안 친구집을 전전하다가 집으로 돌아왔다. 나도 간곡하게 사과를 했고, 경옥도 화가 난다고 해서 남편이 애써 써놓은 봉투를 내던진 것은 잘못했다고 사과했다. 비 맞은 땅이 굳어진다고 우리 사이는 더욱 가까워지고 신뢰가 쌓였다.

빚에 쪼들려 방 하나를 전세 놓고 명우와 성인은 또 집 근처에 있는 문창초등학교로 전학을 해서 어렵게 새로 지은 집으로 이사를 했다. 우리는 그런대로 자리를 잡아갔다.

유진산 총재의 서거

　1974년 1월 10일, 내게 많은 가르침을 주셨고 어려운 공천까지 주
시고 미래에 대한 커다란 희망과 용기를 주셨던 유진산 총재께서 중
병으로 입원을 하셨다. 나는 참으로 걱정이 되었다. 경옥과 나는 총재
님의 회복을 위해 하나님께 간절히 기도했다. 얼마 후 경과가 좋다고
퇴원하셔서 상도동 댁으로 오셨을 때 인사를 드리러 갔다.

　"건강이 회복되셔서 참으로 다행입니다. 더욱 건강하셔야 합니다."

　"고맙다. 내가 아직은 끄떡없다. 앞으로 20년은 더 살아서 너 국회
의원 되도록 밀어줄 거야. 아무 걱정 말아라."

　하지만 총재님과의 만남은 그것이 끝이었다. 얼마 후 총재님이 갑
자기 심한 통증으로 한양대학병원에 입원했다는 뉴스를 시내에 나갔
다가 들었는데, 가족을 비롯한 몇 분만 면회가 허용되어 시시각각 보
도되는 뉴스로만 건강상태를 알 수 있었다.

　1974년 4월 28일, 그토록 회복을 빌었던 총재님은 파란만장한 생애
를 마감하고 영원한 길을 떠나셨다. 나와 경옥은 하늘이 무너지는 듯

나에겐 미워할 時間이 없다.
내가 태어나 살아온 나라.
내 後孫과 情든 동지들이 사는 나라.
이 나라에서 우리는 사랑하며 살아야 한다.
—진산 선생의 어록 중에서

유진산 총재

한 마음이 되어 우리가 오늘까지 쌓아온 모든 것이 한꺼번에 무너지는 슬픔을 주체하지 못하고 한없이 울며 총재님의 명복을 빌었다.

아들처럼 며느리처럼 아껴주시고 사랑해주신 자애로운 아버지 같은 그 이름 유진산 총재님! 경옥과 나에게 결코 잊을 수도 지울 수도 없는 스승이요 아버지이신 유진산 총재님!

변명하지 말고, 자랑하지 말고, 불평하지 말라고 가르치시며, 자신의 정치를 오해하고 곡해하고 정치권과 언론계가 무책임하게 쏟아내는 모략선전을 국민이 여과없이 받아들여 '낮에는 야당 밤에는 여당', '권모술수의 달인', '돈에 모든 것을 파는 돈 먹는 사쿠라' 등 별의별 별명을 만들어 퍼뜨려도 빙그레 웃으시며 나라와 국민을 사랑하고 언제나 현실적인 대안을 제시하며 확고한 정치철학을 묵묵히 실천하신 분. 자기 주머니를 털고도 모자라면 자기 집에서 일하는 식솔들의 주머니까지 털어가며 어려운 야당생활을 하시고, 삶에 지치고 어려운 동지들의 아프고 가려운 곳을 만져주시고 긁어주시던 참의리의 사나이 유진산!

유진산 총재는 자신이 후진들에게 가르쳤던 모든 것을 묵묵히 실천했으며, 아무도 원망하지 않고 자기 길을 당당하게 걷다가 생사일체(生死一體)로 현실세계와 일직선으로 연결된 내세로 들어갈 때 한 번 열렸다 닫히면 다시는 열리지 않는 문을 열고 들어가셨다.

별의별 소문을 듣고도 변명 한마디 없이 떠나간 유진산 총재에게는 오직 빚만 3천만원이 남아 있어서 홀로 남으신 사모님의 생활이 걱정이라는 언론보도를 보게 됐고, 생전에 그를 잘못 본 국민들의 한숨소리를 들으며 정부에서 그 3천만원을 갚아주었다.

자신의 모든 행위는 먼 훗날 역사가의 평가에 맡기고 자신이 생각하는 나라의 앞날에 대한 현실적인 대안을 제시하고 실천하다가 떠나간 유진산 총재를 언론이, 정치권이, 국민이 생전에 좀 더 일찍이 알았더라면 우리나라의 역사발전에 크게 기여했을 것이라는 아쉬움을 지울 수가 없다.

고흥문 씨와의 새로운 출발

유진산 총재 서거 후에 신민당에는 군웅할거시대가 열렸다. 중앙당 요원이나 중앙 상무위원들은 당의 지도자가 되겠다고 나선 사람들이 서로 자기와 함께하자고 이리 당기고 저리 밀리고 하루에도 몇 번씩 마음의 동요를 일으키는 그야말로 백가쟁명의 춘추전국시대였다.

나는 그동안 철저한 진산계였기 때문에 견지동과 고흥문, 김영삼 진영에서 서로 자기 쪽에 오기를 바랐다. 특히 김영삼 진영의 김동영 의원이 적극적으로 요청했다.

"노병구 씨는 중앙당 사무처에도 있었지만 고흥문 씨와의 인연 때문에 그쪽으로 가지 않을까 보는데, 솔직히 얘기해서 고흥문이 무슨 정치가고? 김영삼 씨하고 같이해야 당도 장래가 있고 노병구 씨도 장래가 있는 기라. 딴소리 말고 요번에 김영삼 의원 진영으로 와서 우리 손잡고 한번 해봅시다."

하지만 그동안 사무처에서, 또 8대 국회의원 선거에서 맺은 인연을 묵살하고 다른 곳으로 갈 수는 없었다. 고흥문 의원은 "노병구의 정치적 장래는 내가 책임진다. 내 진영에 와서 내 조직을 맡아 새로 시작해 보자"고 매일 나를 찾아왔다. 나는 지난날의 인연으로 봐서 그렇게 할 수밖에 없다고 생각하고 남대문 가까이에 있는 그랜드호텔의 고흥문 의원 개인사무실에 매일 들렀다.

그때 고흥문 진영에는 이중재·채문식·김현기·이진연·이택희 다섯 분의 현역 국회의원이 있었고, 원외는 채규희·최영환 등이 있었다. 새로 진산계에 있던 함기환·박심서·이형호·김세웅·김형중·김상환 씨가 가담했고, 나와 함께 장승훈·최영수 씨가 가담해 진영이 짜여졌다.

1974년 8월 22일, 새 당수를 뽑는 전당대회가 공고되었다. 고흥문 의원도 총재후보로 등록하고 조직원을 총동원해 전국 대의원의 포섭에 나섰다. 전국 모든 지역에 조직원을 파견했는데, 경기도에 보낼 사람이 마땅치 않자 고심 끝에 고흥문 의원이 내게 말했다.

"경기도가 지구당수도 대의원수도 많은데, 정작 경기도를 맡길 사람이 없으니 자네가 서울이지만 경기도를 맡아 수고하고, 활동하는 중에 상무위원이나 대의원 중 쓸 만한 사람이 있거든 우리 진영에 가담시켜 맡기도록 하세."

그래서 그날부터 경기도 내 각 지구당을 방문하고 대의원들의 집으로 일일이 찾아가 고흥문을 알리고 지지를 부탁했다. 찌는 듯 무더운 여름날, 수박이나 작은 선물을 들고 버스를 타고 걸으면서 경기도 내 각지에 흩어져 사는 대의원들을 일일이 방문해 인사를 하고 고흥문을 지지해줄 것을 호소했다.

화성에 갔을 때 전에 중앙당 총무국 서무부장을 지낸 유용근 동지를 만났다. 나는 당연히 화성지구당에서 중앙당 파견 대의원으로 선정되었어야 할 사람이 대의원도 안 된 것을 보고 고흥문 계보에 와서 나와 함께 일하자고 권했다. 그리고 돌아와서 고흥문 의원에게 "중앙당 서무부장을 지낸 유용근 동지를 경기도 조직요원으로 했으면 어떻겠느냐"고 말씀드리고 승낙을 받아 고흥문 진영에 정무회의 선출 케이스 대의원으로 선정하게 하고 가담시켰다.

1974년 8월 22일, 신민당 전당대회는 김영삼 · 고흥문 · 김의택 · 이철승 · 정해영 다섯 분이 후보등록을 마치고 1차 투표에서 김영삼 · 김의택 · 정해영 · 고흥문 · 이철승 순으로 득표를 해서 사전에 약속한 대로 고흥문 후보는 후보직을 사퇴하고 김영삼 후보를 지지한다고 선언했다. 2차 투표에 들어가 김영삼 · 김의택 · 정해영 순으로 표가 나와 3차 투표를 다음 날 하자는 안을 놓고 옥신각신하다가 김의택 후보의 사퇴로 김영삼 후보가 야당사상 최연소 총재로 선출되었다. 드디어 선명야당의 기치를 내건 김영삼의 시대가 열린 것이다.

그뒤 중앙당 당직을 임명하는데, 주로 김영삼 계보와 고흥문 계보가 요직을 차지하게 되었다. 국장은 현역의원으로서 총무국장에 황명수 의원, 조직국장에 김동영 의원, 선전국장에 문부식 의원이 되었고, 총무 부국장에 노병구, 조직 부국장에 서석재, 선전 부국장에 하승용 씨가 임명되었다.

나는 중앙당 활동을 열심히 했다.

집을 팔고 다시 집을 짓다

어렵게 지은 집에서 빚에 쪼들리며 1년을 용케 잘 넘겼다. 다음 해 봄이 되어 잘 아는 복덕방 하는 분이 찾아왔다. 집을 팔고 또 새집을 지어보는 것이 어떠냐는 것이었다. 평당 1만 9천원씩 산 땅을 만 1년이 지난 지금 6만원씩 치고, 집도 새집이니 집값도 후하게 쳐서 팔아 주겠다면서 1년에 세 배나 남는 장사인데 팔고 또 집을 지어보라고 권했다.

경옥과 상의하니 1년 동안 돈고생을 해온 경옥도 마음대로 하라고 동의해서 그 집을 팔아 빚을 다 갚고 신림동에 집을 두 채 지을 수 있는 땅 100여 평을 샀다. 마침 처남(맹동호)도 변변한 집이 없던 때라 그 땅을 반으로 쪼개 자기 집도 지었으면 좋겠다는 말을 듣고 집을 짓기 시작했다.

그 시절의 집은 먼저 기초터 파기를 할 때 마루밑을 깊이 파서 다용도 지하실을 만들어 연탄 아궁이도 그 안에 넣고 연탄도 그 안에 쌓고 그 외에 잡다한 물건들을 두는 창고로 했다.

지하실이라고 적당히 지었다가 여름 장마나 가을 태풍에 방수가 제대로 되지 않은 지하실로 빗물이 새어 들어와 겨울에 쓰려고 들여놨던 연탄을 몽땅 못 쓰게 되는 것도 문제지만, 그 많은 연탄죽을 지하실에서 밖으로 퍼내는 일이 더 큰 문제다. 그래서 기초터 파기 기초공사와 마루밑 지하실 공사를 눈에 보이지 않는다고 적당히 한 집은 나중에 벽이 갈라지고 물이 새어 들어와서, 처음에 돈을 아끼려고 부실하게 했다가 그것을 수리하는 데 오히려 몇 배를 들이고도 집의 수명은 단축되는 큰 손해를 보게 되는 것이다.

이미 팔린 집은 잔금을 받는 날 집을 비워줘야 하는데, 새집을 지을 땅값 중 중도금을 주고 사용승낙서를 받아 설계를 하고 건축허가를 받아 공사를 하려면 계획한 날짜를 맞추지 못해서 집 지을 동안 살 집이 문제였다. 우선 비라도 피해야 한다고 지하실을 먼저 만들어 이사를 가기로 계획했다. 아무리 서둘러도 새집의 지하실 뚜껑 슬래브 콘크리트를 쳐놓고 1주일은 지나야 밑에 버팀목을 떼고 들어가기 때문에 공사를 조금만 게을리해도 엄청난 차질이 발생하게 된다.

이사하는 날을 맞추어 마루 지하실 뚜껑 슬래브 버팀목을 떼고 전깃불도 없는 어두운 지하실로 아이들을 데리고 이사했다. 공사판 지하실이 얼마나 복잡하고 위험한가. 장롱을 비롯한 가재도구를 들여놓을 곳이 없어 마당구석에 적당히 쌓아놓고 비닐로 덮어 두니 필요할 때 필요한 물건을 꺼내 쓰기도 어렵고, 또 지하실에 습기가 차서 가족들의 건강에도 문제가 많았다.

공사판 구석에 벽돌을 얼기설기 쌓아 솥을 걸고 마치 여름 캠프장에서처럼 가족들의 식사를 해결하니 하루하루의 생활이 말이 아니었다. 그래도 아이들은 재미있어했는데, 나는 그런 형편없는 생활을 하면서도 아침부터 가족들의 식사와 아이들 빨래 등 가사일을 돌보며 약국으로 나가는 아내 경옥에게 미안한 마음을 금할 수 없었다. 그러나 고생을 하면서도 첫 집을 무난히 완성하고, 또 많은 이익을 남기고 그 집을 팔아 남의 빚 없이 새 집을 짓는 남편에게 경옥은 무한한 신뢰를 보냈다. 경옥은 웃으면서 용기를 주었고, 나를 잘 따라주었다.

그전 집을 지을 때는 최악의 상태에서 온 가족의 동의와 협조를 받지 못하고 어렵게 고집스럽게 새벽부터 밤늦게까지 쉴 새 없이 연구하고 일하며 노력해서 아내 경옥이 예상했던 것보다 훨씬 좋은 결과를 낳았다. 그리고 나서는 내가 하는 일을 전적으로 믿게 되어 경옥은 그때부터 하늘나라에 갈 때까지 내가 무엇을 한다고 하면 전적으로 믿고 동의하고 협력했다.

그 집은 근 한 달 반 만에 2층 슬래브 붉은벽돌로 완성되어 처남 동호도 나도 새집에서 앞뒤 집을 오가며 재미있게 살았다.

내 돈 없이 땅을 사고
15만원으로 집을 지어 150만원을 벌다

신림동에서 집을 지을때 동양방송(TBC) 뉴스를 담당했던 정치부기자 구박(具博) 씨가 이웃 독산동에 살고 있었는데, 가끔 내가 집 짓는 현장을 오가며 들렀다. 집 짓는 데 관심이 크기에 땅을 사서 한번 집을 지어보라고 권했더니, 좋은 땅을 알아봐달라고 해서 "마침 지금 남부경찰서 건너에 좋은 땅이 나와 있으니 사라"고 권했다.

그래서 구박 씨가 몇 번을 오가며 흥정을 했는데 가격차이로 거래가 이루어지지 않았다. 나도 욕심이 났지만 경옥도 그 땅을 사서 상가를 지으면 약국을 하기에도 좋겠다고 '돈만 있으면 우리가 살 텐데……' 하고 아쉬워했다.

나는 다음 날 아침 이중재(李重載) 의원댁을 방문해 국회 재무위원이신 이 의원에게 "돈이 꼭 필요한데 은행에서 대출을 좀 받아주십시오." 하고 간청했다.

"담보가 있어야 하는데?"

"얼마 전에 집을 지어 집이 있습니다."

"그걸 누구 명의로 지었지?"

"제 이름으로 지었지요."

이 의원은 야당생활로 고생하는 동지가 자기 명의의 담보물을 들고 올 때만 대출을 알선해주는데, 누구 소개나 하는 것은 그 동지에게도 별로 도움이 안 될 뿐 아니라 자신도 무슨 브로커처럼 인식되는 것이 싫다면서 좋게 거절한다고 했다.

"알았어."

이 의원은 그렇게 대답하고는 어디엔가 전화를 건 뒤 은행에 누구를 찾아가보라고 했다. 그래서 그 사람을 만난 뒤 며칠 내에 집을 담보로 대출을 받아 그 땅을 살 수 있었다. 66평의 대지를 평당 6만 3천원씩 주기로 하고 계약을 치렀다.

중도금 줄 때가 다가올 무렵, 어느 복덕방에서 그 땅을 내가 산 값보다 5천원씩 더 줄 테니 등기도 넘기지 말고 그냥 팔라는 것이었다.

다음 날, 복덕방 아저씨는 또 와서 5천원을 더 줄 테니 팔라고 했다. 나는 바로 중도금을 치르고 찾아올 때마다 5천원씩 올려준다는 것을 여름부터 가을까지 두었다가 11만 5천원씩 받고 몇 달 만에 거의 원금의 배를 남기고 팔았다.

새집을 완성하고 시간 여유가 있을 때 중앙당에 나갔다가 고흥문 씨 개인사무실에서 동지들과 지내는 시간을 많이 가졌다. 모두 야당 생활에 지쳐서 어렵게 사는 동지들이어서 고흥문 씨나 거기 출입하는 현역의원들이 동지들에게 점심도 사고 때로는 용돈도 주었다. 또 동지들의 집에 긴급환자가 생기거나 어떤 돌발적인 일이 생기면 고흥문 씨가 도움을 주었다.

나는 아내가 약국을 해서 생활에 어려움은 그다지 없었으므로 사업상 대출 같은 도움을 청하는 것 외에는 그분들에게 되도록 폐를 끼치지 않으려고 신경을 쓰면서 사무실에 드나들었다.

유진산 총재 때 그분의 경호도 하며 보좌관으로 있었던 이형호 씨는 남달리 나와의 인연도 오래되었고 또 친했다. 우리는 함께 고흥문 계보로 와서 자주 만나 가정사까지 이야기하고 서로 집에도 자주 들러 가족들끼리도 친하게 지내는 터였다.

나는 이형호 동지에게 나와 같이 집을 짓자고 제안했다. 이형호 씨 부인이 이형호 씨가 경험이 없으니 노병구 씨가 도와준다면 해보자고 해서 땅을 보러 다녔다. 남향에다 평수도 똑같고 4미터 길을 사이에 두고 나란히 있는 두 필지 땅을 찾아 이형호 씨에게 먼저 고르게 하고 나머지는 내가 하겠다고 제안하여 사기로 했다.

그때 나는 통장에 15만원밖에 없었는데, 마침 땅주인이 국민은행 봉천동 지점장이어서 내가 지으려는 땅을 담보로 대출을 해주고 땅값의 일부를 받고 사용승낙서를 써주면 집을 지어서 전세를 놓든지 팔아서 대금을 다 치르기로 하고 이형호 씨와 함께 계약을 했다. 공사를 시작해야 하는데 이형호 씨가 용기를 못 내고 차일피일 미루어 돈 없이 단기간에 집을 지어야 했던 나는 할 수 없이 혼자 공사를 시작했다.

나는 돈은 없었지만 그동안 두 번의 집을 지으면서 목재소와 건축 자재상 그리고 내 일을 계속하던 대목 이석도(李錫道) 씨(나의 막내 고모부)와 그 외 내 일을 하던 분들이 앞다투어 일제히 달라붙어 대가는 집을 다 지은 뒤 받기로 하고 열심히 해서 예정된 날짜에 공사를 끝냈다. 당시 장삿속으로 집을 짓던 사람들은 보통 기와집을 지을 때 양회를 건평 한 평당 열여섯 포에서 열일곱 포를 써야 정상인데 열한 포에서 열두 포로 마무리했다. 또 콘크리트용 철근도 10~12센티미터의 간격을 두어야 하는데 보통 18센티미터나 심하면 30센티미터까지 간격을 두어 자재에서 더 많은 이익을 남기려고 했다.

하지만 나는 이익을 덜 먹어도 부실공사를 용납하지 않았다. 일하는 사람들이 다른 현장의 예를 들며 "무엇 하러 그렇게 많은 자재를 씁니까? 어차피 집을 다 짓고 나면 보는 사람들이 그것을 알기나 합니까?" 하고 조언들을 하면, "적어도 이 집은 100년은 가야 하는데 그렇게 해서 되겠는가? 자원도 없는 나라인데 헐고 또 짓고 그래서는 안 되지." 하며 내 소신을 굽히지 않았다. 그렇게 공사를 진행해서 예정된 날짜에 공사를 끝내게 되었다.

일하는 사람들이 나에게는 그렇게 건의를 하면서도 다른 데 가서는 내가 지은 집이 제대로 지은 집이라고 말을 퍼뜨려 집이 다 완성되어 갈 무렵 사자는 사람이 나와서 빨리 팔기 위해 비교적 싼값에 팔았는데도 그동안의 생활비와 공사에 들어간 경비를 모두 제하고도 약 30여 일 만에 150만원을 남겼다. 공사가 끝난 뒤 나는 165만원의 통장을 가지게 되었다.

나는 이런 과정에서 돈을 버는 것이 그렇게 어려운 것이 아니라는 자신감을 체득했다. 정직하고 성실하고 부지런하게 일하면 자연히 신용이 생기고, 신용을 한번 얻으면 그 신용이 자본이 되어 도와주는 사람이 생기고, 과욕을 부리지 않고 일이건 사업이건 합리적으로 하면 반드시 성공한다고 나는 우리 아이들에게 가르쳤다.

얼마를 받느냐가 중요한 것이 아니다. 내가 주어진 일에 얼마나 열성적으로 일하느냐에 따라 대가는 돌아오는 것이다.

전당대회와
고흥문 의원의 변신

나는 중앙당 총무 부국장으로서 매일 아침 중앙당으로 출근해 오전
에는 당무를 보고 오후에는 그랜드호텔로 가서 그날 당에서 있었던
일들을 고흥문 의원에게 보고하고 지침도 받고 계보 내의 동향도 살
폈다. 그러고 나서 약국으로 가거나 건축현장으로 가서 경제 활동을
했다.

계보요원 중에 개인사업을 하지 않는 사람들은 삼삼오오 모여 저녁
늦게까지 저녁을 먹고 소주잔을 기울이며 정치현안을 비롯한 계보 내
의 여러 가지 일들을 이야기하며 시간을 보냈다. 그러자니 고흥문 의
원과 계보 내의 현역의원들에게 본의 아니게 폐를 끼치는 일이 많았
다. 나는 나 나름대로 가족들의 생계를 위해, 또 혹시라도 출마의 기회
가 온다든지 또 지역의 당원동지들과 다과회라도 종종 하려면 남의
신세를 지지 않고 내 힘으로 해야겠다는 생각으로 돈 버는 일에 오후
시간을 보내느라 그들과 어울릴 시간을 자주 갖지 못했다.

그 당시 전당대회 후 중앙상무위원 선출에 문제가 생겨 이왕에 중

앙상무위원이었던 동지 모두를 다시 중앙상무위원으로 재선임하기로 방침을 정했다. 그런데 그중 내가 경기도 책임자로 추천해서 중앙상무위원이 된 유용근을 "고흥문 계보 내의 노 국장을 뺀 모든 사람들이 믿을 수 없으니 시켜서는 안 된다고 해서 빼기로 했는데 노 국장이 양해해주어야겠다"고 고흥문 의원이 강력하게 통고를 하는 것이었다.

"유용근이가 배신이라도 했습니까? 왜 안 된다는 겁니까? 경기도의 조직책임자가 없어서 서울에 있는 저에게 임시로 경기도를 맡기시고 사람을 골라 추천하라고 해서 경기도를 다 돌아다녀 겨우 그 사람을 추천해서 중앙상무위원을 한 번 시킨 것뿐인데, 제대로 써보지도 않고 버리는 것은 인사원칙에 있어서 옳지 않다고 생각합니다. 저는 찬성할 수 없습니다."

"아, 이 사람아. 용근이는 계보요원으로서 소신도 없을 뿐 아니라 다른 계보 사람이나 당원들에게 우리 이야기를 하는 것을 아무도 본 사람이 없다면서 틀림없이 배신행위를 하고 있을 거라는 게 우리 계보의 다른 동지들의 얘기야. 그래서 모두 용근이는 빼야 한다는데 자네만 고집을 부리면 어떡하나?"

그래서 내가 말했다.

"사람의 속을 버선짝처럼 뒤집어볼 수도 없고 제가 일일이 용근이를 따라다닐 수도 없고 하니 저도 어떻게 장담을 하겠습니까? 하지만 배신했다는 확증이 없는데 적극적인 활동을 보이지 않는다고 사람을 단 한 번 쓰고 버리는 것은 잘못이라고 생각합니다."

그때는 어렵게 된 상무위원 자리를 한 번 빼앗으면 그 사람은 정치적으로 적어도 중앙무대에서는 죽는 것이나 마찬가지였다. 더구나 유용근은 김형일 의원 추천으로 총무국 서무부장까지 지낸 사람인데 무슨 이유인지는 몰라도 지역구에서 중앙당 파견 대의원에서조차도 제외시켰으니 만약 고흥문계에서 상무위원까지 빼 버리면 그야말로 치명타가 되었다.

나는 집이 같은 방향이어서 자주 만났던 최영수 · 장승훈 · 유용근 세 사람을 앉혀 놓고 유용근에게 매사 태도를 분명히 하라고 나무랐다. 그리고 내가 다시 선임되도록 애는 써보겠지만 현재까지는 위태롭다고 알려주고 앞으로 정치를 하려면 소신을 가지고 박력 있게 하라고 일러주었는데, 유용근은 묵묵부답이었다.

고흥문 의원은 내 양해를 구하려고 사무실에 갈 때마다 며칠이나 유용근 문제를 이야기했다. 나흘째 되는 날인가, 고흥문 의원이 내게 말했다.

"노 국장, 오늘은 완전히 결정을 해야겠어. 이 사람 어떻겠나?"

"이 계보는 고흥문 계보입니다. 마음대로 하시면 되지 않습니까? 하지만 용근이도 딱할 뿐 아니라 우리 계보도 앞으로는 경기도 책임자를 구하기가 쉽지 않을 겁니다. 용근이가 부족하면 가르쳐서 쓰면 된다고 생각하고 알지 못하는 사람을 내 사람으로 만드는 것이 그리 쉬운 일은 아니라고 생각해서 충정으로 말씀드린 것뿐입니다. 오야붕 생각대로 하십시오. 되든 안 되든 저는 승복하겠습니다."

내 말을 경청하던 고흥문 의원은 벌떡 일어나며 말했다.

"알았어, 이 사람아. 내가 졌어. 자네 말대로 하지."

그렇게 유용근 문제는 끝이 났다.

그런데 참으로 한 치 앞을 내다볼 수 없는 것이 세상사인가 보다. 얼마 후에 화성 지구당 출신 국회의원 김형일 의원이 세상을 떠났다. 그래서 보궐선거가 치러졌는데, 고흥문 씨와 고흥문 계보에서 불과 얼마 전에 내쫓으려고 했던 유용근에게 고흥문 씨 몫으로 신민당 공천을 주어 국회의원에 당선시켰다. 고흥문 의원이 계보를 창설하고 처음으로 그 지역에 고흥문 씨 몫으로 공천권이 떨어진 것이다. 만약 유용근이라도 그 지역에 없었더라면 고흥문 의원은 단 한 사람의 자기 사람도 공천하지 못했을 것이다.

유신체제 하에 신민당 총재가 된 김영삼 총재는 선명야당의 기치를 들고 박정희를 상대로 거세게 정권투쟁을 하며 대통령직선 개헌을 요구하고 나섰다. 그러자 유신정권의 중앙정보부는 노골적으로 야당을 탄압해서 모두가 힘들게 하루하루를 보내게 되었는데, 고흥문 씨는 선명성을 강조하면서도 김영삼 총재의 대여투쟁에 대하여는 슬쩍슬쩍 불평의 목소리를 내고 있었다. 고흥문 의원은 고 조병옥 박사 밑에서 정치를 시작해 늘 민주당 구파로 알려져서 유진산·김영삼 총재와 함께 걸어왔는데, 중도통합을 주장하며 온건노선을 내건 이철승·신도환 씨 등과 어울리며 변신하고 있었다.

1976년 5월 25일, 전당대회를 태평로 시민회관에서 연다는 공고가 났다. 2년 전의 전당대회 때만 해도 고흥문 의원과 김영삼 총재가 누구보다 가까운 사이로 서로 협력해 김영삼 총재가 당권을 잡고 박정희정권에 맞서 민주화와 정권투쟁을 강력하게 벌였다. 그런데 2년이 지난 지금, 두 사람은 완전히 갈라서 고흥문 의원은 이철승·신도환·정해영·정운갑 씨 등과 비주류를 형성하고 김영삼의 당권파와 맞서 치열한 당권경쟁을 하고 있었다.

따라서 나는 전당대회를 주관하는 총무국 부국장으로서 그전까지는 주류측 당직자였는데, 고흥문 씨가 비주류에 가담함으로써 자연스럽게 비주류측 당직자로 변신하고 말았다. 25일 전당대회 당일 아침, 나는 전당대회를 주관하는 주무국 부국장으로서 전당대회장에 갔다. 그런데 주류와 비주류 양측에서 동원한 청년들이 맞붙어 각목 등을 들고 서로 대회장을 선점하려고 싸우다가 주류가 비주류에 밀려 대회장은 비주류 차지가 되고 대회장에 들어온 비주류 대의원들만으로 반쪽 대회를 치렀다. 이날 대회를 각 언론은 '신민당 각목대회'라고 이름 붙여 보도했다.

전당대회 사회는 총무국장이 보게 되어 있는데, 당시 총무국장은 황명수 의원이었다. 그런데 황 의원은 주류측이어서 대회장에 들어오지도 못해서 비주류만의 반쪽 대회 사회는 불가불 총무 부국장인 내가 볼 수밖에 없었다. 나는 대회장 마이크를 잡고 부득불 김영삼 총재와 주류측을 비난하며 회의장을 정리했다. 내가 정당활동을 하면서 본의든 본의가 아니든 그때 내가 했던 연설은 가장 졸작이고 스스로 창피하게 생각하는 부끄러운 행위였음을 반성하며 나는 하나님께, 그리고 김영삼 총재님께 용서를 빈다.

1976년 9월 15일, 신민당 수습 전당대회가 공고되었다. 지난 5월 25일에 치러진 반당대회(각목대회)에서 두 조각 난 당을 하나로 묶어 수습하는 절차를 밟기 위해 양측에서 대표를 내어 3개월 이상을 보내고 어렵게 하나로 봉합하는 전당대회를 열기로 했다.

당헌을 집단지도 체제로 바꾸어 최고위원 6인에 1인의 대표최고위원을 두어 합의제로 당을 이끌어가기로 했다. 고흥문 의원은 최고위원에 나가기로 하고 계보요원들을 전국에 내보내 대의원들을 접촉하며 선거운동을 했다. 2년 전 전당대회 때는 전례대로 구파인 김영삼 쪽과 협력하여 서로 좋은 관계로 선거운동을 했는데 이번에는 정반대로 이철승·신도환 씨 쪽과 어울려 협력관계를 유지해 나가고 있었다.

나는 당내에서 이철승, 신도환 씨를 잘 알지만 당을 같이하면서도 유진산계로 일관해 구파로 진산계를 오랫동안 함께한 김영삼 진영과는 스스럼없이 지내던 터라 갑자기 신파인 이철승 씨 측과 어울리려고 하니 서먹서먹하기도 했지만 계보에서 결정해서 하는 일이라 내키지 않아도 따를 수밖에 없었다. 나는 개인적으로는 김영삼 총재의 선명야당 노선에 뜻을 같이하고 야당이면 정권쟁탈을 위해 전력투구하는 정책을 펴 나가야 한다고 생각하고 있었기 때문에 중도통합이라는, 뜻도 자세히 모르는 지도노선을 엉거주춤하게 하는 것이 불만이었다. 하지만 고흥문 의원의 의지가 너무 확고해 할 수 없이 따라갔다.

고흥문 의원도 그런 정서를 알았기 때문에 계보 전체를 모아 놓고 무조건 자기 의견을 따라달라고 강압을 했다.

연세도 높고 선배이신 함기환 씨는 고흥문 의원의 비서인 조규흥 비서에게 노골적으로 이렇게 불만을 털어놓았다.

"조 비서, 미안해. 나는 오늘부터 이 계보에 나오지 않을 것이니 길에서 만나면 인사나 하고 지내세."

하지만 고흥문 의원의 의지가 워낙 강해서 별도리 없이 따라가는 상황이었다.

전당대회 때는 늘 하는 일이지만, 우리 측 대의원들을 모두 신촌 쪽에 있는 여관에서 합숙시켰는데, 함께 투숙하는 대의원들을 나가지도 못하게 하고 또 반대쪽에서 와서 우리 쪽 대의원들을 접촉하는 것도 막아야 했다. 내가 책임을 지고 나가고 들어오는 것을 막았다.

우리 측 대의원들은 구파 성향이 강해서 지지파인 고흥문 의원의 최고위원 선출 때는 100% 시키는 대로 하겠지만 대표최고위원 선출 때 이철승을 찍는 것은 마음을 놓을 수 없는 상황이었다. 그래서 지방 대의원은 소문을 우려해 못했지만 계보 내의 중앙 대의원들은 공개투표를 하게 하자는 누군가의 건의를 받아들여 그대로 하도록 특정한 감시원(?)을 두어 기표한 투표용지를 감시원에게 보여주게 했다. 참으로 어처구니없고 자존심 상하는 일이었지만, 전당대회 후 계보 중심으로 짜여지는 관례적인 인사개편 때 불이익을 당할까 염려해서 가까운 사람끼리 수군대기만 할 뿐 내놓고 반발하지는 못했다.

나와 몇 사람은 기표한 투표용지를 감시원에게 보여주지 않았지만 실제로 장모 씨는 투표용지를 보여주었느니 안 보여주었느니 하고 말이 많았다. 그러나 나는 한 계보의 보스가 믿고 조직을 맡겼으므로 그 책임을 충실하게 이행해야 하는 책임이 무거웠다. 그래서 기표한 투표용지를 감시원에게 보이든 안 보이든 고흥문 씨의 방침대로 최고위원에는 당연히 고흥문을 찍고, 대표최고위원에는 내키지 않으면서도 이철승을 찍었다.

나는 군사독재의 연장인 반민주 정당 공화당을 규탄하며 민주화운동을 한다는 대열에 서 있으면서도 알량한 나 개인의 정치적 이익이 손상될까 우려해 내가 진정으로 잘되기를 바라고 모시던 고흥문 씨의 잘못된 판단과 반민주적 행위에 대해 강력하게 간하고 제지하지 못했던 것을 지금까지 후회하며 부끄럽게 생각한다.

이 수습 전당대회에서 최고위원에는 주류에서 이충환(李忠煥)·유치송(柳致松)·김재광(金在光), 비주류에서 이철승(李哲承)·신도환(辛道煥)·고흥문(高興門) 여섯 분이 당선되었다. 그리고 다음 날 치러진 대표최고위원 선출 때는 1차투표에서는 김영삼·이철승·J씨 순으로 득표를 했으나 과반수 미달로 2차투표에 들어갔을 때 J씨가 사퇴하며 이철승 씨를 밀기로 해서 이철승 씨가 김영삼 씨보다 20여 표를 더 얻어 대표최고위원에 당선되었다.

이로써 2년 만에 당권이 김영삼 총재에서 이철승 대표최고위원으로 바뀌었다.

아무도 예상치 못한
고흥문 최고위원의 깜짝 인사

집단지도체제로 바뀐 전당대회가 끝나고 새로운 인사개편을 하게 되었다. 주류에 있던 고흥문 씨가 비주류인 이철승 씨 쪽에 가세해 이철승 대표최고위원이 탄생함으로써 당연히 고흥문 최고위원의 기세는 돋보였고, 따라서 고흥문 최고위원의 발언권에 힘이 실렸다.

중앙당 집행부서는 최고위원 간에 나눠 가지게 되는데, 그중 총무국장·조직국장·선전국장이 노른자위로 당권파에서 조직국장을 차지하고 다음이 총무국장인데 그 자리가 고흥문 최고위원 몫으로 떨어졌다. 계보 내에서나 다른 계보에서조차 먼저 총무 부국장으로 대과 없이 자리를 지켜온 내가 당연히 총무국장이 되는 줄 알았는데, 사전에 아무 말도 없이 총무국장을 김형중 씨로 바꾸어 발표했다.

나의 정치적 장래를 자기가 책임진다고 철석같이 약속을 하고 불모지에서 고흥문 계보를 창설하면서 쌓은 신뢰를 헌신짝처럼 버리고 사기 치듯 깜짝인사를 단행한 것이다. 그렇게 배신을 당하고 나는 고흥문 씨를 만나 말했다.

"어떻게 사전사후에 아무 말도 없이 이렇게 신뢰를 저버리는 깜짝 인사를 할 수 있습니까? 나는 오늘부터 정치를 그만두겠습니다. 마지막 인사를 하러 왔습니다."

"이 사람아, 그만두다니 내 말 좀 들어보게."

"듣고 말고 할 게 없습니다. 도대체 내가 무엇을 잘못했는지 그 이유나 말씀해주십시오. 내가 그동안 최고위원님을 위해서 봉사한 정을 생각해서라도 그 이유는 말씀해주셔야 하지 않겠습니까? 그게 사람의 최소한의 도리라고 생각합니다. 말씀해주십시오."

"내가 말할게. 계보의 일부에서 자네가 김영삼계의 김재경과 가깝고 잘 어울린다고 자네를 의심하는 말들을 해서, 내가 그만 깊이 생각지 않고 하다 보니 결과가 이렇게 됐네. 나를 용서하고 다시 한번 나를 도와주면 내가 힘껏 자네를 배려하겠네."

"무슨 말씀을 그렇게 하십니까? 김재경은 중앙당 민주전선 업무 부국장입니다. 민주전선의 예산문제에서부터 민주전선 신문의 배포에 이르기까지 총무국에 와서 상의도 하고 결제도 받고 업무상 서로 공식 라인을 통해서 서로 만날 수밖에 없는 그런 처지입니다. 또 아시다시피 김영삼 계보의 사람들은 오랫동안 한솥밥을 먹지 않았습니까? 하루아침에 비주류가 됐다고 그동안 지내온 정리까지 무 자르듯 잘라야 합니까? 그동안 김재경과 친했던 것은 사실입니다. 그런 이야기를 들으셨으면 저를 불러서 물어보시고 잘못이 있으면 추궁하시는 것이 어른 된 도리라고 생각합니다. 제가 공사도 구별 못하고 김재경과 놀아난다고 보셨습니까? 혹여 김영삼 총재라면 의심하실 수 있습니다. 저는 최고위원님에게 철저히 배신당한 기분입니다. 정치 자체를 그만두고 싶습니다. 잘해보십시오."

"이 사람아, 내가 잘못했네. 그만둔다는 말은 하지 말고 한 번만 나를 더 믿어주게. 앞으로는 결코 이런 일이 없을걸세."

그런 들으나 마나 한 말을 들으면서 나는 그 자리를 물러 나왔다. 그 후 한참 동안 사무실에 나가지 않았는데, 나를 당기위원으로 추천해서 중앙당 당기위원이 되어 있었다.

윗사람이 아랫사람을 고르는 것도 잘 골라야 하지만 아랫사람이 윗사람을 고르는 데도 철학적인 혜안이 있어야 한다. 이 모든 것은 내가 철학적인 심사숙고를 하지 않고 눈앞의 돌아가는 형편과 인정, 작은 이익 등 잡다한 항목만을 보고 입에 발린 유혹에 넘어가 따라간 결과임을 뼈저리게 느끼고 반성 또 반성을 했다.

내 잘못이다. 내가 모자랐다. 지금까지의 내 인생에서 가장 잘못한 것이 고흥문 씨를 선택한 것이었고, 그 선택이 마지막 나의 희망을 앗아간 결정적인 잘못이었다. 그 시기가 나이로 볼 때 나의 황금기였는데 말이다.

돌이킬 수 없는 그 선택을 되씹으며 얼마 남지 않은 여생은 이런 잘못을 저지르지 않게 도와주시기를 반성하고 회개하며 하나님께 기도한다.

고흥문계의 군산지역 출신
김현기 의원의 위로

김현기(金顯基) 의원 보좌관 심창섭(沈昌燮) 씨가 전화를 해왔다.

"노 국장님, 힘이 돼 드리지 못해서 죄송합니다. 우리 영감님(김현기 의원)이 내일 아침 불광동 집으로 오셨으면 좋겠다고 연락하라고 하셔서 전화를 했습니다. 특별한 일이 없으시면 내일 아침 일찍 다녀가시지요."

그래서 다음 날 김현기 의원댁으로 찾아갔는데, 김 의원은 건강이 매우 나빠 집에서 치료를 받고 요양을 하고 있었다. 김 의원은 자리에서 일어나지도 못하는 상태에서 누운 채로 고통을 참아가며 내 손을 잡고 말했다.

"노 국장, 미안혀. 노 국장은 국회에 들어와서 나와 같이 일을 했으면 좋겠는데, 이번 일로 너무 실망할 것 같아서 내가 위로라도 하려고 오라고 했어. 보다시피 요새 내가 건강이 안 좋아서 이리로 오라고 했으니 이해해줘. 노 국장은 다른 사람보다 그래도 사업도 열심히 하잖아? 이번에 너무 상심하지 말고 사업이라도 열심히 혀. 내가 재무위원이니까 그 방면에서는 내가 노 국장을 도와줄 수 있어. 내가 힘껏 도와줄게."

김 의원은 이런 말로 나를 위로하며 간곡하게 설득했다.

어쨌든 고마운 일이었다. 김 의원 자신의 생각인지 고흥문 최고위원의 요청으로 한 것인지는 모르지만, 평소 김 의원과 나의 친분으로 보아 독자적으로도 그 정도는 할 수 있다고 믿고 싶고 또 믿었기에 나는 김 의원에게 이렇게 말했다.

"알았습니다. 내 걱정 말고 열심히 조리해서 빨리 건강이나 회복하세요."

아픈 사람에게 긴말을 하는 것도 실례고 해서 나는 곧 그 집에서 나왔다. 그후 김 의원은 내가 신월동에서 연립주택 16세대를 지을 때 큰 도움을 주었다. 그 당시 나는 기초공사만 시작해도 분양이 끝나 순차적으로 내 돈 없이도 들어오는 분양금만으로 공사를 끝냈는데, 양도소득세가 부가되는 88투기억제조치의 시행으로 분양이 전혀 안 되어 자금의 어려움을 겪게 되었다. 그때 김 의원이 직접 재무부장관에게 부탁해 주택은행을 통해 곧바로 해결해주어서 큰 도움을 받았다.

재무부장관의 말 한마디에 일선은행에서는 내가 큰 인물이나 되는 양 돈을 내주면서도 아주 친절하게 대했다. '군사정부의 관치금융이란 바로 이런 것이로구나' 하고 놀라면서도 나는 그 돈으로 발등의 불을 껐다. 이런 행태를 없애자고 투쟁하는 사람으로서 사업운영을 잘못해 관치금융의 수혜를 직접 경험하면서 나는 나의 미숙과 무능을 자탄하며 한계를 되씹었다.

김영삼 총재와 등을 돌리고 이철승 대표와 손을 잡은 고흥문 씨는 공화당이 유일하게 야당 몫으로 주는 국회 최고직인 부의장을 이철승 씨에게서 지명받아 국회 부의장에 오르며 채규희 씨를 비서실장에 앉혀 그나마 원외당원에게 공직의 길을 열어주었다.

야당성회복투쟁위원회와
당기위원으로서 나의 역할

이철승 대표최고위원의 중도통합론은 한 정당으로서 정권을 잡을 생각을 버린 이상한 모습으로 비쳐져서 공화당정권을 대신할 강력한 야당이 되기를 바라는 국민들에게 실망과 좌절만을 안겨주며 희망을 주지 못했다. 그러자 신민당 안에서 김태룡, 명화섭, 이우태, 함기환, 김영배 씨 등 주로 중앙상무위원급 원외당원들이 중심이 되어 신민당이 야당성을 회복해 국민의 신망을 잃은 박정희정권의 대체정당으로 선명하게 정권투쟁에 나서야 한다고 신민당 내 투쟁을 선언하는 모임을 결성해 야당성회복을 촉구하고 나섰다. 그러자 이를 마땅치 않게 여긴 이철승 대표최고위원이 야당성회복투쟁위원들을 해당행위자로 몰아 당기위원회에 제소했다.

당기위원회는 대부분 이철승 대표와 뜻을 같이하는 위원들로 구성되어 있었다. 김재광 최고위원이 천거한 용산지구당 출신의 하용선 위원이 있고 고흥문 최고위원이 천거한 내가 있을 뿐 김영삼 총재 측의 당기위원은 한 사람도 없었다. 이러한 당기위원 분포로 볼 때 야투

위원들을 변호해줄 사람은 당기국장인 차상환 국장이 있을 뿐 의결권을 가진 사람은 하나도 없었다. 다행인 것은 당기 위원장이 고흥문계이면서도 개인적으로 나와 절친한 김현기 의원이라는 것이었다.

이철승계로는 이광호, 황호동 씨 외에 몇 사람이 더 있었는데, 이들은 대표의 지침을 받아 야투위원에게 최고형인 제명을 의결하려고 했다. 그런데 야투위원 중 고흥문계의 함기환 씨가 있어서 함기환 씨만은 살리고 남은 사람만 제명하자는 결의를 유도하고 나섰다. 이광호 위원이 나를 만나 "노병구 씨하고 한 계보인 함기환 씨는 적당히 빼고 빨리 모두를 제명하자."고 설득했다. 자기 계보인 함기환 씨가 야투에서 열심히 야당성회복을 주장하고 있으니 고흥문 최고위원은 입장이 난처해져서 엉거주춤하고 별다른 의견을 나타내지 않았다.

나는 완강히 거절했다. "민주 정당에서 확실한 야당을 하자는데 그게 어째서 죄가 된단 말이오? 이것은 당기위원회 회부감도 아니오." 하고 반박하며 무혐의를 결의해야 한다고 맞섰다. 나 혼자서는 외로운 싸움을 하기가 벅차다고 생각했는데, 이어서 하용선 위원이 뜻밖에도 내 말에 전적으로 동감한다고 듣고 일어났다.

당기위원회는 2~3일간 계속되었는데, 서로 한 치의 양보도 없이 평행선을 가고 있었다. 지루하기도 했지만 대표최고위원이 답답한 나머지 어떻게든 빨리 매듭을 지어서 마지막 결정을 최고위원회에서 내리도록 의결해서 올리게 하려 한다는 기미를 알아차렸다. 당헌상 당기위원회 결의의 최종 결정은 최고위원회나 정무회의 중 어느 한 곳에서 하도록 규정되어 있었다.

하용선 씨와 나는 미리 그런 규정이 있다는 것과 대표의 의도를 읽고 머리를 맞대고 숙의한 결과 대표의 뜻대로 제명을 받아들이되 함기환 씨를 포함한 전원을 제명하는 것으로 하고, 이 결의는 정무위원회로 넘기도록 일괄해서 결의하도록 하자고 뜻을 모았다. 그래서 내가 김현기 당기위원장을 만나 그 뜻을 전하고 다음 날 회의에 들어갔다.

회의를 시작하자 또다시 제명은 안 된다고 하 위원과 내가 한 차례씩 발언을 했는데, 이광호 동지 등이 "언제까지 이대로 갈 것이냐"고 힐책을 했다. 그래서 "그러면 형평의 원칙에 따라 함기환 씨도 포함해 전원을 제명한다면 좋다"고 했더니 주류 쪽에서 좋다고 해 만장일치로 통과시켰다. 그러면서 내가 이 안은 정무회의에 넘기는 것이라고 말하자, 김현기 위원장은 토론도 거치지 않고 말했다.

"야투 전원을 제명하고 이 안을 정무회의에 넘깁니다. 이의 없지요?"

아무도 이의를 제기하는 사람이 없었다.

"만장일치로 통과됐음을 선포합니다. 폐회합니다."

제명결의를 최고위원회로 올리기를 기대했던 이철승 대표는 결의 내용을 보고받고 이광호 동지에게 몹시 화를 내며 질책했다고 한다.

"야, 이놈아! 너는 솥뚜껑으로 자라를 잡나?"

그 말은 재치 있는 소석의 말로 동지들 사이에 널리 퍼졌고, 정무회의에서 만장일치로 통과되기는 어려워 야투 문제는 결국 상정도 못하고 제명도 못한 채 유야무야로 끝났다.

세상은 옳은 대로만 가는 것은 아니다. 야투를 열심히 하던 회원 중 K씨는 당기위원회에 회부되자 슬그머니 야투 대열에서 빠져 이철승 대표 쪽에 가담해서 다른 야투위원들에게 배신자로 낙인이 찍혔다. 그후 그는 공천도 받고 여러 번 국회진출도 하고 중요한 국회요직도 맡아, 그 당시 야투위원 중 가장 잘나가는 사람이 되었다. 결과만을 두고 볼 때는 어느 것이 잘하는 짓인지 판단하기 어려운 때도 많다.

고흥문 최고위원의
후회와 탄식

　나는 중앙 당기위원으로서 이따금 소소한 문제들로 제소된 문제를 다루기 위해 당기위원회가 소집될 때 외에는 중앙당에 나가는 일이 별로 없었다. 고흥문 최고위원의 개인사무실이 있던 그랜드호텔로는 자주 나가는 편이었지만 돈을 벌어야겠다는 생각으로 계속해서 집을 지어 팔고 또 지었다. 집이 팔릴 때까지는 시간이 많아서 자주 들렀지만 집을 다시 짓기 시작하면 못 들를 때가 많았다.

　1978년 12월 12일에 제10대 국회의원 총선거가 예정되면서 정치하는 사람들은 각기 희망하는 지역을 찾아 지역기반을 닦고 중앙에서 공천을 받기 위해 이래저래 분주한 해가 됐다. 나는 서울에서 공천을 받기를 희망했다. 하지만 신민당 최고위원들끼리 모여서 심사를 하는데, 기존 국회의원들과 한 지역에서 몇 번씩 국회의원에 당선된 유력 인사를 제외하고 순수 신인 가운데 거의 당선권 내에 드는 공천자는 대개 최고위원당 한 명이 배정되었다. 고흥문 최고 위원은 이미 중앙당 인사 때 차지한 총무국장 김형중 씨를 공천하지 않을 수 없어 김형중 씨를 충남 공주에 공천했다.

충남 공주에는 진산계에서 김영삼·고흥문 씨와 함께 계보를 하면서 공주에서 여러 번 국회의원에 당선된 바 있는 박찬 의원이 공천을 받으려 했지만, 고흥문 의원은 박찬 의원을 탈락시키고 김형중 씨를 공천하고 말았다. 오랫동안 고흥문 의원과 같은 계보에서 고흥문 의원을 도와왔으나 김영삼에 가깝고 이철승을 지지하지 않은 것 때문에 탈락하고 나니 고흥문 최고위원에 대한 박찬 의원의 실망과 분노가 이만저만이 아니었다.

박찬 의원은 고흥문 최고위원에게 전화를 걸어 "특별한 잘못도 없고, 아직도 공주에서는 유력한 후보인 나를, 오랫동안 정치를 함께한 동지인 나를 다른 사람도 아닌 고흥문이가 이럴 수가 있느냐"고 사정없이 질타했다. 박찬 의원이 "내 기어이 무소속으로 출마해 고흥문 당신에게 본때를 보여줄 것"이라고 흥분하는 것을 보고, 과연 정치하는 사람들에게 도덕성과 참된 인간성과 의리라는 것이 있는지를 깊이 생각하게 되었다.

고흥문 최고위원에게 주어진 단 한 장의 공천장을 받은 김형중 씨는 출마해서 죽을 힘을 다해 당선됐어야 한다. 그런데 김형중 씨는 고흥문 최고위원 앞으로 나온 단 한 장의 귀한 공천장을 받아갔으면서도 공주지역 선거관리위원회에 입후보 등록을 하지 않았다. 우리 모두는 어안이 벙벙하고 영문을 몰라 다만 놀라기만 했다.

김형중 씨가 출마를 포기한 이유를 나는 누구에게 물어보지도, 알려고도 하지 않았다. 본인 자신의 신분상의 문제로 원천적으로 출마가 불가능한 상태였는데 공천은 왜 달라고 했는지, 또 써먹지도 않을 공천장은 무엇에 쓰려고 받아갔는지 의문투성이라는 말만 무성했다.

어쨌든 그는 최고위원에게 주어진 단 한 장의 공천장을 휴지조각으로 만들어 버렸다.

정치를 하면서 정식으로 자기 사람을 국회의원으로 만들 단 한 장의 공천장을 탈취당하듯 버린 고흥문 최고위원은 계보 내의 동지들에게 고개를 들지 못하게 되었음은 물론, 오랫동안 가까웠던 박찬 의원에게서 입에 담기조차 싫은 욕설을 들어야 했다. 어렵게 차지한 공천이 휴지가 된 것도 죽을 맛이었지만, 고흥문 의원에게 배신자라고 소리치며 무소속으로 출마한 박찬 의원이 당당히 무소속으로 당선되고 보니 고흥문 최고위원은 더욱 곤혹스럽게 되었다.

선거가 끝나고 난 뒤 그랜드호텔에 가서 이형호 씨와 함께 고흥문 최고위원을 만났는데, 우리를 멀거니 쳐다보던 고흥문 의원은 힘없이 말했다.

"나 참 K와 L 이 충청도 두 놈 때문에 내가 병신이 되는군! 참 망신스러워서……."

고흥문 의원의 장탄식을 들으며 '진실과 거짓을 구별할 줄 모르는 지도자가 겪는 당연한 귀결'이라고 생각했다. 또한 진실과 직언을 멀리한 책임을 누구에게 미루기보다는 철저한 자기 반성이 있어야 고흥문 계보가 발전할 것이라는 생각을 지울 수 없었다.

고흥문 최고위원이 말한 K와 L 이 사람들과 고흥문 최고위원 간에 있었던 내밀한 일이나 거래를 나는 떠도는 말로 짐작할 뿐 구체적인 내용은 모른다. 다만 그 사람들이 각자 자기의 이익이나 출세를 위해서 고흥문 최고위원을 이용만 한 결과라면, 그것을 받아들인 고흥문 최고위원은 그들을 나무라기 전에 자기 자신을 책망하고 반성해야 한다고 생각했다.

고흥문 최고위원의 탄식을 들으면서 나는 한없이 허탈한 상념에 빠져 이런 계보에서 정치생활을 계속할 것인가 말 것인가를 깊이 생각하게 되었다. 나도 지도자를 잘못 선택한 책임을 통감했지만, 그러면서도 그 사람이 싫다고 해서 또 나에게 섭섭하게 한다고 해서 그 사람이 나가라고 하지도 않는데 먼저 박차고 나올 용기와 과단성을 타고나지는 못했다.

정치할 자질을 타고나지 못했다고 생각해서 고흥문 계보를 떠나면 아주 정치권에서 떠나야지 이 계보, 저 계보를 기웃거리며 찾아다니는 것은 생리에도 맞지 않을뿐더러 내 자존심도 허락하지 않았다.

신민당 5 · 30 전당대회의
역전 드라마

1979년 5월 30일, 신축한 신민당 마포당사에서 전당대회가 열렸다. 김영삼 · 이철승 · 이기택 · 신도환 씨가 당수에 도전했는데, 1차 투표에서 이철승 · 김영삼 · 이기택 · 신도환 순으로 득표를 해서 2차 투표를 할 때 이기택 씨가 김영삼 후보를 지지한다고 선언하며 사퇴를 하고, 신도환 씨가 이철승 후보를 지지하며 사퇴를 했다. 그래서 김영삼, 이철승 두 분을 놓고 결선투표를 했는데, 김영삼 후보가 예상을 뒤엎고 승리해 2년 만에 당권을 되찾았다. 박정희정권이 가장 싫어한 김영삼의 시대가 다시 열린 것이다.

고흥문 씨는 이때도 이철승 씨를 지지하며 자신은 나서지 않았다. 따라서 고흥문 계보는 비당권파로 떨어지게 되어 나 또한 정치를 하겠다고 이 대열에 끼어든 후 처음으로 중앙당의 당직을 가지지 못하게 됐다.

박정희 유신정권은 1978년 12월 12일에 실시한 제10대 국회의원 선거에서 수단과 방법을 가리지 않고 금권 · 타락 · 부정 · 불법을 자행했다. 하지만 공화당이 68명이 당선된 반면 신민당에서 61명의 당선자가 나와 의원수 차이가 근소할 뿐 아니라 전국유권자 총득표수에서도 공화당이 31.2%를 얻은 데 반해 신민당은 32.3%로 공화당보다 1.1%를 더 얻었다. 이로써 박정희정권은 국민의 불신임을 받았고 신민당은 유신정권의 대체세력으로서 국민의 엄청난 성원을 받았다.

이런 가운데 신민당 대의원들은 뜻도 분명치 않은 중도통합론을 내세워 온건한 자세를 취한 이철승 대표의 지도노선을 배척하고, 국민의 여망을 겸허하게 받아들여 선명야당의 기치를 들고 강력하게 정권투쟁에 나서야 한다고 앞장선 김영삼 후보를 선택한 것이다. 한마디로 박정희 유신정권에 대한 역사의 심판이 시작되었음을 알리는 희망의 종소리였다.

김영삼 총재는 당선 연설에서 이렇게 갈파했다.

"오늘의 결의는 우리 신민당이 곧 여당이 될 수 있음을 보여준 것이며, 수권 준비태세가 되어 있음을 입증하는 것입니다. 이제 민주주의는 개막하기 시작했고, 마침내 새벽이 돌아왔습니다. 새벽을 알리는 닭의 목을 아무리 비틀어도 새벽은 오고 있습니다!"

그동안 최고위원으로 있던 사람들은 막후로 물러나고 이민우, 박영록, 조윤형, 이기택 이 네 분이 부총재에 지명되었다. 나는 고흥문 의원과 함께 당의 요직에 등용되지 못하고 평당원으로서 주로 개인생활에 전념했다.

김영삼 총재의
직무정지 가처분

　김영삼 총재는 당권을 장악하고 나서 긴급조치, 비상조치, 위수령 등 온갖 독재적 수법을 총동원해 야당과 민주주의를 요구하는 국민을 탄압하는 박정희정권을 혹독하게 비판하며, 국민의 뜻을 따라 정권을 내놓을 준비를 하라고 압박해 들어갔다. 그럴수록 박정희 정권의 말기적인 발악은 더욱 기승을 부려 이성을 잃고 오직 무력으로만 무리수를 쓰고 있었다.

　김영삼 총재가 당권을 잡은 지 석 달도 되기 전에 YH사건이 터졌다. 가발공장에서 일하던 YH 여공들은 몇 달치씩 월급도 안 주고 폐업한 회사에 대해 밀린 월급을 달라고 호소하며 농성을 벌이다가 아무런 대답도 못 듣고 강압적으로 농성장에서 쫓겨났다. 그래서 갈 곳을 찾다가 1979년 8월 9일 신민당사로 몰려와서 억울함을 호소하고 신민당 강당인 당사 4층에서 농성을 벌였다.

　8월 11일, 무장경찰이 당사에 진입해 강력하게 항의하는 김영삼 총재를 비롯한 신민당 당직자들과 YH 여공들을 네 명이 한 조가 되어

한 사람씩 개 끌듯 끌어냈다. 그 와중에 급기야 김경숙이라는 여공이
사망함으로써 YH사건은 국내외로 큰 뉴스로 기록되었다.

| 김영삼 총재의 총재 직무정지 가처분 |

1979년 8월 13일, 신민당 원외 위원장 중 조일환(曺逸煥), 윤완중(尹完
重), 유기준(俞琪濬) 세 사람이 5 · 30 전당대회에 부정 대의원 몇 사람
이 섞여 있어 그 대의원들의 투표로 당선된 총재는 당선무효이므로
총재의 직무를 정지시켜야 한다고 총재 직무정지 가처분신청을 법원
에 냈다. 그 처분이 법원에서 이유 있다고 받아들여지고, 법원은 총재
권한대행에 정운갑(鄭運甲) 의원을 선임까지 하여 선고했다.

5 · 30 전당대회는 이철승 대표 체제 하에서 그들의 주관으로 대의
원도 선정하고 전당대회의 모든 절차를 그 당시의 주류에서 맡아 했
다. 비주류였던 김영삼 총재는 주류에서 하는 대로 따라 응전만 해서
당당하게 총재로 당선된 것인데, 적반하장으로 김영삼 총재에게 책임
을 덮어씌우는 것은 말도 안 되는 처사요 판결이었지만 무소불위의
유신치하에서는 어쩔 도리가 없었다.

김영삼 총재의
국회의원직 박탈

1979년 10월 4일, 박정희 대통령은 총재 직무를 정지시켜 놓았음에도 여전히 극한적인 대여 공세를 멈추지 않는 신민당 김영삼 총재의 의원직을 박탈하기로 했다. 그래서 신민당 의원들이 단상점거 등 농성을 벌이고 있는 국회 본회의장을 피해 공화당 의원 총회실에서 공화당 의원과, 대통령이 국회의원 정수의 3분의 1을 임명한 유정회 국회의원만 참석한 가운데 김영삼 의원의 의원직 제명을 결의하여 의원직을 박탈했다.

그 이유로 그들은 김영삼 총재가 미국 〈뉴욕타임스〉 기자와 나눈 회견내용을 문제삼았다. 김영삼 총재는 "나는 지금도 북괴와 대응하는 가장 적절하며 유일한 방법은 언론·집회의 자유, 자유선거를 통해 우리의 정부를 선택할 자유라고 확신하고 있다. 궁극적으로 보다 많은 민주주의, 보다 개방적인 제도와 더불어서만 대한민국은 이 지역에서의 미국의 이해와 부합할 수 있을 것"이라고 말하고, "그렇기 때문에 미국은 민주주의에 역행하는 박정희 독재정권을 도와서는 안 된다"고 했는데, 이것이 사대주의 발상이라고 구실을 붙여 제명을 한 것이다.

이 과정에서 김영삼 총재의 의원직 박탈로 인하여 발생할 여러 가지 가능성을 놓고 당시 중앙정보부장 김재규 씨가 박정희 대통령에게 김영삼 총재를 제명하는 것은 결코 좋은 방법이 아니니 재고해달라고 요청했다. 그러고 나서 김영삼 총재를 장충단 모처에 있는 정보부 별관으로 모시고는 이렇게 말했다.

"총재님, 박정희 대통령의 감정이 극에 달해 이대로 가면 제명, 구속은 물론 극단적으로 그보다 더한 일도 저지를 수 있을 걸로 보입니다. 그렇게 되면 나라도 총재님도 불행해집니다. 이런 일은 막아야 합니다."

그 말에 김영삼 총재가 대답했다.

"나보다 박정희가 먼저 죽을 거요. 김 부장도 조심하시오."

"내일 아침에 국회에 나갈 때 잠깐만 기자실에 들러 〈뉴욕타임스〉 기사가 와전되었다고만 한마디 슬쩍 하시고 가시면 되겠습니다."

"잠시 살기 위해서 영원히 죽는 일을 나는 할 수 없소!"

김영삼 총재가 그렇게 말하고 나올 때 김재규 씨가 "또 뵙겠습니다" 하고 인사를 했다고 한다. 그 소리를 듣고 "다시는 김 부장을 볼 일이 없을 거요" 하고 나왔는데, 그가 세상을 떠나고 나니 그 말이 걸린다고 김영삼 총재는 몹시 안된 표정으로 사석에서 내게 정황을 들려주었다.

| **부마 민주항쟁의 폭발** |

김영삼 총재를 국회에서 제명한 지 12일 만인 1979년 10월 16일,

부산과 마산에서 김 총재의 제명에 항거하며 수만 명의 시민들이 궐기해 반독재 민주화를 요구하는 대대적인 시위를 벌였다.

　독재타도, 유신철폐, 언론자유, 김 총재 제명 철회, 부정·부패척결 등의 구호를 연호하며 겁없이 얻어맞고 다치고 쓰러지는 민주시민의 시위행렬을 긴급조치와 비상조치 하의 강권통치도 막지 못했다. 이 사태를 부마사태 또는 부마항쟁이라고 한다.

박정희 대통령의 죽음

김영삼 총재가 5·30 신민당 전당대회에서 당권을 되찾은 후 목숨을 걸고 대여투쟁을 벌여 박정희 대통령이 서서히 코너에 몰리기 시작하자 박 대통령과 그 주변사람들은 이성을 잃고 스스로 혼란에 빠졌다. 가장 신성해야 할 법관들까지도 중앙정보부의 시녀로 전락해 얼토당토않은 구실로 김영삼 총재의 총재직 직무정지 가처분 결정을 내리고, 〈뉴욕타임스〉 기자와 회견한 내용을 트집 잡아 국회의원직마저 박탈했다.

그로 인하여 부마사태가 일어나자 극도의 불안을 느낀 그들은 핵심들끼리 권력의 암투를 벌였고, 1979년 10월 26일 박정희 대통령은 그의 핵심 중 핵심인 중앙정보부장 김재규의 총에 맞아 세상을 떠났다. 불행한 일이다.

1979년 8월 13일 김영삼 총재 직무정지 가처분
1979년 10월 4일 김영삼 의원 국회에서 제명, 의원직 박탈

1979년 10월 16일 부마사태 발생

1979년 10월 26일 박정희 대통령, 김재규의 총에 맞아 사망

김영삼 총재가 당권을 되찾은 지 5개월, 김영삼 총재의 직무정지 가처분 결정에서부터 2개월, 김영삼 의원의 국회의원직 박탈이 계기가 되어 부마항쟁이 폭발했다. 그리고 그 대책을 둘러싸고 벌어진 권력 내부의 암투로 김영삼 의원의 의원직 박탈로부터 불과 22일 만에 박정희 대통령은 최후를 맞았다.

권력의 최고정점에 올라 부인인 육영수 여사가 먼저 문세광의 총에 맞아 세상을 떠나고 본인 또한 부하의 총에 맞아 세상을 떠났으니 개인적으로 보면 얼마나 가엾고 불행한 일인가!

4·19 혁명으로 세워진 합헌적 민주정부인 민주당정권을 1년도 못되어 무능하다고, 부정부패가 극에 달했다고, 반공과 안보가 걱정이라고 내세우며 합법을 위장한 강압수단으로 비상조치 긴급조치를 발동해 국민을 탄압하며 눈만 뜨면 안보, 안보 하다가 결국 자기 자신의 안보도 챙기지 못하고 박정희 대통령은 비참하게 세상을 떠났다.

그래도 대통령을 두 번만 하고 말았다면 비록 5·16은 일으켰다 해도 그동안의 업적은 본인과 국가에 크게 이바지하지 않았을까 하고 생각하면 참으로 안타깝다.

1979년 12월 12일, 부당하게 결정되었던 총재 직무정지 가처분 신청이 취하되어 김영삼 총재는 신민당 총재로 원상회복되었다. 참으로 세상일은 모를 일이고, 하나님은 무심치 않았다.

10·26으로 박정희 대통령은
정보부장 김재규에 의해서 죽었다

김영삼 총재는 산에 올라가 정상에서 산행식을 하며 자주 말했다.

"산에 올라가면 반드시 내려가야 한다. 내려가지 못하면 등산이 아니다. 따라서 산에 오를 때는 내려갈 때의 안전을 대비하면서 올라가야 한다. 산은 올라갈 때보다 내려갈 때 더 어렵다."

이것은 단순한 말 같지만 산은 우리에게 무한한 진리를 가르쳐주고 있다. 10·26 이후 어느 자리에서 김영삼 총재는 지난날 신민당 총재 시절 박정희 대통령과 청와대에서 가진 여야 영수회담의 비화를 들려 주었다.

박정희 대통령은 대통령을 국민이 직접 선출하는 민주회복을 강력하게 요구하는 김영삼 총재에게 이렇게 말했다.

"김 총재님, 저 창밖을 보십시오. 지금 가을로 접어들어 낙엽이 한 잎 두잎 떨어지는 쓸쓸한 모습이 마치 깊은 산중의 절간 같지 않습니까? 마누라는 총에 맞아 죽었습니다. 마누라도 없는 이곳에서 어린 자식들만 데리고 혼자 살고 있는 내가 무슨 욕심이 더 있겠습니까? 나는 지금 김 총재님께 굳게 약속을 하려고 하는데, 이 약속 내용에 대해서는 사나이와 사나이의 명예를 걸고 서로 지키자고 약속을 해주셔야겠습니다."

그러면서 눈물을 글썽이는 박정희 대통령에게 김영삼 총재는 한 인간으로서 측은함을 느끼며 대답했다.

"말씀을 해보십시오."

"나도 절간 같은 이곳에 더 이상 미련이 없습니다. 대통령 직선민주화? 내가 하겠습니다. 그러나 이것이 알려지면 권력지향적인 똥파리들이 새로운 가능성을 향해 요동을 칠 것입니다. 이런 가능성도 막고, 주변사람들을 설득하며 준비할 시간이 필요합니다. 나에게 시간을 좀 주십시오. 민주화는 꼭 해놓고 물러나겠습니다. 김 총재께서 지금 나가시더라도 민주화에 대해 우리 두 사람이 한 약속은 발표하지 마시고 무덤까지 가지고 가기로 약속하십시다."

눈물을 글썽이며 사정하는 박정희 대통령의 태도가 측은하기도 하고 진지해 보여서 김영삼 총재는 "그렇게 합시다!" 하고 약속을 하고 나왔다.

그후 민주화 방침을 뺀 영수회담 합의사항 발표를 보고 신민당 내 비주류나 많은 국민들이 얻은 것이 없다고 김영삼 총재를 비판했다.

김영삼 총재는 박정희의 민주화 약속을 굳게 믿고 기다렸지만 허사였다고 말했다.

"내가 그때 언제까지 하겠다는 시한을 정하지 않고 나온 것이 실수였다. 하지만 눈물을 글썽이며 마누라도 총에 맞아 죽고 어린아이들만 데리고 그 넓은 청와대 안에서 혼자 사는 고독을 솔직하게 털어놓는데 그 태도가 너무도 진지해서 그만……."

그렇게 이야기하면서 김영삼 총재도 숙연해졌다.

박정희 대통령은 왜 그런 거짓말을 했을까?

김영삼 총재도 눈물을 글썽이며 민주화를 자기가 할 수 있게 해달라고 한 박정희 대통령의 진지한 태도를 믿었다고 했는데, 나도 믿고 싶다. 그래서 박정희의 10·26은 더 불쌍하고 한심하다.

10·26 없이 그냥 물러날 수도 없었거니와
만약 그냥 물러났다면?

박정희는 처음부터 내려갈 생각이 없었고 영구집권을 꿈꾸면서 18년이나 앞만 보고 달려왔다. 너무 높이 올라왔다. 내려갈 길이 없었다. 그야말로 진퇴양난이었다. 박정희는 10·26이 없었으면 강압으로 얼마를 더 버텼을까? 탱크로 몇 만의 국민을 밀어붙였으면 어떻게 되었을까?

보릿고개를 없앴다고, 경제를 살린다고 한국적 민주주의니 어쩌니 하면서 "한국놈은 맞아야 한다"고 두드려패면서 "민주주의가 밥 먹여 주느냐?"고 민주정치를 깔아뭉갠 정답이 10·26이 아니겠는가?

10·26이 없었으면 박정희정권은 4·19보다 훨씬 강력한 국민의 저항을 받고 비참하게 무너졌거나, 아니면 강권통치를 더욱 강화시켜 국민은 눈뜨고 볼 수 없을 정도로 비참하게 되었을 것이다.

박정희 대통령의 불행은 안됐지만, 10·26은 결과적으로 더 큰 불행을 사전에 막은 사건이었다. "칼을 쓰는 자는 칼로 망한다"고 성경은 가르치고 있는데, 어떻든 다시는 쿠데타 같은 정변도, 10·26 같은 비극도 있어서는 안 된다.

헌정질서를 파괴하고 박정희가 5·16 쿠데타를 일으키고 혁명주체라는 사람들이 모여 만든 국가재건최고회의라는 불법단체가 자의로 만든 최고회의법을 '악법도 법'이라며 복종을 강요했을 때, 우리나라의 종교적·사상적 민권운동의 지도자 함석헌(咸錫憲) 선생은 "아비 때려 죽여 놓고 제사는 왜 지내!" 하며 쿠데타에 항거하는 연설을 했다고 해서 감옥에 갔다.

박정희의 리더십은 쿠데타, 비상조치, 긴급조치, 위수령, 계엄령, 유신 등 강압수단을 적당히 바꿔가며 선포하고 언론말살, 불법·무법의 강권통치로 일관하여 사실상 자유민주주의 하에서는 당연히 배척하여 없어져야 할 리더십이다.

독재는 안 된다. 공산독재는 더욱 안 된다. 전통적 자유민주주의만이 우리의 살길임을 우리는 철저하게 배웠다.

신길교회의 구국기도회

졸속으로 체결한 한일 국교정상화를 반대하여 그 비준을 막자고 영락교회에서 범기독교적으로 구국기도회를 할 때, 나는 기도회에 적극적으로 참가했으며 개신교 교회로는 처음으로 신길교회에서 비준반대 구국기도회를 주도적으로 개최한 바 있다.

그들은 헌정질서를 무력으로 파괴하고 불법단체인 국가재건최고회의가 자의로 만든 법을 지키라고 강요하면서 '악법도 법'이니 지키라고 강압했다.

악법도 법.

이 말은 2500여 년 전 그리스의 철학자 소크라테스가 악법에 의해 사형을 받게 되었을 때, 그것은 말도 안 된다며 다른 조치를 강구하려는 사람들에게 "악법도 법이니 조용히 사형을 당하겠다"고 말했다고 해서 유명해진 말이다. 그후 독재자들이 소크라테스의 진의도 헤아리지 않고 마치 자기들을 위해 있는 말로 악용해왔다.

저들의 죄를 용서하소서.

지금부터 2000년 전, 제자 가롯 유다는 은화 30에 사랑하는 스승이었던 예수님을 대제사장과 장로들에게 팔아넘겼고, 대제사장과 장로들이 예수님을 끌고 가서 총독 빌라도에게 넘겨 재판을 받았다. 판관인 빌라도는 예수님에게 죄가 없음을 확신하면서도 제사장과 장로들의 위세에 눌려 예수님을 십자가에 못박게 했고, 예수님은 "아버지여, 저희를 사하여 주옵소서. 자기의 하는 일을 알지 못함이니이다"(누가복음 23장 34절) 하고 저들의 무지를 깨우쳐주려 했고, 한마디 항변이나 변명도 없이 골고다언덕에서 십자가를 지고 죽은 지 사흘 만에 다시 살아나셨다.

그를 잡아 제사 지내고 잡아먹어라.

옛날 대만에 식인종이 우글거렸다. 식인종의 추장이 사람을 잡아 제사지내고 잡아먹는 것은 참으로 몹쓸 짓이라고 여러 번 말했지만, 모두 옛날 조상 때부터 내려오는 풍습인데 이것을 없애서는 안 된다고 우겼다. 그래서 추장은 "오늘 밤에 붉은 모자에 붉은 망토를 입고 이 동네를 지나가는 사람을 잡아 제사를 지내고 잡아먹어라." 하고 단단히 일렀다. 그날 밤, 정말 그 사람이 나타나자 불문곡직하고 그 사람을 잡아서 제사를 지내려고 죽은 사람의 얼굴을 보니 바로 자기들이 존경하던 추장이 아닌가. 깜짝 놀란 식인종들은 그때부터 추장의 말대로 식인 악습을 없앴다고 한다.

소크라테스도, 예수님도, 대만 추장도 '악법은 나의 희생으로 끝내야 한다'는 참교훈을 자신의 죽음으로 가르쳐준 것인데, 자기가 저지르는 죄악을 죄인지도 모르는 무지한 사람들이 헛된 욕심을 채우려고 천연덕스럽게 말하는 것을 보면 가슴이 내려앉는 서글픔을 느낀다.

인도의 간디와 남아공의 만델라는 부당한 악법에 대항해 무저항으로 감옥에서 수십 년을 살면서도 악법에 굴하지 않았다. 후진국을 벗어나지 못하고 다른 나라의 압박만 받던 인도는 간디가 주창한 무저항의 항거가 마침내 성공해서 고도의 민주적인 문화국민으로 거듭났고, 지금은 유엔 상임이사국 진출을 눈앞에 두고 있다. 남아공은 만델라로 인해 흑백 인종이 한가족처럼 새로운 민주적 문화를 창출해 아프리카 대륙의 선진 민주국가로 부러움을 사고 있다.

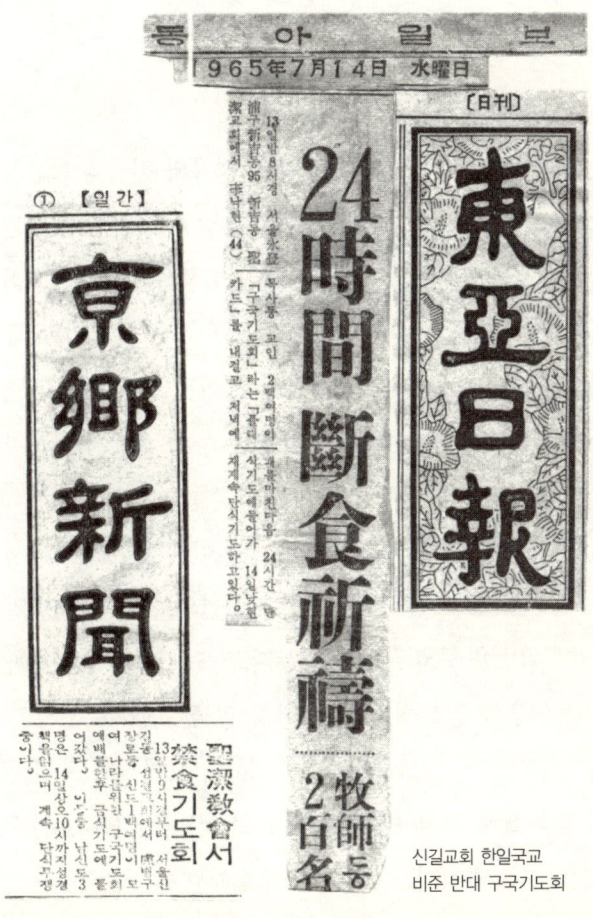

신길교회 한일국교
비준 반대 구국기도회

정치와 경제는
따로 떼어놓을 수 없다

　사람답게 잘살자고 독립운동도 했고, 자유와 인권의 보장을 향유하면서 잘사는 민주정치를 하자고 민주화투쟁도 했다. 박정희는 소비가 미덕이 되는 풍요한 국가를 만드는 데 민주정치는 거추장스러운 장애물에 불과하다고 주장하면서, 대일 청구권 자금과 국가와 국민을 담보로 막대한 차관을 얻어다가 정당한 돈이든 부당한 돈이든 원없이 한없이 돈을 써가며 18년 동안 정치 없는 통치 속에서 빚잔치로 국민과 자신을 속였다.

　독재든 공산독재든 독재 하의 발전에는 한계가 있고 반드시 망한다는 것을 세계의 역사가 증명하고 있다. 북한의 김일성, 김정일 부자는 쇠고기국에 쌀밥을 골고루 먹게 해준다고 속여 폐쇄된 공산독재 하에서 자유와 인권을 말살해 국민을 마치 동물처럼 주무르다가 이제는 굶어죽는 체제에 이르렀는데도 미안해하거나 반성하는 기색이 전혀 없다. 경제를 살려 잘 먹여준다는 구실로 국민의 자유와 인권을 제한 또는 말살하기는 박정희도 김일성도 오십보백보다.

민주정치와 자유시장경제는 동전의 앞뒷면처럼 한 덩어리로 투명하게 돌아가야 한다. 설사 경제가 생각보다 조금 늦게 성장한다고 해도 투명한 정치, 투명한 경제운영으로 정치경제가 한 덩어리의 문화로 발전해야 굴절 없는 굳건한 선진국가로 발돋움할 것이다.

박정희는 경제제일주의를 부르짖으며 36년 동안 온 국민이 빨린 고혈의 대가인 대일 청구권자금에서부터 겁없이 국민을 담보로 빚을 내다가 신바람 나게 돈을 쓰며 빚잔치를 해서 국민소득을 87불에서 1,644불로 키우고 경제규모를 세계 11위까지 올려놓았다. 부분적으로 경제를 살리기도 했지만 그 과정에서 자신은 물론 주변사람들이 손에 떡고물을 너무 많이 묻혀 민주화가 되는 순간 줄줄이 묶여 감옥으로 갈 수밖에 없겠다고 생각해서 주변사람들을 설득하지도 못했고 그냥 갈 때까지 가자고 주저앉은 것이 아닌가 하는 생각이 든다.

그렇게 미루어오던 중 일본식 유신을 선포하고 더욱 국민의 목을 죄다가 제10대 국회의원 선거에서 관권·금권·부정·불법 타락선거를 하고도 국민의 총투표수에서 공화당이 신민당보다 1.1%를 덜 얻음으로써 실질적인 불신임을 받았다. 그러고 나서 국회의원의 3분의 1을 대통령이 임명하는 유정회라는 교섭단체까지 만들어 여당이 명목상 3분의 2 이상의 의석을 확보할 수 있게 해놓고도 더욱 불안을 느껴, 오히려 김영삼 총재를 제거하기로 작심하고 총재직 박탈과 국회의원직 제명 사태까지 벌이다가 부마사태를 만났다.

박정희는 "강압만으로는 어렵다"는 중앙정보부장 김재규와 "기왕 내친김에 탱크를 동원해 몇 만 명이라도 쓸어버리면 된다"고 주장하는 경호실장 차지철의 틈바구니에서 차지철의 편을 들다가 10·26의 비운을 당한 것이다.

선거결과로 보나 당시의 국내 정세로 보나 18년 동안 쌓이고 쌓인 부정부패는 힘으로도 능으로도 감출 수 없게 되었다. 또한 그동안 너무 많은 사람들을 무고하게 희생시켜 그들의 원성이 하늘을 찌르니 이쯤에서 정치를 그만두고 싶어도, 정말 자기 손으로 민주화를 해놓고 물러나고 싶어도, 그때는 이미 저질러 놓은 일들이 무성한 잡초로 변해서 내려갈 길을 막아 버렸다. 별도로 부를 119도 없었으니 얼마나 답답했을까?

전두환의 제2의 쿠데타
(12·12사태)

독재자 박정희가 죽은 뒤 정치권은 새로운 민주헌법으로 개정해 대통령 직선제를 실시하는 한편, 군부에 빼앗긴 민주주의를 회복하고 정상적인 선거절차를 거쳐 국민의 여망에 부응하는 합법정부를 구성해야 한다고 바삐 움직였다. 그러다가 1979년 12월 12일 전두환 일파가 하극상을 일으켜 정승화 육군 참모총장 등을 비롯한 상관들을 무력으로 몰아내고 실질적인 쿠데타를 일으켜 정권을 장악하기 시작했다.

나는 신민당 당적은 유지하고 있었지만 고흥문 계보는 당직도 할애받지 못했기 때문에 그 당시에는 다시 집을 짓고 있었다. 1980년 여름, 전두환이 계엄을 선포하고 김영삼 총재를 가택연금하는 한편 부정축재 등의 트집을 잡아 신민당 국회의원 대부분을 정치정화법에 묶고 정치활동을 규제해 정치를 못하게 했다.

고흥문 의원도 그 가운데 포함되어 정치를 못하게 됨으로써 자연스럽게 계보는 해체되었다. 그것으로 자연스럽게 고흥문 의원과의 정치적 인연은 끝이 났다.

신민당도 없어지고 계보도 없어진 상황에서 극소수의 신민당 의원과 원외정치인들을 규제에서 풀어 정치를 하도록 했는데, 이상하게도 나는 그 규제에서 제외되어 정치를 해도 되는 쪽에 들어 있었다.

제11대 국회의원 선거에
영등포 을구에서 출마

1980년 8월 27일, 전두환은 최규하 대통령을 협박해 대통령직에서 물러나게 하고, 그 뒤를 이어 기존의 통일주체국민회의를 소집해 체육관 대통령이 되었다. 전두환은 자신을 지지하지 않는 사람과 국민을 협박, 공갈하는 수단으로 법에도 없는 삼청교육대를 만들어 무고한 사람들을 잡아다 가두었다. 마치 북한의 정치범수용소를 방불케 하는 삼청교육대는 고문이라 할 수밖에 없는 혹독한 훈련과 기합으로 많은 인명을 앗아갔고 불구가 된 사람도 많았다.

1980년 5월 17일, 전두환 일파는 계엄을 선포해 놓고 김대중, 김종필 두 분을 잡아갔고, 다음 날부터 신민당의 김영삼 총재는 헌병 1개 중대로 둘러싸인 가택연금에 들어갔다. 그러고 나서 전두환은 5월 18일 광주학살사건을 일으키며 무리한 정권장악에 들어갔다. 무장한 계엄군이 광주민주화운동을 진압하는 과정에서 수많은 시민을 죽이고 부상을 입혔으며, 엄청난 파괴가 뒤따랐다.

정권야욕에 눈이 뒤집힌 전두환과 그 패거리들이 저지른 만행은 또 다시 국민의 가슴을 멍들게 했고, 순탄하게 선진 민주주의국가를 건설할 또 한 번의 기회를 무자비하게 짓밟았으며, 올바른 방향을 잡은 우리의 역사를 또다시 뒤틀어 놓고 말았다.

1981년에 접어들면서 제12대 대통령선거와 제11대 국회의원선거가 실시되었다. 대통령선거는 박정희의 유신정권 때 하던 통일주체국민회의를 해체하고 이름만 바꾸어 대통령선거인단을 구성해 거기에서 간접선거로 대통령을 뽑게 했는데, 각 국회의원 선거구에서 동 단위로 한 사람의 선거인을 뽑는 선거를 했다.

1981년 2월 25일, 선거인단회의에서 대통령선거를 하는데, 입후보 등록은 민주정의당 전두환, 민주한국당 유치송, 민권당 김의택 세 사람이 했지만 말이 경쟁이고 선거이지 민한당의 유치송 씨와 민권당의 김의택 씨는 자기 쪽 선거인도 몇 사람 안 되어 완전히 전두환을 위한 들러리로 입후보한 것이었다. 이는 실제로는 전두환 단독출마나 다름없는 속 보이는 선거로 전두환은 사상 최초로 7년 임기의 체육관대통령이 되었다.

전두환은 박정권 시절에 있었던 모든 정당을 해체하고 여야를 인위적으로 전두환의 민정당, 유치송 씨의 민한당, 김의택 씨의 민권당으로 나누어 이름뿐인 정당정치로 판을 바꾸어 출발했다.

나는 고흥문 씨와 잘못 맺은 인연으로 정치에 환멸을 느껴 정치를 하고 싶은 생각이 없었기 때문에 집을 몇 번 지어본 경험을 살려 건축업을 하려고 집안 몇 분의 공동투자로 남부순환로 큰길가의 신림동 난곡 입구에 그때로는 제법 큰 지하 1층 지상 3층의 빌딩을 준공했다. 그리고 그 빌딩 1층에 약국도 열고 2층에는 탁구장을 개설해서 운영했다.

나는 정치규제에도 묶이지 않았고, 제9대 국회의원선거에 신민당 복수공천으로 출마해 이름도 얼굴도 유권자에게 널리 알려져 있었다. 주변사람들은 전에 같이 출마했던 김수한 의원도 정치규제에 묶여 나오지 못하게 되었으니 명목상의 야당이라도 공천만 받으면 누구보다 당선가능성이 가장 높다고, 다시 출마해서 야당성을 회복하면 되지 않느냐고 일단 민한당에 공천신청을 내야 한다고 강권하다시피 했다. 물론 주변의 영향도 컸지만 경옥이 앞장서서 정치규제에 묶였으면 오히려 다행이지만, 그렇지도 않은데 입후보를 하지 않는 것은 말이 안 된다고 출마를 고집했다.

주변사람들의 권고도 고마웠지만 평생 동반자인 아내가 어떠한 고난이 와도 달게 받겠다고 하면서 앞장서는데 오히려 새로운 용기가 불끈 솟아 입후보할 결심을 굳혔다. 먼저 민한당 유치송 총재와 사무총장 신상우 의원을 만나 내 결심을 전하고 민한당에 공천신청서를 접수했다. 그리고 억울하게 정치규제에 묶여 정치를 못하게 된 선배들에게도 일일이 찾아가서 위로의 말씀과 함께 나의 입후보 결심을 전하고 도움을 청했다.

나와 같이 계보를 형성하고 오랫동안 정치를 함께했던 고흥문 의원도 그동안 나에게 실망을 준 데 대한 미안함도 있고 해서 신상우 사무총장을 만나 나의 공천을 부탁했더니 이번에는 꼭 될 것이라고 확실하게 말했다면서, 열심히 하라고 격려를 해주었다.

유치송 총재도 자신의 보좌관 고병수 동지까지 내 사무실에 보내 민한당 유치송 대통령후보를 지지할 선거인단후보를 많이 출마시켜 당선되도록 해달라고 부탁했다. 나는 후보자를 내는 데 열중하고 없는 돈에 나로서는 적잖은 금액을 관내 모든 선거인단후보들에게 지원하며 고병수 동지와 함께 열성을 다해 운동을 해서 다른 선거구에 비해 여러 명의 선거인을 당선시켰다.

공천심사위원장 신상우 사무총장을 비롯한 정치에 새로 입문한 몇 사람을 제외하고는 평소 나와 가깝게 지내던 분들이 공천심사위원이어서 특별히 나에 대한 설명을 필요로 하지 않았다. 중앙당에서 국장단에 같이 있던 서석재 씨와, 특히 고흥문 계보에서 특별한 인연을 맺은 바 있는 유용근 의원이 공천심사위원으로 있는 데다가 당시 서울 시내 전 선거구에서 신민당 시절 신인으로 복수공천을 받아 2만여 표를 받은 경력을 가진 신청자가 없었으므로 나에 대한 특별한 설명을 할 필요 없이 정당한 심사라면 거의 공천이 될 것으로 믿고 있었다.

그런데 민한당 1차 공천자가 발표되었는데, "영등포 갑구의 공천자는 서청원 씨로 하고 이 선거구는 분할될 선거구로서 곧 선거구가 분할되면 그 선거구에는 노병구 씨를 1차로 고려하기로 하고 오늘은 이렇게 발표한다"고 당시 민한당 대변이었던 김원기(현 국회의장) 대변인 명의로 발표되어 여러 신문에 그대로 게재되었다.

나는 곧바로 김원기 대변인을 만나 공천자가 서청원이면 그냥 서청원이라고 발표하면 되지 그 다음 얘기는 무엇 때문에 갖다 붙인 것이냐고 따졌다.

"나도 몰라요. 공천심사위원회에서 적어준 대로 나는 발표한 것뿐이오. 노병구 씨, 너무 걱정 마시오. 여기에는 분구가 되면 준다는 뜻이 담겨 있는 게 아니겠소?"

김원기 대변인은 그러면서 나에 대한 위로도 잊지 않았다.

그동안 나는 새로 들어온 공천심사위원들을 찾아보지 않았기 때문에 연락책이라는 김문석 씨도 만나 인사를 드리고, 변호사로서 공천심사위원이 된 박병일 씨를 인사차 찾아갔다. 내 이름을 듣고 박병일 씨는 무척 반기면서 말했다.

"말씀을 많이 들었습니다. 노병구 씨는 공천심사 첫머리에 아무도 이의 없이 공천결정이 나서 신상우 심사위원장이 방망이를 쳤습니다. 심사를 한참 진행하고 있는데 어디선가 신상우 위원장에게 전화가 걸려왔고, 전화를 받고 난 신 위원장이 공천심사위원들에게 영등포 갑구는 다시 심사를 해야겠다고 해서 이미 심사가 끝나서 넘어갔는데 왜 그러느냐고 하는 말들이 있어, 그러면 이 선거구는 분구가 되는 구역인데 그때 노병구 씨를 공천하기로 하면 되지 않겠느냐고 했습니다. 그래서 신청서류를 보니까 제가 중앙대학교를 나왔는데 서청원 씨도 노병구 씨도 중앙대학교 출신이어서 그렇게 하면 두 분이 모두 공천 되는 것이라 생각하고 그냥 넘어갔습니다. 저는 변호사입니다. 법률가의 양심으로 말씀드립니다. 일사부재리의 원칙에 따라 분구가 되면 별도의 심사 없이 곧바로 노병구 씨는 관악구의 공천자가 되는 것입니다. 선거운동이나 열심히 하십시오."

나는 황산성 씨를 찾아갔는데, 황산성 씨도 같은 말을 했다.

"노병구 씨는 인기가 좋으시데예. 선거운동이나 하시지 뭐 하러 이렇게 다니십니꺼? 열심히 운동하셔서 당선하시소."

나는 두 변호사의 말을 믿고 결과를 기다렸다. 그러나 전두환정권의 행태도 신경이 쓰였지만 선거인단선거를 위해 자신의 보좌관인 고병수 동지까지 내 구역에 파견했던 민한당의 유치송 총재도 힘을 못 쓰는 것 같아서 불안해하고 있었다.

그동안 나와 같이 고흥문 계보에 있던 함평 출신의 이진연(李震淵) 의원이 이럴 수가 있느냐고 분해하면서 안타까워했다.

"노 국장, 흰떡에도 고물이 든다고 했는데, 혹시 모르니 나한테 돈

300만원만 만들어주시오. 그 돈을 공천심사위원에게 써서라도 공천이 되도록 내가 노력해보겠소."

나는 내 공천 문제를 자기 일처럼 걱정해주는 이진연 의원이 너무 고마워서 지금까지 한 번도 해보지 않았던 방법이지만 아내와 상의해서 돈 300만원을 마련해 이진연 의원에게 주었다. 며칠이 지나 이진연 의원은 공천심사위원들을 만나봤는데 도저히 자신이 없다고 한다면서 받았던 300만원을 도로 가지고 왔다. 나는 지금도 이진연 의원의 수고와 마음씀씀이에 감사하고 있다.

결과는 관악구가 분구되면서 한광옥으로 결정이 났다. 정상적인 나라라면 공천심사위원회의 결정에 불복해 가처분신청 등 사법적 판단을 기대하고 소송도 할 수 있었겠지만, 전두환정권은 처음부터 법 따위는 아랑곳하지 않고 그들 자의로 국정을 운영하고 있었기 때문에 역시 군사정권 하에서는 정상적인 법질서의 정착은 요원하다고 생각해 체념하고 사업이나 하려 했다.

내가 지금까지 서운하게 여기는 것은 공천심사위원에 있던 유용근 의원의 태도가 나와의 인간관계를 생각할 때 그럴 수는 없었다는 것이다. 고흥문 계보에서 유용근 때문에 문제가 되었을 때, 나는 유용근을 살리기 위해 고흥문 의원과 계보 내 다른 사람들의 미움을 사가면서까지 며칠을 버텨 보호했다. 그로 인해서 유용근은 국회에까지 진출하게 되었고, 나는 고흥문 의원과 소원해져서 결정적인 손해를 보았다. 그런데 유용근 자신이 공천심사위원이었을 때도 그랬지만, 지금까지도 그에 대한 이야기는 한마디도 없어 우리들의 인간관계가 이 정도인가 하여 서글픔을 느끼고 있다.

민권당으로
영등포 을구에서 출마

나는 참으로 배신감에 치를 떨었는데, 아내 경옥은 나보다 더 분해하면서 출마를 하자고 졸라댔다. 다른 동지들도 너무 분해하면서 어떻게든 출마를 하자고 했다. 나는 분구된 관악구에서 무소속으로 입후보해 그동안의 공천 과정을 유권자들에게 설명하고 그에 대한 심판을 받을 생각으로 선배들과 의논을 했다. 특히 김수한 의원과 이중재 의원, 그리고 김태룡(金泰龍)·명화섭(明華燮) 의원 등이 무소속출마를 극구 말렸다.

전두환정권이 이미 노병구는 정정법에 묶어 놓지는 않았어도 정치를 해서는 안 된다고 결론을 내고 제외시키는 것인데, 무소속으로 입후보한다고 결심하는 순간 무슨 트집을 만들어서라도 출마도 못하게 하는 것은 물론 바로 구속될 것이니 아예 무소속 출마는 생각도 말라고 충고해주었다.

너무도 분해하던 김태룡 의원이 민권당의 김의택 총재를 찾아가서 내 이야기를 하고 민권당에서 관악구에 공천해달라고 간청했다고 한다. 그런데 이미 민권당도 공천이 끝나서 어렵다면서 혹시 관악구가 아니고 영등포 을구라면 어떻겠느냐고 하는 김의택 총재의 전언을 듣고, 나를 만나 민권당으로 영등포 을구에서 출마를 해도 박한상 의원과 신민당원들이 밀면 충분히 승산이 있다고 을구에서 출마할 것을 권했다.

영등포 을구에도 민권당에서 교회 장로 한 분의 공천이 결정되어 있는데, 정치경력이 전혀 없는 분이어서 승산이 없다고 생각한 김의택 총재가 공천자를 노병구로 바꿔도 될 것 같다고 하자 김태룡 의원은 아예 바꿔달라고 해서 내락을 받아 가지고 와서 내게 출마를 권했다.

그러자 아내 경옥은 분해서 못 견디겠다며 결행하자고 했지만, 나는 이미 공천자가 정해져서 꽤 준비를 했을 것인데 그분을 도중하차시키는 것도 미안한 일이고 선거구역을 바꾸는 것도 대단한 모험이어서 망설여졌다. 하지만 아내와 주위의 권고를 물리치기도 쉽지 않아서 결국 그 공천을 수락하고 출마를 결행했다.

자신은 정정법에 묶여 있으면서 나의 출마를 위해 민권당 김의택 총재 댁을 몇 번씩이나 오가며 공천을 받게 노력해준 김태룡 의원에게 나는 큰 빚을 졌다. 늘 감사하고 있다.

공천을 받고 민권당 중앙당에 갔더니 그 당에도 무슨 연락책이 있는데 평소 나와 친했던 박기양 선배가 연락책이라고 하며, 김의택 총재 말고 어딘가와 연락을 취하는 걸 보니 당은 무엇인가 박기양 선배를 통해 움직이고 있는 것 같았다. 민한당 연락책은 김문석 씨, 민권당 연락책은 박기양 선배인데 내막을 보니 민한당 김문석 연락책은 실세 냄새가 나는데 민권당의 박기양 선배는 완전히 곁도는 들러리 연락책임인것이 눈에 훤히 보였다.

내가 군대에 입대해서 처음 배속받은 부대가 보병 2사단 17연대 3대대 작전과였는데, 그때는 전시여서 비밀을 요하는 작전지시를 전화나 무선통신으로 하는 것은 노출의 위험이 있어 각 중대 연락병들이 주로 작전과에 대기하고 있다가 대대장의 작전명령이 떨어지면 이를 작전과에서 명령서로 작성했다. 이 명령서를 주면 각 중대로 가지고 가서 중대장에게 전달했고, 중대장은 명령서를 받아 작전을 수행했던 것이다.

당시는 마치 전두환 대대장 밑에 민정·민한·민권중대로 편성해서 전두환 대대장의 명령을 연락책들이 받아다가 복종하는 그런 형태의 정치를 하고 있는 것 같았다. 그중에도 민권중대는 대대 편성상 다당제를 한다는 구색을 맞추려고 만든 꼭두각시로서 그나마 민주의식을 가진 국민을 속이기 위해 민정당과 민한당을 위한 희생양 정도의 제물로 만들어놓은 것 같은 인상을 지울 수가 없었다.

나는 이미 공천을 받았던 그 장로님을 만나 위로의 말을 하고 입후보 등록을 했다. 그 장로님은 그동안 쓴 경비를 보상해달라고 했지만 나도 자금을 넉넉히 준비해놓고 하는 처지가 아니라서 "사정은 딱하지만 지금은 어쩔 수가 없고, 당선이 되면 조금이라도 생각해볼 테니 나를 열심히 밀어달라"고 부탁하고 출마를 했다. 그런데 결과가 좋지 않아서 장로님의 요구를 들어주지 못한 데 대해 사죄를 드린다.

입후보등록을 마치고 보니 놀랍게도 그 지역에서 5대에 걸쳐서 국회의원을 지낸 박한상 의원의 장남 박윤근 군이 아버지의 조직을 등에 업고 무소속으로 후보등록을 하는 등 모두 아홉 명이 경쟁하게 되었다. 내가 사전에 협조를 기대했던 박한상 의원과 신민당 조직이 오히려 경쟁상대가 되어 더욱 불리하게 작용하게 된 것이다.

　그래도 신길동 쪽은 내가 왜정시절부터 뛰놀던 곳이고, 어릴 때부터 다닌 신길교회도 있고, 지난 제9대 국회의원 선거 때 내 선거구였던 곳이라 좀 익숙했지만, 영등포 시장통을 중심으로 한 광활한 지역은 거의 생소한 지역이라 그 넓은 지역을 한 바퀴만 돌려고 해도 18일간의 일정으로는 너무 짧았다.

　내가 기대했던 신민당 조직은 박한상 의원의 눈치를 보느라고 손이 닿지 않았지만 신길동 쪽의 신민당 동지들은 대부분 나를 밀어 그나마 다행이었고, 김수일 동지를 밀었던 옛 통일당 조직이 전적으로 나를 밀기로 한 것은 천만다행이었다.

　나를 위해 애썼던 분들의 이름을 다 기억하지는 못하지만 중요한 분들의 대강을 여기에 밝히자면, 사무장 박도현(朴道鉉) 씨와 제재옥(諸在玉)·김동우(金東禹)·장길효(張吉孝)·김충선(金忠宣)·권오륜(權五倫)·박건용(朴健龍)·한창환(韓昌煥)·김수일(金秀一)·이재인(李在仁)·양낙동(楊洛東) 씨 등 많은 분들이 있었다. 기억이 나지 않아서 기록하지 못한 분들에게는 죄송하게 생각한다.

　민권당에서는 자금지원이 전혀 없었고, 여웃돈이 없었던 나는 막 준공한 난곡 입구의 빌딩을 가등기 담보로 해서 선이자 250만원을 먼저 떼고 3,000만원의 빚을 내서 최소한의 선거자금으로 현수막을 비롯한 홍보물을 제작하고 그것을 배포하는 최소한의 인원, 각 동당 한두 명의 연락책들에게 실비만을 지급했다.

　투개표 참관인의 식대와 일비지급 그리고 차량운영비에도 못 미치는 자금으로 노골적으로 관권·금권 타락선거로 일관하는 민정당과 비교적 넉넉한 자금을 쓰는 민한당과 싸우기 위해서는 단 세 번의 합동유세에서 그들을 압도해야 했다. 그리고 남은 시간은 나와 경옥이 영등포 전역을 발로 누비며 한 사람 한 사람 유권자와 직접 만나 악수하며 호소하는 길밖에 없었다.

당시 신문방송에서 시도 때도 없이 '위대한 전두환 대통령'이라고 떠들어대는 것을 가리켜 나는 합동연설회에서 이렇게 외쳤다.

"전두환 대통령이 정치를 한 사람도 아니고 단지 육군 소장으로 있다가 하극상을 일으켜 대통령 직접선거를 원하는 절대다수 국민의 여망을 뒤엎고 이제 막 체육관에서 대통령이 된 것뿐인데 언제부터 그렇게 위대한 일을 했다고 위대한 대통령이라고 아부, 아첨을 합니까? 대통령의 임기는 7년인데, 시작도 하기 전에 위대한 대통령이라고 아부와 아첨을 일삼고 있으니 나라꼴이 한심합니다.

나는 그를 지지하지는 않지만 정말 위대한 대통령이 되기를 바랍니다. 전두환 대통령을 위해서가 아닙니다. 나라와 국민을 위해서 참으로 봉사와 희생을 아끼지 않는 그런 훌륭한 대통령이 되기를 바랍니다. 그의 임기가 끝났을 때 존경과 우러름을 받는 정말 위대한 대통령이 되기 위해 이번 선거부터 공명정대한 선거를 치르고 부정부패 없는 훌륭한 국정운영을 해주기를 촉구합니다.

국민 여러분!

전두환 대통령의 7년 임기가 끝날 때까지 아부, 아첨은 그만합시다. 앞으로 7년간 지켜보고 감시하고 정말 국민을 위해 봉사와 희생을 아끼지 않으면 그때부터 우리 모두가 위대한 전두환 대통령이라고 마음껏 만세를 불러줍시다.

요새처럼 하면 싹수가 노랗습니다. 지금 민정당은 관권·금권 타락선거로 일관하고 있고, 민한당 또한 포장만 야당이라고 붙여 가지고 유권자 여러분을 속이고 있습니다. 민정당과 민한당은 같은 새마을공장 제품입니다. 같은 공장에서 똑같은 상품을 만들어 유권자를 속이기 위해 하나는 여당, 다른 하나는 야당이라는 포장지에 싸서 지금 유권자를 혼란시키고 있습니다. 유권자 여러분이 여기에 속으면 이 나라에 민주주의는 없습니다. 민주주의 모양만 갖춘 전두환 일당독재가 판을 칠 것입니다.

유권자 여러분, 또 4 · 19를 원하십니까? 기성정치 물러가고, 기성세대 각성하라는 학생들의 피맺힌 절규가 들리지 않습니까? 독재정치는 안 된다고 수많은 학생들이 목숨을 잃었습니다.

독재는 안 됩니다. 지금 이 사람들이 하고 있는 정치는 국민의 주권을 돈으로 사고 권력으로 위협하고 사술로 여러분의 판단을 흐려서라도 자기들이 하고자 하는 독재권력을 합리화하고 있습니다. 이토록 독재권력을 뒷받침하는 내각은 즉각 물러가야 합니다."

이러한 나의 연설은 열렬한 호응과 박수도 받았고, 다음 날 서울 시내의 각 신문은 영등포 당산공원에서 열린 합동연설회 광경을 소개하며 제목도 내 연설 중의 한 토막으로 썼다.

특히 마지막 합동연설회를 우신초등학교에서 가졌는데, 연설순위를 추첨한 결과 아홉 명의 연사 중 아홉 번째가 되었다. 그동안 연설회가 있을 때마다 가장 마지막에 걸리는 연사가 연설할 때는 앞서 연설한 후보를 지지하는 청중이 썰물처럼 빠져나가 마지막 후보자는 텅 빈 운동장만을 보고 연설을 하는 것이 일반적인 현상이었다.

그런데 마지막 합동연설회 날, 후보자 한 사람당 30분씩 거의 다섯 시간의 오랜 시간이 걸렸지만 운동장을 꽉 메운 청중들은 나의 마지막 연설을 듣기 위해서 돌아가지 않고 끝까지 경청해주었으며 열렬한

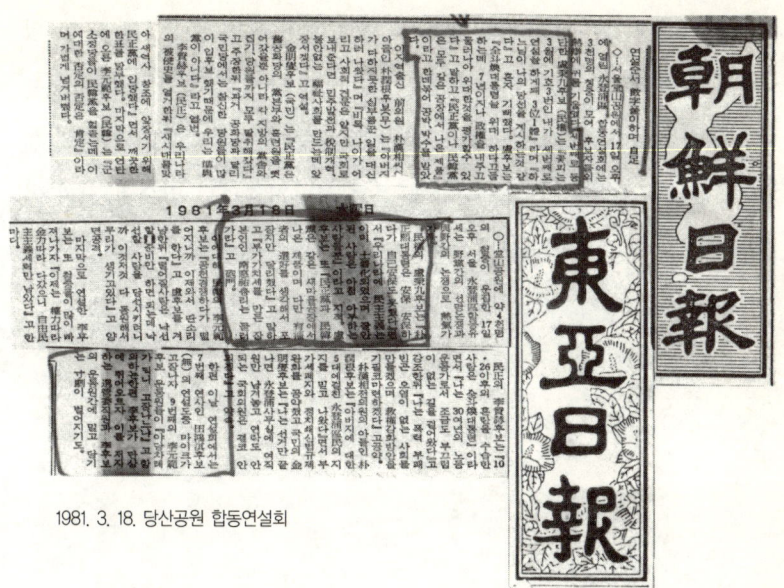

1981. 3. 18. 당산공원 합동연설회

박수와 환호를 보내주었다. 나는 늦게까지 남아 경청해준 유권자 여러분께 감사하며 그날의 감격을 잊지 못한다.

나와 경옥은 부족한 물량으로 유감없이 싸웠고, 동지들 또한 제대로 먹지도 못하고 걸어다니며 열심히 운동해주어서 좋은 결과도 예측했지만 역부족이었다. 나의 부덕의 소치로 좋은 결과를 안겨드리지 못하고 실망과 좌절만을 드린 동지들에게 그동안의 노고에 감사하고 엎드려 사죄와 위로를 드린다.

이렇게 두 번째 출마도 실패하고 말았다.

개표 다음 날 새벽 박한상 의원에게서 전화가 왔다.

"나 박한상입니다. 노 위원장께 정말로 미안합니다. 윤근이를 내보내지 않았으면 노 위원장이 확실히 당선될 수 있었는데, 선거결과를 보고 내가 노 위원장께 사과와 위로를 드립니다. 거듭 미안합니다."

개표 결과 나는 2만여 표를 받아 후보자 아홉 명 중 4등을 했고, 박한상 의원의 아들 윤근 군은 6등을 했다. 만약 박한상 의원의 아들 윤근 군이 나오지 않고 박한상 의원이 내 손을 들어주었으면 기존의 신민당 조직이 나를 밀어줄 수밖에 없어 시너지효과를 일으켜 진짜 야당 세력은 하나로 뭉쳐 내게 표를 몰아주었을 것이고, 따라서 당선되었을 것으로 여겨 박한상 의원뿐 아니라 모두가 아쉬워했다.

정 할 일이 없거든
복권이라도 사라

개표하는 날 밤, 나는 아내 경옥에게 말했다.

"여보! 수고했어. 이제 우리 할 일은 끝났어. 내일 새벽이면 결과가 나오는데, 그 결과가 우리가 바라던 대로 나오면 좋겠지만 정반대로 나올 수도 있어. 그러니 어떤 결과가 나오든지 우리 침착하게 대처합시다. 패배를 해도 우리 운동원들 앞에서 눈물을 보이지 말고 운동원들을 위로하는 것을 잊어서는 안 돼요."

"알았어요. 내가 어린앤가? 당신이나 꿋꿋하게 처신하세요."

다음 날, 패배를 알고 개표장에 가서 우리 측 개표종사원과 그때까지 남아 있는 운동원들과 간단히 아침식사를 하고 우리 부부를 붙들고 우는 운동원들을 위로하여 돌려보냈다. 집으로 돌아와서 경옥과 나는 비로소 실패를 실감하고 둘만이 덩그러니 앉아 서로 부둥켜안고 실컷 울었다.

속에 불이 나는 것 같은 열기를 어쩌지 못하고 있는데, 사무실에서 선거사무를 총괄하던 김동우(金東禹) 씨가 찾아왔다. 김동우 씨는 한참을 우리 두 사람을 위로하고 일어서면서 주머니에서 그동안 사무실에서 쓰다 남은 돈이라고 하면서 9만원을 꺼내주었다.

"보나마나 노 선생 주머니에는 교통비도 없을 것이니 이 돈을 가지고 온양 온천이라도 두 분이 다녀오세요. 잘못된 결과를 받아들이고 이제 새롭게 용기를 내야지 할 수 없잖아요? 용기를 내세요. 우리 모두의 힘이 부족했습니다, 죄송합니다."

사실 나나 경옥의 주머니에는 버스 토큰 하나 남아 있지 않았다. 빌딩을 가등기 담보로 3천만원을 빌려 20여 일 만에 선거를 위해 다 써버려서 주머니가 텅 빈 상태로 막막하던 참에 9만원은 엄청나게 큰돈이었다.

나는 경옥과 함께 도저히 집에 앉아 있을 수가 없어서 김동우 씨의 말대로 시외버스를 타고 온양 온천으로 향했다. 가장 깨끗하고 시설 좋은 장급 여관이 하루에 5천원인데 우선 하룻밤은 온천수로 목욕도 하고 모처럼 잠을 푹 자며 보냈다. 다음 날, 점심시간까지는 그럭저럭 지냈는데 속에서 불이 나서 안절부절못하다가 경옥이 "여기서도 마음의 안정을 취할 수가 없으니 도로 집으로 가자"고 해 결국 하루만 묵고 집으로 돌아왔다.

그럭저럭 불안한 가운데 며칠이 지났다. 그러다가 서울시청 근처에 일이 있어 시내에 갔다가 동아일보사 앞 지하도를 지나게 되었는데, 그 지하도 안에 복권을 파는 판매대를 보는 순간 '저 복권을 사면 어떨까?' 하는 생각이 들었다. 무슨 죄라도 짓는 것처럼 누구 아는 사람이라도 볼세라 두리번거리면서 1매당 500원짜리 복권 40장, 2만원어치를 사서 재빨리 지갑에 넣었다.

이상한 일이었다. 복권을 주머니에 넣으면서 그나마 나는 새로운 희망을 갖게 되었고, 그때부터 마음이 평온해져 매주 토요일에 있는 복권추첨을 기다리다가 아무도 몰래 신문에 난 복권번호를 맞춰보았다. 그중 절반 정도는 도로 500원짜리가 맞기도 해서 그것을 500원짜리 복권으로 다시 바꿔 같은 짓을 2~3개월 동안 반복했다. 비록 큰 액수가 맞지는 않았지만 처음 산 복권이 다 없어질 때까지 산란했던 마음에 평온을 되찾을 수 있어서 큰 액수를 맞춘 것보다 더 큰 교훈을 얻었다.

나는 이 창피스러운 사실을 경옥은 물론 다른 아무에게도 말하지 않다가 문민정부가 들어서서 한국마사회 상임이사로 취임하면서 직원들에게 취임인사를 할 때 처음 이 사실을 공개했다. 취임인사를 하고 그날 집에 돌아와 경옥에게 비로소 복권 이야기를 웃으면서 들려주었다.

"그거 한심한 얘기지만, 그래도 젊은 사람들에게 들려주면 제법 교훈이 될 만한 산 교육이 될 것 같네요."

경옥은 아주 잘했다고 칭찬하면서 "그거야말로 당신답지 않은 기이한 행동이었다"고 깔깔대고 웃었다.

유치송 총재와
신상우 사무총장

　민한당의 유치송 총재는 유진산 시민당 총재가 당을 이끌고 계실 때 진산계의 중진참모였고 나는 그 산하에 있었기 때문에 늘 그분을 존경하고 따랐다. 대통령 선거인단선거에도 자신의 보좌관인 고병수 동지를 내 사무실에 보내 나를 도와주었는데, 막상 공천을 주지 못하게 되자 자신의 집에서 나를 만난 유치송 총재는 고개를 떨군 채 독백처럼 "총재라고 앉혀 놓고 아무런 실권이 없으니……" 하면서 연방 미안하다고 했다.

　하지만 이미 버스는 지나갔고 어쩔 수 없는 일이었다. 유치송 총재는 자력으로 총재의 자리에 오르지 않았기에 그것은 어쩔 수 없는 한계였다고 생각한다.

　그 당시 민한당의 실권은 신상우 사무총장에게 있는 것으로 보였다. 많은 정치지망생들이 신상우 사무총장 집으로 모여들었다. 정치를 못하게 된 고흥문 씨도 내게 신상우 사무총장을 만나 내 이야기를 했더니 이번에는 공천이 확실한 것으로 말하더라고 하면서 미리 축하한다고 했고, 열심히 뛰어 꼭 당선되도록 하라는 당부도 잊지 않았다.

공천심사 과정에서도 1차 심사에서 확정된 것이라고 공천심사위원인 박병일, 황산성 변호사에게서 심사 과정의 분위기와 내막을 전해 들어 내가 공천되는 것으로 알고 있었는데, 신상우 공천심사위원장이 어디에선가 걸려온 전화 한 통화로 이미 결정된 사실을 뒤집어 서청원 씨, 다음은 한광옥 씨로 바뀐 것이다.

나는 이 결정이 신상우 씨가 개인적인 의지로 어딘가와 짜고 한 짓이라고 단정하고 인간적인 배신감과 정치에 대한 혐오를 느꼈다. 그래서 그때부터 몇 년 동안은 신상우 씨를 만나면 뻔히 쳐다보면서 인사도 악수도 하지 않았다.

문민정부 시절 신상우 씨는 언론을 통해 "민한당 공천은 정보부에서 했다"고 솔직하게 고백했다. 역시 신상우 씨 자신도 유치송 총재와 마찬가지로 아무 힘도 없는 형식적인 실권자였음을 고백한 것이다.

나는 전두환 독재정권 하에서 재수 없게 걸린 한계상황을 넘을 수 없었던 유치송 총재와 신상우 총장의 고뇌를 민주발전을 위해 어쩔 수 없이 겪어야 했던 나라의 운명이요, 역사 발전의 과정이라고 이해하기로 했다.

신상우 총장의 고뇌에 찬 고백이 있은 뒤로 나는 신상우 총장과 인사도 하고 요즘은 아주 다정하게 지내고 있다.

선거보다 더 어려웠던
가등기 문제의 해결

　선거자금이 없어 빌리는 돈의 1할을 선이자로 떼고 막 준공이 끝난 빌딩의 가등기를 설정해주고 3천만원을 빌려 선거를 치렀다. 그 빚을 갚지 못하면 빌딩을 공매해서라도 받으려고 들 것은 틀림없는 일인데 갚을 돈이 없어서 낙선하고도 제대로 쉴 틈이 없이 이만저만한 낭패가 아니었다. 그때 나를 잘 도와주던 조흥은행의 김복한 씨가 의정부 조흥은행 지점장으로 근무하고 있는 것을 알고 어쩔 수 없이 의정부로 달려가서 생떼를 썼다.

　"노형은 정치만 안 하면 잘살 건데 정치가 뭐가 좋다고 그런 무리를 해 가지고 이 고생을 하는지 난 참 알 수가 없어요. 또 뭘 도와달라고 오셨소? 내가 은행에 들어온 지 20여 년이 됐는데, 은행에 입사해서 지금까지 해마다 교육을 받는 교과과목 중에 관상학이 있어서 처음에는 흥미 반 장난 반으로 대충 들어 넘겼어요. 그런데 그것도 해마다 듣고 또 듣고 하다 보니 반(半)관상쟁이가 돼서 이제는 얼굴상을 보면 대충 그 사람의 운명 비슷한 것을 점치게 돼요. 내가 노형의 부탁을 거절하지 않는 것도 노형의 상이 정치만 안 하면 재물이 넉넉한 상이라서 관상학적으로 돈을 떼어 먹을 상이 아니기 때문에 도와주려고 하는 거예요. 노형, 이제 정치 그만 하고 사업을 해요. 사업을 하면 노형은 꼭 성공할 상이라니까. 이번에도 내가 도와줄게요. 그리고 사업을 하면 힘껏 도와줄게요."

김복한 씨는 그렇게 선뜻 도와주겠다고 하면서 3천만원이나 되는 돈은 구비서류 중에 사업자등록증이 꼭 있어야 하니 누구에게 부탁해서 사업자등록증 사본을 한 통 구하고 구비서류를 가져오라고 했다.

그런데 사업자등록증 사본을 구하는 문제가 쉽지 않았다. 사업자등록증 사본을 구하기 위해 애를 먹던 중 관악구에서 민권당으로 출마했던 이길범(李佶範) 동지가 자기가 하는 두부공장의 사업자등록증 사본을 떼어주어서 구비서류는 다 갖추었다. 그런데 등기부 상에 설정돼 있는 채권자의 가등기설정이 해제돼야 은행의 설정이 가능하다고 해서 채권자에게 해제에 필요한 서류를 달라고 했는데, 채권자는 빌린 돈을 갚기 전에는 서류를 해줄 수 없다고 버텼다. 다 된 죽에 코 빠뜨리는 격으로 참으로 난처한 상황이었다.

고심하고 있는데 김복한 지점장이 자기의 직책을 건 용단을 내렸다. 채권자를 의정부지점까지 데려오라는 것이었다. 그래서 채권자에게 사정사정해 조흥은행 의정부지점까지 데리고 갔는데, 김복한 지점장이 채권자에게 말했다.

"지점장인 나를 믿고 해제서류를 제출해주십시오. 돈만 받으시면 되지 않습니까? 은행에서 설정이 끝나면 직접 선생님께 돈을 드리겠습니다. 은행에서는 돈을 내주면서 지점장이 보증을 서는 것은 지점장자리를 내놓을 각오가 아니면 못하는 겁니다. 제가 보증을 서겠습니다. 제 퇴직금만 해도 이 돈의 몇 배입니다, 그리고 그 서류를 아침 일찍 제출해주시면 그날로 설정을 서둘러 그날 오후에 직접 돈을 내 드리겠습니다. 그래도 안 되겠습니까?"

너무도 진지한 김복한 지점장의 태도에 채권자도 그렇게 하겠다고 하고 서류를 만들어 아침 일찍 의정부로 가서 그날로 가등기의 해제 와 동시에 은행설정을 하고 내가 보는 자리에서 그 채권자에게 3천만 원을 내주어 가등기 문제는 무난히 해결되었다.

우리는 그 빌딩 아래층 가게 한 곳에 약국을 옮겨와서 새로 개업하 고 2층에는 탁구장을 개설했다. 경옥과 나는 아래위층으로 다니며 분 주하게 살았고, 나머지 가게와 3층도 세를 놓았다. 약국도 탁구장도 그런대로 운영이 되었지만 은행 이자와 자질구레한 선거빚과 그 빌딩 을 지을 때 공동으로 투자했던 집안 사람들에 대한 부담이 커서 빌딩 을 처분하기로 했다. 작자가 나왔을 때 조금 헐값 같기는 하지만 그때 돈 1억 8천만원에 넘기고 은행빚을 공제한 뒤 받은 돈으로 선거 때 빚 을 내 써버린 3천만원을 내 몫으로 하고 앞으로 나올 양도소득세와 기 타 세금을 내가 부담해 처리하기로 하고 공동투자한 집안에 투자액과 이익금을 나눠주었다.

우리는 2천만원 정도를 가지고 경기도 광명시 철산동 주공아파트가 처음 입주할 때 아파트 내 상가를 1천8백만원인가를 주고 사고, 주공 아파트 7층 13평짜리를 월세 7만원에 계약하고 이사를 했다. 이제 정 치는 끝내고 새로운 사업을 이룩하겠다는 결심을 하고 아예 선거구가 전혀 다른 경기도로 가자고 경옥과 상의했던 것이다. 김복한 지점장 도 너무 잘 생각했다면서 사업을 위한 일이라면 언제든지 찾아오라고 했다.

부민농장(富民農場)을 열다

제11대 국회의원선거가 끝났다. 경옥과 나는 "아무래도 우리는 현실 정치에 맞지 않는 성품과 인생 철학을 가지고 있으니 이제 정치는 그만두고 새로이 남은 생애를 값지게 설계해보자"고 다짐하고 어쨌든 심기일전해 더 힘차게 살아보자고 서로를 격려하며 억지로라도 용기를 내고 있었다.

그즈음 경기도 여주군 가남면 신해리에서 돼지목장을 하고 있는 경옥의 숙명여자고등학교 동창생의 남편 유인박 씨에게서 연락이 왔다. 집도 새로 지은 데다가 공기도 좋고, 또 수백 마리의 돼지를 키우는 모습도 볼 만하고, 그동안 선거운동하느라고 피곤했을 텐데 다 잊어버리고 여주에 와서 며칠 쉬어가라는 것이었다.

나는 경옥과 함께 유인박 씨의 초청에 응해 여주로 갔다. 이천에서 장호원으로 가는 산업도로에서 빤히 보이는 곳에 숲이 우거진 야트막한 야산이 있고, 그림처럼 아름다운 붉은 벽돌집이 그 숲에 묻혀 있었으며, 집에서 약간 떨어진 숲속에 수백 마리의 돼지막사가 펼쳐져 있었다. 참으로 보기에도 좋았고 약간 돼지냄새가 났지만 그것도 전원 풍경과 어우러져 더욱 좋아 보였다.

우리는 그렇게 엄청난 돼지막사를 처음 보았고, 유인박 씨에게 양돈에 대한 설명을 들으면서 참으로 신기하게 여겼고 또 그 수입이 만만치 않음을 알게 되었다. 나는 평생 개도 키워본 적이 없었고, 또 조금 있던 자금도 선거로 모두 탕진한 상태여서 유인박 사장 부부가 부럽기만 했다.

그날 밤, 유인박 씨 집에서 친절한 대접을 받았는데, 유인박 씨는 "이제 정치는 그만 하고 여주에 와서 같이 돼지나 키워보는 것이 어떻겠느냐"고 권고하면서 양돈에 대한 것을 남김없이 설명해주었다.

나는 집으로 돌아와 경옥의 약국일을 도우면서 어떻게든 새로운 사업을 구상해서 내 일을 찾아야겠다고 다짐했지만 자본을 만들 길이 없어 궁리만 무성한 나날을 보내야만 했다. 그러다가 조흥은행 영업부장으로 승진해 본점에 와 있던 김복한 씨를 다시 찾아갔다. 김복한 씨는 돼지목장 이야기를 듣고 괜찮을 것 같다면서 말했다.

"노형, 선거도 하면서 그까짓 돼지를 못 키운단 말이오? 노형이면 할 수 있어요. 조그만 것이라도 있으면 가지고 오시오. 내가 최대한으로 대출해줄 테니까."

"나는 지금 살림집도 월세집이고, 가진 것이라고는 지금 우리가 약국을 하고 있는 전용면적 10평, 분양면적 15평짜리 상가가 전부인데 그것만으로 얼마나 되겠소?"

내 말에 김복한 씨는 하여간 권리증과 구비서류를 만들어 가지고 와보라고 했다.

그 말을 들은 경옥은 나를 격려했다.

"당신은 할 수 있어요. 나는 당신을 믿어요. 김복한 씨 말대로 그 어려운 선거도 치른 사람이 그걸 못하겠어요? 약국은 나한테 맡기고, 당신은 중고차 한 대 사가지고 오르내리면서 시작을 해요."

그래서 약국 점포를 담보로 1천만원의 은행대출을 받아 유인박 씨를 통해서 여주군 가남면 신해리에 배밭으로 있던 땅 2,040평을 평당 5천원씩 샀다. 그리고 불도저를 빌려 터를 닦고 벽돌로 나와 일하는 사람이 거처할 집과 모돈사를 먼저 지은 뒤, 모돈 50두에 수퇘지 3두, 도합 53두를 유인박 씨의 처남이 하는 우리나라에서 규모가 가장 큰 제일종축(양돈 두수 4만 두)에서 사입했다. 개 한 마리도 키워본 적이 없는 내가 부민농장이라는 이름을 붙여 양돈사업을 시작한 것이다.

처음 시작하는 사업이었지만 유인박 씨의 목장과 다른 목장 몇 군데를 둘러보고 돈사를 지었는데, 집을 지은 경험이 많아서 한 번 보고 설명을 들으면 새로운 구상까지 떠올라 오래 양돈을 한 사람 못잖은 시설까지 추가해 돈사를 지어서 오랫동안 그 일을 해온 사람들을 놀라게 했다.

우선 양돈기술자 한 가정을 채용해서 수퇘지 3두로 모돈 50두를 상대로 종부를 붙여 새끼를 갖게 하면 114일 만에 새끼를 낳는데, 한 번에 보통 12마리에서 많게는 22~3마리까지 낳으니 쉴 새 없이 돈사를 지어 확장했다. 그 결과 1년이 지나자 600두 이상의 양돈장이 되었다.

나는 이틀은 광명에, 또 이틀은 여주에 내려가 일을 보았다. 광명에 있다가 이틀 만에 가면 그동안에 돼지식구가 수십 마리씩 증가해 늘어난 돼지가 들어갈 집을 짓는 일 때문에 그 동네에서 일꾼을 사서 농장에 도착하기가 무섭게 소매를 걷어붙이고 일에 매달려야 했다. 또 돼지는 대개 새끼를 밤에 많이 낳기 때문에 새끼를 받느라고 꼬박 밤을 새울 때도 많았지만 돼지 마리수가 늘어나는 재미에 힘든 줄 모르고 일했다.

금방 낳은 돼지새끼는 참 예쁘다. 어미돼지가 새끼를 낳을 때는 새끼가 엷은 막에 싸여 나오기 때문에 부드러운 톱밥을 준비해 두었다가 새끼가 나오면 톱밥으로 그 막을 씻어낸다. 그리고 크면서 서로 싸워 물어뜯는 것을 미리 방지하기 위해 아래위로 나와 있는 송곳니를 펜치로 잘라주고, 또 꼬리가 길면 그것도 서로 물어뜯어 심한 스트레스를 받아 성장에 지장이 있기 때문에 긴 꼬리도 짧게 잘라준다.

어미의 배에서 나오느라고 지쳐서 의식을 차리지 못하는 새끼는 일일이 사람이 새끼돼지의 코에 입을 대고 인공호흡하는 것처럼 불어주어야 하고, 즉시 돼지콜레라 예방주사를 놓아준 뒤 어미젖을 물려주어야 한다.

돼지가격은 사이클이 있어서 값이 올라 시세가 좋을 때 출하할 돼지가 얼마나 준비되어 있느냐 없느냐로 양돈사업의 성패가 갈리는데, 적은 마리수로는 널뛰는 사이클에 수지를 맞출 수가 없어 일정한 날짜 간격을 두고 계속해서 출하를 해야 한다. 돼지는 출하시기가 규격돈이라고 하여 체중이 80~90킬로그램일 때 입찰단가가 가장 높고 80킬로그램 이하이거나 90킬로그램이 넘어가면 상대적으로 점차 입찰단가가 떨어져서 제값을 받지 못한다.

따라서 가격 사이클이 높을 때 규격돈을 많이 출하하면 돈을 벌고, 반대로 가격 사이클이 낮을때 규격돈을 많이 가지고 있으면 많으면 많은 만큼 손해를 보게 된다. 인위적으로 그 사이클을 맞추기가 쉽지 않아 1주일에 규격돈을 30두씩 꾸준히 출하하면 경기변동에 큰 영향을 받지 않고 수지타산을 맞출 수 있다. 그렇게 하기 위하여 최소한 상시 보유 두수 700두를 확보해야 양돈업을 할 수 있다. 나는 이런 여러 가지를 경험해가면서 꾸준하게 돼지 마리수를 늘려갔다.

또 하나 양돈사업이 좋은 것은, 외상 없이 현찰로만 사고판다는 것과 돼지값의 높고 낮음이 있을 뿐 돈이 필요할 때는 언제나 출하돼지를 싣고 도축장에 가져다 부려 놓으면 그날 오후에는 틀림없이 현찰로 돼지값을 받아올 수 있다는 점이다. 일에 파묻혀 살다가 일주일에 한 번씩 돼지 한 차를 실어가 마장동 도축장에 맡기면 그날 오후에는 점퍼주머니가 터질 만큼 돈을 받아 오기 때문에 기분이 좋아 참으로 사는 재미가 있었다.

사료대, 인건비를 주고도 돼지가족이 급속도로 늘고 돈사도 계속 지어 양돈장이 커가는 것을 보는 흐뭇함뿐 아니라 남은 땅에 호박 등을 심어 가을에는 늙은호박 같은 것을 실어다가 이웃에 나누어줄 수 있는 것 또한 더욱 큰 즐거운 부수입이었다.

신해리에는 아래위 동네를 합쳐 모두 약 50호 정도의 주민이 살고 있었는데, 이천에서 장호원 가는 산업도로에서 안동네까지는 노인들의 경우 도보로 약 20~30분 정도 걸렸다. 그 동네 노인들이 장터에 갔다가 돌아올 때는 부민농장의 노 사장이나 만났으면 좋겠다고 서로 이야기하며 들어온다고 했다. 나는 차를 몰고 가다가 신해리에 들어가는 사람만 보면 모두 차에 태워 동네 앞에 내려놓곤 했기 때문에 남녀노소 할 것 없이 나를 무척 반겨주었다.

봄가을 동네 행사가 있을 때, 특히 체육대회가 있을 때는 동네 청년들과 응원을 나가는 어른들을 위해 꺼먹돼지 한 마리를 내놓았다. 그것을 잡아 잔치를 벌이고, 성적이 좋으면 "노 사장이 꺼먹돼지를 주어서 그것을 먹고 이겼다"고 칭송이 자자했다.

그러나 그곳에도 독재권력의 손길은 여전해서, 하루는 광명에 있다가 목장에 갔는데 농장에서 일하는 사람이 공포에 떨면서 물었다.

"사장님, 어제 가남파출소 소장이 찾아와서 제 신상을 꼬치꼬치 묻고, 여기에 오게 된 연유와 사장님에 대해 여러 가지를 조사하고 갔습니다. 괜찮을까요?"

내가 이틀에 한 번씩 오기 때문에 내가 없는 사이에 어떤 문제가 일어날 수도 있겠다는 생각이 들어 곧장 파출소에 전화를 걸어 소장을 바꿔달라고 했다. 그리고 일하는 사람이 보는 앞에서 소장과 전화통화를 했다.

"당신이 파출소장이야?"

"네, 그렇습니다만, 누구십니까?"

"나 부민농장 주인인데, 당신이 뭔데 이 목장에 와서 일하는 사람한테 겁을 주고 그래? 물어볼 일이 있으면 나한테 직접 물어볼 것이지 파출소장이면 아무한테나 겁을 주고 공갈을 쳐도 돼? 야, 이 자식아! 여주 경찰서장이 너보고 그런 일이나 하라고 해? 아무것도 안하고 조용하게 농장이나 하려고 와 있는 사람한테 경찰이 할 일이 없어서 주인도 없는 집에 와서 일하는 사람한테 겁을 줘? 돼지도 키우지 못하게 하라는 무슨 지시라도 받은 거야? 어떤 놈이야? 지시한 놈을 말해봐!"

그렇게 쏘아붙이자, 파출소장은 아무 대꾸 없이 듣고만 있다가 내가 잠시 한숨을 돌리려고 말을 끊은 틈을 타 대답했다.

"사장님, 오해십니다. 저는 다만 서장님께서 찾아가 사장님을 뵙고 서장님을 대신해 인사를 여쭙고 오라는 지시를 받고 갔는데, 사장님이 안 계셔서 일하는 사람과 이것저것 이야기를 하다 보니 본의 아니게 그렇게 됐습니다. 죄송하게 됐습니다. 다시는 그런 일이 없을 겁니다. 용서해주십시오."

파출소장이 용서를 비는 것을 보고 목장의 농장장은 깜짝 놀라면서 안도하는 모습을 보였다.

그후에도 여주경찰서 정보과에서 정보형사가 4~5명씩 차를 몰고 와서 인사차 왔다면서 깍듯이 인사도 하고 뭐 도와줄 게 없느냐고 자청하기도 했다. 그때부터 우리 농장장하고는 서로 친구처럼 지냈지만, 무슨 정보인가를 상부에 보고했을 것이다.

나는 정치를 그만두기로 결심하고 목장을 만들어 열심히 일을 했고 그런대로 사업으로 자리도 잡혔지만, 어떻게 알았는지 경찰은 경찰대로 면사무소에서는 면사무소대로 완전히 요시찰인으로 대하며 늘 감시의 눈을 번득였다. 그래서 외형상으로는 다른 농민보다 눈에 띄게 차별적으로 편리도 보아주고 축사확장 등 웬만한 것은 못 본 척하고 아예 와보지도 않아서, 신해리 농민들의 눈에는 대단한 특혜로 보였던 모양이다. 우리 농장장은 신해리 농민들이 "도대체 어떤 분이기에 우리 농민이 하면 어림도 없는 일을 저렇게 조용하게 넘어가느냐"고 자신에게 이야기하며 부러워한다면서 자부심을 갖기도 했다.

정치를 안 한다고 하면서도 부민농장에 드나드는 사람들은 모두 정치하는 친구들일 수밖에 없었다.

김정두(金正斗) 씨와
민권당 간부들

나는 그때까지 민권당에 당적을 두고 있었다. 김의택(金義澤) 총재는 내가 아무리 사업을 위해 정치생활을 그만두겠다고 해도 민권당은 급조된 정당이어서 정당경험이 있는 사람이 많지 않다면서 자주 안 나와도 중요 당직을 가지고 있어야 한다고 나를 중앙당기위원장직에 임명했다.

사무총장에는 전직 판사이자 대구고등법원장 출신의 변호사로서 고 박정희 대통령을 살해한 중앙정보부장 김재규의 변론을 맡았던 전직 국회의원 김정두(金正斗) 씨, 대변인에 대학교수 출신의 이영권(李永權) 씨, 조철구(趙澈九) 씨, 권기술(權琪述) 씨, 이인수(李仁秀) 씨, 김정수(金正洙) 의원, 임채홍 의원, 정대수 씨, 송재호 씨, 이병대 씨, 박대성(朴大成) 씨, 여성인 김동분(金東粉) 씨 등 많은 사람들이 있었는데, 그 이름을 모두 기억하지는 못한다.

그중 이영권 씨는 내가 목장터를 잡고 기초설계를 할 때 나와 둘이 줄자를 가지고 풀밭을 이리저리 재면서 살림집 위치 등을 정하는 일을 도와주기도 했다. 집을 다 짓고 목장을 시작했을 때는 김정두 씨와 이영권 씨 등 여러 동지들이 와서 하룻밤을 같이 묵으면서 민권당의 여러 가지 일들을 의논하기도 했다.

그날 연세가 많은 김정두 선생이 한밤중에 심한 복통을 일으켜 어찌나 혼이 났는지 다음 날 김정두 선생은 "혼들 났지? 혹시 내가 여기서 영영 가버리면 그 일을 어쩌나 하고 걱정했지?" 하시면서 껄껄 웃으셨고, 우리는 "그런 걱정도 하기는 했습니다. 이만하니 얼마나 다행입니까?" 하며 모두 웃었다.

그러니 정치를 안 한다고 하면서도 늘 만나는 사람, 찾아오는 사람이 그 사람들이니 아주 모른다고 뺄 수가 없었다.

김영삼 총재 댁 방문과
새로운 인연의 시작

　그날도 우연히 상도동을 지나게 되었다. 마침 헌병들이 집을 에워 싸고 들어가지도 나오지도 못하게 연금을 하다가 막 연금을 해제했다 는 말을 듣고, 나도 낙선자로서 우울하기도 해서 김영삼 총재님께 위 로의 말씀이라도 드려야겠다고 총재님 댁을 방문했다.

　신민당총재 시절엔 그렇게도 방문객이 많아 미리 약속을 하고 가거 나 아주 일찍 가도 보통 때는 독대는커녕 눈도장도 찍기 어려웠다. 그 런데 그날은 응접실에 대기하는 이도 하나 없이 총재님 혼자였고, 혼 자 시중들던 장학노 씨가 나를 반겨 만나주었다. 김영삼 총재는 내가 왔다는 말에 곧바로 나오셔서 낙선에 대한 위로의 말씀을 하시며 눈 물을 글썽이셨다. 나도 울었다.

　그리고 서로 위로의 말을 주고받으며 한참을 시국 걱정을 했고, 목 장을 시작했다는 나의 말에 꼭 성공하여 구경시켜달라는 말씀도 하시 며 나와의 작별을 아쉬워했다.

　내 손을 잡고 종종 들러달라는 부탁까지 하는 총재님과 헤어져 나오면서 나는 세상 인심의 각박함을 새삼 느꼈다.

'김영삼 총재 댁이 어떻게 이렇게 쓸쓸할 수 있는가!'

너무도 서글펐다. 나는 김영삼 계보도 아니고 또 이제 정치를 그만두려고 다짐에 다짐을 하고 사업을 시작했지만, 나라도 총재님을 종종 찾아 위로해드려야겠다고 생각하며 목장으로 돌아왔다.

그후 얼마를 지나 또 상도동을 지나게 되어 찾아뵈었더니 그날 역시 혼자 계시다가 반갑게 맞으시며 목장사업에 대한 말을 하시고 찾아와준 것을 고마워했다.

"지난번 노 국장이 다녀간 날, 내가 노 국장에게 주려고 글을 하나 썼어요."

총재님은 '민주광복(民主光復)'이라고 쓴 글에 노병구 동지에게 준다고 넣어서 내게 주셨다. 그러면서 간곡하게 말씀하셨다.

"요새 몇 사람이 등산을 하기 시작했는데 노 국장도 시간을 내서 참가했으면 어떻겠어요? 건강도 좋아지고 공기도 좋으니 같이 등산을 해봅시다."

나는 곧장 표구를 해서 그 글을 약국 안에 걸었다. 약국에 오는 사람마다 그 족자를 관심있게 들여다보았는데, 어떤 사람은 "대단히 좋는 글을 걸었는데, 이게 진짜 김영삼 씨의 글이 맞느냐? 저것을 약국에 걸어놓아도 괜찮으냐? 혹시 저것 때문에 약국운영에 지장이 있을지도 모르지 않느냐? 좋은 게 좋지, 지금이 어떤 시국인데 겁없이 저런 족자를 걸어놓느냐?"고도 했고, 또 어떤 사람은 "이 집에 가보가 생겼네. 밤에 저거 훔치러 도둑이 들지도 모르니 여기다 걸어 놓지 말고 집 안방에다 걸어놓으시오." 했으며, 또 어떤 사람은 "내가 돈을 줄 테니 저 글씨 하나 얻어주시오." 하며 겁도 주고, 용기도 주고, 부러워하기도 하는 등 가지각색의 반응이 따랐다.

그러나 경옥과 나는 일관되게 '민주광복'은 우리 독립운동 선열들의 한결같은 요구요 우리 민족이 바라는 이 땅에서의 염원이라고 굳게 믿고 자랑스럽게 그 족자를 걸어놓았다. 가끔 기관에 있는 사람들이 약국에 들러 경옥과 나와 그 족자를 유심히 보고 가기도 했다.

웃기는 이야기다. 하나님의 바람이요, 선진세계가 함께 추구하며, 평등하게 인간답게 오순도순 즐겁고 평화롭게 누르는 이 없고 눌리는 이 없는 '민주광복'. 36년 동안 주권을 빼앗기고 동물처럼 억눌려 살면서 목숨 바쳐 싸워 찾은 '민주광복'. 그것을 얼마나 고대해왔는데 북한을 이유로, 경제발전을 이유로, 정당한 절차를 무시한 반민주적 무력에 의한 쿠데타로 정권을 잡고 무자비하게 정권욕을 충족시키는 그들이 무서워 자랑스러운 족자를 거는데도 이유와 구실이 붙으니 실로 한심하다는 생각이 들었다.

얼마 후 나는 도봉산행에 참가해 가장 뒤에 처져서 헐떡거리며 산에 올랐다. 매주 목요일 10시에 모여 산행을 하는데, 내가 나갔을 때는 약 20여 명이 참가하고 있었다. 산에 오르면 김영삼 총재가 직접 기도를 하자고 해 나라를 위해 간절한 기도를 드렸다. 김영삼 총재와 이민우 회장, 김동영·최형우 두 부회장과 문부식, 김덕룡, 최기선, 홍인길, 이계봉, 박희부, 정채권 목사 등의 얼굴이 보였다. 그 외 사람들의 이름은 기억나지 않지만, 모두 합쳐 20여명 정도가 산에 올라 애국가합창과 기도, 묵념, 김 총재의 말씀, 회장인사가 끝나면 산이 떠나가라고 목청껏 '야호' 삼창을 했다.

각자 조그만 버너를 가지고 와서 코펠에 밥을 짓고 김치, 양파, 호박과 고추장, 된장 등을 섞어 돼지고기를 넣고 끓이면 맛있는 찌개가 되었다. 참으로 맛있게 점심식사를 하며 언론이 취급하지 않는 각종 국내외 뉴스들을 서로 아는 대로 전하면, 김영삼 총재는 회원들이 식사하는 곳을 일일이 찾아다니며 안부도 묻고, 격려도 하고, 또 농담도 하며 우애를 다졌다. 또 어떤 때는 정채권 목사가 앞장서서 선도하고 가끔 기도도 총재 대신 자신이 하며 실제로 산행대장 노릇을 했다.

매주 목요일이면 어김없이 산행을 했다. 나는 종종 거를 때도 있었지만, 어떤 때는 정채권 목사가 다음 산행 때 기도를 부탁해 나름대로 정성을 다해서 나라와 민족, 민주회복과 김영삼 총재의 자유로운 정치복귀, 참가한 모두의 건강과 행운을 하나님께 빌었다.

장영자·이철희 부부의
어음사기사건

1982년초 7,000억원의 대형 어음사기사건이 터져서 언론과 모든 국민이 시끄러웠다. 당시 중학교 10년차 선생님들의 한 달 월급이 25만원이었으니 지금 돈으로 환산하면 아마 6~7조원의 어마어마한 금액이 될 것이다. 이순자 씨의 숙부인 이규광 씨의 처제가 되는 장영자 씨와 그의 남편 이철희 씨가 저지른 건국 이래 최대의 어음사기사건은 금융질서의 파괴는 물론 국민경제질서를 문란케 했다.

그러나 현직 대통령의 친인척이 저지른 권력형 사기사건을 검찰은 물론 청와대, 국회, 어느 한 곳도 속시원히 파헤치지 못하고 있었다. 어디를 가든 장영자 사건을 화제에 올렸지만 진실을 알 길이 없어 국민은 답답했다.

어느 날, 나는 민권당의 김의택 총재와 마주앉아 시국을 이야기하면서 이 엄청난 사건을 똑바로 처결하겠다고 나서는 정치인 하나 없는 것을 개탄했다. 우리는 "이럴 때 김영삼 총재가 국회에 있었다면 이렇게 뭉개고만 있지는 않을 것인데 참으로 안타깝다"는 이야기를 주고받았는데, 김의택 총재가 내게 제안했다.

"노 위원장, 이러고 있을 게 아니라 정치규제에 묶여 무료하게 지내는 김영삼 총재와 이민우 회장을 만나 위로도 하고 회포도 풀 수 있게 노 위원장이 점심자리라도 한번 만들어보소. 정보부 아이들의 감시와 방해가 예상되니 노 위원장이 극비리에 두 분을 만나 추진해보시오."

나는 김의택 총재의 부탁을 받고 자리에서 일어섰다.

김영삼 · 이민우 · 김의택
세 분의 회동을 주선하다

1982년 초봄의 어느 날, 나는 당시 종로예식장 앞에 있던 한식집 '경향(京鄕)'에 내 이름으로 예약을 했고, 김영삼 · 이민우 · 김의택 세 분이 이 자리에서 만났다. 나도 그냥 동석하라고 말씀하셔서 동석을 했는데, 서로 문안과 위로의 말을 나누고, 김 총재님의 붓글씨 쓰는 이야기를 잠시 나눈 뒤 자연스레 시국에 대한 이야기를 나누게 되었다. 장영자 어음사기사건을 화제에 올리고 개탄하며 새로운 시국선언 문제까지 이야기하다가 이렇다 할 방안이나 합의는 내지 못하고 언젠가 또 만나자고 하고 헤어졌다.

세 분이 가시는 것을 보고 인사동 골목으로 나오는데, 언제 알았는지 정보부 서울 분실에 있는 사람이 나를 보자고 다방으로 데리고 가서 "오늘의 회동을 누가 주선했느냐, 밥값은 누가 냈느냐, 셋이서 무슨 이야기를 했느냐, 무슨 일을 하기로 했느냐, 또 언제 만나느냐" 등 따지듯이 꼬치꼬치 물었다.

나는 담담하게 답해주었다.

"오늘 만남은 별것이 아니오. 내가 김의택 총재께 건의해서 정치규제에 묶여 있는 김영삼 총재와 이민우 회장님을 모시고 무료함을 달래고 위로하는 차원의 순수한 오찬자리를 만든 것일 뿐이오. 서로 붓글씨 이야기를 하고 시국을 걱정하는 차원에서 가볍게 이야기를 나누었을 뿐, 당신들이 신경쓸 만한 일은 결코 없었소."

그러는 가운데 민주산악회의 산행은 계속되었고, 참가인원도 날로 증가하고 있었다. 이렇게 되자 정보부와 경찰은 각 지역에서 산행에 참가하는 사람들을 일일이 찾아내어 갖은 회유와 협박으로 산행을 방해했다. 한 번 산행에 수백 명씩 참가하게 되니 국내 언론은 민주산악회에 관한 보도를 전혀 하지 않았지만 입에서 입으로 전파되어 외국 언론들이 이 기이한 산악회 소식을 조금씩 보도하기 시작했다.

그러다가 헨리 스토크 〈뉴욕타임스〉 동경지국장이 구기동에서 출발해 대남문을 거쳐 우이동 계곡으로 내려오는 산행에 직접 동참해서 직접 산에서의 동정을 취재해 '정치활동이 금지된 한국 정치인은 민주주의를 열망하고 있다'는 제목으로 1982년 4월 16일자 〈뉴욕타임스〉에 민주산악회를 대서특필했다.

이 기사로 민주산악회는 세계에서 유례를 찾아볼 수 없는 특이한 산악회로 전 세계에 알려졌다. 정치인들을 정치규제법으로 묶어놓고 여당과 야당을 인위적으로 만들어 간교하고 폭력적인 정치를 일삼던 전두환은 자연발생적인 민주주의에 대한 열망을 막을 수 없을 뿐 아니라 장영자 어음사기사건으로 궁지에 몰리자 1982년 5월 31일자로 김영삼 총재를 다시 연금시켰다.

이 2차 연금의 구실은 정치활동규제법을 위반하고 〈뉴욕타임스〉 기자에게 정치적인 회견을 했다는 것이었다. 그러나 나는 2차 연금을 당하게 된 데는 앞서 말한 김영삼 · 이민우 · 김의택 세 분의 비밀만남도 원인으로 작용했으리라 생각한다.

전두환은 폭력으로 권좌에 앉아 있으면서도 김영삼 총재를 두려워했고, 김영삼 총재의 움직임이 전두환에게는 늘 바늘방석이 되었다. 김영삼이라는 이름만으로도 전두환은 알레르기반응을 일으켰다. 그러다 보니 연금이라는 치졸한 방법으로 김영삼 총재를 억압하며 스스로 쫓기는 정치를 했다.

전두환의 하야를 요구한
김의택 총재의 기자회견

　김영삼 · 김의택 · 이민우 세 분의 회동 후, 김영삼 총재는 다시 2차
연금으로 창살 없는 감옥의 고통을 겪게 되었고, 이민우 회장은 노구
를 이끌고 김영삼 총재가 참가하지 못하는 민주산악회를 추스르고 전
국 산하를 누볐다. 김의택 민권당 총재는 비록 독재자 전두환의 사슬
에 걸려 그들의 꼭두각시 역할을 하고 값없이 희생양이 되었지만 어떻
게든 제도권 안에 머무르고 있는 정당의 총재로서 망국으로 치닫는 전
두환 일파의 권력형 부패를 구경만 할 수 없다는 결심을 하게 되었다.
　건강이 매우 좋지 않았던 김의택 총재에게서 아침 일찍 전화가 왔다.
　"나 김의택이오. 노 위원장, 지금 곧 성북동 우리 집으로 오시오. 내
가 긴히 할 이야기가 있으니 되도록 빨리 오시오."
　그래서 곧바로 김의택 총재 댁을 방문했다. 건강이 안 좋아 수척한
얼굴로 김 총재께서 입을 열었다.
　"노 위원장, 나라가 이렇게 돼서야 어디 나라라고 할 수 있겠나? 우
리 당이 비록 국회의석은 두 자리밖에 없지만 이런 어려운 때에 손놓

고 가만히 지켜볼 수만은 없지 않은가? 김영삼 총재도 또 불법연금을 당하고, 장영자 사건은 사건만 있지 속시원히 진실을 밝히려 하지 않으니, 언제 죽을지 모를 늙은 나지만 꼭 한마디를 해야겠다는 생각이 들어서 노 위원장을 오라고 했어요. 내가 기자회견을 하려고 하는데 회견문을 작성해주세요."

"총재님, 잘 생각하셨습니다. 정말 제대로 된 기자회견을 하십시오. 그러기 위해서는 기자회견 문안작성 위원을 총재님께서 임명해주시고, 다른 사람이 하지 못하는 내용을 담아 전두환에게 전달해야만 합니다. 총재님, 저는 결과가 어떻게 되든 꼭 해야 할 일을 하고 싶습니다. 우선 문안작성 위원의 수와 누구로 할 것인지를 말씀해주십시오."

내 말에 김 총재께서 대답하셨다.

"문안작성 위원은 노 위원장과 사무총장 최인영, 그리고 대변인 이영권 동지 세 사람이 좋겠소."

"총재님께서 그 두 사람에게 문안작성 위원 임명통지를 해주시고 내일 바로 문안작성에 들어가도록 대변인에게 지시해주십시오."

나는 그렇게 대답하고 총재 댁을 나왔다.

다음 날, 문안작성 위원들과 글을 쓸 사무간사 송요욱 네 사람이 모였는데, 어떻게 눈치를 챘는지 정보부 요원들이 우리들의 동태를 밀착감시를 하는 게 아닌가. 궁리 끝에 여관방을 빌려 작업을 하기로 하고 어느 여관을 정해서 그곳에 가면, 어떻게 알았는지 얼마 안 있어 그곳에 정보부요원들이 들이닥쳤다. 그래서 우리와 그들과의 숨박꼭질이 시작되었다.

대여섯 번을 옮겨 변두리 여관방을 잡는 데 성공한 우리 네 사람은 이번 기자회견을 우리들의 모든 것을 걸 각오로 가감없이 하자고 결의를 다졌다. "아마 이번 기자회견이 성사되면 우리는 틀림없이 정보부에 끌려가서 곤욕을 치르게 될 것"이라는 농반 진반의 이야기를 하면서 문안작성에 들어갔다.

박정희, 전두환 두 정권이 똑같이 가장 싫어하는 말이 '체제 도전'이었다. 우리는 그들이 가장 싫어하는 '체제 도전'이라는 문구를 꼭 넣기로 했다. 회견문과 결의문에 직선제 개헌과 장여인 사건 처결 등 여섯 가지 요구조건을 내걸고, 이를 해결할 자신이 없으면 현 정권은 즉각 퇴진할 것을 권고한다고 썼다.

회견문은 은밀히 100부를 복사해두었다. 다음 날, 김의택 총재께서 직접 당사에 나와 기자회견을 해야 하는데, 만들어 놓은 회견문을 보관할 곳이 없어 밤중을 기다려 늦은 밤에 무슨 도둑질이나 하듯 당사에 몰래 들어가 천장 한곳을 감쪽같이 뜯어 그 속에 감춰놓았다.

기자회견이 예정된 날, 아침 일찍부터 민권당 당사 주변은 정보부요원들이 삼삼오오 모여 작성된 회견문을 빼앗으려고 혈안이 되었다. 당사에 들어가는 당 간부들과 위원장들을 붙잡고 사정도 하고 협박도 하고 요란을 떨었지만, 단 한 부도 사전에 유출되거나 빼앗기지 않았다.

1982년 6월 18일 아침 10시, 우여곡절 끝에 기자회견을 마쳤다. 그날 김의택 총재는 병세가 회복되지 않은 상태로 들것에 실려 당사에 도착해서야 미리 만들어 놓은 회견문을 천장에서 꺼내 기자들에게 나눠주고, 김 총재도 그때 처음으로 회견문을 받아 힘없는 어조로 낭독해 갔다. 그곳에 온 간부와 당원은 물론 기자들도 회견문을 듣고 모두 질렸다. 그리고 문안 작성위원 세 사람과 간사 송요욱은 결코 무사하지 못할 것이니 즉시 어디로 숨어 있으라고 권했다.

회견이 끝나고 병중에 있던 김의택 총재는 들것에 누운 채로 당사를 나가면서 "네 사람은 이 길로 집에도 가지 말고 숨어 있으라"고 걱정하셨다. 우리는 모두 헤어졌고 정보부 요원들도 회견문을 얻어 들고 사라졌다.

나는 재빨리 집으로 돌아와서 약국에 들렀는데, 경옥이 말했다.

"조금 전에 김의택 총재께서 전화를 걸어 지금 정보부의 분위기가 심상치 않으니 노 위원장이 집에 오거든 즉시 몸을 숨겨 당분간 집에 오지 말라고 하라고 했어요. 당신이 할 일을 했지만 이 사람들이 이성이 있는 사람들이 아니잖아요? 총재님 말씀을 들으세요. 당신, 장해요. 큰일했어요. 집 걱정은 말고 총재님의 연락이 있을 때까지 설악산에 가서 등산이나 하고 돌아오세요."

경옥은 그날 약국 서랍 속에 있던 돈을 몽땅 나에게 주면서 등을 떠밀었다. 나는 설악산으로 달려가 수원에서 정치의 꿈을 꾸며 설악산에서 청수장여관을 하고 있는 홍경선 선배를 찾아갔다. 사정을 들은 홍 선배는 속시원하게 잘하고 왔다고 환영하며 언제까지나 해결될 때까지 있으라고 하면서 방 하나를 내주었다.

나는 청수장여관에서 지내며 낮에는 홍 선배와 함께 도시락을 싸들고 산에 오르고, 밤에 내려와 자고 하는 생활을 일주일 동안 계속했다. 사람들을 시켜 집에 전화를 해보면 지프 두 대가 약국 양쪽에 배치되어 있고 정보요원들이 경옥에게 "어디있는지 빨리 오라고 하라"고 심하게 독촉하고 있지만, 그래도 별도의 연락이 있을 때까지 걱정 말고 있으라고 한다고 홍 선배가 전해주었다.

| 남산 지하 3층 감방에서의 일주일 |

일주일이 되어갈 무렵 김의택 총재에게서 전화가 왔다.

"그동안 노신영 정보부장과 이야기도 했고 결코 심하게 다루지 않겠다는 다짐도 받았으니, 이제 돌아와 나를 만난 뒤 편리한 시간에 가겠다고 연락하고 가면 될 것이네."

그래서 일주일 만에 집에 와서 목욕도 하고 옷도 갈아입고 성북동 김의택 총재 댁을 방문해 이야기를 들었다. 그리고 나서 김 총재의 연락을 듣고 달려온 정보부 차에 실려 남산으로 향했다.

남산 지하 1층으로 들어가는데, 고문기구인 듯한 의자가 몇 개 보였다. 양손 팔거리에 팔을 고정시키는 데 쓰는 듯한 팔찌 같은 것이 달린 의자가 우선 겁을 주고, 어디서 고문을 하는지 고통당할 때 지르는 소리 같은 것이 들려왔다.

실내에는 백열등이 눈부시게 켜져 있고, 수사관 다섯 명이 나 한 사람을 담당해 교대로 들어와 심문을 하는데, 구슬리기도 하고 겁도 주면서 추궁했다.

"너 각하한테 하야하라고 하는데, 각하가 하야하면 너는 무슨 장관을 하려고 했어?"

"대통령이 하야하면 하야했을 때 어떻게 한다는 절차가 헌법에 자세히 나와 있지 않습니까? 헌법절차에 따르면 되는 것이고, 또 우리가 한 말은 한 정당이 국정에 대해 당연히 해야 할 정치적 발언을 한 것인데, 그것을 가지고 하야했을 때 무슨 장관을 하려고 했느냐를 묻는 것은 실례라고 생각지 않습니까? 우리는 소신껏 정치인으로서 국민에게 책임 있는 말을 한 것뿐 개인적인 의도는 없습니다."

다섯 명이 돌아가며 한 말 또 묻고, 기자회견 내용에 대하여 일일이 물었다. 또 이 세상에 태어나 지금까지 한 일을 낱낱이 쓰라고 두툼한 백지를 갖다주고, 다 쓰면 또 다른 용지를 갖다주고 처음부터 다시 쓰라고 하는데, 매 끼니마다 의사가 들어와서 혈압과 맥박을 재고 간단한 진찰을 했다.

처음에는 식사와 의사의 출입을 세면서 아침, 점심, 저녁을 가렸는데 백열등 아래서 며칠을 잠을 자지 못하고 같은 일을 되풀이하다 보니 나중에는 시와 때를 구분할 수 없었다. 문을 열어놓고 심문을 하는데, 문쪽에 인기척이 있어서 그쪽을 보니 노신영 정보부장이 서서 지켜보고 있었다.

2~3일쯤 지났을 때, 나를 데리고 다른 방으로 옮겨놓고는 젊은 정보부요원이 큰 더블침대에서 함께 자자고 하면서 과일과 과자 등 먹을 것도 잔뜩 주었다. 그는 그동안의 고생을 위로한다면서 이것저것 다정하게 물으며 아주 인간적으로 대해주었지만, 나는 너무 졸려서 실컷 잠을 잤다. 다음 날, 잠이 깨어 그 사람의 이름을 물어보았는데, 이름은 알아 무엇 하느냐고 하면서 자기 신분에 관한 것은 한마디도 말하지 않았다.

다음 날은 나를 지하 3층으로 데리고 내려가 한 반 평쯤 될까 싶은 조그만 철창문으로 된 방에 들어가게 밀어넣고는 철문을 밖에서 잠가버렸다. 그야말로 낮밤을 구분할 수 없는 그 지하 3층 감방에서 얼마를 있었는데, 나오라고 하더니 앞서 심문을 받던 지하 1층 방에 데려다놓고 말했다.

"당신은 운이 좋아서 이제 내보내는데, 각서를 한 장 써야 나갈 수 있어요. 각서에 이제부터 민주산악회에 나가지 않겠다는 말만 쓰고 나가시오. 그리고 나가면 그 각서대로 산악회에 나가지 말고 당신의 사업에만 전념하시오."

나는 그가 내민 백지를 보고 말했다.

"도대체 산에 안 가겠다는 각서를 왜 쓰라고 하시오? 이 나라는 산에 갈 자유도 없단 말이오?"

내가 한참을 버티자 오히려 그쪽에서 사정을 했다.

"안 쓰면 못 나갑니다. 어서 쓰고 우리 일을 끝냅시다."

그들이 요구하는 내용대로라면 쓰나 마나 한 각서였고, 또 오늘 이후 나가서 민주산악회에 다시 나간다 해도 그것만으로 문제를 삼아 나를 도로 이곳에 끌고 와서 가두지는 못할 것이 뻔한 노릇이었다. 그런데도 굳이 이것을 강요하는 것을 보면 그들 역시 장영자사건에 대한 기자회견 내용에 공감하고, 그것으로 고통을 준 데 대한 미안함을 얼버무리려고 어설픈 요구를 하고 있다는 생각이 들었다.

그동안 아내 경옥과 주변 사람들에게 너무 걱정을 끼쳤고, 또 이 정보요원들의 체면도 있고 해서 나는 "이후 민주산악회에는 참가하지 않겠다"고 각서를 쓰고 풀려났다. 지면 관계로 당시 기자회견문 전문을 옮기지 못하고 결의문만 여기에 적는다.

記者 會見文
民權黨 總裁 金義澤

決議文
우리 民權黨은 未曾有의 難局을 克服하기 위하여 다음 事項을 議決한다.

1. 政府는 張女人事件의 背後를 더 以上 숨기지 말고 솔직하게 밝혀라.

2. 도탄에 빠진 國民經濟 危機를 早速히 解決하라.

3. 言論에 對한 干涉을 排除하고 言論人은 勇氣를 가져라.

4. 모든 政治犯은 無條件 卽時釋放하고 政治規制者의 解禁을 卽時 斷行하라.

5. 大統領을 國民이 直接 뽑을 수 있도록 直選制로 고치기 위한 憲法을 卽時 改正하라.

6. 以上의 事項을 早速히 解決할 自身이 없으면 現政權은 卽時 退進할 것을 勸告한다.

1982. 6. 18.

民權黨 政務會議

당시는 장영자 어음사기사건의 배후문제와 대통령 직선개헌, 그리고 정권퇴진에 대해서는 정당도 개인도 말할 수 없는 살벌한 때여서 신문사에서는 이 기자회견의 내용을 적당히 순화해야 했는데, 그나마 〈동아일보〉와 〈중앙일보〉만 '대통령 선거법 개정 촉구' 정도의 제목을 붙여 보도했다.

꼬박 일주일 만에 돌아와 약국으로 들어서는 나를 보고 아내 경옥은 싱글싱글 웃는 낯으로 말했다.

"당신, 수고했어요. 아침에 김의택 총재님의 전화를 받았어요. 별일 없이 오늘 나온다고 나보고도 수고했다고 말씀하셨어요. 당신, 장해요. 그동안 아버지 어머니와 가족 누구에게도 당신이 정보부에 연행됐다는 얘기를 안 했어요. 알면 별로 도움도 못 주면서 애태우는 것도 그렇고, 모두 찾아와서 걱정을 하면 약국운영에도 지장이 있을 것 같아서 나 혼자 하나님께 기도만 했어요."

그 말을 들은 나는 '역시 지금까지 고생하며 민주화투쟁을 한 것이 헛것이 아니었구나' 하고 생각했다. 또한 경옥에게 참으로 여장부다운 기상이 넘치고 있음을 보면서 더욱 믿음직하게 아내를 우러러보았다.

　　정보부 남산 분실 지하 3층은 끔찍한 곳이다. 일제 때 서대문감옥에서 대한민국의 독립을 위해 싸우다가 모진 고문에 시달리고는 끝내 조국의 해방을 보지 못하고 쓰러진 무수한 애국지사들이 생각나는 곳이다. 우리끼리 오순도순 자유민주국가를 건설하자고 무수한 사람들이 죽음을 마다하지 않고 싸워 쟁취한 나라인데, 국민적 합의를 짓밟고 쿠데타로 정권을 탈취하여 몇 사람 군인들의 정권안보를 위해 일제가 만들었던 서대문감옥을 남산공원 좋은 자리에, 그것도 지하 3층에 옮겨놓고 여기서 또 얼마나 많은 민주인사들을 고문하고 괴롭히고 억울한 누명을 씌워 희생시켰을까를 생각하면서 나는 언젠가 민주화가 되면 이것부터 없애야겠다고 다짐했다. 이것이야말로 제2의 독립운동인 셈이었다.

　　1982년 6월 18일자 국내외의 언론을 보면 다음과 같다.

　　〈東亞日報〉
　　大統領選擧法 폐기 國民이 직접 뽑도록
　　- 金 民權 총재 회견

　　〈中央日報〉
　　選擧法 개정 촉구
　　- 金 民權총재 회견

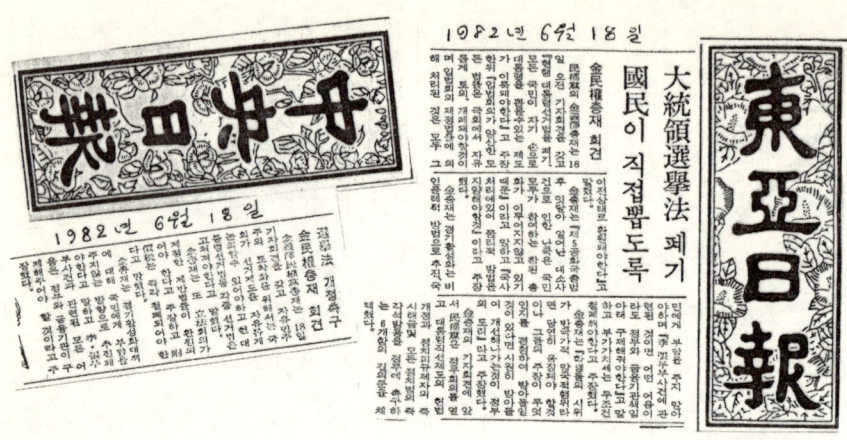

1982. 6. 18. 국내외의 언론

이 기자회견에 대해 〈뉴스위크〉지는 1982년 8월 2일자에 '나쁜 사건들과의 싸움' 이라는 제목을 달아 다음과 같이 보도했다.

한국의 전두환 대통령에게 여러 가지 좋지 못한 뉴스가 한꺼번에 밀어닥쳤다. 금년 봄 광란하는 한 경찰관이 57명의 시민을 학살하는 사건이 남부지방에서 발생했고, 전투적인 학생들이 부산에 있는 미문화원을 방화했으며, 일련의 치명적인 건설공사 사고가 서울지하철공사 현장을 강타했다.

그중에서도 가장 최악의 사건은 대통령 자신의 가족 중 수명이 10억 불 상당의 금융스캔들에 연류되어 한 야당 지도자가 신랄하게 그의 퇴진을 요구하게 된 사건이다.

그러나 국내 언론은 그들의 억압에 눌려 회견내용의 진실을 묻어버리고 겁에 질려 동문서답 식의 기사로 국민을 현혹했다.

또 다른 민주화투쟁의 시작
─대구경북 민주산악회의 결성

    1980년 전두환은 일부 헌법을 개정해 국민투표에 붙였는데, 그 내용 중에 기존의 정당을 해체한다는 조항이 있었다. 이것을 보고 유성환 씨(당시 신민당 경북도당 부위원장)는 그것이 사회주의 공산국가에서나 있는 일이지, 민주국가에서는 헌법재판소나 대법원에서 위헌이나 위법 사실이 있을 경우 재판으로 그 업무를 일시정지 또는 다른 조치를 취할 수 있을지언정 국민투표로 정당을 해체한다는 것은 어불성설이라고 생각했다.

    그래서 우선 이승호 씨(당시 신민당 경북도당 부위원장)와 몇 차례의 숙의 끝에 앞으로 해체될(국민투표에 의한) 신민당의 사실상의 '부활'을 위해서는 '민주회복'을 의미하는 '민주산악회' 조직의 필요성과 역사성에 굳게 합의하고 동지규합에 나섰다.

    이승호 씨는 산악회가 결성되면 회장을 둘 수 있고 고문을 두어야 하며, 부회장·총무·조직·연락·부녀부 등을 둘 수 있으니 이것이 바로 '정당'이 아니냐고 하며 그 의미를 스스로 긍정하고 있었다. 유성환·이승호 씨는 김인갑·곽천순 씨의 동의를 얻었고, 네 사람이 비밀결사에 착수했다. 당시 전두환의 계엄치하에서는 정치활동이나 시위·집회가 모두 금지되어 있었다.

네 사람은 대구 주변의 파계사, 부인사, 동화사, 송림사 등을 위장관광하면서 산악회 조직을 구체화시켜 나갔다. 산악회의 목적은 '신민당 부활·반파쇼 반독재투쟁·민주회복'이었으며, 회원수는 33인으로 한정했다.

그들은 발기·창립대회를 개헌투표일로 발표된 10월 27일로 정하고, 대구의 영산 팔공산에서 봉기하기로 했으나 기관요원들의 방해와 저지로 실패했고, 11월에도 실패했다. 그리고 마침내 1980년 12월 16일에야 성공했다. 초대 간사(회장)에는 김인갑 씨를 선출했으며 고문으로 이대우 씨가 추천되었다. 당국의 심한 방해로 발기·창립대회에 참석한 회원은 이대우, 유성환, 이승호, 김인갑, 곽천순, 박귀조, 이종훈, 이재우, 김종한, 송두봉 열 명이었다.

그러다가 1981년 3월, 유성환 씨가 회장에 취임해 조직을 확대해가던 중 1981년 4월 30일 김영삼 총재가 연금해제 통지를 받자 다음 날인 5월 1일에 대구경북 민주산악회 파계사 산행에 김영삼 총재를 초청해 함께 산행을 했다. 그날 150명의 경찰이 동원되어 산악회 행사장을 포위하고 행사를 감시했다.

유성환 회장은 인사말에서 "오늘부터 민주회복이 될 때까지 계속해서 팔공산, 덕유산, 태백산 등 전국의 산을 두루 산행하자"고 역설했다. 김영삼 총재는 어려운 시기에 이토록 어려운 일을 결정하고 수고하는 동지들을 격려하고 "서울에서도 전국 규모의 산악회를 결성해야겠다"는 말씀을 하시고 귀경했다.

이때 LJH라고 행정부에서 국장을 지낸 사람이 적극 참가했는데, 이 사람이 산에 올라 술을 한잔하면 6·25 전쟁은 김일성이 남침한 것이 아니라 이승만이 북침을 한 것이라고 떠들어댔다. "그게 무슨 소리냐? 6·25 전쟁은 김일성이 남침을 한 것이 확실한데 무슨 소리를 하느냐?"고 하면서 유성환 회장은 그 사람의 얼굴을 때리기도 했고 다른 산악회원들도 그를 심하게 야단쳤다. 하지만 그는 술을 먹으면 여전히 북침설을 늘어놓았다.

그러다가 결국 그 말로 인해서 경찰에서 문제가 됐는데, 그가 유성환 회장에게 돈 50만원을 주면서 산악회 동지들을 모아서 "북침했다는 말은 L씨가 직접 한 말이 아니라 그가 일본에 갔을 때 다른 사람들이 그렇게 말하는 것을 들었다"고 말해달라고 했다.

유성환 회장과 산악회원들은 이로 인해 민주산악회를 반공법에 걸면 안 되겠다고 생각해서 그를 석방시키려고 산악회원들이 모여 식사도 하고 또 달리 모이는 경비로 쓰면서 애를 썼는데, 나중에 그 50만원이 문제가 되었다.

그래서 유성환 회장이 경찰에 불려갔는데, 그 50만원은 L씨가 산악회원들 식사나 하라고 준 돈이었다고 해명했더니 "무슨 소리냐? 유 회장이 돈을 달라고 해서 주었다는데 왜 거짓말을 하느냐?"고 하며 L씨와 대질을 시켰다. 그런데 L씨가 "유 회장이 50만원을 달라고 해서 주지 않았느냐?"고 오리발을 내미는 바람에 유 회장은 1983년 9월 초부터 29일 동안 구속수감되어 고생도 했다. LJH씨는 민주산악회를 용공으로 몰아 없애려고 했던 정보부의 프락치였음이 분명하다.

그런데 대구에서 "유성환이가 어렵게는 살았지만 몇 억원이라면 몰라도 쩨쩨하게 돈 50만원을 가지고 그렇게 할 사람이 아니다"는 여론이 비등해 수사당국도 어쩔 수 없이 29일 만에 풀어주고 유야무야하게 처리하고 말았다.

이렇게 민주산악회는 전국 곳곳에서 자연발생적으로 시작되었고, 정보부와 경찰의 회유와 방해, 탄압이 기승을 부렸지만 불타는 애국의 열정으로 모여드는 산악회원들의 산행을 막지는 못했다.

작년 6월 9일 도봉산에 올라가서
무엇을 했느냐?

1981년 어느 날, 정치 규제에 묶여 있던 김동녕 의원, 최형우 의원과 김덕룡 비서실장이 정보부에 연행되어 민주산악회를 통한 반독재 민주화 투쟁에 대한 심문을 받으며 심한 고문에 시달렸다.

그때까지 1년 넘게 산행을 하였는데, 첫날 산행한 날짜와 인원 등에 대해서는 자세한 기록을 남겨놓은 것이 없었다.

그런데 심문하던 정보부원이 "작년(1980년) 6월 9일 도봉산에 올라가서 무엇을 했느냐?"고 추궁하는 것이 아닌가!

그때까지 민주산악회의 탄생일이 알쏭달쏭하였는데 정보부원의 심문으로 1980년 6월 9일이 민주산악회의 첫 번째 산행일임이 분명해졌다. 참으로 재미있는 얘기가 아닌가!

민주산악회의 창립일은 1980년 6월 9일이고, 그날 산행에 참가한 사람은 김영삼 총재, 김수한 의원, 김동녕 의원, 최형우 의원, 김덕룡 비서실장, 정채권 목사와 성명 미상의 어느 비서였다. 이렇게 7명이 도봉산에 올라 민주산악회가 탄생하였는데, 그중 김수한 의원은 그날 한번만 참가하고 그후에는 보이지 않았다고 김덕룡 의원은 회고하고 있다.

이는 반독재 민주화투쟁에 관한 정보부의 철두철미한 탄압의 단면을 극명하게 보여주는 일화이다.

민권당의 쇄신과
황명수(黃明秀) 의원 영입작업

민권당 기자회견 파동이 지나고 얼마 뒤 나는 또 김의택 총재의 부름을 받았다. 김 총재의 건강상태는 여전히 좋지 않았다. 김 총재는 병석에 누운 채로 내게 말했다.

"노 위원장이 정당경험이 많다 보니 자꾸 귀찮게 하는 것 같아 미안하지만, 보다시피 내 건강도 좋지 않고 내가 나이도 많아서 이 당을 이끌어가기가 힘도 들고, 또 총재는 원래 원내에 있어야 제 역할을 하는데 그렇지를 못하니 너무 답답해. 그래서 지금 무소속의 황명수 의원을 영입해 총재를 맡기면 좋겠다고 생각하고, 황명수 의원하고도 친한 노 위원장이 적격이라고 생각해서 불렀어요. 노 위원장, 이 일을 극비로 추진해주시오. 우선 황명수 의원을 우리 집으로 데리고 오시오. 이 일이 누설되면 방해공작이 들어올지도 모르니 신중하게 추진해주시오."

나는 황명수 의원을 만나 전후 이야기를 하고 우선 "황 의원께서 김의택 총재를 문병도 할 겸 누구에게도 알리지 말고 혼자서 찾아가 주십시오." 하고 부탁을 드렸다. 황 의원은 민권당 입당은 김 총재를 만나본 연후에 하기로 하고, 우선 문병차 가서 뵈어야겠다며 성북동 김 총재 댁을 찾았다.

민권당에 입당해 정말 국민이 바라는 참된 야당으로 육성해달라는 김의택 총재의 간곡한 제의를 받고 황 의원은 그렇게 하겠다고 약속했다. 그리고 이 시점에서 황 의원 혼자 입당하는 것보다는 무소속으로 있던 J, K 의원 등 몇 사람과 상의해서 그런대로 모양새를 갖추어 입당하는 것이 효과적일 것 같으니 내부적으로 극비에 부쳐 일을 진전시켜 나가기로 했다.

나는 민권당 내에서 해야 할 일을 은밀히 진행시키기로 하고 김 총재 다음으로 연령으로나 관록으로나 훌륭한 지도자였던 김정두 선생과 상의를 했는데, 법률가이자 전직 국회의원이었던 김정두 선생도 크게 기뻐하며 이 일이 꼭 성사되도록 하자고 결의를 다졌다.

당시 민권당 정무위원 조철구 · 권기술 · 이인수 · 정대수, 대변인 이영권 씨 등은 대찬성이었는데, 이상하게도 사무총장 C씨가 노골적으로 반대하고 방해했다. 김의택 총재가 이 중대한 일을 사무총장인 자신과는 한마디 상의도 하지 않았을 뿐 아니라 그 임무도 당기위원장인 노병구에게 맡겼다는 불만 때문이었다.

김 총재와 나는 일의 성격상 미안하게 생각한다면서 늦었지만 넓은 마음으로 이해하고 당면과제가 중요한 만큼 잘되도록 서로 힘을 합해 꼭 성사되도록 하자고 양해를 구했다. 그런데도 이상하게 고집을 부리며 정무회의만 열리면 사람들을 동원해 폭력으로 회의의 개회 자체를 방해하고 나서 도저히 회의를 할 수 없었다.

회의를 방해하기 위해 동원하는 사람들의 경비도 적잖을 텐데 회의 때마다 동원하는 것을 보면 분명히 배후가 있다고 우리 모두는 긴장하면서, 그럴수록 꼭 성사시키려고 노력했지만 시간만 허송했다. 황명수 의원 쪽의 무소속의원 영입 문제와 또 다른 사람들의 영입 문제도 처음 시작할 때는 모두 좋다고 승낙했다가 며칠이 지나면 태도가 돌변해 입장을 바꾸곤 해서 시간만 끌고 있었다.

애당초 다당제 구색을 맞추기 위하여 만들었던 전두환의 정치구도가 깨지는 것을 겁낸 정보부의 방해공작에 걸려 민권당은 자주적인 의사결정의 자유를 박탈당하고 한 발자국도 나갈 수 없었다.

그 와중에 김 총재의 소망이 그 가능성조차 예측할 수 없는 상태로 혼미할 때 김의택 총재는 병세가 악화되어 세상을 떠나고 말았다. 김의택 총재의 장례식을 치른 뒤, 우리들은 따로 모여 전두환의 이런 정치구도를 깨는 길은 자살하는 수밖에 없다는 이야기를 나누었다. 가장 효과적인 방법은 전당대회를 열어 당의 해체를 결의해야 하는데, 정보부가 알면 전당대회를 열지 못하도록 방해를 할 게 뻔했다. 우리들은 전두환의 꼭두각시로 남을 바에는 차라리 정치를 그만둘 각오를 하고 모두 집단탈당을 할 수밖에 없다는 김정두 선생의 비장한 제의를 받아들이기로 했다.

또한 "탈당도 오늘 여기서 결행하지 못하면 이 또한 방해를 받아 지지부진할 것이니 아주 지금 함께 탈당계를 써서 중앙당에 내용증명 형식으로 등기로 부치자"는 말씀에 모두 동의하고 그날로 집단탈당을 했다. 마침내 재적 지구당위원장 3분의 2 이상이 여기에 가세해서 "민주화투쟁에 가담하기 위하여 탈당한다"는 성명을 내고 탈당함으로써 전두환 3중대에서 자유로울 수 있었다.

우리들의 탈당으로 민권당은 기능이 마비되어 사무총장 C씨와 남은 몇 사람이 사무실만 지키다가 결국 문을 닫고 말았다.

　민권당을 집단탈당한 우리는 대부분 민주산악회에 가담해 민주화 투쟁을 계속했고, 그중에 이영권, 권기술 그리고 애석하게도 고인이 된 조철구 동지는 국회의원에 당선되어 이 나라의 민주발전에 크게 기여했다.

이민우 회장의 고민
"여름산행을 쉴 것인가, 말 것인가?"

1982년 5월 31일, 김영삼 총재는 가택연금에 들어갔고 전두환정권의 탄압은 날로 기승을 부렸다. 7월이 되면서 날씨마저 혹심하게 더워서 맨몸으로 평지를 걸어도 땀이 비오듯 하는데, 회원들은 더위에 지치고 탄압에 지치고 경제적 쪼들림에 지친 상황에서 등산복, 등산화에 무거운 배낭까지 짊어지고 산행을 하자니 모두 지쳐 쓰러질 판이었다.

도봉산 정상의 넓직한 곳에서 점심식사를 지어 먹은 동지들 사이에서 제의가 나왔다.

"회장님, 날씨가 너무 더워서 산행이 어렵습니다. 삼복 한 달만이라도 등산을 쉬는 것이 어떻겠습니까?"

고희를 넘긴 이민우 회장이 물었다.

"그렇습니까? 여러분 모두가 그렇게 생각하십니까? 그러면 그렇게 해야지요. 한 달 동안 등산을 쉽시다."

그러고 나서 이민우 회장은 비장한 모습을 보이며 말했다.

"지금 상도동에서는 김영삼 총재가 전두환의 불법감금으로 감옥생활보다도 더 힘든 나날을 보내고 있습니다. 여러분이 모두 등산을 쉴 동안 나는 혼자서라도 등산을 계속하겠습니다. 혹시 뜻 있는 동지가 있어서 나와 동참한다면 함께 등산을 하겠습니다."

이민우 회장의 그 단호하고 엄숙한 결의에 우리 모두는 아무 말도 할 수 없었고, 삼복 중 한 달을 쉬는 문제는 자연스럽게 없던 일이 되었다.

그해 여름, 목요일만 되면 아무리 바쁜 일이 있어도 산행이 우선이었다. 그전까지는 나도 목장일로 더러 빠지는 일이 있었지만, 그날부터는 목요일만 되면 모든 일을 미뤄 놓고 배낭을 지고 산행에 참가했다. 다른 동지들도 더욱 산행에 열의를 보였다.

이민우 회장은 크리스찬이 아니다. 김영삼 총재는 산행할 때마다 행사를 하면서 기도시간을 가지고 스스로 또는 정채권 목사를 시켜 민주회복의 소원을 담아 하나님께 간절한 기도를 드렸다. 그러던 김영삼 총재가 감금되어 산행을 못하고 정채권 목사도 나오지 못하는 날에는 사회자가 기도를 빼고 다음 순서로 넘어가려고 하면 이민우 회장이 "내가 기도를 하겠다"며 나섰다. '저분은 크리스찬이 아닌데 어떻게 기도를 할까?' 하면, 이민우 총재는 이런 식으로 기도를 했다.

"천지신령님께 비나이다. 김영삼 총재를 불법감금에서 풀어주시고, 이 나라의 민주주의 정치가 하루속히 회복되도록 도와주시고, 어려운 정치·경제·사회·문화 모든 면에서 부정부패가 없어지고, 살기 좋은 나라가 되도록 천지신령님께서 도와주시기를 간절히 비나이다."

우리는 군가에 가사를 붙여 만든 임시 민주산악회가를 부르며 모두 힘차게 오른손을 아래위로 휘둘렀다.

인생의 목숨은 초로와 같고
전통의 신민당 양양하도다
이 몸이 죽어서 나라가 산다면
아아 이슬같이 죽겠노라.

그리고 모두 원을 그리고 밖을 향해 둥그렇게 서서 산이 떠나가라
고 "야호!" 삼창을 한 뒤 행사를 끝냈다.

경찰의 연금과
양도소득세의 감면

　민주화 요구세력의 저항을 겁낸 전두환정권은 무슨 움직임만 감지
되면 열성 민주산악회원이나 국민운동단체에 있는 사람들의 집으로
경찰서 정보과 형사들을 파견해 정치활동 또는 사회운동을 못하게 밀
착감시를 했다.

　1982년 봄, 김영삼 총재의 2차 연금 무렵에 안양경찰서 정보과에
서 정보형사 세 명을 약국으로 보내 나의 개인행동을 제한한다고 통
고했다.

　"이 시각부터 상부에서 별명이 떨어질 때까지 우리들은 노 위원장
님과 행동을 함께하라는 명령을 받고 나왔습니다. 약국에 계시면 영
업에 지장이 있을 것이니 아주 저희들과 같이 노 위원장님 댁으로 가
시든지, 아니면 저희들과 함께 어디 바람이라도 쐬러 가시는 것이 어
떻겠습니까?"

　그래서 내가 물었다.

　"이 사람들아, 우리나라는 민주국가고 법치국가인데 아무런 명시적

이유도 없이 나라에서 월급을 타고 법질서 확립을 위해 치안임무를 감당해야 할 사람들이, 그것도 세 명이나 나와서 개인의 자유를 속박하다니 말이 되오? 그리고 내가 신림동에 살 때 조그만 빌딩을 한 채 지었다가 지난 11대 선거에 출마해 낙선하면서 그 당시 가등기를 설정하고 사채를 얻어 선거자금으로 날리고, 지금 여기 와서 겨우 약국하는 점포 하나를 사고 살림집은 월세를 살고 있는데, 그 빌딩을 처분한 일로 남부세무서에서 2,300만원 정도의 양도소득세가 부과될 거라면서 오라고 통지가 왔는데, 그럼 이런 일도 보지 말란 말이오?"

"개인적인 일까지 지장을 드리지는 않습니다. 그럼 저희가 차로 남부세무서까지 모시고 가겠습니다. 그리고 세무서에서 나온 통지서를 저에게 주십시오. 그러면 저희가 세무서에 가서 위원장님 일을 대신 봐드리겠습니다."

"나를 세무서까지 차를 태워주는 것은 그렇다 치고 내가 할 일까지 당신들이 어떻게 본단 말이오?"

"걱정 마시고 위원장님은 저희와 같이 차에 앉아 계시고, 저희 중 한 사람이 세무서에 가서 일을 마치고 오겠습니다."

형식상 집은 팔았지만 선거자금으로 다 날리고 세금을 낼 돈이 없어 어차피 내가 세무서에 가도 담당직원이나 세무서장을 만나 세금 낼 돈이 없다고 사정을 하거나 싸울 수밖에 없는 처지였다. 그래서 밑져야 본전이라는 생각으로 소환통지서를 그중 한 명에게 주었다.

그것을 가지고 세무서에 들어갔던 형사가 한참 만에야 돌아와서 말했다.

"위원장님, 세금문제는 다 해결됐습니다. 위원장님이 그 양도소득세를 안 내셔도 되도록 아예 부과하지 않게 했습니다. 이제 세금 걱정은 하지 마십시오."

나야 돈이 없어 세금을 낼 형편이 아니었지만, 그 말을 들으니 고맙
다기보다는 참으로 허탈함을 금할 수가 없었다. 부과예정액이 당시로
서는 엄청나게 큰돈인 2,300만원이었고, 한참을 깎여도 적잖은 세금
을 내야 했을 텐데 정보과 형사의 말 한마디로 면제가 되다니 귀신 곡
할 노릇이었다.

개인적으로는 다행한 일이었지만, 엄격한 헌정질서에 따라 나라가
움직여야지 정보부의 농간에 따라 모든 기관이 좌지우지되며 불법 ·
무법이 판을 치고 있으니 이 나라의 앞날이 암담하게 느껴졌다.

김영삼 총재의 목숨을 건
23일간의 단식

1983년 5월 18일, 불법감금 상태에 있던 김영삼 총재가 무기한 단식에 들어갔다. 2차 연금으로 창살 없는 감옥살이의 고통은 만 1년이 되어도 여전히 계속되었다. 전두환정권의 탄압은 극에 달해서 민주화운동도 질식상태가 되어 뜻있는 민주인사들도 기진맥진할 무렵, 1982년 크리스마스를 앞두고 김대중 씨가 정치를 하지 않겠다는 각서를 전두환에게 제출하고 미국으로 떠났다는 보도가 나왔다.

김영삼 총재는 광주항쟁 3주년을 앞두고 그동안 붓글씨 쓰기로, 성경읽기와 민주화를 위한 기도와 독서로 고통을 달랬다. 그리고 독재자에 대한 강력한 저항의 필요성을 생각하던 중 마하트마 간디의 저서를 읽다가 극심한 탄압으로 얼어붙은 민주화운동을 되살리는 방법은 '간디의 비폭력·무저항의 단식투쟁'이라는 암시를 받고 오랫동안 기도와 생각을 하다가 전두환에게 5개항의 조건을 내걸고 죽음을 각오한 단식을 결행하기에 이르렀다,

김영삼 총재는 자신의 회고록 2권 231쪽에서 단식을 결행하기 전에

『신약성경』의 「마태복음」과 「요한복음」의 다음 말씀에 크게 감명을 받았다고 썼다.

사람이 만일 온 천하를 얻고도 제 목숨을 잃으면 무엇이 유익하리요 사람이 무엇을 주고 제 목숨을 바꾸겠느냐 – 마태복음 16 : 26
자기 생명을 사랑하는 자는 잃어버릴 것이요 이 세상에서 자기 생명을 미워하는 자는 영생하도록 보존하리라 – 요한복음 12 : 25

어느 날, 아침밥을 먹고 약국문을 열려고 아파트를 나서는데 광명경찰서 정보과 형사 네 명이 승용차 한 대를 몰고 와서 아파트 현관 앞에 지키고 있다가 나를 붙들었다.

"오늘부터 노 위원장님을 댁에서 나가시지 않도록 모시고 있으라는 서장님의 지시를 받고 왔습니다. 댁에 들어가셔서 책이나 읽고 계셔야겠습니다."

그때 온 형사는 G, L, K, S 네 명이었는데, 이들은 민주화가 될 때까지 무슨 일만 생기면 나를 연금하려고 몰려오는 통에 미운 정 고운 정이 다 들어서 오랫동안 친하게 지냈다.

"무슨 이유로 영장도 없이 경찰서장이 무고한 시민을 불법감금하라고 지시한단 말이오? 이유는 말을 해야 하지 않소?"

"저희들은 모릅니다만, 서장님에게서 위원장님을 댁에 잘 모시고 있으라는 지시만 받고 왔습니다. 죄송합니다. 직업이 경찰관이고 우리도 처자식하고 먹고살려다 보니 어쩔 수 없이 서장님의 명령을 따를 수밖에 없지 않습니까?"

나는 '또 중앙에서 무슨 일이 생겼구나' 생각하고 다시 집으로 들어가 이민우 회장 댁에 전화를 걸었다.

"회장님, 저 노병구입니다. 무슨 일이 생겼습니까? 아침부터 정보과 형사 네 명이 와서 이유도 모르고 다만 경찰서장의 명령으로 저를 연금한다고 합니다. 그러면서 아파트 현관에 차를 대고 지키고 있습니다."

"김영삼 총재가 오늘부터 무기한 단식에 들어간다고 선언하고 지금 상도동 자택에서 '국민에게 드리는 글'을 발표하고 단식에 들어갔어요. 산악회 간부들이 모두 연금조치를 당한 상태에서 여기저기서 보고를 받고 있으니 집에서도 서로 긴밀히 연락들을 하도록 해요."

그래서 내가 김영삼 총재의 단식 사실을 형사들에게 알리고 그런 일로 시민을 괴롭히는 경찰의 부당성을 지적했지만 그들은 절벽과도 같았다.

우리는 서로 연락을 취하며 모두 연금상태에서라도 김영삼 총재와 동조해 단식을 하기로 했는데, 그때 가택에서 연금당한 채 단식에 참가한 사람이 58명이었다고 한다.

전두환의 야만적인 탄압 아래서 우리나라의 신문방송은 김영삼 총재의 단식투쟁을 한 자도 보도하지 못했다. 그러다가 미국, 일본 등을 중심으로 한 세계 언론이 대서특필하고 나서자, 며칠이 지나서야 '최근의 정세흐름'이니 '재야인사의 식사사건'이니 하며 벙어리 냉가슴 앓듯 뜻 모를 보도를 했다.

국민들은 이를 보고 듣고 더욱 궁금히 여기며 고개를 갸웃거렸다. 그때까지 연금 중이던 민주산악회 회원들이 전화로 가까운 사람들에게 김영삼 총재의 단식사실을 알리거나, 연금에서 빠진 동지들이 각자의 주머니를 털어 연금사실을 등사해 왜정 때 독립운동을 하는 것처럼 암암리에 돌려 구전으로 국민들 사이에 널리 퍼지게 되었다.

| 단식에 즈음한 5개항의 요구 |

김영삼 총재는 "민주화투쟁은 생명을 건 투쟁이어야 하며, 생명을 건 투쟁만이 민주화를 쟁취할 수 있다"고 말하고, "나의 생명을 바쳐 이 나라 민주화에 다소라도 도움이 될 수 있다면, 이것이 나의 국민에 대한 최후의 봉사라고 생각한다"고 전제한 뒤, 5개항을 다음과 같이 요구했다.

1. 독재정치를 거부하고 민주정치의 확립을 위해 투쟁하다가 구속된 학생, 종교인, 지식인, 근로자 등을 민주화 선언과 함께 전원 석방하여야 한다.

2. 정치활동규제법에 묶여 있는 모든 정치인과 민주시민의 정치활동을 보장하여야 한다.

3. 정치적인 이유로 학원과 직장으로부터 추방당한 교수, 학생, 근로자 등을 복직시키고, 유신정권 이래의 정치탄압으로 인하여 공임권(公任權)에 제약을 받고 있는 사람들에 대한 전면적인 복권조치가 이루어져야 한다.

4. 언론의 자유가 보장되어야 하며, 언론통폐합 조치를 백지화하고, 유신정권 이래 타의로 실직된 언론인들이 언론계에 명예롭게 복귀토록 하며, 민간방송국의 설립을 자유화하고 기독교방송국의 정상적인 기능을 회복시켜야 한다.

5. 현재의 헌법은 5 · 17 이전에 이미 국민적으로 합의되었던 대통령

직선(直選)의 국민적 염원을 배반한 것이며, 국민의 기본권에 대한 유보조항을 두고 있어 사실상 유신독재 체제와 다를 바 없는 독재 헌법인 바, 현행의 헌법은 지체 없이 개정되어야 한다. 국민이 나라의 주인이라는 것이 확인될 수 있는 방향으로 개정되어야 한다는 것은 명백하다. 또한 유신시대 이래의 반민주악법의 민주적 정비와 아울러 특히 소위 국가보위입법회의에서 제정한 반민주악법, 예컨대 정치풍토 쇄신을 위한 특별조치법, 언론기본법, 집회 및 시위에 관한 법률, 국가보안법, 국회법, 대통령선거법, 국회의원선거법, 노동조합법 등은 폐지 내지 원상회복되어야 하며, 이들 법률은 제정 및 개정과 더불어 전부 또는 부분적으로 무효임을 확인하여야 한다.

이상과 같이 당면 과제를 밝히면서, 나는 하나님께 기도하는 마음으로 국민 여러분께 이 글을 드리는 바입니다. 국민 여러분은 좌절보다는 희망을, 체념보다는 용기를 가지고 이 난국을 극복해주실 것을 믿고 또 바라면서 나의 글을 마치고자 합니다.

아무리 보도통제를 하고 연금을 해도 김영삼 총재의 단식소식이 걷잡을 수 없이 퍼져 나가자 전두환정권은 당황하기 시작했다. 드디어 단식 1주일 만인 5월 25일, 김영삼 총재를 강제로 서울대학병원에 이송해서 입원을 시키고 나서야 나와 여러 동지들의 연금을 풀고 경찰은 철수했다.

강제로 입원을 시킨 뒤 식사를 시키려고 별 수단을 다 동원해도 본인의 거부로 뜻을 이루지 못하자, 의사들을 시켜 영양주사를 놓으려고 해도 본인이 거부하니 어쩔 도리가 없었다. 급기야는 권익현 의원을 시켜 김영삼 총재에게 "세계 어디든지 나가서 편안하게 사시는 것이 어떻겠느냐?"면서 외국으로 나간다면 그곳에서 살 집은 물론 사는데 전혀 지장이 없을 만큼의 돈도 넉넉하게 보내주겠다는 유혹을 하기에 이르렀다.

그러나 김 총재는 민주화 이외의 어떤 제안도 거부하고 단호히 거절했다.

| 가칭 민주국민협의회의 결성과 시국선언 |

이민우 회장과 민주산악회 회원 그리고 재야인사 101명은 시국선언문을 발표하고 모두 서명했다. 민주국민협의회(가칭)의 신민당 및 재야 정치인 101명은(전직 국회의원 32명 포함)은 김영삼 총재가 제시한 5개항의 민주화요구를 전폭 지지하고, 민주화의 확대추진을 위해 이 땅의 민주세력 및 양심세력과 함께 범국민 민주화추진 단체를 결성키로 하며, 김 총재의 단식 중단을 호소하는 등 5개항의 결의문을 채택하고 다음과 같이 서명하였다.

〈서명자 명단〉

이민우, 박영록, 조윤형, 이기택, 정헌주, 김정두, 황낙주, 이중재, 노승환, 박용만, 최형우, 김동영, 조연하, 김록영, 이종남, 홍영기, 김상현, 박종율, 박태종, 김명윤, 김상진, 송원영, 박 찬, 문부식, 정대철, 정재원, 황명수, 김영배, 김창환, 이우태, 조규완, 김동욱, 함기환, 명화섭, 윤혁표, 김태룡, 오정보, 김봉조, 김덕룡, 최영호,

오성룡, 홍사임, 박희부, 이진탁, 고수문, 김기수, 탁형춘, 이계봉,
염장호, 이익균, 김병환, 최기선, 조익현, 홍종일, 강두흠, 허금환,
양 실, 마초득, 신철근, 권혁충, 전홍기, 정재인, 윤규현, 상덕식,
정선식, 주춘심, 김영술, 민면식, 홍인길, 임판금, 강신영, 김영수,
신용석, 신용선, 박정태, 양희봉, 허병호, 김용덕, 송재호, 박정무,
백영기, 윤대희, 오정석, 이동희, 김장곤, 이의선, 노경진, 이무부,
김현기, 이문광, 성승표, 이성춘, 권만성, 김용각, 김진억, 채수호,
심수원, 노병구, 문정수, 장학노, 박영석

〈시국선언〉

우리는 김영삼 총재의 생명을 건 단식투쟁과 최근의 학원사태 등을
지켜보면서 이 나라가 실로 위기의 상황에 처해 있음을 절감하지 않을
수 없다.

우리는 조국의 현실이 오늘의 상황에 이르게 된 데 대하여 정치인으
로서 그 책임을 통감하면서 국민에게 사죄하는 심정으로 이 자리에 모
였다.

현 정권은 유신체제에 항거하는 국민의 민주적 열망의 구체적 표현
의 형태로서 나타난 10 · 26 사태의 교훈과 의미를 짓밟고, 나아가 민
주헌정에 대한 국민적 합의를 외면, 유린한 채 5 · 17 군사쿠데타를 통
하여 강압에 의해 구축된 군사독재체제를 이른바 제5공화국이라 이름
하여 출범하였다.

그 과정이 비민주적이며 폭력적이었음은 물론, 광주사태라는 비극을
민족의 역사에 남겼고, 유신독재를 능가하는 독재의 강화를 획책하여
왔다.

민주주의는 이제 그 형체마저 없이 사라진 채, 다만 청년 학생들의 애끓는 정의의 목소리 속에서만 살아 있는 것이다.

현 정권의 출범 후 발생한 대형사고와 사건은 현 정권의 속성에서 연유한 것으로, 인명경시 풍조, 권력남용, 폭력의 만연 등 사회와 인간의 황폐화를 가속화시키는 것이었다. 현 정권은 오직 권력의 장악만을 목표로 하여 탄생되었고 오직 그것을 유지하기 위해서만 존재하고 있을 뿐이다.

언론의 자유는 권력의 자기홍보를 위해서만 존재할 뿐이며, 사법부의 독립은 요원한 꿈이 되었다. 학원은 학생을 죄인시하고 서로를 경쟁시키며 체제에 순응케 하여 규격품을 만드는 수용소를 방불케 하는 살벌한 곳이 되었다.

김영삼 총재의 단식 사실과 2개의 애절한 성명이 국내 언론에 단 한 줄도 보도되지 않고 있는 사실이 현 정권의 속성과 언론의 실태를 반영하는 것이다. 현 정권의 출발 과정의 잔인성과 인권탄압, 정권의 존립에 초점을 맞춘 굴욕적 외교는 민족의 존엄과 나라의 위신을 떨어뜨리고 있으며 국제적 고립을 면치 못하게 하고 있다.

우리는 우리 조국이 처한 이 모든 현실이 현 정권의 출발 과정에서부터 현재에 이르기까지에 확연하게 나타난 현 정권의 비민주적 성격과 비도덕성에 있음을 명백히 선언하는 바이다. 우리는 민주화만이 위기와 난국을 극복하는 첩경이라고 확신하면서 그것은 허울 좋은 구호로서가 아니라 구체적인 행동으로 실천되고 선언되어야 하는 것이라고 믿는다.

우리는 김영삼 총재가 '국민에게 보내는 글'에서 제시한 5개항의 민주화요구가 온 국민의 한결같은 요구이며 우리의 요구임을 확인하는 바이다. 그 요구는 현 정권으로 하여금 민주주의의 길로 나아갈 수 있느냐를 묻는 절실하고도 겸허한 국민의 질문이요 요구임을 알아야 한다.

우리는 김 총재의 5개항의 민주화 요구를 현 정권이 지체 없이 수락할 것을 강력히 촉구한다. 그렇지 아니 할 때 현 정권의 정당성과 정통성은 국민의 민주적 의지로 거부될 것임을 경고하면서 민주화 조치의 유예나 민주화에 대한 국민적 요구의 거부에서 오는 모든 책임 역시 현정권에 있음을 밝히는 바이다.

-김덕룡 대변인의 발표선언문

이렇게 선언하고 우리 모두는 김영삼 총재와 함께 동조투쟁에 들어갔다. 그후에도 전두환은 권익현 의원을 보내 끈질기게 해외로 나갈 것을 권유하며 유혹했지만, 김영삼 총재는 이를 거부했다.

"고통받는 국민을 두고 외국에 나갈 생각은 꿈에도 없다. 김대중을 내보내고 이제 나만 내보내면 너희들이 영원히 정권을 잡을 수 있다고 생각하지? 절대 안 된다. 하지만 나를 해외로 내보낼 방법이 없는 것은 아니다."

그러자 권익현 의원은 반색을 하며 무엇이냐고 물었다.

"나를 시체로 만들어 해외로 부치면 된다."

이러한 김 총재의 말에 권익현 의원은 아연실색하고 돌아갔다고, 김영삼 총재는 자신의 회고록 2권 265쪽에 기록하고 있다.

단식 10여 일이 넘어가면서 우리들은 김영삼 총재의 생존을 걱정하게 되었고, 김영삼 총재의 부친께서도 직접 단식중단을 권했다. 또 국내뿐 아니라 해외에 있는 많은 동포들까지 단식중단을 호소하고 나섰지만 김 총재의 민주화에 대한 열망과 의지를 꺾을 수는 없었다.

그뒤, 정치와는 거리가 먼 종교지도자이자 사상가로 국민의 신망을 높이 사고 있던 함석헌 선생과 홍남순 등 재야원로들도 동조단식에 들어가며 전두환에게 조속히 김영삼 총재의 민주화요구를 받아들이라고 압박하고 나섰다. 그때 김영삼 총재는 '미국에 있는 동지들에게'라는 메시지를 보냈다.

"나는 지금 외로운 투쟁을 계속하고 있습니다. 나와 내 주변은 현 정권으로부터 단식중단을 위한 조직적인 박해를 받고 있습니다. 이곳은 단식을 할 자유조차 없습니다."

김영삼 총재 스스로 이뤄낸
연금해제

　단식 12일 만에 전두환은 권익현 의원을 김 총재에게 보내 "오늘부터 해외든 국내든 어디든지 마음대로 여행할 수 있고, 이제부터 상도동 자택은 물론 이곳 병원에 배치된 경찰병력을 모두 철수하며, 부분적으로나마 건강이 회복되면 직접 만나 대화를 하겠다"고 한다고 알려왔다.

　그러나 김 총재는 "나 한 사람의 연금이나 풀려고 단식투쟁을 한 것이 아니다. 나의 민주화요구가 관철되지 않는 한 이 싸움은 중단할 수 없다"고 선언하고 단식을 계속했다.

　그때까지 김대중 씨를 비롯한 수많은 민주인사와 재야정치인 · 종교지도자 · 야당정치인 중 누구도 오직 무력을 앞세워 무법 · 불법의 무한탄압으로 일관하는 전두환정권에 억울하지만 당할 수밖에 없었고, 불만스럽지만 그들의 힘으로 그려 놓은 한계선 앞에서 저항을 멈출 수밖에 없었다.

　그런데 오직 한 사람, 김영삼 총재만이 혼자서 다윗의 풀맷돌을 던

져 골리앗 전두환을 정통으로 맞춤으로써 김 총재를 둘러싼 경찰병력
을 스스로 물로 만들어 물러나게 했던 것이다.

　김영삼 총재는 연금해제 후에도 이 나라에 완전한 민주화가 이룩될
때까지 단식은 멈출 수 없다고 선언하며 계속했다. 우리 모두는 생명
까지 위태로워지면 큰일이라는 생각에 오히려 단식을 중단시킬 일이
걱정이었다.

단식중단

이민우 회장을 비롯한 우리는 이러다가 목숨이 위태로우니 "살아서 같이 민주화투쟁을 하자"고 호소하기에 이르렀고, 해외동포와 심지어 학생들까지 나서서 단식중단을 권고했다. 김수환 추기경도 직접 병원을 찾아와 김 총재의 손을 잡고 "살아서 민주화를 이룩하자"고 권고하고 간절한 기도를 올리며 단식중단을 요청했다. 서울대병원에서도 담당의료진이 단식 20일이 넘어 더 이상 단식을 계속하면 생명이 위태로우니 이제 중단하라고 강권하다시피 하는 상황이었다.

마침내 23일간의 단식을 끝마치고 1983년 6월 9일 오전 9시 30분경, 김 총재는 병원에서 내외신 기자들과 회견을 갖고 단식을 중단한다고 선언했다. 김덕룡 비서실장이 준비된 성명 '단식을 마치면서'를 대신 읽었다.

민주와 비민주의 갈림길이 된 김영삼 총재의 단식의 변인 회견문을 여기에 옮긴다.

단식을 마치면서

친애하는 국민 여러분!

나는 오늘 비통한 심정으로 나의 단식투쟁의 중단을 발표하는 바입니다.

나의 단식을 중단케 하려는 음모가 나를 둘러싸고 있습니다. 나의 20여 일에 걸친 단식기간 중 국민 여러분이 보내준 뜨거운 성원과 나의 민주화요구에 대한 열렬한 지지, 그리고 나의 건강과 나의 생명을 염려해주신 그 눈물겨운 애정에 깊이 감사드립니다. 그러한 격려와 애정은 나로 하여금 외로운 단식투쟁의 고통을 견딜 수 있게 해주었고, 또한 나의 생명을 독재권력으로부터 지켜주었으며, 나아가 이 땅의 민주화에 대한 확신과 더불어 민주국민과의 깊은 연대감을 뼛속 깊이 확인할 수 있게 해주었습니다.

국민 여러분!

나는 부끄럽게 살기 위하여 단식을 중단하는 것이 아닙니다. 앉아서 죽기보다는 서서 싸우다가 죽기를 위하여 단식을 중단하는 것입니다. 현 정권이 나의 단식을 중단케 하기 위하여 갖은 수단과 방법을 동원하는 것은 그들이 인도적이어서가 아니라, 나와 튼튼하게 연대하고 있는 민주국민의 결사적인 민주항쟁을 두려워하기 때문입니다.

'한 마리 곰의 죽음'이 대서특필되면서도 한 나라 야당지도자의 오랜 연금과 단식투쟁 사실이 단 한 줄도 보도되지 않는 언론상황 속에서 입과 입, 손과 손, 마음과 마음으로 전달된 단식 사실의 전파와 더불어, 민주 국민의 뜨거운 열정과 연대를 그들이 두려워할 수밖에 없었기 때문입니다.

국민 여러분!

나는 이미 죽음을 각오하고 결심했던 몸으로, 죽음을 선택할 수 있는 용기와 신념으로 민주화투쟁의 과정에서 그 고통과 고난의 맨 앞에 설 것이며, 그 어떤 희생이라도 감수할 것입니다. 나는 광주사태에서 희생된 영령과 조국의 제단에 자신을 던진 현충(顯忠)의 넋, 그리고 지금도 계속되고 있는 청년·학생들의 투쟁과 고난을 생각하면서, 그 고난의 맨 앞의 일부를 나 자신이 떠맡기 위하여 민주투쟁의 최일선에 설 것을 국민 앞에 엄숙히 서약하는 바입니다.

나의 투쟁은 이제 시작일 뿐

민주화를 위하여 내가 먼저 가야 할 곳이 감옥이라면, 나는 기꺼이 감옥으로 달려갈 것입니다. 감옥은 민주주의를 위하여 개인이 거쳐야 할 과정일지도 모릅니다. 나는 민주주의를 열망하는 국민의 단 0.1%만이라도 감옥에 갈 결심을 한다면 민주주의는 우리의 것이 될 것이라고 믿습니다.

예수 그리스도는 감옥에 갇힌 바 되었다가 십자가에서 죽어 가장 무력한 것으로 보였지만, 부활하여 사랑과 정의의 빛으로 세상 권세와 불의를 이기셨습니다.

나는 또한 우리 모두가 자신이 처한 처지를 훌훌 벗어 던지고 민주화투쟁 대열에 사심 없이 합류하여 조직적인 연대투쟁을 전개한다면, 독재의 암흑은 마침내 걷히고 민주주의는 이룩될 수 있다고 확신합니다.

우리나라와 우리 국민의 부활은 바로 민주주의 실현을 통해서만 비로소 가능한 것이며, 민주주의 없이는 우리 모두는 죽은 것과 다름이 없습니다.

하나님은 정의의 편에 계시며, 또한 우리와 함께하시는 줄 나는 믿습니다. 우리는 승리할 것입니다.

나의 투쟁은 끝난 것이 아니라 이제 겨우 시작을 알렸을 뿐입니다. 나는 그 언젠가 국민과 더불어 "민주주의 만세"를 목이 터져라 부르고 싶습니다.

그것을 위하여 나는 나에게 주어진 고난의 길을 갈 것입니다.

1983년 6월 9일

김 영 삼

명우, 성인, 광우의
교육문제

아내 경옥과 내가 결혼부터 빈손으로 출발해서 약국을 열고 집도 짓고 돼지목장까지 하며 억척스럽게 살면서, 거기에다 정치를 한다고 국회의원 선거에 두 번이나 출마를 하여 낙선하고 보니 그동안 너무 바쁘게 사느라 아이들 교육문제는 제쳐둔 채 정신 없이 달려왔다. 아마 정치만 하지 않았다면 남부럽지 않게 재물도 불렸을 것이고, 꽤 윤택한 가정생활을 하면서 아이들도 남부럽지 않게 과외도 시키고 학원도 보내고 차분하게 교육을 시켰을 것이다.

경옥과 나는 광명시로 이사 오면서 정치에서 손을 뗀다고 다짐에 다짐을 하고 있었지만, 민권당의 김의택 총재와 김영삼 총재를 만나 그냥 산에나 따라다닌다고 민주산악회에 나가고 보니 나도 모르게 점점 더 빠져들고 있었다.

큰 아이 명우는 나와 경옥이 적수공권(赤手空拳)으로 어렵게 신혼생활을 할 때여서 이곳저곳으로 자주 이사를 했다. 그래서 초등학교 6년을 보내며 일 년에 한 번꼴로 학교를 옮겨 여섯 학교를 다녔다. 명우는 그래도 불평 없이 따라주었고, 늘 명랑하고 씩씩하게 자라며 성적도 그런대로 상위권에 올라 있었다.

명우가 대학에 진학할 때쯤에는 서울에서 어느 대학에 가든 합격만 하면 서울대학에 가는 것이라고, 서울에서 4년제 대학 그것도 1차 대학에 합격만 하면 경사라고 떠들썩할 때였다. 명우는 더 상위권 대학에 가고 싶어했지만, 우리가 어떻든 1차에 합격할 수 있게 안전지원이 좋겠다고 권해서 숭실대학교 경상대학 회계학과에 지원해 1차에 무난히 합격했다. 참으로 고맙고 기특했다.

성인은 중학교 1학년 때부터 피아노를 하겠다고 졸라 피아노를 사주고 개인교습도 시켰는데, 수도여자고등학교 2학년말이 되면서 아무래도 피아노는 유치원 때나 늦어도 초등학교 저학년 때부터 시작해야 되는데 너무 늦게 시작해서 불안하다고 본인도 엄마도 걱정하기 시작했다.

어느 날 아침, 밥을 먹는데 성인이 말했다.

"학교 음악선생님이 '성인이는 성악을 할 걸 그랬다. 너는 피아노보다 성악을 하면 소질도 있고 성량도 좋아 성악 쪽으로 가는 것이 좋을 것 같다'고 그래, 엄마."

그래서 나는 목장에 가려고 차를 몰다가 수도여자고등학교로 방향을 돌려 선생님을 만나보았다.

"맞습니다. 성인이는 성악에 소질이 있고 성량도 풍부해서 지금이라도 성악을 생각해보는 것이 좋겠습니다. 피아노는 너무 늦게 시작해서 좀 불안합니다."

선생님의 말을 듣고 바로 방향을 틀어 성악 레슨을 시켰는데, 1년 남짓 레슨을 받고 단국대학교 사범대학 음악교육학과에 무난히 합격해주었다. 수도여자고등학교 음악선생님이 때맞춰 지적해주시고 권고해주셔서 크게 힘들이지 않고 대학에 진학할 수 있었던 데 대해 감사하는 마음을 갖고 있다.

막내 광우는 어릴 적부터 땅에 그림그리기를 좋아했다. 초등학교 때는 커서 만화가가 되겠다고 맨 땅에다 공책에다 만화그리기를 즐겨 하고 만화책 읽기를 좋아했다. 공부도 잘해서 늘 우등상장을 놓치지 않았다. 다만 체육시간에 달리기를 하면 중간 이하로 처져서 집에 오면 "엄마, 나는 달리기를 하면 아무리 힘껏 달려도 등수에 못 들어." 하고 말하곤 했다. 그러면 경옥은 엄마가 잘못 놓은 주사로 한쪽 다리에 힘이 부족해 달리지 못하는 것으로 알고 얼굴이 창백해지며 괴로워했다.

광우는 공부는 중학교에 가서도 계속 우등생이었다. 그래도 경옥은 걱정이 되어서 아이들만 보면 공부하라는 말로 대화를 시작했다. 그래서 광우는 아침시간에 짜증을 내곤 했다.

"엄마, 세상에서 가장 듣기 싫은 소리가 '공부해라'야. 말 안 해도 내가 알아서 열심히 하는데 자꾸 엄마가 그 듣기 싫은 소리를 하니까 엄마를 대하기가 싫어져요. 제발 그 소리 좀 그만 해요."

그래도 경옥은 다음 날도 또 다음 날도 공부하라는 말을 입에 달고 다녔다. 그럴 때마다 내가 만류를 했다.

"여보, 달리는 말에 채찍을 들면 그 말은 비뚤어져요. 광우 말대로 자기가 열심히 하는데 듣기 싫다는 그 말을 자꾸 하면 어떻게 해요? 이제 그만 해요."

하지만 그러고도 며칠이 지나면 경옥이 또 공부하라고 말해서 온 가족이 웃곤 했다.

광우는 고등학교에 진학하면서 영화에 관심을 가지기 시작하더니 연극영화과에 가겠다는 고집을 꺾지 않았다. 경옥과 나는 그 방면으로 나가는 것을 좋아하지 않았지만, 아무리 설득을 해도 광우는 요지부동이었다.

내가 광우의 담임선생님을 찾아가서 의논한 결과 연예계통과 비슷한 신문방송학과에 진학하도록 설득해보겠다는 말을 듣고 돌아왔는데, 선생님이 어떻게 했는지 모르지만 얼마 뒤 광우가 고려대학교 신문방송학과에 가겠다고 지원서를 냈다. 합격통지를 받던 날, 경옥은 광우를 끌어안고 눈물을 흘리며 좋아했다.

입학식 날, 광우는 입시성적만으로 4년간 장학금을 받는 장학증서까지 받아 입학에서 졸업까지 등록금을 한 푼도 내지 않고 다니게 되었다. 그렇게 해서 광우는 대학원을 졸업할 때까지도 등록금 달라는 말 한마디 없이 학교의 은전을 입고 학사학위와 석사학위를 받았다.

경제적으로 어렵고 너무 바쁜 생활로 아이들을 제대로 돌보지 못했는데도 삼남매가 한결같이 잘 자라고 잘해주었다. 우리는 늘 하나님께 감사한다.

민주산악회 조직위원회
위원장이 되다

1984년 봄날 저녁, 해가 넘어가 어둑어둑할 무렵 여주의 부민농장으로 전화가 걸려왔다.

"노 선배요? 나 장학노입니다. 지금 바로 상도동으로 오셔야겠습니다. 지금 상도동으로 오라는 총재님의 말씀이 계셔서 전화를 했습니다."

"무슨 급한 일인지는 몰라도, 지금 어두운데 내가 운전을 하고 가려면 시간도 많이 걸리지만 밤길 운전이 신경이 쓰여. 혹시 무슨 일인지 몰라?"

"아마 노 선배한테 무슨 일을 맡기시려고 하시는 것 같아요."

"그러면 날 밝은 뒤에 가면 안 되겠느냐고 말씀을 드려봐요."

그래서 김 총재의 의향을 물은 뒤 통화가 다시 이어졌다.

"그럼 내일 오전에 꼭 오라고 하시니 너무 늦지 않게 오시지요."

다음 날 아침, 나는 일찍이 상도동 김영삼 총재 댁을 찾았다. 김 총재가 입을 열었다.

"노 국장, 이제는 민주산악회 회원들이 매주 목요산행에 수백 명씩 참가할 뿐 아니라 먼 지방에서도 참가하는 동지들이 날이 갈수록 늘고, 또 각 시도에서 지방조직을 확대하자는 요구가 답지해서 지방조직을 하기로 했어요. 그런데 무작정 할 수는 없고, 일정한 요강을 만들어 희망하는 사람들을 심사해 인준하는 조직위원회를 구성하기로 했는데, 위원장직을 노 국장이 맡아주었으면 해요. 그래서 오라고 했으니 수고해주세요."

나는 어리둥절했다. 나는 정치를 하지 않을 생각이었고, 또 전에 정치를 할 때도 진산계에서 고흥문계로 이어오면서 김영삼 계보를 해본적이 없는데, 새로 정당을 만드는 것이나 다름없는 민주산악회의 전국조직을 하면서 조직의 핵심인 조직위원장직을 맡으라고 하니 참으로 놀라운 일이 아닐 수 없었다.

"총재님, 개인적으로는 무한한 영광이지만, 제가 어떻게 그 엄청난 일을 감당할 수 있겠습니까? 선배들도 많고 저보다 더 열심인 사람이 많은데 다른 사람을 골라보시지요."

"노 국장, 내가 충분히 생각하고 맡기는 것이니 더 사양하지 말고 임무수행에 만전을 기해주세요."

김 총재의 말에 나는 더 고사하지 못한 채 그 일을 맡았고, 그날을 시작으로 김영삼계의 일원이 되었다.

나는 내가 조직위원장에 임명된 것이, 그날까지 오랫동안 김영삼 총재를 자기의 지도자로 모시고 고락을 함께한 많은 동지들에게 염치없는 일이기도 해서 몇몇 동지들에게는 마치 무슨 죄라도 지은 것처럼 미안하다는 인사를 해야만 했다.

내가 김영삼 총재의 권유에 따라 산행에 참가했을 때는 약 20여 명이 산에 올랐다. 그때 산행식을 하면서 김영삼 총재와 정채권 목사가 번갈아 산상기도를 드렸고, 총무와 산행대장 역할을 정채권 목사가 하고 있었다.

정채권 목사 다음에는 K씨가 총무로 임명되었고, 산행대장 역할은 지금 미국에 가 있는 홍사일 씨가 맡았는데, 도중에 총무 K씨가 대기업에 스카웃되어 박정태 씨가 총무를 맡아 수고하고, 산행대장에는 『남부군』의 저자 이우태 전 의원이 맡아 수고를 했다.

그런데 박정태 씨가 등산 도중 넘어져 다리를 크게 다쳐서 총무직을 그만두었는데, 당시는 전국조직에 들어가면서 집행부를 사무처라 칭하고 사무처장에 김진억 씨를 임명하고 산행총대장을 이우태 씨가 맡아 수고하고 있을 때였다. 조직위원의 수는 위원장을 포함해서 모두 일곱 명으로, 김덕룡(총재비서실장), 이우태(산행총대장), 김진억(사무처장), 노병구(조직위원장) 등으로 구성했다.

전국 140여 개의
시군구 지부장을 선정, 인준하다

　민주산악회의 회장은 이민우 회장에서 김명륜 회장으로 바뀌었다. 전국 시군구 단위로 지부를 결성하기로 하고, 각 지부에 책임자를 두어 그 책임자가 지부의 회원을 관리하도록 하며, 회원배가운동과 산악회활성화에 힘을 쏟아 이를 통해서 민주화운동을 전국으로 확산시켜 나가도록 했다. 조직위원회의 구성과 민주산악회의 확대 조직에 관한 방침이 알려지자 전국에서 민주산악회의 지부장이 되겠다고 자천타천으로 희망자가 쇄도했다.

　일주일에 두세 차례, 희망자가 여러 사람일 때는 매일 조직위원회의를 열어 지부장 후보를 심사해서 차례차례 지부장을 인준해 그 지부를 결성하도록 했다. 그해 봄부터 가을까지 5~6개월 만에 전국에서 140여 명의 지부장 인준을 마치고 임명장을 주었다.

　전국 조직을 한다고 해서 중앙에서 각 지부장에게 각 지부의 조직과 운영에 필요한 자금을 도와주는 것도 아닌데, 지부장에 임명되면 자신의 책임 하에 자신의 지출로 지부의 조직과 운영을 할 수밖에 없

는데도 서로 지부장을 하겠
다고 경쟁하며 나서는 것을
보고 머지않아 민주화는 반
드시 이루어진다는 확신을
갖게 되었다. 민심은 천심인
데 민주산악회를 통해서 천
심의 발동이 시작되었음을 보

민주산악회 깃발

며 우리는 더욱 힘을 얻고 지부결성에 열을 올렸다.

먼저 인준을 받은 지부장이 자기 지역의 조직에 열을 올려 지부결
성을 해 나가는데, 자진해서 민주산악회의 회원이 되겠다고 참가하는
인원이 밀려들어 일주일에 한 번씩 각 지부의 산행이 시작되었다. 그
렇게 빨간 등산조끼에 김영삼의 삼자를 세 개의 산으로 형상화한 민
주산악회 마크를 가슴에 달고 전국의 산하를 붉게 물들여 나갔다.

전국의 산과 들의 지도는 민주산악회 마크를 가슴에 붙인 빨간 조
끼를 입은 산악회원들로 붐비면서 계절에 관계없이 붉은 단색으로 그
려져 나갔다. 그리고 도심에서 민주항쟁을 하는 날은 학생들 못잖게
민주산악회 회원들이 자진해서 몰려들어 경찰이나 정보부의 막강한
공권력으로도 쉽게 막기 어려운 상황까지 가고 있었다. 민주산악회
회원이 적을 때는 각 경찰서나 정보부 요원들이 각 회원의 집에 가서
연금형식으로 산에 가는 것을 방해하고 막을 수 있었지만, 워낙 회원
수가 증가하고 보니 이제는 일대일로는 일일이 막을 수 없게 되었다.

또 산행에 참가하는 회원들은 경찰이나 정보요원들의 방해나 위협
이 두려워 산행을 포기하는 일 없이 민주화에 대한 사명감으로 더욱
무장되어갔다.

산악회 헌장도 새로 제정하여 산행을 할 때마다 헌장을 낭독했고, 또한 산악회 회가도 새로 만들어서 산악회 행사 때마다 힘차게 합창을 했다. 산악회 헌장은 산행총대장 이우태 씨가 문안을 작성해 상임고문 김영삼 총재의 재가와 회장의 재가를 얻어 총회에서 통과시켜 채택했다. 민주산악회 회가 역시 이우태 총대장이 작사를 했는데, 작곡은 이우태 총대장의 딸이 했다고 들었다.

여기에 헌장과 민주산악회 회가를 옮긴다.

民主山岳會 憲章

우리는 아름답고 莊嚴한 祖國의 山河를 사랑한다.

이 山河 위에 正義롭고 참된 社會와 自由民主가 꽃피는 나라를 建設하는 것이 우리의 물러설 수 없는 念願이며 使命이다.

우리는 自然 속에서 永遠不滅의 眞理를 배우며 峻嚴한 因果의 法則과 萬古의 天理가 거기 嚴然함을 보면서 艱難과 忍苦 속에 不屈의 意志를 기르고 스스로 人格陶冶에 힘쓸 것이다.

우리는 땀과 비바람 속에 다져진 同志愛로써 바윗덩이처럼 뭉치어 民主光復의 길로 나아갈 것이며, 어떠한 高山峻嶺도 祖國의 땅이면 갈 것이요 民衆의 길이면 마다하지 않을 것이다.

우리는 泰山처럼 흔들리지 않을 것이며 朔風寒雪 속의 常綠樹처럼 限없이 푸를 것이다.

1983년 12월 8일

民主山岳會

民主山岳會 會歌

작사
작곡 민주산악회

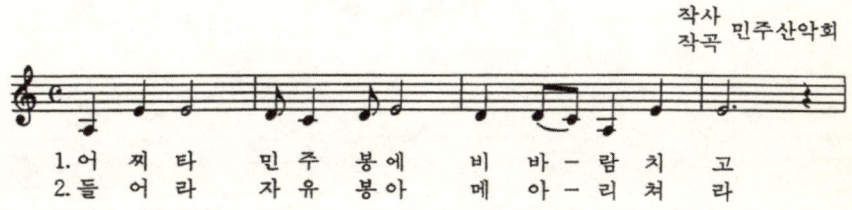

1. 어 찌 타   민 주 봉 에   비 바 - 람 치 고
2. 들 어 라   자 유 봉 아   메 아 - 리 쳐 라

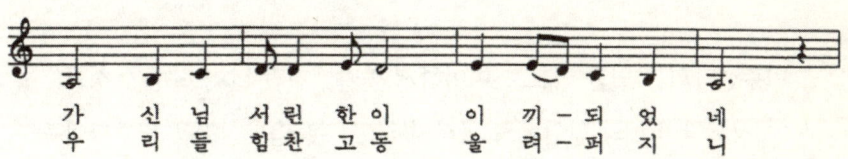

가   신   님   서 린   한 이   이   끼 - 되 었   네
우   리   들   힘 찬   고 동   울   려 - 퍼 지   니

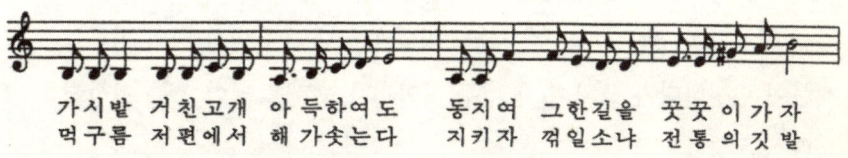

가시밭 거친고개 아 득하여도   동지여 그한길을 꿋꿋이가자
먹구름 저편에서 해 가솟는다   지키자 꺾일소냐 전통의깃발

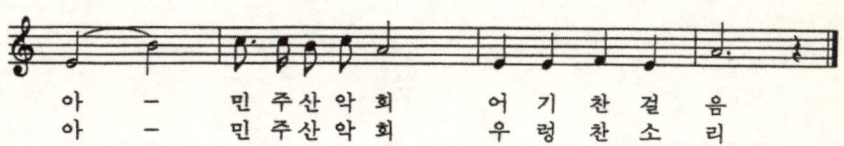

아 -   민 주 산 악 회   어 기 찬 걸   음
아 -   민 주 산 악 회   우 렁 찬 소   리

민주산악회 본부
산행시 조별 명단

　민주산악회는 일곱 명으로 미미하게 출발했지만 날이 갈수록 정보부와 경찰의 방해와 탄압에도 굴하지 않고 "우리의 살길은 민주화밖에 없다"고 믿는 애국심에 불타는 용기 있는 동지들이 불원천리하고 모여들어 조직적인 질서가 필요하게 되었다. 처음에는 개별조의 이름을 금강산조, 백두산조, 한라산조 이렇게 국내의 유명한 산의 이름을 붙여 편성하다가 조의 수가 너무 많아지자 숫자를 넣어 조를 편성했다.

　날짜는 확실치 않지만, 아마도 12대 총선 2·12 돌풍 후에 만들어진 서울본부 산행시의 24개조 명단을 여기 옮긴다.

제1조

李愚兌 金相學 金東浩 金永守 金有澤 宋永秀 嚴宰鎬 李義善 玄昌植
洪永贊 康清雄 丁利聲

제2조

盧秉九 徐亨乙 具鳳會 金生基 金祥源 宋庚淑 申鉉奇 李相哲 崔周永
卓炯春

제3조

金德龍 李性憲 郭 一 金福澤 金浩淵 安昃律 梁長壽 趙成基 朱範魯
陳元圭

제4조

金泰龍 洪承吉 金鎭福 朴勝榮 申河澈 吳四順 李壯雨 丁采權 曺益鉉
崔旗善

제5조

崔炯佑 宋仲善 金奭鏞 南潤源 朴完奎 李成春 李鍾萬 鄭光重 崔聖德
崔榮鎬 梁大錫

제6조

明華燮 朴釜東 金達洙 金東來 金 武星 金貞順 朴炳淳 白影基 李世春
洪仁吉

제7조

金東英 朴正圭 金辰權 朴泰權 尹善洪 尹保鎔 張舜鎔 李桂鳳 洪寬植
朴慶玉

제8조

鄭晉和 沈相燮 金三淵 朴正泰 朴鐘雄 宋峰明 辛相佑 安 薰 金大云
崔道烈

제9조

兪成煥 朴相一 金善榮 金在慶 金鎭億 白南治 柳成孝 李文光 鄭利聲
洪敬善

제10조

李敏雨 劉一韓 金道鉉 金鎭元 朴義壽 宋宰浩 宋俊基 沈宜錫 李演國
李益均

제11조

金泳三 金相鳳 金基洙 金龍角 申龍石 柳興植 尹永卓 裴學魯 全賢培
韓相奉

제12조

文富植 閔乙植 郭寅洙 金元和 閔勉植 孫玄斗 元聖喜 吳世珏 尹起大
趙英子

제13조

徐錫宰 兪景姬 具滋鎬 金大泳 金元植 梁健柱 李源宗 鄭鳳澈 崔厚鎭
韓東讚

제14조

金東圭 安希濬 金大元 安流濬 李榮鎬 李海俊 池宇永 崔鳳鶴 崔熙洙
洪建杓 李京周 崔泰植 신근수

제15조

金再甲 尹龍漢 孔東杓 金義顯 김익원 孫正玉 이해남 전명숙 崔在喆
洪贊基

제16조

徐淸源 郭大根 金命元 金範植 金允喆 金崇煥 金泰俊 羅相泰 徐成泰
徐宇錫 禹吉雄 尹吉用 張容德 韓晶愚

제17조

金元一 金基澤 김문수 金三采 金聖載 金枯石 李容守 李鐘珉 장길상
趙起煥

제18조

成升杓 李商濟 朴末連 孫漢式 申孝燮 李相德 李世圭 崔永喆

제19조

鄭貞薰 金址一 金國元 金一夫 林某三 孫吉德 柳權鉉 李景大 李炳賢
黃競連 민석기 최향용

제20조

朴正茂 孫錫宇 김노진 辛泳和 劉在德 劉載浩 李鐘宣 趙應吉 朱宗禮

제21조

卜鎭豊 林完洙 金起煥 문인순 朴判用 申斗完 申精哲 尹鷹淳 李光奎
李仁秀 鄭一英

제22조

文正秀 姜昌進 金經斗 金澤洙 朴商洙 朴正植 丁善植 組泰範 車相煥
崔相德 韓虎相

제23조

許金煥 張孝振 權赫忠 金七鳳 金泰鎔 宋榮起 李德煥 李三祚 李尙赫
李熙慶 田鴻淇

제24조

金東周 崔泰鉉 金 熹 金榮佰 박우경 愼鏞鮮 李基榮 李在根 崔惠成

민주화추진협의회의
상임운영위원이 되다

　민주산악회의 조직활성화에 박차를 가해 거의 전국적으로 회원수
가 늘어나면서 김영삼 민주산악회 상임고문은 1984년 5월 18일 광주
민주화투쟁 4주년이 되는 것을 기화로 민주화운동 세력의 대동단결이
무엇보다도 효과적인 투쟁이 될 것이라고 생각했다. 그래서 당시 미
국에 있던 김대중 씨를 대신해 김대중 씨의 분신이나 다름없는 김상
현 씨를 만나 김영삼계와 김대중계의 단합 없이는 민주세력의 대동단
결은 무의미하고, 또 단결 없는 민주화운동은 불가능하다고 역설해
김상현 씨의 적극적인 동의 하에 민주화추진협의회(민추협)를 창설하
기로 했다.

　민추협은 양측에서 동수로 8인위원회를 만들어 본격적인 협의를 거
쳐 발족했다.

　8인 위원은 김영삼, 이민우, 김명륜, 최형우, 김상현, 조연하, 김녹
영, 예춘호 씨였다.

　민추협은 다음과 같은 민주화투쟁선언을 발표하고 첫발을 내디뎠다.

우리는 이 땅에 민주주의를 실현하는 것이 우리 국민 모두에게 주어진 절대적 사명임과 민주주의는 오직 국민의 투쟁에 의해서만 이룩될 수 있는 것임을 선언한다.

우리는 유신독재에 대한 전(全) 민중적 합의와 열망의 표현으로 나타난 10·26 사태를 민주주의로 수렴, 승화시키지 못한 것이 12·12사태, 5·17 비상계엄조치와 광주사태, 그리고 그후에 전개된 현 정권의 폭력과 기만에 의한 것으로서, 그 정당성과 정통성을 상실한 민족사의 치욕임을 국민과 더불어 확인했다.

현 정권은 소수의 부패한 특권층만을 위해서 절대다수 국민을 핍박하고 수탈해오고 있다. 우리는 우리 국민의 긍지와 자존심을 회복시키고, 국가의 존엄을 해치는 군부독재를 청산하여, 국민이 자신의 정부를 선택할 수 있고, 시민의 참여가 보장되는 민주정부의 수립을 위하여, 민주화는 더 이상 지체할 수 없다는 판단 아래 이를 위한 민주화추진협의회를 발족한다.

이렇게 해서 민주화운동 세력은 자연스럽게 민추로 모여들었고, 민추는 민주화운동의 중심으로 자리를 잡아갔다. 나도 2차로 상임운영위원에 발탁되어 민주산악회와 민추의 일원으로서 군부독재타도에 힘을 쏟았다.

김영삼 총재의 목숨을 건 23일간의 단식투쟁과 세계에서 유례를 찾을 수 없는 세계적인 민주산악회의 결성, 그것을 기반으로 한 민주화추진협의회의 발족 등 참으로 김영삼 총재의 투지와 정치력은 그를 추종하는 우리 모두를 깜짝 놀라게 감동시키며 힘이 되었다.

여기 민추에 참가한 빛나는 이름들을 옮겨본다.

민추협 지도부 및 회직자 명단

[1] 창립(84. 5. 18. ~ 85. 3. 17.)

■ **고문** 김대중 ■ **공동의장** 김영삼 ■ **공동의장 권한대행** 김상현

■ **운영위원회 소위원회 위원**

김영삼 김상현 김동영 김록영 김명윤 김윤식 박성철 박종률 용남진 윤혁표 이민우 조연하 최형우 홍영기

■ **운영소위원회를 상임운영위원회로 개칭한 뒤 추가 위원**

김덕룡 김정수 김찬근 김충섭 문부식 박찬종 손주항 안필수 조순형

■ **운영위원 1차 발표**(운영소위원과 탈퇴자 2인은 명단에서 제외)

강봉룡 권노갑 김봉조 김상흠 김　수 김영구 김옥두 김용하 김원식 김원준 김정두 김종순 김창주 김태룡 명화섭 박인목 박종길 박　찬 백영기 복진풍 신경설 예춘호 유성환 유영봉 이종남 이상돈 이시준 이　협 임차문 장경순 이우태 정기영 정동훈 정재인 정진화 조규완 조홍래 채영석 최　훈 한영애 한화갑 함기환 함윤식

■ **운영위원 2차 발표**(탈퇴자 1명 제외)

강외신 권만성 김건용 김용각 김인갑 김진억 노병구 문정수 박강근 박정태 박희부 신기하 신민선 안동선 안병달 오성룡 오은상 오정보 오치갑 용남진 원성희 유광열 윤대희 윤철하 윤태훈 이계봉 이봉학 이영권 이원종 이인수 이의선 장기언 정지영 정채권 조승형 조철구 지인용 최기선 최영호 탁형춘 하제홍 한치만 홍인길 황명수

■ **운영위원 3차 발표**

강순정 강신만 강평길 강호직 고수문 구　영 구재춘 구태서 권혁충 권기술 길용화 김경윤 김기선 김기수 김두성 김상수 김수종 김순택

김양국 김영석 김영춘 김윤환 김일범 김재갑 김재호 김정길 김준길
김진하 김태원 김 철 김철배 김호준 김희관 노경규 노영호 민면식
박명서 박기수 박종민 박희정 박희동 박천식 박기양 박정무 박사옥
박영석 서정오 선종원 성기선 성승표 성홍기 손창식 송재호 송창달
송천영 송효익 신상수 신용선 신장호 안희우 양덕인 양희봉 오대영
오봉엽 오정석 옥양환 유상기 유병각 유진각 이규대 이무부 이문광
이병현 이상옥 이성춘 이소락 이영우 이용주 이유형 이윤수 이융일
이익균 이자현 이장우 이재걸 이진구 이종근 이종한 이진탁 이학영
임병춘 임광순 은종숙 장원준 전용주 전봉삼 전신호 정선식 정선태
정수일 정혜원 정종록 정흥진 제갈장춘 조익현 주상삼 지일웅 진문종
진원규 채수호 최기태 최도환 최동화 최병찬 최수영 최영환 최종태
최춘근 하광열 하운호 하민중 하상훈 한규관 한석원 한영수 한의명
허재홍 허금환 홍사일 홍경선 홍종일 황규영 황준규

집행부

- **간사장** : 박종률   **부간사장** : 명화섭
- **대변인** : 이 협   **부간사장** : 최기선
- **기획조정실장** : 김덕룡   **부실장** : 박정태 송창달
- **헌법연구특별위원장** : 김명윤   **부위원장** : 장경순 조승형
- **인권문제특별위원장** : 박찬종   **부위원장** : 백영기 신기하
- **통일 · 안보특별위원장** : 박성철   **부위원장** : 함기환
- **노동자 · 농어민특별위원장** : 김충섭   **부위원장** : 김지호 김진억
- **변호인단** : 김명윤 김 수 김정도 박찬종 신기하 용남진 윤철하
            조승형 홍영기

- **부장**(84. 10. 29. ~ 85. 4. 25.)

  권혁충 고수문 구재춘 김용각 박상수 박희부 유영봉 이계봉 이병대 이재걸 이진탁 임광순 정균환 정선식 지일웅 차상환 함윤식

- **차장**(84. 10. 29. ~ 85. 5. 5.)

  강석정 김기수 김동협 남궁진 민면식 박득순 손창식 신상수 오정석 윤영석 윤 희 이문광 이상윤 이석현 이영옥 장효진 전홍기 조동회 조찬옥 주종례 최재철 하운호 한규관 황준규

- **전문위원** : 김영춘 윤응순

[2] 85. 3. 18. ~ 87. 8. 31.

- **공동의장** : 김대중 김영삼
- **부의장** : 김상현(85. 3. 18.~4. 16.)

  상임운영위원회(85. 4. 17. ~ 87. 8. 31.)

  김명윤 김창근 박종태 예춘호 용남진 홍영기

  지도위원회(85. 4. 17. ~ 87. 8. 31.)

  박영록 박종률 윤혁표 태윤기 (탈퇴자 2인 제외)

  추가(85. 11. 5. ~   )

  권오태 김영배 김윤식 김충섭 박 일 신상우 안필수 조윤형 최영근

- **상임운영위원회 위원**(85. 4. 17. ~ 87. 8. 31.)

  강삼재 김덕용 김도현 김동영 김병오 김상현 김성식 김윤식 김충섭 김현규 명화섭 문부식 박병일 박찬종 손주항 조주형 신상우 안필수 양순직 유성환 이중재 이 철 이 협 조순형 최영근 최형우 한광옥 황명수

- **지도위원회 위원**(85. 4. 17. ~ 87. 8. 31.)

김광일 권대복 권두오 권오태 김길준 김봉욱 김영배 김종완 김태룡 김창환 김현수 반형식 박용만 송좌빈 신기하 신진욱 이상민 이우태 이종남 정기호 정동훈 정채권 정현주 조병봉 최낙도

■ **상임·지도 양위원회를 통합, 상임위원회로 개칭한 뒤 추가된 상임 운영위원(85. 11. 5. ~ 87. 8. 31.)**

강보성 강봉찬 강원채 구재춘 권노갑 김 수 김경인 김노식 김덕규 김동규 김동욱 김동수 김득수 김문원 김봉조 김봉호 김상원 김석용 김승목 김완태 김용오 김원기 김원식 김원준 김은집 김은하 김장곤 김재영 김정길 김정수 김준섭 김종순 김진배 김철배 김태식 김한수 김형경 김형광 김형래 김형회 노병구 노승환 목요상 문정수 민병초 박관용 박병용 박병순 박 실 박완규 박왕식 박인목 박 찬 박희부 복진풍 서석재 서청원 서호석 손세일 손한선 송원영 송천영 송현섭 신순범 신윤수 신재휴 신하철 심완구 심의석 안동선 안숙제 오상현 오홍석 유 청 유광열 유시벽 유영봉 유제연 유준상 윤기태 윤대희 윤영탁 은종숙 이계봉 이관형 이교성 이기택 이기홍 이길범 이상민 이상옥 이석용 이시준 이영권 이영준 이용희 이원범 이원종 이원형 이재근 이재옥 이형배 이 휴 이홍록 이희천 임춘원 장기욱 장정곤 장원준 장춘준 정기영 정대철 정상구 정봉철 정재문 정정훈 정지영 정진길 정진화 조세형 조승형 조영수 조종익 조홍래 조희철 채영석 최동주 최선기 최영호 최정웅 최 훈 하제홍 한치만 함영회 허경구 허경만 홍사덕 홍성표 홍찬기 황규선 황낙주

■ **특별위원회(85. 12. 8. ~ 87. 8. 31.)**

위원장: 김찬우 노옥자 백찬기 손정혁 최수한

부위원장: 강호직 곽천순 구석기 구태서 김건용 김공휴 김대기

김동준 김무성 김영석 김재갑 김정신 김필기 김한섭 문팔괘 박문수 박의수 박태권 서형을 송창달 송홍기 양건주 오길록 유 양 윤응순 윤태훈 이규대 이변훈 이상모 이왕종 이인수 이희원 전봉삼 정인명 주종례 하광렬 하근수 하상훈 한영교 한원희 홍건표 (상임운영위원 겸 직자 제외)

■ **변호인단(85. 3. 18. ~ 87. 8. 31.)**

김광일 김길준 김명윤 김 수 김은집 노무현 목요상 문재인 박병일 박찬종 신기하 용남진 윤철하 이관형 이기홍 이원형 이충환 이흥록 임미준 장기욱 장석화 정기호 조승형 조주형 허경만 홍경기 황인만

집행부

■ **간사장** : 최형우 황명수 **부간사장** : 김병오 홍성표
■ **대변인** : 한광옥 **부대변인** : 구자호
■ **기획실장** : 채영석 **부실장** : 신현기 **위원** : 서원석
■ **주간** : 김도현 **부주간** : 김수일 서호석 송창달
■ **국장** : 김대영 김용각 김원식 김일범 김장곤 김형문 박광태 박희부 백영기 복진풍 송재호 신하철 안희우 오사순 원성희 윤응순 이계봉 이규택 이유형 이익균 이진구 정대성 정봉철 조복형 주범로 지일웅 최종태 최주영 홍순철 허금환
■ **부국장** : 권혁충 김동협 김방림 김성수 김영숙 김영춘 김재석 김 홍 남궁진 노경규 라종학 민면식 신정철 안경률 양회구 오세각 유성효 유 양 유영봉 이문광 이영호 이장우 전현배 정종표 정혜원 조만진 조양삼 조익현 진원규 최기선 최도열 최정진 하광열 현상호
■ **전문위원** : 김영철 박형규 서철용 한해수 홍순권

- **부장**: 강대연 강창진 곽 일 공동표 김광국 김금수 김금주 김길수 김동주 김삼채 김생기 김석철 김선익 김원화 김지일 김진원 김진환 김찬중 김창기 김택수 김현미 김현배 박겸수 박의수 박준호 박환기 손석우 송경숙 시태수 신극오 양대석 엄영옥 유경희 유길영 유덕렬 유재경 윤영노 이강옥 이경주 이기영 이상일 이용철 이웅남 이재각 이종대 이춘인 이태수 이희경 임기택 장승훈 전갑길 전장식 전희정 정석교 정선모 정선태 정지남 조성기 최재철 홍명기 홍승채

- **차장**: 강재식 고시오 김기열 김동흔 김 성 김성식 김소주 김승현 김영신 김용기 김용백 김우석 김원식 김원유 김윤철 김의현 김재경 김재명 김정규 김정영 김정형 김진관 김창훈 김하령 김현배 김현식 나종원 박말련 박상일 박승영 박은주 손양호 송복전 송영찬 신영화 신용석 신효섭 예병남 오인석 유권현 유내홍 유성연 유윤석 유용한 윤정봉 윤종열 윤준태 이병희 이상혁 이성종 이세규 이승철 이윤석 이태희 이해남 임완수 임의근 임철남 임한계 장성인 정광중 정상진 정일영 조치영 차태석 최영철 최용식 최형식 최후진 홍원식 황긍연

민추협은 전두환정권의 수단과 방법을 가리지 않는 탄압과 방해로 돈을 주고도 사무실을 얻을 수가 없었다. 서울 시내의 모든 건물주에게 민추협에는 절대로 사무실을 빌려주어서는 안 된다고 엄포를 놓아 건물주들이 겁에 질리는 바람에 민추의 이름으로는 아예 사무실 계약조차 할 수 없었다.

그래서 세상에 이름이 알려지지 않은 회원의 이름으로 사무실 임대계약을 하고 입주를 하려고 하면 건물주는 위약금을 내고라도 해약을

하자고 애걸할 지경이었다. 또 사무용집기를 실어오면 사무실 문을 걸어 잠그고 못 들여놓게 하거나, 억지로 들여놓아도 밤중에 주인이 몰래 문을 열고 모든 집기를 밖으로 들어내는 통에 맨바닥에 비닐 돗자리를 사다가 깔고 앉아 예정된 회의도 하고 사무도 보았다.

전두환정권의 엄청난 탄압에도 민주화를 요구하는 국민의 열망은 날로 거세어져서 민추는 엄청난 속도로 성장해갔다. 민주산악회와 민주화추진협의회의 민주화요구 시위는 날로 무자비해지는 경찰의 최루탄 저지에도 겁내지 않고 계속되었다.

하늘의 뜻 국민의 뜻
신한민주당(신민당) 창당

국민의 거센 민주화요구에 밀려 전두환은 그때까지 부당하게 정치
활동 규제에 묶여 있던 대부분의 정치인들을 1984년 11월 30일자로
크게 은전이나 베푸는 양 해금조치했다. 그때도 풀리지 않은 빛나는
정치인들을 들자면, 김영삼 · 김대중 · 김상현 · 홍영기 · 윤혁표 · 김
윤식 · 김덕룡 등이었다.

1985년 2월 12일로 예정된 제12대 국회의원 총선거에 민주화세력
이 참가할 것인가, 말 것인가.

그때까지 미국에 머무르고 있던 김대중 씨를 비롯해서 적잖은 인사
들이 총선참여를 반대했지만, 김영삼 총재와 더 많은 인사들은 선명
야당의 기치를 들고 적극적으로 참여해 원내외에서 힘을 합쳐 민주화
투쟁을 벌여야 한다는 주장을 폈다. 그 결과 마침내 1984년 12월 20
일, 신한민주당 창당발기인대회를 열게 되었다.

신한민주당은 5개항의 결의문을 채택하고 창당에 임했다.

① 정치풍토 쇄신을 위한 특별 조치법의 폐지

② 김영삼, 김대중 등에 대한 전면 해금 단행

③ 조기총선 철회와 선거실시일 연기

④ 자생적 민주정당으로 평화적 정권교체를 위해 제도적 개혁과 국민역량 결집에 총력을 경주할 것

⑤ 민주회복을 위해 이번 총선을 대승으로 이끌도록 혼신의 노력을 기울일 것

이렇게 해서 1985년 1월 18일, 신한민주당은 번갯불에 콩 구어먹는 식으로 빠르게 창당되었다. 총재에는 이민우 씨를 선출했고, 나는 창당대회 후 이민우 총재의 명을 받고 당의 기강을 잡는 당기국장에 임명되었다. 그때까지도 나는 민주화운동은 돕지만 정치를 적극적으로 해야겠다는 생각은 없었다.

김영삼 총재는 민주화의 붐을 조성하기 위해 종로에 지역기반이 전혀 없는 이민우 총재를 우리나라 정치 1번지인 종로·중구 지구당에 입후보하도록 강권했다. 이민우 총재는 "사람을 나무 위에 올려놓고 흔드는 것도 유분수지 이럴 수가 있느냐"며 거부했지만, 김영삼 총재의 끈질긴 강권에 굴복해 할 수 없이 민주화를 위해 희생한다는 각오로 이를 수락한다고 하며 종로·중구에 입후보했다.

김영삼 총재와 전국에서 달려온 민주산악회 회원들의 열렬한 운동에 힘입어 지역 국회의원 선거 사상 유례없는 인파가 몰려들었다. 합동유세장마다 10만이 넘는 청중이 몰려와서 마치 대통령선거를 방불케 하는 붐이 일어 그 붐을 타고 전국에서 신한민주당 후보들이 '신당 돌풍'을 일으켜 상상 외로 선전하면서 기존 야당인 민한당을 더블로

이겨 전두환에게 민주화의 쐐기를 확실히 박아 놓았다. 그때까지 미국에 있던 김대중 씨도 선거 4일을 남겨 놓고 2년 만에 귀국하여 신민당이 승리하자 신당 창당에 반대하고도 무임승차하여 김영삼 총재와 함께 신민당 상임고문에 추대되었다. 12대 국회의원 선거 후 전두환은 여론에 굴복해 그해 3월 6일 김영삼·김대중 씨 등 남은 정치규제자를 모두 해금하기에 이르렀다.

선거 후 당을 재정비하기 위해 전당대회가 열렸다. 나는 아침 일찍 전당대회장에 나갔다. 멀리서 들어오던 김덕룡 비서실장이 "선배님, 귀 좀 빌려주세요." 하면서 내 귀에다 입을 대고 말했다.

"오늘 아침 김영삼 고문께서 전당대회에서 우리 쪽 전당대회 부의장에 노 선배를 선출하도록 하라고 지목하셨습니다. 마음의 준비를 하십시오."

그전에 민주산악회 조직위원장에 임명되었을 때도 놀랐지만, 전당대회 부의장 지명은 나에게는 더욱 놀랍고 감사한 일이었다. 정당에서 전당대회는 모든 것의 새로운 시작이며, 정당의 기구 중 가장 먼저 선임되는 직책이 전당대회 의장·부의장 자리이고, 그것도 계보별로 한 자리씩 돌아간다. 그러니 김영삼 계보에 돌아오는 한 자리뿐인 부의장 선임에 김영삼 고문이 나를 지명했다는 말을 듣고 나는 너무 고맙고 황송해서 한동안 어리둥절해했다.

전당대회가 시작되고 의장선거에 들어갔는데, 의장에는 송원영 의원이 선출되었다. 그러고 나서 부의장 두 명을 선출하는데, 이철승계로 충북 영동·옥천·보은에서 여러 번 국회의원 선거에 도전하고 있던 최극 씨와 내가 선출되었다. 전당대회 의장석에 불려 올라간 나는 입추의 여지 없이 앉아 있는 전국 대의원들을 향해 의장석에 앉으면

서 나를 선출하도록 지목해준 김영삼 고문과 지금 이순간 나를 부러
워할 선배, 동지들에게 정말 잘해야겠다는 생각을 새롭게 했다.

　12대 국회의원 선거 후 1985년 11월 15일, 김영삼 상임고문은 민주
산악회와 민추 외에 개인사무실로 '민족문제연구소'라는 간판을 걸
고 새로이 사무실을 열었다. 나도 자동적으로 민족문제연구소의 회원
이 되어 민추사무실로, 민족문제연구소로, 그리고 민주산악회로 돌아
다니며 매일 바쁜 일정을 소화하면서 민주화투쟁에 열을 올렸다.

민주산악회의 지부결성과
조직활성화

    민주산악회 조직위원회 위원장이었던 나는 1986년에 들어오면서 지부장 인준과 조직활성화를 위해 더욱 열성을 기울였다. 사무처는 김진억 처장을 중심으로 매일 출근해서 매주 목요일에 정기산행 준비와 각 지방에서 올라오는 조직현황의 실무를 파악하기 위하여 모두가 하나되어 헌신했다.

    그리고 데모에 참가하는 날은 흩어진 민주산악회 회원들에게 광범위하게 알려 수많은 회원들이 나와 무자비하게 쏘아대는 전투경찰의 최루탄 세례를 마다하지 않고 싸웠다. 무장경찰의 힘에 밀려 붙잡혀서 경찰의 닭장차에 실려 경찰서로 끌려가 유치장 신세를 지기도 했고, 닭장차에 실려 멀리 수원이나 인천 또는 수도권 외곽지역까지 실려가 아무 데나 내려놓는 날에는 집에 가거나 사무실까지 가는 데 애를 먹었다.

강원도 춘천시 지부의
발족 연혁

  민주산악회가 발족되어 등산을 시작한 수개월 후인 1981년 말부터 춘천의 지인용(池仁龍) 씨가 서울 민주산악회의 등산에 참가하기 시작했다. 김영삼 총재가 단식투쟁을 시작하기 수개월 전인 1982년 초부터 춘천회원 지인용, 김기선, 길용화, 주석주 등 6~7명이 서울본부 산행에 참가했다.

  당시 군사독재정권의 언론탄압이 극심해 '김영삼 총재의 단식에 즈음하여' 등 민주화운동에 대한 성명 또는 투쟁에 대한 보도가 전혀 이루어지지 않아 산악회에서 이를 등사 또는 복사해 경찰, 정보부원과 숨바꼭질을 하며 위험을 무릅쓰고 국민에게 배포하며 홍보에 열중했다. 이 홍보물을 돌리다가 들키면 바로 압수되는 것은 물론 안기부에 연행되어 심한 고문을 당했으며, 지인용 회원의 집에는 6~7명의 전투경찰을 보내 불법연금을 서슴지 않았고 보통 때도 정보과 형사 2명을 보내 동태파악을 위한 감시를 계속했다.

  1982년 가을경 당시 김영삼 총재 비서실장 김덕룡 씨의 부탁을 받고 민주산악회 춘천시 지부를 결성했는데, 그때 참가한 인사 중 지금은 고인이 된 고 이동희 씨와 고 성승표 씨, 그리고 김진억 씨의 도움과 역할이 컸다. 1983년 2월 22일, 춘천시 중도 길용화 동지 댁의 비닐하우스에서 12명의 회원이 모여 민주산악회 춘천시 지부의 발기 및 결성을 완료했다

| 안기부와의 투쟁 |

1983년 2월 24일 지인용 회장이 안기부에 끌려가 심한 고문을 받았으며, 1983년 2월 26일부터 28일까지 김기선 · 길용화 · 이동희 씨 등이 안기부에 연행되어 심한 고통을 받았다. 또한 1983년 3월 2일까지 전 회원이 차례로 소환되어 고통을 당하고 3월 2일에야 연행되었던 모든 회원이 귀가했다.

당시 군사독재정권은 서울의 민주산악회 본부는 국제적 여론을 감안해 어느 정도의 집회를 묵인했는데, 지방조직은 절대 불허한다는 방침을 세워 놓고 아예 싹부터 자르려고 매수, 협박, 구속, 고문 등으로 혹심한 탄압을 가했다. 이 과정에서 지인용 회장은 안기부에 6회에 걸쳐 연행, 구속되었고 보안사 연행, 가택연금 등으로 약 1년 6개월간 고초를 당했다. 그들이 붙인 죄목은 '불온유인물 배포 및 반체제활동, 민주산악회 헌장선포 및 산악회 지방조직 1호' 였다.

| 춘천시 지부의 인준절차 |

1983년 12월 8일 춘천시 서면 삼악산(654미터) 정상에서 민주산악

회 헌장선포 및 춘천시 지부인준식을 성대히 거행했다. 상임고문 김영삼, 회장 이민우 두 분을 지도자로 모신 가운데 춘천시 지부장 지인용, 부지부장 김기선·길용화, 총무 주석주 씨로 결정했다. 당일 참석 인원은 서울 70명, 춘천 30명, 속초 10명이었다.

하산길에 김영삼 상임고문과 이민우 회장 등 그날 참가한 모든 회원이 지인용 지부장의 초청으로 춘천시 별당막국수집에서 식사를 하고 오후 5시경 별당막국수집 앞 사거리에서 민주회복 염원 행사를 마친 뒤 서울팀은 귀경했다.

김영삼 상임고문과 이민우 회장 그리고 서울회원들이 떠난 뒤, 안기부 요원과 지인용 회장 사이에 격투가 벌어졌다. 안기부 총무계장과 요원 세 명이 지인용 회장의 양팔을 잡고 지인용 회장의 안면 및 복부를 가격하며 차에 강제로 태우려고 했고, 이에 지인용 회장이 완강히 저항하며 보도블록을 깨서 대항하다가 위기에 처했다.

그러자 막국수집 주방에 들어가 식칼과 유리병(술병)을 깨서 들고 나와 약 30~40분가량 선혈이 낭자한 가운데 저항하던 중 속초출신의 남선 회원이 택시를 타고 서울팀을 쫓아가 의암댐 부근에서 김영삼 상임고문에게 보고했고, 상임고문과 서울회원이 현장으로 달려오자 이에 당황한 안기부 직원이 현장에서 김영삼 상임고문에게 사과함으로써 사건은 수습되었다.

이때 지인용 회장은 구타를 당해 3주간의 치료를 요하는 진단이 나올 정도였으나 도경 정보과요원의 개입으로 10일간의 치료를 요한다는 진단을 받았다. 4일 후 당시 안기부장이 직접 사과전화를 하면서 "민사상 보상을 하겠다"기에 지인용 회장은 "그런 건 다 필요 없고 이 나라의 민주화로 보상받겠다"고 대답해주었다.

그후에도 민주화요구, 유인물배포, 그리고 민주화투쟁 등으로 6월 항쟁 때까지 끊임없이 투쟁해오던 중 극심한 탄압과 갖은 고초를 겪으면서도 타오르는 민주화투쟁의 정신을 계승, 발전시키기 위해 강원도지부 결성을 다짐하고 춘천 20명, 속초 20명, 태백 20명, 삼척 20명 등이 모여 강원도 민주산악회 지부를 결성했다. 이때 지부장에 지인용 씨, 부지부장에 김진하 씨가 선출되었으며 총무에 주석주 씨가 임명되었다.

그후 춘천시 지부의 재구성으로 임원개선을 해서 지부장에 지인용 씨, 부지부장에 김홍주·전재현·이정만 씨, 여성부장에 김순자 씨로 구성하고 해마다 12월 8일 민주산악회 헌장선포식 및 인준장소인 춘천시 삼악산 정상에 등산해 기념행사를 개최하면서 회원을 확대, 발전시켜 현재에 이르기까지 굳건히 계승되고 있다.

민주산악회 강원도 지부 및 춘천시 지부(지방조직 제1호) 결성 연혁

1981. 6. 9.   김영삼 상임고문 가까운 동지와 삼각산 등산

                        – 민주산악회의 첫 출발

1982. 5.   김영삼 상임고문 가택연금

                        – 민주산악회, 민주화투쟁의 최일선에서 싸움

1983. 2. 22.   춘천시 민주산악회 발기

                        중도 길용화 회원 비닐하우스에서 지인용 외

                        12명 참가, 결성완료

1983. 2. 24.	지인용 초대회장 안기부 구속
1983. 2. 26~28.	김기선, 길용화, 이동희 회원 구속
1983. 3. 2.	전회원 안기부 조사 및 귀가조치
1983. 12. 8.	삼악산 정상에서 헌장선포식
	춘천시 지부 인준(지방조직 제1호)
	김영삼 상임고문, 손명순 여사, 이민우, 최형우,
	김덕룡, 고 김동영 의원 참가
1984. 5. 18.	민주산악회를 모태로 민주화추진협의회 발족
1985. 1. 18.	민주화추진협의회를 모태로 신한민주당 창당
	– 2·12 총선에서 선거혁명
1987. 5. 1.	김영삼 상임고문의 일관된 노력으로 통일민주당
	창당
1987. 9. 29.	대통령후보 단일화 실패로 12월 대선 패배
1991. 6. 25.	민주산악회 강원도 지부 발기(오대산 적멸보궁)
	비로봉 정상(1,563.4미터)에 비문 설치
1992. 1. 23.	강원도 지부장 선출(원주) – 지인용 지부장
1992. 12. 18.	제14대 대통령선거에 김영삼 상임고문 당선
1993. 12. 8.	민주산악회 헌장선포 10주년 및 춘천시 지부
	인준 10주년 기념식

김영삼 고문의 부민농장 방문으로
이천, 여주 경찰이 떠들썩

　김영삼 상임고문은 나의 돼지농장에 큰 관심을 보이며 언제 목장에 가서 구경할 기회를 만들었으면 좋겠다는 말씀을 하셨다. 나는 이우태 산행대장과 상의해서 1986년 12월 4일 산행의 목적지를 경기도 이천에 있는 도트람산으로 정하고, 당시 용인·이천 민주산악회 지부장을 맡고 있던 조종익 의원과 합의해서 용인·이천 지부와 중앙본부 합동으로 산행을 하고 그곳에서 점심을 먹고 바로 여주 가남면에 있는 부민농장을 방문하는 계획을 세웠다.

　김영삼 상임고문과 함께 서울에서 4대의 버스로 도트람산으로 향했고, 용인·이천 지부가 도트람산에서 합류해 약 300명의 회원이 모여 산행식을 했다. 전날 이계봉, 김용각 두 동지가 미리 목장에 와서 나와 함께 규격돈 두 마리를 잡아 직접 순대도 만들고 고기를 익혀 정성 들여 준비한 음식을 참가한 회원 모두에게 나눠주어 점심식사를 하도록 했다.

　점심식사 후 모든 참가 회원들과 김영삼 상임고문이 부민농장을 찾

목장 내부를 시찰하는 김영삼 총재와 필자   김영삼 총재와 어머니, 처(맹경옥) 그리고 필자

았는데, 이 소식을 들은 이천경찰서와 여주경찰서에서 서장을 비롯한 많은 경찰들이 나와 인사도 하고 교통정리도 해서 부민농장은 일약 유명해졌다. 1,000마리가 넘는 돼지와 350킬로그램이 넘는 웅돈을 보고 김영삼 상임고문과 회원들은 "이런 구경은 처음"이라고 놀라며 즐거워했다.

민주산악회의 전국조직과
광명시 지부 결성

　전두환의 탄압이 극성을 부릴수록 민주산악회 전국 각 지부의 결성에 활력이 붙어 전국 유명산에는 어디를 가나 산악회 마크를 가슴에 붙인 회원들을 볼 수 있을 정도로 조직이 확산되어갔다. 나는 민주산악회 조직위원장으로서 다른 지역의 지부장들을 인준해주며 지부결성에 초청도 받아 축사도 하고 환대도 받으면서 바쁘게 지냈다.

　1986년을 바쁘게 보내고 1987년을 맞으면서 광명시 지부장을 맡아 지부결성을 하게 되었다. 그런데 나는 여주에 부민농장을 시작한 이래 서울로, 여주로 바쁘게 다녔기 때문에 평소에 약국에 자주 드나드는 사람이나 나를 연금하기 위해 찾아오는 안양경찰서와 광명경찰서의 정보과 형사들 그리고 나의 동정을 살펴서 보고하기 위해 가끔 약국에 들러 약을 사는 철산 3동 동직원들하고만 접촉했을 뿐 순수 광명시민들과는 별로 접촉을 하지 않고 지냈다. 그런 상황에서 막상 지부를 결성하려고 하니 뜻 맞는 사람을 찾기가 어려워 지부구성이 만만치 않았다.

그런데 지성이면 감천이라고, 사람을 찾던 중 마침 영등포 갑구에서 신민당을 함께하다가 광명시로 이사 와서 살고 있는 심상구 · 성춘성 씨, 과거 시흥군 시절에 신민당에서 활동하던 강두근 씨 등을 만났다. 그들의 도움으로 1987년 봄 애기능에서 모두 20여 명이 모여 민주산악회 광명시 지부 창립준비위원회를 결성했다. 광명시 지부는 그 자리에서 나를 준비위원장으로 선출하고 첫발을 내디뎠다.

1987년 6월 중순, 광명 7동 예비군교육장에서 80여 명이 모여 민주산악회 광명시 지부 창립총회를 가졌다. 그 자리에서 지부장에 노병구를 만장일치로 선출하고, 수석 부지부장에 성춘성, 부지부장에 심상구 · 강두근을 선출했으며, 그 외의 간부는 회장단에 위임하여 창립총회를 무사히 마쳤다. 젊은 사람 중에는 유명환, 김종복 등이 참가해 주었다.

1987년에는 민주와 독재를 가르는 사건들이 줄이어 발생했다.

| 탁 치니까 억 하고 죽었다 |

그해 이른 봄, 민주화투쟁을 하다가 정보부와 경찰의 수배를 받던 서울대학교 학생 박종철 군이 체포되어 경찰의 신문을 받던 중 사망했다. 이것을 은폐하려고 별별 구실을 붙이다가 신문 도중 경찰이 "책상을 탁 치니까 억 하고 죽었다"고 돌려댔는데, 검시를 맡았던 양심적인 의사에 의해서 타살로 밝혀져 그간의 많은 사건들이 혹독한 고문으로 전두환정권의 정치적 목적을 달성하기 위해 조작되었음이 밝혀지기에 이르렀다.

또한 분노한 국민의 소리를 겸허하게 받아들일 생각은 하지 않고 오직 힘만으로 민의를 탄압하던 전두환은 최루탄을 마구 만들어 시민과 학생을 가리지 않고 쏘아대다가 연세대학교 학생 이한열 군을 사망에 이르게 함으로써 6·10 민주항쟁을 불러왔다. 그 결과 전두환, 노태우의 6·29항복(그들 말로는 이른바 6·29선언)으로 스스로 묘혈을 판 결과를 초래하기에 이르렀다.

6·29 항복으로 이제 곧 민주화가 되고 군부독재는 종식될 것으로 믿고 민주산악회도 민추도 그리고 통일민주당과 많은 국민들도 80년의 봄 이상으로 새로운 희망에 들떴다. 그런데 지난 1986년 11월 5일, 민추공동의장 김대중 씨는 누구와도 사전에 상의하지 않고 단독기자회견을 자청해 "직선제개헌을 받아들이면 나는 대통령선거에 나가지 않겠습니다." 하고 굳게 국민에게 약속한 바 있었다. 그런데도 김대중계의 많은 사람들이 다투어 김대중후보론을 공공연히 퍼뜨리고 있었다.

그것을 보며 나는 80년의 봄에도 이른바 3김씨와 최규하 씨를 비롯한 당시 집권자들이 사리사욕에 눈이 어두워 각자 엉뚱한 생각을 하다가 당했는데, 나라의 호기를 놓치는 전철을 또 밟는 것은 아닌가 하는 걱정이 앞섰다.

민주쟁취의 개척자 김영삼을 추대한다
– 민주산악회 광명시 지부 창립결의대회

이승만 대통령의 독재와 3선개헌에 반대하고, 박정희의 5·16쿠데타와 그의 3선개헌 저지투쟁에 몸바치고, 박정희의 영구집권을 위한 유신독재에도 굴하지 않고, 또 전두환·노태우의 군부독재에도 철저하게 저항하며, 나라에 어려움이 닥치면 외국에 나가 있다가도 감옥에 갈 각오로 망설임 없이 들어와 "어떠한 고통도 국민과 함께한다"면서 온몸으로 앞장서 싸워온 인물 김영삼.

나는 이 나라의 민주주의 실천자요 선봉장으로서 6·29 항복을 받아내는 데 가장 뚜렷한 공로를 세운 김영삼 상임고문이 새 시대의 지도자가 되는 것이 당연한 역사의 순리라고 생각했다.

직선제개헌이 되면 대통령에 출마하지 않겠다고 국민에게 굳은 약속까지 했던 김대중 씨의 후보추대를 그의 측근들이 공공연히 퍼뜨리고 있었지만, 김영삼 의장 쪽에서는 아무도 공공연히 김영삼 의장을 들고 나오지 않았다.

물론 이 나라의 민주지도자로서 김대중 씨도 대단한 분임에 틀림없었지만, 김대중 씨는 박정희의 유신선포 때 외국에 나가 있다가 귀국해서 당할 신변의 위협을 겁내서 귀국하지 않고 외국에 계속 머무르다가 일본에서 박정희정권의 강제납치로 타의에 의해서 귀국했다. 만약 납치를 당하지 않았으면 어떻게 되었을까?

그 시절 김영삼 의원은 "국민이 고통을 당하고 있는데 정치인이 외국에서 편히 지낸다는 것은 책임있는 정치인의 도리가 아니다"라고 감옥에 갈 각오로 결연히 귀국했다. 어쨌든 온몸으로 맞서 능동적으로 군사독재와 싸운 지도자는 김영삼 의장이었고, 김대중 씨는 김영삼 의장이 앞장서서 싸워 넓혀놓은 마당에, 남이 지어놓은 밥상에 수저만 들고 뛰어들어, 그것도 얌전히 먹는 것이 아니라 남도 먹기 어렵게 휘젓는 식이었다. 늘 소극적 내지 반사적인 효과만으로 운좋게도 김영삼 의장과 같은 반열에 선 민주지도자였던 것이다.

나는 우리나라 민주발전을 위해서는 두 분이 똑같이 필요하지만 김대중 씨는 이미 직선개헌을 조건으로 불출마선언을 한 바 있고, 지금까지의 투쟁과정으로 보아 김영삼 의장이 먼저 대통령이 되고 그 다음에 김대중 씨가 하는 것이 좋겠다고 생각했다. 그래서 김영삼 쪽에서도 추대하는 사람이 나와야 한다는 생각에 내가 먼저 추대 움직임을 보이기로 했다.

함석헌 선생의 제자이자 민주화운동으로 옥고도 치르고 고려대학교에서 해직의 수난을 당했던 김용준 교수가 쓴 『내가 본 함석헌』 314~315쪽에 나오는 함석헌과 김대중 간의 일화를 여기에 옮겨본다.

벌써 사반세기가 흘러간 옛일이지만 1980년 8월 27일에 전두환정권이 들어선 것은 아무리 고쳐 생각해도 그것은 만화요 골계이다.

나는 지금 전두환 대통령 앞에서 손을 비비며 하나님이 내신 위대한 정치지도자라고 꼴불견스러운 추태를 부린 몇몇 기독계의 저명한 인사들을 연상하며 이 글을 쓰고 있다.

강준만 교수의 표현을 빌리면 "광주학살이라는 만행을 저지른 전두환 세력은 박정희 18년 독재가 낳은 사생아"였다. 그 위대했던 전두환 대통령은 지금도 만화요 골계를 계속 연출하고 있다.

여기서 나는 광주항쟁이나 당시의 정계표정을 자세히 논할 생각은 추호도 없다. 다만 전정권이 만화라면 그런 웃지 못할 만화를 성사시킨 당시의 3김(金)도 만화요 골계가 아니었나 하는 생각을 하게 되는 것이다. 내가 개인적으로 경험한 입맛이 씁쓸한 사건 하나를 소개하고자 한다.

어느 날 나는 노명식 교수, 이미 타계한 조요한 교수와 함께 점심식사를 하고 있었다. 요즘은 그런 풍경이 사라졌지만 그때는 신문의 가판이 성행하고 있었다. 노 선생이 때 마침 신문을 사서 펼치더니 별안간 "김 선생, 이것 어찌된 거야?" 하며 신문을 내게 내밀었다. 신문에는 함석헌 선생님이 김대중 씨의 대통령출마를 전적으로 지지한다는 내용의 기사가 실려 있었다.

나는 순간적으로 그럴 리가 없다 싶어 곧바로 선생님 댁으로 전화를 걸었다. 마침 선생님이 직접 받으셨다. 사연을 말씀드렸더니 평소와는 달리 흥분된 어조로 "큰일낼 사람들이오. 이 노릇이 다 돈노름이오." 하고 말씀하는 것이 아닌가? 전화를 끊고 셋이서 선생님을 찾아뵈었다. 사연인즉 다음과 같았다.

전날에 당시 선생님 주변의 한 명사의 부인이 성명서를 들고 와서 지지서명을 해달라고 부탁드렸다는 것이다. 그 성명서는 김영삼, 김대중 양김의 원만한 합의에 의한 후보단일화를 촉구하는 내용의 글이었다고 한다. 선생님은 그 글을 다 읽고 나서 별지에 서명을 해주었다는 것이다. 그런데 그것이 다음 날 김대중 씨 지지서명으로 둔갑한 것이었다.

선생님이 그때 전화로 '돈노름'라고 한 말씀의 내용은 지금까지 구체적으로 모르고 있다. 미주알고주알 선생님에게 캐물을 상황이 아니었다.

제멋대로 폭력을 휘두르던 전두환정권의 종말은 1987년 6월항쟁으로 앞당겨졌고, 그해 12월 16일에는 마침내 1970년대 이래 수많은 사람들이 염원하던 대통령 직접선거가 실시되었다. 그러나 민주세력의 간절한 바람과는 달리 야당후보인 김대중, 김영삼의 분열로 전두환의 후계자인 노태우가 35.9퍼센트의 표를 얻어 대통령에 당선되었다.

함석헌 선생은 이때 야당후보들의 분열에 몹시 환멸과 회의를 느꼈던 것으로 보인다. 그는 김대중과 김영삼 어느 후보에게도 표를 던지지 않았고 아예 투표를 포기했다. 그럼에도 불구하고 김대중 씨 측은 함석헌 선생이 자기 편을 드는 것처럼 위장해 언론에 흘리고 물불을 가리지 않고 대통령출마의 기선을 잡으려고 혈안이 되어 있었다.

1987년 9월 23일 오후 5시, 광명시 광명 7동 예비군교육장에서 민주산악회 광명시 지부 주최로 처음으로 김영삼 추대 단합대회를 개최했다. 그날 3,000명이 훨씬 넘는 사람들이 모여 대성황을 이루었다. 참으로 오래간만에 가지는 집회여서 연사나 청중이 모두 진지했다.

그때 김명윤, 김동영, 최형우, 박용만, 황명수, 서석재, 유성환, 김형광, 조종익, 명화섭, 김태룡 모두 열한 분의 연사들이 나와 열띤 연설을 했으며, 청중 또한 열광한 모처럼의 대회였다. 김영삼 추대 단합대회 후 광명 민주산악회는 급격한 활력이 붙어 서로 입회를 희망해서 입회원서를 낸 회원이 단숨에 3,000명을 넘어섰다.

매주 가는 산행에도 보통 관광버스 7~8대, 많게는 15대 이상이 넘치도록 참가했다. 누가 강요하는 사람도 없고 교통비나 점심식사조차 보조하는 사람 없이 회원 누구나 한번 등산에 참가하려면 회비 1만원을 내고 그날 먹는 도시락도 각자 싸가지고 나왔다. 나같이 돈 없는 지부장을 만나 크게 대접도 못 받으면서 열성적으로 참가해준 간부 및 회원들에게 나는 평생 갚아도 갚지 못할 빚을 졌다. 나는 지금도 그분들에게 머리 숙여 감사를 드리고 행운을 빈다.

산행에 참가한 회원 모두는 오직 이 나라의 민주주의가 정착되고 우리는 못살지만 부정부패 없는 투명한 민주사회를 만들어, 내 대에는 아니더라도 후손에게만은 제대로 된 선진민주국가를 물려줘야겠다는 일념으로 잘못된 군사정부를 규탄하고 투쟁하며 늘 활기에 넘쳐 있었다.

광명시에서 민주화투쟁 대열에 함께했던 민주산악회 간부 및 회원들의 빛나는 이름을 여기에 옮긴다. 일부 남아 있는 기록과 아직 잊혀지지 않은 분만을 옮기면서, 그보다 더 많은 잊혀진 회원들에게는 죄송한 마음을 전하고 싶다.

고문 : 李鍾天, 具然根
수석부지부장 : 成春城(도중에 타계), 후임에 沈相球
부지부장 : 姜斗根, 李喆九, 白承珠, 金泰圭, 廉明禹 朴基守
사무국장 : 朴相福
산행대장 : 李元振

총무부장 : 金鐘福

조직부장 : 李正一 차장 : 張萬成

청년부장 : 李榮和 차장 : 李東喜

홍보부장 : 李文豪 차장 : 李鐘培

산행부장 : 孫今山

여성부장 : 洪榮子 차장 : 金正子, 弓玉姬, 鄭三貴, 車男子, 朱元植

홍보위원장 : 柳明桓

조직위원장 : 黃善斌

대외협력위원장 : 白亨淑

환경보호위원장 : 金廣雄

청년위원장 : 李圭哲

지도위원 : 閔丙權, 金在周, 白成鎬, 文周采, 朴天守, 姜信宇

조직위원 : 金哲岩, 金相斗, 鄭學哲, 李康和

홍보위원 : 金正吉

청년위원 : 정윤용

환경보호위원 : 金小植, 南鉉德, 申晟澈

대외협력위원 : 林鐘今, 金鐘覺

여성위원 : 申明順, 成惠元, 南東益, 金明姬, 李英淑, 崔玉南,
朴京愛, 嚴佑河, 柳淳河, 金順燕, 趙仙姬, 申玉蘭,
崔銀順, 崔炳任, 吳丁烈, 李在根, 權玉連, 文鉉珠,
辛壽子

산행조장 :

광명동 – 최상윤, 임옥자, 이종찬, 최종옥, 박병관, 박향심,
정만규, 박도성, 이종만, 이필순, 김해수, 유순하,

조춘화, 임영희

철산동 – 김기수, 김태중, 고동균, 김춘화

하안동 – 안두희, 이광옥, 이영숙, 배군자, 이옥순, 홍종희

소하동 – 김길원, 이정학, 김옥기, 김평란

노온사동 – 김광웅, 이순덕, 김덕규, 김옥분

선거 혁명으로 민주국가 건설하자!

민주쟁취의 개척자
金泳三을 추대한다

국민의 뜻은 하늘의 뜻!

金泳三 총재

盧秉九 부의장

盧秉九(전당대회 부의장) 주재 민주산악회 단합대회 :: 23일 17시

黨歷

- 구신民黨 총무국장
- 술사(榮飛)진요구투쟁 투옥
- 민주화투쟁 8차 연금·연행
- 신한민주당 전당대회 부의장·당기국장·중앙위원
- 민주산악회 조직위원장·상임운영위원
- 民推協 상임운영위원·지방자치특별 연구위원
- 統一民主黨 전당대회 부의장

인 사 말

친애하는 동지 여러분! 그리고 광명시지부 산악회원 여러분!

우리는 지난 7년동안 군사독재정권하에서 가진 수난과 고통과 압박속에서 살아야 했읍니다. 나라 전체가 감옥이었고 민주시민들은 연행·고문·투옥으로 일관된 세월을 거듭해야 했읍니다.

그러나 우리들은 결코 죽지않고 꿋꿋하게 투쟁해 왔으며, 지금도 계속 民主의 峰을 향하여 투쟁하고 있읍니다.

동지여러분! 특히 산악회 광명시지부 동지여러분!

여기 있는 이 金泳三은 평소 盧秉九동지와 더불어 정의롭고 자유스러우며 나라와 국민은 누구나 인간의 대접을 받고 사는 나라를 만들자는 일념으로 수많은 가시밭길을 걸어왔읍니다. 나는 盧동지를 믿고 신뢰하며 이나라의 큰 일꾼이 되셨다고 확신하기에 지금도 盧秉九를 적극하려고 택했읍니다.

盧동지에게는 정직과 성실 그리고 정의의 투쟁이 탐지 같이하는 民主勇士이기에 그를 이곳 산악회 지부장으로 천거했읍니다. 이제 우리는 힘을 모아 닥아올 정권교체에서 선거혁명을 통한 民主國家建設의 역사적 대임을 이룩합시다. 민주의 峰을 향해 우리모두 진군합시다. 감사합니다 동지여러분!

친애하는 광명시민 여러분! 그리고 이자리에 나와주신 민주산악회원 여러분!

오늘 우리는 이나라의 위대한 민주지도자 金泳三총재님을 모시고 民主思史의 창조를 위해 한자리에 모였읍니다. 돌이켜 생각하면 이 軍事政權이 태어나면 다음에 金총재님을 비롯, 몇몇 분들이 山行을 시작하면서 쓸쓸한 마음으로 이나라 民主主義를 위한 산악회가 발족하였던 것입니다.

이로부터 오늘에 이르기까지 우리는 한시도 한눈팔지않고 오직 民主化단을 위하여 헌신해오다가 山에 다닌다는 이유 하나만으로, 民主化노력을 한다는 터무니 있는 이유 하나만으로 수없이 연행되고 연금당하고 고문당하고 투옥까지 당했던 것입니다.

그러나 국민의 뜻은 하늘의 뜻이지라 폭정과 학정을 좌시하지 않은 국민들은 故朴鍾哲열사, 故李韓烈열사에게 용기있고 훌륭한 民權意지에 行動으로 보였던 것입니다. 軍事獨裁정권도 그 뜻이 무엇인가를 느꼈는지 뒤늦게 국민의 함성에 따라 民主化의 길을 택했고 이제 국민에 의한 투표로 大統領도 국회의원도 직접 뽑아 명실상부한 民主建國의 길로 접어들게 되었읍니다.

친애하는 동지 여러분! 그리고 광명시까지 나와주신 애국 민주투사여러분!

본인은 감히 말하거니와 이제 우리나라는 어떠한 非民主나 獨裁 그리고 軍政을 결코 국민이 거역한다는 사실이옵니다.

만일 이나라 政治를 변칙적으로 참칭폭력끌리에서 또다시 大統領을 뽑아가지고 몇몇 사람이 독재와 부정을 일으키고 또한 安保를 빙자한 民主人士들을 구속·고문시키는 폭정은 국민이 스스로 용서하지 않을 것이라는 點입니다. 우리국민의 능력과 행동이 정의롭고 부정에 저항하는 참 民主시민이기에 이제 民主의 大道를 당당히 갈 것입니다.

여기서 우리는 그동안 싸워온 많은 細織과 장애를 생각하면서 국민을 보호하고 국민을 위한 政治先導者로서 주어진 사명을 다해야 할 것입니다. 이것을 위해 산악회가 조직되었고 이 산악회의 고문이신 金泳三총재님을 정점으로하여 民主의 峰을 향해 총진군합시다. 쉬임없이 총진군합시다.

장소 : 광명 7동 「예비군교육장」 버스 : 100, 100-1, 100-3, 2-1 화양운수 종점

통일민주당 창당과
전당대회 부의장 피선

민주화투쟁의 공방이 너무 지루하게 전개되어 모두 지쳐 있었다. 전두환정권도 어떻게든 변화를 가져오지 않으면 살아남을 수 없다는 절박한 상황까지 왔고, 민주화를 요구하는 신한민주당과 일반 국민들도 이대로는 어렵다는 좌절의 직전에서 모두 다 같이 수용할 수 있는 안을 마련하기 위해 고민하기에 이르렀다.

그러던 중 1986년 11월 5일, 민추공동의장이자 민주당 상임고문 김대중 씨가 "전두환정권이 직선제개헌을 받아들이면 나는 대통령선거에 출마하지 않겠다"는 기자회견을 자청해 우리들을 깜짝 놀라게 했다. 1986년 12월, 여야 영수회담을 하고 나온 신민당의 이민우 총재가 "민주화는 하되 정부형태는 내각제로 하자"는 전두환의 제안을 받아들여 먼저 민주화를 하고 보자는 이민우 구상을 발표하고 온양으로 쉬러 가는 바람에 우리는 또 한번 놀랐다.

사전에 김영삼 상임고문과 의논 한번 하지 않고 전두환의 제안을 덥석 받은 이민우 총재의 구상에 충격을 받은 김영삼 민추공동의장은 삼양동 이민우 총재의 자택을 새벽에 급습했다. 김영삼 공동의장은 내각제는 전두환 일파가 이제 더 이상 버틸 수 없는 코너에 몰려 궁여지책으로 내놓은 안인데 이를 받으면 안 된다고 설득했지만, 이민우 총재는 이미 돌이킬 수 없는 다리를 건넌 후였다. 타협의 여지가 없다고 판단한 김영삼 공동의장은 이제 각자 자기의 길로 갈 수밖에 없다고 결단하고 새로운 정당을 만들자고 선언했다.

참으로 안타까운 일이었다. 김영삼 상임고문과 이민우 총재는 박정희 군사쿠데타 이후 근 30년 동안 반독재민주화운동의 선봉에서 한마음 한뜻으로 걸어온 동지요 형제였다. 그만큼 민주화운동은 피를 말리는 힘든 과정이었다. 무자비하게 휘두르는 총칼 앞에 맨손으로 정신무장만 하고 싸우는 데는 한계가 있었고 그만큼 기진맥진했다. 김영삼, 김대중 양씨는 새로 만드는 당의 이름을 통일민주당이라고 하고 창당발기에 들어갔고, 이민우 씨의 신민당에 있던 국회의원은 거의 전원이 신민당을 탈당해 통일민주당 창당 발기인이 되었다.

나도 개인적으로는 유진산 총재 시절 진산계를 하면서 이민우 총재와 인연을 맺어 지금껏 변함없이 지내왔지만, 직선 대통령중심제라야 된다고 확신하고 있었으므로 내각제로 기우는 이민우 총재를 따를 수 없어 통일민주당의 발기인이 되었다.

1987년 5월 1일, 동숭동에 있는 흥사단에서 통일민주당 전당대회가 열렸다. 내가 신민당 전당대회 부의장이 된 지 1년밖에 되지 않았을 때였다. 전당대회 의장단은 한번 선출되면 다음번 전당대회 때는 반드시 다른 사람으로 바꾸는데, 내 후임으로 누가 전당대회 부의장으로 선출될지가 관심사였다.

대회장에 들어선 나를 멀찍이서 보고 있던 김덕룡 비서실장이 곁으로 와서 지난번 전당대회 때처럼 내 귀에 입을 대고 "오늘도 김영삼 총재께서 우리 쪽 전당대회 부의장에는 노 선배를 선출하도록 하라는 말씀이 계셨습니다. 그렇게 알고 마음의 준비를 하십시오." 하고 말했다. 나는 그동안의 관례를 깨고 두 번 연속 전당대회 부의장에 선출되는 영광을 안게 된 것이다.

그런데 대회가 시작되면서 이상한 기류가 흐르고 있음을 감지할 수 있었다. 김대중 쪽에서 전당대회 의장단은 모두 현역 국회의원으로 선출하자는 제의를 해와서 김영삼 쪽 지도부가 고심하고 있다는 말을 내게 귀띔해주면서, 할 수 없이 김영삼 쪽에서는 상주 출신 국회의원 이재옥(李在玉) 씨가 될 것이라고 했다. 그런데 막상 전당대회 의장선출에 들어가자 부산 출신 김정수(金正洙) 의원이 발언에 나서 전당대회 의장에 유재연 의원, 부의장에 노병구, 그리고 또 한 명의 부의장에 이리 출신 국회의원 김득수 씨를 천거해 만장일치로 통과시켰다.

전당대회 의장단을 모두 현역 국회의원으로 뽑자는 김대중 쪽 제의를 받은 김영삼계 지도부에서 이재옥 의원으로 의견을 모았는데, 김영삼 총재가 김대중 쪽은 현역으로 하든 말든 우리 쪽 부의장은 노병구로 한다고 해서 그렇게 결정된 것이라고 추대발언을 한 김정수 의원에게 들었다. 비록 국회의원은 못했지만 그에 못지않은 인정을 받은 것이다. 나를 인정해준 김영삼 총재께 감사를 드린다.

통일민주당 총재로 선출된 김영삼 총재는 실로 오랜 만에 야당의 지휘봉을 잡고 원내외를 총지휘하며 민주화투쟁을 이끌게 되었다. 민주화투쟁의 지휘봉을 잡은 김영삼 총재는 더욱 거세게 전두환을 밀어붙였고, 이때부터 전두환의 군부독재정권은 이성을 잃고 허둥대기 시작했다.

전두환의 4·13 호헌조치와
6·10 국민대회

전두환은 국민의 열화 같은 민주화요구와 국회 강성야당의 출현으로 더 이상 버틸 수 없다고 판단하고 민주화요구를 수용하는 척 질질 끌다가 궁여지책으로 내각책임제 개헌, 일명 '이민우구상'을 내놓았다. 이것이 김영삼, 김대중 양씨와 국민의 강력한 반대에 부딪치자, 앞으로 1년도 남지 않은 대통령선거에 맞추어 합의개헌을 하자면 날짜가 부족해 물리적으로 헌법개정은 불가능하다면서 1987년 4월 13일 "현행 헌법으로 정부이양"(대통령을 체육관에서 뽑는 간선제)이라는 이른바 전두환의 중대결단을 발표했다. 이것을 전두환의 4·13 호헌조치라고 한다.

이때부터 민주화운동은 구체적인 4·13 호헌철폐운동으로 더욱 활기를 띠기 시작했다. 김영삼 총재는 내각제안을 반대하고 더욱 철저한 직선개헌투쟁을 원내외를 통해서 밀어붙이기 위해 전두환이 호헌결단을 발표하던 날 통일민주당 창당발기인대회를 가졌다. 더불어 재야 국민운동단체와 연합으로 더욱 격렬한 거리투쟁을 전개해 나갔다.

중앙에서 장외투쟁을 하는 날이면 어김없이 광명경찰서 정보과 형사들을 우리 집으로 보내 나를 가택연금했다. 1987년 6월 초 어느 날인가, 아침부터 정보과형사 다섯 명이 몰려와서 우리 아파트 앞에 승용차를 대놓고 온종일 바깥출입을 못하게 가로막았다. 그 다음 날도 서울시청과 무교동 일대에서 항의집회가 예정되어 있어서 나의 집회 참가를 막기 위해 그날 밤에 형사들이 철수도 하지 않고 조그만 승용차 안에 앉아 밤을 꼬박 새며 나를 연금했다.

그들도 답답했겠지만 나도 어지간히 답답했다. 나는 학교에서 돌아온 아들 광우를 시켜 문방구점에 가서 모조 백지 전지 10장을 사오게 하고, 전지 두 장을 가로로 잇대어 붙여 큰 글씨로 '독재타도'라고 쓰고, 남은 종이를 잘게 썰어 사인펜으로 '호헌철폐', '독재타도'라고 밤새 수없이 썼다.

이때 우리 집은 광명경찰서가 빤히 보이는 철산 주공아파트 402동 503호였다. 다음 날 아침, 큰 글씨의 '독재타도'는 베란다에 내걸고, 잘게 쓴 전단은 내 점퍼와 바지주머니마다 가득 채웠다. 그런 다음 형사들도 차 안에서 밤을 지내고 피곤해서 긴장이 풀렸을 아침 8시 출근시간에 맞춰 그들의 차 앞을 조심스럽게 지나 집을 빠져나갔다. 그리고 광명경찰서 앞 삼거리에서 길을 가로막고 밤새 만든 전단을 뿌리며 독재타도, 호헌철폐를 외치며 단독데모를 감행했다.

아침 출근시간이라 잠깐 사이에 차는 몰리고 출근하는 사람들이 순식간에 내 주변에 몰려들어 대혼잡을 이루었다. 눈 깜짝할 사이에 벌어진 혼잡 속에 비로소 그것을 알아챈 형사들이 달려와서 나의 팔다리를 한 사람씩 대들어 잡아 번쩍 들고 자기들의 승용차가 있는 곳으로 옮겨다 강제로 차에 태워 어디론가 달려갔다.

한참을 가서 차문을 열며 내리라고 하는데 보니 한적한 바닷가였다. 화성군 어디 서해안 같은데, 큰집 앞에서 내려 들어가 보니 큰방에 푸짐한 음식상이 차려져 있었다. 그들은 나를 상석에 앉히며 말했다.

"의원님, 죄송합니다. 오늘 우리를 너무 놀라게 하셨습니다. 우린들 이 짓을 하고 싶어 하겠습니까? 마누라하고 새끼들 먹여 살리기 위해서 의원님께는 죄송하지만 상부에서 시키는 대로 하는 것뿐입니다. 용서하시고 이왕 여기까지 왔으니 식사나 하시고 오늘 여기서 푹 쉬었다 가시지요. 사실은 광명경찰서 관내에 의원님 같은 분은 단 한 분뿐입니다."

내가 화를 내고 욕을 해도 그들은 처자식 먹여 살리려고 하는 짓이라고 했다.

"여기는 동네도 없고 바닷가 한적한 곳이니 의원님 혼자서 나갈 수도 없습니다. 그러니 체념하시고 우리와 함께 쉬었다 가십시오."

그러면서 TV에 아주 야한 영화까지 틀어 놓는 것이었다.

"이거나 보시며 하루를 지내시지요."

그들은 그날 밤 늦게야 나를 집에 태워다주었다. 이 일이 벌어진 것이 바로 1987년 6월 10일, 6·10 대회 때였다.

아내 맹경옥의 단독데모와
광명시 여약사 10명의 지식인 시국선언

나를 연금해도, 또 서울시내에서 데모에 참가해도 아내 경옥은 늘 담담한 표정으로 가족의 생계를 위해, 약국을 찾는 고객들의 건강만을 위해 열심히 일했다. 민주산악회 일이라면 아무것도 아끼지 않고 나서던 경옥은 가택연금 중에 있던 내가 경찰차에 실려 어디론가 사라졌다는 말을 들고는 걱정이 되어 행방을 찾아다녔다.

그러다가 이상한 예감이 들어 아예 약국문을 닫아걸고 광명경찰서에 항의했으나 아무 반응이 없자, 경옥은 대담하게 "나도 잡아가라!" 하고 철산동에서, 경찰서 앞에서 "독재타도, 호헌철폐! 연행해 간 남편 노병구의 행방을 대라!" 하면서 단독데모를 했다.

그날 경옥은 온종일 경찰에 여러 번 연행되었다가 훈방되었고, 훈방되면 또 거리로 나가 단독데모를 반복했다고 한다. 전두환정권은 이미 이성을 잃은 정권이고 또 자기들에게 방해가 되는 사람을 연행해 가면 무슨 짓을 할지 모른다고 알려져 있었기 때문에, 경옥은 불길한 생각에 사로잡혀 죽기살기로 경찰과 맞서 홀로 싸웠던 것이다.

6·10 국민대회 이후 각 대학의 교수들을 비롯한 각계각층의 지식인들이 불이익을 감수하고 4·13 호헌조치를 철폐할 것과 대통령을 국민이 직접 뽑는 대통령중심제 헌법으로 개정할 것을 주장하며 '시국선언'을 하기에 이르렀다. 전국적으로 80여 개 단체에서 6,000여 명이 시국선언에 참가해 이룬 '지식인혁명'이었다.

그런데 30만 시민이 사는 광명시에서는 단 한 사람도 시국선언에 참가한 사람이 없었다. 아내 경옥은 이를 매우 안타까워하며 말했다.

"여보, 이것은 광명시의 자존심이 걸린 문제예요. 광명시에 사는 지식인 중에 민주화를 바라는 사람이 한 사람도 없는 것인지, 아니면 혹시라도 불이익을 염려해서 움직이지 않는 것인지 이럴 수는 없어요. 내가 나서서 약사들을 설득해 동조자를 찾아 서명을 받아올 테니 이일이 끝날 때까지 당신이 약국을 지켜주세요."

경옥은 종이에 다음의 내용을 크게 쓰고 서명란을 만들었다.

시국에 대한 우리의 견해

1. 4·13 호헌조치는 철폐되어야 하고
2. 헌법은 대통령중심 직선제로 개정하여야 한다

그리고 광명시약사회에서부터 시작해 동료 약국에 들러 "다 같이 서명해서 우리도 지식인 시국선언에 참가하자"고 권유하며 2~3일을 다녔는데, 어렵게 여자약사 10명에게서 서명을 받아 언론사에 보냈다. 그 내용이 〈중앙일보〉와 〈한국일보〉에 게재되고 난 뒤 남자약사 서너 분이 시국선언에 참가하겠다는 뜻을 전해왔는데, 그분들의 이름을 몰라 여기에 쓰지 못하는 것을 유감스럽게 생각하며 그분들에게 용서를 빈다.

여기 당시의 신문기사와 〈주간한국〉에 실린 기사를 옮긴다

조용한 움직임의 큰 변화

개헌논의 유보를 천명한 전두환 대통령의 '4·13조치' 이후 다시 직선제개헌을 비롯한 민주화 8개항을 담은 盧泰愚 民正黨대표의 '6·29선언'이 나오기까지 78일이 걸렸다. 헌정이 실시된 후 40년, 민주화에 대한 끊임없는 요구와 갈등과 투쟁이 이어온 것을 생각하면 이 78일만의 역사적 대전환은 오히려 빠른 변화 같기도 하다.

물론 그 78일 동안이 평온했던 것은 아니다. 학생시위나 여야의 정치공방은 더욱 거세어졌고, 특히 '朴鐘哲군 고문 은폐 조작사건'이 터지고 '6·10대회'로 이어지면서 국민적 저항의 격렬함과 시국의 위기감은 걷잡을 수 없을 만큼 고조되었다. 그 78일간의 와중에서 또 하나의 '조용한 움직임'이 불꽃처럼 일어나 사회 각 분야로 확산되었다. 이른바 전형적인 앙가주망인 '지식인 시국선언'이다. 현실에 대한 참여·저항, 혹은 투쟁의 의미로 표출된 '지식인의 시국선언'은 대학교수들이 시작해서 종교인·문인들을 거쳐 사회 각 분야에 파급되며 마침내 국민의 소리를 대변하는 역할을 했다.

'호헌철폐와 민주화'로 집약되는 '지식인의 시국선언'은 '4·13조치' 이후 '6·29선언' 때까지 전국적으로 80여 개 단체 6천여 명이 서명에 참여했다.

이처럼 다양한 분야의 다수 지식인이 현 정권 혹은 현 체제에 반대의 사를 자발적 행동으로 표현한 것은 세계의 역사에도 유례가 없다. 그리고 역사는 이 '조용한 움직임'이 '6·29선언'을 탄생케 한 결정적 역

할의 하나였음을 기록해야만 하게 되었다.

지식인이란 아직도 명확한 개념이 정립되지 못한 보통명사다. 자본주의의 발달과 시민계급의 성장에서 지식인이라는 계층도 등장하지만, 정치인 · 경제인 · 노동자들처럼 구체적 형태는 아니다. 다만 지위나 경제력 여부에 관련 없이, 지식인이란 제대로 교육을 받았고, 전문분야에서 활약하거나 그 자격을 갖추었다는 점에서 항상 사회적으로 중산층 이상에 포함되어 있는 셈이다. 그러나 지식인이라는 보통명사는 직접 생산분야와 동떨어진 경우가 많고, 이익집단으로서의 유대감도 없어 실제적인 사회적 계급을 형성하고 있지는 못하다. 지식인이라는 말에, 아는 것은 많지만 현실에 대해 무관심하고 무기력하며, 개인주의와 이기적이라는 뉘앙스가 풍기는 것도 그러한 특성 때문일 것이다. 그렇지만 '4 · 13조치' 이후 한국 지식인의 태도는 달랐다.

4월 22일 고려대학교 교수 30명이 '호헌철폐와 민주화'를 촉구하는 시국선언을 했다.

여기 광명시약사회 시국선언에 참가한 약사 10명의 이름을 적는다.

진혜숙 오행자 최명신 맹경옥 이춘지
박경옥 장춘희 임혜남 이명옥 조옥현

여기 아내 경옥의 단독데모와 시국선언에 관한 기사를 옮긴다.

한국일보
1987年6月24日

中央日報
1987年6月23日 火曜日

光明약사
時局성명

▲남김소리→백
▲선거5개의...광명시약
▲제난행→10명이 성
◀통청부회

光明市여약사
時局성명→10명도
발표

이의 출룡 전변의 대한
약사성명의약반여 시사
품구로 5개의 도시표를
일천발 '소구'이 대한 약
는청의말 여사 되기도
했다 업계의 있는 13리 지

時局宣言

지식인의 앙가주망(현실참여)
──그것은 시대의 先導인가, 시대
의 요청인가. 통념적으로 현실에
무관심하고 무기력하며, 또 이기적
이라고 여겨져 왔던 지식인들의 의
사표시와 행동을 아직은 한마디로
규정하기 어려울 것 같다.

「4.13조치」에서 「6.29선언」으로
역사적 대전환을 이룬 과정에서 지
식인들은 세계역사에도 유례가 없
을만큼 각분야에서 대거 참여, 「호
헌철폐와 민주화」를 외치며 국민의
소리를 대변하는데 앞장 섰다. 80
여개 단체서 6천여명이 서명한
「지식인의 시국선언」을 총정리하며
그중 특기할만한 10개단체의 시국
선언 주도인물을 통해 지식인들의
갈등과 고민, 또 앙가주망의 배경
을 들어본다. 〈徐海源기자〉

시국선언 기사들

週刊한국

1987. 7. 26/제1178호

특집·「시국선언」을 한 지식인들

孟京玉 씨

光明市 번화가에서 단독시위한 맹렬 여성
약사회선 "서명 못한다"에 女藥師들 규합
"남편이 공직자인데도 호응해주는데는
정말 고마왔어요"

男藥師들을 피해서

◇女藥師 孟京玉씨

82년부터 光明시에 부민약국을 개
업하고 있는 孟京玉씨(49)는 원래부

터 야당성향이라고 할 수 있다. 26년
전 결혼한 남편 盧乘九씨(56)가 야당
의 투사로 일관해왔고, 지난번 民主
黨창당대회 때는 전당대회부의장직
을 맡았다. 그 때문에 「6.10대회」 때
는 연금상태가 되자 盧씨가 대신 光
明시의 번화가에서 단독시위를 벌이
기도 했다.

『남편과 결부시키지 않더라도 국민
의 한사람으로 의사표시를 하고 싶었
다. 더구나 釜山과 서울에서도 약사
들이 시국선언을 했는데…, 그런데
光明시약사회는 몇번 촉구를 해도
「할 수 없다」고 해서 여약사들만을
규합했다. 남편이 공직자 신분인데도
호응해주는 여약사도 있어 정말 고마
왔고, 민주화에 대한 믿음을 다시 확
인할 수 있었다.』

〈주간한국〉 1987. 7. 26.

6·10 국민대회와
전두환, 노태우의 6·29 항복

박종철 군의 고문치사 은폐사건, 전두환의 4·13 호헌조치 등으로 민주화를 요구하는 국민들의 분노가 더욱 들끓어 서울뿐 아니라 부산, 광주, 인천 등 대도시의 '호헌철폐 독재타도' 항거의 물결 속에는 거의 전 국민이 합세해 경찰의 무력진압이 한계에 다다르고 있었다.

이렇게 되자 김영삼 총재와 김대중 고문 그리고 민주화를 요구하는 시민단체와 종교계·노동계 지도자들이 효과적인 민주화투쟁을 위해 같은 계열의 모든 정당·사회단체들을 통합해 '민주헌법쟁취 국민운동본부'를 결성하고 국민운동본부 주최로 1987년 6월 10일 오후 민주헌법쟁취 국민대회를 서울시청 옆의 성공회에서 열었다.

무수한 전투경찰을 동원해 이 집회를 원천봉쇄하려고 출입을 통제하는 과정에서 김영삼 총재도 이른바 경찰 닭장차에 강제로 실려갔고, 무수한 사람들이 수없이 쏘아대는 경찰의 최루탄 세례에 눈물 콧물을 짜며 고통스러워했다.

이날을 역사는 6·10 대회라고 썼고, 그날 이후 매일 밤낮없이 전두

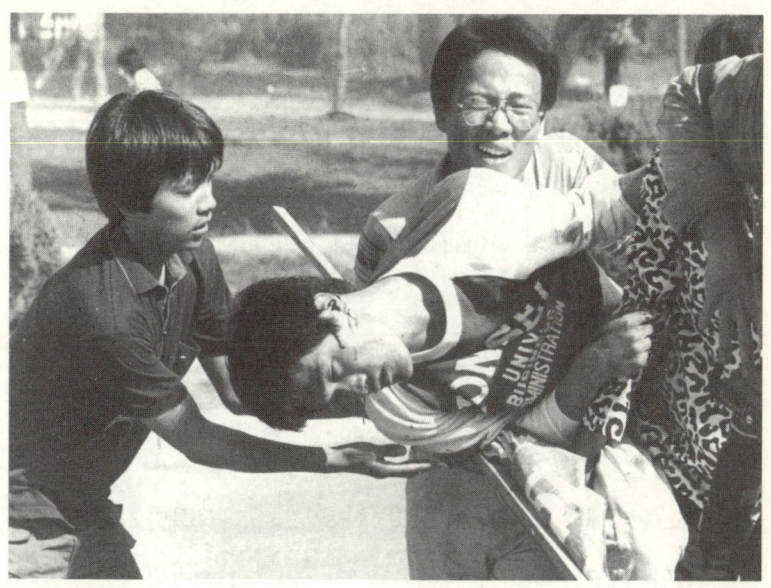
최루탄에 맞은 연세대학교 학생 이한열 군

환과의 싸움은 서울뿐 아니라 부산·광주·인천 등 거의 전국의 대도
시에서 이어졌다. 그러다가 연세대학교 학생 이한열 군이 경찰이 쏜
최루탄에 맞아 사망함으로써 민주화운동은 절정에 달했고, 6월 26일
백만이 넘는 시민의 행진과 대학교수·지식인들의 연이은 '시국선
언'으로 더 이상은 감당할 수 없음을 감지한 전두환·노태우는 드디
어 국민의 민주화요구를 받아들여 대통령직선제로 헌법을 개정하겠
다는 6·29 항복을 하기에 이르렀다.

　특히 7월 9일 이한열 군의 장례식이 있던 날은 연세대학교에서 서
울시청 앞까지 영구행렬을 따라 발디딜 틈도 없을 만큼 많은 추모행
렬이 이어져 다시는 독재정권이 발붙이지 못하도록 우리 모두 확실한
민주주의국가를 건설함으로써 꽃다운 우리 아이들이 마음놓고 공부

에만 전념할 수 있도록 해야겠다고 다짐 또 다짐을 했다.

우리 국민은 일제 36년의 나라 없는 수모를 겪었고, 6·25 동란으로 공산주의자들의 잔혹성이 전국토를 폐허로 만들고 수백만 동포의 가슴에 총부리를 들이대고 소중한 생명을 앗아가는 것을 보았다. 또한 이승만 독재정권의 혹독한 탄압과 부정부패 그리고 3·15 부정선거로 4·19 혁명을 일으켰을 때 얼마나 많은 꽃다운 학생들이 희생되었던가?

박정희의 군사쿠데타로 언론에 재갈을 물리고 박정희를 비롯한 혁명주체라는 사람들이 무소불위의 권력을 휘둘러 그간 저질러진 부정부패는 말할 것도 없고 국민 스스로 경험하고 깨달으며 성장, 발전해야 할 소중한 시간과 기회를 오직 총칼만으로 박탈하다가 10·26으로 비참하게 막을 내렸다. 그러고도 우리는 그런 쓰라린 경험을 살리지 못하고 또 주어진 임무에 충실치 못한 박정희의 수제자 격인 전두환, 노태우 등 권력욕에 불타는 하나회 출신 몇몇 군인들의 농간에 속수무책으로 당하다가 광주사태를 겪었으며, 그 외에도 수많은 억울한 학생·시민의 소중한 목숨을 잃었다.

똑같은 실수를 반복하는 것은 바보들이나 하는 짓이다. 이처럼 반복된 독재자들의 출현은 그들만의 책임은 아니다. '독재자들이 내세우는 경제제일주의'는 "쇠고기국에 이밥을 먹여주겠다"고 거주이전의 자유는 물론 언론과 인권을 탄압하는 김일성이나 공산주의자들이 내세우는 명분과 크게 다를 것이 없다. 독재정치가 길어지면 어쩔 수 없이 지금의 북한처럼 국민을 굶겨죽이는 체제로 전락하는 것을 똑똑히 보면서도, 또 지난 역사는 그만두고 지금의 세계 역사의 흐름도 공산주의뿐 아니라 어떤 명분과 구실을 붙인 독재국가도 일시적으로는 반짝하는 것 같지만 결국 정치·경제·사회·문화적으로 퇴보해서 후진국 대열로 들어서고 마는 것을 우리는 눈을 뜨고 빤히 보았다.

그러면서도 자각을 하지 못하고 한 숟갈에 배부르지 않다고 참지 못하고 깊은 생각 없이 허둥대다가 야심찬 독재자들에게 당하고 후회하고 또 당하고 후회하며 살아왔다. 박정희의 5·16이 없었더라면, 18년의 기나긴 독재정치가 없었더라면 서투르게라도 단군 이래 처음 해보는 민주정치를 선진 민주국가의 경험과 발전하는 예를 듣고 배워가며 시행착오도 일으키고 실수도 하고 그렇게 하면서 비록 경부고속도로 건설은 몇 년 늦게 하더라도, 한일국교 정상화를 졸속으로 서두르지 않고 몇 년 늦게 하더라도 국민적 합의로 완벽하게 했더라면, 기왕 보릿고개에 익숙한 우리였는데 좀더 참고 생소한 민주정치를 경험하고 시정하고 온 국민이 배우고 느끼며 해왔더라면 6·3사태, 부마사태, 광주사태, 10·26 등 수많은 민족적 비극은 없었을 것이다. 또한 비록 시작은 미미했을지라도 우리는 성숙한 민주시민이 되어 지금쯤은 국민 1인당 소득도 3만 불을 넘는 선진국이 되었을 것이라고 나는 확신한다.

'국민적 자각'이 정치·경제·사회 모든 면에 승화되어 고도의 문화로 자리를 잡아야 한다. 그래야 선진국이다. 국민적 자각은 하루아침에 생기는 것은 아니다. 모든 정치인들이 진실로 봉사하는 자세로 인내심을 가지고 성실하게 주어진 역할을 수행해 나갈 때 국민은 감격하고 또 감격하며 신뢰가 쌓여 점진적으로 고도의 민주시민으로 바뀌어 자신들도 모르는 사이에 국민적 자각으로 선진 민주국가의 대열에 들어서게 될 것이다.

"생각하는 국민이라야 산다"고 설파한 함석헌 선생이 떠오른다. 여기 다시는 있어서는 안될 기록 사진을 옮긴다.

박종철 열사를 조문하는 필자

박종철 열사의 장례 행렬에 참가한 필자

무장경찰에 잡혀 닭장차에 강제로 연행되는 필자

경찰의 저지로 민주행군이 중단되어 애국가를 부르는 필자

국민의 여망을 저버린
정치지도자의 변명

민주화열망으로 불고가사하고 투쟁대열에 뛰어든 수많은 애국시민들의 소망은 전두환·노태우의 6·29 항복으로 오랜만에 이루어졌다. 대통령직선 헌법개정안은 1987년 10월 12일 국회를 통과하고 10월 27일 국민투표에 붙여져 국민의 절대다수인 93.1%의 찬성으로 통과되었다. 이로써 25년간의 긴 군사정부는 끝이 나고 절대다수 국민의 민주화에 대한 소망은 밤중에 불을 보는 것처럼 확실하게 이루어졌다고 온 국민이 믿게 되었다.

문제는 김영삼, 김대중 두 분 사이에 단일화가 이루어지느냐 하는 것이었다. 대통령직선제 헌법을 통과시킨 민정당은 노태우 후보를 일찌감치 민정당 대통령후보로 지명해 놓고 헌법의 확정과 동시에 사력을 다한 대통령선거운동을 하고 있었는데, 통일민주당과 야권에서는 대통령후보를 결정하지 못한 채 차일피일 시간만 끌고 있었다. 마치 10·26 후 1980년대의 정치판과 유사한 상황으로 치닫고 있었다.

10 · 26 후에도 김대중 씨가 일찍이 자신이 대통령후보를 했고 오랫동안 몸담았던 신민당에 입당해 김영삼 총재와 힘을 합쳐 전두환 일파에 대항해서 민주정부 수립을 위한 투쟁을 했더라면 전두환정권은 생기지도 못했을 것이다. 그런데 무슨 생각을 하는지 신민당과는 거리를 두고 민주화세력을 양분함으로써 전두환은 여유롭게 광주사태를 일으켜 수많은 억울한 죽음을 맞게 되었다.

　그리고 김대중 씨 자신은 내란음모죄까지 뒤집어쓴 채 사형선고까지 받고 오랫동안 옥고를 치르다가 전두환에게 정치를 하지 않겠다는 탄원서를 써보내고 다시 미국으로 나가 참으로 고생도 많이 하고 돌아왔다. 그런데도 1980년대와 비슷한 태도로 일관해서 민주화세력과 국민에게 엄청난 불안을 안겨주고 있었다.

　대통령직선으로 헌법을 개정하는 안을 받아들이면 대통령선거에 나가지 않겠다는 불출마선언을 직접 기자들까지 불러 발표했는데, 막상 6 · 29 선언이 나오자 대통령출마 여부는 국민의 뜻에 따르겠다고 하면서 자기의 지지기반이 확실한 광주와 호남일대를 돌면서 모여든 인파를 핑계로 불출마선언을 거둬들였다.

　김영삼 총재와 함께 50 대 50의 비율로 세력을 반분해서 창당한 통일민주당 상임고문으로 입당절차까지 밟아놓고도 김대중 씨는 후보단일화작업을 특별한 사유 없이 미루었다.

　두 김씨는 기회가 있을 때마다 "우리 두 사람의 협력관계는 지금뿐 아니라 대선 후까지도 한 치의 오차 없이 계속될 것"이라고 했고, "혹시 분당까지 가지 않겠느냐?"는 기자들의 질문에 "분당은 무책임한 사람들의 얘기이며 후보단일화는 반드시 이룩되고, 경선도 하지 않고 합의로 국민이 원하는 대통령후보가 결정될 것"임을 천명했다.

그렇게 시간을 끌다가 9월 초부터 김대중계에서 김대중 후보 추대를 공식화하기 시작했다. 그러면서도 김대중 씨는 후보단일화는 꼭 한다고 하면서 호남을 중심으로 한 군중집회를 하고 다녔다. 그리고 10월이 되면서 집회에 다니는 곳마다 국민들의 지지가 자기 쪽으로 오고 있다고, 집회에 모이는 인원으로 후보를 결정해야 한다고 외치기 시작하며 모인 인원이 많음을 자랑했다.

| 부산 수영만에 모인 150만 이상의 김영삼 지지 모임 |

김영삼 쪽에서도 이를 보고만 있을 수는 없었다. 10월 17일, 고수부지와 야산을 합쳐 50만 평이 넘는 부산 수영만에서 김영삼 대통령후보 추대 국민대회를 가졌다. 민주산악회 광명시 지부에서도 관광버스 여섯 대를 빌려 약국에서 여성회원들의 수고로 300명분의 도시락을 싸 가지고 추대대회에 참가했다.

나는 수많은 정치집회에 참가해보았지만 수영만 대회처럼 인산인해를 이룬 것은 처음이었다. 그날 모인 인원을 외신들조차 150만 명에서 200만 명 정도로 보도할 만큼 어마어마한 인파였다.

신바람이 난 김영삼 총재는 "군정종식이라는 국민여망의 부응과 민주화세력의 후보단일화"를 역설하면서 "집회참가 인원으로 한다면 김대중 씨가 지금까지 한 달 동안 모은 인원을 모두 합쳐도, 단 한 번인 오늘 수영만 추대대회에는 미치지 못할 것"이라며 후보단일화를 더 이상 미루지 말자고 역설했다. 그 말에 모든 청중은 열광하며 속히 단일후보를 내라고 박수를 쳤다.

| 김영삼 총재의 군정종식에 대한 마지막 충정, 경선 제의 |

군정종식의 국민적 여망이 대통령후보 단일화의 실패로 또다시 무산되는 것을 안타까워한 김영삼 총재는 통일민주당은 애초에 김영삼, 김대중 양쪽이 50 대 50으로 세력균형을 이루어 창당했으며, 남은 미창당 지구당 수도 반분하고 김대중 씨에게 균형을 확실하게 맞추게 해 두 사람이 정정당당하게 경선을 해서 멋진 승부를 가려 그 극적인 효과를 국민에게 보이면 확실한 군정종식을 이룩할 것이라고 경선을 제의하기에 이르렀다.

"나는 경선에서 지면 깨끗이 승복하고 지난날 김 고문이 신민당후보로 나섰을 때처럼 김 고문의 선거운동에 앞장설 것이니 딴생각 말고 군정종식만을 생각하고 경선합시다!"

이런 김영삼 총재의 제의를 받은 김대중 씨는 아무런 대답이 없었다고 한다.

김대중 씨의 4자출마론(四者出馬論)과
평민당 창당

　김대중 씨는 변명과 변신의 명수였다. 자신의 집회에 참가한 인원을 자랑하던 김대중 씨는 김영삼 총재의 수영만대회 후 국민여론을 앞세우고 자기의 집회참석 인원을 내세웠지만 그 어떤 이유로도 큰소리를 칠 수 없게 되었다. 더구나 대통령후보 지명 전당대회를 소집해 정정당당하게 경선으로 후보를 뽑자는 김영삼 총재의 제의를 받고 어떤 핑계거리도 없어지자, 마침내 1987년 10월 28일 자신의 대통령출마와 신당창당을 공식선언하기에 이르렀다.

　나와는 신민당 시절에 고흥문 계보를 함께했고, 또 오래전부터 같은 회원으로 있는 2 · 8 동지회라는 친목모임의 회장 이중재 부총재가 김대중 씨의 대선출마와 신당창당 방침을 전하기 위해 민족문제연구소로 김영삼 총재를 찾아왔다.

　김영삼 총재를 만나 김대중 씨의 뜻을 전한 이중재 의원이 수심에 찬 얼굴로 나오는 것을 보고 예감이 좋지 않아서 이중재 의원을 따라가서 물었다.

"회장님, 불길한 소식입니까?"

이중재 의원은 힘없는 어조로 대답했다.

"틀렸어, 다 틀렸어. 나는 호남사람이니 틀린 걸 알면서도 김대중 씨를 따라가지 않을 수 없어."

"그럼 또 80년대처럼 다 잡은 정권을 포기한단 말입니까? 이번에야 말로 군정을 확실하게 끝낼 호기인데 합의가 어려우면 김영삼 총재의 경선을 받아들이면 될 것을 왜 경선을 거부하는 겁니까? 이번에 놓치면 우리 대에서는 민주화하자는 말도 할 수 없게 되고, 그 책임은 김대중 씨가 져야 합니다."

한참 내 말을 듣고 있던 이중재 의원이 말했다.

"내 생각도 노 국장의 생각과 같아. 그런데 김대중 씨는 자기 집 지하방에 나와 양순직 씨, 그리고 몇 사람을 앉혀 놓고 김영삼, 노태우, 김종필 이 세 사람을 대통령선거에 나오게 해서 넷이 싸워야 김대중 씨가 틀림없이 대통령에 당선이 된다고 역설하는 거야."

"어째서 그렇습니까?"

"경상남북도는 김영삼·노태우가 나눠먹고, 충청도는 김종필 씨가 많이 가져간다고 해도 전라남북도와 수도권은 자신이 절대우세하고 강원도도 자신이 있다고, 4자가 출마해야 꼭 당선된다는 논리를 펴면서 고집을 부리니 어쩔 수가 없어. 나도 답답하고 양순직 씨도 경선을 받아들여야 한다는 쪽인데 어쩔 수 없군. 노 국장, 이제 결과는 하늘에 맡길 수밖에 없게 됐어. 수고해."

그러면서 이중재 의원은 무거운 발걸음으로 돌아섰다.

김대중 씨는 기나긴 군정기간 동안 독재타도를 외치며 민주화운동에 앞장서서 민주화운동 대열의 지도자로 지내오면서 민주화의 결정적 계기가 오면 이상한 변명과 변신으로 대응해서 민주화의 호기를 방해하는 처신을 서슴지 않았다.

기껏 낸다는 것이 죽을 꾀만 낸다고, 변명과 변신으로 금쪽 같은 시간을 끌다가 대통령선거를 코앞에 두고 그것도 나라의 발전을 가장 저해하는 망국적인 지역감정을 선거의 전략전술로 정하고 자기가 만든 정당을 둘로 갈라놓은 김대중 씨에게 참으로 실망을 했다.

통일민주당 대통령후보
지명 전당대회

김영삼 총재는 자신이 희생할 각오로 달래고 사정하고 유리한 조건을 모두 맞춰주면서 마지막 순간까지 단일화를 이루려고 당당한 경선을 제의했다. 그런데 김대중 자신은 '4자출마 필승론'이라는 궤변을 늘어놓으며 어떤 일이 있어도 대통령선거에 출마하기로 했고, 김영삼 총재도 꼭 출마하도록 해야 한다면서 김영삼 총재는 자신의 상대가 안 된다는 망상에 젖어 분당을 선언했다. 그러니 김영삼 총재로서도 구경만 할 수는 없었다.

1987년 11월 9일 오전 9시, 세종문회관 별관에서 통일민주당 대통령후보 지명 임시전당대회를 소집했다. 당시 전당대회 의장 유제연 의원과 부의장 김득수 의원은 본래 김대중계 출신으로 두 사람 모두 탈당해서 김대중 씨가 만드는 평민당으로 가고 의장단에는 나만 홀로 남았다.

나는 전당대회 소집권자가 되어 소집통고도 부의장인 내 이름으로 대의원들에게 전달되었다. 전당대회 당일에는 개회사부터 시작해서

단상의 사진 : (왼쪽부터) 황명수 노병구 정승화 김영삼 박용만 최형우

새로운 의장에 황명수 의원, 부의장에 문부식 의원을 선출했으며, 황명수 의장이 만장일치로 김영삼 총재가 대통령후보로 지명되었음을 선포했다.

특히 이날 전두환이 하극상사건을 일으키는 바람에 하루아침에 육군참모총장에서 이등병으로 강등당해 오래동안 옥고를 치르고 감당키 어려운 수모를 겪어온 정승화 대장이 통일민주당에 입당해서 단상에 마련된 의장석에 나와 나란히 앉아 김영삼 대통령의 후보수락 연설을 들었다. "이번 대선에서 기어이 김영삼 후보가 당선되어야 한다"며 필승을 다짐하자는 정승화 대장의 찬조연설은 우리 모두의 눈시울을 적셨고, 국민들의 가슴을 뭉클하게 했다.

통 일 민 주 당

민주총제60호   313 - 1661   1987. 11. 2.

수 신 : 전 대의원

제 목 : 대통령 후보지명 임시 전당대회 개최의 건

군정종식을 위한 본당 대통령후보지명 임시전당대회를 당헌제7조에 의거 아래와 같이 소집하오니 대의원께서는 필히 참석하시기 바랍니다.

─아 래─

1. 일 시 : 1987. 11. 9. 9 : 00
2. 장 소 : 세종문화회관 별관 (전 국회의사당)
3. 준수사항
    1) 지구당 위원장은 대회전날 오후 5시까지 중앙당 조직국에서 대의원증을 일괄 교부 받을것.
    2) 대의원은 지구당위원장이 지정한 숙소에서 투숙하고(서울지역 제외) 대회당일 대회장 입장시간을 늦지 않도록 할것.
    3) 대의원은 입장시 주민등록증 및 대의원증을 필히 제시하고 입장하여야 하며 대의원증은 왼쪽 상의에 부착할것.
    4) 대의원은 개회시각 1시간전에 입장완료 할것. (8시전)
    5) 대의원은 장내질서를 지킬것이며 흡연시는 복도를 이용할 것.
    6) 입장한 대의원은 대회종료시까지 출입을 금함.   끝.

1987. 11. 3.

통 일 민 주 당

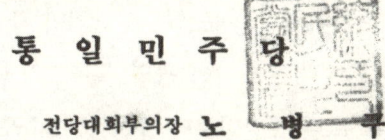

전당대회부의장 노 병 우

통일민주당 대통령후보 지명 전당대회 소집통보

사흘 뒤인 11월 12일, 김대중 씨도 평민당 대통령후보로 지명됨으로써 김대중 씨의 필승전략이라는 4자가 모두 대통령후보로 출마하게 되었다.

| 김대중 씨의 말에 하루아침에 등을 돌린 호남출신 동지들 |

드디어 1987년 12월 16일자로 제13대 대통령 선거일이 공포되었다. 나와 경옥은 광명 5동 큰길가에 사무실을 마련하고 민주산악회 회원들을 모아 성대한 출정식과 선거대책기구를 결성했다. 선거대책기구는 지금까지 내려오던 민주산악회 광명시 지부의 간부들을 그대로 두고 신진을 보강하는 것으로 비교적 수월하게 결성되었다.

그 당시 민주산악회를 함께하면서 군정종식을 외치고 민주화투쟁을 함께한 사람 중에는 호남출신 인사들이 많았는데, 김대중 씨의 연설을 듣고 나서 약속이나 한 것처럼 칼로 무 자르듯 민주산악회에 등을 돌렸다. 그때 남은 우리들은 떠나간 그들을 참으로 야멸차고 무서운 베트콩이라고 불렀다. 민주화투쟁의 판은 예측한 대로 깨지기 시작한 것이다.

당시 광명시민의 인구분포는 호남인이 가장 많고 다음이 충청인이었으며, 강원인과 본토박이 광명인은 그리 많지 않았다. 민주산악회원을 중심으로 한 통일민주당 당원들은 겨우 자장면이나 먹으면서 혼신의 힘을 다해서 선거운동을 했다. 광명에서만 보면 노란 깃발을 든 평민당의 기세로 보아 김대중 씨의 4자필승론이 적중하는 것 같기도 했다. 오직 지역감정만을 유발하고 이용해서 승리하겠다는 김대중 씨의 발상은 이 나라의 민주화와 장래는 어떻게 되든지 간에 당선만을 생각한다면 참으로 기발한 전략전술임에 틀림없다고 생각했다.

민주화를 위해서 평생을 바친 우리들은 김대중 씨가 대권욕에 눈이 멀어 망국적인 지역감정을 조장해서 절대다수의 민주화세력을 분열시키는 처사가 사리에 맞지 않는다고 생각했고 얄밉기도 했다. 그러면서도 동지들 가운데는 김영삼 후보의 당선이 역사의 순리이고 물러설 수 없는 우리들의 소망이지만 만에 하나 여의치 않다면 노태우나 김종필보다는 김대중 씨라도 되었으면 하는 가냘픈 기대를 하는 사람들이 있었다.

김대중 씨도 양심은 있었던지 선거운동 중 "이번 선거에서 지면 정계에서 은퇴하겠다"는 말까지 하고 다녔다. 그때 가봐야 알겠지만 말이다.

| 노태우 후보의 당선과 김대중 씨의 몰락 |

김대중 씨와 호남인의 결속은 다른 지역 사람들을 자극해서 국가의 발전을 위한 경쟁도, 군정종식도, 민주화도 뒷전으로 밀리고 대통령 선거는 완전한 지역싸움으로 바뀌었다. 그 결과 국가도, 국민도 안중에 없이 어느 향우회가 이기느냐의 싸움으로 변질되어 지역이 다르면 원수처럼 반목하고 질시하여 옳고 그름이 없어진 한심한 선거판이 되고 말았다.

선거판은 돈판 먹자판 개판으로 치달아서 원적지가 부산이나 경남인 사람들은 김영삼 후보를 선호해서 비교적 수월했지만 수가 가장 적었다. 경북은 노태우를 지지하고 충청은 김종필에게 쏠려 호남인의 수가 절대적 우위에 있던 광명시에서 산술적 계산으로는 김대중 씨가 절대적 우세를 달렸다.

　노태우는 경북인의 지지를 바탕으로 엄청난 물량공세를 펼치면서 유권자들을 끌어들였고, 많은 충청인들은 김종필 쪽으로 밀려갔다. 다행히 내 고향이 충북 보은이라서 할 수 없이 나도 충청인임을 내세워 어차피 김종필씨는 후보자 넷 중 꼴지일 텐데 고귀한 한 표를 죽은 표를 만들어서야 되겠느냐고 설득해 많은 충청인들의 표를 모을 수 있었다.

┃ 지역감정에 묶여 있던 목사와의 싸움 ┃

　선거운동 당시 나는 하안 1동 제일은행 옆에서 우연히 한 중년신사를 만났다.

　"저는 김영삼 후보 광명시 선대위원장인데 김영삼 후보를 잘 부탁합니다."

　"나는 광명시내에 있는 교회의 목사인데 이번에는 김대중 후보가 돼야 합니다. 죽을 고생도 했지만 호남이 정권을 잡을 차례인데 김영삼 후보가 욕심을 버려야 합니다. 나이도 그렇고 이대로 경쟁하면 안 되지요."

　"목사님께서 사정을 잘 모르셔서 그렇습니다. 김영삼 씨를 꼭 출마하도록 유도하기 위해 4자출마론을 주장하고 나온 것은 김대중 씨입니다. 목사님까지 지역감정에 동조하시면 되겠습니까? 저도 교회의 집사입니다. 교회가 앞장서서 지역감정을 없애야 하지 않겠습니까? 김영삼 후보는 교회의 장로입니다."

　그랬더니 그 목사는 몹시 기분 나쁜 표정으로 말했다.

"집사가 목사에게 이렇게 대들어도 됩니까?"

"그게 무슨 말씀이십니까? 목사와 집사가 계급의 차이입니까? 교회에서 목사와 집사는 직분이 다를 뿐입니다. 그리고 목사라는 직분을 가지고 교인들에게 우대받을 생각을 해서는 안 됩니다. 교인들에게 존경받는 목사님이 되세요. 우대받겠다는 생각을 하시면 안 됩니다. 목사님들이 지역감정이나 선동하고 다니면 교회도 어렵고 나라 꼴도 안 됩니다."

그 목사도 나도 흥분한 상태였다.

"집사가 목사에게 무례한 것도 안 되지만, 어떻든 나는 당신의 말에 승복할 수도 없고, 내 표는 당신과 같은 사람에게 줄 수 없어요."

"당신 같은 목사의 표는 나도 필요없어요. 그만 합시다."

나는 '목사까지도 저런 사고를 하고 있으니 이 망국적인 지역감정 해소는 오래 가겠다'고 한탄하면서 돌아섰다. 그날 그 목사와의 다툼은 오랫동안 악몽으로 간직하고 있다.

광명시 민주산악회 회원들은 김영삼 후보의 여의도 강연이 있던 날 모금함을 안고 다니며 수백만원을 모금해서 선거운동에 보태 쓸 정도로 어려운 싸움을 했지만 그만큼 열렬하게 선거운동을 했다.

선거는 끝났다. 4자출마론으로 지역감정을 부추겨 승리를 장담하고, 이번 선거로 김영삼 후보를 완전히 제압해 대통령도 되고 김영삼 총재도 제치고 민주화세력의 유일한 지도자로 군림하겠다고 자신만만하게 출마했던 김대중 씨는 대통령은커녕 김영삼 후보보다 수십만 표나 적은 표차로 3등을 하고 말았다. 국민의 3분의 2가 반대하는 노태우의 승리였다.

자신의 영달만을 위해 망국적 지역감정을 고착시키고 민주화를 요구하는 절대 다수 국민을 배반하여 출마한 김대중 씨의 뻔뻔함은 온 나라를 초상집으로 만들었다. 그래도 광명시는 호남인의 수적 우위로 김대중 4만 5천여 표, 노태우 4만 3천여 표, 김영삼 4만 1천여 표를 득 표해 1, 2, 3등이 각 2천여 표 차이로 김대중이 1등을 했다.

광명시의 평민당은 구심점이 될 만한 사람이 없어 정치경험이 전혀 없던 경기도 출신 H씨가 선거대책위원장을 맡아 선거운동을 했는데, 1등을 했음에도 선거 후 바로 위원장을 교체할 정도로 운동이 미미했으나 지역감정으로 뭉친 호남인의 결속력은 감탄할 정도였다. 고정지지 기반인 부산 경남인이 가장 적은 불리한 여건에서도 우리 민주산악회 회원들이 사투를 벌여 얻은 4만 1천 표는 대단한 성과였지만 3등인 것을 어쩌랴? 나는 김영삼 후보에게도 민주산악회 회원들에게도 죄인이 되었다.

제13대 국회의원 총선거에
광명시에서 출마

국민의 30%도 안 되는 지지를 받아 노태우가 대통령에 당선되고 보니 하루 만에 군정은 민주정부로 탈바꿈해서 당당한 반면, 민주세력은 모두 합쳐 국민 70%의 성원을 받고도 지역감정을 앞세운 김대중 씨로 인한 자체분열로 처참한 패배자로서 얼굴을 들지 못하게 되었다.

곧바로 국회의원 선거가 이어졌는데, 지역으로 나눠진 대통령선거의 여파로 만만치 않은 선거가 될 수밖에 없을 것이 뻔했다. 그것을 알면서도 경옥과 나는 아무리 어려워도 당당히 맞서 광명시 유권자에게 그간의 우리의 진실을 알리고 결과는 하나님께 맡기자고 다짐하고 통일민주당 공천을 받았다. 정치를 그만두겠다던 내가 1988년 4월 26일 실시한 제13대 국회의원 선거에 입후보하기로 한 것이다.

돈이 있을 리 없었다. 대통령선거 때 아끼고 아껴서 선거를 치렀는데도 여주에서 부민농장을 판 4천만원 중 2천만원을 썼고, 그리고 남은 2천만원이 내가 가진 돈의 전부였다.

1987년 12월 16일 대선이 끝나고 4월에 치르는 국회의원 선거 때까지 3개월이 넘는 기간을 견디는 것이 참으로 고역이었다. 만나자는 사람도 워낙 많은 데다가 향우회, 친목회, 동창회, 계모임은 왜 그렇게 많은지 만나는 사람마다 초청하는 모임마다 돈이야기, 먹는 이야기가 주류를 이루었다.

수십년간 군사정부에 붙어 상대적으로 여유 있는 생활을 구가하는 집단인 민정당은 6·10 대회와 6·29 항복을 겪는 동안 불안해하는 것 같기도 했지만 김대중 씨의 간접적인 도움으로 노태우가 승리하자 사기가 하늘을 찔렀다. 그리고 자금력 또한 군사정부 시절과 다름없이 풍요로웠다. 따라서 경기고등학교, 서울대학 출신으로 평생을 군사정부를 돕고 그때까지 정부부처의 고위직을 지낸 화려한 경력의 윤항열 씨가 민정당 공천을 받았다.

그리고 학벌은 그리 높지 않은데 광명시 토박이고 기아자동차 노동조합장을 하면서 돈을 많이 벌어 재산이 많다고 소문이 난 김병용 씨가 김종필의 신민주공화당의 공천을 받았다. 원래 김병용씨는 광명시 지구당에서 늘 여당의 수석부위원장을 지내던 사람으로 여당의 공천을 받기 어렵자 신민주공화당의 공천을 받은 것으로 알려졌다.

나는 광명시에서 유일하게 정보부와 광명경찰서의 감시 속에 여러 번 가택연금을 당하며 민주화운동을 했고, 민주산악회 조직위원장·민주화추진협의회 상임 운영위원과 2·12 돌풍을 일으킨 신민당의 전당대회 부의장을 거쳐 김영삼, 김대중 두 분이 만든 통일민주당의 전당대회 부의장까지 하고 있어서 통일민주당의 공천은 받은 것이나 다름없었다. 따라서 김대중씨가 평민당을 창당해서 분열만 하지 않았더라면 당시의 여건으로 보아 어렵지 않게 광명시민의 대변자가 되었을 것인데 참으로 아쉬운 선거였다.

평민당은 광명시내에서는 후보로 낼 만한 사람이 없었다. 그런데 느닷없이 최정택이 공천을 받았다. 최정택은 과거 신민당에서 나와 같이 유진산 총재를 따르던 진산계의 일원으로 나는 신민당 선전국 공보부장, 최정택은 청년부 차장으로 조석으로 협력하던 선후배였다.

최정택과는 유진산 총재의 지휘 아래 박정희의 삼선개헌 저지투쟁을 함께 열심히 했는데, 유진산 총재가 타계하고는 최정택을 만나지 못했다. 박정희의 유신 후 전두환 독재 시절 반독재·민주화투쟁 때는 아무 데도 나타나지 않았다. 더욱이 박정희의 유신과 전두환 시절 민주화운동 때는 김대중계를 한 사실도 전혀 없는 사람이고 또 호남인도 아니며 광명시와도 아무 인연이 없는 사람이었다.

그런데 대선에서 김대중 씨가 최다득표를 하는 것을 보고 평민당의 공천을 받고 호남인들의 표만 얻으면 당선할 것이라는 생각으로 공천을 희망한 것이다. 김대중 씨도 그간 광명시에 내세울 만한 마땅한 사람이 없던 중에 나타난 최정택을 공천했다. 산술적 계산이기는 하지만 그럴듯한 계산이었다.

그 외에 어느 천주교인을 비롯한 일곱 명이 출마했다.

선거는 선거일자 공고 전부터 불이 붙었다. 대통령선거는 완전한 지역감정으로 선거를 치렀는데, 막상 노태우의 민정당이 정권을 다시 잡고 나니 민주화를 바라던 국민들과 호남인의 세상을 꿈꾸던 호남인들까지도 거의 자포자기에 빠져 "어느 놈이 되면 어떠냐"는 식으로 선거판은 변질되어 갔다. 참으로 안타까운 일이었다.

1988년 4월 8일 선거일자가 공고되었다. 나는 아침 9시에 광명시 선거관리위원회에 입후보등록을 마치고 관내에 있는 개봉극장을 빌려 아침 10시에 통일민주당 광명시 지구당 창당대회를 가졌다. 모두 선거에 참가하느라고 중앙에서는 그동안 찬조연설을 하느라고 목이 쉬어 연설을 할 수 없다는 김명윤 민주산악회 회장이 오셨다. 김 회장은 정말 목이 아파 연설을 못하고 내가 혼자 개회사를 통해서 통일민주당의 정강정책과 그간의 투쟁을 이야기하느라고 시간을 소비하고, 김 회장은 대의원들에게 나의 손을 잡고 번쩍 들어 지지해달라는 시늉만을 했다.

창당대회를 마치고 광명동에서 철산동으로 넘어오는데, 윤항열의 지구당사무실 앞을 지나면서 보니 원래 현수막과 벽보의 첨부는 선거법에 엄연히 규정되어 있음에도 불구하고 현수막과 벽보가 규정된 수와 게시방법을 완전히 무시하고 물량공세로 시작하고 있었다. 나는 돈도 없었지만 선거법규정에 어긋나지 않으려고 정해진 수만큼만 제작하고 있는데 첫 시간부터 돈판 먹자판으로 개판 선거가 되겠다는 걱정을 하며 돌아왔다. 그에 대해 선거관리위원회에 전화항의도 했지만 알았다는 대답만 돌아왔다. 법을 지키는 게 바보고 남만큼 못하는 게 무능이었다.

세 번의 합동연설회가 예정되어 있었고, 남은 선거운동 기간 15일 이상을 후보자들이 유권자들의 가정을 방문해서 간단한 다과와 음료수 정도를 차려놓고 그 이웃에 사는 유권자들을 불러모아 인사말을 하는데, 돈이 있으면 무제한으로 판을 벌일 수가 있지만 돈이 없으면 유권자들의 가정에서 자진해 자리를 마련해주지 않으면 사람들의 통행이 많은 길에서 지나가는 유권자들과 악수나 하는 것으로 운동을 할 수밖에 없었다.

집안에서의 모임이기 때문에 돈은 있는 대로 뿌릴 수가 있었다. 그래서 사랑방좌담회가 가장 효과적인 방식이었고 또 돈을 미리 주고 유권자들을 음식점으로 불러내어 먹게 하고 인사를 가거나, 초청하는 모든 모임에 나가 인사를 하고 그들이 내미는 음식대금을 지불하는 것이다. 집에 찾아오는 손님을 대접한다고 큰 음식점에서 하는 것처럼 아예 승합차를 대기시켜 놓고 전화가 오면 달려가서 모셔다가 매일 아침부터 밤까지 잔치를 벌이는 것이다.

매일 소를 잡아 온다는 말도 있었다. 오는 여자들에게는 목걸이도 나누어준다고 했다. 심한 사람들은 음식점에 진을 치고 출마한 입후보자들을 시간별로 사이를 두고 모두 불러 음식값을 받아 챙기기도 한다는 말도 있었다. 사랑방좌담을 한 번 할 때마다 수십만원씩 주기 때문에 사랑방좌담 요청이 쇄도했다고 한다.

나도 놀고만 있을 수는 없었다. 먼저 지구당 간부들의 집에서 사람들을 모았는데 전혀 맨입으로 할 수는 없어서 요구르트와 과자를 조금씩 갖다 놓으라고 한 번 할 때 2만원씩을 봉투에 넣어서 주었다. 대개는 그나마도 받지 않으려고 하는 고마운 분들이 많았다.

그런 소문이 나서인지 자진해서 자기 집에 이웃 주민들을 초청하고 자기 경비로 음료수와 딸기, 과자 등을 차려놓고 나를 부르는 유권자가 많아서 운동원들을 감동시켰다. 그런 유권자일수록 나를 위한 선거운동을 열심히 할 뿐 아니라 인사말을 마치고 나오면서 2만원이 들어 있는 봉투를 주면 거절을 했다.

"이 돈을 다른 데 보태어 쓰세요. 여기 출마한 사람 중에 가장 돈이 없어 고생하신다는 소문을 듣고 애 아빠와 상의해서 이 정도는 우리 힘으로 할 수 있기에 즐거운 마음으로 했습니다. 꼭 당선되셔야 합니다."

이렇게 눈물겨운 말을 하면서 한사코 그 돈도 사양해서 나와 운동원들은 용기백배해서 운동을 할 수 있었다.

그런가 하면 선거운동 기간에는 이런 유권자도 많았다.

"여기 사람들이 많이 모여서 꼭 노병구 후보를 보고 싶어하는데, 잠깐만 와서 얼굴만 보이고 인사나 몇 마디 하고 가면 되니 아무 부담 갖지 말고 들러주십시오."

그런 연락이 오면 나는 즐거운 마음으로 달려가서 악수를 나누고 "잘 부탁합니다!" 하고 인사를 했다. 그런데 다른 일정 때문에 가겠다고 하자 총무라는 사람이 잠깐 보자더니 그 자리에서 먹은 식대가 70만원이 넘게 나왔다면서 계산서를 내놓았다. 나는 정색을 했다.

"이런 자리라면 나는 여기 오지 않았습니다. 부담없이 와서 인사만 하라기에 고마운 마음으로 달려왔는데 이것을 나보고 내라고 하면 됩니까? 나는 이렇게 쓸 돈도 없지만 돈이 있더라도 이런 경우 없는 돈은 낼 수 없습니다. 죄송하지만 나랏일을 하는데 이렇게 해서는 안 됩니다."

내 말을 들은 그는 이렇게 대답했다.

"이 정도의 돈도 낼 수 없는 사람이 무엇 하러 출마를 합니까? 노병구 후보를 지지하는 사람들의 모임인데, 돈을 달라는 것도 아니고 먹은 음식값이나 내라는 것도 거절합니까?"

나는 한심한 생각이 들었다.

"나를 지지해주셔서 고맙긴 한데, 나는 지금까지 이런 것을 없애려고 반독재 · 민주화투쟁을 했습니다. 당신들이 나에게 투표를 하든 안 하든 당신들의 자유인데, 이 돈을 나에게 꼭 부담시키려는 생각을 했다면 당신들의 표는 나를 찍지 않아도 좋습니다. 나는 이렇게까지 해서 당선되기를 원치 않습니다. 그럼 나는 갑니다."

밤늦게 집에 돌아와서 경옥과 만나 그날의 일들을 말하는데, 경옥이 말했다.

"참 이상한 일이 있어요. 내가 오늘 사람들을 만나고 있는데, 어떤 분이 '노병구 씨 사모님이십니까? 우리 동네에 이번 선거에 꼭 노병구 씨가 당선돼야 한다고 아주 열심히 선전하고 다니는 여자분이 있습니다. 참으로 훌륭한 운동원을 두셨네요.' 하는 거예요. 그래서 그분의 성함을 물었더니 성함은 모르고 광복아파트에 살고 있을 거라는 말만 들었어요. 당신 혹시 광복아파트에 사는 여자 중에 우리 사무실에 오는 사람을 알고 있어요?"

나는 아는 사람이 떠오르지 않아 경옥에게 당부했다.

"당신이 내일 그 사람이 누군지 알아봐요. 연유도 알아야겠지만 우리하고 특별한 인연이 있었든지 그렇지 않으면 무슨 곡절이 있을 것이니 꼭 찾아서 고마움도 표시하고 격려해주면 더욱 힘껏 선거운동을 할 게 아니오?"

다음 날 경옥은 그 사람이 누구인지를 알아왔다.

"그 사람이 누군지 알았어요 그 부인은 30대의 SIS인데, 그 부인이 그러더군요. 자기 남동생이 대학생인데 학교에서 학생간부로 학생운동을 하다가 경찰에게 쫓겨다녔는데, 노태우가 6·29 항복을 한 지 1년이 다 되도록 전혀 소식이 없어 이는 필시 군사정권이 어떻게 한 것이 틀림없다는 생각이 들더래요. 그런데 출마한 후보 중 당신만이 군사독재와 싸운 분이기 때문에 당신의 당선을 자기 일로 알고 사람들을 만나면 열심히 '노병구 후보가 당선돼야 한다'고 이야기했다는 거예요. 당신이 당선돼야 그나마 위로를 받겠다면서요. 그러면서 눈물 짓더라고요."

아내의 말을 듣고 나는 더욱 무거운 책임감을 느꼈다. 군사독재가 저지른 죄악이 어디 그것뿐이겠는가?

선거벽보는 후보자가 제출한 원고대로 선거관리위원회가 일괄제작해서 선거관리위원회가 선거구 관내 요소에 붙이도록 규정돼 있고, 현수막도 후보자가 제작해서 선거관리위원회의 검인을 받아 일정한 수만 관내 요소에 내걸도록 규정되어 있다. 그런데도 먼저 여당인 민정당의 윤항열 후보가 벽보를 붙일 만한 자리만 있으면 열 장이고 스무 장이고 잇대어 붙여 벽보로 도배를 하기 시작했고, 현수막도 규정된 크기를 넘어 자기 마음대로 제작해서 제한된 수보다 월등히 많이 붙이기 시작했다.

단속해야 할 선거관리위원회나 경찰도 여당인 윤항열 후보가 솔선해서 위법을 하자 단속을 하는 둥 마는 둥 했다. 그렇게 되자 신민주공화당의 김병용 후보도 이에 질세라 따라 붙여서 광명시 천지가 윤항열, 김병용의 포스터로 도배가 되었다. 또 김병용은 현수막도 두 폭으로 넓고 긴 현수막을 만들어 윤항열의 현수막 수보다 훨씬 많이 내걸어 이 때문에 광명시 전체가 두 사람의 혁수막으로 뒤덮였다. 평민당의 최정택 후보도 그런대로 흉내는 내고 있었다.

내 경우는 2천만원으로 후보등록금 1천만원을 내고 창당대회 경비로 1천만원을 썼으며, 김영삼 총재가 4천만원을 지원해주었고, 친척 친지들이 조금씩 도와주어 총 6천 기백만원으로 선거를 끝내야 했다. 그런데 실제로 선거운동에 쓸 수 있는 돈은 4천만원 정도밖에 없어서 각 투표구 참관인의 식대와 일당을 제하면 남은 돈으로 운동원들 자장면 값과 사랑방좌담회 때 2만원씩 내줄 경비와 유권자들에게 나눠줄 명함과 선전홍보물을 제작할 돈도 빠듯한 형편이었다.

처음부터 가진 돈이 없었던 우리는 발만 동동 구를 수밖에 없었다. 규정대로 만든 현수막 중 자연파손되는 것만 보충하고 그들처럼 수많은 벽보를 만들어 붙이지도 못했다. 나의 당선을 기원하며 열심히 운동하는 운동원들이 손에 들고 다니며 나눠주는 홍보물을 여러 개씩 덧대서 다른 후보들이 도배하듯 붙여놓은 사이사이에 붙여주었다. 그리고 광주사태의 처절한 투쟁에 대한 포스터를 여러 군데 붙여놓았다. 그것을 보고 뜻있는 유권자들은 나에게 더 큰 격려를 보내주기도 했다.

합동연설회가 시작되었다. 윤항열, 김병용은 서로 자기가 광명시의 토박이임을 내세워 광명의 발전을 위해서는 광명의 토박이가 대변자가 되어야 한다고 토박이론을 장황하게 늘어놓았다. 윤항열은 힘있는 여당이 되어야 광명을 발전시킬 수 있다고 역설했다. 김병용은 김종필을 내세워 지금까지 조국근대화에 몸 바쳤고 집권경험이 풍부한 신민주공화당이 되어야 한다고 소리쳤다.

광주사태가 났을 때는 민주화투쟁 대열에 있지도 않았던 최정택은 호남표만을 얻기 위한 전략으로 "위대한 지도자 김대중 선생을 모시고 광주사태를 해결하기 위해서는 평민당이 당선돼야 노태우정권을 견제할 수 있다"고 호남인의 단결을 역설했다.

나는 말했다.

"사랑하는 광명시민 여러분, 제가 광명에 이사 온 지 8년이 됐습니다. 그동안 여러분과 어울려 정도 나누고 광명의 대소사에 관한 일도 의논하고 일도 했어야 하는데, 저는 우리나라가 민주주의국가가 되기를 원하는 여러분을 대신해서 그동안 군사독재정권에 맞서 싸우느라 정보부와 경찰의 철저한 감시 속에서 툭하면 가택연금을 당하고 데모에 나가서 최루탄을 맞아 고통도 당하고, 또 그들에게 잡혀 닭장차에 실려 강제로 끌려가기도 하고, 남산정보부 지하 3층에 갇혀 심한 고통을 당하면서 사느라고 여러분과 만날 기회를 갖지 못했습니다. 죄송합니다. 이런 자리에서 비로소 인사드리게 된 것을 이해해주시기를 바랍니다.

여기 출마한 몇 분이 조상 대대로 오래 살았다고 자기가 토박이라고 토박이를 당선시켜야 광명이 발전한다고 역설하고 있는데, 노병구는 벌써 광명에 이사 온 지 8년입니다. 그중 한 분은 정부고위직을 두루 거친 뒤 좋은 집에 살고 좋은 자가용 타며 경제적으로 넉넉한 생활을 하는 분이고, 또 한 분은 수십년 동안 군사정부에 붙어 권력의 도움을 받으며 땅 짚고 헤엄치는 사업으로 많은 돈을 벌어 아주 여유로운 생활을 하고 있는 분입니다. 이 사람들이 정말 광명시민 여러분을 위해서 살아왔다고 믿습니까? 또 이 사람들이 당선되면 여러분을 위해 헌신적인 봉사를 할 사람이라고 확실하게 믿습니까?

과연 누가 여러분의 이웃입니까? 조상 대대로 오래 산 사람입니까? 광명에 살면서 출세하고 돈 벌고 누리고 산 사람이 진정 여러분의 이웃이라고 보십니까? 요새 보니까 얼마나 돈을 벌어났는지 이 사람들에게는 선거법도 최소한의 양심도 없습니다. 나나 여러분이 갖지 못한 돈만 있습니다. 표만 보이면 돈을 마구잡이로 뿌립니다. 돈을 주고 불갈비를 먹이고 목걸이를 준답니다. 이 사람들이 진짜 광명의 토박이이고 정말 여러분의 이웃입니까? 속지 마십시오. 정말 옷깃을 여미고 나라를 걱정하는 마음으로 깊이 생각하십시오.

나는 광명의 토박이라는 말은 하지 않습니다. 또 광명발전만을 위하여 당선시켜달라는 말은 더욱 안 합니다. 나는 지금까지 헌법을 유린하고 국방을 잘 지키라고 국민의 혈세로 사다준 총칼로 적이 아니라 국민을 협박하고 언론을 탄압하며 자신들의 권력욕 충족과 풍요한 생활만을 위해 온갖 불법·부정·부패를 일삼는 세력과의 힘겨운 싸움으로 광명에서의 8년을 살았습니다.

나라가 제대로 서야 광명이 있습니다. 이번 선거는 광명의 발전만을 위하여 일하는 광명시장이나 시의원을 뽑는 선거가 아니라 나라의 근본을 바로잡는 국회의원 선거입니다. 이번 선거가 끝나면 바로 시장이나 시의원 선거가 있을 것입니다. 그런 사람들은 그때 생각해주십시오.

목에 칼이 들어와도 바로 보고 바른말을 하고 어떠한 희생이 따르더라도 나라를 사랑하고 국민의 뜻을 하늘처럼 알고 받드는 사람이 당선돼야 합니다. 지금까지 이렇게 살아온 사람이 진정한 광명의 이웃이고 토박이입니다.

추운 겨울날 집에도 못 가고 나를 불법으로 가택감금하기 위해 파견된 광명경찰서 정보과 형사들이 '광명경찰서 관내에서 이렇게 가택연금을 하는 사람은 의원님(그들은 나를 의원님이라고 불렀다) 한 분뿐입니다. 의원님도 불편하시지만 우리도 죽겠습니다. 우리도 이 짓을 좋아서 하겠습니까? 처자식 먹여 살리기 위하여 할 수 없이 이 짓을 하는 겁니다. 용서 하십시오.' 이렇게 나한테 미안해하면서 내 집 앞에 차를 대놓고 차 안에서 밤을 지냈습니다.

나는 김영삼, 김대중 두 분과 함께 군부독재에 반대하고 이 나라의 민주화투쟁을 멀리는 신민당에서부터 그 두 분의 이름으로 임명한 민주화추진협의회 상임운영위원을 거쳐 신한민주당 전당대회 부의장과 통일민주당 전당대회 부의장까지 고락을 함께한 사람입니다. 여기 나

대통령선거 유세 중인 필자와 김영삼 전대통령

통일민주당 전당대회장에서 필자와 정승화 전 육군참모총장, 김영삼 전대통령

온 사람 중에 진정 국민의 편에서 일한 사람도 없을 뿐 아니라 민주화 투쟁도 광주민주화운동에 대한 항변도 앞장서서 한 사람은 노병구 한 사람뿐입니다.

존경하는 유권자 여러분.

우리 귀여운 학생들이 목숨 바쳐 '기성정치 물러가고 기성세대 각성하라'고 외치며 일으킨 4·19 혁명은 이승만 대통령이나 이기붕, 최인규만의 책임은 아닙니다. 돈 몇 푼에, 막걸리 한잔에, 고무신 몇 켤레에 귀중한 한 표를 팔고 또 부당한 출세에 눈이 멀어 무더기표, 대리투표, 환표 별의별 짓으로 선거질서를 무너뜨린 사람들의 비양심이 가져온 결과입니다.

내가 돈이 없어서가 아닙니다. 나라가 망합니다. 돈과 사술로써 국회의원 자리를 사려고 하는 사람이 발을 붙이지 못하도록 해야 나라가 됩니다. 나라가 제자리를 잡아야 여러분의 귀여운 자녀들이 편안하게 희망을 가지고 공부에만 전념할 수 있습니다.

구악을 일소한다고 5·16 군사 쿠데타를 일으킨 주역 중에 박정희 대통령은 무소불위의 권력을 휘두르다가 10·26 때 자기들끼리의 권력싸움으로 죽고, 그 2인자인 신민주공화당의 김종필 총재는 워커힐 사건등 수많은 부정사건에 연루되었고, 끝내 부정축재자로 판명되어 어마어마한 액수인 280억원을 환수당했습니다. 뻔뻔스러운 이런 당은 애당초 싹부터 잘라야 합니다.

아무리 어려워도 여러분의 귀중한 한 표를 달라고 주는 돈은 받아서는 안 됩니다. 아무리 맛있는 진수성찬도 거절해야만 합니다. 정 어려운 분들은 돈도 받고, 시장하시거든 잡수십시오. 그러나 냉철한 판단으로 돈을 준 사람이나 음식을 제공한 사람에게는 절대로 투표를 해서는 안 됩니다.

특별히 여성 유권자 여러분에게 간곡히 부탁드립니다. 맹자 어머니
의 자식에 대한 교훈을 꼭 생각해주시기 바랍니다. 엄마는 가서 먹을
지언정 아이들까지 업고 손잡고 가서 선거판에서 주는 음식을 먹으러
가는 것은 엄마에게도 독약이지만 사랑하는 자식에게는 더욱 치명적
인 독약이라는것을 알아야만 합니다.

남의 부인에게 목걸이를 주는 사람은 아예 체면불구하고 덤비는 사
람이니 더 말할 것도 없지만, 남편과 애인이 아닌 사람이 주는 목걸이
를 받으려고 줄을 설 정도로 몰려든다니 이게 어디 말이 됩니까? 그
부끄러운 목걸이를 남편과 자식들 그리고 나라가 바로서기를 바라는
많은 국민들 앞에서 어떻게 걸고 다니려고 하십니까?

여러분은 나라의 주인입니다. 머슴에게 농락당하는 못난 주인이 아
니라 머슴을 제대로 부리는 당당한 주인이 돼야 합니다. 나라의 주인
인 국민이 현명하면 3 · 15 부정선거도, 4 · 19 혁명도, 그리고 5 · 16
군사 쿠데타와 10 · 26의 비극적 종말도, 또 광주민주항쟁도 6 · 10 대
회와 박종철 · 이한열 군의 억울한 죽음도 나올 수 없습니다.

우리나라에 다시는 없어야 할 이런 일들 때문에 수많은 인명이 살
상되고 이런 무리한 일을 치르느라고 얼마나 많은 국가와 국민의 재
산이 파괴되고 손실되었습니까? 우리가 바라는 나라의 형태는 자유민
주주의국가입니다. 국민의 권리와 의무는 국민의 총의로 순리에 따라
서 제정된 헌법과 법률에 의해서만 보호받고 제한받는 평등한 나라를
말합니다.

진정한 민주국가 건설을 위하여 필요한 것은 첫째, 진실보도를 생
명으로 하는 언론자유의 신장, 둘째, 모든 공직자의 선출은 공명한 선

거로, 셋째, 공명정대하고 투명한 행정의 실천, 넷째 고질화된 부정부패의 엄격한 척결입니다.

저는 먼저 확실한 민주국가 건설의 초석을 바로 놓는 일에 혼신의 힘을 다할 것입니다. 지금까지 소신을 굽히는 일 없이 민주정치 철학에 충실하고 의리를 생명처럼 여기며 오직 국가와 국민에게 봉사한다는 생각만으로 민주화투쟁에 몸바쳐온 노병구의 진정을 알아주시고 여러분의 대변자로 선택해주시기를 호소합니다."

내가 유권자들에게 만들어 돌린 유인물 속에 있는 정승화 전 육군참모총장의 추천문을 다음에 옮겨 싣는다.

참다운 정치인 보았다!

鄭昇和 전 육군참모총장

智·勇 고루갖춘 민주투사… 民權위해 당선시키자!

학창시절 "나라"도 "말(國語)"도 "이름"도 모두 빼앗긴 슬픈 일제시대의 세월 속에서 나는 나라없는 설움에 절규한 때가 많았다.

그리하여 광복과 더불어 서슴없이 軍에 입대하였고 나라 지키는 일은 내 생애에 주워진 소명으로 알고 이 몸을 모두 조국에 던졌던 것이다.

그러던 나 였기에 군의 정치적 중립을 갈망하였고 지금도 군만은 국토방위의 본연의 임무와 조국통일이 간절한 소망이 되어 가슴깊이 남아있는 것이다.

이 시점에서 불행한 四星將軍 鄭昇和 개인은 이제 초야에 묻혀 이 나라 민주발전을 위해 기도만 할 수 없다고 생각되며 통일된 조국의 길로 달리기 위해서는 해야 할 일이 남아 있음을 스스로 느끼고 있는 것이다.

다시말해 우리나라의 번영된 내일을 위해서는 이 나라의 참된 민주지사들이 의회에 많이 진출할 수 있도록 노력하는 것이다. 이러한 점에서 민주당 전당대회 부의장이면서 이번 光明市에 공천된 盧秉九 동지를 나는 서슴없이 천거하고 협조하여 의정활동을 할 수 있도록 적극 지원하고 싶은 심정이다.

盧동지는 내가 민주당 고문으로 입당하면서 알게 된 이 나라의 숨은 민주지사이지만 마치 사선(死線)을 몇번 함께 넘은 戰友처럼 느껴지고 있다. 지난 대통령 선거를 전후해서 전당대회 때나 전국유세 때의 盧동지의 활약 그리고 소신에 찬 발언 그리고 언제나 애국심을 바탕에 두고 정치에 임하는 그 모습을 보고 나는 평소 느낄수 없는 한 정치인의 상(像)을 볼 수 있었다.

정승화 고문과 정담을 나누는 盧후보

애국심과 용기 그리고 결단력있는 盧동지는 반드시 국회로 진출해야 나라발전에 보탬이 될 것이다.

光明市 유권자 여러분은 어떠한 일이 있어도 盧동지만은 꼭 당선시켜 광명시와 민주주의 건설을 위해 일할 수 있도록 도와 주기를 간절히 부탁드린다.

1988년 4월   일

정승화 전 육군참모총장의 추천문

총선결과는 역시
금권의 승리

 1988년 4월 26일 밤 개표가 시작되어 다음 날 새벽 당락이 결정되었다. 신민주공화당 김병용이 최다득표로 당선이 확정되었고, 여당인 민정당의 윤항열이 2등 그리고 광명시 인구분포상 가장 많은 호남사람들을 기대하고 나온 최정택은 대선에서 김대중 씨가 받은 표의 절반 정도를 득표해 3등에 그쳤다. 나 또한 김영삼 총재가 받은 표의 절반 정도를 득표해 4등으로 낙선의 고배를 마셨다.

 김영삼, 김대중 두 분의 대선낙선과 나와 최정택의 국회의원 낙선은 두 선거 모두 민주화세력이 후보단일화를 이루지 못한 데 따른 자업자득의 당연한 귀결이었다. 그러나 좀더 엄격하게 책임을 묻는다면 수단과 방법을 가리지 않고 아집에만 사로잡힌 김대중 씨의 지역분할 구도로 대표되는 4자출마 필승론이 민주화를 열망하던 70%의 국민을 좌절의 늪으로 몰아넣어 민의를 갈기갈기 찢어놓았기 때문에 생긴 결과이므로 그 책임의 90%는 김대중 씨에게 있었다.

 최정택은 오직 국회의원 한번 해보겠다고 김대중 씨와도 광명시와도 아무런 연고나 인과관계도 없이 그저 인구수가 많은 호남인들만 믿고 출마했다가 낙선했고, 그후에도 미련을 버리지 못하고 세 번을 더 출마해 얼마 안 되는 가산마저 탕진하고 가족들을 가난의 나락으로 떨어뜨려 놓고 자신은 중병을 앓다가 세상을 떠났다. 참으로 안타까운 일이다.

건강도 좋지 않은 부인과 자녀들에게 집 한 칸 없이 가난만을 물려주고 회한의 비통함으로 가슴을 치며 눈을 감지 못했을 것을 생각하면 나는 오랫동안 진산계에서 정치를 함께한 선배로서 지금도 그 호탕했던 최정택을 생각하며 가슴을 친다. 최정택도 나도 그리고 수많은 민주인사들과 한국정치에도 김대중 씨가 자신만의 영광을 위해 뿌린 지역감정의 독약의 폐해가 뼛속 깊이 엉켜 있음을 한탄하며 하루속히 해독의 날이 오기를 기원한다.

선거 후 어느 날 윤항열이 점심이나 하자고 약국으로 나를 찾아왔다.

"형님, 나는 분해서 잠을 자지 못합니다. 김병용이가 광명시 국회의원이 되다니 말이 됩니까? 형님이나 내가 돼야지 광명시민이 뽑아도 너무 잘못 뽑았습니다. 저게 무슨 국회의원 자격이 됩니까? 내가 아니면 형님이 돼야 한다고 생각했습니다. 속상한데 오늘 형님하고 술이나 한잔하려고 왔습니다. 오늘 한번 흠뻑 취해봅시다."

"윤 위원장 당신, 원망할 거 없어요. 김병용을 당선시킨 사람은 윤위원장 당신이에요. 내가 여당 위원장이었다면 아마 나나 윤 위원장이 당선되었을 거예요."

"어째서 그렇습니까?"

"첫째 윤 위원장은 제일 먼저 법을 위반했어요. 입후보자 등록을 마치고 보니까 윤 위원장의 사무실 밖에 붙인 벽보부터 선거법이 금하는 벽보를 도배하듯 몇 십장씩 덧대서 붙였고, 현수막도 제한된 숫자보다 훨씬 더 많이 걸었어요. 둘째는 유권자들에게 음식을 대접한다든지 사랑방좌담도 먼저 화려하게 시작했어요. 나는 첫날부터 여당인 윤 위원장이 불법타락 금권선거로 몰고 가려는 것이라고 단정했어요. 아니에요?"

내 말에 윤 위원장은 변명을 했다.

"아, 벽보나 현수막은 김병용이 나보다 훨씬 많이 붙였고, 더 넓고 크게 만들어 걸었어요. 그리고 김병용은 아예 집에다 식당처럼 차려 놓고 승합차를 대기시켜 놓고 온종일 유권자들을 실어다가 음식 대접을 하지 않았습니까?"

그래서 내가 말했다.

"윤 위원장 말씀이 다 맞아요. 집권 여당인 윤 위원장이 솔선해서 불법타락선거에 앞장서니까 선거관리위원회나 경찰이 아예 못 본 척하고 개입하지 않게 되어, 김병용이 얼씨구나 하고 윤 위원장보다 한술 더 뜨게 되었지요. 나나 최정택은 돈이 없어서도 못했지만 나는 돈이 있어도 그렇게는 안 해요. 그런데 윤 위원장과 김병용이 불법·타락·금권선거 경쟁을 하더니 종반에 가까워올 무렵부터 윤 위원장의 금고 바닥 긁는 소리가 들립디다. 김병용은 계속해서 돈을 무한대로 풀었고, 윤 위원장은 막판에 돈이 떨어져서 결과적으로 김병용에게 꽃다발을 안겨준 사람은 윤 위원장 당신이라고 나는 생각해요. 윤 위원장은 억울해할 게 없어요, 자업자득이었으니까. 윤 위원장이 우리 둘 중에 누가 됐어야 했다고 하는데, 아마 윤 위원장의 당선을 확신했다는 말을 하기 위해 나를 끼워 넣은 것으로 들리지만, 어떻든 우리 둘 중에 누가 됐어야 했다는 말은 나도 듣기가 싫지는 않아요. 고마워요.

하여튼 공명선거를 했더라면 아마 윤항열이나 노병구 둘 중에 누가 당선됐을 거라고 나는 확신해요. 그러나 이제 이미 지나간 일이고 실패는 빨리 잊을수록 좋은 거니까 우리 건강이나 챙깁시다."

| 돈선거의 구체적 확증 |

2003년 12월 어느 날, 한나라당 광명시 지구당 모임에서 1987년 12월에 치러진 13대 대통령선거 때 민정당 광명시 지구당에서 윤항열 지구당위원장을 보좌해 사무국장 일을 보았던 어느 지방의회 의원인 P씨가 한탄조로 이런 이야기를 했다.

"과거의 선거야 돈선거지 어디 올바른 선거였습니까? 지난 13대 대통령선거 때 여의도광장에서 노태우 민정당 대통령후보의 서울연설회가 있었는데, 선거 하루 전날 아침에 중앙당으로 속히 들어오라고 해서 갔더니 내일 여의도집회 동원비라고 하면서 돈뭉치를 주는데, 무려 1억 8천만원을 10만원짜리 수표로 1,800장을 주어서 이것을 가지고 와서 지구당 사무실에 오는 당원은 물론 어디서건 만나는 사람마다 10만원짜리 수표 한 장씩을 나눠주면서 내일 사람들을 데리고 여의도 연설장소로 오라고 했습니다. 그날 정말 정신없이 나눠주었는데도 연설회가 끝나고 보니 아직도 400장, 4천만원이 남아 있었습니다. 이런 돈선거는 다시는 없어야지요."

| 껌값으로 선거를 치르셨습니까? |

2003년 어느 날, 민주평화통일자문회의 일로 차에 동승한 지방의회

C의원이 내게 물었다. 그는 13대 국회의원 선거 때 김병용 의원의 측근 참모였던 인물이다.

"국회의원 선거 때 어떻게 선거를 치르셨습니까?"

"C의원도 알다시피 나는 돈이 없다고 소문이 날 정도로 가진 것이 없었지만, 설사 돈이 있었다고 하더라도 그렇게 많은 돈을 써서 국회의원을 할 생각이 없었어요. 사실 수십억의 돈이 있으면 얼마든지 좋은 일 할 게 많은데 왜 돈 버리고 진흙탕으로 들어가요? 나는 그때 기탁금 1천만원 내고 창당대회 경비 1천만원 쓰고 실제로 선거비용은 4천 기백만원을 썼어요."

C의원은 깜짝 놀라며 물었다.

"그게 국회의원 선거비용의 전부입니까?"

"거짓말이라고 할지 모르지만 사실이에요."

"그게 껌값이지 국회의원 선거비용입니까? 지금 기초의원 선거에도 그 정도는 쓸 것입니다."

C의원은 감탄하는 모습으로 나를 바라보았다.

광명시의 모든 행사는
민정당 윤항열에게 맞춰졌다

　너무 오랫동안 군사독재 치하에서 길들여져온 시장을 비롯한 공무원들과 시 산하단체와 일반 사회단체까지도 자기들의 고유행사와 집권여당의 행사를 구별하지 않고 모든 단체의 모든 행사를 민정당 윤항열 위원장에게 초점을 맞추어서 하고 있었고, 또 거기 참석하는 사람들도 그것을 당연한 것으로 받아들이고 있었다. 나는 모든 국민이 법 앞에 평등하고 기회는 균등하게 주어져야 하며 공무원의 정치적 중립은 민주화의 기초라고 믿고 이런 관행부터 타파해야겠다고 벼르고 있었다.

　광명시 축구협회가 주최한 축구대회 초청장을 받고 광명시 교육청이 있는 광남중학교 운동장에 갔다. 낙선하고 경제적으로 매우 어려울 때여서 겨우 돈 2만원을 봉투에 넣어 가지고 개막식에 참석해 방명록에 '통일민주당 광명시 지구당 위원장 노병구'라고 적고 내빈석 맨 앞줄에 윤항열 위원장과 나란히 앉았다. 그 바로 뒷줄에는 김용선 광명시장, 그 옆에 권주복 광명경찰서 서장이 정복차림으로 앉아 있고 교육장과 광명시내 유지들이 단상을 꽉 메우고 있었다.

개막식이 시작되었는데 축구협회장의 개회사와 시장이 격려사를 하고 난 다음에 윤항열 위원장의 축사로 이어져서 나도 간단한 축하의 말을 마음속으로 준비하고 있었다. 그런데 윤항열 위원장의 축사가 끝나자 사회자가 "이것으로 개막식을 모두 끝내겠습니다" 하는 게 아닌가. 나는 몹시 불쾌했다. 나는 곧바로 일어서서 뒤에 있는 단상의 내빈들을 향해서 소리쳤다.

"야, 이 개자식들아! 나한테 초청장은 왜 보냈어? 이 축구대회가 민정당 주최 축구대회라면 이 자식들아 그렇다고 써서 보내야지 왜 광명시 축구협회 주최라고 사기를 쳐, 이 새끼들아. 나는 돈도 없는 사람이지만 나도 바쁜 사람이야. 내가 할 일이 없어서 민정당 윤항열이 불법선거운동하는 데 없는 돈에 2만원씩이나 가지고 와서 들러리나 서고 다니는 사람으로 보여, 이 새끼들아! 나는 이런 못된 짓 하면 안 된다고 평생을 바쳐 투쟁한 사람이야. 이런 사기치는 자리에 앉아 있을 수가 없어. 그렇지만 나도 없는 돈에 2만원씩이나 갖다바쳤어. 그러니 그냥 갈 수는 없지 않나!

여기 참가한 선수들이 이런 못된 짓을 하는 것을 알 리 없고, 나 또한 선수들의 선전을 격려하러 왔으니 2만원의 밑천도 뽑고 선수도 격려하고 가야겠어. 이런 더러운 자리에는 더 이상 앉아 있을 수가 없어서 나는 가요. 선수 여러분, 잘 봤지요? 이건 당당한 스포츠맨십이 아니에요. 나는 선수 여러분과 악수만 하고 가겠어요. 잘들 싸우고 좋은 성적 내기를 바랍니다."

그리고 단상에서 내려가 나란히 정열하고 서 있는 선수들의 손을 일일이 잡았다. 내 손을 힘껏 잡은 선수들이 손가락으로 나의 손바닥을 긁으며 용기를 주었다. 그때까지 본부석에 있던 윤항열과 시장, 서장, 유지 모두 말 한마디 못하고 멍하니 앉아 있는 것을 보며 나는 선수들에게 손을 흔들고는 수명이 다 되어가는 자동차를 손수 운전하며 약국으로 돌아왔다.

다음 날 아침 일찍 약국에 나가 있는데 김용선 광명시장이 시청 총무국장을 대동하고 약국으로 들어왔다.

"위원장님, 어제는 대단히 죄송했습니다. 용서하고 이해해주십시오. 너무 오랫동안 저질러온 관행이기 때문에 실무자들이 아예 체질화되어 있어서 저지른 일입니다. 위원장님의 지적이 너무 촉망 중에 일어난 일이라서 어제는 제가 사과조차 할 수 없어서 오늘 위원장님께 사과를 드려야 한다고 생각하여 출근 전에 이렇게 왔습니다. 어제의 일은 다 잊어주십시오. 제가 시장으로 있는 동안은 결코 재발되지 않도록 하겠습니다."

"시장님이 무슨 잘못이 있겠습니까? 수십 년 동안 군사통치가 만들어놓은 체질이라고 나도 이해는 합니다. 하지만 민주화된 지금은 마땅히 달라져야지요. 오히려 조금 더 생각이 있는 사람이라면 윤항열 위원장이 당당한 자세로 실무자들에게 지적을 했어야죠. 그랬다면 나도 또 보는 사람들도 얼마나 아름답게 봤겠읍니까? 내가 축사를 했다고 내게 무슨 득이 되고 윤 위원장에게 무슨 손해가 간다고 자기 혼자 많은 사람 앞에서 내 모양새를 우습게 만들어놓습니까? 축사를 한다고 개선장군이 됩니까? 시장님, 저도 아무렇게나 살지는 않았는데 육두문자까지 써가면서 항변한 것은 시장님을 비롯한 여러 내빈에게 죄송하게 됐습니다. 그 점은 용서해주시고 우리 한번 멋지게 좋은 친구로 살아가십시다."

그후 김용선 시장과 나는 서로 집안의 길흉사에 빠짐없이 오가며 형제처럼 지냈으며, 그가 경기도지사로 승진한 뒤에도 그런 관계는 지속되었다.

| 광명경찰서장의 변명 |

그해 여름, 광명경찰서 주관으로 시민걷기대회 행사가 시민운동장에서 거행되었다. 수천 명의 참가자는 거의 아이들과 여자들이었다. 시장을 비롯한 관내 유지들이 본부석 단상의 지정된 좌석에 앉았는데, 각 정당 위원장석이 앞줄에 준비되어 있었다. 좌석에 앉으려다가 단상 한쪽에 써 붙인 순서지를 보고 나는 깜짝 놀랐다. 국민의례에 이어 서장의 개회사와 시장 격려사, 그리고 4~5개의 정당 지구당위원장들을 모두 축사순서에 넣어놓았던 것이다.

날씨는 더운데 아이들과 여자들을 운동장에 세워놓고 고생을 시켜서는 안 되겠기에 내가 입을 열었다.

"여보 권주복 서장, 이 더위에 많은 사람을 운동장에 세워놓고 이게 뭐 하자는 거요?"

"아, 그게 아니고, 지난번에 축구대회장에서 항변하신 형님의 말씀이 옳아서 이번에는 아무도 차별하지 말고 행사를 하라고 지시했더니 이렇게 해놨습니다."

"내가 축사를 못해서 안달하는 사람도 아니고 이럴 때는 서장이 개회사를 하면서 여기 누가누가 왔다고 공정하게 소개를 하면 됐지, 이 따가운 햇볕 아래 듣는 사람들 고문하는 것도 아니고, 이렇게 하면 안 돼요."

"지난번 형님 말씀이 옳아서 해놓은 건데 그냥 짤막하게라도 해주
십시오."

집권당의 윤항열 위원장을 내세우기 위해서 고육지책으로 세운 방
침이라는 것을 간파할 수 있었지만, 서장의 입장도 있고 해서 그냥 넘
어갔다.

빚으로 집 명의를 이전해주고
월세로 전환하다

선거는 끝났다. 선거기간 동안 워낙 돈을 절약해서 썼기 때문에 선거로 인한 빚은 별로 없었지만 농장을 정리하면서 갚았어야 할 부채가 고스란히 남아서 큰 부담이 되었다. K씨에게서 200만원, Y씨에게서 1,200만원의 빚을 얻어 몇 년 동안 날짜 한 번 거르지 않고 이자를 꼬박꼬박 지불했는데, 선거에 실패하고 어려움이 겹쳐 한두 달 이자를 갚지 못하게 되었다.

K씨는 매달 이자를 받아 생활에 보태는 형편이지만 그는 오히려 나의 낙선을 애석해하며 나를 위로하고 여유를 주었는데 Y씨의 부인은 첫달부터 독촉이 심했다. 나와 경옥은 친한 친구 사이에 신용문제에 금이 가면 안 된다고, 우리가 지금까지 아무리 어려워도 신용 이상의 자본이 없다는 것을 신조로 살아왔는데 이래서는 안 되겠다고 생각했다. 우리는 가지고 있는 것 중 살고 있던 집을 시세껏 쳐서 명의이전을 해주고 남은 돈을 보증금으로 하고 부족분은 얼마간의 월세로 하자고 했고, 그래서 결국 살던 집이 날아가 버렸다.

구국적 결단의 3당 통합과
통일민주당 지구당의 소멸

1990년이 시작되면서 김영삼 총재는 김대중 씨의 4자필승론으로 더욱 굳어진 지역분할 구도의 고착화로 인해 나라의 앞날이 암담함을 걱정하고 군정을 종식하고 문민민주국가의 출현을 바라는 70%의 국민여망을 실현하는 길이 무엇인가를 고민하기 시작했다.

이대로는 안 된다는 걱정이었다. 다음 선거도 또 다음 선거도 지금 같은 지역분할의 상태에서는 비록 소수지만 하나로 뭉쳐 있는 기득권 세력 앞에 70%의 다수가 패할 수 밖에 없고, 군부통치의 악순환이 지속될 것이라는 걱정과 또 지역분할 구도대로 4당으로 나뉘어 있는 국회 상태로는 누가 대통령이 돼도 정국을 안정시킬 수 없음은 물론, 이 불안한 상태가 계속된다면 그것을 기화로 또다시 군사쿠데타가 나오지 말라는 법도 없겠다는 걱정이었다.

김영삼 총재는 만족스러운 것은 아니지만 아쉬운 대로 노태우 대통령과 만나 정국안정과 문민정부 탄생을 위해 민주정의당과 통일민주당의 합당을 권유하기에 이르렀다. 이 제의를 들은 노태우 대통령은 신민주공화당의 김종필 총재까지 합류시켜 민주정의당과 김영삼 총재의 통일민주당 그리고 신민주공화당 이렇게 3당이 합당했으면 좋겠다고 해서 마침내 3당이 통합을 했다.

수십 년 동안 쿠데타를 반대하며 군사독재 타도를 외치며 고생해온 우리들은 어안이 벙벙할 수밖에 없었고, '이제 어떻게 되는 것인가' 실로 종잡을 수 없는 허탈함으로 맥이 빠져 있었다. 처음 통합소식을 들은 통일민주당 소속 국회의원과 원외 지구당위원장들은 통합비율 25%의 지분으로 통합을 하면 100% 승산이 없다고 판단해서 전반적으로 반대하는 분위기였다.

김영삼 총재는 상도동 자택으로 우리들을 불러 한 사람씩 만나 통합정당으로 같이 가자고 설득하기 시작했다. 나도 김 총재의 방으로 불려 들어갔다.

"노 위원장, 3당합당이 단순히 모험으로만 보일지 모르지만 지금 김대중이 호남을 볼모로 잡고 저렇게 제 욕심대로 활보하며 즐기는 한 야권후보 단일화는 물 건너 갔고, 이런 지역감정 구도로는 어차피 모험처럼 보이는 3당통합이 최선의 길이라고 생각해서 내가 결심했어! 이래도 저래도 가능성이 없을 바에는 한번 도박을 해보는 거야. 나하고 같이 가요."

"총재님, 저 두 정당 사람들은 체면불구하고 쿠데타를 일으킨 세력입니다. 저 사람들은 절대다수인 75%의 세력을 가졌고 우리는 겨우 25%이며, 또 저 사람들은 수십 년 동안 집권하면서 많을 재물을 축적한 사람들입니다. 수적으로도 힘으로도 우리로서는 처음부터 지는 싸움입니다. 그야말로 민주방식으로 하자고 하면 우리는 명분까지 잃고 쫓겨나게 됩니다. 총재님, 제 생각에는 지금이라도 재고하시는 것이 좋겠다고 생각합니다. 저는 통합을 반대합니다."

그러자 김영삼 총재는 내 무릎에 두 손을 얹어놓고 안타까운 표정으로 말했다.

"노 위원장, 이왕 결정된 사항이고 달리 방법이 없는 그야말로 '구국적 결단'으로 한 것이니 나와 같이 가도록 해요."

"총재님께서 차기 대통령선거에 통합신당의 대통령 후보가 되셔야 하는데, 사전에 무슨 보장이라도 되어 있으면 저는 무조건 따라가겠습니다. 그렇지 않다면 고생스럽긴 하지만 지금처럼 야당이 훨씬 명분이 있지 않습니까?"

내 말에 김 총재는 아주 자신있는 표정으로 말했다.

"노 위원장, 보장 같은 것은 없지만 그 문제라면 내가 자신이 있어요. 내가 반드시 승리한다고. 나를 믿고 나하고 같이해요. 내가 꼭 된다니까."

"사전보장이 있어도 어려운데 백지상태로 25%를 가지고 75%를 어떻게 당한다고 그렇게 장담을 하십니까? 저는 모르겠습니다."

나는 그렇게 말하고 일어섰다.

"노 위원장, 틀림없이 같이 가는 거다."

김 총재의 말에 나는 가타부타 말을 하지 않고 그냥 나왔다.

나는 깊은 상념에 빠졌다. 어떻게 할 것인가?

불만이었지만 유진산 총재 이후에 김영삼 총재가 있었기에 군사독재정권과 맞붙어 갖은 박해와 고초를 이기며 줄기차게 싸워 민주화도 직선개헌도 이루어놓았다. 사리사욕에 눈이 먼 김대중 씨의 위장된 민주화투쟁과 진정한 민주정부 구성에 방해만 없었더라면 이런 궁여지책은 쓰지 않아도 될 것이라고 한없이 한탄했다. 3당합당이 되고 나면 김대중 평민당 총재가 유일한 야당지도자라고 큰소리를 칠 것이 뻔한데, 나로서는 신민당 시절부터 쭉 보아온 김대중 씨를 지도자라고 따라갈 수는 더욱 없었다.

아무리 돌아보아도 따라갈 지도자가 보이지 않았다. 어차피 인생도 정치도 모험이라고 생각하게 되었고, 이것이 하나님의 뜻일 거라고 생각하며 경옥과 함께 하나님께 기도하며 지금보다 더 어려운 처지에 떨어진다고 하더라도 김영삼 총재와 함께할 수밖에 없는 것이 우리의 운명이라고 받아들이기로 했다.

10년, 20년을 함께 손잡고 반독재·민주화운동에 몸바쳐온 동지 중 적잖은 사람이 3당합당에 반대해서 그간의 대열을 이탈했다. L의원은 3당합당에 찬동하고 청와대에까지 들어가 노태우 대통령에게 인사까지 하고 나와서도 도저히 따라가지 못하겠다고 다시 주저앉았는데, 만약 처음 생각대로 그냥 따라갔더라면 아마도 김영삼 대통령 집권 후에 이회창과 함께 대통령후보 반열에 올라 자신의 운명도 나라의 운명도 바꿔놓았을지 모른다.

그는 나중에 김대중 씨하고 같이한다고 하다가 결국 말과 행동이 너무 자주 바뀌는 김대중 씨에게 속은 것을 알았지만, 이미 주사위는 던져졌고 돌이킬 수 없게 되어 정치에서 영영 빛을 잃고 말았다. 그야말로 분초의 생각이 평생을 좌우하는 세상사를 확실하게 보여준 모델이었다. 애석한 일이다.

따라서 광명시에서도 신민주공화당 출신의 김병용 의원이 지구당위원장이 되고 나와 윤항열의 지구당위원장 직위는 소멸되었다.

큰아들 명우의 결혼

살던 집의 명의를 채권자 Y씨의 부인 명의로 이전해주고 원래는 우리 집이었지만 이사 가지 않는 것만 다행으로 알고 월세를 살고 있을 때 큰아들 명우의 결혼문제가 대두되었다.

당시는 증권이 1000포인트를 넘을 정도로 붐이 일 때여서 너도나도 증권회사로 몰려들고 있을 때였는데, 명우는 숭실대학교 경상대학 회계학과를 졸업하고 입사원서를 동남증권과 조흥은행 그리고 서광섬유주식회사와 KBS 방송국 네 곳에 내고 시험을 쳤다. 그런데 KBS 방송국만 합격통지가 안 오고 세 곳에서는 모두 합격통지가 왔고, 나와 경옥은 역사가 깊은 조흥은행이나 서광섬유주식회사에 가서 금융인으로 크거나 개인 기업체에 가서 기업경영을 배워 기업인으로 성장하기를 바랐지만 젊은 사람들은 모두 증권회사가 좋다고 해서 명우는 동남증권으로 갔다.

서광섬유주식회사 사장 장익용 씨는 내가 어려울 때 크게 은혜를 입은 그의 모친 홍대실 권사님과 내가 이 세상에서 유일하게 누님이라고 부르는 그의 누님인 장오룡 권사님으로 인하여 잘 알고 있었기 때문에 명우의 입사원서를 내기 전에 장익용 사장을 만나 명우를 자식처럼 생각하고 기업인으로 키워달라고 부탁까지 했는데 동남증권을 고집하니 어쩔 수 없었다.

장익용 사장을 만나 "대단히 죄송하지만 아이들이 모두 증권회사를 희망하니 어떻게 하느냐"고 사죄를 했더니, 장익용 사장은 충분히 이해를 했다.

"지금 대학을 나와 공부 좀 한다는 사람은 모두 금융계통으로 빠지려고 하는 것이 상식입니다. 이런 회사와 함께 합격하면 누구나 증권회사로 가지요. 저는 괜찮습니다. 어떻든 축하합니다."

그렇게 명우는 동남증권에 입사하여 잘 다니던 중 결혼을 했다. 명우보다 한 살 아래이고 연세대학교 음악대학에서 작곡을 전공하고 석사까지 마친 박혜리를 중매로 만나 1991년 6월 12일 대방동에 있는 공군회관에서 김명윤 민주산악회 회장님의 주례로 결혼식을 올렸다. 혜리는 교육자 가정에서 훌륭하게 교육도 받고 용모도 단정해서 첫눈에 우리의 호감을 샀다.

철산주공아파트 402동 503호, 19평의 그야말로 코딱지만 한 집을 그것도 월세로 사는 형편이어서 번듯한 결혼예물 하나 제대로 해주지 못했다. 경옥과 나는 혜리를 볼 때마다 미안한 마음을 떨칠 수 없었지만, 혜리는 우리를 안심시켰다.

"아버님 어머님, 저희들 결혼에 크게 신경쓰시지 마십시오. 저희 둘이 잠자고 살 방만 하나 있으면 됩니다. 저의 둘이 열심히 노력하며 이루어가겠습니다."

19평 아파트의 현관문을 열면 바로 왼쪽에 단독주택의 문간방쯤 되는 3평도 채 안 되는 방을 신혼방이라고 내어주고 우리는 명우를 결혼시켰다. 당시의 형편이 셋방 하나 얻어 살림을 차려줄 처지가 아닌 것을 뻔히 알면서도 시집을 오겠다고 다짐하는 혜리가 얼마나 예쁘고 착해 보였는지 모른다. 교육수준으로나 미모로나 빠질 것이 없는 혜리를 보면서 처음에는 걱정도 했지만, 혜리는 그런 외적인 것에 전혀 개의치 않고 오히려 경옥과 내게 힘을 주려고 해서 너무도 감사했다.

집안 살림도 어려웠지만 정치적으로는 3당합당이 진행 중이어서 더욱 어려운 때였다. 그래서 청첩장을 돌리기도 민망스러웠는데 결혼식 당일날 김영삼 대표최고위원과 이민우 씨 등 수많은 축하객이 분에 넘치도록 물심양면으로 축하해주어서 참으로 넉넉한 결혼식을 올릴 수 있었다.

오빠의 결혼으로 방이 없어진 딸 성인은 하안동의 15평짜리 아파트에 살고 계시던 할머니 댁의 작은방에서 고생스럽게 지내게 되었다.

민주산악회의 조직확대와
문경새재의 기적

  1991년 3당 합당은 마무리되었으나 수적으로 25%의 지분만으로 힘의 열세를 극복하기 어려워서 늘 걱정도 되었지만 노태우를 비롯한 민정·공화계는 기회만 있으면 김영삼 대표최고위원과 민주계를 견제하고 나왔다. 그러면 그럴수록 민주산악회의 조직은 전국에서 자연발생적으로 가담자가 늘고 조직은 확대일로였다.

  1992년 초, 서울과 수도권 근방에 사는 동지들만으로 문경새재에서 시산회를 갖기로 되어 있었는데, 공교롭게도 그날이 1992년 1월 9일 내각제를 비롯한 여러가지 문제로 청와대에서 노태우 대통령과 김영삼 대표최고위원 간에 마지막 담판이 열리는 날이었다. 전날인 1월 8일 저녁 방송과 텔레비전 뉴스시간에 1월 9일 노태우 대통령과 김영삼 대표최고위원의 청와대회담이 보도되면서 때맞춰 민주산악회가 문경새재에서 전국단위의 궐기대회를 가진다는 보도가 나왔다.

  민주산악회 중앙본부에서는 수도권 일부 지부에만 연락해서 올 수 있는 지부만 참가하도록 통신을 띄우고 시산회 플래카드만 제작하여 가지고 갔는데, 전날 방송을 들은 전국 지부와 회원들이 버스로 자가용으로 심지어는 제주도에서 비행기를 타고 문경새재로 모여들었다. 전세버스만 약 500~600대에 자가용, 승합차 등으로 무려 3만여 명이 단숨에 모여들어 청와대에서 담판하는 김영삼 대표최고위원을 응원하고 노태우 대통령을 압박했다. 대단한 단결력이었다.

계획적으로 그만한 인원을 문경새재로 동원하려면 수십억원의 경비를 써도 어려웠을 것이다. 그런데 통신비와 플래카드 제작비 등 10~20만원이 들었을 뿐 모두 자비로 억척같이 모여들어 참으로 전무후무한 기적을 낳은 것이다.

그날 민주산악회의 궐기로 문경새재는 그야말로 붉은 산행 조끼를 입은 회원들로 발디딜 틈이 없을 만큼 덮였고, 그 열기는 문경새재를 떠옮길 만한 힘이 샘솟는 용광로였다.

그날의 담판으로 김영삼 대표최고위원은 대통령중심제와 내각책임제 등 당론이 여러 갈래로 갈라져 혼미를 거듭하면서 김영삼 대표최고위원의 앞길을 가로막고자 하는 노태우 대통령과 일부 민정계의 방해책동을 물리치고 대통령중심제와 민주적 당내경선으로 대통령후보를 선출한다는 결정을 확고히 하는 데 성공했다. 물론 그후로도 부분적으로 민정·공화계의 반발과 방해가 있긴 했지만 그날의 담판내용을 뒤집지는 못했다.

민주자유당의 대통령후보 지명 전당대회와
김영삼 후보의 지명

그날의 담판으로 대통령직선제와 민자당의 대선후보는 당내 경선으로 뽑는다는 데까지는 합의했으나 처음부터 25%의 지분만으로 합당한 우리로서는 절대열세인 한계를 넘어 승리한다는 것은 기적을 바라는 것이었다. 합당 당시에도 불가능이라는 생각으로 김영삼 총재를 따라온 우리들은 불안한 나날을 보내고 있었는데, 여기저기서 기득권 세력들이 기회만 오면 그들 나름대로 김영삼 대표최고위원과 민주계를 소외시키려고 수군대는 소리가 들려왔다.

1992년 5월 19일, 올림픽공원 체조경기장에서 역사적인 집권당의 대통령후보 지명 전당대회가 개최되었다. 우리나라 역사상 처음으로 집권당 전당대회에서 대통령후보를 자유경선으로 선출하는 감격스러운 자리였는데, 김영삼 후보에게 도전하는 이종찬의 세력도 만만치 않아서 가까운 친구들끼리 몰려앉아 투표도 하고 또 투표용지를 모아 개표를 하는 모습을 보면서 '참으로 일각이 여삼추라는 말이 바로 이런 경우를 가리키는 말이로구나' 하고 초조히 개표결과를 기다렸다.

숨 죽이며 기다리는데 전당대회 의장이 개표결과를 발표했다. 6,660명이 투표에 참가한 가운데 김영삼 후보가 4,418표를 득표해서 총 투표자수의 66.3%의 득표율로 당선되었다는 내용이었다.

우리들은 기적을 낳게 해주신 하나님께 감사하고 산술적 계산으로는 절대로 불가능한 일이라고 패배의식에 젖어 마지못해 따라간 우리들에게 승리의 영광을 안겨준 김영삼 후보의 혜안과 인내 그리고 그 끈질긴 정치력에 혀를 내두르며 감사했다. 참으로 눈물겨운 감격의 그 순간은 내가 눈을 감아도 잊을 수 없는 역사적 순간이었다.

교과서에서나 배운 민주주의를 이 땅에 꼭 심고야 말겠다고 군사독재와 싸워온 지 벌써 30년, 나도 아내 경옥도 지치고 가족들은 은근이 이제 정치는 그만두고 가족의 생계만이라도 제대로 챙겼으면 하고 기대하고 있을 무렵, 김영삼 후보가 승리함으로써 우리는 새로운 기대와 희망을 갖게 되었다.

김영삼 후보는 후보 수락 연설에서 이렇게 말했다.

"저는 민주적이고 정직한 지도자가 가장 강력한 지도자라고 확신하고 있습니다. 앞으로 저는 도덕적인 정치와 깨끗한 정치를 몸소 실천해 나가겠습니다. …… '윗물맑기운동', '민주주의의 완성', '선진경제의 실현', '민족통일의 성취'라는 국가목표를 향해 매진하겠습니다."

그리고 민주자유당의 후보를 수락한다는 말로 연설을 마쳤다.

민주산악회의 조직개편과
연수원장 피임

　3당합당으로 통일민주당 광명시 지구당도 민주자유당(민자당)으로 이름이 바뀌면서 당원은 김병용 위원장이 관장하고 지구당도 없어졌다. 그러나 민주산악회 광명시 지부는 변함없이 지속되어 전 통일민주당 지구당 당원들은 민주산악회의 이름으로 더욱 결속을 다지며 다가올 14대 대통령선거에 대비하기 위해 조직확대에 열을 올렸다.

　1991년 말경, 중앙에서는 새로운 대비를 위해 그동안 민주산악회를 이끌어온 김명윤 회장에 이어 최형우 의원이 회장을 맡고 김덕룡 의원이 상임부회장, 그리고 박태권 의원이 본부장을 맡았으며, 나는 연수원장을 맡아 전국 각 시도협의회와 전국 지부의 간부연수계획을 수립하여 눈코 뜰 새 없는 나날을 보내게 되었다.

　지난날 신민당 등 야당을 할 때 훈련원장직은 서열만 고위직이었지 실상은 별볼일 없는 직책이었기 때문에 최형우 회장과 김덕룡 상임부회장이 나를 따로 불러 특별히 민주산악회 연수원장을 맡으라고 통고할 때 나는 그저 명함용 직책을 맡긴다고 생각하며 쓸쓸하게 받아

들였다. 더욱이 최형우 회장은 본부의 직책과 지부장직을 분리하는
것을 원칙으로 해서 본부의 직책을 맡는 사람은 그가 맡고 있던 지부
장직을 내놓고 다른 사람으로 선임한다고 해서 거의 강제로 바꿔 나
갔다.

　정치하는 사람은 자기가 맡고 있는 지역을 다른 사람에게 내어주는
것을 정치적으로 죽는 것으로 생각하기 때문에 중앙의 직책을 별로
달가워하지 않았다. 그러나 꼭 이겨야 하는 14대 대통령선거를 앞두
고 맡겨진 업무에만 충실해야 된다는 명제 앞에 중앙에서 직책을 맡
은 사람들은 울며 겨자 먹기로 승복할 수밖에 없었다.

　나도 최형우 회장이 민주산악회 광명시 지부장을 다른 사람으로 바
꾸겠다는 말을 하면서 경상도 출신으로 학원을 하며 정치에 꿈을 품
고 있는 C씨를 소개받아 그를 광명시 지부장으로 검토하고 있다는 것
을 알았다. 연수원장은 정당에서는 훈련원장으로 사실상 실권도 없고
한직인데, 이것을 받고 참으로 오랫동안 경옥과 내가 심혈을 기울여
키워온 광명시 지부를 내놓으라니 참으로 억울하고 반발심도 컸다.
하지만 모처럼 여당의 대통령후보로 지명받은 김영삼 후보의 당선을
위해서는 어쩔 수 없이 승복할 수밖에 없었다.

　나는 최형우 회장에게 어느 것이든 최 회장이 세운 방침을 따르겠
다고 말하고 별로 할 일도 없는 본부사무실에 매일 출근했다. 하루는
최 회장과 김덕룡 상임 부회장에게서 우선 본부의 간부연수계획을 세
워 보고하라는 지시가 왔다. 1992년 봄이었다.

　나는 연수원 부원장과 국장, 부차장들을 불러 우선 1회에 150명에
서 200명 정도의 인원을 1박 2일 일정으로 수련할 수 있는 장소를 물
색하라고 지시했다. 하룻밤을 함께 자면서 학습도 하고 캠프파이어

같은 단합대회까지 할 수 있는 시설을 갖춘 수련장을 찾는 것은 쉽지 않았다. 승용차 2대를 몰고 며칠을 다녀서 춘천의 지인용 지부장이 소개하고 알려준, 배를 타고 소양댐을 건너 한적한 곳에 자리잡은 오봉산수련원에서 우선 1차연수를 하기로 하고 준비에 착수했다.

우선 연수대상인 피교육자의 범위를 정하고 강의종목과 그에 맞는 교수를 모시는 일도 쉽지 않았다. 몇 날 며칠을 집에도 가지 못하고 분주하게 다녔다. 연수원 직제는 3명의 부원장과 3개의 국(행정국·연수국·교수국)이 있고, 각국에는 3개 부가 있으며, 각부에는 차장 2명씩이 있었다. 연수원에는 원장을 포함해서 총 38명이 배치되었다.

처음에는 연수원은 일이 많은 것도 아닌데 무슨 인원을 이렇게 많이 배치하느냐는 말들이 있었고, 나 역시 그런 생각을 지울 수가 없었다. 신민당 등 야당 시절 훈련원은 1년에 한두 번 국회의원과 원외 위원장 합동으로 1박 2일이나 2박 3일 정도 연수를 하는 것이 고작이었기 때문이다.

〈연수원 편제〉

- 원　　　장 : 노병구　　· 제1부원장 : 이용수
- 제2부원장 : 조성기　　· 제3부원장 : 권춘하

행정국		교수국		연수국	
전 국 장	유 길 수	국　　장	김 수 인	국　　장	이 경 주
국　　장	강 한 명				
부 국 장	유 명 환	부 국 장	이 일 규	부 국 장	정 천 석
부 국 장	정 선 태				

행정국		교수국		연수국	
제1부장	강 진 철	제1부장	최 정 웅	제1부장	한 기 종
제2부장	나 종 현	제2부장	윤 재 균	제2부장	이 옥 희
제3부장	이 인 호	제3부장	박 강 진		
차 장	노 재 민	차 장	정 원 태	차 장	홍 성 태
차 장	이 동 녕	차 장	신 명 식	차 장	장 언 수
차 장	함 윤 철	차 장	한 광 덕	차 장	이 호 택
차 장	박 성 준	차 장	서 선 호	차 장	이 광 훈
차 장	김 규 호			차 장	전 순 옥
차 장	김 기 열			차 장	이 창 진
				차 장	김 용 범
여사무원	고 경 화				

| 춘천 소양댐 오봉산수련원 간부연수 |

여러 날을 소비해 소양댐 건너 오봉산수련원을 1차 중앙간부 연수
장소로 정하고 연수준비에 들어갔다. 중앙간부와 광역 시도 협의회장
을 합쳐 300명이 넘는 인원을 반으로 나누어 150명씩 1, 2차로 실시
하기로 방침을 정하고 피교육자 선정과 교과과정을 정하여 보고하고
실시준비에 박차를 가했다.

피교육자 선발은 조직본부(본부장 : 박정태)에 의뢰해서 하도록 하고
교과과정은 피교육자가 용산역 광장에서 아침 7시에 출발해 10시 30
분에 오봉산수련장에 도착, 11시까지 배정된 숙소에서 미리 지급한
민주산악회 마크가 붙어 있는 티셔츠를 입고 강당에 모여 11시 정각
에 입소식을 했다.

1992년 민주산악회
중앙간부 연수

1992년 7월 29일, 마침내 춘천 오봉산수련원에서 민주산악회 중앙 간부 및 시도 협의회장들의 연수를 하기로 결정되었다.

| 연수에 참가하는 간부들에게 보낸 최형우 회장의 인사말 |

회원동지 여러분 안녕하십니까?

꺼져가던 한국 민주주의의 불씨를 지펴 오늘의 민주화를 이룩하기 까지 화합과 단결로 간난의 역경을 이겨내고 이제 대망의 민주정상을 향한 마지막 등정의 길에 들어선 회원동지 여러분의 노고에 충심으로 감사와 격려를 드리는 바입니다.

본인은 역사적인 대과업을 앞두고 투철한 사명감으로 불타고 있는 회원동지 여러분과 함께 다시 한번 전진을 위한 자세를 가다듬기 위 하여 간부연수를 실시하고자 합니다. 빠짐없이 참석하여 민주대열을 더욱 빛내주시기 바랍니다.

회원동지 여러분의 건강과 행운을 빕니다.

우리가 기다리던 29일이 되었다. 약 300명의 중앙간부 중 제1진 150여 명이 29일 아침 일찍 전세버스 편으로 용산역 광장을 출발해 예정된 시간에 오봉산수련원에 도착했다. 이들은 각기 방배정을 받고 민주산악회 마크가 부착된 티셔츠로 갈아입고 강당에 모여 감격스러운 입소식을 가졌다.

민주산악회 제1차 전반기 중앙간부 연수

■ 입소식

개회 선언 ………………………	사회자 이용수 부원장
① 회기 입장 ……………………	청년회원
② 국기에 대한 경례 ……………	사회자
③ 묵념 …………………………	사회자
④ 애국가 제창 …………………	사회자
⑤ 헌장 낭독 ……………………	이옥희 부장

■ 헌장

우리는 아름답고 장엄한 조국의 산하를 사랑한다. 이 산하 위에 정의롭고 참된 사회와 자유 민주가 꽃피는 나라를 건설하는 것이 우리의 물러설 수 없는 염원이며 사명이다.

우리는 자연 속에서 영원불멸의 진리를 배우며 준엄한 인과의 법칙과 만고의 진리가 거기 엄연함을 보면서 간난과 인고 속에 불굴의 의지를 기르고 스스로 인격 도야에 힘쓸 것이다.

우리는 땀과 비바람 속에 다져진 동지애로써 바윗덩이처럼 뭉치어 민주광복의 길로 나아갈 것이며 어떠한 고산준령도 조국의 땅이면 갈 것이요, 민중의 길이면 마다하지 않을 것이다.

우리는 태산처럼 흔들리지 않을 것이며 삭풍한설 속의 상록수처럼 한없이 푸를 것이다.

1983년 12월 8일
민주산악회

⑥ 연수생 선서 ·············· 오경남 부국장

– 우리는 민주화 추진의 역군으로서 민주정치 정착에 앞장선다.
– 우리는 조국의 자유번영 그리고 통일을 위하여 초석이 된다.
– 우리는 겨레의 화합단결 그리고 전진을 위하여 몸과 마음을 바친다.
– 우리는 민주산악회의 회원으로서 높은 자부와 명예로운 긍지를 가지고 민주산악회의 제반 규칙을 지킨다.

1992년 7월 29일
연수생 대표 오   경   남

⑦ 내빈소개 및 환영사 ·············· 연수원장 노병구

여러분 반갑습니다. 여기 오신 모든 분이 특별한 소개를 받을 만한 분들이지만 시간 관계상 이 앞에 앉아 계신 분들만 소개하겠습니다.

불철주야 민주산악회를 이끌고 계신 최형우 회장께서 오셨습니다. 황병태 부회장께서 오셨습니다. 민주산악회 산행 때 맨 앞에 서서 산행을 이끌고 계신 산행 총대장 이우태 부회장께서 오셨습니다. 황호동 지도위원회 위원장께서 오셨습니다. 심의석 감사님도 오셨습니다. 황명수 수석부회장께서 조금 늦게 도착하셨습니다. 민주산악회의 실무 총책임자이신 박태권 본부장도 오셨습니다. 대구·경북협의회장 유성환 회장께서 오셨습니다. 강봉찬 제주협의회장께서도 오셨습니다.

다음 분들은 그 자리에서 일어서주십시오, 제1부본부장 백영기, 부본부장 오사순, 제3부본부장 이철홍 기획조정실장, 이용곤 자문위원, 김진억 조직위원장, 정진일 홍보위원장, 조성기 연수원부원장 그리고 강인섭 부회장님께서 오셨습니다.

| 연수원장 환영사 |

얼마 있으면 민주산악회가 태동한 지 12년이 됩니다. 그동안 민주산악회 '연수' 그거 상상이나 할 수 있었습니까?

우리는 갖은 박해를 받아가면서 오직 이 나라 민주화를 위하여 산에 올랐고, 거기서 결속을 다지고 뜻을 모으고 체력을 길러 최루탄 속을 마다하지 않고 싸우고 또 싸웠습니다.

때로는 경찰에게 연행당하거나 이 앞에 계신 최형우 회장님을 비롯하여 많은 동지들이 정보부에 끌려가 부당한 고문에 시달리고 감옥살이도 마다하지 않고 끈질기게 싸워 우리는 기어이 민주화선언을 쟁취함으로써 오늘 평상시에 상상도 할 수 없었던 민주산악회 연수를 하게 되었습니다.

얼마 전 최형우 회장께서 나를 불러 연수원장직을 맡아달라고 하고, 얼마 후 연수계획을 세우라고 하면서 실제로 연수를 하자는 지시를 받고 나는 감격의 두방망이가 내 가슴을 치는 느낌을 받았습니다.

더구나 우리 상임고문께서 집권당의 대통령후보가 되어서 이를 위한 연수라니, 이 얼마나 감격스러운 일입니까?

여러분의 연수원 입소를 진심으로 환영합니다.

오늘부터 내일까지 1박 2일 동안 우리는 함께 먹고 함께 자고 꿈에도 상상할 수 없었던 연수를 하게 됩니다.

우리가 누굽니까? 이 나라의 민주화를 위하여 군사독재정권과 맞서 손에 손잡고 최루탄도 마다하지 않고 뜨거운 염천, 엄동설한으로 꽁꽁 얼어버린 아스팔트 위를 함께 뒹굴며 싸워온 김영삼의 최측근 문하생들입니다.

그중에도 중앙의 간부요 각 시도 협의회장들이 제1기 1차 연수를 받기 위해 여기 모였습니다. 다시 말해서 오늘부터 내일까지 김영삼 상임고문을 앞세우고 얼마 후 세워질 민주정부 하에 살아가는 우리나라의 실상을 연출하는 모임이 바로 우리가 하려는 연수입니다. 김영삼 시대를 우리 김영삼 문하생들이 살짝 문을 열고 미리 들어가보는 것입니다.

수십 년을 갖은 박해와 고통을 무릅쓰고 꿈꾸어왔던 질서 있는 자발적인 민주사회를 내일까지 우리 한번 만들어봅시다.

김영삼 상임고문께서는 힘있는 정치! 큰 정치!를 하겠다고 외치고 있습니다. 김영삼 상임고문은 물론 이 앞에 앉아 계신 최형우 회장이나 여러 간부들의 주머니에는 주머니칼 하나도 들어 있지 않습니다. 그런데 힘있는 정치가 어디서 나오겠습니까?

힘있는 정치의 그 힘은 군사정부처럼 무력에 의존하는 정치가 아니라 진정한 민주정부를 만들어 국민으로부터 사랑받는 정부, 투명한 민주화로 부정부패 없는 도덕이 살아 숨쉬는 존경받는 정부를 만들어 국민이 모두가 자발적으로 하나로 뭉치는 나라를 말합니다.

큰 정치는 무엇입니까?

용서하고 화해하고 사랑하는 정치를 말함이 아니겠습니까?

새로 나올 김영삼 정부는 새로운 양심세력에 의해서 규탄받거나 타도되지 않고 국민에게 사랑받고 존경받는 정부가 될 수 있도록 우리 모두 기도하는 마음으로 내일까지 자발적이고 자율적으로 질서를 지키고 서로 협조하며 연수에 힘써주실 것을 부탁드립니다.

감사합니다.

⑧ 회장 치사 ················ 회장 최형우

바쁘신 중에도 연수에 참가해주신 민주산악회 중앙간부 여러분과 시도 협의회장 여러분께 감사를 드립니다.

역사상 처음 있는 이 연수를 위해 불철주야 연수를 계획하고 준비하고 수고해주시는 노병구 연수원장을 비롯한 연수원 여러분의 노고에 치하를 보냅니다.

칠흑같이 어두운 시절, 국민의 자유와 정의가 군사독재자들의 무력에 의하여 탄압받고 부정당할 때 우리는 산에 올라갔습니다. 우리는 산에서 꺾어질지언정 구부러지지는 않겠다고 서로 힘을 모으고 다짐하며 싸우고 싸워 기어이 민주화를 이끌어내고야 말았습니다.

우리는 산에서 싸우면서 세계적인 민주산악회를 결성하고, 1985년 2월 12일 12대 국회의원 총선거에서 민주화돌풍을 이끌어냈고, 민주화추진협의회를 만들어 6·10 항쟁을 성공시켜, 드디어 6·29 항복을 받아 한결같은 국민의 숙원인 민간정부 수립의 길을 쟁취했습니다.

드디어 우리 김영삼 상임고문을 대통령후보로 지명하는 데까지 밀어 올려 이제 민주산악회는 이 나라의 운명을 걸머질 새로운 역사의 부름을 받았습니다. 우리에게는 마지막 승리라고 할 수 있는 대통령당선의 그날까지 더욱 굳게 뭉쳐 효과적인 선거운동을 해야 하겠습니다. 선거는 한 표에 지고 한 표에 이기는 것입니다. 그래서 방심은 금물입니다.

우리는 산에 가서 환경도 보호해야 하고 환경을 파괴하는 일은 더욱 해서는 안 된다는 사명도 있지만, 이번 선거에 꼭 이겨야 하겠고 반드시 이기기 위하여 이번 연수를 통해 일사불란한 모임으로 새로 탄생해야만 하겠습니다.

우리 대승적 차원에서 뜨거운 동지애로 굳게 뭉쳐 민주화를 완성합시다. 내일까지 질서를 지켜 몸 건강하게 이 연수를 끝내 주시기를 바랍니다. 감사합니다.

⑨ 교과과정 설명 ·················· 교수부국장 이일규

입소식이 끝나면 바로 점심 식사를 하시고 15시부터 이 강당에 다시 모여주시기 바랍니다.

1교시에는 15시부터 50분 동안 "왜 김영삼이어야 하는가"라는 주제로 강인섭 의원께서 강의를 하시게 되겠습니다.

2교시에는 16시부터 50분 동안 "민주산악회의 역사"를 본회 부회장이시며 민주산악회 총대장이신 이우태 의원께서 강의를 하시게 되겠습니다.

3교시에는 17시부터 50분 동안 "한국경제의 오늘과 내일"이라는 제목으로 본회 부회장이신 황병태 의원께서 강의를 해주시겠습니다.

이것으로 오늘의 교과과목은 끝이 나고 한 시간 동안 휴식을 취한 뒤, 19시부터 한 시간 동안 저녁식사를 하고 20시부터 22시까지 두 시간 동안 광장에 모여 화합·단결·전진의 시간을 갖게 되겠습니다. 이 시간에는 노래와 장기자랑의 여흥을 가지게 되고 따라서 푸짐한 상품도 있습니다.

마지막에 캠프파이어로 우리들의 단결을 과시하고 레크리에이션과 캠프파이어 시간을 끝으로 오늘의 일과를 모두 마치도록 되어 있습니다.

22시부터 취침을 하시고 내일 아침 06시에 기상하여 07시까지 한 시간 동안 이계봉 산행대장의 안내로 아침등산을 하는데, 등산을 완주한 분들에게 경품추첨을 해서 역시 큰 상품을 드리도록 하겠습니다.

07시부터 09시까지 아침식사를 하고 휴식을 취한 다음 다시 강당에 모여 이틀째 교과과목을 듣게 되겠습니다.

1교시에는 09시부터 50분 동안 "조직특강"을 본회 박태권 본부장께서 강의하겠습니다.

2교시에는 10시부터 50분 동안 "민주산악회의 나아갈 길"을 본회 상임부회장이신 김덕룡 의원께서 강의하겠습니다.

이것으로 민주산악회 제1기 제1차 연수의 모든 과정은 끝이 납니다.

11시부터 수료식을 갖고 이번 연수에 참가해주신 여러분께 소정의 수료증을 드리고 연수를 마치게 됩니다.

12시부터 한 시간 동안 점심식사를 하고 13시에 각자 자기 소지품을 가지고 배를 타고 나가 대기하고 있는 버스를 타고 서울로 돌아가겠습니다.

⑩ 광고 ·················· **연수원장의 광고 말씀**

뜨거운 염천에 연수를 받느라 수고하신다고 김영삼 상임고문께서 기념이 될 만한 좋은 선물을 보내왔습니다. 또 사모님께서도 아주 좋은 선물을 보내왔습니다. 연수가 끝나는 내일 여러분께 드리도록 하겠습니다.

⑪ 민주산악회 회가 제창 ········ **허금환 회원의 지휘로 회가 제창**

모두 일어나셔서 오른팔을 높이 들고 대각선으로 아래위로 힘차게 휘두르면서 회가를 합창해주시고, 2절이 끝나면 더욱 힘차게 '민주 민주 산악회'를 연속으로 두 번 외치고 마지막에 이 연수원이 떠나갈 만큼 큰 소리로 '야!' 하고 함성을 질러주시기 바랍니다.

■ 회가

1. 어찌타 민주봉에 비바람치고 가신 님 서린 한이 이끼 되었네
   가시밭 거친 고개 아득하여도 동지여 그 한 길을 꿋꿋이 가자
   아 민주산악회 어기찬 걸음
2. 들어라 자유봉아 메아리쳐라 우리들 힘찬 고동 울려퍼지니
   먹구름 저편에서 해가 솟는다 지키자 꺾일소냐 전통의 깃발
   아 민주산악회 우렁찬 소리

⑫ 폐회 ················ **이용수 부원장**

■ 1교시

"왜 김영삼 이어야 하는가?" ················ **강인섭 의원**

여러분, 오래간만입니다.

죄송하지만 앉아서 말씀드리는 것이 여러분도 나도 편할 것 같아서

앉아서 말씀드리는 것을 양해해주시기 바랍니다.

여러분, 그동안 얼마나 많은 고생을 하셨습니까?

김영삼 상임고문께서 3당통합을 하자고 나섰을 때, 우리는 과연 이래도 괜찮을 것인가? 우리의 앞날은 어떻게 될 것인가? 우리가 선택할 방법이 이것밖에 없는 것인가? 하루도 편할 날이 없이 최루탄을 맞아가면서 민주화를 요구하며 싸워왔는데 그들과 통합을 한다니 참으로 참담한 심정으로 우리는 3당통합에 응할 수밖에 없었습니다

우리에게는 절망과 좌절의 시간이 너무 길었기 때문에 늘 초조하고 조마조마한 가운데 살아왔습니다.

김영삼 상임고문께서 3당통합을 하면서 운명을 같이하자고 했을 때 저는 측근에서 걱정도 하고 또 김영삼 상임고문께서 심각하게 고민하는 것을 보았기 때문에 걱정은 되었지만 보통 사람은 상상조차 할 수 없는 이 도박은 반드시 성공할 것이라고 확신을 했습니다.

김영삼 상임고문께서 대통령이 되는 것은, 전 세계가 민주화의 길로 가고 있는 이때에 맞추어 그동안 생명을 걸고 앞장서서 싸워온 그분의 지도력은 시대의 요구요 역사의 순리라고 생각했기 때문에 당연히 꼭 그렇게 될 것이라고 나는 확신했습니다.

대통령선거를 국민과는 아무 상관 없이 그들끼리의 잔치로 체육관에서 치러왔는데 집권여당의 대통령후보를 자유경선으로 뽑고 국민이 직접 대통령을 뽑다니, 이야말로 자유민주주의의 승리요 우리는 상상할 수 없는 엄청난 일을 해낸 것입니다.

선진세계가 가고 있는 민주화를 정착시켜 대망의 2000년대를 맞이하여 새로운 경제부흥도 일으켜야 하겠고 남북통일도 앞당기는 정치를 위하여 우리는 김영삼 후보를 압도적 지지로 당선시켜야만 하겠습

니다.

여당 대통령후보가 되었다고 그렇게 쉽게 당선될 것이라고 생각하고 방심해서는 안 됩니다.

나는 오늘 새마을연수원에서 민주자유당 의원 세미나에 참석하고 오는 길입니다. 김종필 최고위원이 세미나에도 불참하고 공화계의 별도모임을 하고 있다고 들었습니다.

과거에 여당하던 사람들이 열심히 하는 사람도 있지만 별로 흥이 나지 않는 사람들도 있는 것 같아 불안하기도 합니다.

김영삼 대통령후보께서 작은 정부 힘있는 정부를 말씀하고 있습니다. 그러기 위해서는 국민의 압도적 지지가 있어야 하는데, 지금 여당의 분위기로는 어쩐지 불안합니다.

어느 여당하던 분이 6 · 29선언 이후 야당이 단일후보를 내느냐 못 내느냐 하고 야권이 부글부글 끓을 때 얼마나 초조하고 조마조마했는지 모르겠더라고 하면서, 이번 대통령선거에서 노태우 후보가 지면 우리는 모두 죽는 것인데 참으로 앞길이 캄캄하고 답답했는데 다행히 야권이 분열해서 우리는 그야말로 죽기살기로 정말 내 일처럼 선거운동을 했노라고 하면서, 그렇게 했는데도 국민 총투표자수의 불과 30%인 860만 표를 득표해 간신히 이겨 겨우 한숨을 돌렸노라고 하는 말을 들었습니다.

여당 대통령후보가 됐으니 내가 뛰지 않아도 된다는 생각은 아예 접어두십시오.

민주산악회를 사조직이라고 합니다. 이제는 민주산악회는 민자당의 방계조직입니다. 물론 민주자유당인 공조직이 열심히 선거운동을 할 것입니다. 그러나 공조직이 못 미치는 곳도 많을 것입니다. 우리 상임고문을 당선시키기 위하여 우라는 공조직과도 사이좋게 서로 부족한 부분을 보충해가면서 어깨를 나란히 하여 압도적 표차로 이길 수 있도록 일치단결하여 내 일처럼 임해주시기를 바랍니다.

감사합니다.

■ 제2교시

"민주산악회의 역사" ·············· **부회장 이우태 전 의원**

저는 30년 동안 일기를 써오고 있습니다. 일기장을 떠들어보면서 산악회의 역사를 비교적 정확하게 설명하고자 합니다.

한두 시간에 민주산악회의 역사를 이야기하는 것은 무리인 줄 압니다만 대개 윤곽만이라도 사실에 입각하여 이야기하도록 하겠습니다.

1980년 전두환정권에 의해서 정치활동이 규제되고 우리 김영삼 상임고문께서 긴 가택연금을 당했다가 1981년 4월 30일 근 1년 만에 해제되어 5월 1일 상도동 자택에 지금은 우리와 당을 달리하고 있는 명화섭 동지 등 몇몇 동지가 모였습니다.

그 자리에서 1년간의 소식을 서로 묻고 전하고 했는데, 그때 김영삼 총재는 동지들에게 "그간 뭐 하고 지냈노?" 하고 침통해했습니다.

그후 지금은 고인이 되신 고 김동영 의원 집에 김영삼 총재와 김동영 의원과 우리 회장이신 최형우 회장 그리고 김덕룡 의원과 또 한 사람 등 일곱 명이 모여서 도봉산에 올라간 것이 민주산악회의 효시였습니다.

당시에는 정치규제에 묶여 모이는 사람도 없을 때여서 산에 올라가 친목도 다지고 회포도 풀고 동지들의 소식도 알아보고 전하기도 하는 것으로 시작이 되었습니다. 이것이 점차 확대되어 마침내 1985년 2·

12 총선 때는 2만 명의 회원이 확보되었습니다.

이토록 커진 민주산악회는 자연히 외부로 알려져서 일본의 NHK와 〈로스앤젤레스타임스〉가 다루었고, 스웨덴의 국영방송은 한 시간짜리 특집방송까지 하여 그야말로 세계적인 산악회로 알려졌습니다.

민주산악회에 앞서 대구에서는 '경민산악회'가 유성환 의원의 지도로 결성되어 한 달에 한 번씩 산에 올라가 친목을 도모하고 있었습니다.

이렇게 전국적으로 조직이 확산되자 당황한 정보부는 강력하게 탄압을 하기 시작했습니다. 1982년 5월 20일 산에서 내려오는 김동영, 최형우, 김덕룡 그리고 또 한 사람을 아무런 이유도 제시하지 않은 채 정보부로 연행해 1박 2일 동안 고문을 가하기도 하였습니다.

저 같은 경우에도 정보부 요원들이 〈신동아〉 잡지를 들고 와서 "이 책이나 읽으시고 집에서 편히 쉬시지 산에는 무엇 하러 가느냐?"고 회유 겸 협박을 하였습니다. 법적으로 산에 가는 것을 막을 수는 없으므로 그런 식으로 막아보려고 했습니다.

그러다가 1982년 6월 김영삼 총재가 2차 연금을 당했는데, 이는 민주산악회의 발전을 막기 위한 탄압의 일환으로 이루어진 정보부의 조치였습니다. 그래도 우리는 이민우 회장을 내세우고 산행을 계속했는데, 너무 힘들고 지쳐서 어려울 때는 설악산에 가는데 단지 14명만이 참가했을 정도로 줄어든 때도 있었습니다.

그때 어느 잡지에선가 기사가 실렸는데, 민주산악회가 산행식 끝머리에 각자 돌아서서 두 손을 입에 대고 있는 힘을 다하여 '민주광복 야호!'를 외쳤는데, 그 소리가 공허한 메아리였다고 비아냥거리는 것인지 불쌍해서 쓴 것인지 그런 기사를 보고 한숨도 지었습니다.

그후 얼마 가지 않아서 1985년 9월호인가 〈신동아〉 잡지에 많은 민주화운동이 있었지만 가장 조직적인 저항을 하면서 민주화운동을 한 것은 민주산악회뿐이었다고 쓴 것을 보고 나는 무한히 감격했습니다.

1985년 5월 18일, 김영삼 총재가 마치 유서 같은 시국선언을 발표하고 생명을 건 단식투쟁을 시작했습니다. 그날 우리는 관악산 산행을 하려고 노량진역에 집결하기로 되어 있어서 약 70명이 모였던 것으로 기억을 합니다. 그런데도 우리 언론은 김영삼이라는 이름 석자는 물론 단식에 대한 기사는 한 줄도 쓰지 않았습니다.

그때 산악회 동지들은 각기 자기 집에서 경찰에게 연금을 당했는데, 그 가택연금을 당한 사람 중 58명이 동조단식을 하였습니다. 이런 긴급한 상황에서 이민우 회장께서 언론이 다 죽었는데 우리가 단식만 하는 것이 능사도 아니고 다 같이 나서서 언론이 못하는 일을 대신하여 홍보를 해야 한다고 하여 우리는 3일 만에 동조단식을 중지하고 요령껏 빠져나오거나 연금을 당하지 않은 동지들이 시내에 나와서 설렁탕을 먹어가며 홍보전략을 짰습니다.

복사기도 많지 않을 때여서 복사를 하려면 이곳저곳을 찾아 헤매기도 했지만, 돈을 주어도 그런 불온선전물은 해주지도 않고 곧바로 정보부에 신고를 하여야 그나마의 영업이라도 할 수 있어 거절당하기 일쑤였습니다.

그래도 몰래 자기 주머니 사정대로 천원, 이천원, 만원씩 동지들의 주머니를 털어 복사를 해서 전국에 김영삼 총재의 단식사실을 알렸는데, 그때 뿌린 전단이 약 30만 장이나 되었습니다. 여기 보이는 사람 중에도 홍인길 씨나 백영기 제1부본부장 등이 있습니다.

전두환정권은 서울대학병원에 김영삼 총재를 강제로 입원시켜 놓고 단식을 중단시키려고 별의별 짓을 다했지만, 김영삼 총재의 의지를 꺾지 못하고 외국에 나가 살라는 등 회유책을 쓰다가 결국 연금을 풀 수밖에 없었습니다.

요새 언론이 민주화가 잘되느니 못되느니 하고 나서는 것을 보면 참으로 한심하고 가소로운 생각이 듭니다. 어두웠던 민주화 과정에서는 김영삼 이름 석자는 물론 민주주의라는 말조차 쓰기를 겁내서 거절했던 언론들이 살판났다고 민주화 과정을 트집잡는 글을 쓰고 있습니다.

제가 잘 아는 선배 중에 설의식 씨라는 분이 있습니다. 그분이 지금의 언론들을 보면서 '한강의 역류'라는 말을 자주 합니다. 한강은 동쪽에서 서쪽으로 흐르고 있습니다. 그러나 한강은 수백 킬로미터를 흐르면서 구부러지고 여울 등을 지나면서 어느 곳에서는 서쪽에서 동쪽으로 흐르는 곳도 있습니다. 그렇다고 한강이 서쪽에서 동쪽으로 흐른다고 해서야 되겠습니까? 한강은 여전히 동쪽에서 서쪽으로 흐릅니다.

시행과정에서 발생하는 적은 문제가 있다고 하여 도도히 흐르는 민주화의 물길을 막아서도 안 되지만 막을 수도 없습니다.

우리나라 역사상 국가권력의 부당한 연금으로부터 생명을 걸고 싸워 자력으로 연금을 풀고 나온 분은 김영삼 한 분뿐입니다. 국가권력에 의해서 탄압받는 언론의 보도관제를 만난을 무릅쓰고 자력으로 뚫고 진실을 알려 홍보함으로써 언론자유를 지켜낸 것도 민주산악회뿐입니다

위의 두 사실은 민주화과정에서 지울 수 없는 빛나는 업적으로 역사에 기록되어야 할 것입니다.

감사합니다.

■ 제3교시

"한국경제의 오늘과 내일" ················ **부회장 황병태 의원**

황병태 의원은 해방 전후의 우리나라 농촌의 토지제도를 설명하고 농지개혁에 대한 강의와 경제제일주의로 대표되는 박정희·전두환 시절의 경제상황에 대해 강의했던 것으로 기억한다.

■ 화합·단결·전진의 시간

"레크리에이션과 캠프파이어" ·········· **사회 이용수 부원장**

무더운 여름밤 연수원광장에 연수생 전원이 모여 술과 안주 그리고 푸짐한 상품을 늘어놓고 장구, 북, 징, 꽹과리 등 사물을 앞세우고 모처럼 춤과 노래, 기타 각자의 장기를 자랑하며 유쾌한 시간을 보내고 화합·단결·전진의 시간을 가졌다.

최형우, 강인섭, 황병태, 이우태, 유성환, 심의석 씨가 사회를 맡은 이용수 부원장의 호천으로 심사위원이 되어 노래심사를 했는데, 심사위원들이 노래에 대한 실력이 별로여서 심사과정에 많은 웃음을 자아내며 진행되었지만 그런대로 재미있게 시상을 마쳤다.

노래자랑을 끝내고 광장 한가운데에 장작더미를 쌓아놓고 연수원 옥상에서 장작더미까지 철사줄을 대각선으로 이어 옥상꼭대기에서 솜뭉치에 불을 붙여 그 철사줄에 매달아 내려보내서 내려온 불이 기름 부은 장작더미에 닿는 순간, 하늘 높이 확 솟아오르는 불꽃의 장관을 신호로 모든 회원이 불 주위를 돌며 '민주산악회가'와 '선구자'를 합창하며 손에 손 잡고 또는 어깨동무를 하고 돌고 또 돌았다.

끝으로 '민주산악회 만세'라고 솜으로 글씨를 새겨놓고 연수생 모두가 손에 손에 촛불을 들고 정렬하여 섰고, 회장을 비롯하여 노래심사를 맡았던 분들과 연수원장이 철봉에 솜을 묶어 기름을 묻혀 모닥불에서 불을 붙여 글자마다 한 사람씩 불을 붙였다.

캄캄한 밤 '민주산악회 만세'만이 환하게 타오르는 광경을 보면서 연수생 모두는 각기 촛불을 들고 목청껏 '대한민국 만세'와 '김영삼 상임고문 만세' 그리고 '민주산악회 만세'를 시간가는 줄도 모르고 외쳤다.

민주산악회 연수! 감히 상상도 할 수 없었던 연수!

앞으로도 다시 보기 어려울 연수의 첫날을 가슴 벅찬 감격 속에 끝냈다.

처음 하는 연수였지만 회장단과 연수원의 부원장들과 국장, 부국장, 부차장 그리고 연수생 모두가 하나되어 운영상 미흡한 점도 있었겠지만 모두가 수고했고 만족한 연수였다고 흡족해했다. 하나님께 감사한다.

연수 제1기 제1차 연수 둘째 날인 30일이 되었다. 새벽 6시에 기상하여 지금은 고인이 된 이계봉 산행대장의 인도로 한 시간 정도 걸리는 가벼운 산행을 하고, 보통 산행 때와 같이 산행식을 마치고 산행을 완주한 사람에게 미리 나누어준 행운권 추첨을 해서 당첨된 사람에게 상품을 나누어주는 것으로 둘째 날 연수가 시작되었다.

■ 제1교시

"조직 특강" ·············· **본부장 박태권 의원**

박태권 본부장은 민주산악회 조직현황과 민주산악회 조직을 통한 대통령선거운동에 관한 강의를 했다.

■ 제2교시

"민주산악회의 나아갈 길" ················ **상임부회장 김덕룡 의원**

김덕룡 의원의 강의내용은 오후 민주산악회 간부연수 제1기 2차 연수를 위한 입소식 치사를 수록하기로 한다.

■ 퇴소식

11시부터 연수생 전원이 강당에 모여 회장 또는 부회장이나 연수원장이 연수생 전원에게 각기 수료증서를 수여하고 그간의 노고를 치하한 뒤 마지막에 민주산악회 회가를 합창하고 연수의 전 과정을 끝냈다. 그리고 모두 함께 점심식사를 하고 버스 편으로 서울로 향했다.

1992년 7월 30일
민주산악회 제1기 제2차 간부연수 입소식

입소식 식순은 1차 연수 때와 같고, 회장 치사를 김덕룡 상임부회장이 하였으며, 그 일부분만 여기 옮긴다.

전국에서 모이신 여러분은 민주산악회의 핵심 중 핵심입니다. 참으로 반갑습니다.

이 입소식의 치사는 최형우 회장께서 하여야 하는데 회장께서는 어제 제1기 1차 연수에 참가하시고 밤늦도록 모든 행사를 마치시고 오늘 오전에도 연수생과 함께 계시다가 서울에 중요한 일이 있어서 떠나시고 부득이 제가 최 회장을 대신하여 치사를 하게 되었습니다.

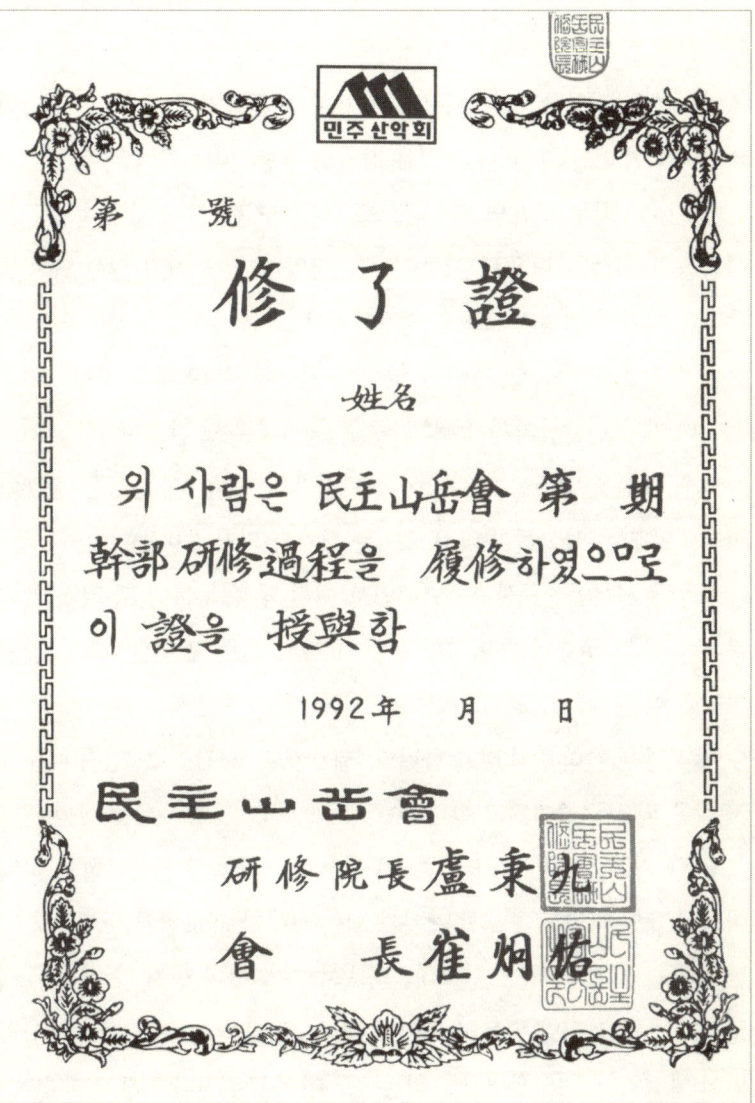

민주산악회

第　　　號

修 了 證

姓名

위 사람은 民主山岳會 第　期
幹部 硏修過程을 履修하였으므로
이 證을 授與함

1992年　月　日

民主山岳會

硏修院長盧秉九

會　　長崔炯佑

교통 등 모든 것이 불편한데도 불구하시고 김동규, 조종익 두 부회장님을 비롯하여 전국 각지에서 오셨고 전국 산악회집행부에서 참석해주셔서 감사합니다.

여러분은 김영삼 상임고문의 분신 같은 분들인데, 하나도 흩어짐 없이 이렇게 모일 수 있다는 것은 정말로 자랑스러운 일입니다.

대권이란 한두 사람의 재능만으로 이루어지는 것이 아니라 수많은 사람들의 정성과 땀으로 이루어지는 것입니다. 보이지 않든 보이든 수많은 사람의 정성과 노력의 결정입니다.

옛 동지들이 하나도 흩어짐 없이 모였다는 것은 매우 자랑스러운 일이며 마치 민주산악회가 제2의 중흥을 기하는 것 같습니다.

12월 대선을 앞두고 민자당이 있지만 87년 대선 때 김영삼 총재와 함께했던 많은 사람들이 다시 모이는 계기가 되기를 바랍니다.

그동안 지식인·중산층·민주인사 이런 많은 분들이, 우리가 제대로 관리하지 못했던 흩어졌던 분들이 다시 한번 민주산악회의 깃발 아래 모이는 계기가 되길 바랍니다.

이 시간은 빨리 끝내려고 합니다. 제가 맡은 시간이 또 있기 때문에 제 말은 되도록 줄이려고 합니다.

또 한 가지, 오늘 이 자리가 민주산악회가 새롭게 재출발하는 자리이면서 개인 각자도 중요한 계기가 되어 모두가 새로워지는 계기가 되었으면 합니다. 우리가 새 시대를 창출하기 위하여 먼저 나 자신이 새로워져야 작은 집단인 우리 모임이 새로워집니다. 그렇게 할 때 온 국민이 새로워지고 또 우리가 그리는 조국이 새로워진다고 생각합니다.

정말 역경 속에서 서로 믿고 돕는 동지로 출발한 우리는 민주산악회를 하면서도 그 험난한 고개를 넘으면서 우리가 나기는 달리했어도 같은 목적을 위해 죽음도 같이한다는 각오로 싸워온 동지였습니다. 서로 믿고 돕고, 서로 의지한 그런 참된 노력이 모든 것을 같이 나눌 수 있는 그런 동지가 될 수 있도록 인간적으로도 결합하는 자리가 되기를 바랍니다.

이 자리가 민주화를 실현하고 김 대표를 위해서 우리가 헌신하는 계기가 되어서 아까 말씀드린 대로 새롭게 출발하고 동지 간에 화합해서 뜻 있는 자리, 추억이 넘치는 자리가 되기를 바랍니다.

자리가 불편합니다. 교통도, 시설도 더 나은 자리에 여러분을 모실 수도 있지만 국민이 보는 시선도 있고 하여 우리 민주산악회는 가능한 한 많은 사람들의 시선을 피해 조용한 가운데서 차분히 일하는 그런 조직체로, 또 그 어려운 역경 속에서도 신념을 가지고 일했던 선배들의 뜻을 받들어 좀 불편하지만 넉넉하게 이해해주시고 많은 협조를 부탁드립니다.

전국에서 새벽에 출발하여 여기 오신 여러분의 열정에 다시 한번 감사를 드리고 제 말을 마칩니다. 감사합니다.

1992년 7월 29일 춘천 오봉산수련원 연수로부터 1992년 11월 12일까지 약 3개월 반 동안 전국 각지에서 모여든 약 3만여 명이 간부연수를 마칠 때까지 연수원 요원 38명은 그야말로 한 덩어리가 되어 각지로 흩어져 주어진 책무에 충실했다.

전국 각지에서 실시한 연수원 강의를 맡아 민주산악회 연수원 교수로 임명장을 받은 현역 국회의원과 전직의원 지구당 위원장만도 40명이나 되었다. 이들이 자신에게 배당된 1시간을 강의하기 위해 새벽 4, 5시에 집을 나와 연수를 하고 있는 곳을 빠짐없이 찾아가는 것도 쉽지 않은 일이었지만, 기어이 군정을 종식하고 민주화를 이루겠다는 일념으로 한 덩어리가 되어 모두가 미친 듯이 주어진 임무를 완수했다.

연수원장의 책임을 맡은 나는 전국에 차려진 연수원마다 찾아다니며 준비상황을 점검하고 완벽한 연수의 실시에 혼신의 힘을 쏟았다. 나는 그날 강의에 차질을 우려하여 보통 새벽 4시나 5시가 되면 그날 강의가 잡혀 있는 교수님 댁에 실례를 무릅쓰고 전화를 걸었는데, 전화를 걸면 거의가 이미 출발준비를 하고 있었다. 참으로 죄송하고 또 감사를 드린다.

지금은 고인이 된 연수원 이용수 부원장과 조성기, 권춘화 두 부원장과 행정교수, 연수국 국장·부국장 그리고 부차장들에게 특별한 감사를 드린다.

■ 민주산악회 연수원 교수 명단

강인섭, 구본호, 권병태, 김덕룡, 김도현, 김동규, 김명윤, 김수한, 김충일, 김희라, 노병구, 노승우, 박규채, 박용만, 박정태, 이용수, 박태권, 박홍섭, 반형식, 서청원, 심완구, 심의석, 오경의, 유성환, 유승규, 이용곤, 이우태, 이철흥, 임정규, 정진일, 조종익, 조홍래, 차석준, 차진모, 최기선, 최동화, 최한수, 황명수, 황병태, 황호동 이상 40명

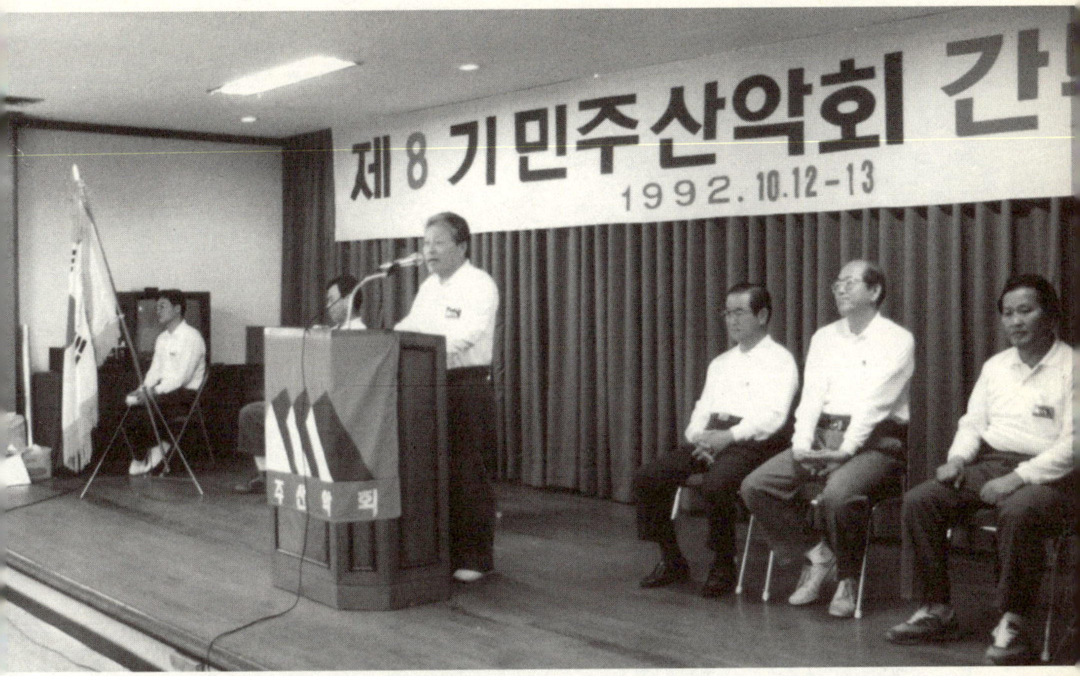

제8기 민주산악회 간
1992. 10. 12 - 13

민주산악회 연수 중 환영사를 하는 필자와 김동규, 심의석, 조성기

민주산악회 캠프파이어

민주산악회 회직자 명단

(1992년 7월 14일자)

직 위	성 명	직 위	성 명
상 임 고 문	김 영 삼	본 부 장	박 태 권
명 예 회 장	김 명 윤	기 획 실 장	이 철 흥
회　　　장	최 형 우	연 수 원 장	노 병 구
수 석 부 회 장	황 명 수	제1부 본부장	백 영 기
상 임 부 회 장	김 덕 룡	제2부 본부장	박 정 태
부 회 장	서 석 재	제3부 본부장	오 사 순
부 회 장	서 청 원	산 행 총대장	이 계 봉
부 회 장	박 종 율	연수원 부원장	이 용 수
부 회 장	김 동 규	연수원 부원장	조 성 기
부 회 장	강 인 섭	연수원 부원장	권 춘 화
부 회 장	황 병 태		
부 회 장	이 우 태		
부 회 장	조 종 익		
감　　　사	송 두 호		
감　　　사	심 의 석		

특별위원회

직 위	성 명	직 위	성 명
조직위원장	김 진 억	청년위원장	
조직부위원장	박 홍 섭	청년부위원장	윤 선 홍
조직부위원장	김 정 신	청년부위원장	오 수 봉
홍보위원장	정 진 인	대외협력위원장	차 진 모
홍보부위원장	윤 상 배	대외협력부위원장	이 평 구
		여성위원장	조 응 길

국·실·부차장 명단

직 위	성 명	직 위	성 명
기조1부실장	강 한 명	총무국장	
기 획 부 장	우 태 주	총무부국장	오 경 남
기조2부실장	김 용 성	총 무 부 장	임 수 택
판 단 부 장	정 응 교	총무부차장	김 상 진
인 사 부 장	김 천 규		
		관 리 부 장	장 재 성
홍 보 국 장	유 길 영	관리부차장	최 철 규
홍 보 부 국 장	김 진 성	총무부요원	최 성 희
홍보1부 차장	곽 상 한		
홍 보 2 부 장	손 흥 현		
홍보2부차장	이 병 희		

조직국

직 위	성 명	직 위	성 명
조 직 1 국 장	전 진 업	조직1부차장	임 춘 남
조직1부국장	신 정 현	조 직 1 부 장	임 종 성
조 직 1 부 장	채 규 강	조직1부차장	이 필 우
조직1부차장	마 해 근	조직1부차장	김 동 식

조 직 2 국 장	전 현 배	조 직 2 부 장	김 신 광
조직2부국장	박 동 진	조직2부차장	김 식 열
조 직 2 부 장	박 영 우	조직2부차장	조 재 현
조직2부차장	오 치 종	조직국요원	정 혜 련
조직2부차장	박 동 배		

산행대

직 위	성 명	직 위	성 명
산 행 대 장	김 영 수	산 행 대 장	최 명 용
산 행 부 대 장	김 인 준	산 행 부 대 장	이 기 옥
산 행 국 장	김 영 구	산 행 부 국 장	박 명 권
산 행 1 부 장	이 재 범	산 행 2 부 장	김 형 갑
산행1대1부장	전 영 자	산행2부차장	김 규 범
산행1대2부차장	김 정 자	산행2대1부장	이 원 진
		산행2대2부장	박 신 자
부 속 실 요 원	최 윤 정		

문화국

직 위	성 명	직 위	성 명
문 화 국 장		문 화 2 부 장	김 순 영
문 화 부 국 장		문화2부차장	심 추 자
문 화 1 부 장	오 금 윤	문화2부차장	장 정 순

여성국

직 위	성 명	직 위	성 명
여 성 국 장	유 경 희	여성1부차장	윤 선 옥
여 성 부 국 장	김 정 순	여 성 2 부 장	김 혜 숙
여 성 1 부 장	오 옥 자	여성2부차장	공 손 자
여성1부차장	장 명 숙		

대외협력국

직 위	성 명	직 위	성 명
대외협력국장	김 진 원	대외협력1부장	허 현
대외협력부국장	이 재 성	대외협력2부장	정 선 태

출판국

직 위	성 명	직 위	성 명
출 판 국 장		출 판 1 부 장	정 천 석
출 판 부 국 장		출 판 2 부 장	임 완 수

청년국

직 위	성 명	직 위	성 명
청 년 1 국 장	신 정 철	청 년 2 국 장	
청년1부국장	강 명 규	청년2부국장	이 춘 인
청년1부국장	유 장 호	청 년 2 부 장	서 장 교
청 년 1 부 장	박 종 웅	청년2부차장	박 대 종
청년1부차장	두 병 진	청년2부차장	윤 현 철

회기국

직 위	성 명	직 위	성 명
회 기 국 장	이 경 주	회 기 2 부 장	신 동 수
회 기 1 부 장	김 광 식	회기2부차장	김 재 철
회기1부차장	이 동 주		

자문위원회

직 위	성 명	직 위	성 명
위 원 장	박 용 만	위 원	김 일 동
부 위 원 장	정 정 훈	〃	최 기 선
부 위 원 장	김 우 석	〃	오 경 의
위 원	김 수 한	〃	신 영 국
〃	유 한 열	〃	조 만 호
〃	조 병 봉	〃	김 남
〃	조 종 익	〃	노 흥 준
〃	무 부 식	〃	문 준 식
〃	김 동 욱	〃	석 준 규
〃	심 봉 섭	〃	유 승 번
〃	반 형 식	〃	정 상 구
〃	심 완 구	〃	백 남 치
〃	신 하 철	〃	김 재 광

위 원	강 신 옥	위 원	황 낙 주
〃	서 청 원	〃	강 삼 재
〃	정 재 문	〃	김 봉 조
〃	김 정 수	〃	김 운 환
〃	박 관 용	〃	노 승 우
〃	허 재 홍	〃	신 상 우
〃	무 정 수	〃	강 보 성
〃	이 인 제	〃	백 찬 기
〃	유 승 규	〃	김 성 용
〃	박 경 수		

지도위원회

직 위	성 명	직 위	성 명
위 원 장	유 성 환	지 도 위 원	임 정 규
부 위 원 장	이 용 근	〃	신 두 희
부 위 원 장	복 진 풍	〃	이 상 윤
지 도 위 원	최 영 호	〃	정 회 택
〃	김 유 택	〃	김 현 옥
〃	서 형 을	〃	박 정 규
〃	이 상 철	〃	황 지 성
〃	이 승 호	〃	장 원 준
〃	한 치 만	〃	유 신 현
〃	신 윤 수	〃	허 준
〃	김 재 갑	〃	최 동 화
〃	김 원 길	〃	권 병 태

시 · 도 협의회 회장 명단 (16개 협의회)

협의회명	협의회장	협의회명	협의회장
서 울 강 북	노 승 우	대 전	이 봉 학
서 울 강 남	서 청 원	경 기 서 부	최 기 선
부 산	허 재 홍	경 기 동 부	조 종 익
대 구	유 성 환	강 원 도	유 승 규
인 천	유 복 수	충 청 북 도	주 병 덕
광 주	백 형 조	충 청 남 도	한 청 수

전 라 북 도			경 상 남 도	강 삼 재
전 라 남 도	백 형 조		제 주 도	강 봉 찬
경 상 북 도	반 형 식			

전국 행정구역 단위 지부장 명단

서울 강북협의회 내, 각 지부 지부장 명단 (21개 지부)

지부명	지부장	지부명	지부장
종 로	김 명 윤	성 북 (을)	김 지 운
중 구	김 해 곤	도 봉 (갑)	
용 산	최 명 길	도 봉 (을)	최 호
성 동 (갑)	박 규 양	노 원 (갑)	김 동 익
성 동 (을)	심 의 석	노 원 (을)	신 두 희
성 동 (병)	구 직 회	은 평 (갑)	박 인 호
동 대 문 (갑)	윤 인 권	은 평 (을)	이 민 국
동 대 문 (을)	이 진 상	서 대 문 (갑)	김 기 두
중 랑 (갑)	성 병 국	서 대 문 (을)	한 서 규
중 랑 (을)	손 창 현	마 포 (갑)	김 원 태
성 북 (갑)	김 보 환	마 포 (을)	최 영 호

서울 강남협의회 내, 각 지부 지부장 명단 (21개 지부)

지부명	지부장	지부명	지부장
양 천 (갑)	권 영 빈	관 악 (갑)	이 영 희
양 천 (을)	원 송 희	관 악 (을)	이 창 학
강 서 (갑)	김 흥 영	서 초 (갑)	차 창 래
강 서 (을)	한 영 섭	서 초 (을)	조 재 린
구 로 (갑)	김 영 봉	강 남 (갑)	이 봉 관
구 로 (을)	이 호 수	강 남 (을)	강 인 섭
구 로 (병)	신 현 섭	송 파 (갑)	정 도 상
영 등 포 (갑)	허 금 환	송 파 (을)	박 종 남
영 등 포 (을)	이 삼 조	강 동 (갑)	김 운 식
동 작 (갑)	김 한 규	강 동 (을)	홍 건 표
동 작 (을)	정 강 섭		

부산시 협의회 내, 각 지부 지부장 명단 (16개 지부)

지부명	지부장	지부명	지부장
중 구	양 장 언	남구(갑)	임 한 택
서 구	서 판 구	남구(을)	조 청 래
동 구	정 명 덕	북구(갑)	이 근 수
영 도 구	김 형 모	북구(을)	임 종 영
부산진(갑)	이 창 환	해 운 대 구	최 종 태
부산진(을)	김 주 석	사 하 구	임 송 봉
동 래 (갑)	배 준 호	금 정 구	고 봉 복
동 래 (을)	신 한 구	강 서 구	김 선 권

대구시 협의회 내, 각 지부 지부장 명단 (11개 지부)

지부명	지부장	지부명	지부장
중 구	장 기 웅	북 구	안 숙 제
동구(갑)	조 헌 수	수성구(갑)	장 주 환
동구(을)	곽 천 순	수성구(을)	김 시 립
서 구 (갑)	박 삼 술	달서구(갑)	석 영 호
서 구 (을)	유 성 환	달서구(을)	김 인 곤
남 구	이 강 호		

인천시 협의회 내, 각 지부 지부장 명단 (9개 지부)

지부명	지부장	지부명	지부장
중 구	김 순 배	남동구(을)	조 도 환
동 구	유 관 현	북구(갑)	이 의 구
남구(갑)	심 상 길	북,구(을)	정 정 수
남구(을)	김 춘 식	서 구	이 승 진
남동구(갑)	류 복 수		

대전시 협의회 내, 각 지부 지부장 명단 (6개 지부)

지부명	지부장	지부명	지부장
동구(갑)	조 병 득	서 구	이 헌 구
동구(을)	김 석 종	유 성 구	민 경 용
중 구	이 봉 학	대 덕 구	이 석 환

광주시 협의회 내, 각 지부 지부장 명단 (1개 지부)

지부명	지부장	지부명	지부장
동 구	송 인 갑	북구 (갑)	
서 구 (갑)		북구 (을)	
서 구 (을)		광 산 구	

충청남도 협의회 내, 각 지부 지부장 명단 (16개 지부)

지부명	지부장	지부명	지부장
천 안 시	김 현 기	서 천 군	노 상 래
공 주 시	구 흥 서	청 양 군	복 진 풍
공 주 군		홍 성 군	신 재 옥
대 천 보 령	신 흥 식	서산시 · 군	문 기 원
온 양 아 산	하 재 홍	태 안 군	김 세 호
금 산 군	이 청 대	예 산 군	김 석 기
연 기 군	이 기 봉	당 진 군	김 영 태
논 산 군	박 해 영	천 안 군	송 건 섭
부 여 군	홍 사 민		

충청북도 협의회 내, 각 지부 지부장 명단 (15개 지부)

지부명	지부장	지부명	지부장
청 주 (갑)	김 동 진	영 동 군	정 희 택
청 주 (을)	신 윤 수	괴 산 군	신 현 옥
충 주 시	윤 대 희	증 평	연 규 승
충 원 군	정 달 영	진 천 군	정 지 영
제 천 시	김 영 준	음 성 군	김 용 태
청 원 군	윤 당 헌	제 천 군	박 영 수
보 은 군	김 찬 구	단 양 군	김 면 수
옥 천 군	이 경 순		

제주도 협의회 내, 각 지부 지부장 명단 (4개 지부)

지부명	지부장	지부명	지부장
제 주 시	김 영 준	서 귀 포 시	송 유 진
북 제 주 군	조 장 생	남 제 주 군	오 인 호

강원도 협의회 내, 각 지부 지부장 명단 (21개 지부)

지부명	지부장	지부명	지부장
춘 천 시	지 인 용	양 구 군	김 기 선
원 주 시	이 종 원	인 제 군	이 동 수
강 릉 시	김 동 원	횡 성 군	송 인 호
동 해 시	김 지 훈	원 주 군	배 자 옥
태 백 시	김 진 하	영 월 군	함 영 기
명 주 군	윤 재 완	평 창 군	허 대 성
양 양 군		정 선 군	이 재 구
삼 척 시	정 명 수	속 초 시	함 영 형
삼 척 군	홍 순 근	고 성 군	정 창 화
홍 천 군	장 원 준	철 원 군	최 종 문
춘 천 군	지 인 용	화 천 군	황 천 을

경기도 동부협의회 내, 각 지부 지부장 명단 (20개 지부)

지부명	지부장	지부명	지부장
의 정 부 시	전 주 영	파 주 군	이 진 섭
성 남 수 정 구	조 영 이	고 양 시	이 근 진
성 남 중 원 구	강 희 규	광 주 군	남 재 호
성 남 분 당 구	이 용 곤	하 남 시	김 진 억
동 두 천 시	오 세 창	연 천 군	김 재 갑
양 주 군	이 성 수	포 천 군	홍 찬 기
구 리 시	황 정 수	가 평 호	하 경 호
남 양 주 군	서 육 원	양 평 군	안 광 원
미 금 시	전 병 일	이 천 군	신 현 익
여 주 군	김 풍 식	용 인 군	이 정 웅

경기도 서부협의회 내, 각 지부 지부장 명단 (21개 지부)

지부명	지부장	지부명	지부장
수 원 권 선 (갑)	김 형 록	옹 진 군	김 학 인
수 원 권 선 (을)	조 길 웅	과 천 시	
수 원 장 안 구	이 병 홍	의 왕 시	
안 양 (갑)	도 종 득	시 흥 시	유 지 홍
안 양 (을)	이 규 용	군 포 시	유 정 남

부천중구(갑)	홍 순 목	평 택 군	강 충 원
부천중구(을)	김 종 두	오 산 시	유 병 환
부 천 남 구	조 종 호	화 성 군	이 준 상
광 명 시	노 병 구	안 성 군	김 정 기
송 탄 시	최 동 화	김 포 군	이 창 성
평 택 시	이 형 곤	강 화 군	남 궁 호
안 산 시	이 재 봉		

경상남도 협의회 내, 각 지부 지부장 명단 (28개 지부)

지부명	지부장	지부명	지부장
창 원 시 (갑)	박 영 식	김 해 시	류 신 현
창 원 시 (을)	이 기 창	김 해 군	류 진 석
울 산 중 구	장 창 수	의 령 군	
울 산 남 구	박 재 욱	함 안 군	
울 산 동 구	최 장 출	창 녕 군	김 성 동
마 산 합 포 구	홍 일 부	밀 양 시 · 군	김 진 수
마 산 회 원 구	김 정 수	양 산 군	
진 주 시	김 동 준	울 진 군 남 부	박 문 식
진 해 시	김 부 무	울 진 군 서 부	박 상 종
창 원 군	손 용 택	장승포시거제군	이 광 식
충 무 시	장 효 천	남 해 군	제 충 국
통 영 군	강 기 환	하 동 군	이 원 계
고 성 군	김 용 지	산 청 군	공 윤 실
삼 천 포 시	홍 석 용	함 양 군	
사 천 군	최 정 명	거 창 군	김 진 수
진 양 군	허 병 호	합 천 군	이 창 범

경상북도 협의회 내, 각 지부 지부장 명단 (27개 지부)

지부명	지부장	지부명	지부장
포 항 시	최 승 태	구 미 시	우 용 락
경 주 시	백 수 근	영주 · 영풍	이 상 락
김 천 시	고 정 환	영천시 · 군	유 기 조
규 룡 군	박 시 하	상주시 · 군	손 윤 하
안 동 시	오 경 의	점촌 · 문경	장 만 석

달 성 군	임 천 수	영일·울릉	박 태 욱
고 령 군	서 경 규	경 주 군	남 치 호
군 위 군	손 만 덕	경 산 시	최 병 목
선 산 군	석 진 옥	경 산 군	
의 성 군	강 원 진	청 도 군	황 윤 성
안 동 군		성 주 군	이 장 우
청 송 군	문 재 식	칠 곡 군	김 봉 규
영 덕 군	권 인 기	예 천 군	반 형 식
영 양 군	권 정 근	울 진 군	황 치 엽
봉 화 군	전 용 철		

전라북도 협의회 내, 각 지부 지부장 명단 (6개 지부)

지부명	지부장	지부명	지부장
전 주 덕 진 구	한 준 우	완 주 군	이 평 구
전 주 완 산 구	〃	김제시·군	홍 종 식
군 산 시	이 규 대	진안무주·장수	
이 리 시	이 성 길	임실·순창	
전주시·정읍		고창·부안	
남 원 시·군		옥구·익산	

전라남도 협의회 내, 각 지부 지부장 명단 (16개 지부)

지부명	지부장	지부명	지부장
목 포 시	정 진 태	고 흥 군	소 원 종
여 수 시	황 현 모	보 성 군	
순 천 시	박 용 구	화 순 군	문 양 준
나주시·군		장 흥 군	강 신 만
여 천 시	신 장 호	강진·완도	박 병 춘
여 천 군	이 희 길	해남·진도	
담 양·장 성	조 덕 행	영 암 군	박 영 근
곡 성 군	심 명 섭	무 안 군	
구 례 군	김 영 일	함평·영광	강 성 환
동 광 양 시	김 종 호	신 안 군	
광 양 군	배 학 순	승 주 군	

특별 지부 지부장 명단 (9개 지부)

지부명	지부장	지부명	지부장
연 예 인 지 부	김 영 목 (김 희 라)	노 우 지 부	박 길 수
동대문(갑)장안평 지부 1,2,3,4동	이 원 준	강 원 도 영 동 지 부	이 봉 희
덕 양 지 부	장 석 춘	도봉 녹색 지부	권 태 섭
경 기 북 부 사회교육지부	임 영 술	수원 구원 지부	김 효 용
북 한 산 지 부	문 기 수		

민주산악회는 총칼만의 힘으로 국민을 탄압하고 민주주의를 말살한 군사독재 시절, 암담한 이 나라의 미래를 좌시할 수 없다고 제2의 독립운동을 하는 각오로 전국 방방곡곡에서 그야말로 불고가사하고 자진해서 모여든 민주화투쟁의 중추세력이었다.

전국을 16개의 광역협의회로 나누고 각기 그 산하에 있는 기초 행정단위별로 지부를 두었는데, 전라남북도와 광주시에서만 부진할 뿐 전국에 268개의 지부를 두고 각 지부에 적게는 2,000~3,000명에서 많게는 1~2만명을 헤아리는 회원들이 자진해서 입회원서를 들고 모여들었다.

그 많은 지부들이 거의 1주일에 한 번씩 민주산악회 마크를 가슴에 단 붉은 산악회 조끼를 입고 산행을 해서 전국의 유명한 산에는 거의 매일 민주산악회 회원들이 북적거렸고, 그 어마어마한 인원에 눌려 중앙정보부나 경찰도 손을 쓸 수 없게 되었다.

민주산악회 광명시 지부는 지부장인 내가 중앙연수원장으로 전국을 돌며 간부들의 연수에 매달려 전혀 돌보지 못한 까닭에 수석 부지부장인 심상구 씨와 간부들만이 조직을 관리했지만, 자진해서 입회한 3천명을 훨씬 넘는 회원들이 연수를 마치고 돌아온 나를 반겨주었다.

참으로 땅을 치고 울고 싶은 감격이었다. 얼마나 고마운가? 이것이 민의요 하늘의 소리인 것을, 그 누가 무엇으로 막을 것인가?

민주산악회 광명시 지부는 그야말로 적수공권이었다. 사무실 한 평도 갖지 못했다. 매주 하는 산행안내 편지작업도 아내 경옥이 하는 부민약국에서 어렵게 하고 있었는데, 내가 연수를 위해 전국을 뛰어다니고 있을 때, 지금의 광명시청 입구의 요지에 자리잡은 금산빌딩 4층에 60평이나 되는 넓은 사무실을 지금은 고인이 된 민병권 사장이 선뜻 민주산악회 광명시 지부에 내놓아 사용하도록 해주어 산악회원들은 사기충천해서 열심히 일했다.

고 민병권 사장!

참 고마운 분이었다. 1988년 13대 국회의원 선거에 출마했다가 낙선했을 때, 광명시청 대강당에서 무슨 행사가 있을 때면 당시 김병용 의원과 여당인 윤항열 의원이 들어오면 그들을 따라다니는 수행원도 많지만 이미 와 있던 시장을 비롯한 내빈들도 일제히 여당인 윤항열 위원장과 김병용 의원에게 몰려가 서로 앞다투어 인사들을 했다. 하지만 야당으로 낙선한 나에게는 혹간 윤항열 위원장과 김병용 의원의 눈치를 보아가며 몇몇만이 다가와 인사를 하는 정도였다.

그런데 어느 작달막한 키에 똥똥한 다부지게 생긴 분이 "위원장님, 귀 좀 빌려주십시오." 하고는 내 귀에 입을 대고 말했다.

"위원장님, 용기를 내십시오. 원, 저것들이 뭘 했다고 국회의원이고 여당위원장입니까? 광명시 유권자들이 잘못 봐도 한참을 잘못 봤지. 광명시 유권자들이 위원장님을 바로 볼 날이 올 것입니다. 제가 힘은 없지만 힘껏 위원장님을 돕겠습니다."

그러면서 명함을 주었는데, 그가 바로 민병권 씨였다.

나는 처음으로 인사를 나눈 처지가 되어 고마운 분이고 용기 있는 분이라고 생각하며 돌아와서 심상구 수석 부지부장에게 그 말을 전했다. 그랬더니 민 사장은 반디가스 사장으로 금산빌딩 외에도 재산이 많은 재산가이며, 외국에 오래 있다가 와서 선진민주국가들의 정치형태를 잘 알기 때문에 아마 진심으로 말했을 것이라고 했다.

그후부터 민 사장은 민주산악회 광명시지부 지도위원으로 위촉받아 종종 경비도 보태고 많은 격려를 해주었는데, 내가 연수 때문에 자리를 비우고 있을 때 금산빌딩 4층에 60평이나 되는 사무실을 관리비까지 자신이 부담하면서 민주산악회가 쓰도록 내주었다. 그 사무실은 근 1년 정도를 사용했는데, 그동안의 임대료와 관리비를 합치면 엄청난 액수에 이를 것이다.

유명을 달리했지만 나는 머리 숙여 민병권 사장의 명복을 빌며 엎드려 감사의 말씀을 드린다. 감사합니다!

제14대 국회의원 선거,
윤항열 씨의 당선과 죽음

1992년 3월 24일, 제14대 국회의원 선거 일자가 공고되었다. 나는 3당 합당으로 민자당 당원이 되었고, 민자당 광명시지구당 위원장은 김병용 의원이 자동적으로 위원장이 되었다. 공천 또한 김병용 의원이 받게 되어 나는 다시 국회의원에 입후보하려면 탈당을 해야 하는데, 개인적인 욕망 때문에 이 당 저 당 옮겨다니는 것도 싫었고, 내가 수십 년을 갈망하고 싸워온 군정종식을 코 앞에 두고 그 대열에서 이탈할 수는 없었다.

더욱이 김영삼 총재와의 의리 때문에도 그냥 민자당에 남아 백의종군하기로 하고 힘껏 김병용 의원의 선거운동을 했지만, 국회의원 재임시 광명시민에게 너무 실망을 주어 김병용 의원은 끝내 낙선하고 말았다.

절치부심 4년 동안 차기선거에는 기어이 당선되겠다는 일념만으로 아침부터 밤늦게까지 선거운동에만 진력했던 윤항열 씨가 당선되었다. 그러나 애석하게도 선거가 끝나자마자 깊은 병에 걸려 국회의원

선서도 못하고 치료를 받으러 미국으로 가서 병원에 입원해 치료를 받아야 했다. 그는 그해 12월에 치러진 대통령선거에서 김영삼 후보가 당선되고 다음 해 2월 25일 김영삼 대통령이 취임하고 얼마 후에 생을 마감하고 싸늘한 시신이 되어 돌아왔다.

나는 장례식장에 가서 문상을 하고 그의 부인을 만나 위로의 말을 전했다.

"그놈의 국회의원을 꼭 해야겠다고 13대 국회의원 선거에 낙선을 한 바로 그때부터 새벽 등산길을 찾기 시작해서 온종일 사람들이 모이는 곳을 누비며 만나는 사람마다 주는 소주잔을 사양 않고 마시고 밤에 녹초가 되어 집에 돌아오기를 4년을 했으니 몸이 무쇠라도 병이 안 걸릴 수가 있겠습니까?"

오열하는 부인이 가여워 나도 울었다.

광명시 국회의원 선거
유감(有感)

제13대 국회의원 선거에 함께 출마했던 윤항열, 최정택은 비운에 처해 먼저 내 곁을 떠나 유명을 달리했다. 또 제13대 국회의원이었던 김병용 의원도 지금 건강이 좋지 않아 오랫동안 병석에 있다고 듣고 있다. 제14대 때 출마했던 김재주 씨까지 이 세상을 떠났다.

선거 때마다 광명시민의 선택은 옳았을까? 김병용 의원을 선택해 놓고 그의 정치력 부재를 탓하는 사람들이 많았다. 윤항열 의원은 선거운동의 과열로 병을 얻어 제대로 국회의원 노릇도 못하고 세상을 떠났다.

나는 국회의원에 목을 매지는 않았다. 왜정 시절 나라를 찾겠다고 독립이 꼭 된다는 예측도 없이 자신을 버려 독립운동을 한 독립투사들처럼 나는 군사통치가 영속될 것 같았던 군정 32년을 무작정 민주화를 해야 한다는 일념만으로 일관되게 싸우고 또 싸웠다. 6·29 항복을 받았으면 비록 김대중 씨의 그릇된 집권욕에 의해 민주화세력이 분열되어 미웠다고 하더라도 새 시대를 여는 선거는 나라의 주인인 유권자가 분명히 옥석을 가렸어야 했다고 생각한다.

내가 그들보다 더 능력이 있다고는 생각지 않지만, 나는 민주화에 대한 확고한 신념과 의리에 충실하게 올곧게 살아왔다고 자부하며, 지금도 나는 정치인이 갖추어야 할 필수덕목은 확고한 '정치적 신념'과 '의리'라고 생각한다.

김병용은 민주주의에 대한 신념도 뚜렷하지 않았을 뿐 아니라 국민과 동지(당)에 대한 투철한 의리도 찾아보기 어려운 사람이었다고 본다. 윤항열은 명문학교에서 수학을 하고 늘 군사통치 하의 양지에서만 출세가도를 달려온 사람이라서 민주화에 대한 정치적 신념이 뚜렷할 리 없는 사람이었다.

광명시 유권자들이 한 번은 부족하지만 나를 선택해주었어야 한다고 생각한다. 다른 것은 모르지만 내가 광명시 국회의원이 됐더라면 광명시의 일반적인 정치력은 분명히 한 차원 높였을 것이라고 나는 아쉬워한다.

그런데 어쩌랴! 그것이 하늘의 뜻인 것을…….

정치수준은 그 나라의 주인인 국민의 의식수준과 맞먹는 것을 어쩌랴!

하늘이 맑아야 일기가 좋은 것처럼 유권자의 의식이 맑아야 한다.

유권자들의 의식이 맑아질 때까지 노력하고 참고 기다려야 한다.

제14대 대통령선거와
김영삼 후보의 당선

1992년 12월 18일로 공고된 제14대 대통령선거의 운동이 시작되었다. 나는 그해 봄부터 11월 중순까지 민주산악회 중앙간부 및 전국 각 지부의 간부 연수로 전국을 누비며 연수에 열중하느라 내 지부인 광명시 지부는 심상구 수석 부지부장과 간부들이 움직여왔다.

나는 연수에서 돌아오면서 잠시도 쉴 틈 없이 한 달 정도 남은 선거운동에 돌입했다. 광명시는 민자당 광명시 지구당위원장인 김병용 위원장이 공당의 선거운동을 담당하고, 사조직인 민주산악회의 선거운동을 지부장인 내가 관장하며 선거운동을 하게 되었다.

당시 민자당은 군사쿠데타로 정권을 잡고 독재정치로 일관했던 박정희에서부터 전두환, 노태우로 이어온 32여 년의 긴 세월 동안 군부세력에 길들여진 오랜 여당세력이 75%, 그들의 반대편에서 일관되게 반독재·군정종식을 외치면서 그들과 투쟁해온 민주화세력의 중추세력인 통일민주당세력이 불과 25%의 지분으로 억지로 합당을 해서 이루어졌다. 이처럼 정치철학과 신념이 전혀 다른 오월동주라고나 할까

얼기설기 모양만 갖춘 여당이었기 때문에 선거운동에도 다수인 75%

당원들의 열기는 상대적으로 소극적일 수밖에 없었고, 통일민주당세

력인 민주산악회가 비록 사조직일 수밖에 없지만 공조직인 민자당을

앞질러 극렬한 선거운동을 전개했다.

당시 민주산악회는 거의 민자당의 지구당수와 조직에 맞먹을 만큼

전국 행정구역에 268개의 지부가 있어 선거유세장마다 민자당의 깃

발보다도 민주산악회 깃발이 더 많을 만큼 유세장의 열기와 분위기를

압도해 나갔다. 그러다 보니 공조직인 민자당 조직과 산악회의 조직

이 선거운동 경쟁을 하다가 서로 마찰을 일으키는 일이 종종 벌어져

서 중앙당에서 이를 문제삼는 당간부들이 더러 있었다.

물론 대통령선거 자금의 대부분을 지구당위원장이 관리하여 지구

당은 넉넉한 선거자금을 썼지만, 민주산악회는 중앙본부에서 약간의

조달을 받고 회원들이 각자 주머니를 털어 오직 열과 성으로 기어이

민주화를 이룩하겠다는 사명감으로 선거운동을 전개했으므로 효과면

에서는 비교할 수 없을 정도였다.

10년을 훨씬 넘긴 요즈음 김영삼 전 대통령께서도 옛날을 회고하면

서 정말 그때 민주산악회가 없었다면 대통령 당선이 어려웠을 것이라

고 새삼 민주산악회에 대한 무한한 고마움을 말씀하신다.

나는 민병권 사장이 제공한 금산빌딩 4층의 넓은 사무실에 10층에

서 2층까지 크고 길게 민주산악회 현수막을 내걸고 민주산악회 3,000

여 명의 회원들과 함께 한 덩어리가 되어 미친 듯이 밤낮을 가리지 않

고 선거운동에 열중했다. 그래서 대통령선거가 끝난 후 광명경찰서에

서 불법선거운동을 조사한다고 나와 여러 간부들이 교대로 불려 들어

가 조사를 받기도 했다.

1992년 12월 19일 새벽!

드디어 32년을 불고가사하고 갖은 박해와 불이익을 감내해 가면서 반독재, 군정종식을 외치면서 민주화를 요구하며 싸워온 보람이 드디어 우리들의 눈앞에 나타났다.

도저히 들어볼 수 없을 것 같던 김영삼 대통령 당선!

우리 광명시 민주산악회 3,000여 명의 회원들은 김영삼 대통령 만세를 목청껏 외치면서 얼싸안고 울었다.

| 당선 축하의 밤 |

1992년 12월 22일 오후 6시.

민주산악회 광명시 지부는 한복예식장 지하에서 김영삼 대통령 당선 축하의 밤 연회를 가졌다. 장소관계로 핵심 산악회원 300~400명이 참석한 가운데 아내 경옥과 여성간부, 여성회원들이 김밥 등 여러가지 음식물을 직접 만들어서 적은 예산으로 푸짐한 상을 차려 참으로 성대한 당선 축하연이 되었다.

광명시에서 사회단체를 이끌고 있는 여러분의 유지들까지 초대해 축사와 격려사까지 하여 한껏 축제분위기를 만들고 산악회원들의 노고를 위로했다. 왕년의 스타 문미봉 여사까지 참석하여 흥을 돋아주었다.

김영삼 대통령 당선 축하의 밤 행사(민주산악회 광명시 지부)

청천벽력 같은
민주산악회의 해체

　김영삼 대통령이 당선된 지 5일이 되던 1992년 12월 24일이었다. 산악회 본부간부들이 한자리에 모였다. 최형우 회장이 침통한 표정으로 사무실에 들어와서 "지금 김영삼 상임고문께서 불러 다녀오는 길인데, 오늘 날짜로 민주산악회 간판을 내리라는 하명을 받고 왔으니 섭섭하지만 오늘부로 민주산악회 간판을 내리겠다"고 선언했다.

　우리 모두는 이게 무슨 소리냐고 어리둥절한 표정으로 앉아 있었는데, 최형우 회장은 "민주산악회는 사조직이고 우리의 1차 목표인 상임고문의 대통령 당선과 민주화세력의 정권창출에 만족해야 하며, 이후 김영삼 대통령 당선자의 국정운영에 부담을 덜어드리기 위하여 불가피한 조치임을 이해해달라"고 설득에 나섰다.

　노태우 대통령 시절 월계수회의 국정폐해를 생각하고, 200여 만 명에 달하는 민주산악회 회원들의 혹시 있을지도 모르는 월권행위 등을 비롯한 각종 폐단을 미리 막으려는 것이 대통령 당선자의 깊은 뜻이 담긴 조치라고 힘주어 역설했다.

맑은 하늘에 날벼락이었다. 김영삼 상임고문의 대통령 당선으로 한껏 고무되어 산악회 회원들이 모이는 곳마다 축제분위기였고 그동안의 무용담으로 이야기꽃을 피우며 중앙, 지부 할 것 없이 축하행사를 준비하던 때였으니 그 놀라움과 배신감이 오죽했겠는가! 길게는 30여 년을 김영삼 상임고문을 따라 군사독재와 싸우느라고 얼마 안 되는 가산마저 지부운영을 위하여 털어넣으며 천신만고 끝에 얻은 승리감이 채 가시기도 전에 수고했다는 위로의 말, 감사하다는 말 한마디 없이 간판을 내리고 문을 닫으라니 아무리 올바른 국정운영을 위해 불가피한 조치라 해도 납득하기 어려웠다.

그러나 어쩌랴! 우리는 간판을 내리고 사무실을 폐쇄했다. 적어도 대통령취임을 하고 민주산악회 간부들과 지부장들만이라도 청와대로 불러 칼국수라도 한 그릇씩 먹이면서 국정운영을 위한 불가피성을 설명한 뒤 이해를 구하고 간판을 내렸어야 마땅한 도리인데, 이를 팽개쳐 버린 것이다.

나는 그래도 당선된 지 사흘 만에 당선축하연을 열어 그동안 수고한 회원들을 위로도 하고 감사의 말도 했으니 그것만 해도 천만다행이었다.

광명시의 국회의원 보궐선거와
손학규 씨의 공천

1993년 2월 25일, 여의도 국회의사당 광장에서 대망의 제14대 대통령취임식이 열렸다. 나도 초대장을 받고 김영삼 대통령의 취임식에 참석했다. 암담하던 시절 감히 꿈꾸지 못했던 기적을 눈앞에 보면서 나는 만감이 서려 눈시울을 적셨고, 김영삼 대통령의 취임사를 경청하며 하나님께 감사했다.

며칠 후 윤항열 의원의 급서로 공석이 된 광명시 국회의원 보궐선거 문제가 제기되었다. 이번 선거에는 제13대 국회의원 선거에 통일민주당 공천으로 입후보도 했고 통일민주당 광명시 지구당위원장과 민주산악회 광명시 지부장을 역임하면서 오랫동안 지역기반을 쌓았고, 민주산악회 연수원장을 역임하며 전국에 있는 간부의 연수에 심혈을 쏟아 맡은 바 소임을 다한 노병구 연수원장이 당연히 민자당의 공천을 받을 것이라고, 노병구에게 기회가 왔다고 많은 사람들이 부러워했다. 또 광명시 내에서도 보나마나 노병구가 공천될 것이라고 아무도 경쟁을 하려는 사람이 없었다.

최형우 회장을 비롯한 모든 간부들도 이번에는 노 원장을 공천해야 한다는 데 아무런 이견이 없었다. 한번은 국회에 일이 있어 들렀더니 당시 국회의장으로 있던 황낙주 의장이 나를 보고 쫓아와 반갑게 맞이하며 최형우 회장에게 말을 들었다고 하면서 꼭 당선되어 국회에 들어와서 함께 일하자고 진심 어린 축하의 말을 했다.

그런데 공천발표 날짜가 다가오면서 이상한 소문과 함께 최형우 회장이 나를 대하는 태도가 왠지 부자연스럽다는 것을 느끼고는, 어느 날 아침 일찍 구기동 최형우 회장댁을 방문했다.

나는 최형우 회장에게 요즘 떠도는 소문이 사실이냐고 물었고, 최 회장은 분명한 대답을 회피하면서 난처한 표정을 지었다.

"회장님, 이래도 되는 겁니까? 문민정부가 이제 막 출발하는 마당에 지금껏 고생하며 함께 달려온 사람을 제치고 누구를 공천한단 말입니까? 내가 무엇을 잘못했는지 공천을 못 주는 분명한 이유를 말씀해주십시오. 적어도 민주산악회 최 회장님께서 제 공천은 책임을 지셔야 합니다."

"내가 왜 책임을 져야 합니까? 공천을 내 마음대로 하는 거요? 왜 나한테 그래요?"

성질 급한 최형우 회장은 나중에는 욕지거리까지 하면서 모른다고 신경질적인 반응을 보였다.

"회장이 모르면 누가 아는 겁니까? 이 문제는 회장님께서 대통령각하께 전후사정을 사실대로 말씀드려야 하는 거 아닙니까? 나도 일생을 바쳤습니다. 이제 공천을 주면 당선이 확실한데 이렇게 하면 안 됩니다. 나는 갑니다. 알아서 하십시오."

그렇게 말하고 나오려는데 최형우 회장의 사모님 원 여사가 나를 붙잡았다.

"노 원장님, 이렇게 그냥 가시면 됩니까? 들어가셔서 조반을 잡수시고 가십시오. 아침상을 봐놨습니다."

그렇게 원 여사님의 권고로 최형우 회장과 마주 앉아 아침식사를 하는데, 한참 동안 최 회장도 나도 아무 말도 하지 않고 식사만 하는 무거운 시간이 흘렀다.

| 현철이를 한번 만나보시오 |

무거운 침묵 속에서 식사를 하던 최 회장이 못내 미안한 표정으로 입을 열었다.

"노 원장, 현철이를 한번 만나보시오."

나는 고개를 저었다.

"나는 현철이를 모릅니다. 또 안다고 한들 내가 어떻게 현철이를 찾아가며, 또 가서 무엇이라고 사정을 합니까? 나는 김영삼 대통령을 모시고 정치를 했는데, 무엇 때문에 알지도 못하는 그분의 어린 아들을 찾아갑니까? 회장님께서 한 번 더 말씀해주십시오."

나는 아침식사를 한 뒤 자리를 떴다.

공천 과정은 상식을 벗어난 방향으로 돌아가고 있었다. 그 소식이 퍼져나가자 당연히 연수원장이 공천될 줄 알았던 산악회원들이 말도 안 되는 민주산악회의 해체 과정을 떠올리며 두 번째 배신감을 느꼈고, 시작부터 무언가 잘못 돌아가고 있다고 오히려 앞날을 두려워하기 시작했다.

당시 실력자로 지목되던 최형우, 김덕룡, 서석재, 황명수 의원 등이 나를 위로하며 "우리가 바라던 김영삼 상임고문이 대통령이 되었고 집권을 했으니 가까웠던 우리가 참고 대통령을 편하게 해드리는 것도 좋지 않겠느냐"고 하면서 국영기업체에 자리를 마련하겠다고 나를 회유했다.

며칠 후 서강대학교의 교수로 있던 손학규 씨가 공천자로 발표되었고, 나는 곧바로 한국마사회 업무이사로 발령을 받았다. 참으로 상식 밖의 결정에 나와 같이 오랫동안 민주산악회를 하며 동고동락한 동지들이 울분을 토했지만 달리 어떻게 할 길이 없었다. 그냥 두면 그 조직은 와해되고 모두 산산조각이 날 형편이었다.

당시 나는 11평짜리 주공아파트에 월세로 살고 있었는데, 공천을 받은 손학규 씨가 찾아와서 넓은 마음으로 이해하시고 밀어주시면 민주산악회 선배님들과 함께 성심을 다해서 열심히 일하겠다고 머리를 조아렸다. 나와 경옥은 아프고 쓰리지만 그를 돌려보내고 민주산악회 광명시 지부 간부들을 금산빌딩 사무실로 불러 그간의 노고를 치하하고 말했다.

"나의 부덕의 소치로 상식 밖의 결정이 나서 여러분에게 실망을 안겨드려 죄송합니다. 그러나 이미 주사위는 던져졌고, 앞으로 어떻게 할 것인가의 결정을 강요받고 있습니다. 우리는 참으로 오랫동안 이 나라의 민주화를 위하여 간난을 무릅쓰고 손잡고 싸워온 전우입니다. 우리가 바라던 군정은 손을 들어 항복을 했고, 우리가 지도자로 받들던 김영삼 상임고문은 대통령이 되어 우리가 목매게 바라던 민주주의가 싹트기 시작했습니다. 어이없는 민주산악회의 해체, 상식 밖의 공천, 이런 것들이 우리를 계속 울게 하고 있지만 그렇다고 국민과 우리 모두의 소망이었던 민주주의를 포기할 수는 없지 않겠습니까?

우리는 생사를 초월하여 민주주의를 쟁취한다는 큰 뜻으로 뭉친 동지들입니다. 우리는 어렵게어렵게 민주화의 문턱까지 와서 지금 생각밖의 시련을 만났습니다.

사랑하는 동지 여러분! 그동안 더 어려운 일들을 수없이 겪으면서 여기까지 왔습니다. 나는 여러분 앞에 죄인입니다. 그러나 우리는 여기서 좌절할 수는 없습니다. 그럴수록 우리가 바라던 민주주의 국가를 건설하는 데 힘을 합쳐야 한다고 생각합니다.

사랑하는 동지 여러분! 죄송합니다. 저는 한국마사회 업무이사로 발령을 받았습니다. 불만이지만 소임을 다하려고 생각합니다. 저는 어디 가 있든지 동지 여러분을 잊지 못할 것입니다.

마지막으로 민주산악회는 간판을 내렸지만 우리의 의리는 변할 수가 없고, 우리의 단결은 더욱 공고히 다져 나가야 할 것이라고 생각합니다. 그래서 지금까지 제가 맡아온 지부장의 직책을 심상구 수석 부지부장에게 수고해달라고 말씀드리고 이후 심상구 지부장을 중심으로 만족하기는 어렵겠지만 이번에 공천을 받은 손학규 씨를 꼭 당선시키는 데 힘을 합쳐주시기를 바랍니다. 여러분의 가정에 늘 행운이 함께하시기를 빕니다. 감사합니다.”

그렇게 나는 오랫동안 맡아온 민주산악회 광명시 지부장직에서 물러났다. 민주산악회 회원들은 억울함과 분함을 삭이면서 열심히 선거운동을 해서 손학규 후보의 당선에 크게 기여했다.

한국마사회 업무이사 취임

1993년 4월 19일, 나는 세상에 태어난 지 만 62년 만에 우리나라 나이로 63세에 처음으로 매일 아침에 출근하는 직장을 갖게 되었다. 그런데 나의 체면을 세워주느라 급히 자리를 마련하다 보니 그때 한국마사회 업무이사 자리가 비게 되어 우선 발령을 낸 것이었다.

김영삼 대통령이 취임한 지 한 달 반쯤 지날 무렵, 전직 국회의원 몇 사람이 국영기업체에 발령을 받아 나가기 시작했을 뿐 다른 많은 사람들에 비하여 나는 비교적 빨리 자리배정을 받아 한편에서는 부러움의 대상이 되기도 했다.

| 한국마사회노동조합의 취임반대 시위 |

나의 발령소식이 알려지자 마사회노동조합이 '낙하산인사 반대' 시위를 시작했는데, 꽹과리 등 사물놀이 기구를 앞세워 한바탕 반대 시위를 요란하게 했다. 처음 출근하던 날 나를 가장 먼저 반긴 것은 노

동조합에서 걸어 놓은 "워커가 물러가고 등산화가 몰려온다"고 써 있는 플래카드였다.

　나는 기분도 나빴지만 옳고그름과 앞뒤를 분간하지 못하는 국민의 의식수준 속에 민주화를 바라면서도 자기도 모르게 민주화를 배척하는 이중적 가치관의 존재를 느끼며 우리나라의 참된 민주화를 앞당기기 위해 더욱 노력해야겠다고 생각했다. 그리고 임명장을 받으러 회장실에 들어갔다.

| 취임사 |

　"임직원 여러분 반갑습니다. 노병구입니다. 나는 환·진갑이 다 지나고 처음으로 이곳에 왔습니다. 잘 부탁합니다. 내가 오래전에 국회의원에 출마했다가 낙선했을 때 경험한 것 중에서 지금까지 내 아내에게도 말하지 않았던 비밀을 말함으로써 취임인사를 대신하려고 합니다.

　국회의원선거에 나가 개표가 끝나고 나니 나는 낙선하고 주머니에는 버스 토큰 한 개도 없이 비어 있었습니다. 그런데 마침 선거를 맡아 사무를 보던 선배 한 분이 사무실에서 쓰라고 맡겼던 돈 중에서 남은 돈이라고 9만원을 방바닥에 놓고 갔습니다.

　선거기간 동안 집을 가등기로 잡히고 3천만 원의 빚을 얻어 보름 동안에 다 써버리고 마지막 날 빈털터리가 된 상태에서 놓고 간 그 9만원이 그렇게 커 보일 수가 없었습니다. 나와 아내는 치밀어오르는 울분을 억제할 수 없어 그 돈을 가지고 온양 온천으로 갔습니다. 그때 온양 온천의 장급여관의 하루숙박비는 5천원이었습니다.

그곳에서 하룻밤을 잤습니다. 가슴이 타올라 더 있을 수가 없어서 다음 날 곧장 집으로 왔습니다. 앉아도 서도 안정을 찾을 수가 없었습니다. 나는 광화문 동아일보사 앞 지하도를 지나다가 복권 파는 곳을 보고 한참을 서 있다가 누구 아는 사람이라도 만나면 어쩌나 하고 두리번거리면서 5백원짜리 복권 2만원 어치를 사서 지갑 속 깊은 곳에 감춰놓고 안주머니에 넣었습니다.

참 이상한 일입니다. 복권을 주머니에 넣는 순간 나는 이상하게도 새로운 희망을 가지게 됐습니다. 그리고 주말의 복권추첨이 기다려지고 신문의 복권란을 아내 몰래 훔쳐보면서 부분적으로 맞은 복권으로 또 복권을 사고, 그러면서 몇 주일이 지나는 동안 나는 엄습했던 불안을 깨치고 새로운 용기로 불안에서 떨쳐 일어날 수 있었습니다.

나는 말만 들었지 마사회에는 처음 들어왔습니다. 들어오면서 나의 암담했던 시절 복권 생각이 났습니다. 여기 들어오면서 여기에 오는 수만 명의 사람 가운데 내가 선거에 낙선했을 때처럼 암담함을 달래려고 오는 사람도 많겠다는 생각을 했습니다. 경마에 대한 부정적인 말도 많이 들었습니다.

그렇습니다, 희망입니다. 희망이 있어야 용기가 납니다. 사람은 희망을 먹고삽니다. 경마는 레저스포츠로서 국민에게 즐거움도 주고 답답하고 암담한 사정에 빠져 있는 많은 사람들에게 새로운 희망과 용기도 주어야 한다고 생각합니다. 우리는 이 일을 위하여 더욱 분발해야 하겠습니다. 여러분, 많이 도와주시고 깨우쳐주시기를 바랍니다. 감사합니다."

업무이사는 경마개최위원장으로서 경마의 전 과정을 총괄하는 임원이다. 나는 신민당 중앙당 사무국과 민주산악회 조직위원회 위원장과 연수원장을 지내며 수박 겉핥기 식 행정을 경험했을 뿐 실무경험이 없었고, 또 매달 월급을 타면서 조직의 일을 해보기는 처음이어서 빠른 시일 내에 업무를 익히고 주어진 책무를 차질 없이 수행해야 하겠다고 결의를 다지며 업무에 임했다.

| 경마개최 집무회의 |

토요일과 일요일 한 주에 2일 동안 실시되는 경마를 차질없이 수행하기 위해 매주 경마개최 첫 번째 날인 토요일 오전 9시에 경마를 위한 모든 직무를 담당한 책임자들로 구성된 경마개최 집무회의가 열린다. 지난주에 실시된 경마를 돌아보고 각 부서의 보고를 받아 문제점을 가려 시정하고 새로운 방안을 연구하며 지침을 시달하는 회의인데, 경마개최위원장이 의장이 되어 주관하는 회의다.

나는 취임 후 처음으로 경마개최 집무회의에 참석해 위원장석에 앉아 각 부서의 집무보고를 들었는데, 시종 경마에 관한 전문용어로 보고하는데 무슨 뜻인지 아무것도 모르고 듣고만 앉아 있었다. 용어를 모르니 묻거나 지시하는 것은 더더욱 할 수 없었다. 끝으로 위원장이 말할 시간이 왔다.

"집무위원 여러분! 나는 오늘 난생 처음 경마개최 집무회의에 참석했습니다. 여러분이 보고하는 내용이나 발언하는 말들이 무슨 뜻인지 한마디도 알아듣지 못했습니다. 경마에 관한 전문용어를 나는 한마디도 모릅니다. 마치 영어를 한마디도 모르는 사람이 미국의 어떤 회의에 가서 앉아 있는 것처럼 답답한 시간을 보냈습니다. 그러나 오늘부터 나는 열심히 공부해서 빠른 시일 내에 경마용어를 깨우쳐 여러분과 함께 경마운영에 차질이 없도록 할 것을 약속합니다. 많이 가르쳐주십시오. 오늘내일 경마에 차질이 없도록 잘 부탁합니다. 감사합니다."

경마하는 날 관람대 6층에 있는 경마개최위원장실에서 30분마다 치러지는 경마를 지켜보면서 시시각각 상황보고를 받고 집무를 시작했다.

당시 마사회장은 군인 영관장교 출신이며 정부의 고위관직을 두루 거친 성용욱 씨였는데, 부하를 다루는 것이 꼭 군대식으로 엄격해서 임원들을 비롯한 임직원들이 식당에서 함께 식사하기를 겁낼 정도로 때와 장소를 가리지 않고 험한 말로 야단을 쳤다. 그래서 모든 임직원들이 초긴장상태로 근무하고 있어서 명랑성을 잃고 굳은 모습이었다. 심지어 민주산악회와 민추를 함께한 김용각 총무이사에게도 툭하면 사표를 내라고 다그칠 정도였다. 다만 육군준장 출신으로 성품도 온화하며 전두환과 함께 신군부출신이라는 최예섭 부회장 정도만 비교적 할 말도 하고 자유로운 것 같은 인상을 받았다.

나는 직장생활을 처음 하지만 모든 임직원들이 출근이 기다려지고 하는 일이 즐겁고 상하 모두가 민주적으로 화합하고 사랑이 넘쳐야 한다고 생각하고 업무이사 산하의 직원들이 될 수 있으면 부드럽고 명랑하게 직장생활을 할 수 있도록 노력했다.

| 권경준 업무부장의 정직처분 |

내가 부임한 직후 부평지점 개장 날짜가 정해져서 처음으로 부평지점에 가게 되었다. 부평지점은 그 건물을 건축주로부터 마사회가 매입하기로 되어 있는 신축건물이었다. 그래서 업무이사가 처음 방문했으니 일단 건물 구석구석을 돌아보기 시작했는데, 지하실에 들어가 보니 신축했다는 건물 여기저기에 금이 가고 첫눈에 부실공사임이 눈에 들어왔다.

"이런 건물이 어떻게 준공이 났지?"

나를 따라온 업무부장과 시설부장이 내 물음에 대답했다.

"오늘 준공이 난답니다."

그래서 내가 물었다.

"그럼 준공도 안 난 건물에서 공공기관이 사업을 시작한단 말이오?"

집을 지어본 경험이 있어서 준공이 그렇게 건축주 마음대로 나는 것이 아니고, 또 담당공무원이 까다롭거나 때로 무엇인가를 바라는 공무원을 만나면 공연히 트집을 잡아 지연시키고 애를 먹이는 것을 생각하고 내가 다시 물었다.

"오늘 준공이 뜻대로 되지 않을 수도 있으니 개장날짜를 늦출 수 없나요?"

"개장날짜가 모레라서 관내에 초청장도 다 보내고 다른 모든 준비가 끝난 상태입니다. 건축주가 장담을 했으니 오늘 안 나와도 내일까지는 나올 겁니다."

"내가 오늘은 아무 말도 안할 것이니 꼭 준공검사증을 받아다 놓고 개장식을 해야 합니다. 만약 이대로 개장을 한다고 회장님을 모셔다가 개장을 해서 미준공인 것이 알려지면 마사회 전체가 곤경에 처하게 될 것이니 두 부장은 명심해서 하시오."

그렇게 지시를 하고 나왔는데, 내가 예측한 대로 준공은 나지 않았다. 그래서 개장이 예정된 날에 어쩔 수 없이 회장에게 그 사실을 보고했는데, 회장은 노발대발하면서 말했다.

"준공도 나지 않은 건물에서 개장을 하면 이거야말로 크게 물의가 일어나는데 그것도 확인하지 않고 개장준비를 했단 말이야? 업무이사께서 나가셔서 오신 분들에게 사죄하고 준비된 음식은 오신 분들과 잡수시고 개장을 연기하십시오."

그리고 곧바로 담당자 징계문제가 나왔다. 나는 부임한 지 얼마 안 된 시점에 부하직원이 처벌되는 것이 마음아파서 회장실로 들어갔다.

"회장님, 위법사항이 사전에 방지되지 않았습니까? 문제가 있다면 준공도 나지 않은 건물을 매입한 데 있습니다. 매입에 문제가 없었다면 누구나 자기 소유의 건물에서는 있을 수 있는 일입니다. 따끔하게 주의를 주신 뒤 준공을 서두르고 준공된 연후에 개장을 하면 되지 않겠습니까?"

내 말에 회장이 대답했다.

"이사님이 아니었으면 큰 실수를 할 뻔했습니다. 수고하셨습니다. 그리고 부하를 사랑하는 마음도 잘 이해합니다. 하지만 아침 일찍 인사부장을 불러 업무부장 권경준의 2개월 정직, 감봉조치에 벌써 사인을 했습니다. 이 문제는 이미 끝났습니다."

내 생각과는 거리가 먼 조치였지만 엎질러진 물이었다.

| 노동조합위원장과의 대화 |

부임한 지 얼마 후 나는 노동조합위원장을 내 방으로 불렀다.

"업무이사님, 취임을 반대하며 소란을 피워 죄송합니다."

방으로 들어서면서 그렇게 말하는 위원장에게 내가 물었다.

"위원장, 고마워. 지난날 군사독재 시절에도 임원이 새로 오면 낙하산인사라고 노동조합에서 그렇게 반대도 하고 플래카드도 걸었나?"

대꾸를 못하는 위원장에게 나는 말했다.

"취임할 때도 말했지만, 나는 63세가 되도록 학생 때부터 줄곧 군사독재를 반대하고 민주화투쟁에 전념하느라 어려운 살림을 해오면서 군사독재의 무자비한 탄압을 효과적으로 따돌리고 반독재세력을 규합하는 방법이 산에 가는 것이었어. 군사독재 반대세력의 가장 효과적인 조직행위가 바로 민주산악회야! 그리고 그 민주산악회가 민주화투쟁의 중심에서 싸워 오늘 이만큼이라도 민주화가 된 거야! 일부 정치군인들이 휘두르는 총칼 앞에 국민도 노조도 숨죽이고 있을 때 민주산악회는 산에서라도 소리를 질러야 한다고 '민주주의 만세, 야호'를 쉬지 않고 외쳐왔어. 야호는 민주주의 만세를 외치기 위한 수단이었다 이거야!

나도 그 속에서 환·진갑을 넘기고 여기 온 거야! 오늘날 노조가 내놓고 정부에서 하는 일을 반대하고 비판하고 시위와 파업까지 할 수 있도록 싸우다가 그래도 하나님이 우리 국민을 사랑하고 불쌍히 보시고 민주화의 물꼬를 터주셔서 그 덕에 여기 왔어요. 나는 당연히 여러분의 환영을 받아야 된다고 생각해요. 여러분은 어려워도 회사에서 생활비를 받아가며 싸웠지만, 민주산악회를 한 사람들은 있는 가산도 다 탕진해가면서 싸웠어요.

워커에는 두 가지가 있어요. 하나는 공산침략으로부터 나라를 지킨 훌륭한 워커가 있고, 또 노조가 미워하는 워커는 국민이 혈세로 나라를 지키라고 사준 총칼로 국민을 위협하고 나라를 도둑질한 워커를 가리키는 게 아니던가요? 그러나 민주산악회는 오직 민주화라는 한 길만을 향해서 국가와 국민을 위해 자신의 사생활을 내던지고 싸워온 애국단체예요.

신성한 국방의 의무를 다하는 대부분의 선량한 군인들이 신고 있는 워커를 그런 나쁜 의미의 플래카드에 올려서는 안 된다고 나는 생각해요. 더구나 민주산악회를 무슨 등산이나 하러 다니는 단체로 보는 것은 더욱 안 되지 않아요? 낙하산인사라고? 독립한 조국에서 이제 당신들이 싸워온 목표가 달성됐으니 독립운동을 한 사람들은 집으로 돌아가 애나 보고, 앞으로 나라의 일은 기왕에 하던 친일파들이 계속해야 한다 그 말이요?

절대다수의 국민들이 싫다고 한 군사독재가 물러가고 민주화가 됐는데, 이제 민주화가 됐으니 민주화운동을 한 사람들은 집으로 돌아가고 여전히 나라의 일은 기왕에 하던 군부세력에게 맡겨야 옳다고? 왜적으로부터 독립을 했으면 나라를 찾기 위해서 목숨 바쳐 독립운동을 한 애국지사들이 비록 행정능력이 좀 떨어진다고 하더라도 나라사랑으로 가득한 그분들이 나라의 일을 맡아야 하는 것이 순리이고, 민주화된 지금은 나라와 민주화를 위하여 몸 바쳐 희생해온 사람들이 진정한 민주화를 위하여 전면에 나서는 것이 당연한 이치라고 나는 생각해요. 친일파나 반민주세력은 겸손하게 스스로의 잘못을 뉘우치고 자중해야 마땅한 게 아닌가요?

나는 평생을 당신들이 정당한 권리를 향유할 수 있도록 최루탄과 함께 살다가 이제 민주화가 돼서 여기 왔어요. 여러분은 마땅히 나를 환영해야 하고, 나와 더불어 한국마사회의 민주적 운영을 위해 머리를 맞대고 능력을 더욱 제고할 수 있는 즐거운 직장으로 거듭날 수 있도록 협력해야 된다고 나는 생각해요."

노조위원장은 진지한 자세로 나의 말을 경청했고, 이후 나와 대단히 친숙하게 지냈다.

| 경마에 가산을 탕진했다는 고객의 분신 |

한여름날 경마가 몇 경주 끝났을 때, 관람대 정면 전광판 앞으로 어떤 사람이 달려나가며 자신의 온몸에 신나를 뿌리고 불을 붙여 큰 불덩어리가 되어 쓰러졌다. 여러 직원들이 달려나가 담요 같은 것을 가지고 나가 불을 껐다. 그러나 그의 몸은 꺼멓게 그을려 얼굴 등의 식별이 어려울 정도로 온몸이 화상을 입은 상태였다.

시신을 병원에 안치해 놓고 검찰과 경찰에서 신원을 알아본 결과 부산인가가 연고지이고 노동일 등으로 어렵게 살았는데 조금 가지고 있던 돈을 경마로 탕진하고 이런 일을 저지른 것이라고 했다. 참으로 어처구니없는 일이었다.

경마시작 한두 시간이 지나면 3,000대를 주차할 수 있는 주차장이 만차가 되어 주변도로 등 인접 마을까지 차로 넘쳤고, 하루에 입장하는 고객이 지점을 포함 12만 명이나 되었다. 서울경마장에 입장하는 고객만 3~4만 명을 넘어서 늘어나는 고객수에 맞춰 관람대를 신축해야 한다는 여론이 일고 있었다.

국회 국정감사가 열리면 부정경마 시비가 고정메뉴였고, 마사회가 고객의 사행심을 부추겨 레저스포츠로서의 기능보다 도박을 장려하고 있다고 국회의원들이 호통을 쳤다. 어느 국회의원이 내게 솔직하게 말해 보라면서 "경마가 도박이라고 보느냐, 아니라고 보느냐?"고 물었다. 나는 이렇게 대답했다.

"내가 보기에는 고객이 도박을 한다는 생각으로 마권을 사면 도박이 되고 레저스포츠라는 생각으로 사면 레저가 된다고 생각합니다. 그래서 마사회에서는 공정경마에 심혈을 기울임은 물론 부정이 가능하거나 부정이 있다고 확신하는 고객의 그릇된 경마인식을 바꾸기 위하여 끊임없이 홍보하고 있습니다."

일본중앙경마회의 초청으로 일본을 방문했을 때, 나는 당시 업무이사인 기다하라 요시다가 씨에게 농담을 걸었다.

"한국마사회 임직원은 마권을 살 수가 없습니다. 그래서 한 번도 마권을 사본 적이 없습니다. 기다하라 상은 일본중앙경마회에서 일생을 보냈으니 경마를 잘 알지 않겠습니까? 나에게 살짝 귀띔만 해주시면 돈을 따서 여비도 보태고 기다하라 상에게 한턱 쓰겠습니다."

기다하라 씨는 정색을 하며 말했다.

"네, 알겠습니다. 제가 가르쳐드릴 테니 제가 시키는 대로만 하십시오. 마권에 번호를 찍을 때 1등하고 2등만 찍으십시오. 그게 안 되면 말[馬]하고 이야기를 하실 수 있거든 말에게 물어보시면 정확합니다."

종종 일확천금을 꿈꾸는 사람들이 승부조작이 있다고 믿으며 헛된 정보를 듣고 그 정보를 토대로 많은 돈을 걸다가 패가망신하고 급기야는 가정이 파괴되거나 자살을 기도하기까지 해서 본의 아니게 우리들을 슬프게 하곤 했다.

| 소화기분출로 130여 명이 중경상을 입다 |

내가 총무이사로 일하고 있을 때의 일이다. 경마가 한참 진행되고 있는데 어떤 직원이 들어와서 다급하게 말했다.

"이사님, 관람대 안에서 무슨 큰일이 난 것 같습니다."

나는 무슨 일인가 싶어 곧바로 관람대로 달려갔다. 관람대 안은 완전히 수라장이 되었고, 팔다리 할 것 없이 부상을 입은 사람들이 여기저기 넘어져 있는 등 마치 전쟁터에서 백병전을 하고 난 뒤처럼 차마 눈뜨고 볼 수 없는 광경이 펼쳐져 있었다.

원인도 과정도 모른 채 지나가는 직원들을 붙잡고 무슨 일이냐고 물었지만 제대로 대답하는 사람이 없었다. 나는 관람대 1층 입구에서부터 샅샅이 뒤지기 시작했다.

한참을 뒤지다 보니 벽밑 한쪽 구석에 세워놓은 비상용소화기가 쓰러져 있고 안전핀이 뽑힌 채 밀가루 같은 소화분이 쏟아져 바닥에 흰 가루가 널려 있었다.

고객 누군가가 실수를 했거나 소화기를 넘어뜨려 안전핀이 빠지는 바람에 소화분이 분출하는 것을 보고 놀라 "폭탄이다" 또는 "집이 무너진다"고 소리친 사람이 있어 순식간에 6층에서부터 1층까지 서로 먼저 도망치려고 밀치고 밀리고, 밟고 밟히고 했던 것이다. 그 사고로 병원에 입원을 한 사람만도 근 130명 정도가 돼서 당시 치료비와 기타 경비로 28억원 정도가 들어간 것으로 기억한다.

내가 경마개최위원장인 김덕락 업무이사에게 연락을 해서 소화기 안전핀이 빠져서 소화분이 분출한 것이 원인임을 방송을 통해서 알리라고 해서 현장수습은 됐지만, 입원한 사람들의 처리문제로 돈은 돈대로 나가고 마사회 임직원들은 몇 달을 시달려야 했다.

| 우리가 본받아야 할 선진국민의 침착성 |

이 사실을 알고 문화체육부 차관과 담당국장과 담당사무관이 달려왔다. 소화기 분출이 원인이라는 것을 안 김현웅 차관이 영국에서 근무할 때의 경험담을 이야기하면서 우리 국민이 언제쯤이나 성숙한 선진국민을 따라갈지 모르겠다고 한숨지었다.

김 차관이 런던에서 근무할 때 있었던 일이다. 하루는 부인과 함께 사람이 북적대는 백화점에 갔는데, 마침 어디선가 비상 사이렌이 울려서 겁에 질린 김 차관이 얼른 부인의 손을 덥석 잡고 문쪽을 향해서 달려갔는데, 달리다 보니까 백화점 안에 들어온 다른 사람들은 모두 제자리에서 사이렌 소리가 나는 쪽을 향해서 꼼짝 않고 서서 비상 사이렌이 오작동되었음을 알리는 백화점 측의 방송을 듣고 침착하게 행동하는 것을 보고 너무 창피했다고 한다.

"호랑이에게 물려가도 정신만 차리면 산다"는 우리 조상들의 지혜는 어디 가고 원인도 이유도 모르고 저만 살겠다고 개구리 뛰듯 방향도 잊고 날뛰는 군중심리가 판치게 되었는가? 어떻게 하면 향상시킬 수 있을까? 영국 런던의 문화시민의 수준을 언제쯤 따라갈 수 있을까? 나는 한없이 고민을 했다.

나는 마사회에 입사한 뒤 처음 업무이사로 출발해서 총무이사, 감사 그리고 부회장까지 만 5년 1개월을 일하는 동안 함께 근무했던 임직원들의 도움으로 무탈하게 임무를 수행하고 나왔다. 다만 입사한 지 1년여 만에 성용욱 회장과 최예섭 부회장이 물러나고 새로 오경의 회장이 부임하면서 그때까지 총무이사로 있던 김용각이 부회장이 되고 내가 총무이사로 자리를 바꿨는데, 선후배의 구별 없이 한곳에 배치한 인사에 대해 특히 김용각 부회장은 늘 불만스러워했다.

| 의리부동한 김대중 정권의 사퇴강요 |

나는 태어나서 처음이자 마지막으로 한국마사회에서 참으로 보람되고 재미있게 만 5년 1개월을 근무하고 김대중정권의 강요에 의해서 부회장 임기를 2년이나 남겨 놓고 사표를 내야 했다.

김영삼 문민정부에서 호남출신으로는 드물게 육군대장까지 승승장구하던 오영우 씨가 대통령선거를 앞두고 김대중 씨의 민주당으로 자리를 옮겨 김대중 대통령 취임직후 한국마사회장으로 부임했다. 취임직후 임원회의를 한다고 회장실로 모이라는 연락을 받고 회장실 문을 열고 들어서는 임원들에게 자리에 앉으라는 말도 없이 수인사조차 생략하고 그가 던진 첫마디는 "모두 사표를 내시오."였다.

나는 몹시 불쾌했다. 나는 고의로 사표를 내지 않았다. 다른 임원들은 바로 사표를 냈는데 부회장인 나만 사표를 내지 않으니 오영우 회장은 초조했던 모양이다. 임원식당에서 식사를 같이 하면서도 내 눈치만 살피던 오 회장은 신정돈 인사부장을 시켜 사표제출을 독촉했다. 나는 곧바로 회장실로 가서 말했다.

"인사부장에게 나의 사표를 받아오라고 하셨습니까? 부회장은 마사회장이 임명권자가 아니고 문화체육부 장관이 임명권자인데 회장이 사표를 내라고 하면 안 되지요. 나는 사표를 내더라도 문화체육부 장관에게 낼 것이니 너무 인사부장을 곤혹스럽게 하지 마세요. 나는 장관의 별명이 있을 때까지 기다릴 것이니 급하거든 장관에게 그렇게 전하세요."

그러고도 여러 날이 지난 어느 날, 신낙균 문화체육부장관에게서 만나자는 연락이 왔다. 나는 미리 사표를 써서 안주머니에 넣고 장관실로 갔다. 자그마한 키의 예쁘장한 신 장관은 몹시 미안한 표정으로 말했다.

"부회장님은 민주화운동의 선배님인 것을 잘 압니다. 그러나 장관인 제 마음대로 사표를 내라는 것이 아니고 장관도 어쩔 수 없이 사표를 받을 수밖에 없는 것을 이해해주셨으면 합니다."

그래서 내가 대답했다.

"나도 신 장관님께 할 말이 있는 것은 아닙니다. 김대중 대통령이 외롭게 민주화투쟁을 할 때 김영삼 대통령의 제의로 민추를 만들고, 나는 민추 상임운영위원으로 일하면서 공동의장이신 김영삼, 김대중 두 분을 지도자로 모시고 지금까지 왔습니다. 그런데 김대중 대통령이 이제 막 취임하시고 가장 먼저 함께 고생한 민주화의 동지를 김영삼계라는 이유로 사표를 내라는 것은 동지적인 의리로도 그렇지만 정치적인 이유로도 있을 수 없는 일이라고 생각해서 이 말을 김대중 대통령에게 전해달라는 말씀을 드리고 사표를 내려고 한 것뿐입니다."

신낙균 장관은 수첩을 꺼내서 내가 하는 말을 열심히 적었다.

"선배님, 죄송합니다. 제가 이 말씀을 대통령께 전하겠습니다."

그 말을 듣고 나는 가져갔던 사표를 동석한 성 국장에게 넘겨주었다.

사표를 낸 임원 여섯 명 중 유원택 이사만 남겨놓고 다섯 명의 사표를 수리한 것은 마사회의 운영은 전혀 고려치 않고 젯밥에만 눈독을 들인 무책임한 인사요, 정말 웃기는 인사였다.

| 국정감사 때마다 낙하산타령 |

나는 마사회에 부임하고 5년 동안 해마다 국회 문화체육위원회의 국정감사를 받았다. 문화체육위원 중에 민주당의 박지원, 최재승, 박

계동 세 의원은 마사회 감사 때마다 민주산악회에서 마사회를 말아먹었다며 낙하산인사라고 비난을 하고 나왔다. 그때마다 회장과 우리는 곤욕을 치러야 했다.

김용각 부회장은 노태우 대통령 시절에 들어왔고, 김영삼 대통령 취임 후에 발령받고 들어온 사람은 나 하나였으며, 오경의 회장은 대통령 취임 1년이 지나서야 취임을 했다. 그런데 회의 때마다 낙하산인사 시비가 위의 세 의원이 벌이는 시끄러운 고정메뉴였다,

민주산악회 출신의 강인섭 의원이 회의 때마다 낙하산시비로 곤욕을 치르는 우리들을 안타깝게 여기고 발언권을 얻어서 말했다.

"동료의원의 발언에 이런 말을 하는 것은 미안하지만, 회의 때마다 똑같은 문제를 반복해서 말씀들을 하시니까 지적을 안할 수 없어서 말씀을 드립니다. 미국을 비롯한 민주주의국가에서는 정권이 바뀌면 많은 자리가 바뀌는 것은 상식이요 관례입니다. 몇 사람이 바뀌었다고 해서 한 번쯤 얘기하고 넘어가는 것은 좋지만 회의 때마다 똑같은 것을 반복해서 지적하는 것은 좀 심한 것 같습니다. 앞으로 민주당이 정권을 잡으면 민주당에서는 당원들을 한 사람도 공직에 내세우지 않겠다는 말입니까? 이제 낙하산시비는 그만 하는 게 좋겠습니다."

이렇듯 입만 열면 낙하산시비를 하던 사람들이 집권을 하자마자 임원 7명 중 6명을 일시에 갈아치워 마사회의 운영조차 마비될 만큼의, 낙하산이 아니라 융단폭격을 하는 뻔뻔스러움을 보였다. 나는 장관과의 시비로 약 보름을 더 끌다가 사표가 수리되는 바람에 다른 임원보다 한 달치 봉급을 더 탈 수 있었다.

나와 아내에게 행복과 평화를 안겨준
한국마사회의 5년 1개월

무려 30년 이상을 민주화운동 대열에서 군사정부와 싸우며 경찰과 정보부에 연행, 감시, 연금 또는 구속, 감금의 연속으로 편안할 날 없이 살면서 아내 경옥은 그 힘든 약국을 하며 가족의 생계마저 홀로 감당했다. 그리고 아이들과 가족 모두는 남들처럼 여유있는 생활을 해보지 못했다.

내가 집도 지어 팔고 다른 사업도 하면서 경옥의 짐을 덜어준다고는 했지만, 사업이 될 만하면 급변하는 정치적 상황으로 중단하고 하다 보니 집안의 살림은 늘 들쭉날쭉이었다. 아마 내가 민주화운동을 하지 않고 경옥이 하는 약국일을 옆에서 돕기만 했어도 돈도 벌었을 것이고 가정생활도 훨씬 윤택했을 것이다.

그러다 보니 나이 60이 넘도록 여행다운 여행 한번 제대로 하지 못하고 살아왔다. 나는 늘 아내에게나 가족들에게 죄인이었다. 그런데 63세가 넘어서 한국마사회 임원이 되어 연봉 7천여만원의 급료를 매달 또박또박 받게 되니 정주영 씨나 이병철 씨가 부럽지 않았다. 경옥이 약국에서 벌고 내 월급이 매달 경옥이 관리하는 내 급여통장에 꼬박꼬박 들어오니 엄청난 여유가 생겼던 것이다.

그러나 워낙 오랫동안 절제생활을 해왔기 때문에 몸에 밴 근검생활의 한계를 벗어나는 일은 없었다. 소득이 늘어 마음의 여유는 생겼지만 우리의 생활방식은 늘 그대로였다.

| 우리는 엄청난 부자가 되었다 |

아파트를 마련하려고 분양공고만 나면 청약신청을 했지만 야속하게도 20여 회나 허탕이었는데 마사회 입사 후 소하동 미도아파트 3차 105동의 35평짜리가 당첨되었다. 저층에 당첨통고를 받고 내가 정식 계약 절차를 밟기 위해 삼성종합건축사무실에 갔는데 사무실 안쪽에서 어떤 젊은 직원이 쫓아나오면서 반겼다.

"원장님, 어떻게 오셨습니까? 제가 속리산에서 민주산악회 연수를 받은 박종열입니다. 제가 이 회사의 상무입니다. 우리 회사 아파트에 당첨되셨습니까? 서류를 저에게 주십시오. 원장님이 우리 아파트에 당첨되셔서 영광입니다."

그러면서 서류를 받아 담당직원에게 건네며 말했다.

"이분이 민주산악회 연수원장님이셔. 인사하게. 그리고 우리 원장님을 저층에다 드릴 수는 없지. 로열층 제일 좋은 집을 드려야 하니 찾아보고, 옵션으로 해드리도록 만들어 가지고 상무실로 오게."

그래서 그의 방으로 들어갔는데, 벽에 연수원에서 받은 수려증을 정성스럽게 사진틀에 넣어 걸어놓은 것을 가리키며 말했다.

"보십시오, 원장님! 저는 연수원에서 연수받은 것을 자랑으로 생각하고 있습니다."

잠시 뒤 직원이 들고 온 서류를 내밀면서 "18층 중 로열층인 9층의 908호를 드리겠습니다." 했다. 그리고 400여만원이나 하는 옵션비용까지 면제해주었다.

그래서 나는 참으로 오랜만에 좋은 층에 있는 넓은 아파트를 갖게 되었다. 경옥과 아이들은 오랜만에 넓은 집에 이사 온 것을 무척이나 기뻐했다. 경옥은 내 급여통장을 보물처럼 간수하며 전보다 더욱 알뜰하게 가사를 꾸려 나갔다. 우리는 엄청난 부자가 된 기분이었다.

| 박관용 비서실장의 편지와 김영삼 대통령의 당부 |

1년에 두 번 정도 청와대 박관용 비서실장의 편지를 받았다. 대략 "지금 우리의 지도자 김영삼 대통령께서 윗물맑기운동의 일환으로 기업인은 물론 다른 어디에서도 부당한 돈을 받지 않으면서 부정부패 척결의 모범을 몸소 실천하고 계시며, 민주화운동의 동지들도 심기일전하여 부정부패 없는 나라건설에 함께 이바지하자고 당부하고 계시니 각별히 업무에 임해주기 바란다"는 간곡한 내용이었다.

그런 편지가 없더라도 나와 경옥은 우리의 신앙심에 입각하여 "성실하고 정직하고 부지런히 살자"고 근검절약하며 지금까지 살아온 방식대로 우리의 생활을 유지하며 떳떳하게 살자고 다짐 또 다짐했다. 생활양식이 변하지 않으니 지금까지 없던 내 봉급은 고스란히 남아 저절로 저축이 늘어만 갔는데 거기에 또 무슨 돈이 더 필요하단 말인가?

나의 급여통장 관리와
심신의 여유

나는 마사회 임원이 되어 매달 받는 급여는 마사회 안에 있는 농협에서 통장으로 만들어 경리과에서 그 통장으로 넣어주고 내게는 급여내용만 보내왔다. 회사에서는 공통경비, 업무추진비 그리고 품위유지비로 일상생활을 하고 보니 내가 별도로 아내에게서 돈을 타갈 필요는 없었다.

아내 경옥은 젊어서부터 근검절약이 몸에 밴 여자라면 누구나 즐기는 화장도 멀리하고 살았고, 제대로 값나가는 옷 한 벌 사 입지 않아서 헛된 돈이 나가지 않았다. 그래서 내 급여통장은 돈이 들어오기만 하고 나가지 않으니 나도 깜짝 놀랄 만큼 잔고가 부쩍부쩍 늘어만 갔다.

나와 경옥은 가끔 그 통장을 꺼내 보면서 "일상생활만 건전하게 하면 자기 수입만 갖고도 남부럽지 않은 문화생활을 하고도 남는데 무엇 때문에 욕심을 내서 부정부패에 몸을 담그는지 참으로 모를 일"이라고 하면서 결코 정당한 수입 이외에는 욕심을 부리지 말자고 다짐하곤 했다.

| 아들의 유학비 충당 |

문민정부 시절 김영삼 대통령은 국제화, 세계화를 외치면서 영어교육과 세계적인 선진교육을 강조했다. 마침 동남증권회사에 다니던 아들 명우와 연세대학교에서 작곡을 전공하고 석사학위를 받은 며느리 혜리가 이런 때에 미국에 가서 명우는 MBA, 혜리는 작곡을 더 공부하고 왔으면 좋겠다고 했다. 자신들이 사는 집을 전세 놓으면 약 5천만 원이 된다고 하면서 여기에 부모님이 얼마를 도와주었으면 좋겠다는 희망을 말해왔다. 경옥과 나는 나의 급여통장을 내놓고 아이들의 유학비를 검토하면서 지금까지 쌓인 통장잔고면 아이들을 유학시킬 수 있다고 생각하여 미국으로 유학을 보냈다.

우리는 아이들에게 재산을 물려주는 것보다 훨씬 가치있는 일이라고 생각해서 아들 며느리, 그리고 어린 손자 둘을 합하여 네 식구를 미국으로 보냈고, 미국 뉴욕주에 있는 시러큐스대학교(Syracus University)에서 MBA와 음악석사를 마치고 만 4년 6개월 만에 돌아왔다.

아내 경옥의 근검절약 생활이 어떠한 환경의 변화에도 흔들리지 않고 굳건히 지켜졌기에 아내와 나는 네 식구의 미국 유학을 어렵지 않게 마치게 할 수 있었다. 아내에게 감사한다.

마사회에서 일하는 5년 1개월 동안 나는 모든 것을 바쳐 열심히 임무에 충실했고, 즐거운 직장을 만들어 직원들이 기를 펴고 소신껏 스스로 일을 찾아 소임을 다하도록 하는 민주적 분위기의 조성에 힘을 쏟았다고 지금도 자부한다. 직원들이 나의 근무태도를 어떻게 평가해줄지는 모르지만, 나는 늘 모든 직원들을 아우처럼 자식처럼 가족이라는 생각으로 사랑했다.

세상에 태어난 지 75년을 넘어 미구에 80년을 향해서 가고 있지만,

매달 월급을 타며 직장에 다닌 것은 마사회가 처음이고 또 마지막이 된다. 지금도 재직시절을 생각하면 웃음이 절로 나오는 기쁨을 숨길 수가 없다.

민주주의는 서로를 인격적으로 인정하고 존중하며 사랑하는 이륜적인 문화가 고도로 성숙하고 정착되지 않으면 불가능하고, 따라서 그 척도에 따라 민주주의의 등급은 매겨진다. 나는 이 나라의 민주주의를 위해 싸우고 또 싸웠다. 투명한 민주적 질서를 정착시키며 새로운 문화창달을 향해서 매진하는 마사회와 마사회 직원 모두를 사랑한다. 모두의 안녕을 빈다.

마사회 직원들에 대한 감사

　　만 5년 1개월 동안 나의 비서로 한결같이 도와준 정영임 양과 나의 출퇴근을 하루같이 안전하게 도와준 이재용 기사에게 감사를 드린다.

　　그동안 나를 보좌해준, 아직 잊혀지지 않은 여러 직원들의 이름을 여기 옮겨 고마움을 표한다. 기억력이 전만 못해서 이름을 잊은 직원들에게는 용서를 빈다.

　　오경의, 김봉조, 최예섭, 김용각, 박옥재, 김광희, 유영우, 서정의, 김덕락, 강영식, 유원택, 권경준, 인창덕, 이시영, 신정돈, 권용한, 손지현, 박정진, 박석구, 김수현, 최우섭, 박상준, 이승모, 이용식, 이상준, 조정기, 유근주, 장무진, 김재남, 허　완, 배근석, 정금석, 강봉구, 서성조, 차재만, 이종대, 김기선, 최태경, 이철호, 송하일, 김진은, 박희상, 권영인, 석영일, 이용선, 성성원, 김선덕, 정용헌, 황동석, 성성원, 이건우, 김성언, 이범추, 이현립, 신태홍, 이노수, 정해종

모처럼의 해외여행으로
아내 경옥을 즐겁게 하다

한국마사회에 입사하기 전 나와 경옥은 여권을 어떻게 내는 건지도 몰랐다. 하기야 국내에서도 민주산악회에서 산행할 때나 따라다녔지 가족 단위로는 1년에 한두 번 아이들을 데리고 가까운 물가에 다녀오는 정도로 만족해야 했다. 그런데 마사회에 입사하고는 가까운 일본 중앙경마회와 경마가 활성화된 선진경마국에서 초청장이 와 매년 한두 번씩 외국 경마 현황을 보러 나갈 기회가 왔다. 또 어느 때는 부부가 함께 초청을 받아 비행기도 비즈니스 클래스나 1등칸을 타고 갈 때도 있었다.

한국마사회에 유도부가 생겨 초대단장 자격으로 오스트리아, 프랑스, 독일에서 거행된 세계유도선수권대회에 아내 경옥과 동행해서 세계유도연맹 회장 박용성 씨와 한국유도협회 김정행 회장(현 용인대학교 총장)과 함께 당시 세계 유도를 제패한 김재엽 · 윤동식 · 전기영 · 김대익 선수와 조민선 · 정선영 선수 등을 응원하며 신바람나는 응원여행을 즐긴 것은 오랫동안 기억에 남는다.

세계유도선수권대회에 참가한 선수들과 함께
(앞줄 : 김대익, 맹경옥, 전기영, 뒷줄 : 김재엽, 진운현, 필자, 윤동식)

　박용성 회장과 김정행 회장은 경옥을 응원단장님이라고 불렀다. 경옥은 우리 선수가 싸울 때마다 우리 선수의 이름을 부르며 목이 터져라 "이겨라!"를 외쳤는데, 경기장에 모인 세계 각국 선수와 임원들이 우리 선수와 임원들에게 "이겨라!"가 무슨 뜻이냐고 묻고는 그 말을 배워 그들도 "이겨라!"를 외쳤으며, 우리들을 만나면 더욱더 "이겨라!"를 외치며 환호해 주었다.

　특히 독일에서 한국인으로 자랑스럽게도 독일팀 국가대표 유도감독을 맡고 있던 한호산 감독은 세계인이 먹는 점심식사 메뉴를 불갈비와 불고기로 짜서 한국 선수들을 즐겁게 해주기도 했다. 한호산! 그가 경기장에 나온 독일의 유도 관계인들이 누구나 존경하는 훌륭한 한국인임을 보고 우리는 가슴 뿌듯한 희열을 느꼈다.

　영국 런던의 대영박물관, 프랑스 파리의 루브르박물관, 로마의 바티칸박물관, 이탈리아의 콜로세움경기장, 바울 사도가 갇혔던 감옥,

오스트리아 빈의 베토벤의 묘, 독일 마을들의 정돈된 풍요…… 참으로 많은 것을 보고 경옥은 무척이나 즐거워했다.

큰아들 명우가 미국 중부 인디애나 블루밍턴에서 살다가 뉴욕주 북쪽에 있는 시러큐스대학교에 입학허가를 받아 이사를 하게 되었는데, 자동차를 렌트해 명우네 네 식구와 경옥과 내가 한 차에 타고 인디애나 블루밍턴에서 동북부로 오하이오주, 펜실베이니아주, 나이아가라 폭포가 있는 버팔로까지 그리고 뉴욕으로 뻗은 하이웨이를 2박 3일 동안 달렸다. 온종일 달려도 그 끝없는 평원이 이어지는 미대륙의 광활함에 우리 모두 놀랐다. 사우스아일랜드의 천 개의 섬에는 각 섬마다 알맞게 아기자기한 별장 겸 휴양처가 있어 집집마다 쾌속요트가 주인을 기다리고 있는데, 집도 배도 모두 물에 떠 있는 호화 요트처럼 보여 장관을 이루었다.

| 남미 4개국의 말 생산현황과 말 경매시장 참관 |

남미는 지금도 가기가 어려운 곳인데 용케도 말의 생산현장과 말의 경매방법 등을 보기 위해 페루, 멕시코, 브라질, 아르헨티나 4개국을 시찰하게 되었다. 미국을 거쳐 남미에 가는데, 다행스럽게도 직원 두 사람과 아내 경옥도 함께 갈 수 있게 되어 경옥은 뛸 듯이 기뻐했다.

멕시코와 페루는 산마다 사람키의 두세 배나 되어 보이는 선인장이 널려 있고, 얼른 보기에도 비가 부족한 사막 같은 인상을 주는 나라로 무척이나 가난해 보였다. 세계 3대 미항으로 소문난 브라질의 리우항은 내가 지금까지 보았던 어느 곳보다 아름다웠다.

브라질에서 말목장과 경마장에 들렀는데, 자키클럽 임원중에 카우프만(Kauffman)이라는 분이 어찌나 친절한지 자신이 직접 나서서 경마장의 곳곳을 안내하고, 마침 그날 저녁에 경매장에서 말 경매가 있는데 거기 가서 저녁식사도 하면서 경매하는 것을 보고 가라고 알려주었다.

그래서 우리 일행은 때맞추어 생전 처음 말 경매장을 보게 되었다. 저녁식사 대접도 잘 받고 말 한 마리에 적게는 1~2만 달러에서 수십만 달러씩 응찰하여 경매가 이루어지는 것을 보았다. 한곳에서 사고파는 말의 가격의 차이가 내가 보기에는 그게 그거 같은데 엄청난 차이로 매매가 이루어지는 것에 우리는 혀를 내둘렀다.

한국에서 떠날 때 손목시계 뒷면에 'ROE BYUNG KOO'라는 내 영문이름을 넣어 가지고 가서 상대국 임원들에게 나누어주었는데, 내가 마사회를 그만둔 다음 아랍에미리트 두바이에서 해마다 벌어지는 경마올림픽에 참가한 브라질 임원인 카우프만 씨가 우리 측에서 간 직원들에게 손목시계를 보이면서 내 안부를 묻고 그렇게도 좋아하더라는 말을 들었다. 역시 남미인들은 정이 넘치는 사람들이라고 고맙게 생각하며 지금도 그의 안녕을 하나님께 빈다.

브라질 상파울루에서는 코리아타운에 들러 많은 한국인들도 만나보았다.

| 나이아가라를 능가하는 이과수폭포 |

이과수폭포는 브라질과 아르헨티나 그리고 우루과이 세 나라가 맞닿는 지역에 있는데, 나이아가라는 낙차가 크고 단순한 데 비해 이과수폭포의 낙차는 나이아가라에 비하여 짧지만 규모는 나이아가라의 몇 배는 되는지 넓고 커서 2일에서 3일 정도는 돌아다녀보아야 한다고 한다. 걸어서 또 배를 타고 물이 떨어지는 곳까지 들어가서 보고 또 헬리콥터를 타고도 보는데, 우리는 이틀을 꼬박 걸려 배도 타고 또 걸어서 그 장관을 보았다.

이과수폭포를 보기 위해 세계 각국에서 관광객이 몰려드는데 그 관광객의 수가 또한 장관인 것을 보며, "하나님께서 우주를 만들 때 이과수폭포의 3분의 1만큼만 나누어서 우리나라에도 하나 줄 것이지 한 군데에 이토록 큰 폭포를 주다니 불공평하지 않느냐?"고 경옥과 농담을 하면서 이과수를 보고 돌아왔다.

| 아랍에미리트, 스위스, 그리스의 경마를 돌아보다 |

해마다 열리는 두바이 경마장의 경마월드컵은 상금면에서 세계 제일의 대회인데 미국, 영국, 프랑스 그리고 아시아에서는 일본 등 경마 선진국이 자기 나라 말의 우수성을 힘껏 겨루는 그야말로 경마의 세계적인 행사이다. 우리나라 말은 거기 내놓을 만한 실력이 없어 못 나가고, 두바이경마장에서 일체의 경비를 부담하며 한국마사회 임직원과 임원의 부인까지 초청해 아내 경옥과 함께 갔다.

아랍에미리트는 사막의 나라로 자동차로 한나절을 달리는데 끝없는 사막의 복판에 시원스럽게 곧게 뻗은 고속도로를 가도가도 양편은 누런 사막이 끝닿은 데 없이 펼쳐져 있음에 놀라지 않을 수 없었다.

연중 강우량이 거의 없는 두바이에서 몇 시간을 달려 오아시스를 만났다. 참으로 희한한 일이다. 비는 오지 않는데 지하수가 펑펑 쏟아

두바이 사막에서 경옥과 필자

사막에서 낙타를 탄 필자와 경옥

져 맑고 푸른 큰 호수가 생겨 그 물을 끌어다가 두바이 시민들이 먹고 나무도 키운다고 한다. 그 사막의 모래는 모래발이 가늘어서 현재로 는 건축용은 물론 그 용도를 찾지 못하고 있다고 한다.

사막 가운데 낙타먹이라는 잎이 크고 넓은 작달막한 나무가 군데군 데 서 있는데, 낙타가 유일한 교통수단일 때 낙타가 그 나뭇잎을 먹으 면서 사막을 횡단했다고 한다.

| 스위스의 이모저모 |

스위스는 인구가 700만 명이고 경상남북도 정도의 작은 나라인데 비가 적게 오고 연중 최고기온이 영상 29도로 알곡이 익지를 않아서 곡식농사가 거의 없기 때문에 목초를 심어 가축을 키우며 정밀수공업 으로 세계적인 시계와 의료장비를 만들어 팔아서 사는 나라이다. 스 위스의 집들은 대부분의 건축자재가 목조인데, 울타리가 없고 사람이 다니는 길 외에는 모두 푸른 초원으로 꾸며져 있으며, 집 주변에 집과 초원 외에 아무것도 내놓은 것이 없어서 큰 집이건 작은 집이건 어느 집을 카메라에 담아도 달력의 그림이 될 만큼 아름다웠다.

만년설로 사계절 흰눈을 이고 있는 높은 산에서 녹아내리는 물이 맑고 깨끗하게 이어지는 호수가 그림같다. 특히 3700미터가 넘는 융 푸라우에 톱니바퀴열차를 타고 정상에 오르면 얼음굴이 만들어져 있 는데, 그 얼음굴을 가는 재미는 더없는 즐거움을 준다. 융푸라우 정상 의 만년설은 참으로 멋진 광경이다. 스위스에서 융푸라우 얼음굴과 톱니바퀴열차를 만드는 데 28년이 걸렸다고 하는 말을 듣고 그들의 치밀성과 근면성과 인내심에 감탄을 할 수밖에 없었다.

스위스의 활 맞은 사자상 앞에서 장군, 성성원, 필자, 경옥

스위스의 사자상과 FIFA 본부

지금부터 400년 전만 해도 스위스 남자들은 가족을 먹여 살리기 위하여 유럽 등으로 용병을 나가 무수한 남자들이 돈을 벌기 위해 남의 전쟁터에서 목숨을 잃었다. 그런데 어느 위대한 인물이 나와서 시계와 정밀의료기구를 만들자고 외쳐서 온 국민이 한 덩어리가 되어서 노력한 결과 지금부터 10년 전에 이미 국민소득 4만 달러의 높은 부를 자랑한다고 가이드가 신바람나게 설명해주었다.

용병에 끌려 나가 남의 나라에서 죽어간 지난날을 잊지 말자고 화살을 맞고 누워 신음하는 사자상을 만들어 놓았는데, 무수한 스위스인들이 그곳을 찾아 처자식들을 위해 죽어간 선조들을 기리며 새로운 결의를 다진다고 한다.

| 그리스 아테네경마장과 파르테논신전 |

그리스 아테네경마장을 찾아갔다. 총무이사와 업무부장이 여자인데 한국이라면 참으로 먼 곳에서 왔다고 우리 일행을 무척이나 반겨주며 점심식사를 잘 대접하고 경마장 곳곳을 여성 총무이사가 직접 안내해주었다. 내가 소크라테스 이야기를 했더니 소크라테스에 대해 잘 아느냐고 하면서 그리스 사람들은 소크라테스를 큰 자랑으로 알고 긍지를 느끼고 있다고 했다.

처음 올림픽을 치른 올림픽경기장과 파르테논신전도 갔는데, 전쟁으로 머리가 없는 남녀 신의 조각들이 즐비하고, 어마어마하게 크고 무게가 수십 톤이나 될 만한 큰 대리석을 어쩌면 그렇게 절묘하게 쌓아올려 신전을 지었는지 수십 세기 전의 그리스문화에 절로 머리 숙여 감탄을 했다.

파르테논신전 앞에서

소크라테스 감옥 앞에서

‘악법도 법’이라며 감옥과 죽음을 겁내지 않고 자기가 갈 길을 묵묵히 간 소크라테스! 악법도 법이라고 순응한 것은 악법에 무고하게 희생되는 일은 나로 끝내라고 한 엄청난 설교인데, 그렇게 자기 목숨을 내놓으면서 절규한 것을 독재자들은 그 말을 자기의 정권욕을 채우기 위한 수단쯤으로 써먹고 있으니 지하에서 소크라테스가 얼마나 한숨을 지을까 생각하면서 그리스의 많은 것을 돌아보고 왔다.

　아테네는 일년 중 강우량이 160밀리미터밖에 되지 않아 거의 사막과 같은 수준인데, 비닐호스에 구멍을 내서 나무밑을 둘러 물을 주는데도 가로수인 귤나무에는 잘 익은 귤이 주렁주렁 아름답게 달려 있었다.

그리스경마장 임원들과 함께

중국 대련경마장 건설과
중국인 수양딸 왕원과 사위 서연원

중국 대련에 경마장을 한중합작으로 건설하는 프로젝트를 유해경 씨가 따왔는데, 권경중·신정돈·이시영 부장 등이 앞장서서 도와달라는 부탁을 받고 나는 중국측 관계자들이 오면 한국마사회의 곳곳을 견학하게 하고 우리가 할 수 있는 것은 다 도와주라고 하고는 중국 측에서 온 사람들을 환대하고 식사대접도 했다. 직접 중국 대련에 가서 경마장 건설을 할 장소도 보고 대련시장을 비롯한 관계자들을 만나 많은 조언도 해주었다.

그러다가 내가 마사회를 그만두면서 중국과 한국에서 투자를 한 투자자들이 영업집조(영업허가증) 상의 동사장(사장)을 나에게 맡아달라고 해서 이를 수락하고 동사장(童社長)에 취임했다.

한국측 투자자로는 건설업을 하는 오지열과 허원행이 합작투자를 하고 중국측에서는 서연원·왕원 부부가 했는데, 부인 왕원이 점심식사 자리에서 나의 연령을 물었다. 원의 아버지가 나하고 동갑이라고 하면서 그의 아버지는 중국 청화대학교에서 교수로 있다가 정년퇴임을 하고 지금은 집에 계시고 건강이 좋지 않다고 걱정하며 "내가 오늘부터 동사장님을 아버지로 모시겠다"고 하여 난생 처음 중국인 딸과 사위을 얻게 되었다.

나는 중국을 10여 차례 갔는데, 갈 때마다 수양딸과 사위가 차를 몰고 대련비행장에 나와 나를 차에 태우고 중국의 이곳저곳을 다니며 관광도 시키고 때마다 좋은 음식점으로 가서 식사대접을 하곤 했다. 나도 중국말을 모르지만 그들도 한국말을 몰라서 만나면 아버지라는 말만을 배워서 두 사람이 '아버지, 아버지' 하고 불러 서로 웃곤 했다. 그리고 차에 타면 한자를 써서 중국식 발음으로 나에게 중국어를 한마디씩 가르쳐주었다. 나 또한 그런 식으로 한국말을 가르쳐주었다.

서연원은 글을 써서 책도 내고 수양딸 왕원은 미국 오클라호마에 유학도 다녀와 서양문화를 잘 이해하는 중국 최고의 아름다운 인텔리였다. 내가 중국에 가면 그 아이들 덕분에 더욱 즐거웠고, 또 중국 대련시장인 부시라이와 金石灘구 구청장인 왕천지(王川志) 씨가 친절하게 대화상대가 되어주었다.

한국의 오 사장과 허 사장이 투자한 100만 달러를 가지고 대련 바닷가에 38만 평을 50년간 임차해 경마장을 짓기로 하고, 중국측 고위직에 있는 사람들은 물론 한국인으로 중국에서 성공한 사람 등 1,000여 명을 초청해 성대한 기공식을 가졌다. 그때 동사장 인사말을 하는 내 모습이 중국 텔레비전에 2~3분 정도나 방영되었다고 한다. 기공식을 하고 38만 평을 평지로 골라놓았는데, 잘 닦아놓은 비행장처럼 광활한 땅이 되었다.

내 이름으로 영업집조가 나왔는데, 내가 왕천지 구청장을 만나 중국과 한국이 경마라고 하는 용어의 의미가 다를 수 있으니 용어의 의

여순감옥 앞에서

중국 사위 서연원, 수양딸 왕원, 경옥과 나

미를 분명히 하고 다음 단계의 일을 추진하자고 제안했다. 중국인들은 우리가 말하는 경마라는 용어 대신 중국말로 '쎄마'라고 말들을 하고 있어서 말[馬]에 기수가 타고 일정한 거리를 달려 착순이 가려지는데, 경마고객이 미리 말의 등수를 맞히면 정해진 등수에 따라 건 돈의 몇 배를 돈으로 주는 것이 경마라고 알려주고, 쎄마라는 말의 의미도 같은 것이냐고 물었다. 그랬더니 그게 그럴 거라고 하여 그러면 그 말의 뜻을 문서로 만들어달라고 했다.

그리고 얼마 뒤 한국에서 하는 그런 경마는 중국에서는 해서는 안 된다고 하면서 중국에서 경마는 일종의 마술을 의미하며, 등수에 따라서 적중마권을 가진 사람에게 돈을 주는 것이 아니라 그에 해당하는 물품으로 상을 주어야 한다는 것이었다.

이렇게 되면 적중마권을 가진 사람이 1회 경주당 수천, 수만 명이 나오는데 그들에게 똑같은 물품을 준다고 하더라도 어려운데, 더구나 구입한 마권상의 금액이 천차만별인데 이를 어떻게 물품으로 환산하여준단 말인가? 경마라는 말의 뜻이 중국인들이 생각하는 것과 우리가 생각하는 것이 전혀 다르다는 것을 모르고 시작했으니 이를 어쩌랴?

한국 경마와 중국 경마는 전혀 내용이 다른 것을 모르고 이미 100만 달러(한화 10억원)을 투자해 터를 고르는 데 다 써버렸으니 일은 난감하게 되었다. 그들도 종사자들도 낭패지만 100만 달러라는 많은 돈을 투자해 놓고 지금까지 아무 일도 못하고 있으니 참으로 황당한 일이다. 이는 중국에서 성공한 교포들은 중국에서 사업을 하려면 먼저 중국어를 익히고 해야 한다고 충고하고 있다.

아내 경옥은 나와 결혼하고 40년 동안 유명을 달리할 때까지 나와 우리 집을 위해 헌신으로 일관된 생애를 보냈다. 그의 친구들이 종종 외국관광이라도 하고 오면 그들의 자랑을 듣고 와서 외국의 사정을 내게 들려주곤 했다. 그러다가 말년에 마사회 덕분에 5년 동안 1년에 한두 번씩 외국에 나갈 기회가 와서 집중적으로 많은 곳을 다닐 수 있었다. 갈 때마다 경옥은 늘 기쁨에 충만했다. 나 또한 늦었지만 아내의 수고에 대해 만분의 일이라도 보답을 한 것 같아서 큰 위안을 받았다.

간판을 내린 뒤의
광명 민주산악회

민주산악회 간판은 내려졌지만 10년 이상을 한가족처럼 뭉쳐서 반독재 민주화 운동을 함께했던 끈끈한 동지애까지 버릴 수는 없었다.

| 민주산악회 광명시 지부와 손학규 의원 |

내가 마사회에 출근하면서 수석 부지부장인 심상구 씨를 중심으로 손학규 의원의 국회의원 보궐선거에 3천여 회원이 한 덩어리가 되어 선거운동을 하여 손 의원의 당선에 이바지했다.

| 민주산악회 광명시 지부와 전재희 광명시장 |

손학규 의원의 보궐선거가 끝나고 얼마 후에 치러진 민선시장 선거에 이미 관선시장으로 와 있던 전재희 시장이 신한국당 공천으로 광명시장 후보로 출마했다. 민주산악회는 심상구 수석 부지부장을 회장으로 선출하고 그를 중심으로 다시 뭉쳐 10여 평 정도의 사무실을 마련해 어려운 중에도 산행을 계속하고 있었다. 전재희 시장후보의 당선을 위해 전북 마이산으로 산행을 한다고 하여 나도 함께 산행을 하기로 하고 모처럼 따라나섰다.

10여 대의 관광버스에 400여 명의 회원들이 참가해 성황을 이루었는데 전재희 후보가 처음 산행에 참가했다. 나는 인사말에서 전재희 시장을 소개하면서 오늘 민주산악회에 처음 입회하는 전 시장을 환영한다고 말하고 굳건한 동지애로 전재희 시장을 압도적으로 당선시키자고 소개했다. 앞에 나선 전재희 시장은 민주산악회 회원들의 노고를 치하하고 늦깎이 민주산악회 회원이 된 것을 영광으로 생각하며 앞으로 여러분과 함께 회원으로서의 임무에 충실하겠다고 약속했다.

이날 산악회 회원들은 전재희 시장의 입회를 쌍수를 들어 환영하고 있는 힘을 다해서 전재희 시장을 당선시키기 위해 노력할 것을 다짐했다. 회원들은 열심히 운동했고 전재희 시장은 압승했다.

내가 마사회에 근무하는 동안은 민주산악회 회원들을 종종 마사회에 초대도 했지만, 1년에 여름 단합대회와 특히 연말 송년회는 마사회 광명지점에서 400~500명 정도의 회원들이 모여 단합을 다지고 여흥도 하며 즐거운 시간을 보내곤 했다. 그때마다 손학규 의원과 전재희 시장이 함께 참석하여 한가족임을 확인했다.

민주산악회 송년회는 산악회 회원은 누구나 가고 싶고 기다려지는 큰 행사였다. 한때 여성부장을 지냈던 이옥순 부장은 마침 목병이 나서 목이 움직여지지 않아 목을 수술해 깁스를 하고 입원 중이었는데, 문병을 간 나에게 산악회 송년회에는 단가에 실려서라도 참가하겠다고 억지를 부렸다. 그리고 기어이 목에 깁스를 한 상태로 송년회에 참석했다.

이런 모임을 또 언제 해볼 수 있을까? 우리 모두에게 아름답게 남아있다.

지금은 그런 모임도 하지 못하고 산악회는 뿔뿔이 흩어져 동네에서 가는 산악회에 몇몇씩 따라다니고, 유명환 동지가 중앙산악회라는 이름으로 명맥을 유지하고 산행을 하며, 이정일 씨와 김영애 씨가 대동회(大同會)라는 이름으로 친목모임을 하고 있다.

수고한 모두의 안녕을 빈다.

마이산 산행식 모습. 전재희 시장이 입회하던 날 회원들을 향해 인사하고 있다.

광명민주산악회 송년회에서 케이크 커팅(좌로부터 김상열, 권재희, 손학규, 심상구, 심현구 노인회장, 필자)

딸 성인의 결혼

1994년 9월 10일, 하나뿐인 딸 성인이 주택공사에 다니는 박상범과 결혼을 했다. 슬하에 아들 지훈과 딸 지수를 두고 인천에서 중학교 음악교사로 분주하게 살면서도 늘 여유있고 행복하다. 다행이다. 하나님께 감사한다.

김영삼 문민정부의 공과

나는 1931년에 태어나서 일제의 탄압이 극에 달해 성도 빼앗겨 '마쓰바라(松原)'로 불리었고, 말도 빼앗겨 일본어를 국어로 '구고고죠요(國語常用)'라고 했는데 우리말을 쓰다가 걸리면 호된 벌을 받았다. 매일 아침운동장 조회 때마다 동쪽을 향해 일본천황에게 절을 하고 하루를 시작하며 '고고꾸 심민노 지가이'라고 일본천황에게 충성을 맹세하는 선서를 해야만 했다.

제2차 세계대전을 겪으면서 나이에 맞지 않는 노역에 시달리고, 헐벗고 굶주리고 모진 추위를 잘도 견디며 일본의 패망을 보고 '조센징(朝鮮人)' 앞에서 늘 서슬 퍼렇던 일본인들이 꽁무니 빠지게 일본으로 도망가는 것도 보았다. 해방이 되었다고 태극기를 흔들며 만세도 불렀고, 화신 앞과 을지로 입구에서 몽둥이로 치고 돌팔매로 피투성이가 되어 싸우는 좌우익의 난투극도 구경했고, 중학교 고급학년 때 6·25동란을 만나 걸어서 경북 청도까지 피란을 갔다 와서 그해 겨울에 징집영장을 받고 군에 입대했고, 휴전협정의 체결로 만 4년의 군생활을 마치고 나왔다.

지금은 만 70세가 넘은 6 · 25 참전용사라고 국가보훈처로부터 매달 7만원씩의 보상금이 통장에 들어오고 있으며, 또 죽으면 대전국립묘지에 묻힐 곳이 마련되어 있다고 기재된 참전용사증을 가지고 다닌다.

제대 후 중앙대학교에 다니면서 이승만정권의 독재와 이기붕을 위한 3 · 15 부정선거도 보았고, 그에 항거한 4 · 19 학생혁명 때는 나도 학생들과 함께 중앙청 앞까지 진출하는 것을 따라가보기도 했다.

민주당정권이 들어섰으나 자고 새면 유치원 원아들까지 고사리 같은 손을 흔들며 뛰쳐나와 데모로 해가 뜨고 데모로 해가 지는 무질서가 끝없이 계속되다가 이래서는 안 되겠다고 국민과 언론 모두가 자성, 자제하기 시작할 무렵 박정희를 비롯한 일단의 군인들이 민주당정부가 무능하고 부정부패가 심하다는 구실을 붙여 5 · 16군사쿠데타를 일으키는 현장을 나는 보았다.

혁명공약을 완수하고 나면 군 본연의 임무로 복귀하겠다고 약속한 박정희 군사정권은 무력으로 국민을 짓누르고 영구집권을 꿈꾸다가 일본 명치천황이 군부를 내세워 유신을 선포하고 독재를 강화한 것처럼 일본을 본떠 유신을 선포하고, 국회의원의 3분의 1을 대통령이 임명하여 유정회라는 원내 교섭단체를 만들어 입법 · 사법 · 행정을 대통령이 자의로 좌지우지하다가 자신의 충실한 부하 김재규에 의한 10 · 26 사건으로 5 · 16은 비극적으로 끝났다.

나는 쿠데타가 싫고 군부독재가 싫어서 민주화를 요구하는 야당대열에 가담해 독이 오른 박정희 군사정부와 맞서 무서운 탄압과 불이익을 감수해가면서 기나긴 30년을 싸우고 또 싸웠다. 그러면서 우리나라의 민주회복을 위한 야당사에 길이 빛날 유진산 선생님을 가까이에서 모시고, 인생사에서부터 정치에 이르기까지 보고 배울 수 있는 기회를 가지게 된 것을 큰 복으로 생각하고 하나님께 감사한다.

유진산 선생이 타계하신 후 고흥문 씨와 잠시 함께하다가 그분의 정치행태에 실망이 너무 커서 정치를 그만두려고 했으나, 김영삼 총재의 부름을 받고 민주산악회를 하면서 김영삼 총재의 민주화에 대한 투철한 신념과 탁월한 지도력에 매료되어 다시 정치를 시작하게 되었다.

| 민주화의 기수 김영삼 |

김영삼은 이승만 독재정권에서부터 특히 박정희, 전두환, 노태우에 이르는 군사독재 32년을 합해 40년을 끊임없이 기약없이 민주화를 위해 자신의 목숨도 정치도 인생도 가족의 운명까지도 모두 걸고 끈질기게 민주화투쟁을 전개했다. 일제의 암흑기에 언제 독립이 된다는 가망도 희망도 보이지 않는 절망의 세월을 오직 "독립이 아니면 죽음을 달라"고 모진 고생을 달게 받았던 독립투사들처럼 김영삼은 "오늘이 내 인생의 마지막이라는 생각으로 살았다"고 회고하면서 김재규로부터 온건한 회유를 받았을 때는 "잠깐 살기 위해 영원히 죽는 길을 가지 않겠다"고 하고, 총재직을 박탈당하고 국회에서 제명되었을 때는 "닭의 목을 비틀어도 새벽은 온다"고 하며 민주화에 대한 신념을 굽히지 않았다.

전두환정권에서 부당한 연금을 당하다가 죽음을 각오하고 23일간의 단식으로 스스로 불법연금에서 풀려나는 우리나라 초유의 기적을 만들어냈다. 민주화의 행로마다 동행하듯 방해로 일관하며 신념도 비전도 노력도 없이 김영삼 총재가 일궈 놓은 터전에서 수동적으로 반사적 이득만을 챙기는 김대중 씨 때문에 더욱 힘든 길을 가면서도 끈질기게 앞장서서 투쟁하여 끝내 전두환·노태우의 6·29항복을 받아내어 국민이 대통령을 직접 뽑는 민주헌법을 제자리에 갖다놓는 데 성공했다.

독립운동을 한 애국자가 집권을 하는 것이 순리인 것처럼 민주화운동의 선봉장이 집권을 해서 민주화를 완성하는 것이 상식일진대 온 국민이 그토록 갈망하는 김영삼·김대중 두 사람의 단일화도 말도 안 되는 궤변과 핑계로 무산시키고 만고의 해독인 지역감정을 부추겨 4자필승론으로 김대중은 민주화 골문 앞에서 자살골을 차 넣어 마땅히 물러났어야 할 노태우에게 꽃다발을 안겨주었다.

하물며 자기의 정치의 고향이며 또 자기를 이유로 하여 광주사태가 일어나서 수많은 사람들이 희생됐는데 광주사태의 가해자인 노태우에게 20억원이라는 엄청난 돈을 감쪽같이 받아 챙겼다가 들통이 나자 오금이 저려 자백을 한 김대중으로 인해 다 잡은 민주화는 물 건너 갔다.

| 3당 합당의 구국적 결단 |

김영삼 총재의 민주화 열망은 좌절이 없었다. 차선이긴 하지만 3당 합당으로 제14대 대통령에 당선되어 새로운 희망을 창출하여 민주화의 길로 우리나라의 역사를 다시 쓰게 만들었다.

| 3당 야합이라고? |

건국 이래 민주화를 열망하고 응원했던 국민의 가슴에 지역감정의

암균을 살포하고 민주화는 꿈도 꾸지 못하게 철저하게 망쳐놓은 김대중은 민주화투쟁을 한다면서 동지인 척 돕는 척 따라가면서 민주화의 길목에서 구비마다 방해로 일관하며 민주화를 망쳐놓았다. 김대중은 지금까지 자기가 해낼 능력도 비전도 없이 김영삼 총재가 실패하는 것을 자기가 성공하는 것보다 더 즐기면서 심통으로 일관해왔다. 김대중은 3당 합당을 정치도의에 어긋나고 정치원리에 맞지 않는 야합이라고 몰아붙이며 또 방해하기 시작하였다.

김영삼 총재는 난파되고 남은 몇 척의 배를 수리하여 수많은 왜적을 물리친 이순신 장군처럼 통일민주당 세력 25%를 가지고 75%나 되는 민정당 세력과 정치를 끝낸다는 각오로 합당을 했다. 죽어가는 민주화의 불씨를 살리기 위한 불가피한 차선이었다.

이것은 기름을 지고 불구덩이 속으로 죽으러 가는 것이라고 많은 동지들이 반대하며 합류하지 않았다. 나도 합당을 강력하게 반대했지만 이 시대에 김영삼 말고 헤쳐 나갈 지도자가 없어서 같이 죽자고 합류했다. 모두가 안 된다고 하는 3당 합당을 끝내 밀어붙여 기적적으로 대통령이 되고 민주화를 쟁취한 김영삼 대통령의 애국심과 탁월한 지도력과 굽힐 줄 모르는 소신과 국민을 위한 희생정신은 온 국민의 존경을 받아야 할 것이다.

3당 야합이라고 비난하던 민주화의 방해꾼 김대중 씨는 김영삼 대통령이 이룩한 성과를 디디고 대통령도 되고 평생 소원하던 노벨평화상도 탔다. 그간의 김대중 씨의 소행으로는 역시 세상은 선과 악이 공존함을 새삼 느끼게 된다. 양심이 있다면 김영삼 대통령에게 무릎 꿇고 사죄하고 감사해야 한다.

김영삼 대통령은
유일한 민주화의 초석

　임시정부 주석 김구 선생은 독립운동의 주역으로 애국자의 표상이고, 건국의 아버지가 될 뻔한 이승만 대통령은 대한민국을 있게 했고, 5·16쿠데타로 물러난 윤보선·장면 두 분은 완전한 민주화를 하려다가 정치군인들에 의해 뜻을 이루지 못했다.

　박정희 대통령은 쿠데타로 시작해 18년이나 권좌에 있다가 부인은 문세광의 총에 죽고 자신 또한 측근인 김재규의 총에 맞아 10·26의 불행을 남기고 끝났다. 그 불행으로 인하여 강압으로 국민의 눈과 귀와 입을 막고 18년 동안 저질러온 공과까지 땅속에 묻혀 '그 18년간의 암흑과 망령'이 국민의 정치적 판단을 흐려 지금도 민주정치와 경제발전에 크나큰 장애가 되고 있다.

　국민 대다수에게 아예 태어나지 말았어야 할 대통령으로 일컬어지는 전두환, 노태우 두 사람은 팔자에 없는 권좌에 앉아 분수없이 누리다가 역사상 전무후무한 정치자금이 들통나서 함께 육사동기로서 감옥과 대통령을 함께한 동기생이라는 불명예를 남겼다.

민주국가건설이라는 목표로 40년 이상 정치를 하면서 신익회, 조병옥, 윤보선, 유진오, 박순천, 유진산, 홍익표 선생 등 선배들과 함께 한 번도 비뚤어짐 없이 반민주 독재정권을 배격하며 민주화투쟁의 길을 줄기차게 달려와서 마침내 문민 민주정부를 세운 우리나라의 정통민주주의 선구자로서 대통령이 된 김영삼은 민주주의의 초석을 놓았다고 감히 말할 수 있다.

　　지역감정의 골을 더욱 깊게 해서 동과 서를 확실히 갈라놓고 민주화투쟁 대열에서 지도자 노릇은 했으나 권력욕이 지나쳐 민주화 직전에 본색을 드러내며 국민들에게 실망과 분노를 안겨주고, 민주화를 방해 혹은 좌절시키고도 '3당야합'이라고 비난하는 김대중은 김영삼의 3당합당으로 이룩한 민주화의 덕으로 대통령도 되고 노벨평화상까지 탔다. 그러고는 '지역감정은 망국병'이라고 부르짖으며 동서가 화합해야 한다고 큰소리치고 있다.

　　해방 후 49년, 건국 후 45년 동안 우리는 독재자들에게 시달려왔다. 산만한 민주화세력을 묶어 민주화를 이끌어낸 중심에는 김영삼의 불굴의 신념과 의지, 목숨을 건 애국심이 있었다. 김영삼은 사실상 민주화운동의 시작이요 민주화의 완성자다.

　　드디어 새벽이 열렸다. 황무지에서 꽃이 피듯이…….

민주동지회의 시작과 역할

2000년 늦가을로 기억된다. 거의 평생을 민주화투쟁과 어려운 야당 생활로 본인도 가족도 지치고, 경제적으로 노후대책이라는 말이 사치스럽게 느껴질 정도로 넉넉지 못한 원외 위원장들이 한번 얼굴이라도 보자며 회비 1만원씩을 들고 모였다. 국회진출을 못한, 수십 년이나 함께한 동지들이었다.

끝날 무렵 우리의 모임을 오늘로 끝낼 것이 아니라 앞으로 회비 1만원씩을 들고 매달 점심이라도 함께하며 친목을 다져 나가자고 하면서 소집책에 노병구, 총무에 정진일을 선임하고 헤어졌다. 그후 김영삼 전대통령도 인사차 방문했는데, 김영삼 대통령은 우리를 반기시며 좀 더 자주 모였으면 좋겠다는 말씀도 하셨다.

우리가 모인다는 소식을 듣고 유성한, 조종익 전직의원이 "우리는 왜 빼느냐?"고 항의성 농담을 한 것을 시작으로 현직의원인 김덕룡·김무성·안경율 의원과 김수한 전 국회의장, 김명윤 전 민주산악회 회장, 서석제 전 의원이 적극 가세하고 후원해주어서 2002년 1월에는 프레스센터 19층에서 김영삼 전 대통령과 전·현직의원, 원외 위원장, 전 통일민주당·민주산악회·민주화추진협의회·나사본에서 지부장과 국장급 이상을 지낸 옛 동지 200여 명이 모여 회의의 명칭을 '민주동지회'라 짓고, 매달 회비 1만 2천원을 내기로 하는 자생단체로 시작했다.

2004년까지는 매달 월예회 모임을 가졌는데, 그것이 번거로워 2005년부터는 격월로 모여 지금까지 예정된 월예회를 한 번도 거른 적 없이 이어지고 있다. 2003년 여름에는 충북 보은 속리산 유스타운에서 전국에서 온 150여 명이 2박 3일 일정으로 IMF 구제금융의 원인과 배경에 대한 이석채 전 장관의 강의와 통일문제에 대한 박관용 국회의장의 강의를 들었다. 건강문제에 대하여는 황규선 전 의원이 강의를 했다. 김덕룡, 김무성, 안경율, 박종웅, 신영국, 신경식 의원 등 전·현직의원들이 대거 참석해 축사를 하며 모처럼 유익한 시간도 가졌다.

그리고 해마다 1월에는 김영삼 전 대통령 내외분을 모시고 신년회를 개최해 김영삼 대통령의 대국민 메시지를 발표하고 있다. 지방조직도 활성화해서 춘천 강원도, 대구 경북, 경기도에 각기 민주동지회를 결성해 민주동지회의 전국화에 박차를 가하고 있다.

민주동지회는 친목도 도모하고 특히 우리들이 싸워 이룩한 문민정부가 5년이라는 짧은 기간에 32년 이상 군부독재 치하에서 길들여지고 형성된 반민주독재 정치문화를 털어내는 힘든 작업과 다시는 독재정권이 발붙이지 못하도록 제도와 풍습을 마련하는, 다시 말해 민주화의 토대를 마련하느라고 온 힘을 다했음에도 오랫동안 군사문화에 찌든 언론과 지식인 등 일부 사회의 몰이해로 업적이 저평가되고 있는 현실을 안타깝게 여겨 이를 시정하기 위해 노력하며 올바른 역사의 기록을 위해서도 힘쓰려고 한다.

민주동지회 신년회

민주동지회 신년회(앞줄 좌 세 번째부터 : 김봉조, 김덕룡, 김영삼, 최형우, 서석재, 손학규, 김동욱, 문정수
뒷줄 : 필자, 이성춘, 이근진)

신년회 만찬식사(김영삼, 필자, 김덕룡, 박종웅 등)

앞줄 좌 : 필자, 김영삼, 황명수, 정재문, 뒷줄 좌 : 김기수, 황규선, 김덕룡, 박종웅

민주화를 위한
김영삼 대통령의 업적

| 열두 채의 안가 철거 |

박정희 대통령 때부터 내려온 독재와 부도덕 그리고 온갖 부정부패의 산실인 열두 채의 안가를 철거해 투명한 민주정치를 위한 바탕을 만들었다. 박정희는 이상하게도 그가 만든 안가에서 비참하게 생을 마감했다.

| 대통령의 집무실 금고를 철거해 깨끗한 정치의 시작을 알렸다 |

박정희를 비롯한 전두환, 노태우는 32년 동안 돈 많은 재벌 기업인들을 청와대로 불러들여 막대한 정치자금을 거두어들이거나 기타 부당한 방법으로 나랏돈을 갈취해 '대통령의 통치자금'이라고 이름붙여 독재권력을 유지, 강화하기 위해 '채찍과 당근'이라는 수단으로 조직폭력배들이나 하는 방식으로 통치를 했다. 법에도 없고 예산회계법에도 없는 부당한 돈을 막대하게 갈취하여 버젓이 대통령의 집무실에 대형금고를 설치하고 보관했다.

대통령의 금고, 이것이 부정부패의 시작이요 원천인 것을 간파한 김영삼 대통령은 미구에 정치·경제 모든 분야에서 파탄이 올 것을 걱정하여 대통령이 합법적으로 청와대에 배정되는 예산만 있으면 됐지 무엇 때문에 다른 돈이 필요하냐고 그 금고를 철거했다.

금고가 있던 자리를 미국의 클린턴 대통령 등 외국의 대통령들과 정상외교 통화를 위해 설치한 핫라인 사무실로 만들었다고 하니 그 금고의 크기를 가히 짐작할 수가 있겠다.

| 하나회의 척결 |

하나회는 성스러운 국방의 의무를 다해야 하는 군대 내에서 박정희의 사조직으로서 가장 공정해야 할 군의 승진 및 모든 인사에 개입하여 조직을 강화하고 박정희의 힘의 배경으로 국정까지 문란하게 하다가 10·26이 발생하자 박정희의 수제자인 전두환, 노태우가 대를 이어 헌정을 중단하고 모처럼의 민주화의 기회를 무산시켰다.

이들 정치군인들을 그냥 두고는 안보도 민주헌정도 문란하게 될 수밖에 없고 집권초기에 이들을 해산시키지 않으면 안 된다는 국민 대다수의 생각을 감안해 집권하자마자 하나회를 해체했다. 지금도 김영삼 대통령은 "그때 과감하게 하나회를 척결하지 않았다면 어느 정권이든 그들의 위협과 작용에 의해서 올바른 정책수행이 자유롭지 못하고 그들의 눈치나 살피는 암덩어리를 간직하고 불안하게 갔을지도 모른다."고 말한다.

| 공직자 재산공개 |

김영삼 대통령은 첫 번째 국무회의에서 자신의 재산을 공개하고 모든 국무위원들이 솔선수범해 각자의 재산을 진실하게 공개할 것을 주문했다. 이승만 대통령으로부터 6명의 대통령들이 있었지만, 자신의 재산을 먼저 공개하고 국무위원들에게 "우리가 먼저 깨끗해지지 않으면 부정부패는 막을 수 없다"고 자신이 먼저 모범을 보인 대통령은 김영삼 대통령이 처음이었다.

| 칼국수 |

김영삼 대통령은 청와대에서 먼저 근검절약의 모범을 보여야 한다고 청와대의 오찬식단을 우리 밀로 만든 칼국수로 하고 그것으로 대접했다.

| 청와대 집무실에서 기업의 돈을 받지 않았다 |

역대 대통령들은 오찬이다 만찬이다 하여 청와대로 경제단체들과 기업인들을 차례로 불러들여 막대한 돈을 받아 '통치자금'이라고 이름붙였다. 대통령이 임의로 말을 잘 듣게 하기 위하여 상상을 초월하는 엄청난 돈을 나누어주면서 복종을 강요했다.

제왕 같은 권력을 남용하여 조성한 이 돈으로 민주주의를 말살하고 독재권력을 강화해 정상적인 경제질서를 파괴하고, 정경유착으로 산업현장에서 기업주와 노동자들이 피땀 흘려 벌어들인 기업이윤을 대통령이라는 사람이 국가최고권력을 휘둘러 그것도 청와대 집무실에서 가로채는 악순환이 박정희로부터 32년간이나 계속되었다.

　기업이 적자에 허덕인다고 속여 당연히 노동자들에게 주어야 할 임금을 몇 달치씩 미루거나 아주 잘라먹는 악순환이 반복되며, 허리띠를 졸라매고 기업을 살리기 위해 노력한 선량한 노동자들이 받아야 할 대가들이 정경유착으로 청와대로 들어가는 사실이 알려지면서 정부와 기업주에 대한 불신이 극에 달해 지금은 정부와 기업주들이 아무리 참된 진실을 말하여도 믿지 않고 극한투쟁도 불사하는 강성노조가 나오게 되었다.

　전두환, 노태우는 재임기간 동안 막대한 돈을 받아 원없이 한없이 가까운 사람들에게 돈을 나누어주며 호기를 부리고도 퇴임 후를 대비하여 가·차명 계좌로 전두환은 2,205억원, 노태우는 2,628억원을 감추어놓고 굴리다가 김영삼 대통령이 실시한 금융실명제에 걸려 나란히 감옥에 갔다.

　그런데 통치자금도 청와대금고도 박정희가 만들었으니, 10·26 없이 물러났다면 18년이라는 긴 세월 동안 무소불위의 권력을 휘두른 그동안의 진실을 밝히면 결코 전두환, 노태우에 못지않을 것으로 보인다. 박정희도 전두환, 노태우처럼 감옥에 가지 않았을까?

| 아들을 감옥에 보낸 아버지 |

　김영삼 대통령은 아들 현철을 감옥에 보내면서 "자식의 잘못은 그 아비의 허물"이라고 비통한 심정으로 국민에게 용서를 비는 사죄의 글을 낭독했다.

　우리나라 최고권력자가 사랑하는 아들의 잘못을 수사기관에 맡겨

조사하게 한 것도, 혐의를 있는 그대로 밝힌 것도, 더구나 아들을 감옥에 보내 죗값을 치르게 한 것도 김영삼 대통령이 처음이다.

| 자식을 자기의 희망대로 키우는 부모는 많지 않다 |

부모의 뜻대로 되는 자식은 드물다. 남의 말이라고 하기는 쉽지만 누가, 어떤 부모가 자식에 대하여 장담할 수 있는가?

또 현철은 아버지를 이용하거나 그 권력을 업고 부당한 돈을 받거나 갈취한 것이 아니라는 것이 사법적으로 판명되었다. 김영삼 대통령이 대통령이 되기 전이나 되는 과정에서부터 가지고 있던 돈 몇 십억을 굴리다가 문제가 된 것이다.

경우에 따라서는 감옥에 보내지 않을 수도 있지만, 이것까지도 부정부패 없는 깨끗한 민주정치 구현을 위해 있어서는 안 된다고 대통령이 직접 국민 앞에 나서서 비통한 심정으로 사과하면서 본을 보였다.

| 한 정권은 대통령 자신의 업적으로 평가되어야 한다 |

많은 국민들이 "김영삼 대통령은 깨끗하지만 아들을 시켜서 돈을 받지 않았느냐?"고 한다. 대통령의 가족이나 친인척 그리고 그가 거느리는 많은 사람들 중에는 별의별 사람이 있을 수 있다. 그들이 모두 대통령의 생각대로 차질 없이 잘해주면 좋겠지만, 그들 중 일부가 문제를 일으키는 것은 어쩔 수 없는 인간의 한계가 아니겠는가?

대통령 자신의 업적이 평가기준이 되어야 하고, 그렇다면 역대 대통령 중 가장 깨끗하게 임기를 끝낸 대통령은 김영삼 대통령뿐이다.

| 금융실명제 |

극비리에 금융실명제를 실시한다고 밝혔다. 남의 이름을 빌리거나 가짜이름으로 은행계좌를 트고 엄청난 돈을 감춰놓은 사람들에게 철퇴가 내려졌다. 우리보다 선진국이라는 일본에서도 못하는 금융실명제를 극비리에 진행시켜 번개처럼 단행한 것이다.

부정부패 척결의 제도적 방지책인 금융실명제!

돈이 많은 사람 중에 세금을 안 내려고 하거나, 자금의 조성과정이 떳떳하지 못한 냄새가 나는 사람들이 걱정이라면 걱정이지 떳떳한 자금이거나 얼마간의 생활비 등 적은 돈을 은행에 넣었다 뺐다 하는 대다수 국민들은 실명제가 실시됨으로써 나라의 부정부패가 사라져서 간접적으로 이득을 보게 되는 제도이다. 부정한 돈이 탈세, 투기, 도박 등 국가의 경제질서를 무너지게 하는 주범이기 때문에 32년 동안 독재권력이 저질러온 부정부패의 온상의 싹을 잘라낸 것이다.

부정한 돈의 흐름을 차단하자 은행에 많은 돈을 맡긴 사람들은 난리가 났다. 그렇다고 내놓고 반발할 처지도 아니고 벙어리 냉가슴을 앓고 있었는데, 여기에 돈 많은 언론들이 일본 등 선진국에서도 하지 못하는 금융실명제를 철저한 준비도 없이 깜짝쇼를 하듯 실시해 돈의 흐름을 막음으로써 경제는 더욱 어렵게 된다고 비판하기 시작했다.

자금이 많은 것으로 알려진 김대중 씨와 야당도 반대의 목소리를 높이고, 거기다가 실명제로 인해 아무 손해도 없는 일반고객들마저 주민등록증을 지참해야 한다는 은행직원들의 설명에 "왜 실명제를 해 가지고 이렇게 불편하게 하느냐"고 언성을 높였다.

돈 많은 2~3%의 냉가슴 앓는 사람들을 위해 오히려 금융실명제로 이득을 볼 수 있는 97~98%의 사람들이 결과적으로 그들의 편을 들고 나왔다. 참으로 어처구니 없는 이야기다.

　그래서 처음보다 후퇴한 불완전한 금융실명제가 되고 말았다. 금융실명제가 없었다면 지금쯤 전두환, 노태우 두 사람은 그들이 갈취한 5천여억원의 돈을 굴리면서 초호화판 생활을 하는 것은 물론, 그 돈으로 정치적 영향력까지 발휘하며 '위대한 전직대통령'이었다고 떠들면서 나라를 더욱 망치는 데 크게 기여했을 것이다.

　실명제로 인하여 얼마나 많은 비리가 들통나고 우리 공직사회가 얼마나 깨끗해졌는가?

　이렇듯 경제민주화의 시작도 김영삼 대통령의 사심 없는 국가를 향한 마음과 민주화의 열망으로 씨를 뿌렸고, 일본과 그 외의 선진국에서도 엄두를 못내는 실명제를 실시함으로써 임기 5년이라는 짧은 기간에 정치민주화와 경제민주화의 토대를 확실하게 닦아 정치 · 경제 문화 선진화의 초석을 놓았다.

| 김영삼의 지방자치제 실시와 박정희의 새마을운동 |

　실질적 민주주의는 풀뿌리 민주주의라고 일컬어지는 지방자치제의 활성화에 있다. 자유당 말기와 4 · 19 후 장면정권 시절에도 저급하지만 지방의회선거도 있었고, 그래도 지방자치를 하고 있었다.

　그러나 5 · 16 군사쿠데타를 일으킨 박정희정권은 그들 소수의 주체세력으로 구성된 국가재건최고회의만을 밑에 두고 그 밖의 독재를 하는 데 방해가 되는 일체의 제도나 규범을 없애면서 민주국가라는 명분을 살리기 위해 헌법상 지방자치를 한다는 규정만 남겨두고 그전까지 해오던 지방자치를 아예 없애 버렸다.

그것을 대신해 훌륭한 학자로 존경받던 유달영 선생을 본부장에 앉히고 골덴 바지를 입고 재건국민운동을 하다가 별 성과를 거두지 못하고 쿠데타 후 10여 년만인 1970년 4월 22일에 새마을을 가꾸자고 직접 노래도 만들고 새마을운동 조직을 본격화하였다.

"초가집도 없애고 마을길도 넓히고 화장실도 고치고 부엌도 입식으로 고치고……" 새마을운동이 근대산업화의 모범적 사례의 으뜸이라고 중국 등 후진국에서 한국의 새마을운동을 배워가겠다고 한다면서 신문 및 방송에서 우리나라의 자랑거리처럼 보도하는 것을 가끔 본다.

새마을운동은 일시적으로 눈에 보이는 성과도 있었고, 농촌사람들의 의식도 제법 바꿔놓았다. 그러나 새마을운동은 반짝하는 1회용이었고, 새마을운동을 핑계삼아 권력 내부의 부정부패 또한 심했으며, 독재자들의 정권유지용으로 부정불법 타락선거에도 영향을 미치는 가장 큰 조직이기도 했다. 또한 새마을운동의 중점사업이었던 농촌주택 개량사업을 한다고 반강제로 막대한 돈을 빌려줌으로써 고질적인 농가부채를 양산하여 농민들을 괴롭히기도 했다.

김영삼 대통령은 지방자치 없는 민주주의는 허울만의 것이라고 과감하게 중앙집중 권력을 지방으로 분산하고 마침내 지방선거를 실시하게 되었다. 그후 10여 년이 지난 지금 지방자치제의 실시로 얼마나 많은 변화가 있었는지, 얼마나 민주화의 초석이 잘되어 있는지 새삼 깨달을 수 있다. 또한 각 지방의 특색을 살려 하루가 다르게 정돈, 발전하고 있는 것을 본다.

민주정치의 발전과 지역발전을 함께 도모하는 지방자치와 새마을운동은 비교할 수 없는 차이를 보인다. 새마을운동은 박정희의 독재권력 유지수단에 불과했고, 새마을운동 단체는 민주정치 하에서는 마땅히 없어졌어야 하는 단체이기도 하다.

박정희가 쿠데타를 일으키지 않고 민주정부가 지속되어 지방자치제도가 꾸준히 발전하여왔더라면 지금쯤은 중국이나 몇몇 후진국들이 아니라 수많은 선진국들이 우리의 지방자치제도를 배우러 왔을 것이라고 아쉬워한다.

| 전두환, 노태우의 구속 |

노태우 대통령이 취임한 후에 학생들이 전두환 체포조를 만들어 전두환의 집 골목을 차단했다. 당시 국민여론과 학생들의 기세에 눌려 노태우도 할 수 없이 전두환을 백담사로 보낼 수밖에 없었다. 노태우와 전두환이 인수인계를 할 때 전두환이 가지고 있던 통치자금이 129억원이라며 그것을 노태우에게 인계한다고 하고 물러났다.

김영삼 대통령이 취임하고 금융실명제를 전격적으로 실시했다. 금융실명제가 실시되자 언론은 실명제에 걸려 지하에 묻혀 사장된 돈이 무려 수조원에 이르러서 자금이 돌지 않아 경제가 어렵다고 불평하고, 전두환·노태우가 숨겨놓은 돈을 실명화시켜주면 떼돈을 벌 수 있다고 공공연하게 많은 사람들의 입에 오르내리기도 했다.

그러다 국회에서 박계동 의원의 확실한 증거제시로 전두환 2,205억원, 노태우 2,628억원의 숨겨놓은 돈이 들통나 두 대통령이 동시에 사법당국에 구속되는 초유의 사태를 불렀다. 그리고 그 돈은 국고에 강제로 추징당하게 되었다.

재임기간에는 얼마나 많은 돈을 갈취해 썼을까? 전두환이 물러나면서 129억원이 전부라고 했는데 이 노릇을 어쩌랴!

실명제가 없었으면 전두환, 노태우는 그 뻔뻔스러움으로 보아 막대한 돈을 굴리면서 그들의 치적을 부풀려 별의별 장난을 다하며 큰소리치고 정치와 경제를 어지럽혔을 것이다.

김영삼 대통령은 대통령을 먼저 한 두 대통령을 아무리 현직대통령이 관대하게 보아주려고 해도 실정법을 명백히 위반하고 부당하게 조성한 금액은 상상을 초월하는 큰 액수였다. 결국 고심 끝에 어쩔 수 없이 한꺼번에 두 전직대통령을 감옥으로 보내 민주주의는 법 앞에 평등하다는 모범을 보인 초유의 대통령이 되었다.

김일성과의
남북정상회담 유감

    남북분단 49년 만에 카터 전 미국대통령이 평양을 방문해 김일성 주석을 만나 "북핵문제와 한반도 긴장완화를 위해 남한의 김영삼 대통령과 직접 만나는 것이 어떻겠느냐"고 제의하여 "언제 어디서든지 조건 없이 만나자"는 김일성의 확답을 받아 가지고 청와대로 김영삼 대통령을 찾아왔다. 김영삼 대통령이 즉석에서 김일성의 제의를 받아 들임으로써 곧바로 실무접촉에 들어가서 드디어 1994년 7월 25일부터 동월 27일까지 2박 3일 동안 김영삼 대통령이 평양을 방문해 김일성 주석과 정상회담을 갖기로 하였다.

    회담기간과 의제 등은 두 정상이 만나 회담기간이 며칠 더 걸리더라도 상관없다는 합의까지 포함해 자유로이 결정하기로 하고, 모든 준비 절차를 마무리하고 25일이 오기만을 기다리며 회담에 대한 내부적인 준비를 했다. 그런데 회담날짜를 13일 남겨놓은 7월 8일 새벽 1시 심근경색과 심장쇼크 합병으로 김일성 주석이 사망했다는 비보가 날아들었다. 온 국민은 물론 세계가 7월 25일로 예정된 역사적인 남북정상회담 개최에 비상한 관심을 보였는데, 그만 성사일보 직전에 불발로 끝이 나서 얼마나 아쉬워했는지 모른다.

그후 김대중 대통령이 햇볕정책을 쓴다고 하면서 북한 인민의 자유와 인권을 말살하고 굶어죽게 하는 살인마 김정일에게 햇볕을 퍼부어 미화 5억 달러를 몰래 갖다주었다. 그리고 평양에 가서 연합이니 낮은 단계의 연방제니 하면서 6·15 공동선언을 발표하고 돌아와서 "이제 전쟁은 없다"고 그것으로 노벨평화상까지 타고 지금은 통일의 물꼬를 튼 대통령이 되었다고 자부하고 있는데 김정일은 미사일을 쏘아대고 핵실험까지 했으니 이를 어쩌랴!

"김대중은 말로는 민주화를 외치면서 실제로는 민주화를 망쳐놓더니, 이제는 통일을 한다면서 실제로는 통일까지 망쳐놓고서도 무슨 할말이 그렇게 많은지……."

남북문제에 대한 현실과 지난날 김일성 주석과의 남북정상회담 진행 과정, 그리고 성사 직전에 무너진 감회를 피력한 김영삼 대통령의 민주동지회 신년사를 여기 옮긴다.

親愛하는 民主同志 여러분!

오늘 이렇게 健康한 모습으로 다시 만나게 되어 대단히 반갑고 기쁩니다. 同志여러분 모두 새해 福 많이 받으시기 바랍니다. 먼저 오늘 民主同志會 新年會를 크게 축하하며, 激勵하는 바입니다. 行使를 갖기 위해 수고한 노병구 會長과 會長團, 參席하신 여러분에게 感謝를 드립니다.

지금 이 時間, 한 치 앞도 볼 수 없었던 그 캄캄했던 軍事獨裁 時節이 떠오릅니다. 모두가 숨죽이고 있었던 너무나 무시무시했던 때였습니다. 그때 우리는 오로지 이 나라의 民主主義와 自由를 위해 모든 것을 다 바쳐 결연히 鬪爭하였습니다. 목숨마저도 기꺼이 버리겠다는 悲壯한 覺悟로 싸우고 또 싸웠습니다. 우리는 그 어떠한 것들도 두려워하지 않았습니다. 山行에 나서면 온 山을 뒤덮었으며, 全國에 발길 닿지 않은 山이 없었습니다. "앉아서 살기보다 서서 죽는 길"을 스스로 選擇했던 것입니다.

마침내 우리는 朴正熙, 全斗煥, 盧泰愚로 이어지는 32年間의 기나긴 軍政을 終熄시켰습니다. 이 땅에 자랑스런 文民政府를 세울 수 있었던 것입니다. 同志 여러분의 勇氣와 鬪爭이 없었다면 그것은 絶對로 不可能했을 것입니다. 同志 여러분과 그 家族분들의 獻身과 犧牲이 없었더라면 우리 國民은 지금도 軍事獨裁의 治下에서 苦痛받고 있을 것입니다. 이 機會를 빌려 同志 여러분에게 다시 한 번 眞心으로 큰 感謝와 敬意를 표합니다.

사랑하는 同志 여러분!

나는 지난해 11월 클린턴 前大統領 招請으로 美國을 訪問했습니다. 故鄕인 아칸소州에서 열린 클린턴 大統領 圖書館 헌정식에 參席하였습니다. 그곳에서 나의 오랜 친구인 부시 前大統領과 카터 前大統領을 대단히 반갑게 만났습니다. 아버지 부시의 소개로 現在의 부시 大統領과도 恪別한 인사를 나누었습니다. 물론 그날의 주인공인 클린턴 大統領과 힐러리 上院議員의 特別한 歡待도 받았습니다.

나는 12일간의 訪美期間 중 만난 많은 사람들에게 韓美關係의 重要性을 力說했습니다. 워싱턴 D.C.에서는 北韓問題專門家 호로위츠 博士와 만나 南北關係에 대해 심도 깊은 意見을 나누었습니다. 美國議會에서 豫算을 支援하는 라디오 프리아시아 放送局을 訪問하여 對北

放送을 하였습니다. 또 美 國會議事堂에서 脫北者 人權을 主題로 한 映畵 〈서울행 列車〉를 觀覽하고, 美議員들과 記者들과 함께 對話를 나누기도 하였습니다. 當時 나의 訪美主題는 一貫되게 南北問題와 韓美關係였습니다.

그때나 지금이나 나는 北韓 金正日이 存在하는 한 北韓의 自由와 民主主義, 人權은 없다고 생각합니다. 또 머지않은 將來에 金正日 體制가 반드시 무너질 것으로 確信합니다. 나는 南北關係는 原則에 立脚하여 당당하고 透明하게 이루어져야 한다고 생각합니다. 政略的인 意圖를 가지고 密室에서 엄청난 뒷돈을 퍼주는 그런 식이 되어서는 絶對로 안 됩니다. 드러난 것만도 5億 달러라는 巨額의 賂物을 隱密하게 퍼다준 金大中式 工作的 남북접촉은 利敵行爲이자 不法行爲이며 自害行爲입니다. 반드시 歷史의 峻嚴한 審判이 있을 것으로 믿습니다.

金日成의 갑작스런 死亡으로 비록 成事되지는 않았지만 내가 在任 중 金日成 主席과 頂上會談을 準備한 때는 아무런 私心없이 아주 깨끗이 이루어졌습니다. 當時 나는 7千萬 우리 民族과 長久한 우리 歷史 앞에 殉敎者가 되겠다는 心情으로 임했습니다. 앞으로의 南北 간 접촉에서는 이러한 자세가 確固한 原則이자 훌륭한 傳統으로 이어지기를 바랍니다.

民生과 經濟는 물론이고 政治, 外交, 敎育, 南北問題 어느 것 하나 제대로 되는 것이 없는 대단히 어려운 時局입니다. 同志 여러분의 순수하고 뜨거운 愛國心을 다시 한 번 期待합니다.

尊敬하는 同志 여러분!

우리 모두 勇氣와 希望을 가집시다.

同志 여러분의 健勝을 빕니다. 대단히 感謝합니다.

프레지던트 호텔 19층에서

2005年 1月 20日

金 泳 三

| 남북통일은 민주화통일이어야 한다 |

어떤 사람들은 "김대중 대통령은 그런 대로 통일방안을 가지고 있는데 김영삼 대통령은 통일에 대한 방안이 없다"고 말한다. 공산종주국 소련이 망하고, 중국의 등소평이 "쥐를 잡는 것이 고양이지 검은 고양이면 어떻고 흰 고양이면 어떻냐"고 하면서 슬그머니 시장경제체제를 도입해 공산주의의 허물을 벗어던지는 판국이다.

자유민주주의와 공산주의의 경쟁은 공산주의의 완패로 끝이 났다. 남북한의 경쟁도 상대가 안 될 만큼 북한은 남한에 비해 낙후되고 피폐하여 경쟁상대인 남한이 도와주지 않으면 국민이 굶어죽는 체제로 추락해 겨우 명맥만을 유지하고 있다. 연방제니 연합제니 낮은 단계의 연방제니 하고 그것이 무슨 특별한 통일방안이나 되는 것처럼 말하며 스스로 통일전문가라고 내세우는 것을 보면 나는 참으로 이상하게 느껴진다.

경쟁은 끝났고 사람이 만든 정치체제 중에는 시장경제를 내용으로 하는 자유민주주의를 능가하는 제도는 없다. 이제는 누가 더 투명하고 깨끗한 민주주의를 잘하느냐 하는 경쟁이 선진국들 간에 치열하게 벌어지고 있다. 통일을 한다고 지금까지 가꿔온 우리 삶의 방식을 억지로 하향조정하거나 북한 당국자들의 비위나 맞추려고 하면, 그것이야말로 반통일적이고 억지로 막대한 경비를 써가면서 통일을 연장시키는 어리석음만 더해갈 것이다.

우리나라의 통일은 민주화통일이어야 한다. 김영삼 전대통령의 통일방안은 '민주화통일'이라고 나는 생각한다. 우리나라도 더 성숙한 민주화의 길로 매진해야하고, 통일조국 또한 민주화된 통일국가라야 한다. 현재로는 민주화통일 그 이상의 어떤 통일방안도 반통일 내지 통일방해 책동을 돕는 말장난에 불과한 것이라고 나는 생각한다.

| 이른바 IMF(국제통화기금)의 도래와 그 책임 |

나는 경제학을 공부하지도 않았고, 그래서 경제전문가도 아니다. 1997년, 김영삼 대통령의 5년 임기를 불과 5~6개월 남겨두고 대기업들의 부도가 줄을 이었고, 수출부진·금융부실·격렬한 노사분규 등 복합적인 어려움이 밀어닥쳤다. 거기에다 기아사태의 해결방안을 놓고 김대중 씨 등 야당까지 해결의 도움을 주기보다는 기회주의적 방해책동으로 차일피일하면서 국가신인도가 떨어져 외국자본이 빠져나가고 외국은행들이 빌려주었던 돈을 회수해가는 사태로 번졌다. 그 결과 외환부족 사태가 발생하여 국제통화기금(IMF)에 외환지원을 요청하게 된다.

이것을 가리켜 김영삼 대통령을 나라 망친 대통령, 무능한 대통령, 심지어 무식한 대통령이라고 김대중 씨 등 야당이 한목소리로 매도해서 많은 국민들도 마치 김영삼 대통령을 IMF까지 가지 않으면 안 될 정도로 경제를 망친 대통령이라고 생각하며, 언론까지도 정확한 정황을 말하기보다 나타난 현상만을 보도해 그 전말을 흐려놓았다.

　박정희의 5·16쿠데타로부터 무려 32년을 군사독재정치를 해오면서 대일 청구권 자금으로부터 시작하여 국가와 국민을 담보로 겁없이 외국에서 빚을 얻어다가 국토개발 등 건설을 한다는 명분을 내세워 그들 가까운 사람들끼리 은행을 떡 주무르듯 해가면서 흥청망청 돈을 썼다. 32년 동안의 정경유착으로 급기야 정치는 한없이 타락하고, 기업은 자기 자본의 몇 배씩 빚을 지고 허덕이며, 은행은 확실한 담보도 없이 권력이 시키는 대로 돈을 빌려주고 받지 못하게 된 부실채권으로 문을 닫게 되었다.

　국가 채무는 끝간 데 없이 늘어만 가는데, 권좌에 앉아 있는 사람들과 그들을 통하여 외국 차관이나 은행에서 돈을 빌려 써야 하는 기업주들이 주어진 사명을 망각하고 큰소리치며 누리며 사는 경제구조가 오랫동안 반복되었다. 그러다 보니 그것이 하나의 고비용·저효율의 문화로 굳어져 버려 중증의 한국병(韓國病)이 되어 겉에 나타난 현상만을 놓고 "박정희가 최고!"라고 여러 언론과 많은 국민들이 믿을 만큼 병든 문화로 뿌리를 내렸다.

　권력과 결탁하여 금융특혜로 은행에서 과다하게 빚을 지고 방만하게 경영을 하다가 한계에 달하여 부도를 내고 문을 닫는 기업이 줄을 잇고 있었다. 은행도 고객이 맡긴 돈을 찾으러 가면 내줄 돈이 없어서 문을 닫게 되었다. 작건 크건 은행에 돈을 맡긴 사람들이 통장을 들고 이 은행으로 갈까, 저 은행으로 갈까 이리 뛰고 저리 뛰는 한심한 사태가 벌어졌다.

　IMF사태는 어느 날 갑자기 만들어진 것이 아니고, 경제의 구조적 모순이 수십년간 쌓이고 쌓여 이로 인하여 당연히 오게 돼 있었고, 또 우리 경제의 모순을 극복하고 새로운 도약을 위하여 IMF사태는 와야만 했다.

보릿고개를 없앤 대통령이라고 많은 국민들이 칭송하고 있는 박정희로부터 32년 동안 "한국놈은 맞아야 한다"고 세 사람만 모여도 집시법에 걸리고, 대통령을 함부로 이야기하면 국가원수모독죄를 지었다고 가죽점퍼를 입은 정체불명의 사람들에게 끌려가고, 민주주의를 하자고 하거나 헌법이라는 말만 해도 긴급조치위반, 위수령위반, 계엄령위반이라는 굴레를 씌워 정보부 지하에 끌려가서 두드려맞는 것이 보통이었다. 또 혹독한 고문을 당해도, 분해도, 억울해도 당해야만 하는 나라가 대한민국이었다.

요즘 박정희 대통령이 경제를 일으키고 조국근대화를 이룩한 훌륭한 대통령이라고, 북한도 이기고 줄기차게 민주화를 요구하며 투쟁한 김영삼·김대중 두 대통령도 그들 자식들의 부정행위로 말미암아 결국 그들의 타도대상이었던, 자식들과 친인척 관리를 깨끗이 잘한 박정희 대통령에게 승리의 꽃다발을 스스로 갖다 바쳤다고 큰소리친다.

한국 제일의 신문이라는 〈조선일보〉조차도 군사독재자들의 비위를 거스르지 않으려고 꼭 보도해야 할 것은 안 하고 안 해도 될 것은 힘주어 보도했던 유신신문(維新新聞)의 한계를 아직도 벗어나지 못하고 있다. '잘살면 됐지 독재면 어떻고 유신이면 어떤가' 하는 송복 교수의 글을 자랑스럽게 싣고 있는 〈조선일보〉가 한심해 보인다.

지금이라도 〈조선일보〉를 비롯한 스스로 큰 신문이라고 자부하는 신문들은 유신시대를 비롯한 군사독재 시절에 언론의 사명을 다하지 못한 것을 국민 앞에 정중히 사과하고, 유신을 비롯한 군사독재 시절에 저질러진 미보도의 진상을 밝혀야 한다. 그래야 우리나라의 역사는 바로 써지고 참된 언론의 자리를 찾을 것이라고 믿고 그날이 빨리 오기를 기원한다.

민주화가 되어 정치, 경제, 사회, 문화 모든 분야에서 도덕성과 정직성 그리고 투명성을 요구받는 문민정부에서 5년이라는 짧은 시일에 32년 동안 베일에 가려 쌓이고 쌓인 독재가 뿌린 부정부패, 부조리의 독소를 완전히 제거하는 처방을 내고 완전히 치료까지 하기에는 시간적으로 물리적으로 쉽지 않은 일이었다.

김영삼 대통령은 부실채권의 양산으로 문을 닫게 된 금융권의 금융질서를 바로잡는 금융개혁법과 오랫동안 독재권력과 기업주의 결탁으로 속임을 당하다가 민주화 이후 독이 올라 강성으로 치닫는 노사관계의 노와 사의 신뢰회복을 바탕으로 한 노동법을 개정하고, 당장 국내외적으로 크게 파문을 일으켜 나라의 신인도를 떨어뜨리는 기아자동차 사태를 해결하기 위한 방침을 세웠다. 그러나 정권욕에만 눈이 어두운 김대중 씨를 비롯한 야당이 경제도 국익도 저버리고 대안도 없이 국회에서의 법안 통과를 물리적으로 저지하고 기아에 편승해 원만한 해결을 방해함으로써 IMF사태를 촉진시켰다.

성수대교가 끊어지고 삼풍백화점이 부실공사로 무너진 것처럼, 무려 32년의 군사독재가 만든 부실채권을 감당할 수 없어 부도를 내고 문을 닫게 된 은행과 자기 자본의 몇 배의 빚을 지고 허덕이던 기업 등에 무려 167조원, 달러로 1,670억 달러의 어마어마한 국민세금을 공적 자금이라는 이름으로 막을 수밖에 없을 만큼 망가진 부실한 경제구조가 IMF를 부른 것이다.

그 해결의 처방이 성공할세라 대안 없이 방해만 한 김대중 씨와 야당정치인들이 IMF사태의 책임을 전적으로 김영삼 대통령에게 떠넘기고 나라를 망친 대통령이라고 큰소리치는 것을 보면서 참으로 인간적으로 불쌍하다는 생각이 든다.

IMF사태는 박정희로부터 독재권력의 부정부패가 32년 동안 계속되면서 누적되어 빚잔치로 국민의 눈을 가리고 귀를 막고 말을 못하도록 재갈을 물리고 뿌린 씨앗이 자라서 터진 것이다. 민주화투쟁 과정에서도 늘 김영삼 대통령이 앞장서서 투쟁한 성과를 김대중 씨는 뒷전에서 오히려 방해하거나 소극적으로 임하다가 성공의 기미가 보이면 얌체기질을 발휘해 욕심껏 이득을 챙겼다.

또 김대중 씨가 노벨평화상을 탄 남북정상회담도 김영삼 대통령이 김일성 주석과 조건 없이 만나서 당당하게 대화하기로 했다가 회담성사 직전에 김일성이 사망함으로써 무산된 바 있다. 이렇듯 남북정상회담의 물꼬도 김영삼 대통령이 터놓았고, 남북정상회담을 제의해놓고 조금만 더 기다렸다면 김정일이 아쉬워서라도 김영삼 대통령과 김일성 주석 간에 예정되었던 회담처럼 당당한 회담이 성사되었을 것이다. 그런데 굳이 없는 돈에 미화 5억 달러까지 몰래 갖다주면서 별성과도 없는 6·15 공동선언을 하며 대환영을 받고 돌아온 것은 혹시 노벨상을 놓칠세라 과욕을 부린 것은 아닌지 많은 생각을 하게 한다.

박정희 역시 가시적 성과에 조급한 나머지 한일국교 정상화를 너무 서둘러 독도문제를 비롯한 국가배상과 징용, 정신대와 사할린 동포, 원폭 피해자 그리고 각종 개인청구권을 도매금으로 넘겨 얼마나 많은 국가적 문제를 만들고 많은 국민의 눈물을 자아내게 했던가?

일본 육군사관학교를 나와서 그런지 왜정 시절에 일본인들도 그렇게 했다는 말은 못 들었는데 중앙정보부를 설치하고 무시무시한 지하감옥을 만들어 불법연행, 감금, 고문을 예사로 하면서 소비가 미덕이 되는 사회를 만들겠다고 억지로 주먹으로 두드려패면서 갈비를 먹으라고 얼마나 많은 국민을 괴롭혔는가? 박정희가 친인척을 깨끗이 관리했다고 하는 〈조선일보〉는 언제 조사를 해봤는가? 확실한 근거가 있는 말인가?

불법으로 무한대로 걷어들인 통치자금은 어떻게 얼마나 걷혔고, 누구에게 얼마를 어떻게 주었는가? 또 남은 돈은 얼마였고 어떻게 처리했는가? 박정희가 영남대학교 교주라고 하는데 언제 그 많은 돈을 어떻게 만들어 교주가 되었는가? 현직 대통령이 대통령 자리에 앉아서 받은 돈으로 그것이 어떤 돈이든 좋은 일을 한다고 재단을 설립해도 되는 것인가? 떠도는 말로는 그동안 정수장학회에서 학생 3만 명에게 장학금을 주었다는데, 그 어마어마한 돈을 어떻게 조성했는가? MBC는 무슨 소리고 〈부산일보〉는 또 무슨 소리인가? 또 경향신문사 부지는 무슨 소리이고, 스위스은행 소리는 왜 나왔는가?

박정희 대통령이 지금껏 살아 있다면 이런 것들도 밝히라고 요구하는 국민의 항의로 아마도 괴로움을 많이 겪었을 것이다. 〈조선일보〉 등 몇몇 언론이 박정희 대통령이 가장 깨끗하고 훌륭한 대통령이라고 칭송하는데, 나 같은 사람도 의문을 가지고 있는데 안 보는 건지 못본 척하는 건지 올바른 역사의 기록을 위하여 꼭 밝혀져야 하겠다.

대통령으로서 할 일을 다하고
당당히 걸어간 김영삼 대통령

민주건국을 위하여 목숨 걸고 40년을 한결같이 당당히 걸어 기어이 정통민주정치를 회복시킨 대통령!

권력남용과 돈의 유혹으로부터 자유로운 대통령!

민주화투쟁을 위하여 일생을 바친 대통령!

김영삼 대통령은 재임 5년 동안 주변의 문제로 상심한 적도 있지만 대통령 본인은 취임 전에 했던 부당한 돈을 받지 않겠다는 약속을 철저히 지켰고, 모든 정책이 투명해야 한다는 민주주의의 원리를 실천해 깨끗한 자세를 그대로 간직한 채 상도동 사저로 돌아온 첫 번째 대통령이 되었다.

그래서 지금은 자기를 추종하는 오랜 동지들의 모임인 민주동지회를 경제적으로 돕지 못하는 것을 매우 안타까워하며 깨끗하고 고고하게 삶을 이어가는 존경스러운 생활을 하고 있다.

국가 최고권력자의 도덕성과 윤리성 그리고 합법성이 그 나라의 문화창출에 절대적 영향을 미친다고 나는 알고 있다. 우리나라에도 역사에 빛나는 청백리가 많다. 우리나라의 최고권력자 중 청백리 이상으로 깨끗함을 간직하고 백성을 사랑한 최고권력자는 조선왕조에서 가장 성군이라 일컫는 세종대왕으로 알고 있는 나는 김영삼 대통령이 그에 버금가는 깨끗함을 실천하고 모범을 보인 최고원력자라고 생각한다.

청백리가 교과서에 올라 후손들에게 교재로 쓰인다면 최고권력자인 김영삼 대통령의 깨끗한 모범도 당연히 교과서에 올려 후손들에게 가르쳐야 한다고 제언한다.

2006년도 신년회

민주동지회 신년회의 대강을 여기에 옮긴다.

| 회장 개회사 |

김영삼 대통령 각하 그리고 선배동지 여러분!

2006년 새해가 밝았습니다. 새해에도 건강하시고 하고자 하는 모든 것을 성취하는 한 해가 되기를 기원합니다.

민주동지회가 출범한 지 벌써 5년이 지나 6년째 접어들고 있습니다. 지난 5년 동안 재작년까지는 매달 월례회로 모였고 작년부터는 매달 모이는 것이 번거로워 두 달마다 모이기로 하여 한 번도 거르지 않고 모임을 계속해왔습니다. 이처럼 민주동지회가 끊임없이 모일 수 있었던 것은 선배동지 여러분들이 물심양면으로 충정 어린 협조를 해주셨기에 가능했습니다. 감사합니다.

여기 민주동지회의 예금통장이 있습니다. 저는 누구에게도 도와달라고 요청한 적이 없습니다. 그러나 이 통장은 요술통장처럼 너무 넘치지도 않고 그렇다고 한 번도 모자라지도 않을 만큼 찰랑찰랑하게 채워지고 있습니다. 감사합니다.

민주동지회는 날로 발전을 거듭해 광역 시·도 단위로 지방조직도 활성화되어 지금 강원도, 대구와 경상북도, 경기도가 민주동지회를 결성해 활발하게 모이고 있고, 충청북도에서도 충북 민주동지회의 결성을 준비하고 있습니다. 오늘 이곳에는 부산과 목포를 비롯한 전국에서 많은 선배동지들이 참가해주셨습니다. 감사합니다. 이대로 가면 얼마 가지 않아서 전국의 광역 시·도에서 각기 민주동지회가 결성될 것으로 믿습니다.

최루탄도 감옥도 겁내지 않고 싸우고 또 싸워 우리는 민주화를 쟁취하였습니다. 그러나 우리가 바라던 민주화는 아직인 것 같습니다. 우리가 바랐던 민주화를 이룩하기 위하여 우리는 다시 뭉쳐야 하겠습니다.

오늘 같은 신년회의 모임은 많은 경비가 들어갑니다. 여러분께서 오늘 내주신 회비로는 오늘 경비의 4분의 1 정도가 충당될 것입니다. 그래서 작년 신년회 경비는 김덕룡 의원께서 담당해주셨고, 금년 신년회 경비는 저기 앉아 계신 김무성 의원께서 부담해주시겠습니다. 여러분, 김무성 의원께 감사의 박수를 부탁드립니다.

오늘 바쁘신 중에도 참석해주신 전·현직의원들을 소개하겠습니다. 먼저 김영삼 대통령께서 나오셨습니다. 많은 의원님들이 나오셔서 한 분씩 인사를 하려면 시간이 모자랄 것 같아 제가 그냥 참석하신 분들의 성함만 부르겠습니다. 양해하시기 바랍니다.

김덕룡, 이규택, 안경율, 김무성, 박진, 김영선, 정진섭 등 현직의원과 최형우, 서석재, 유성환, 조종익, 황명수, 윤영탁, 박희부, 황규선,

노승우, 박권흠, 김봉조, 문정수, 최기선, 신하철, 박종웅, 김동욱, 손학규, 이인제, 신영국, 반형식, 강인섭, 이근진, 이용곤, 조익현 등 전직의원 여러분이 오셨습니다. 감사합니다. 이밖에도 소개할 분이 많지만 시간관계상 이만큼만 하겠습니다.

회장인사는 이 정도로 끝내야 하겠지만 언론인 여러분이 오셨기 때문에 한말씀만 더 드리도록 하겠습니다.

제가 신년회를 할 때마다 김영삼 대통령 각하를 찾아뵙고 준비상황과 그간의 경과에 대하여 보고말씀을 드립니다. 그때마다 각하께서 꼭 빼놓지 않고 묻는 두 가지 주문이 있습니다. 하나는 지금 살기가 참 어려운데 회원동지 여러분들이 어떻게 지내느냐고 안부를 묻습니다. 다음은 이런 행사를 하려면 적잖은 경비가 들 것인데 그 경비를 어떻게 충당하느냐고 걱정하시면서 직접 도와주지 못하는 것을 안타까워 하십니다.

필요한 경비는 이렇게저렇게 다 충당이 되니 걱정 마시라고 말씀드리고 상도동을 나오면서 나는 대통령 재임 5년 동안 깨끗하게 소임을 마치고 나오신 각하께 무한한 존경과 자랑스러움을 가슴에 안고 참으로 기쁘고 흐뭇한 마음이 되었습니다.

대통령 재임기간에 측근에서 모셨던 한 분이 재임 5년 동안의 일을 회고하면서 한숨짓는 말을 들었습니다. 이런 때 각하께서도 한몫하셨으면 얼마나 좋겠느냐고 하면서 "역대 대통령들이 청와대에서 기업인들을 불러 툭하면 오찬이다 만찬이다 하면서 엄청난 돈을 받아 챙겼는데, 김영삼 대통령께서는 재임기간 기업인들에게서 단돈 10원 한 장도 받지 않겠다고 한 국민과의 약속을 지키느라고 한 번도 기업인들을 불러 칼국수 한 그릇 함께 한 적이 없습니다. 아무런 부담 없이 칼국수 한 그릇을 한다고 해도 기업인들에게는 부담이 되거나 쓸데없는 오해를 불러일으킨다고 그것조차 안 하고 임기를 마치고 보니 참으로 막막할 때가 많습니다." 하고 걱정하는 소리를 들었습니다.

언론인 여러분!

진실보도는 언론의 사명이고 생명입니다. 감추어지거나 가려진 거짓이나 부정을 캐내어 폭로하고 진실을 보도하는 〈PD수첩〉이 많은 국민을 감동시키고 영향을 줍니다.

그러나 가려지고 땅속에 묻혀서 없어질지도 모르는 진주 같은 진실을 캐내어 보도하는 〈PD수첩〉이 있다면 이것이야말로 특종 중의 특종이 아니겠습니까? 우리나라 역사상 세종대왕은 혹시 모르지만 역대 대통령들이 기업인들로부터 부당한 돈을 공공연히 받아 그것도 통치자금이라고 이름붙여 물쓰듯 쓰고 퇴임할 때 엄청난 돈을 가지고 나오는 것이 상식처럼 되어 있는데, 이런 악습을 물리치고 윗물맑기운 동을 실천한 김영삼 대통령의 부정부패척결 의지는 우리나라 역사에 나오는 어떤 청백리보다도 빛나야 하고, 언론은 이를 널리 보도하여 모든 국민에게 알림으로써 우리 모두의 본보기가 되게 하여야 할 것입니다.

언론인 여러분!

언론의 생명이 진실보도라면 이 이상 확실한 진실보도는 없을 것입니다. 사명감 있는 언론인 여러분의 분발을 기대합니다. 감사합니다.

2006년 1월 18일 세종문화회관 세종홀에서
민주동지회 회장 노 병 구

| 김영삼 전대통령의 신년사 |

사랑하는 동지 여러분!

지금 북한에서는 우리가 상상도 할 수 없는 처참한 일들이 벌어지고 있습니다. 수십만 명의 무고한 주민들이 정치범수용소에서 죽어가고 있습니다. 배고픔과 추위, 폭력과 질병, 고문과 공개총살로 지금 이 순간에도 엄청나게 죽어 나가고 있습니다. 수많은 아이들이 쥐나, 개구리, 지렁이를 잡아먹고 겨우겨우 연명하고 있습니다. 그나마 그마저도 부족해 굶주리고 있습니다.

이웃사람이 죽으면 그 죽은 사람의 누더기옷이라도 벗겨 입으려고 달려든다고 합니다. 차마 인간으로서는 할 수 없는 일들이 북한수용소에서는 공공연히 벌어지고 있는 것입니다. 또한 수많은 북한주민들이 헐벗고 굶주림에 못 이겨 북한을 탈출하고 있습니다. 죽지 않기 위하여 북한 탈출의 대열에 목숨을 걸고 있습니다.

나는 오래전부터 북한의 인권문제를 대단히 심각하게 생각해왔습니다. 그래서 기회 있을 때마다 이 문제를 강력하게 제기해왔습니다. 내가 현재 유일하게 맡고 있는 직책이 북한민주화운동 명예위원장인 것도 바로 그 때문입니다. 이제 우리는 동족으로서 북한주민의 비인간적인 상황을 더 이상 외면해서는 안 됩니다. 지금부터라도 적극적으로 제기해야 합니다.

한국정부가 UN의 북한인권결의안을 4년째 네 차례나 기권한 것은 참으로 있을 수 없는 일입니다. 이것은 김정일 독재치하에서 죽어가는 북한주민을 저버리는 일이며, 우리 국민 다수의 의사에도 반하는 무도한 처사입니다. 지난해 12월 서울에서 개최된 북한인권국제대회 또한 정부의 여러 가지 형태의 방해로 예정보다 규모가 축소되었습니다. 김정일의 눈치만 보는 이런 비겁한 짓들은 지금 당장 중지되어야 합니다. 김대중 씨가 시작한 이런 무모하고 위험한 친북작태를 지금 당장 중단시켜야 합니다.

김정일정권은 수백만 명을 굶겨 죽인 범죄정권입니다. 김정일의 지시에 의해 정권차원에서 달러를 위조하는 범죄집단입니다. 독재정권의 유지를 위해서는 그보다 더한 짓도 마구 저지를 수 있는 현존하는 가장 위험한 집단입니다. 3대에 걸쳐 권력세습을 꿈꾸는 세계의 웃음거리이자 역사의 돌연변이입니다.

나는 김정일 독재정권이 결코 오래가지 못할 것으로 봅니다. 공산주의는 반드시 붕괴되고야 만다는 것이 역사의 순리입니다. 아니, 우리 모두 힘을 합쳐 김정일 독재정권을 하루속히 제거해야 하겠습니다. 한국의 군사독재자들을 물리친 바로 우리가 김정일정권을 타도하는 데 앞장서야 하겠습니다. 그것만이 사경에 처해 있는 북한동포들을 구출하는 길입니다. 그것만이 우리 민족의 염원인 통일을 앞당기는 길이 될 것입니다.

나는 민주주의와 인권을 최고의 가치라고 생각합니다. 그것을 향한 우리의 기나긴 투쟁은 지금도 계속되고 있습니다. 올 한해는 무엇과도 바꿀 수 없는 인류의 보편적 가치인 자유와 인권, 민주주의의 신장을 위해 동지 여러분의 큰 역할을 기대합니다

존경하는 민주 동지 여러분!

우리 꿈을 가집시다. 희망을 가집시다. 용기를 가집시다.

동지 여러분의 건승을 빕니다. 대단히 감사합니다.

2006년 1월 18일

金 泳 三

재혼

2001년 2월 22일, 40년을 한결같이 생사고락을 함께한 사랑하는 아내 경옥의 시신마저 그의 소원대로 중앙대학교 의과대학에 기증하고 집에 돌아왔다. 나 혼자 있으면 안 된다고 아들 명우와 며느리 혜리가 아이들을 데리고 함께 집에 돌아왔다. 귀여운 손자 재원이와 재승이가 함께 있어서 그들이 있는 일주일 동안은 그런대로 외로움도 달래며 견딜 수 있었다.

일주일 후 명우네 가족이 돌아갔다. 나 혼자 남았다. 금방 나타날 것 같은 경옥의 음성이 나의 귓전을 쳤다. 돌아보아도 이방 저방 아무리 찾아도 경옥은 없었다. 경옥을 부르며 한없이 울었다.

"여보, 내 장례를 치르고 나서 외롭게 혼자 살지 말고 당신은 명우네 집으로 들어가세요."

병석에서도 남는 나를 걱정하던 경옥의 음성이 계속해서 들려왔다.

친구들이 전화를 걸어와서 만나는 날이면 그들의 위로를 받는 동안은 그래도 웃고 떠들 수 있었다. 친구들과 저녁식사라도 하고 어두울 때 집에 돌아와 열쇠로 문을 따고 현관문을 여는 순간 아무도 맞아주는 이 없이 어두운 냉기만이 가득한 거실과 방에 들어갈 때는 나도 하루빨리 경옥이 있는 천국으로 갔으면 좋겠다고 되뇌곤 했다.

그렇게 여러 달이 흘렀다. 매주 토요일이면 며느리 혜리가 정성껏 만든 반찬과 먹을 것을 장만해 가지고 찾아왔다. 자기들 집에 가서 함께 살자고도 했다.

매주 찾아오는 아이들이 얼마나 불편할까? 내가 아이들의 집에 들어가도 될까?

나는 많은 생각을 했다. 함께 사는 것이 나에게도 아이들에게도 결코 도움이 될 수 없다고 하는 생각이 더욱 강렬했다. 친지들도 반대하는 사람이 많았고 오히려 재혼을 하라고 권하는 사람들이 있었다. 이미 오래전부터 아는 여성들 중에도 직접 또는 간접으로 나를 위로하며 가까이 하려는 고마운 분들도 있었다.

더욱 고마운 것은 경옥의 형제(맹동호 장로, 진명자 권사, 맹명자 장로)들이 각자 누나에게, 형님에게, 언니에게 이다음에 천당에 가면 우리가 나서서 이야기할 테니 "명우네 집으로 들어가 살라"고 한 경옥의 말에 부담 갖지 말라고 했다. 그리고 그들의 가까운 친지들을 직접 소개하면서까지 재혼할 것을 권하였다.

마침내 나는 재혼을 하기로 마음을 굳혔다. 재혼이 초혼보다 더 어렵다는데 과연 누구와 남은 여생을 함께할까?

김길수 장로가 내가 학교에 다닐 때 서로 존경하며 사귀다가 헤어질 수밖에 없었던 한규덕 선생이 지금 살아 있으면 소식이라도 전하며 살았으면 어떨까 해서 알아보았는데, 이미 10년 전에 암으로 세상을 떠났다고 아쉬워하며 전화로 알려왔다. 경옥이 나와 결혼하자고 하면서 한규덕 선생만은 만나지 않겠다고 약속하라고 해서 그 약속을 지금까지 지켰는데, 김길수 장로의 전화를 받고 경옥에게 죄를 진 것 같은 미안함이 들었다. 또 경옥보다 10년 앞서 타계한 규덕에 대한 아쉬움이 여러 날 나를 괴롭혔다.

재혼하면 아이들이 엄마와 똑같지는 않겠지만 만나면 '어머니'라고 불러줄 만한 인품을 갖춘 여성이어야 하는데 그런 여성을 어디에서 찾을까?

나는 그럴 만한 여성으로 경옥의 친구가 적격이라고 생각해서 혼자된 경옥의 친구 중 L여사를 마음에 두고 그를 찾아가 남은 여생을 친구처럼 도우며 살자고 간청해보았다. 그러나 "친구의 남편과 어떻게 사느냐?"고 끝내 거절하여 뜻을 이루지 못했다. 나는 진정이었지만, L여사에게는 상처일 수도 있다. 내 생각만으로 무례를 범한 데 대해 관대한 이해와 용서를 빈다.

그후 주변 여러분들의 소개로 여러 명의 여성들을 만나보았다. 막상 재혼을 하자고 마음먹고 소개받은 여성들 중에는 생각보다 훌륭한 분들이 많았다. 환갑이 다 된 처녀도 있었고, 학벌도 상위권 대학을 나와 지성과 인격을 갖춘 훌륭한 여성들도 있었다. 늦었지만 이성 친구를 만나 남은 여생을 함께하자고 결심하고 나온 몇 분을 만나보았다.

모두 훌륭한 분들인데 불교를 깊이 믿는 분들이 대부분이었다. 그래도 상관없다고 하는 분도 있었지만 나는 어려서부터 기독교 신자로 살아와 기독교문화에 젖어 있어서 아무래도 삶의 리듬이 깨질 것 같아 자신이 없었다.

그러다가 지금의 김연교(金年教) 권사를 소개받아 두 달 정도 만나다가 2002년 10월 18일 저녁에 독산동에 있는 노보텔에서 신길교회 원

로목사이신 이낙현 목사님의 주례로 결혼식을 올렸다. 경옥의 남동생인 맹동호 장로 부부와 양가 가족친지들의 축복 속에 성스럽게 예배를 드렸다.

나는 찢어지게 가난한 집안에 태어나서 공부도 순탄하게 할 수 없었고, 결혼 적령기가 되어 내가 좋아하고 또 나를 좋아하며 사귀던 여성이 있었지만 우리 집 형편에 대학을 나온 여성을 맞을 자신이 없어서 의사표시를 못해 그를 보냈다. 그 일로 번민하고 있을 때 경옥이 자진해서 결혼하자고 하여 당시 집안형편에 비해 분에 넘치는 대학을 나온 아내를 맞이할 수 있었다.

80을 바라보는 지금 그동안 살아온 날들을 생각하면 물질도 풍부하게 가져본 적이 없고 번듯한 지위도 가져보지 못했다. 하지만 분명한 것은 반려자 복은 남부럽지 않게 타고난 것 같아 오늘도 하나님께 감사한다. 여복(女福)은 확실하게 타고난 것 같다.

지금의 아내 김연교 권사는 이승만정권 때 일본 고베(神戶) 상대를 나오고 초대 전매청장이셨던 金 致자 榮자 어른의 2남 3녀 중 셋째딸로 태어나 숙명여자 중고등학교를 거처 서울대학교 문리과 대학 불문학과를 졸업한 재원이다. 그는 같은 서울대학교 의과대학을 나온 의사와 결혼해 남부럽지 않게 살다가 불행하게도 남편과 일찍 사별하고 두 아들을 훌륭하게 키운 뒤 재혼 같은 것은 생각지도 않고 살다가 나를 소개받았는데, 하나님께 기도 중에 재혼하라는 감동을 받아 나하고 결혼하게 되었다고 지금도 힘주어 말한다.

지금도 외국에 나가거나 외국인과 함께 하는 모임에 초대를 받으면 영어를 쓰는 외국인들과 잘 어울리고 나의 통역을 맡아 할 정도로 실력이 있으며, 신앙심이 깊고 성격도 명랑하여 나의 반려자로는 넘칠

백두산에서 필자와 지금의 부인인 김연교

정도로 훌륭하다. 아들, 며느리, 딸, 사위, 그리고 손자들하고도 잘 어울려 집안 분위기를 조화롭게 이끌어주니 이렇게 되도록 맺어주신 하나님께, 아내 그리고 아이들에게 감사한다.

　2002년 여름 광명시에 있는 통일산악회가 대천에 가면서 "위원장님, 이번 대천행에는 꼭 모시고 가고 싶습니다." 하고 초청해 김연교 권사를 만나게 하고 새롭게 가정을 꾸미도록 연극하듯 다리를 놓아준 전 민주산악회 사무국장 윤재식 동지와 민주산악회 여성위원이었던 최형묵 씨에게도 무한한 감사를 드린다.

아버님의 소천(召天)

2006년 6월 11일, 건강하시던 아버님이 95세로 갑자기 운명하셨다.

2006년 6월 14일, 아버님의 고향인 충북 보은 배운동 산속에 있는 상나무 밑에 수목장을 모시고, 99세로 병원에 입원 중인 어머님의 남은 여생이 평강하시기를 하나님께 기도한다.

도봉산에서 김영삼 전대통령과 함께

글을 끝내면서

너희는 먼저 그의 나라와 그의 의를 구하라. 그리하면 이 모든 것을 너희에게 더하시리라. 그러므로 내일 일을 위하여 염려하지 말라. 내일 일은 내일 염려할 것이요 한 날 괴로움은 그날에 족하니라.

─마태복음 6 : 33~34

나는 글을 쓸 줄도 모르고 써보지도 않았다. 단지 나는 중학교 1학년 때부터 근 60년 넘게 교회에서, 정치판에서 듣는 사람이 인정을 하든 안 하든 마이크를 잡고 참으로 많은 말을 하면서 살았다.

그래서 말을 하라면 그냥 하지만 '글'은 정말 자신이 없다.

그래도 쓰기로 했다. 아래와 같은 구차한 이유를 들어서 말이다.

내가 태어난 지 75년이 되었다. 본래 가진 것 없고 보잘것없는 내가 75년의 긴 시간을 용케도 잘 버텨왔다. 살아온 75년의 긴 시간을 되돌아보면 할머니에게 옛날이야기를 듣는 것처럼 아득해 보인다. 저토록

긴 75년을 어떻게 살았을까?

나는 자격증이라고는 2급 보통 소형자동차 운전면허증이 고작이다. 내가 어떻게 여기까지 왔을까 깊이 생각해본다. 어쩌면 오늘날까지 내가 산 것이 기적이 아닌가 싶다.

이제 이 글을 쓰게 된 동기와 써야만 했던 그 이유를 밝힌다.

첫째, 이 기적을 있게 한 하나님께 감사하지 않으면 더 큰 죄를 짓는 것 같아 하나님께 감사하려고 글을 쓴다.

둘째, 가진 것 없고 보잘것없고 그 흔한 자격증 하나 없는 내가 아득하게 보이는 지난 75년을 살아오면서 금방 넘어질 것처럼 어렵고 힘든 좌절의 늪에서 허우적거리던 고비마다 참으로 많은 사람들의 도움과 격려를 받았다. 실로 20세기의 중·하반기에서 오늘 내가 살고 있는 21세기의 초반을 함께 살고 있는 수많은 사람들의 도움과 격려로 나름대로 올곧게 산다고 살아왔다. 그 많은 분들의 은덕으로 살았는데 그 은덕을 갚지도 못했고 앞으로도 그 소중한 은덕을 만분의 일이라도 갚을 길도 자신도 없다. 제한된 지면에 다는 아니지만 그중 일부라도 가려 그분들의 이름 석자라도 기록으로 남겨 감사의 뜻을 전하려고 이 글을 쓴다.

셋째, 찢어지게 가난하고 병약하여 겨우 대학 1년을 다니다 말고 하는 일도 없던 나와, 뚜렷한 능력이 없이 힘들게 생계를 잇느라고 고생만 하신 부모님과 초등학교와 중학교에 다니는 시동생이 둘이나 있는 우리 집에 친정식구들의 반대를 무릅쓰고 시집 와서 남편과 시동생들까지 공부시키고 집안일을 돌보며 실로 40년을 고생만 한 아내를 기억하기 위해서이다. 근 두 달을 세브란스병원 입원실에서 병마와 싸울 때 "40년 동안 고생만 시킨 나를 용서하오." 하며 미안해하는 나에게 "여보, 그렇게 생각지 말아요. 우리 재미있게 살았잖아?" 하며 오히려 나를 위로하고 또 다른 감동을 나의 가슴에 깊게 심어놓고 하나님 곁으로 먼저 간 아내 맹경옥에게 감사하려고 이 글을 쓴다.

넷째, 아내를 떠나보낸 나는 1년 반을 혼자 밥을 끓여 먹으며 외롭게 살았다. 물론 며느리 혜리가 토요일마다 와서 반찬도 만들어주고 여러 가지 일을 돕느라고 수고를 많이 했다. 그러다가 경옥의 형제들과 주변 여러분들의 권유로 지금 친구처럼 살고 있는 김연교 권사와 재혼을 했다.

부유한 가정에서 태어나 서울 대학교 문리과 대학 불문학과를 졸업하고 번듯한 내과의사와 결혼해 무엇 하나 부족함이 없이 살다가 십 수년 전에 남편과 사별하고 두 아들을 다 키워놓고 주변의 권유를 받아 기도하는 중에 말년을 친구처럼 도우며 살라는 하나님께서 주신 감동을 받았다며 나와 재혼해서, 무엇보다 우리 아이들과 잘 지내고 명랑하게 살고 있는 지금의 아내 김연교 권사에게도 감사한다.

다섯째, 나의 후손들에게 늘 하나님께 감사하고, 이 글 속에 나오는 분들과 지금 함께 사는 많은 분들의 소중함을 깨닫고 그분들에게 감사하며, 단 한 번뿐인 인생을 진지하게 살라고 권하기 위해 이 글을 쓴다.

부모로서 자식들에게 할 일을 다했다고 말하지는 않겠다. 다만 한 순간 한 순간 최선을 다하면서 살았다고 말하고 싶다.

물려줄 재산은 없다. 다만 노력하며 살았다. 그래서 후회는 없다.

인생은 모험이다. 과거는 지나갔으니 없고 미래는 아직 오지 않았으니 없다. 오직 현재만이 과거도 미래도 만드는 것이다. 철학적인 용어로 말한다면 부정(否定)의 부정(否定) 또는 지양(止揚, Aufheben)이라고 할까?

끊임없이 다가오는 미래를 현실로 만드는 것은 지금 너희들의 선택으로 이루어진다. 그래서 순간 순간의 선택은 무한한 인간의 모험을 요구하고 있다고 나는 생각하며 살았다.

하나 하나가 점인 모험과 모험의 점으로 이어져서 생긴 선이 인간의 역사라고 생각한다. 어차피 삶은 모험이다. 모험일 바에는 도전이어야 하고 과감해야 한다. 과감하게 도전하라! 그 다음 너희들의 성공과 실패는 하나님이 결정할 것이다.

끊임없이 노력하면 그 어떤 장애도 물러나게 되어 있다. 겁내지 않고 끊임없이 도전할 때 너희들의 인생은 풍성할 것이다.

그러나 꼭 알아야할 천리(天理)를 여기 옮긴다.

"성실하고 정직하고 부지런하게 살면 중산층은 된다."

민주산악회의 역사

목요일만 되면 등산복을 입고 등산화를 신고 배낭을 메고 산에 올랐다. 일본의 무단정치 같은 박정희의 군사통치가 18년이나 계속되는 동안 반독재·민주화투쟁을 끈질기게 전개했지만 전두환, 노태우 등 신군부의 등장으로 또다시 민주화의 길은 멀어져만 갔다.

탄압도 더욱 극심하여 대한민국 어디에서도 민주화에 대한 말을 할 수 없는 것은 물론, 단 몇 사람이라도 그들의 허가 없이는 모일 수 없었다. 우리나라가 민주화되기를 바라는 사람들은 그 당시 산으로 갈 수밖에 없었다.

"민주화 좋아하네. 너희들 몇 사람이 산에 가서 민주화를 외친다고 이 사람들이 눈 하나 깜빡하냐?"

"주는 밥이나 먹고 이 사람들하고 적당히 타협만 하면 너도 편하고 식구들도 잘살 것인데 민주화는 무슨 놈의 민주화! 걱정도 팔자다. 산에서 소나무하고 민주화하냐?"

"빨치산도 아니고 벌건 대낮에 그것도 남들 모두 일터에서 열심히 일하는 목요일에 배낭 싸 짊어지고 어슬렁어슬렁 민주화해야 한다고 산에 올라가? 돌아도 어지간히 돌아라!"

"한국놈은 맞아야 해! 조금 풀어놓으면 하늘 높은 줄 모르고 기어오르고, 두드려패면 옴짝달싹못하는 국민인데 이런 국민 가지고 무슨 민주화를 한다고 그러냐? 민주화? 안 돼! 너도 쓸데없는 짓 그만하고 죄 없는 식구들 먹여 살릴 궁리나 해라. 사람이 실속을 차려야지."

"박정희가 18년을 해먹었어. 미국서 공부하고 민주주의를 몸소 체득하며 일생을 독립운동을 한 이승만 대통령이 민주주의를 하기 싫어서 안 했겠냐? 우리나라는 아직 멀었어. 새로 시작한 전두환 일파가 호락호락 내놓겠냐?"

이런 별의별 비아냥을 들으면서 그래도 일본의 침략시절 자주독립이 될지 안 될지 기약 없는 가운데 목숨, 가족, 재산, 그런 것 다 버리고 고생을 사서 하며 이 나라 독립운동에 몸을 바친 선열들처럼 우리도 오로지 싸우고 또 싸웠다.

나는 박정희의 5·16 군사쿠데타에 반대하여 오로지 이 나라의 민주화를 위해 몸바친 유진산, 김영삼, 두 분 지도자를 따라서 반독재·민주화투쟁을 하면서 정치권에 몸담았다. 그중에도 민주산악회에서 조직위원장, 감사, 연수원장을 지내면서 전국 시·군·구의 지부장과 간부들의 애국적 희생이 얼마나 고귀한가를 생생하게 보아왔다. 민주산악회는 군사독재를 종식시킨 반독재·민주화투쟁의 중심세력이었음을 나는 확신한다.

반독재·민주화투쟁은 제2의 독립운동이었다. 온갖 탄압을 받으며 민주화운동의 중심에서 자신이 가진 모든 것을 희생해가며 뛰어든 수많은 중앙 간부 및 각 지부의 지부장과 간부들 그리고 회원들의 희생은 참으로 눈물겨웠다. 그들의 희생으로 문민정부가 수립되고 그후 국민이 직접 선출한 대통령이 두 분이나 더 나왔다.

비록 민주산악회를 통하여 희생적인 민주화운동을 한 수많은 애국자들의 활동상을 자세히 기록하지는 못하지만 빛나는 그들의 이름만이라도 여기에 옮겨놓았다. 만약 민주산악회의 역사를 만든다면 이 기록이 작은 기초라도 되기를 간절히 기도하면서 말이다.

국민들 중에는 보릿고개를 없앤 박정희 대통령을 역대 대통령 중 으뜸이라고 칭송하는 사람도 많다. 햇볕정책으로 남북정상회담을 하여 6 · 15 남북공동선언을 이끌어낸 공로로 노벨평화상을 탄 김대중 대통령이 으뜸이라고 하는 사람도 많다.

전통적 자유민주주의는 민주정치와 시장경제가 동전의 앞뒷면처럼 함께 성장, 발전해야 올바른 정치문화로 정착된다고 굳게 믿는다. 전통적 자유민주주의의 정착을 위해 수십 년에 걸쳐 생명을 내놓고 온몸을 던져 투쟁한 끝에 마침내 민주화를 이룩한 김영삼 대통령이야말로 우리나라 민주화의 아버지로서 국민에게 존경을 받아야 한다고 믿는다.

정말 그럴까? 이에 대한 나의 생각도 정리해보았다.

이 책이 내 삶의 기록도, 민주산악회의 역사도 아닌 이상한 모습으로 비추어질까 사실 두렵다. 그래도 글을 쓰도록 용기를 주며 "이다음에 우리나라 민주화 역사에 최소한의 참고라도 되도록 민주산악회에 관한 기록을 꼭 남겨야 한다."고 강조하며 좋은 의견과 권고를 해준 심의석(沈宜錫) 위원장과 지난날의 소중한 기록들을 찾아 민주산악회 탄생초기의 귀중한 자료를 넘겨주며 용기를 북돋아준 유성환(俞成煥) 전의원, 지인용(地仁龍) 형의 도움과 격려가 컸음을 감사드린다.

그리고 무엇보다 다 밝히지 못한 모든 민주산악회 회원들에게도 감사드리고 싶다. 아울러 책을 만들어준 자유로운상상 출판사에도 심심한 감사를 드린다.

　워드를 배워가며 틈틈이 쓰다 보니 이 책을 쓰는 데 많은 시간이 흘렀다. 그동안 조용히 글을 쓰도록 도와준 지금의 아내 김연교 권사에게도 감사한다. 그리고 이 책을 사서 읽는 무명의 많은 분들에게도 감사하다고 말하고 싶다.

2007년 1월 소하동 집에서
노병구 씀

만내를 위하여
새벽을 열다

초판 1쇄 인쇄 | 2007년 2월 25일
초판 1쇄 발행 | 2007년 3월 1일

지은이 | 노병구
펴낸이 | 최영수
펴낸곳 | 자유로운 상상

등록 | 2002년 9월 11일(제13-786호)
주소 | 서울시 서대문구 충정로 3가 3-95
전화 | (02)392-1950 팩스 | (02)363-1950
이메일 | hks33@hanmail.net

정가 18,000원
ISBN 978-89-90805-34-8 03800
* 잘못 만들어진 책은 바꿔드립니다.